| 主编·汪剑钊 |

金色俄罗斯
Золотая Россия

我的森林

Мой лес

[苏] 鲍里斯·谢尔古年科夫 / 著
顾宏哲 / 译

四川人民出版社

图书在版编目（CIP）数据

我的森林 /（苏）鲍里斯·谢尔古年科夫著；顾宏哲译.
—成都：四川人民出版社，2022.2
（金色俄罗斯/汪剑钊 主编）
ISBN 978-7-220-12553-9

Ⅰ.①我… Ⅱ.①鲍… ②顾… Ⅲ.①中篇小说-小说集-苏联 Ⅳ.①I512.45

中国版本图书馆 CIP 数据核字（2021）第 264355 号

Мой лес
by Борис Сергуненков
Copyright © Борис Николаевич Сергуненков
Simplified Chinese translation copyright © 2022 by Sichuan People's Publishing House
ALL RIGHTS RESERVED
四川省版权局著作权合同登记号：图［进］字 21-2022-53

WODESENLIN
我的森林
［苏］鲍里斯·谢尔古年科夫 著 顾宏哲 译

出 版 人	黄立新
策划组稿	黄立新　张春晓
责任编辑	张春晓
装帧设计	张迪茗
责任校对	郭明武
责任印制	祝　健
出版发行	四川人民出版社（成都市槐树街2号）
网　　址	http://www.scpph.com
E-mail	scrmcbs@sina.com
新浪微博	@四川人民出版社
微信公众号	四川人民出版社
发行部业务电话	（028）86259624　86259453
防盗版举报电话	（028）86259624
照　　排	四川胜翔数码印务设计有限公司
印　　刷	成都东江印务有限公司
成品尺寸	140mm×203mm
印　　张	16.25
字　　数	347 千
版　　次	2022 年 2 月第 1 版
印　　次	2022 年 2 月第 1 次印刷
书　　号	ISBN 978-7-220-12553-9
定　　价	88.00 元

■版权所有·侵权必究
本书若出现印装质量问题，请与我社发行部联系调换
电话：（028）86259453

金色俄罗斯
Золотая Россия

致敬"金色俄罗斯丛书"译介团队，感谢所有参与者为传播俄罗斯文学、增进中俄两国人民文化交流而做的努力！

汪剑钊　丛书主编、译者，北京外国语大学外国文学研究所教授，博士生导师。
张建华　丛书顾问、译者，北京外国语大学教授。
刘文飞　丛书顾问，中国俄罗斯文学研究会会长。
张　冰　北京师范大学俄语系教授，博士生导师。
赵晓彬　哈尔滨师范大学斯拉夫语学院副院长，博士生导师。
杨玉波　哈尔滨师范大学斯拉夫语学院副教授，文学博士。
郑艳红　中国社会科学院文学博士，绥化学院外国语系教师。
张　猛　北京外国语大学外国文学研究所博士。
李　莉　北京师范大学文学博士，杭州师范大学教授。
顾宏哲　辽宁大学俄语系副教授，硕士生导师。
赵艳秋　复旦大学俄语系副主任，文学博士。
侯炜红　中国社会科学院外国文学研究所俄罗斯文学研究室主任，文学博士。
池济敏　四川大学外国语学院副院长，副教授，文学博士。

飞　白　云南大学外语系教授，浙江省比较文学与外国文学学会名誉会长。
黄　玫　北京外国语大学俄语学院教授，博士生导师。
杨晓笛　北京外国语大学博士，太原理工大学教师。
李玉萍　洛阳理工学院副教授，文学博士。
王立业　北京外国语大学俄语学院教授，博士生导师。
邱　鑫　黑龙江大学俄语学院文学博士。
郭靖媛　北京大学比较文学专业博士在读。
薛冉冉　浙江大学外语学院副教授，博士。
温玉霞　西安外国语大学俄语学院教授，博士生导师。
潘月琴　北京外国语大学俄语学院副教授，博士。
余　翔　北京科技大学外国语学院师资博士后，文学博士。
李春雨　厦门大学外文学院助理教授，博士。
董树丛　北京外国语大学外国文学研究所硕士。
冯昭玙　浙江大学外文系教授。
杜　健　北京师范大学俄语语言文学专业博士。
韩宇琪　北京师范大学俄语语言文学专业博士。
苏　玲　《外国文学动态研究》主编，博士。
颜　宽　国立莫斯科大学语言文学系博士。
马卫红　浙江外国语学院教授，文学博士。
王丽欣　哈尔滨师范大学斯拉夫语学院副教授，文学博士。
于婷婷　西安外国语大学俄语语言文学博士在读。

王时玉 华东师范大学俄语语言文学博士在读。

穆　馨 哈尔滨师范大学斯拉夫语学院副教授,翻译硕士导师。

徐　琪 厦门大学外文学院教授,文学博士。

徐曼琳 四川外国语大学俄语系教授,文学博士。

欢迎更多的译者加入"金色俄罗斯丛书"……

(按译作出版时间排序)

四川人民出版社　文学出版中心

目 录
Contents

金色的"林中空地"(总序)　/001
译　序　/007

林中的马儿　/001

秋与春/211

第一部　秋

第一章　/213

第二章　/264

第三章　/312

第二部　春

第一章　/334

第二章　/374

第三章　/401

第四章　/435

金色的"林中空地"（总序）

汪剑钊

2014年2月23日，第二十二届冬奥会在俄罗斯的索契落下帷幕，但其中一些场景却不断在我的脑海回旋。我不是一个体育迷，也无意对其中的各项赛事评头论足。不过，这次冬奥会的开幕式与闭幕式上出色的文艺表演给我留下了深刻的印象，迄今仍然为之感叹不已。它们印证了一个民族对自身文化由衷的热爱和自觉的传承。前后两场典仪上所蕴含的丰厚的人文精髓是不能不让所有观者为之瞩目的。它们再次证明，俄罗斯人之所以能在世界上赢得足够的尊重，并不是凭借自己的快马与军刀，也不是凭借强大的海军或空军，更不是凭借所谓的先进核武器和航母，而是凭借他们在文化和科技上的卓越贡献。正是这些劳动成果擦亮了世界人民的眼睛，引燃了人们眸子里的惊奇。我们知道，武力带给人们的只有恐惧，而文化却值得给予永远的珍爱与敬重。

众所周知，《战争与和平》是俄罗斯文学的巨擘托尔斯泰所著的一部史诗性小说。小说的开篇便是沙皇的宫廷女官安娜·帕夫洛夫娜家的舞会，这是介绍叙事艺术时经常被提到的一个经典性例子。借助这段描写，托尔斯泰以他的天才之笔将小说中的重要人物一一拈出，为以后的宏大叙事嵌入了一根强劲的楔子。2014年2月7日晚，该届冬奥会开幕式的表演以芭蕾舞的形式再现了这一场景，令我们重温了"战争"前夜的"和平"魅力（我觉得，就一定程度上说，体育竞技堪称一种和平方式的模拟性战争）。有意思的是，在各国健儿经过十数天的激烈争夺以后，2月23日，闭幕式让体育与文化有了再一次的亲密拥抱。总导演康斯坦丁·恩斯特希望"挑选一些对于世界有影响力的俄罗斯文化，那也是世界文化遗产的一部分"。于是，他请出了在俄罗斯文学史上引以为傲的一部分重量级人物：伴随拉赫玛尼诺夫第二钢琴协奏曲的演奏，普希金、果戈理、屠格涅夫、托尔斯泰、陀思妥耶夫斯基、契诃夫、马雅可夫斯基、阿赫玛托娃、茨维塔耶娃、布尔加科夫、索尔仁尼琴、布罗茨基等经典作家和诗人在冰层上一一复活，与现代人进行了一场超越时空的精神对话。他们留下的文化遗产像雪片似的飘入了每个人的内心，滋润着后来者的灵魂。

　　美裔英国诗人T. S. 艾略特在《诗的作用和批评的作用》一文中说："一个不再关心其文学传承的民族就会变得野蛮；一个民族如果停止了生产文学，它的思想和感受力就会止步不前。一个民族的诗歌代表了它的意识的最高点，代表了它最强大的力量，也代表了它最为纤细敏锐的感受力。"在世界各民族中，俄罗斯堪称最为关心自己"文学传承"的一个民族，而它辽阔的地理特征则为自己的文学生态提供了一大片培植经典的金色的"林中空地"。迄今，在这片土地上生根发芽并长成参天大树的作家与作品已不计其数。除上述提及的文学巨匠以外，19世纪的茹科夫斯基、巴拉廷斯基、莱蒙托夫、丘特切夫、别林斯基、赫尔岑、费特等，20世纪的高尔基、勃洛克、安德列耶夫、什克洛夫斯基、普宁、索洛古勃、吉皮乌斯、苔菲、阿尔志跋绥夫、列米佐夫、什梅廖夫、波普拉夫斯基、哈尔姆斯等，均以自己的创造性劳动进入了经典的行列，向世界展示了俄罗斯奇异的美与力量。

中国与俄罗斯是两个巨人式的邻国，相似的文化传统、相似的历史沿革、相似的地理特征、相似的社会结构和民族特性，为它们的交往搭建了一个开阔的平台。早在1932年，鲁迅先生就为这种友谊写下一篇"贺词"——《祝中俄文字之交》，指出中国新文学所受的"启发"，将其看作自己的"导师"和"朋友"。20世纪50年代，由于意识形态的接近，中国与苏联在文化交流上曾出现过一个"蜜月期"，在那个特定的时代，俄罗斯文学几乎就是外国文学的一个代名词。俄罗斯文学史上的一些名著，如《叶甫盖尼·奥涅金》《死魂灵》《贵族之家》《猎人笔记》《战争与和平》《复活》《罪与罚》《第六病室》《丽人吟》《日瓦戈医生》《安魂曲》《没有主人公的叙事诗》《静静的顿河》《带星星的火车票》《林中水滴》《金蔷薇》和《钢铁是怎样炼成的》等，都曾经是坊间耳熟能详的书名，有不少读者甚至能大段大段背诵其中精彩的章节。在一定程度上，我们可以说，翻译成中文的俄罗斯文学作品已构成了中国新文学的一个重要组成部分，成为现代汉语中的经典文本，就像已广为流传的歌曲《莫斯科郊外的晚上》《三套车》《喀秋莎》《山楂树》等一样，后者似乎已理所当然地成为中国的民歌。迄今，它们仍在闪烁金子般的光芒。

不过，作为一座富矿，俄罗斯文学在中文中所显露的仅是冰山一角，大量的宝藏仍在我们有限的视域之外。其中，赫尔岑的人性，丘特切夫的智慧，费特的唯美，洛赫维茨卡娅的激情，索洛古勃与阿尔志跋绥夫在绝望中的希望，苔菲与阿维尔琴科的幽默，什克洛夫斯基的精致，波普拉夫斯基的超现实，哈尔姆斯的怪诞，等等，大多还停留在文学史上的地图式导游。为此，作为某种传承，也是出自传播和介绍的责任，我们编选和翻译了这套"金色俄罗斯丛书"，其目的是进一步挖掘那些依然静卧在俄罗斯文化沃土中的金锭。可以说，被选入本丛书的均是经过了淘洗和淬炼的经典文本，它们都配得上"金色"的荣誉。

行文至此，我们有必要就"经典"的概念略做一点说明。在汉语中，"经典"一词最早出现于《汉书·孙宝传》："周公上圣，召公大贤。尚犹有不相说，著于经典，两不相损。"汉朝是华夏民族展示凝聚力的重要朝代，当时的统治者不仅实现了政治上的统一，而且也希望在文化上设立标杆与范型，亟盼对前代思想交流上的混乱与文化积累上的泥沙俱下状态进行一番清理与厘定。客观地说，它取得了一定的成效，虽说也因此带来了"罢黜百家"的重大弊端。就文学而言，此前通称的"诗三百"也恰恰在那时完成了经典化的过程，被确定为后世一直崇奉的《诗经》。关于"经典"的含义，唐代的刘知幾在《史通·叙事》中有过一个初步的解释："自圣贤述作，是曰经典。"这里，他将圣人与前贤的文字著述纳入经典的范畴，实际是一种互证的做法。因为，历史上那些圣人贤达恰恰是因为他们杰出的言说才获得自己的荣名的。

那么，从现代的角度来看，什么是经典呢？商务印书馆出版的《现代汉语词典》给出了这样的释义：1. 指传统的具有权威性的著作：博览经典。2. 泛指各宗教宣扬教义的根本性著作。不同于词典的抽象与枯涩，意大利著名作家卡尔维诺归纳出了十四条非常感性的定义，其中最为人称道的是其中两条：其一，一部经典作品是一本每次重读都像初读那样带来发现的书；一部经典作品是一本即使我们初读也好像是在重温的书。其二，经典作品是一些产生某种特殊影响的书，它们要么自己以遗忘的方式给我们的想象力打下印记，要么乔装成个人或集体的无意识隐藏在深层记忆中。参照上述定义，我们觉得，经典就是经受住了历史与时间的考验而得以流传的文化结晶，表现为文字或其他传媒方式，在某个领域或范围具有一定的权威性和典范性，可以成为某个民族甚或整个人类的精神生产的象征与标识。换一个说法，每一部经典都是对时间之流逝的一次成功阻击。经典的诞生与存在可以让时间静止下来，打开又一扇大门，带你进入崭新的世界，为虚幻的人生提供另一种真实。

或许，我们所面临的时代确实如卡尔维诺所说："读经典作品似乎与我们的生活步调不一致，我们的生活步调无法忍受把大段大段的时间或空间让给人本主义者的悠闲；也与我们文化中的精英主义不一致，这种精英主义永远也制定不出一份经典作品的目录来配合我们的时代。"那么，正如沙漠对水的渴望一样，在漠视经典的时代，我们还是要高举经典的大纛，并且以卡尔维诺的另一段话镌刻其上："现在可以做的，就是让我们每个人都发明我们理想的经典藏书室；而我想说，其中一半应该包括我们读过并对我们有所裨益的书，另一些应该是我们打算读并假设对我们有所裨益的书。我们还应该把一部分空间让给意外之书和偶然发现之书。"

愿"金色俄罗斯"能走进你的藏书室,走进你的精神生活,走进你的内心!

译　序

顾宏哲

谢尔古年科夫这个名字我是 2010 年第一次从汪剑钊老师那里听到的，2013 年，在汪老师的引荐下，我为敦煌文艺出版社翻译了谢尔古年科夫的《秋与春》。不过，那时我对谢尔古年科夫了解得不多。如今，多年过去，我与谢尔古年科夫先生通过邮件神交已久，俨然成了老朋友。我对他的了解也从当初的粗浅，到了今天的较为深入。

鲍里斯·尼古拉耶维奇·谢尔古年科夫 1931 年生于哈巴罗夫斯克，现居彼得堡，是苏联、俄罗斯散文、童话、随笔作家，被认为"擅长描写人的心灵、对自然景致具有罕见洞察力"。谢尔古年科夫最受读者欢迎的著作之一《彼得堡童话》被称为彼得堡的文字纪念碑。当代俄罗斯《思想》杂志的主编阿纳托利·别林斯基说，"真正的文学所剩无几，但是，鲍里斯·尼古拉耶维奇所写的，一定会留在真正的文学中。"俄罗斯作家协会彼得堡分会散文部主任 А. Г. 斯科科夫如是评价谢尔古年科夫的近作："《三眼清泉》是滋养着我们俄罗斯文学的纯净的、光明的泉源……鲍里斯·尼古拉耶维奇为我们提供了如何独立看待世界的方法，不模仿某些人的思想，而是成为自己的榜样。谢尔古年科夫的童话是令人惊异的，这不是幻想，而是生活，是通过形象直达心灵的话语。"彼得堡作家协会批评与文学学部主任约宁认为，"他为我们，也为自己指出了深刻的俄罗斯精神之路，这使他成为俄罗斯最伟大的作家之一。"事实上，这位受人尊敬的作家十分特立独行，其人生经历丰富、坎坷，像一部小说。幼时随父母辗转各地居住，童年和少年时期大部分时间在符拉迪沃斯托克度过，分别在萨哈林、阿穆尔河上的共青城、莫斯科等地上过学。1950年中学毕业于费奥多西亚。同年考入哈尔科夫大学新闻系；后该系转到基辅，遂于基辅大学修完学业，1955年毕业。毕业后被分配到巴尔瑙尔的《阿尔泰青年报》工作，半年之后就离开，因为觉得报社的陈规陋习制约了自己作为一个作家的发展。之后整整10年时间，谢尔古年科夫响应高尔基"到人们中间去"的号召，尝试过各种艰苦的工作，当过牧人、矿工、水手、护林员，力图增加自己认识世界的宽度和广度。其中，护林员工作做的时间最长，从1957年到1966年，有九年之久。这些艰苦的工作都是作家自己主动选择的，为了写出真正的文学作品，为了说真话，作家甘愿在严酷的生活熔炉中锻炼自己。森林中的生活和工作尤其成为作家创作的宝贵财富和源泉。卡累利阿地峡是古老叙事诗《卡勒瓦拉》的故乡，从26岁到35岁，在那里的九年幽居使谢尔古年科夫成了童话故事家和哲学家。晚年的作家深居简出，生活简朴，远离尘嚣，但却心怀世界，在作品中经常与世界保持自然哲学和宗教层面的对话，虽然有人称他为儿童作家，但是他实质上应该算是一位生态哲学家—作家—思想家。他的所有小说和随笔都以第一人称写成，几乎没有什么情节，通篇都是类似内心独白的絮语，经常伴有一些非现实的、魔幻的因素。人类之外的所有生物、非生物都被赋予生命和灵性，参与到主人公的心灵世界，与主人公进行深层次的对话与交流，具有至高无上的地位。

谢尔古年科夫很早即对文学、文字发生兴趣：13岁开始写日记，15岁迷上写诗，大学时期改写散文——1950年代中期完成了第一部短篇小说集（未发表）。第一个短篇小说《哆—来—咪》1956年发表于《阿尔泰青年报》。第一部中篇小说《森林卫士》出版于1960年，使他广为人知，并获得了"森林卫士"的称号，该书多次再版。谢尔古年科夫并不是一位多产作家，迄今为止，他的所有作品包括：《森林卫士》（中篇小说，1960），《月亮和兔子们》（童话，1974），《彼佳如何叫醒了早晨》（童话，1976），《林中的马儿》（童话小说，1976），《秋与春：护林员笔记》（中篇小说，1979），《水罐》（童话，1980），《库图佐夫之心》（童话，1980），《神奇的芜菁》（童话，1981），《童话集》（1983），《千叶耆》（小说，1986），《童话集》（1990），《走向普希金》（中篇小说，1999），一个童话故事家的生活（中篇小说，2001），《水罐》（作品选，2005），《三眼清泉》（中篇小说，2011）。他的创作经常会长时间地中断，按照作家自己的话，这是因为他有时根本不能写作。这大概是作家作品不多的原因吧。

谢尔古年科夫的整个创作生涯分为三个阶段：散文作家阶段，

主要描写自己对大自然生活的观察；童话作家阶段，其作品在苏联时期出版上百万册，由最优秀的画家画插图；随笔作家阶段，最具代表性的作品是小说《三眼清泉》和《尚吉利哈》。在谢尔古年科夫笔下，人不仅与自然和谐共生，而且崇拜自然、敬畏自然、热爱自然，把自然当成心灵的家园，最后的栖息地。而森林是这个家园和栖息地最常见的化身，他所有的作品几乎都与森林有关。

发表于1980年的《我的森林》就是这样一部看似散文的小说集，收入《秋与春》和《林中的马儿》两部中篇，可以看作是谢尔古年科夫散文作家阶段的代表作品。《秋与春》又分为《秋》和《春》两篇，描写"我"在森林里做护林员时的生活和感受，没有具体的情节，主要抒发对人与自然关系的感悟和对大自然深切的爱恋之情。《林中的马儿》在谢尔古年科夫的小说里算是情节性比较强的了，描写"我"（身份仍然是护林员）的一匹心爱的母马突然失踪，"我"费尽周折找了它很久也没找到，最后"它"自己奇迹般地回到"我"身边，还像往常一样"从来不白出去逛"，给"我"带回了小马驹。但这部小说依然延续了作家一贯的心灵絮语风格，在故事主线之外不断地插入大量的内心独白，抒发作者对世界、人生、大自然的看法和态度。无论是《秋与春》，还是《林中的马儿》，都亲切优美，娓娓道来，深刻隽永，发人深思。第一次翻译《秋与春》时，我曾经对作品的体裁感到十分迷惑，无数次问自己："这是什么？是小说？是诗歌？是童话？还是哲学？"最后得出"这是一部真正的小说"的结论。这自然有一定的道理，但是，面对《我的森林》，重新思考这个问题时，我想，它应该是这四者的结合，是饱含哲学思想、充满诗意的童话小说。谢尔古年科夫本人说他自己"是一个童话作家"。随着对作家了解的加深，我越来越同意这一观点。他写的所有作品都可以看作是童话，关于俄罗斯精神、人类生活与未来的童话。诚如作家本人所言："一方面，时间会使英雄变成童话；另一方面，童话作家本身及其精神性的程度也会被童话化。因为一切都是依照类比而生。如果你充满精神，那么你就会产生精神性的东西……"许多年来，谢尔古年科夫"产生"着这样的精神性物质，书写着自己的生命之书，表达着在沉默中经过无数痛苦而诞生的思想。死亡和重生、衰亡和复兴是他思索的核心问题。作家认为，这个对人来讲极其重要的问题就像大自然中的秋与春一样。

而森林，则是秋与春中永恒的形象。在85岁的生日庆典上，谢尔古年科夫说："26岁的时候，我来到了森林，此后我一直生活在森林里。对我来讲，森林就是存在，是世界，是人，是天空。我也写这些。我不认为自己是一名写作品的作家，我是一个叙述者。我感觉到自己是那些正在发生的事情的见证者，是人类灵魂的认知者。我喜欢柏拉图，因为这个伟大人物将概念与形象结合在一起。"我认为，通过森林及与之相关的形象，作家成功地使当代人见识了人与大自然从容相处的美、沉默与思索的和谐。因此，他是一位具有深刻精神性的作家。翻译《秋与春》时，我只把他当作一位生态文学作家，对他思想的认识也局限于"人与自然"。其实，谢尔古年科夫的深刻与伟大远远超出生态文学的范畴。

"沉默的随笔"是谢尔古年科夫为自己自由而雅致的小品体裁所作的独特命名。谢尔古年科夫早早就学会了沉默，沉默帮助他在童年时认清自己，沉默也使他能够以旁观者的角度看待自己和当今之人。"沉默的随笔"形式与罗扎诺夫和普里什文互相呼应。但是，罗扎诺夫内心对灵与肉的问题充满挣扎，而谢尔古年科夫则淡泊、从容，找到了一种和谐的、散发着光芒的战胜死亡的方法。这种方法经过经验检验并通过真正艺术性和祈祷性的语言表现出来，使人能够被这经验净化并愿意完全接受自己的生命，无论它是短暂的，还是永恒的。因此，有人说，谢尔古年科夫"不是词语的歌手，不是森林的歌手，也不是花草的歌手，不是人类灵魂的歌手，而是沉默的歌手"。在谢尔古年科夫的创作中，对于俄罗斯日常生活和文学的思索与关于自身命运、道德探索和神奇自然的低声絮语交织在一起，形成一个多维的立体形象。

2021年，谢尔古年科夫先生90岁了，但他依然保持着每天创作的习惯。他的书桌上永远放着两叠白纸，每天早晨起来从无字的一叠拿起一张开始写作，写完之后放到另一叠上，周而复始。祝愿这位低调做人、高调做事、淡泊名利、脸上永远挂着平和微笑的幸福老人健康长寿！同时，也希望《秋与春》和《我的森林》仅是谢尔古年科夫译介的开始，期待将来会有谢尔古年科夫全集的中译本问世，这对我国广大读者将是一大幸事。

林中的马儿

1

从舰队退伍之后,我就来到了森林里,在那儿的护林所里和自己的搭档伊万·普罗科波维奇·列昂诺夫共同生活了两年。

这是一个可爱的老头,曾经的维杰博希纳农民、曾经的工人、曾经的士兵,在艰难的时刻他救了我的命,他为我做出了无私、热心对待森林的榜样,他帮助我适应森林里的生活,教我看懂、听懂、理解森林,他让我和他共用一个茶壶——我自己没有茶壶,——我会因这一切而感激他,一直到死。

春天的时候,老头病了,他和他那不多的一点破烂儿一起被送到别洛奥斯特洛夫岛的亲人身边去了,剩下了我一个人。不过,怎么会是一个人呢?经常会有偶然的客人到森林和护林所里来看我。旁边的护林员住得离我或远或近。最近的村庄尽管不是近在眼前,可也随时都可以步行到那里去,要是能搭上顺路的汽车,还可以到城里去。一个月会有一到两次,林庄的经理会开着消防车,鸣着响彻整个森林的警笛来给我发工资,看看我这儿是否一切正常:有没有人盗伐树木,有没有发生火灾,我是不是生病了,是否还健在。

最初,由于不习惯这一切,我过得很艰难。我想念人们。当我特别难受的时候,我就到公路边去,它离护林所大约三百米远,我在那儿看着来来往往的车辆,心里慢慢平静下来。我靠回忆活着。那时我回忆起了太多太多的事情!在舰队服役,伊万大叔……但是一个年轻、健康的人能够靠回忆活多久呢,不能这样过一辈子啊!寂寞的时候我唱过歌,但是很快就唱完了所有我会唱的歌。我经常唱歌,以至于自己都奇怪我怎么没变成一只爱唱歌的小鸟,比如说变成一只椋鸟,或者一只苍头燕雀。我每天睡十二个小时,在床上躺很长时间,躺得腰都疼了,我觉得床铺比石头都硬了,尽管人们都说没有人会睡死,但我知道,这事不适合我。

我开始更多地待在森林里,观察鸟儿和野兽的习性,给椋鸟做窝,锯木头或劈木柴,为林庄编桦树条扫帚,在菜园里刨土,擦地板,洗衣服,第一百次重读从城里带来的旧报纸和杂志。糟糕的是护林所里的事都做完了且找不到别的活干的时候,我就坐到窗边,一连几个小时看森林。不,我不抱怨森林,不抱怨自己的孤独,不打算从这里逃走。我爱上了森林,没想过和它分开。对我来讲,抛弃森林就是犯罪。但我想让自己觉得自己是一个人,而不是一头趴在窝里的熊。我不承认孤独,我与它斗争,并取得了胜利。

取得胜利并不需要什么顽强、坚毅的努力,是我突然发现森林里的生活还有我不知道的规律。你好像是一个人生活——但又不是一个人,而是和整个世界一起;你看不见人,听不到他们的声音,人们离你很远,但同时你又能如此清晰地看见和听见他们,仿佛他们就在你身边;你坐在自己的护林所里,可你也可以同时待在隔壁护林员的护林所里,在村里,在城里,在地球的另一端。我不知道怎么可能这样,但与此同时你也会变成另外的样子。你弱小——你也强大。你贫穷,你只有最少的生活必需品,但你又很富有。你冷酷无情,却在自己心里发现对人们的爱。你可能死去,但你仍然活着。

而这还不是全部。你听见的不只是人的声音,你还能听见雨、风、大地的声音。你开始理解小鸟和野兽的语言。天上和地上的一切都像你的亲人,容易接近,似乎你就是世界,世界就是你。

这是真正奇异的生活,一个人哪怕只有一次接触到它,他就是幸福的!

人们会对我说:怎么,难道说这是奇迹?有时我想,这是奇迹。你看,哪里能看到弱小的人强大、贫穷的人富有、自私的人发现自己的心里有爱?而且,人能听到大地的声音、理解小鸟和野兽的语言吗?这种事情童话里才有。可这是真的。而有时我想,这算什么奇迹?要知道我所写的一切根本不是什么童话,一切都真实地发生过并且正发生在我身上、在我的生活中,而且,如果不是我,而是别人在森林里,他也会发生同样的事情。如果我凭空想象什么,撒谎,像某个多嘴的猎人或渔夫,想要消磨时间或逗诚实的看客一乐,说些不着边际的话,那就是另外一回事了,但是我什么也没瞎想,更没有胡说八道。

曾经,在童年时代,我喜欢把什么都稍稍夸大一下,那时我希望看见很多东西是另外的样子。如果我和哪个小朋友动起手来了,那必定会是一场血战、殊死的搏斗。如果我跨过一条极浅的小河,对我来讲这条河会变成大海。如果我勇敢地从草棚顶上往下跳,那么我就觉得这与从高空跳下无异。爱激动和夸张是年轻时固有的特点,现在我为那些年的夸张感到不好意思。现在我接受世界本来的样子,不美化它,也不翻新它,我这样做不是因为我的心变冷了、不再相信神奇，而是另有原因：只有傻瓜眼里的世界才是无聊的、灰暗的。软弱的人力图以某种方式为它增添光彩，给它蒙上一层迷雾。自我欺骗——这就是他们的主要目的。我尽管不是特别好，但我是个现实主义者。我鄙弃毫无根据的幻想，带着这样的幻想活不了多长时间，特别是在森林里。生活本身就让我满意，在这个生活中我能找到一个人所需要的所有色彩。对我来讲，善就是善，不是自我安慰的谎言，太阳就是太阳，不是什么讽喻，哪怕是最大胆的。我不想欺骗自己，也不想欺骗别人，说什么没有太阳。我不相信任何超自然的胡说八道。我只相信现有的，我看见、听见、感觉到、感受到、思考着的一切。不知道别人怎样，但是我有这个就够了。

下面就是我的形象：早晨身高一米七五，晚上身高一米七四，在步行中我每天都减掉一厘米，夜里它又重新长出来；体重七十公斤；肺活量将近五升；我的眼睛是褐色的，头发是黑色的。我很少去理发店，因为我的头发很好打理：整个夏天我把它们全都脱掉，冬天它们长到齐肩。因此我好像是顶着两个发型：夏天的和冬天的。我继承了父亲粗大的骨骼、窄窄的脸颊和大下巴、厚嘴唇。我走路的时候也和父亲一样，右肩比左肩稍高。我身上随母亲的地方不多——只有个头（父亲是个高个子）、大众化的身材比例和步态像她。森林里的生活在我身上留下了印记：我的脸变得表情呆滞，只有嘴动，眼神过于专注和自然，像鸟儿一样。我一笑会露出牙齿，我的牙齿像农村的木栅栏一样参差不齐，但我不因为它们而害羞，——我很高兴有机会微笑，有时甚至会没来由地笑。

当我一个人留在森林里时，我二十二岁……当然，如果考虑到有活到一百六十岁的老人，那么我似乎还没有真正地生活过，而只是处于婴儿期。与百岁老翁相比，我不过是个流鼻涕的小男孩。我们那个时代人的寿命是六七十岁。就是说，我已经活过了自己寿命的三分之一，并即将进入它的黄金分割点，而这已经算点什么了。人们会对我说：二十二岁算什么年龄？嘴角的奶渍还没干呢！但是为什么要从百岁老人开始算起呢？可不是所有的人都能活到一百岁的！有二十岁、十岁死的，也有刚刚出生就死的。这就是说，和那些夭折的婴儿比起来（为什么不偶尔比较一下呢？），我已经活过了整整一辈子。我在舰队服了一年役，经受了很好的教育（不过我因病复员了），在森林里住了两年。不，我不是个婴儿。我知道了一些事情，也能做一些事情。做大事还不够，但是做小事足够了。

我几乎不记得自己的童年。别人都清楚地记得自己在五岁、四岁、三岁的时候做了什么。有些幸运儿在记忆中珍藏着自己迈出第一步的珍贵时刻，有的人居然能记住他们吸吮母亲乳房的情景。我既记不得自己五岁的情景，也不记得自己六岁的情景。十岁、十一岁时的一些模糊的幻象在我眼前飘浮。十三岁时的情景更清晰一些，但是，说实话，我永远也不敢保证自己的记忆是准确的：我在童年时是什么样子？有时我觉得，没做过的事我好像做过，做过的事好像没做过。比如说，我曾拼命地让大家相信，我小时候不是一个人，而是一只蜥蜴。我不知道人们是否相信了我的这种说法，但我却让自己深深地相信了自己，在回忆中我只觉得自己是一只在晒太阳的灵活的蜥蜴，而不是别的什么。

童年对于很多人来讲都是最美好的时光。对人们来讲，它那种原始的美是一口井，他们以后一生都从其中饮水。我的童年也是幸福的，它如此幸福，以至于已经远离我进入了遗忘的领地，现在我根本找不到通往它的路。这不是说我完全不记得童年时的任何事情，不，我记得第一次看见的小草，也记得母亲的微笑，但是如果把那棵草和在森林里看到的草进行比较，那么森林里的草会占上风。

　　我觉得，从某种程度上来讲，我的父母是杰出的。我为他们骄傲。我爱他们并且深深地敬重他们。父亲一开始就把教育我的任务交给了母亲。对我来讲，他像上帝一样难以描述、难以理解。我知道，现在有他、过去有他、将来也会有他，但他到底是什么样子的，我不知道，我想我永远也不会知道。枯燥的数字和信息并不能给我所说的增添什么内容。他在伏尔加河上出生，现在可能已经退休了。我说大概是因为他现在哪里、情况怎样我都不知道。几年前我们互寄过五一节贺卡。当年父亲建设过阿穆尔河上的共青城——他的同志们这样说的，他本人对自己的工作反应更平淡一些。用他的话说，他购买鲜葱和其他食品满足工地的需求。父亲打过仗，在雅西城下受过伤。后来担任过各种社会职务，最近这些年做水手，在黑海上漂流。他生活中这种转折的原因我不明了，但我想，主要原因是年龄和所受教育较少：父亲七年级毕业就到印刷厂工作了，当装订工。不过，这只是我的猜想。父亲一辈子都想上学，但是先是工作、后来是战争使他的理想没能实现。

　　我的母亲与父亲完全相反。如果说父亲像是一种精神、一种看不见的物质，严厉而不能被常人理解，那么母亲则像是大地母亲：

温柔、细心、和善，但这并不妨碍她在某些严峻的时刻变得强硬和果断。1943年夏天，她公开与父亲分手，就在他上前线的前夕——她不爱父亲。她再婚嫁给了一位军人音乐家，在爱情、家庭和琐碎的家务中获得了自己的幸福，她和继父两个人至今仍恩恩爱爱地生活在一起。

童年、少年时期我更爱母亲，而不是父亲，还因为自己更像父亲而不是母亲而非常难过。我对父亲有一种敌意。母亲很漂亮（邻居们都说，她可以很受男人欢迎，但她保住了自己的纯洁，十二年一直忠于父亲），父亲却没有资格夸耀自己的外貌；母亲很年轻，父亲比她大十岁；父亲严厉，母亲心善。父亲送过我唯一的一个礼物我记在心里。那是有一次他带回来的一双皮拖鞋，可是我命不好，到底也没能穿上它：一只误闯入我家的小狗把它啃坏了。

现在状态平衡了，天平甚至有点向父亲一方倾斜。父亲没有家，没有家人。我为他感到难过。而且，随着年岁的增长，尽管很奇怪，父亲却变得比母亲温和了。母亲不赞成我的选择，她不喜欢我当护林员。在她的每一封信里——我们定期通信，她还一年两三次给我寄装着苹果和猪油的大包裹——我听到的不是责备就是批评，要不就是警告。她认为，我选错了职业，这种劳动不是我力所能及的，我肯定会吃亏。她描绘的我的理想生活模式和她的是一样的。她希望我有一份平静的工作，有放满箱子、罐子、到处铺着地毯的家，希望我娶一个会照顾人的妻子，生一堆孩子。虽然没有任何根据，她却以为我身体有病、吃不饱、穿不暖。她觉得人生梦想的巅峰是继父的工作，继父在军乐团服役四十年，写过三首纪念活动上演奏的军人进行曲，官至少校。我想，她可能暗中祝愿我有这样的前程，因此固执地努力让我接受她的信念。

父亲的反应不同，让我觉得很有意思。他宣称我待的地方是我应该待的：在我们这个到处都在压迫大自然的时代，森林就是前沿，保护它，使它免于灭亡是首要任务。我相信父亲是真心的，但是我想，如果我没有成为护林员，而是当了鞋匠或面包师，他也不会撒谎，会马上给我祝福，并同样坚定地说它合理。

我希望，随着时间的推移，母亲能够放弃自己快要达到专横程度的徒劳地坚持，化愤怒为慈祥，接受现有的一切。她会发现，我达不到继父的顶峰——不是所有人都该当少校，还有士兵呢。至于创作雄壮的进行曲，这注定是只有少数人才能做到的。

2

席尔瓦是我从伊万大叔那里继承来的。这是一匹年老的、不停流眼泪的、永远在怀孕的母马，是林庄里马族的始祖。它每年定期送给我们为数众多的射手、直升机、红腹黑雀①，等它们稍微长大，我就把它们转送给别的护林员去饲养。他们也不想自己被活牲畜拖累，总是试图把它们送去屠宰，送到肉联厂。有什么办法？在这个原子时代，即使我们这样的小农庄也涌进了现代技术，一些热血沸

---

① 射手、直升机、红腹黑雀，都是马的名字。——译注

腾的人已经急忙将马车换成了摩托车或装有小马达的自行车。

我把席尔瓦养在离木屋两三步远的一个低矮、狭小的板棚里，板棚有一个小窗户，用碎玻璃草草粘成。板棚的北面对着森林，那里还有一个用胶合板挡住的小窗户，从那里往外扔马粪。一个冬天粪便积攒有一米厚，在席尔瓦的头没有够到棚顶的时候，它和日渐增多的粪便一起增高。如果我不定期清扫粪便，席尔瓦可能会穿透棚顶，随着不断增高的粪山长到天那么高。那肯定会有很多好奇的人来瞻仰这个不同寻常的纪念碑！板棚墙上的粗钉子上挂着马具：笼头、用水管子弯成的轭、打着补丁的夹板套包、搭腰、缰绳。角落里的马槽下面放着一块用来"吊胃口"的灰色石盐，席尔瓦从未因没有它而痛苦过。板棚里冬天冷，夏天闷。在木屋和板棚之间停着一辆运水的四轮马车，车上绑着一个装过索拉油的铁桶，我用它从井边运水。旁边还有一辆拉木头和雪橇的四轮马车。离板棚较远、对着草地的那一面矗立着一个草棚。草料里住着老鼠，散发着土味。冬天狐狸在这里捉老鼠。犁杖、耙和扶犁也都堆在这里。

席尔瓦是一匹枣红马，长着一个巨大的肚子和四条细弱的腿。它的毛光光的、油油的，两侧磨得露出了皮肤。我用手摸它的后背时，手就变得油乎乎的。它眼角的脓疮上有很多苍蝇。

它对干活不怎么上心，可非常愿意做一件事——生小马驹。在这件事情上它太有悟性、太机灵了。不管我怎样看管它、照料它，它总是能趁我不注意时从护林所跑出去，如愿以偿、尽情玩够之后，被抓回来时已经怀上了小马驹。但是，只要我一想到应该犁果园的地或从森林里把木柴运回来，并拿起笼头想把它套到犁上或车上，它马上就会失去对生活的全部乐趣，变得无趣、呆滞，用别的词语无法形容它的状态。它戳在板棚里一动不动，像个木头桩子，要不是它的嘴一直在动、在咀嚼草料，你会以为它死了。我和它一起完成三到五公里的轻松旅程，我要储备够一个月远行的耐心和食品。它寻找所有可能的借口停下来，在每个木桩、每个树丛、每块石头、每个水洼、每朵花、每只蝴蝶旁边都会睡着，无论是抚摸还是用树条抽打，对它都不起作用。夏天，我懒得给它割青草，可我不敢把它两腿拴在一起放出去——它可以摆脱任何羁绊跑开——我从钉子上取下笼头，它顺从地让我给它戴上，我在笼头上系一根长绳子，把木头橛子钉进地里，然后牵着它到草地或林中空地去吃草。它就绕着橛子吃草，像钟表的指针绕着轴心旋转一样动着，直到把草吃光或被绳子绊住。

在性情懒惰或心平气和的情况下，它狡猾和执拗起来没完没了。稍一疏忽丧失警惕性，我会走得离它近一些，它总想用蹄子踢我，也会用牙齿咬住我的肩膀，好像那不是活生生的人的骨头，好像那不是我的肩膀，而是一捆干草。

夏天，我按计划在罗西纳·格里沃伊后面的第二十四林班清理幼林，顺便为林庄储备一些竿子。我有选择地砍伐幼松，把绿色的枝子烧掉，扒掉细树干的皮，然后把它们整齐地码成堆。那地方有水，当我采伐完毕，木头竿子也积攒够了，我决定把它们挪到离公路较近的干爽地方去：在那里可以找到车把它们捎回去。

我刚钻进板棚，准备从钉子上拿下笼头并把席尔瓦牵到外面去，它马上就一动不动，好像蹄子长到地里去了似的，因为它明白它该干活了。我引诱它,用肩膀把它顶向打开的门边,把撒了盐的面包块往它嘴里塞,但这一切都是徒劳。过后它会找准机会,朝我尥蹶子。

这时我就会生气。

"你呀你!你这个草囊饭袋!"我喊道,"真该让狼追你,真该让粗人杀了你做香肠。林庄养你干吗用的?你这个老不死的家伙!你们看见没,它还不想拉木头竿子!它觉得这没意思。可谁去拉它们呢?难道它们自己从天上飞过来?"

我的话说也说不完,我真的很生它的气。

"弄得像个大小姐似的。整天戳在板棚里,动都不想动一下。我给你吃,给你喝,我照顾你,可你却不愿帮助人!你愿意丢你就丢吧,让大火把你烧了吧,别想让我再为你忙碌,背都累驼了!滚吧,愿意去哪儿去哪儿!让狼去养活你吧。我可不想管你了!"

席尔瓦一边抗拒着我,一边不紧不慢地走出板棚,来到院子里,叼起两三根草棍,就躺到草地上了。它一翻身,来个肚子朝天,然后开始在地上滑。

"走,走!"我说,"你现在不能享清闲。我真不想再看到你。"

我气冲冲地转身向森林走去了。我走着巡查了很长时间,也无法平静下来。我的怒火止不住要爆发。我因为席尔瓦的忘恩负义而愤愤不平,不会很快平息。到了晚上,我才回到护林所。我到板棚去看了一眼——席尔瓦不在。走遍整个院子——院子里也没有它。我往草地上跑,它也没在草地上。我急急忙忙奔向草地、院子,又去板棚里查找——席尔瓦无影无踪。我边跑边喊:"席——尔——

瓦！席——尔——瓦！"它没有反应。

这时候我才明白，自己放任席尔瓦是犯了一个多大的错误。我倒很愿意不管它、不去找它，但是马不是我个人的，而是公家的，在资产平衡表上它是属于财会部门的，它的价值是两百卢布。

早晨我出发去谢斯特拉，带着找到席尔瓦的坚定决心，也想顺便看看有没有猎人在捣乱，在打野鸭子。我的小河看上去很浅，很不起眼，但我爱它不亚于爱大海。夏天它那蜿蜒曲折的岸上长满柳丛和茶藨子，人们来到这里的沙滩上晒太阳，在林中僻静处小坐。

小河里没有鱼。据伊万·普罗科波维奇大叔说，以前曾经有人钓上来过上好的鲑鱼，但从那些鱼类丰富的神话时代保留到现在的只有捕鱼人摇摇欲坠的窝棚，散布在岸边多石滩的地方。一些人断言鱼都被渔人打光了，另外一些人肯定地说鱼全被水獭吃掉了，还有一些人说是下面的水坝挡住了鱼从芬兰湾过来的路。

在河上能看见野鸭。我不是自然科学家，不知道它们属于什么门类，是绿头鸭还是灰母鸭。它们不到你手里来，而它们飞的时候你又抓不住它们。当你走在河岸上的时候，它们就在你脚下振翅，让你既高兴又有点害怕。没有鸭子的河是难以想象的。只要这个长着羽毛的可爱部族还在小河上生长、觅食、清理自己的羽毛，只要小河湾和长满青草的河岸上还回荡着它们断断续续的嘎嘎声、空气还在被它们划过的翅膀震动，只要河水还托着它们轻盈纯洁的身体，而沙滩上在最近一场雨之前还保留着它们整齐的爪印，只要水草和芦苇丛还为它们挡住好奇的眼睛，你就只能透过绿色的墙壁猜测它们的存在和不知疲倦的忙碌，就像猜测一个不容惊扰的秘密。只要它们的春来秋去、相会别离还和大海的潮涨潮落以及人的一呼一吸一样存在——小河就会一直是小河，而不是供水设施，不是不知为何把大量的死水运往何处的排水系统。

小河边经常有猎人出没，逮什么射什么，根本不加选择。鸭子也难以幸免。那时，小河就会散发出火药的味道，森林里则飞舞着白色的羽毛，它们也会黏在树丛上、在水面上漂浮。我不喜欢猎人，我对他们侧目而视。他们的射击让我心碎。"到时候，他们会把鸭子都打没的。"我想。于是我想用某种办法拯救鸭子。我很难监视所有的猎人。我只有一个人，可他们却有成千上万，每个人手里的武器都不是一杆，而是两杆、三杆枪，每个人都有着打猎的狂热、大把的时间、非凡的耐心，在灌木丛中坐等猎物出现。每个人都有打死更多猎物的欲望，而更主要的是拥有毋庸置疑的射杀的权利。动物在猎人们这种迅猛的攻击下很难保全。全副武装进入森林之后，人们似乎变蠢了。森林使他们兴奋。他们渴望不惜任何代价获取猎物。

不管怎么说，我还是挽救过鸭子。我的小河就是证据。尽管河里没有大鱼，但在它的深处还是有欧鲌和小鲩鱼游来游去。我想，慢慢会有大鱼的。小河就是小河，货真价实、生动活泼、清凉，有着小小的沙滩浴场和浅红色的流水。春天雪化的时候，流水涨满河床，达到岸边；退潮的时候，水刚一走，雪莲和睡莲就在露出来的低地上绽放开来。夏天水变浅，有的地方蹚过小河时连脚踝都湿不了。秋天的雨后，它重又暴涨。冬天它上冻。我的小河，它是活生生的，它冲刷着河岸，拍打着石滩，迎头钻进用树枝和木板做成的堤坝，它有时高兴有时发火——你不是总能捕捉到它的情绪——它任性的时候会冲垮沙堤，有时会从黑暗的森林里跑出来，在阳光下闪光；有时会躲进黑乎乎的云杉林。它是活生生的，就像一个人。

路很轻松，是下坡。我从陡峭的岸上向下跑向小河边，好像突然发现了令我感动的画面。我眼前正在发生一场自杀：一位姑娘飞快地跑着跳进了水中。我惊慌失措。"她可能是对生活失望了，"我想，"她觉得男朋友不爱她，所以她决定投河自尽，从此消失，永不再见。"

在当护林员期间，我不自觉地成了很多特殊场面的见证人。在森林里，人们觉得自己有了重重屏障，因此表现得自由奔放，毫不掩饰。有些人表白爱情，有些人说出仇恨，还有些人在森林里无拘无束，忘我地唱起歌剧，把自己想象成罕见的男低音或男高音，更有一些人肆无忌惮地抠鼻子。人们以为谁也看不见他们，听不见他们，而森林会把一切都带走、埋葬、隐藏。他们是对的。如果说森林、小草、野兽都听了他们，那它们是不能不听；它们有时沉默，有时冷漠，不想责备人什么，认为每个人都是自己命运的主宰，可以自由承担自己行为所造成的后果。

我承认，我从来也没有滥用过这种信任，没犯过好奇的错。在任何一种情况下，只要看见或听见森林里有个人，而他又没有对森林做坏事，我都像头野兽一样，急忙悄悄地溜走。

但现在我不能漠视不管。我眼前就发生着不幸——一位姑娘想投水，这是毫无疑问的。我不能允许这种情况发生。

有一次，在小河上，就在这个地方，我看见了一只受伤的野鸭。

某个猎人用枪打它，打伤了它，却没找到它。它就在岸上，当我走近的时候，它跑进了水里。一开始，我没想到这是一只受伤的鸭子。我还以为这是一只健康的鸭子，看见我之后决定远离是非。但是，它不能游水了，它张皇失措地拍打着脚蹼，可是有一只翅膀拖在水面上。我决定抓住它，查看一下它的伤口，把它治好。我跳入水中去追鸭子。在惊恐之中它试图从我身边逃开，当我终于在芦苇丛边上追上它时，它却一头扎向水底。我潜入水中追它，一次、两次，眼睛被水打痛，在河底我看到了石头和树枝，却没看见鸭子。最后我在一堆石头的下面发现了它。我抓住它的尾巴想把它拉到上面来，但是它离我越来越远，最后完全看不见了。当我钻出水面时，我手里只有两根羽毛。

当然，鸭子不是人。尽管我对发生的事情感到懊恼，因为我没能挽救鸭子，还可能因为无心的打扰而害了它——它可能因为疼痛和害怕而死去了——但我对待鸭子事件还是没有像现在对待姑娘的自杀这样严肃。

但我应该怎么办呢？救她？可万一姑娘像鸭子一样，害怕我，钻到水里、沉到水底呢？要知道，如果有谁想自杀，他肯定想把这件事做到底，而我的帮助只会加快这一事件。不救？这可是不义之举。年纪轻轻因为一点小事碰了钉子，就想放弃生命，那时他们觉得世界是不美好的，可一旦得救，回忆起自己的堕落却会感到惊惧，这种情况还少吗？怎样才能使自杀者摆脱危险呢？你把他拽出来，他还会钻进水里，或者把自己吊在松树上。这时，想象是无穷无尽的，方法也是多种多样的。

跑到岸边、跳进水里对我来讲几秒钟就够。姑娘悄无声息地落入水中,甚至没有激起水花。小河把她顺流向下冲去。"我的天哪,她多轻啊!"我想,"但是,需要马上救她,马上,把她从水里拖出来,要不她会淹死的。"

我把她抱上岸。她还活着。我小心地把姑娘放在草地上,看出了她是多么不幸(她大概属于下面三类罕见的人物:他们渴望爱情,却又不相信爱情;想要活着,却又害怕活着;他们认为世上没有爱情,爱情变质了,因此生活对他们来讲是不美好的。)

她终于睁开了眼睛。

"我还活着吗?"她问道。

"您还活着,还活着。"我肯定说,"您现在没什么可怕的了。"

"可我有什么可怕的?我本来在游泳,您却突然扑向我,把我从水里往外拖。"她说,"但您干吗阻止我?让我做完我的事!"

"我哪儿也不放您去。只要我一放您走,您就又会去跳水。不,您最好安心躺着。"

"您别担心,我什么不好的事也不会做的。难道我是自己的敌人?"

她微微笑了一下,想要安慰我。但是,我感觉到她的话不是真心的。她的样子好像在说:"您为什么要救我?生活险恶,人们令人讨厌,我不想活在这个卑鄙的世界上。"

我开始责骂她。

"您怎么不害臊呢?"我说,"年轻、漂亮,却这么怯懦!所有的路都在你眼前展开了,您可以选择任何道路,可您却突然要跳河!

这难道不是您的残酷无情吗？不是罪过吗？"

她想反驳我，但我没让她说一句话。我知道她要说的都是些可怜的自我辩解的话。除了欺骗，它们带不来什么。现在比以往任何时候都有必要使她相信世界是善良美好的，于是我不吝言辞地描绘世界的美。我说到了英勇、善良、友谊。我像天上的神鸟，对森林、田野、高山大唱颂歌。

"请您仔细倾听这个世界。"我对她说，"树叶在低声诉说什么？爱。小河潺潺地在歌唱什么？爱。请您细心聆听大地。大地在说什么？它在说爱。没有什么比上天赋予我们的生命更美好。只是需要相信爱，做一个配得上它的人，一切就会来到您身边。"

大概，由于太心切我有点用力过猛。我本想让她稍稍振作起来，让她重新站起来，可是适得其反。我专注于自己雄辩的言辞，没有发现姑娘已经不在地上躺着，而在空中飘浮。

"您去哪儿？"我喊道，"等一等！"

姑娘没有回答。我跟在她后面跑，直到再也跑不动，我想拦住她——或许，她需要什么帮助——但是风把她从我身边带走，越来越远，最后完全不见了。

3

我有点累了。休息休息吧。尽管写东西不是什么难事，不是搬木头，但总归还是一项工作。啃一块硬面包，喝点水。我来到院子里。天上挂着星星。我要在寂静中小坐片刻——煤油灯刺眼——什么也不想。不过，我要回忆一下今天，今天还是相当不错的。

早晨我起得很早，天还有点凉。跑到井边去打水，回来时被露水打得湿漉漉的，上半身跑得发热，而下半身由于潮湿和冷气而发凉。点燃炉子，放上水壶，洗了土豆放进去。在我准备吃食的时候，太阳升起来了，我在木屋里已经坐不住了，一下子来到外面的台阶上，再一下子突然踏上了小路。去哪里？也不远，往返总共一百米。走完了一百米，双腿还在向前走。我对双腿说："腿啊，你们往哪儿走啊？该回护林所了。"可它们不听我的，带着我继续向前。又走了一百米左右。"停下吧，"我说，"木屋里还烧着炉子，煮着土豆呢！煤渣可别掉地上，可别起火啊！"可它们，双腿，根本顾不上我，继续向前迈进，迈进。已经赶完了一公里的路。鸟儿在歌唱，四周寂静无声，我不是在走，而是在连蹦带跳地跑。"走到松树跟前我就往回走。"我对自己说。走到了松树根前，并且从它旁边走过去了，我还是不回头，继续往前走。"你究竟在干什么？"我批评自己，"你又不是个小孩子！你往哪儿跑？为什么在木屋里留火？万一发生火灾，护林所怎么办？""好的，好的，"我回答道，"马上，马上回去。"可人还是往前跑。太阳已经升起来了，就在头顶，我走过、跑过了差不多十公里，可还是无法停下脚步。森林在诱惑我，吸引我到它身边，召唤我。我走出木屋是想看看早晨。可是早晨呢？它在哪里？已经是中午了。森林热得疲倦无力，口渴了。可我还是在森林里走着，不是走向护林所，而是远离它。可脑袋里总产生顽固的想法——我把热炉子留在那里了，护林所被我烧着了。还一口水没喝、一口饭没吃呢！你是个轻率的人，朋友。只有跑够了二十公里之后，我才会转身回去。可这时已经快到晚上了。我往家里跑，但已经不那么快了——累了。从树丛和大树后面看过去——木屋是否完好无损？没烧坏吧？可它就在那儿，完整无缺地立着。房顶、烟囱、门，还像我走时那样开着。走进木屋，炉子是凉的，木柴烧没了，土豆烧煳了，水壶里的水烧干了。又开始洗土豆，往水壶里灌水，点燃炉子。然后，疲惫地在窗前坐下。

我今天看见了什么？听见了什么？像疯了似的跑到哪儿去了？完全搞不懂。心里空空的，但这不是那种什么也没有的虚空，我觉得，它里面有点什么东西，它被填得满满的，但是被什么填满，我无法给自己解释。依我看，我把过去的整个一天都放进心里了，却没有变得沉重，这一天很轻盈，你把它放到秤上，能有多重呢？连一粒灰尘也超不过。但这一天也很沉重，因为白白地担心护林所会烧毁、担心自己如此轻率地把它放在一边不管。这一天轻松是因为一整天什么也没有发生，只是土豆烧煳了。同时，因为什么也没有发生，它也很沉重。但为什么什么也没有发生呢？难道我在林中的奔跑是某种空洞的东西？我在那里找过什么，希望发现什么，要知道我不是随便跑跑的，所以才脚跟发痒？也许，有个人迷路了，呼唤救助，而我却没去帮忙？也许，某棵树要死了，想最后一次和我见见面？也许，黑琴鸡妈妈想让我看看它的孩子们，看看它们已经多么可爱和多么听话？

4

我在河岸上没有找到席尔瓦,回到家时很晚了。太阳落山了。月亮升起来了。森林里,鸟儿止住了歌声。因为白天着急的时间太长,我累了、我困了,但是我努力克服睡意和倦意。我可以用这些云杉树枝做床铺,在森林里过夜,我曾经不止一次这样做过,对我来讲在森林里睡觉没有任何不正常的地方,但是回家睡觉的习惯驱使我回到护林所。

我向护林所走去,走着走着,忽然在角落里发现了一头硕大的黑母牛。它直接朝我奔过来。它看上去怒气冲冲。

"你可回来了。"母牛奔到我跟前,停下说。

我对它的出现一点也不惊异。

"是的,我回来了,怎么了?"我问道。

"没啥,就是我黑牛战胜了所有人,也想战胜你。"

"好吧好吧,轻点儿。"我说,"母牛,你想想,你都战胜了谁?"

"我战胜了我在路上遇到的所有人。碰到一头猪,我战胜了猪;碰到一只母鸡,我战胜了母鸡;碰到一条狗,我战胜了狗。你也准备一下吧!"

我没有权利就这样对母牛投降,尽管我觉得很累。我能想象护林员们知道我在母牛面前怯阵之后会怎样笑话我。就是碰到几十个偷猎者,我也要跟他们较量较量。在母牛面前我更不想败下阵来。

如果有谁以为林业工作是一件和平的事：只须在森林里走走，看看树木，然后就可以在炕炉上躺着睡大觉，那么他就大错特错了。护林员是英勇的职业之一，与盗伐者的斗争使我们变得英勇。我经常与盗伐者狭路相逢，他们好多人想和我比比实力，我们的战斗结果各不相同：有时我战胜他们，有时他们战胜我，但我不记得我有过退缩、胆怯、认输的时候。

　　有时他们也把我收拾得够呛。

　　上班第一年他们把我绑在松树上，两次射中我的后背。特别顽固的是盗伐者库里克。他是一个健壮的汉子，经常一个人来森林。独自一人，在没有任何人帮助的情况下放树，独自一人砍树枝，独自一人用雪橇运走砍倒的树（他是怎么做到这一点的，我到现在也不明白）。我和他碰了个面对面（不论森林多大，它里面的路都是窄的），库里克二话不说，迎面上来就想给我开瓢。但我幸免于一死，救我的也许是神灵，也许是湿润的雪花。库里克脚底滑了一下，举到我头顶上方的斧子错过了我，扎进冰冻的土地里。

　　我不想表现得像个碎嘴子，但是我既不害怕库里克，也不害怕斧子，我甚至没有打算躲开斧子。我确信我什么坏事也不会发生，斧子会避开我。那时我哪里来的这种可怕的信心呢？我自己也不能回答这个问题，但是，这信心确实有。可能这是由于我那时还年轻、鲁莽、幼稚。我认为自己是森林的主人，觉得我的忠心服务包含善因，因此我有权要求自己得到好报。我带着无法克服的孩子般的信心活着，认为我自己不会发生任何不幸，危险不会威胁到我。离开家去森林的时候，我不给护林所上锁；躺下睡觉时，我不上门闩，如果有人愿意，他可以在夜里任何时候进来找我。同时，在森林里我不知道什么是害怕。这不是因为我是什么鄙视死亡的超勇敢之人。有时，我感觉到一个盗伐者抡起斧子准备砍我或者用枪瞄准我的后背，反正是瞄准我，与其说他是想办法报复我，不如说他是想吓唬我，而且向我开枪不是出于恶意，而是出于怜悯。这给了我更大的勇气，使我如火上浇油般夸大自己的无畏。我努力不去想什么是害怕，所以我尽量不去想象自己被打死的情景，不仅如此，我甚至觉得，天崩地裂有可能，我脑袋上却不可能掉下哪怕一根头发。如果我偷木材、靠它发财、作假，我会觉得不是愧对别人，而是愧对自己。如果我做那些事，那么我会毫无怨言地接受任何不幸，把它当作应有的报应。但这事根本就没有！我没偷过、没作过假，没觉得自己有过错，相反，我失去了理智，抬高了自己和自己工作的价值，以至于有时候我觉得我不是在保卫森林，而是在给世界带来光明与和平。虽然不应该这么说，但是在这样的时刻我认为森林不是有着可爱鸟儿的美妙花园，而是自愿的苦役，在这里我为别人的过失赎罪；我的生活在我的认识中也不仅是生活，而是苦修，似乎世界上只有我一个人这样高尚。

这头牛我不是第一次见了。每天早晚牧人斯米尔诺夫都赶着牛群穿过我的森林。牛群给我带来的麻烦不亚于盗伐者，这头黑母牛尤其让我难以忍受。有一次我在火灾旧址栽上了松树，树苗都成活了。为了不让牛踩坏刚刚发新芽的小松树，我在地上钉上了木橛子，找来了铁丝网，用它做成了隔离墙。在战后的森林里，掩蔽部旁边有很多铁丝网，还有弹壳、钢盔、弹头。对所有其他的牛来讲，这道隔离墙足够了，只有这头母牛不行。它用牛角挑烂隔离墙，钻进幼林，把其他的牛也招了进来。我一次、两次把它赶出去，但是没有用。我跟牧人斯米尔诺夫谈了这事。可他只是摊摊手：

"我能拿它怎么样？从小没养成好性格，现在改不了了。我这儿有这么多牛，一百头呢。难道所有的牛你都管得过来？"

我决定亲自管教它。但是怎么管教呢？拿一块大木板，每次都拼命狠打它瘦骨嶙峋的两肋，直到它明白什么该做，什么不该做？我不能确定这个在我们这个地区确实很常用的办法能否带来明显的效果。我没有这样做。我把黑母牛绑在树上，饿上一天，然后再把它赶到牧场上，当然，路上一根小草棍也不让它吃。到了牧场之后，我递给它一块撒了盐的硬面包作为奖励，这是事先准备好了的。结果怎么样呢？这个方法不负希望。没到一周，我的母牛就像换了一头牛一样。原来倔强、不懂事，现在变得像小绵羊一样温顺，像蛇一样明智。早晨，它从村子里跑出来，领着牛群拼命飞奔，越过我栽的树和隔离墙，直接奔向牧场。

不知道别人怎么想，但是我深信，无论是野兽、动物，还是草木，对温情的感觉都不逊于人，如果说不比人更强的话。它们就像小孩子，没有温情无法生活。它们对温情有需求，就像需要父亲善意的惩戒和母亲的乳汁；它们向往温情，就像向往阳光。温情本身算什么？似乎什么也不是；善意的问候？善意的问候或者好心情，总的来讲都是小事，与我们的重大事业相比，什么实质性的东西都没有；善意的态度及善意的关系，也是小事，不值得注意。但是我几次发现：如果我走进河边草地时愁眉苦脸、心中苦闷、为某些乱事烦心，它们正蹦蹦跳跳地玩着自己的游戏，一看见我，马上安静下来不出声了，低下头，像没娘的孩子，等待着粗鲁的吆喝和训斥。如果我进去时满心欢喜，就像回自己的家，那么怎样的游戏、怎样的喧闹、怎样的幸福会从四面八方包围我啊！还有叽叽喳喳、窃窃私语、可笑的互相模仿、嘿嘿的憨笑。它们是能干的天才，而不是草芥，真想自己也和它们一起乱成一团，玩闹、翻跟头、在绿色的草地上打滑和跳跃——这时我什么也不需要，什么也不怕失去，因为一切都在这里，和我在一起。不知道为什么，有些人认为可以对偶然遇见的人微笑，可在小路上遇见一只狐狸，他们却开始追着它打口哨、喊着"抓住它"朝它扔石头，然后又很难过：说，你看，它走了，像乌鸦似的——可如果你对它微笑一下呢？谁知道，说不定它也会迎面对你微笑呢。

我觉得母牛的要求很可笑。看见我的时候，它应该飞快地跑开，可现在，你看，它居然决定跟我打一架。生活中的意外变化真是奇异啊！一个指甲那么大的羊肚菌也会让它的心微微发颤，它也会冲上去打斗、争战，什么力量都不能阻止它。它把自己当成一个力拔山兮气盖世的勇士了。它也想比试比试，它也不想对重大战役袖手旁观。而且，它骄傲自大、神气十足、挥动拳头示威，不管你用什么活物来吸引它，它连最低条件都不肯同意。

是什么促使母牛采取如此冒险的行动呢？它拦住我的路时，心里在想什么呢？它那长着角的脑袋里酝酿了怎样的计划呢？挑起了一件好事，却没有碰到对的人。我开始有点可怜这头母牛。它应该老老实实地在草地上吃草、啃甘菊花、无忧无虑，可现在却要吃苦头了。

我随身既没有树条,也没有木棍,但是我想,没有它们我也对付得了这头母牛。我要双手抓住牛角,把它摔倒在地。我做好了决战的准备。

"准备好了吗?"母牛喊道。

"准备好了。"我回答。

母牛低下头,向我冲过来。不夸张地说,即使根据西班牙斗牛的规则,这也算是伟大的战斗。我灵活、大胆,行动起来像个高明的斗牛士,母牛也毫不示弱。

"主要的是要抓住它的角,"我想,"抓住角,然后把它摔倒在地。或者,最坏的结果是抓住它的尾巴。那时它就逃不出我的手心了。"

母牛越来越凶狠、越来越果断地向我发起进攻:我看见一只牛角对准我(在黑暗中它发出不详的光),而且随时戒备着。突然,我发现它对我眨了一下牛眼。"这又是什么意思?"我想,"难道是它想使我放松警惕?""站好了,战士,别向敌人投降!"我对自己说,"注意它的每一步。看得出来,它不是第一眼看上去那么简单。但我也不是白给的。"

当它接近我的时候,我飞快地闪开,它的角从我胸前几厘米的地方划过。有时母牛占上风,有时我占上风。我从右边、左边悄悄接近它,退后,向前扑。我觉得它的力气快用完了。它的两肋被汗水打湿,变得很滑。它重重地喘着气,向我喷出刺鼻的气味。有一个瞬间,我差点抓到母牛的角,把它摔倒在地。但是,这时我不小心绊了一下，母牛用角顶了我一下，我就倒在了草地上。我的力量刚好够我爬到草垛旁边。奇怪的是，我既不觉得疼痛，也不觉得害怕和疲惫。我突然变得一点也不羞于自己输掉了与母牛的战斗。我闻到了青草的气息。我翻过身去，仰面朝天躺着。我迷迷糊糊的，好像在坠落，落向无底的深渊。

我最后看见的景象是：黑夜悬挂在我的上方。

噢，这黑夜！如果有谁想体验它的美，就该让他哪怕只有一次勇敢地在森林里、山里、田野里过夜。在水泥房顶后面你是看不到夜的。闪动的星群是不会从高空中向你问好的；新月也不会在你面前摘下礼帽；满月也不会露出微笑；广阔的苍穹不会违拗你的内心、强迫你去思索，你，也就是人，究竟是什么？

我在森林里度过了很多夜晚，藏在那里等待盗伐者的出现。也等待森林上方月明星稀的、蓝色的、冷冷的冬夜；等待白色透明、充满青草气息和树木清香的六月之夜；等待灰色多雨、令人激动的初夏之夜；还有阴郁、沉重的十一月之夜。看见这些夜晚，听见它们，这已经是一种奖赏，为了这个值得在世上生活一遭。我不止一次躺在沉寂的草地上或云杉树枝上，透过树叶的间隙看天空，想自己的命运、死亡、短时的和日常的事情。天空总是一成不变的：还是那些星星，还是那个天穹，可是在自己心里、在森林里、在大自然中，我肯定能发现一些新的东西。当最早的卫星发射升空，然后第一批人飞向太空，我是那么激动地用肉眼寻找在空中划过的亮点，我是多么羡慕在天空中开辟条条道路的人们啊！我爱夜晚，而且我觉得它也爱我。

5

通向水井的小路从我的木屋门前的台阶开始，一直通到井架旁边。一下台阶，脚下就开始了这条小路。不过，始于台阶的不止通向水井的一条小路，所有的小路都始于这里：三条通往森林，两条通往草地，还有的通往板棚、菜园、厕所、劈柴垛和那棵松树，我有时喜欢在这棵树下小坐，这样的路也有好几条，如果它们不算是大路的话。有些小路会暂时长满植物。比如，当席尔瓦在护林所的时候，我用它从井里驮水时走的就不是小路，而是大路。席尔瓦不在了，我开始经常走小路去水井，于是，那条大路就被植物彻底遮蔽了。如果可以根据小路的形状和内容来评价它们，就像学校里评价学生作文一样，或者给它们加上形容词，就像对待云彩一样：雷雨云、积云、卷云等，那么我要给通往水井的小路打最高分并加上最富有诗意的定语。但是，谁也不会给小路打分。人们会说：是条好路，或者不是条好路，但这些话难道能够给小路定性吗？对小路这样定性粗鲁而令人难过，这就好像我们给自己的朋友涂上单一的或黑或白的色彩——这个人好，这个人不好——并对此感到满意。幸好我们不这样对待人，我们认为人的性格很复杂，有各种矛盾，等等，可现在我们找不到合适的词语修饰小路。

同时，每一条小路，不管它在世界上如何存在，有长的，长达几百公里，也有短的，一两米长，但是它们都有自己的特点、自己的面貌，而这些面貌也是极其丰富多彩和令人印象深刻的，就像人的面孔。

　　在这一大堆面孔中，通往水井的小路的面孔第一眼看去就非常突出。它没有时髦女郎所有的艳丽色彩。它朴实无华，几乎看不出来。一个人如果不知道它的存在，未必能看得见它。有时我自己也会找不到它，特别是在井架和台阶旁边，这里的土地被踩得乱七八糟，很不容易分辨出若隐若现的小路的轮廓。当我很着急的时候，为了不浪费时间去找它，我直接钻过草丛，稍微偏向一边，试图探出小路来。等我试探到它之后，我就踏上它狭窄的路床，继续在草地上走，就像海洋中按航线行驶的船舶。它很善良。我不记得自己有在它上面滑倒、摔跟头、把水从桶里洒出来的情况。它既不任性，又很忠诚。如果你在草丛中找到了它，那你就大胆地踏上去吧，它会直接把你带到你的起点或终点。它很温柔，这一点你在夏天感觉得特别明显。七八月份，太阳炙烤大地的时候，光脚在它上面走来走去是很惬意的。它很柔软，从头到尾铺满了车前草。车前草的叶子是宽的，紧贴着地面，不影响走路。总的来讲，它似乎很普通，只是一条长带子蜿蜒在夏天的花草之中，但它不是一览无余的，它也有自己的谜团：有时它突然向右摆动，有时偏向左面，但它为什么偏偏在这个地方向左或向右摆动，你绞尽脑汁也解不开这个谜。它的随和在于信任别人和心地善良。冬天它被雪盖住，看不见，但如果我滑雪橇去井边，我还是会大致沿着我的小路所在的方位走。它能够以乐观和快乐感染人，对抗忧郁比任何一种药物都有效。早晨起来，只要我到井边跑一圈再回来，无论我起床时心情多么郁闷，我都会瞬间改变样子，我的脸上会出现笑容，好像我刚刚见到了一个快乐、善良的人，我浑身充满力量，渴望生活。它富有同情心，不招人烦，善于倾听人说话。有时它能够悄悄告诉你正确的决定、恰当的想法，好像猜透了你的心情；如果你想一个人待一会儿，它也不会徒劳无益地打扰你，而是表现得好像世界上压根儿没有它存在似的。它心中充满对人、野兽、小鸟、世间一切的爱。如果野兔从它身上跑过、鼹鼠在夜里攒山、椋鸟闲来无事寻蚯蚓，它也不会很生气。如果有人从城里来看我，它会第一个迎接客人。令人惊异的是，心中得有多少温情才能好心好意地迎接每一个客人啊！如果有人骂骂咧咧、怒气冲冲地来找我，那也不是它的错。它做完了自己该做的事，其他的取决于太阳、风、雨和你自己。

谁没在它身上走过！我走过，伊万大叔走过，在我和伊万大叔之前住在护林所的护林员们走过，他们至今在森林里还声名赫赫，大路上的司机找我借水桶时走过，旅行者走过。护林员布卡列夫跌跌撞撞地走过，那时他像在密林深处一样，在九曲回肠的小路上迷失了方向，惊慌失措。卖花的大婶在草地上折过甘菊花，累了躺下来，打过盹，睡过觉，她睡得那么熟，我提着水桶叮叮咣咣地从她旁边跑了一个来回都没吵醒她。有个城里来的美女抓蝴蝶，但是没抓到，可这样的蝴蝶我一抓就能抓到上千只。在一个闷热的雷雨天，当乌云聚集在空中，眼看就要打闪时，一个神情阴郁的人在小路上站了很长时间，后来突然跑起来。我觉得他的行为很奇怪，于是我毫不犹豫地跟着他跑起来。他停下来，回过头，严厉地看了我一眼，用手指指点着吓唬我说："别动！"——然后就不见了。

在这里，在小路旁边，有些木材评估员搭起帐篷住了整整一个夏天。有一次，他们突然发生了争吵，一个人刺了另一个人肋下一刀。那个人，受伤的那个，用手捂住伤口跑到我身边来求救，血顺着他的指缝流到草地上。

有一年春天，一对燕子在我的水井边衔泥筑巢。过了一段时间，它们有了孩子。我没有惊动它们。我很想知道，雏燕怎样飞出井架？怎样完成自己的第一次飞行？它们会不会掉进水里？我担心它们，照看着它们。

在我们那个时候，路边的水井就像一个手无寸铁的人。人们欺负它，打它，往它里面扔石头。遗憾的是，人与井之间的战争总是以人的胜利告终。奇怪的是，人竟然活到了与水井斗争的时候！

从这个意义上来说，我的水井不是例外。步行路过或乘车的人什么东西都往它里面扔！石头、空罐头盒、塑料袋子、瓶子、烟头、纽扣、吃剩的东西、报纸，有一次有人竟然向它里面塞了一整副摩托车框架。什么样的重油桶没污染过它洁净的水！有一次国有农场开拖拉机的济明居然把矿物肥料拉过来直接卸到井里了！

我尽自己所能保护我的水井：赶走坏人，定期清理脏东西，还给它上了锁。但是，什么时候、什么样的路边井被锁住过?！能被锁住的只有地狱里边恶魔的井。

雏燕们该展翅飞翔的时候，有一天我看见井边有一群人：一批游客正在喝水解渴。看他们那么开心、热闹地聚集在井架边的样子，听他们那么兴奋地喊叫和奔忙，我马上猜到发生了不幸的事情。我一边锯着木柴，一边充满妒意地细看他们手舞足蹈，后来我往井边跑去，边跑边喊，用粗话狠狠地骂他们。

我气得面孔扭曲。在旁观者看来，我可能像一个被关了很长时间后重获自由的林中怪物，准备消灭世上的一切生物，因为游客们——他们至少二十人左右——突然被怒吼着向他们冲过来的一个人吓坏了，像得到命令一样，抓起背包，落荒而逃。

等我跑到井边，已经晚了。燕子窝被捣坏了，井里面塞满了石头、草棍，死去的雏燕的尸体在水上漂着……

现在，风从河湾吹来，云很低，大颗大颗的雨滴把宽阔的车前草叶子打进地里。我手里拎着两只桶，一只桶里装着白天，另一只桶里装着黑夜。我走在小路上，尽量不溅起一滴水珠。我的小路，它不太长，三百步左右，不会更多，在我的森林里和其他地方有比它长得多的小路，但是对我来讲它最珍贵。这不仅因为它通向生命之源，通向水，还因为它本身就是生命。

6

朝霞叫醒了我。我睁开眼睛，看到了头上早晨的天空。它被分成了两半：明亮的一半，是东边的，燃烧着火红的纯净；暗淡的一半，是西边的，正在消退。我躺在离护林所几步之遥的草堆旁边的草地上。我奇怪自己怎么没有躺在木屋里，而是躺在草堆旁？这时忽然想起了昨天和母牛的搏斗。我很不好意思输了这场战斗。但是，对自己的失败要像对胜利一样正常地接受。不抱怨、不颓丧、不绝望,而是勇敢地向前看,否则会坏事的。

一个人的一生中要经历多少种状态?我又经历了多少?

曾经有这样的时候,当我来到森林里,准备进行林中游历,满腔热情地奔向未知时,我自信地以为能够为森林做一切事情,我给自己提出不是别的,正是下面的问题:我最好当什么人?一个优秀的护林员,还是自己本身?好像这二者不是一回事似的。但那时我能做什么呢?像一只瞎眼猫崽一样在巡查地乱跑?我没给自己制定确切的、固定的目标,我没有目标,我不是特别明白我是谁、我算什么,我感觉不到森林,我一点阅历也没有,对好事和坏事一样无知。我可能给森林带来欢乐,也可能给它带来痛苦。后来到了这样的时候,我明白了,有些事情是我不能做的,确切地说就是不能对森林做坏事。在我心里,这种状态是和对森林的爱一起产生的。我开始努力做好事,可我却做不到。于是,我断定我什么也不能做。这是一种沉重的感觉。但一个人不可能活着却什么也不能做。慢慢地,我意识到我能做一些事情。这个"一些事情"只有罂粟籽那么大,但是要想让它变大,恐怕我十辈子也做不到。

早晨是清冷的,因为雾气有些潮湿。草地慢慢地醒来了。天光撒在大地上,渐次显露出一片森林、灌木丛、个别的树木、割下的一捆草。弹性十足的露珠滴滴答答地洒落在树叶上。我用舌头舔了舔一滴露珠。它是苦的。天空中乳白色的月亮渐渐暗淡。我眼前的草茎被蝴蝶压得弯曲,晃动起来。蝴蝶展翅欲飞。我躺在地上,冷得直发抖,但是低地里的雾在一点点消散,太阳冉冉升起,慢慢显露出远处的地方。天渐渐变暖。是那么响亮的寂静,当你随着小草的生长和天空中月亮的运动，同时听见与别人的生活和谐一致的自己的那种心跳声，你说"是你"，而在小草的生长和月亮的运动中你听见"是你"，这时你也不可能马上明白：这是你，还是那是你。

突然，和谐被打破了。我听到了一声喊叫，微弱的，像蚊子的嗡嗡声。这声音是从玛莎·彼廖兹卡的护林所所在的方向传过来的，那地方离我大约九公里远。我一下子跳起来，侧耳倾听，又传来了一声喊叫。以前传到我耳朵里的只有玛莎的公鸡的叫声。森林里的九公里可不是胶合板隔墙：想听见就听见，不想听见就听不见。我明白，玛莎出事了。

玛莎是一个不平凡的女人。尽管我深知肯定能找到不同意我观点的人，我还是认为，她身上纯粹女性的特质表现得比别人更强一些。她不是一个人，而是一个无底的善良之桶。只要耳朵边听到别人有难，玛莎就会快速奔向受苦受难的人，就好像整个林庄、整个世界都是她的家，好像该为人类所有的不善和不美负责的不是我们自己，不是关心我们的疾苦的政府，而只是她一个人。帮护林员找到盗伐者，砍倒树木、开辟林间通道，清理煤渣，割草——没有一件事是与她无关的，没有一件事是她没做过的。

但是，她在别人的森林里恢复的和谐越多，她自己身上剩下的和谐就越少。而且她的丈夫都不怎么样（她结过三次婚，与每一任丈夫都有一个孩子），在工作上帮不了她的忙。第一任丈夫是个酒鬼，他总是惦记什么地方有别人喝剩下的伏特加，因此他总是喝醉。第二任丈夫是个醋坛子，因为无缘无故的嫉妒，他打死了护林所附近所有的野兽和小鸟。就在他试图打死最后一只鸫鸟时，他被从树上拖下来送进了医院。第三任丈夫是运水工斯克里亚尔斯基,一个懒虫和倒霉蛋,整周整周地躺在床上抱怨没人欣赏他的才华。他不赚钱。玛莎厌倦了养活游手好闲的成年男人,据她的话说,他不想"发挥自己的作用",于是她把他赶走了,像对待第一任丈夫一样,但是这并不妨碍她与各位前夫保持友好关系。

她的森林是怎样、靠什么样的柱子支撑的,想是想不明白的。玛莎的森林里一片混乱和荒凉。冬季砍伐之后干枯的树枝烧不完,经年累月躺在那里,随时可能因为轻轻一缕阳光而起火。林间通道上长满了小树苗,已经无法找到小路的影子。林班界限柱因为年久已经腐烂。倒下的树木乱七八糟堆在那里。

这不仅是混乱,而是某种放肆的不恭,必定会招致报应。或早或晚,她的森林肯定得发生点什么事——它可能被砍光,可能被烧光。孩子们的情况也不比这好。玛莎的大女儿在八岁的时候就幻想着嫁人,用吃完的糖果盒收集吃剩的蜜饼和饼干给自己未来的对象。二儿子,母亲的宠儿,是个幸运儿,总是被照顾,什么也不收集,什么幻想也没有。在母亲的姑息纵容下,他敢大胆跳进井里,也敢在木屋里点火。三儿子在四个月的时候就胆敢在吃饱了、身体好点的情况下大声哭叫。

一旦我有机会进入玛莎的森林,出于对她的怜悯,我总是试图帮她收拾收拾乱摊子:把树枝烧掉,把盗伐者赶跑,把发生的火灾扑灭。但是我偶尔的帮忙并不能改变现状。这不是出事了?

还没跑到护林所,我就看见浓烟弥漫,我知道这是失火了。木材着火了。玛莎的孩子们正在想办法灭火。玛莎本人却不在。"唉!

真不幸！"我想，"难道一个为别人付出的人总要为自己的善良付出代价吗？"如果火灾发生在玛莎之外的某个人那里，如果我自己这里着火了，我也不会这么着急的，但是我为玛莎感到难过和心痛。我折了几个桦树枝，扑过去灭火。

如果说生活在森林里我学会了什么的话，那就是救火。不过，我的森林很少着火，但是，难道邻居的林子着火的时候，你还分什么你的、我的林子吗？刚刚看见一丝黑烟，不管来自哪个方向，你都会抓起铁锹，一边折桦树条，一边竭尽全力跑去帮忙。到了地方之后，你会用脚踩火苗、用桦树条打火、往火上扔土，你的想法只有一个：不能让火势蔓延，不能出事。对抗肆虐的自然灾害铁锹和桦树条似乎不算什么强有力的武器，而且对付那些顺路吞噬一切的可怕的上风大火我们也很少用到，可是遇到顺着地面蔓延的下风火灾，手法熟练的话，还是可以桦树条扑灭的。

在这方面我可以不夸口地说，我是个能手，可以培训不止一个消防队员。你要迅速弄清楚情况：风从哪里来、往哪里刮、风力多大，哪里火灾的危险大些、哪里小些，哪里有草、哪里有枯树枝，哪里是沼泽地的边缘。大脑疯狂地转动着，你拼命地挥着手，而你的腿陀螺般地动着，好像比俄罗斯人还能跳舞似的。

但也有我的技巧帮不上忙的时候。如果火刚着起来的时候你就开始救，那你就能轻易地扑灭它。但如果你稍一疏忽，让它尽情燃烧起来，那么你就别指望老天慈悲了——无论是树条，还是铁锹，还是熟练技巧，都不起作用。大火呼呼作响，浓烟缭绕。一切都在化为灰烬：树木、百兽，还有小鸟。你自己也和它们一起在燃烧，变成焦黑的木炭。我们这里发生过一起这样的火灾。两天之内,这场火烧毁了七十公顷林地,一直烧到沼泽边缘才熄灭。我们叫来了消防员、战士,上级还为我们调来了伞兵,我们用水浇木头、挖排水沟,但是仍然没能扑灭大火。

这是一番可怕的景象,眼看着火在燃烧,踩踏或扑打火焰、在火海中煎熬时,我想到:这样的命运是不是也在等待着玛莎·别廖兹卡和她的林子呢?我喜欢玛莎的慷慨和善良,哪里是喜欢?我暗暗爱上了她!我没见过能够像她这样无限慷慨地对别人施以同情和善意的人,如果有谁说一句玛莎的坏话或者欺负她,那么这个欺负人的家伙会倒霉的。但有时我也会对她恼火。她干吗照顾别人的森林,而把自己的森林弄得破烂不堪的?这难道公平吗?这算是明智吗?就拿我来说吧,如果我不管自己的菜园,而去照管伊万·伊万诺维奇的菜园,还不仅是照管,而是把全部精力都放在它上面,把自己的菜园弃置不理,那会怎样呢?我会得到很多荣誉吗?我不反对帮助哪个伊万·伊万诺维奇,不过既然我种了自己的菜园,那么我必须照管它,只有在伊万·伊万诺维奇因为生病或年老照管不了时,我才能帮着照看一下他的菜园。可要是不这样呢?我种自己的菜园,接受自己的森林到底是为了什么?

我用桦树条扑打着火苗,可是火却越烧越猛。空气都变热了,火焰和黑烟升腾而起,火苗随时都可能蹿到干木头上、板棚里、木屋里,开始熊熊燃烧、蔓延开去。

我没注意到身边出现了一个腋下夹着一只猫的男人。他很快就开始指挥我:

"加劲打！哎呀，不是那儿，是这儿，不是这样，是这样！唉，你这个笨蛋，愣头青！"

大概这个男人的灭火本领和他的猫一样，因为他对怎样灭火完全没有概念，只能让我更加手忙脚乱，而他自己却站在那里一动不动。

有三个妇女提着水桶跑来。其中的一个，胆子更大一些的，对我们喊道：

"你们傻站着干什么啊？应该用水浇它，用水！"

大家开始用水浇火。我忘我地干着。又来了一些人——背着吉他的大学生、拿着钓竿的渔夫、提着篮子采野果的人。大家抢着发布指令、提出宝贵的建议：

"应该从左边扑。"

"应该从右边扑。"

"从左边进去。"

"从右边进去。"

碰上了一些特别有哲学头脑的人，聪明、博学，不仅喜欢发号施令告诉人怎样救火，主要的是，这么说吧，喜欢用思想控制住这个现象、深入细致地考察它。俄罗斯人中还有这样一种人：看见某种灾难发生的时候，他不能局限于亲眼观瞧、解释说明，哪怕是最详尽的解释说明，或者帮忙和关切，他还要进入（因为心胸宽广和强大的勇气）现象的核心，扒出甜蜜的内核，将其嚼烂。这时，不使用历史上的先例进行参照他是无论如何不行的。"不，这不是火灾。"他会看着火灾说，"一几年的时候，我们这有过一次火灾，那才是火灾呢。石头都烫人。"或者会看着洪水说:"不,这不是洪水。一几年的时候,我们这发生过洪灾,整个大地都被淹没了。"而听者把他当作巫师,毫不怀疑他话语的准确性,顺从地频频点头,好像想起了火灾或洪水,其实他自己根本就没见过,好像他见识过那次火灾或洪水之后对其他的火灾或洪水来看都不屑于看了,但他还要肯定说:"是,那是火灾,那才是火灾,是所有火灾的火灾。"

看见发生不幸之后,一些战士从公路上开车过来了。一个长着小胡子的年轻军官不容置疑地全权负责,开始指挥起来:

"往这儿泼水!去那边。"

我们在灭火,可火势没有减弱。相反,火烧得更猛了。能做的我们都做了,但是没有效果。最后,我们绝望了,也筋疲力尽了,只好冷眼旁观大火怎样把坏事做到底。这时我们看见了玛莎。她平静地走到我们跟前问道:

"因为什么这么吵?"

抱着猫的男人替所有人回答道:

"你的树林着火了。我们扑啊,扑啊……"

"那又怎样,"玛莎说,"我自己看见了,我不是瞎子。我也挺能干。好了,你们都转过身去,不要脸的家伙们!"

男人们都把身子转过去了。玛莎解开上衣,抖出乳房,朝火里喷了一点奶水。火灾马上停息了,烟和火都消失了。我们目睹这一情景,简直不敢相信自己的眼睛。森林完好无损地蠹立着,好像根本没着过火一样。而玛莎拉起孩子们,轻轻地拍拍他们的后脑勺,消失在木屋中了。

我们不情愿地散开：抱着猫的男人走了，拎着水桶的女人们走开了，背着吉他的游客们走开了，战士们和军官一起上车开走了，我也上路了。

后来，正如通常所见，关于火灾有各种版本的谣传。发生过火灾，森林着火了，这都没被否定。是啊，对于确实发生过的事情你怎样去否定呢？相反，人们用最绚丽的色彩渲染它，把它刻画到最严重的程度。根据某些描绘大师的讲述，完全可以断定当时不是森林着火了，而是世界在熊熊燃烧。可是，玛莎用一滴奶水浇灭了火焰这件事，没有任何人承认。人们把灭火的功劳归到我和抱猫的男人身上了。女人们更加卖力地说，火灾发生前玛莎用自己的奶喂别人家的孩子了，那时她的乳房是空的。幸好，当时她还有奶水来浇灭这场火。

7

我发现森林有一个特点：当它做好事的时候，它会觉得不好意思。这是为什么呢？过后它又会满意地在心里说自己做得对，没办砸，没丢脸，该完成的都完成了，但第一时间它会不自在，好像它做的不是好事，而是坏事。森林应该为取得的成绩高兴，为自己骄傲，但它却竭尽全力忘记刚刚做完的事情，驱除心中的快乐和喜悦，它们待的不是地方，让自己烦恼和忧愁，装作一切都是自主形成的，如果没有它，一切可能会更好。它不舒服，特别不想让人们感谢它，张大嘴看着它——噢，它可真是好样的！——不想让人们更进一步地了解它，不是用普通的眼光看它，而是把它放在显微镜下，把它的微小功绩夸大到难以置信的程度，那样，它为了不辜负人们的信任，会把自己想象成与事实不同的样子。

难以置信，但是森林真的对好事感到不好意思。对它来讲，没有什么事情比看上去像个好人更讨厌。如果它生来腼腆，这也可以理解。可是森林是不害羞的。有时它也可能要求点什么，保护自己。它的害羞当然不同于做坏事之后良心的折磨，这种害羞是另外一种性质的，它最终导致的不是不和谐及精神的失常，而是纯粹的平衡状态，但是它也给森林带来不少麻烦，使森林有时会高兴地拒绝好事。而且，如果它不做这些好事，那也不是因为它不想，而是因为它不能。比如，它做了通常应该做的事：让口渴的人喝够了水，用浆果喂饱了他，让他感受美丽，保护他远离不怀好意的眼神，怎么，人们不感谢它？不张大嘴巴看着它？不对它惊叹？不传颂它的非凡品质？人们既看它，也感谢它。依我看，人们只做一件事，就是感谢它。如果一个人在森林里看见一株三色堇，低下头去想看得更清楚一些，那么他就会感到惊讶——你们可真美啊！如果他走进蕨菜丛——它像锻造的金属一样在阳光下闪耀，他也会感到惊讶：你可真了不起啊！一个人不知不觉间来到帚石楠丛生的林中空地，紫色的帚石楠花小巧玲珑，根本看不清轮廓，这时人也会感叹：你可真美啊！一个小姑娘追赶一只菜蝶——你们看，多美啊！而且人们也会纵情地跳起圆圈舞，像在市场上一样大声喧哗起来，张望、评价、讨论、欣赏森林并为之骄傲。"可有什么好骄傲的?"森林默默地想，

"我究竟做了什么英勇事迹,让人们为我骄傲?是因为我给口渴的人喝了水吗?可还有多少人没喝到水呢?是因为我给人们吃了浆果吗?可还有多少人没吃饱呢?是因为我让人们感受了美丽吗?可还有多少人看不到这美丽,感觉不到、理解不了它呢?"夜里,三色堇矗立在黑暗中,回忆起那个人的眼神,觉得自己就像罪人,在法庭上受审。也许,有的人会这样审视花儿的内心,以至于彻底改变一切。"你错了。"这个眼神说。"但是,难道我该为一切负责?"花儿回答说,"除了我还有别人,更强的人。"可是那眼神还在坚持一点:你错了。

我体尝的不是世间的宁静,而是战胜自我的感觉。但是,什么是战胜自我呢?如果一个赛跑运动员说战胜自我,这是可以理解的。很困难,他说,但我还坚持跑,——然后再重整旗鼓。而我,一个护林员,该怎样理解这种胜利呢?再多跑一些?但有时,即使最快的腿也拯救不了你的痛苦。况且,对于赛跑运动员来讲,问题不只是在腿上。赛跑运动员的问题可能不在腿上,而我的问题却在腿上。对我来讲,双腿既是头脑,又是双手;既是眼睛,又是身体。它们既会思索,又能完成体力劳动。左腿,右腿,再是左腿,再是右腿,等等,等等。走完一定的步数,就是战胜了自我,没走完,就是没有战胜自我。看来似乎很简单——不想偷懒的话,你就走,而这就是胜利。但这里也有一个机密,你在现实中,在白天进行的走路,还不是真正的步行,这只是步行的一半,或四分之一,如果不是十六分之一或三十二分之一的话。主要的步行在梦中。这时你的腿动得最多,这时你征服的是最遥远的距离,这时你把自己的脚磨出了血,你汗流满面;这时即使你死去了,灰飞烟灭,而骨头本身还在敲打着地面,行走着,它们倔强地游行,没有尽头。在现实中行走每个傻瓜都能,在梦中行走——只有个别人能:那些能与神仙媲美的人。如果你学会了在梦中行走,那你就不一定要在现实中行走了。在梦中尽情奔走之后醒来,你可以整天待在家里无所事事,躺在床上,用手指挖耳朵,挠后脑勺,往天花板上吐痰——就看你喜欢干什么了。可你得把自己的脚挂在钉子上,让它们透风,休息。梦中的脚步,不管它有多么小,都价值连城。现实中的脚步,无论它有多么大,都一钱不值。

为什么我们那么少碰见努力战胜自我的人呢?就是因为他们黑白颠倒,当他们应该在睡梦中行走时,他们却实实在在地上行走。有时,在这睡梦中、在夜里走得太多,以至于躺在床上也会很累,早上醒来的时候,想起床却起不来,又昏昏睡去。虽然森林在等着你,工作也等你去完成,可是你却抬不起手和脚。你倒下去,躺着。别人批评你,羞臊你,说你游手好闲,是瞌睡虫、懒蛋,让他们说去吧!所有的羞辱你都平静地接受。伟大人物总是善于忍耐的。谁又能知道,你的内心生活是什么样的?你干的是什么样的工作?你什么时候走得更多——白天,还是夜晚的睡梦中?

我喜欢松涛声。如果没有松涛,森林就很寂静、很空洞了。当然,只有在外人眼里森林才时常是寂静和空洞的;你只要留神细听,马上就能分辨出松树的声音和某个人的声音。那里有一只松鼠跑过,那里有一只蚊子在泛绿的水洼上空嗡嗡叫了一阵,那里有一只虫子触动了陈年的树叶,那里有一只乌鸦飞过,并给我们在空气中留下了无形的痕迹。如果稍微集中精力并具有敏锐的听力,可以听见兔子在刺柏树丛下发出的鼾声、小松鼠在树枝间跳跃时急促的呼吸声、獾子在洞里阴郁地呜呜叫着辗转反侧的声音,我再重复一遍,这需要灵敏的听力:任何一种声音——不论是野兽的尖叫,还是小草的低语——在森林里都可以听到,而且可以确认森林不是空洞的。但是,当风儿飞来,松树林中开始出现声音,就会产生一种特别喜悦和幸福的感受。似乎是什么也没发生:没有野兽到来,也没有人和小鸟到来——再寻常不过的风,而且还不是冲你来的,它不过是按照自己的意愿到森林上方散散心,飞到松枝间转一阵,它跟你没有任何关系,可它的到来让你感到高兴,好像你在迎接一位朋友,你已不再是一个人。声音越大越让人高兴,特别是在阳光灿烂的晴天。那个时候,你漫步其间的松林显得既空洞又饱满。但它充满了什么呢?如果说是声音,那就等于什么也没说。森林带着神秘、朦胧慢慢消失。只有你和声音,这世上只有你们两个,其余什么也没有。而这个声音——就像一个人,你可以和他交往。

8

战争期间,伊万·列昂诺夫大叔失去了他的第一任妻子:因为与游击队员有联系,她和其他村民一起被德国人杀害了。战争一结束,大叔马上回到卫耋伯西纳家乡的那个村子,参拜公墓,把她迁出来。

他在森林里种了一棵枞树，埋了一个十字架，在坟前坐了一阵，哀悼过她，就回家去了。

村子处在一片废墟之中，但新生活已经慢慢开始。人们在竖井架、安炉灶、翻种菜园。受伤的孩子们在村子里跑来跑去。生活饥馑而艰难。

大叔在村子里走过时，一位年轻漂亮的妇女叫住了他：

"瓦尼亚叔叔，你好！你怎么不进来坐坐？难道没认出来？"

"可你是谁啊？"大叔问道。

"我是安娜，你侄子瓦西里的妻子。"

"原来是这样，"大叔说，"我还真的没认出你来。"

安娜住在一个土窑里。她把大叔请到家里，给他讲了自己的遭遇。战争第一年，她的丈夫瓦西里·列昂诺夫就在前线牺牲了，留下她这个年轻的寡妇和四个孩子。安娜给大叔看了阵亡证明，放声大哭，边哭边说：

"大坏蛋、强盗，从蓝海里、从那个该死的德国来的，骗了我们，给我们报丧来了。瓦夏，养活我们的人，你干啥要扔下我们？没有你我们就得死了，完了……"

哭完之后，她擦干眼泪，对大叔说：

"瓦尼亚叔叔，你娶我吧！带我走吧！我和孩子们会饿死的。"

"我怎么能娶你呢？"大叔说，"我老了，你还年轻。等我走路需要拄拐的时候，你就不要我了。"

"不会的，"安娜说，"我会一辈子跟着你的。"

大叔可怜安娜，就收留了她和孩子们。大叔从护林所来村里时是一个人，回来时却带回了一大家子。年轻的妻子不想住在森林里："我在这里没意思。我习惯了和人们在一起。"大叔在别洛奥斯特罗夫买了一块地，开始给她们盖房子。

安娜信守自己的诺言，没有抛弃大叔，尽管她确实年轻、漂亮，很多男人对她着迷。但是，她也没有娇惯大叔。他一个人住在护林所里，她一次也没来看过他，他自己做饭、自己种菜、自己砍木头盖房子，后来孩子们慢慢长大，开始帮他的忙。

我来到护林所时，大叔在别洛奥斯特罗夫的房子已经盖好了，现在坐电气火车从列宁格勒去捷列诺果尔斯克时，还能从窗口看到这个房子——在左边，河边第三座。当时房子盖板棚用的木板不够，我和大叔还因为这些木板吵了一架，这是我们共同生活中的第一次也是最后一次吵架。大叔吝啬、小气，这一点我一下子就感觉到了。他不习惯与人分享哪怕一块面包，可在照管护林所事务方面却要求平分职责。但他的吝啬是很特殊的，如果他跟我借了一点糖，那么他还回来的肯定是同样多的糖，不多不少。他没想到会给他派来一个同伴，就自己准备了过冬的木柴——湿湿的白桦树枝，可当我出现的时候，他让我也准备木柴。我认为他的要求是完全合理的，但是，该怎样砍一车木柴？用什么把它们运回来？我却不知道。我试着去锯粗大的枯树，但是我一个人什么也干不了。可大叔也不打算帮我。我倒也可以从村里雇些男人帮忙，他们瞬间就能帮我砍够柴火并运回来，但这需要和他们做交易，非法给他们木材，可我没有权利这样做。而且，冬天已经到来了，第一场雪马上就要落下来了。

大叔催我，暗示我应该抓紧，等下雪把路盖上，我就没有柴火了。我当时毫无办法。这时，我想起来同舰队的一个好友，我们那个驱逐舰上的信号员巴沙·阿弗拉米切夫在列宁格勒的林业部门工作。他也跟木材打交道。我下定决心采取下策——求他帮忙。

我绝望地向他描绘了一幅忧伤的画面。我没指望他会马上帮我，但一切都比我想象的简单。他跑到领导那里，讲了我的事，给我批了条子，两个小时后，我就坐在汽车的驾驶室内，驶向护林所，车上装满了上好的松木方。这很及时——已经开始下大雪了。事情办得这么顺林，我很高兴，只是司机破坏了我的好心情：

"嘿，真可笑！"知道我是一个护林员，而且我在把木方往森林里运时，他笑了一路，"可真是奇迹！头一次看见护林员把木头从城里往林子里运。嘿！你真是笑死我了，兄弟！"

但是我没说话，没在意他的嘲笑，主要的事都做完了。

我们顺利到达了护林所，雪还没有太深，把木材卸到房子旁边后，我就去巡查了。我在林子里边走边想，一切是多么顺利。大叔的是湿的白桦木柴，它们能发出很强的热量，但是烧得不好，我的是干的松木，能像火药一样燃烧。我们一冬都会很温暖，无忧无虑。

巡查回来，我发现我的木方不见了，那时我无比惊讶。我跑进木屋，大叔正坐在炉子边抽烟。

"谁把我的木柴拉走了？"我问大叔。

"我。"他回答道。

"怎么是你？"

于是，大叔开始平静地给我解释说，他把那些木柴，也就是松木方,拉到别洛奥斯特洛夫他的家去了,因为用它们盖板棚很好。我大为光火,痛骂大叔,说他伤害了我、出卖了我,说他不尊重我,说木方是我费了很大周折才弄到的,把它们拿走之前,怎么也得问问我,可这一切都毫无用处,——大叔的态度,好像他把这些木柴拿走是为我做了一件好事似的。

从护林所搬走三个月之后,大叔就死了。除了眼疾,他还有胃癌。大叔死之前我看到过他,我去别洛奥斯特洛夫看望他。他眼神暗淡,但是精神矍铄。医生建议他住院手术,但是他拒绝了。他怕瘫痪在床,拖累妻子。我陪大叔去了河边的草地,我帮他给羊割了草,又帮他修了板棚顶。

大叔的死讯我是偶然知道的,听别人说的,那时他已经下葬了。大叔的亲戚们认为没有必要通知我他的死讯,也没有必要请我参加葬礼,这一点我永远也不能原谅。但是,难道应该责怪他们吗?他们哪里知道我很关心老人的命运和死亡,哪里知道他们的瓦尼亚大叔对我来讲不仅是邻居、同事,而且还是亲近的、必不可少的人……

我找了母马席尔瓦好几天,但是没有找到。我不能想象,这衰弱不堪的老家伙跑哪去了。我找遍了森林各处,可它就像钻进地里去了一样。我搜索的路线越来越长。有一天,我到坟地里去找它,那里有一片长得很好的草地,国有农场的饲养员常常到这里来放马,席尔瓦也可能跑到这里来。

坟地离护林所大约十公里，在小河的对岸。从我住的地方到坟地有一条老路，长满了草，没有人走，很难辨认，除了席尔瓦、我和驼鹿们，谁也不知道这条路。到这里需要经过松树林、云杉林，穿过帚石楠丛，经过沼泽地，在这里路是用旧的已经腐烂的木板搭成的，接下来它就消失在低矮的小松树、云杉、柳树丛中，接近小河的地方被拖拉机翻耕过了。

我脱去外衣，蹚水过河，水很凉，脚下的石头很滑。现在不远了。以前我不止一次从坟地旁边经过，而且想到坟地及与之有关的一切总是很不开心。尽管我还年轻，也不打算很快死去，但是关于死的想法还是让我不安。我无论如何不能接受时候一到，人就会永远离开这个世界的想法。不，我既不相信天堂里有生命，也不相信有末日审判和地狱的痛苦，但是我不喜欢"人会死去"的想法。在我看来，这里有点什么东西不对劲。如果是那样，人为什么要出生？他又会消失到哪里去？什么是死亡？什么是生命？我们是应该害怕死亡还是该平静地接受它，把它当作是理所当然的？我们看见过很多死得沉重而痛苦的人，他们对死亡充满恐惧，他们希望活着。在恐惧和绝望之中，他们大喊大叫，咒骂朋友和他们死后还留在这世上的一切，他们嫉妒每一朵花、每一棵草，既然如此不幸的事情发生在他们身上，他们准备着在痛苦的委屈之中带走芸芸众生——包括森林、天空，还有房屋、人们，似乎只要随身带走世间的一切，他们就能在那边，在死后，还活着，因为他们拥有一切生活必需品。他们的痛苦本身就已经说明，死亡是沉重的一步，迈出这一步对人来讲不容易。

但是，有一次我见识了另一种死亡——一个老太太的死法（我很想这样想：伊万大叔也是这样死的）。她一个人悄悄地走开，好像意识到自己已经做完了这个世界上的一切事情，就要走了，不是去一个可怕的未知的地方，不是要变成虫子，不会腐烂成灰，而是仍然和从前一样。这当然令人难以置信，但事实可能就是这样，而不是另外的样子。

我知道，我注定不能明白死亡的意义，而且我也不会像那位老太太那样死去。无论我如何努力地解决这个问题，它都高于我，但是在思索生命与死亡的同时，我总是想到那些痛苦地死去的人们，想到这位老太太。为什么她能如此无畏地直视别人连看一眼都害怕的死亡？是什么给了她如此轻松的死亡？是什么善事？或者罪孽？也许，是因为她认为自己一生过得无愧无悔？或者，她只是很蠢、没有感情？因此用不着考虑她？但是，那我为什么喜欢她的死法（如果可以这样说死亡的话），而痛苦的死亡在我心里却引起沉痛的感觉？我爱森林、爱生命、爱青草、爱小溪、爱朋友，我不能想象，怎么能不爱这一切，没有这一切怎么能活下去，与众生分离对我来讲是一种可怕的考验。我明白，讨论死亡是一回事，迎接死亡是另外一回事（理智上我们什么都明白！），但是，尽管我爱这个世界，我还是希望像那个老太太一样死去：似乎接受了死亡，你会变得比它强大，你不会死去，而会活下去。

就这样，总的来讲既不睿智也不独特地想着，我动身向前。那是个晴天，太阳挂在头顶。我看见了眼前的小木屋、板棚、篱笆墙。村子边上是邮局的小房子，从那里传来了歌声。我走到小房子旁边，往窗户里看去。一个姑娘在房间最里面唱歌。听见我的脚步声,她一下子跳到桌子边坐下,把头埋到桌子上装睡。我打开小房子的门,面前是一个带隔板的小房间。桌子上摆着尚未发出的电报,旁边有一台电话机在丁零零地响。角落里有一个开着的保险柜,里面装着钱和文件。姑娘还是那个姿势坐着。

我咳嗽了一声,姑娘没有醒,但我知道她没睡着。"可能她把我当成了别的人。"我想到。我决定和姑娘开个玩笑。我手里有一根毛茸茸的猫尾草(当我在森林里走的时候,我总是折草,用嘴嚼它们。)我踮起脚尖走到姑娘身边,开始用草棍搔她的耳朵。

"让她装相,"我想,"她以为来的是她心爱的小伙子,可这是我。"只要她一说:"亲爱的,你好!"我马上就向她开炮:"怎么能这样!太不像话了!谁让你在工作时间睡觉了?为什么电报还没发出去?装着钱的保险柜怎么开着?好在我是个正直的人,我脑袋里不会想出坏主意来。万一我是个坏蛋呢?那会怎么样?好啦,得让领导过来看看!给我意见簿!我都等半天了,而您还没睡醒。"我想象得出她会多么尴尬,我想,她肯定会向我保证她只是打了一个盹,偶然地,以后再也不会有这样的事了。而我会做出可怕的样子,皱起眉头,这我总是能做得很像,然后对她说:"尊敬的公民,夜里应该少玩点,少跟年轻小伙子们接吻,那样您就不会在上班时间睡觉了……"

等我老了、当上爷爷的时候,我可能会变成一个可怕的碎嘴子和道德说教者。说不上我有多喜欢训诫别人:脑袋里充满了各种思想,话语自己从舌头上往外冲,拦都拦不住。我也不去阻拦,随它们去吧,我给它们自由,让它们像小鸟一样轻快地飞向外面的世界。那时我多么高兴,那时我觉得自己多么强大、聪明、漂亮,觉得自己能够主宰整个人类。那时我觉得:如果没有我,如果我不说这些睿智、公正的话,如果我不给迷路的人指出一条正确的路,那么整个世界都会灰飞烟灭。不过,童年时,当我还小的时候,我自己并不特别喜欢父母的说教,那时我觉得大人的话没意思,觉得他们的想法古板、不切实际,但是现在我却对自己的话评价很高。

姑娘微微睁开了一只眼睛。当她看清眼前不是她心爱的小伙子,而是一个陌生的外人时,她严厉地看了看我,说:

"您打算用您的小草棍搔我的耳朵多长时间?"

我慌了。我没想到会有这样的转折。我手拿草棍站在那里,不知道该把它放哪好。

"怎么的?"她问。

"对不起,"我说,"我就进来待一小会儿。我怕会有小偷来,钱在那里放着,机器还在工作……"

我语无伦次。我不知道说什么好。

"然后呢?"

"然后就什么也没有了。我在找席尔瓦。我的母马跑了。顺便问一下,您没见过席尔瓦吗?"

姑娘怀疑地看着我。

"马上离开保险柜两步。"她命令我。

我服从了。

"而现在,年轻人,您看见这个了吗?"她给我指了指放在桌边的一个大的铜墨水瓶。

"看见了。"

"这个呢，能看见吗?"她指了指屋门。

"这个也能看见。"

"那么好，如果您想从这儿活着、健康地出去，齐步走，马上从这里消失。"

"您误会我了，"我开始为自己辩解，"我听见您唱歌，就想跟您开个玩笑……"

"我数到三。一，二，……"

"三"我就听不到了。我向出膛的子弹一样从邮局的小房子里跳了出去。姑娘的样子很吓人，她真能用墨水瓶砸我。

"岂有此理!"我边快步小跑着离开小房子边想，"她把抓贼的人当成了贼。我不是贼，也不是强盗。我一点恶意也没有。我是个护林员。我在找我的小马。可她却像赶癞皮狗一样把我赶了出来。我现在就回去向她证明，我不是她想象的那样……没关系，当她知道我是什么人之后，她还是会后悔的。她将会十分羞愧和难堪，她肯定会请求我原谅;可是我被冤枉了，我会态度强硬，绝不动摇。当然，也可以原谅她，但是不可以让不公正在这世界上占上风。"

我都想转身回邮局了，可是这时我想起了席尔瓦，于是我决定在回来的路上再去找这位姑娘。

我走了几步，眼前出现了一座板条腐烂的小木屋。我敲了敲门并把它推开。一位老年妇女迷迷糊糊地用脸盆洗衣服。看见门口有一个外人，她站起身来，双手湿漉漉地朝我扑过来。

"瓦辛卡!"她喊道。

"对不起,"我赶紧说,"您认错人了。我不是瓦辛卡。"

"那我的瓦辛卡在哪儿?您可能是他的朋友,带来了他的消息。他怎么了?他在哪儿?"她向我提出了一连串的问题,根本不给我回答的时间。

让人痛苦不是我的性格,我不喜欢给人带来坏消息。哪怕这不是真话,哪怕我对这个人一无所知,我也不愿意张嘴说不好的事情。有些人就喜欢说令人痛苦的真话,他们实话实说,不太关心这会引起什么样的感受。谈论婚礼或者葬礼,对他们来讲似乎没什么区别。除了实情,他们什么也不想知道。如果有人的一条腿被有轨电车轧掉了或者一个摔倒的人被树砸死了,他们会详细描述所有残酷的细节,讲的东西让他们自己都痛苦得要死。同时他们还自我安慰说:我们这样做是为了真理。

看着这样的人,我常常想:他们这样真的对吗?不,这样的真理有点不像真理。不管人们怎样对我鼓吹,我也不能把这样的真理当作真理,不能同意它。我觉得,那样的时候谎言更好一些。

这个女人我是第一次见到,她的儿子我压根儿就不认识,因此我没有权利说他不好的事情,可是什么也不说似乎也不太好。既然她这么爱她的儿子,这么焦急地等待他,以至于把我当成了从她儿子那里来给她送信的朋友,那就让它这样吧。

"放心吧,"我对那女人说,"瓦辛卡还健在。昨天我还见过他,就像现在见到您一样。他向您转达深深的问候。"

女人露出了微笑,在围裙上把手擦干。

"我这个老傻瓜,怎能让您在门口站着呢?"她着急起来,"快进屋里来,您是贵客。我这就给您烧茶,拿果酱、苹果和糖。"

我一边仔细听女人说话,一边想:我可千万别出什么差头,千万别把什么东西说错,别多嘴。瓦辛卡是个什么人?他住在哪里?他是干什么的?已婚?还是单身?为什么母亲这么期盼他?难道他出门了,因此不能给她写信?

女人铺好桌布,而我装作跟她不客气的样子,四面张望。我在寻找哪怕是很小的但可以捕捉的细节。比如说照片,在农民的小屋里这就是编年史:只要愿意,每个人都可以看,这里的一切对外人都是开放的。

我看见了一个装着照片的普通相框。我看见了一对穿着树皮鞋的老人。我想,这应该是老祖宗,爷爷和奶奶。我看见了一个姑娘,穿着长连衣裙、皮鞋,坐在一把古老的椅子上,这是瓦辛卡的母亲。我看见了一个戴着奖章的士兵,戴着有星星的棉帽子。无疑,我眼前的是瓦辛卡的父亲。还有一些人,可能是亲戚:姐妹、姑姨、叔舅、妻兄弟、夫兄弟、女婿、妻姐妹、干亲家、岳母……我寻找瓦辛卡。他以几种形式处在最显眼的位置:周岁时,在桌子上,赤身裸体;可以在桌子下面走来走去的年纪;十二岁左右,戴着少先队员的红领巾;十六岁,手拿大叉子站在牛栏边;而下面这个是我需要的:瓦辛卡穿着海军服的单人照。一切都清楚了,接下来我已经用不着看照片了。对瓦辛卡的生活我已经了如指掌,我不仅知道他以前干什么,而且知道他将来干什么。

我意识到,我不是特别喜欢瓦辛卡。他看上去长得奇形怪状:

窄额头，厚嘴唇，最主要的是，他的眼神有点无耻，还有点说不出的无聊。无论是他戴水兵帽的样子，还是他手上的文身，还是那副"让你知道我们是谁"的自以为是的样子，都不能在我心里引起对他的好感。一切迹象表明，他是一个斤斤计较、极其吝啬的家伙，因此他在舰队里吃尽了苦头——那里的人们不喜欢这种人。但现在这都没有任何意义了。

我在桌边坐下，开始给女人讲她儿子的事情。

"嗯，可能，"我说道，"我和他早就认识了，还在舰队的时候就好上了。那时我们在同一艘驱逐舰上航行。他是个精明、干练的小伙子，甚至可以说很勇敢。秋天演习的时候我们下海，风浪有九级。可突然船上响起了口令：'有人掉下去了。'是大浪把指挥员冲到船下去了。第一个跳下去救指挥员的就是瓦辛卡。战友们都爱他，长官们也尊重他。他多次受到上级表扬，有一次指挥员还奖励了他一块带名字的手表。"

"他喝酒吗？"女人问道。

"他受不了那味道，他只喝茶和汽水。我们舰队里这方面管得很严。从舰队退役以后，他报名当了护林员。他说：'现在人们在欺负大自然，得保护它。'然后就到森林里去了。给他的待遇不错，给了他住房，还给了他生产和生活用品。现在他正保卫森林呢。他的房子很大，很暖和，给他通了电，安了电话，他还买了电视机。早晨起来就去林子里。空气好，大自然，舒服安逸。偷猎者都很敬重他。他们说：'瓦西里·彼得洛维奇，为了您我们掉脑袋都愿意。'"

"他的父称是伊万诺维奇。"女人打断我。

"我说的就是啊，"我强作镇定说，"'瓦西里·伊万诺维奇，我们愿意为您掉脑袋。'在林庄里他也很突出。过节的时候都给他写感谢信，发奖金。"

"他不抽烟吗？"

"抽过，现在戒了。他说：'我吸这个毒没有任何好处。抽烟有什么好处？全是坏处。'他还说：'我想活一百岁，给人们多做好事。我要考林学院，当个林学家。'"

"这不错。我以前总是对他说：'学习吧，瓦辛卡。学则明，不学则暗。'他爹在上前线的时候也对我说过：'把儿子养大，让他做个有学问的人。'"

她，这个年老的、疲惫的女人，坐在我面前。她的双手青筋暴露，一看就知道干过很多活。她不停地用手指摩挲着围裙，死死地盯着我，尽量不错过我的每一句话，而我不停地讲着我不认识的瓦辛卡，描绘着他美好的林中生活，心里想着：母爱是多么美好。除了母爱，还有妻子对丈夫的爱，工作者对工作的爱，但是母亲的爱是最纯洁、最神圣的。我们是不是经常能够意识到这一点？是不是经常回报母亲的爱呢？不是。我们做得更多的是埋怨她们，不给她们写信。我自己也比这个瓦辛卡好不了多少。我的妈妈也整月整月地收不到我的信，不知道我是否健康，是否吃饱、穿暖。

"他没结婚吗？"女人又一次打断了我。

"怎么没呢？结婚了。"

"她怎样？他妻子？"女人小心翼翼地问道。

"嗯，怎样呢？年轻，会关心人。整天就知道说'我的瓦辛卡，我的瓦辛卡'的。她特别爱瓦辛卡。"

"真是谢天谢地！重要的是他们相爱，其他的都会有的。"

"他们生了个儿子。"我说，"瓦辛卡说：'他很像爷爷。'他们给孩子起名叫伊万。"

女人悄悄地抹起了眼泪。

"您放心，"我有点着急，"他们一切都好，他们什么都有。他现在不能回来，因为他有很多工作要做。等干完工作，他会带着你孙子回来。"

"哪怕让我看上他一眼也好啊。"女人说完，陷入了沉思。

我坐在她面前，感到窘迫，因为我说了很多多余的话。显然，瓦辛卡这个混账家伙不常给母亲带来她喜欢的好消息，他已经完全脱离了家庭，未必会回来让母亲高兴一下。他已经在城里安顿下来，早就把她给忘了，即使记得，也会很厌烦，因为他在农村还有个不知是死是活的老妈。我知道，我做了坏事，因为我说了我不知道的事。但是，也许事实上一切都和我说的一样呢？这个瓦辛卡有房子，有家，有老婆，有孩子，有工作并且对自己的工作很满意，不抽烟、不喝酒，总体来讲是个好小伙子！也许，这个女人活不了多长时间了，她也许会在瓦辛卡发善心告诉她这个好消息之前就死去。最好让她保留对儿子的好印象。

我悄悄离开这个女人，不声不响地走出去。

在街对面的一个房前土台上坐着一个穿毡靴、戴棉帽的老爷子。他一边晒太阳，一边打盹。

"你好，老人家！"我对他喊道。

他打了一个激灵，睁开眼睛说：

"终于有人用到我这个老头子了。快来，到木屋里去把我的军刀拿来。"

我虽然不明白怎么回事，还是听从老爷子的吩咐走进了木屋。在床的上方挂着一把炮兵的军刀。我把它从墙上取下来，拿出去交给老爷子。

"说吧，"老爷子说，"现在我们要和哪些法西斯分子战斗？"

"您知道吗？"我说，"实际上我在寻找席尔瓦。您有没有看到过我的母马？"

"你别耍我！"老爷子打断了我的话，"你直说吧。我是个老兵了，一战的时候我就得过四个格奥尔基勋章。跟我说瞎话没有用。前线的情况很糟糕吧？"

我不知所措地站在那里，心里想着怎样回答老爷子的问话。

"嗯，还行。"我安慰老爷子说。"别怕。以前比这还遭呢！"他接着说道，"主要的是要快、要全力刺杀。所有敌人都怕我们俄罗斯人的'乌拉'。我记得，1918年的时候，我们一下子砍死了好多白匪。他们那时候有整整一千人，而我们红军战士呢，只有二十五个。他们有步枪、机关枪、飞机。他们用机关枪打我们，我们用刺刀砍他们。他们用大炮轰我们，我们用刺刀砍他们。那时候我们砍他们就像砍白菜一样，不管三七二十一。你信吗？砍得我手都抬不起来了。"

说完，老爷子抬起手，好像那手刚砍完那些白匪，现在还不能挪开。

趁着他停顿的工夫，我问道：

"老人家，你见没见过席尔瓦？我的母马丢了。"

"见过，孩子，见过。"老爷子说，"我在这世上见过的太多了。那时候，我们的很多战士都倒下了。真是些好小伙子，都帅气、壮实，好像经过挑选似的。舍什科夫·伊万，一个好小伙子，唱歌好听，还会拉手风琴。唉，弹得真好！听得你心都不跳了。子弹打中了他的心脏。我跑到他跟前，他用尽最后的力气抬起头来说：'再见了，亲爱的战友们。我将要为工农政权和和平革命而死去。你们要无情打击法西斯分子，打败他们之后，要建立一个美好的劳动王国。而现在，把我的手风琴给我，我要拉一首我喜欢的歌跟你们告别。'我们把手风琴给了他。他拉了一首歌，我们站在他身边哭。"

老爷子抹了一把泪水，再度陷入沉思。

"到底怎么回事？老爷子，你见没见过我的母马？"我问道。

"见过，孩子，见过。1918年的时候，我有一匹母马，从一个白卫军军官那里缴获的。那真是一匹好马，我跟你说，不管在哪儿都找不到这样的马了。能用蹄子刨地，而且特别机灵，可惜不是个人。有一次，长官命令我去巡逻。没说的，我骑上马就出发了。可这时来了一大堆白匪，我拿刀对他们一通砍。看得出来，我对付不了他们。于是，我低下头悄悄对马说：'来吧，兄弟，救救我，要不咱俩就完了。'它开始左冲右突，用蹄子踩踏敌人，把他们全踩死了，一个也没剩。可是，看吧，敌人又拥上来了。"

老爷子仔细看了看我，好像回过神来了，问道：

"你准备当什么啊？指挥官还是战士？"

我告诉老爷子，我是一个护林员，住在河对岸。

"就是说，你是指挥官，"他说道，"看得出来，小伙子年轻、机灵。可在我们那时候，像你这样的小伙子都参军去了。哪怕你是指挥官，我必须服从你的命令，但咱俩也得这样说话。我是个像样的战士，懂规矩，知道怎样进攻、怎样前进，服从命令不迟疑，但是有一点我得说：如果我脾气上来，谁也别想管我。你别看我老了，可我脾气还相当火暴，身体还相当结实。只要开始和敌人拼杀，谁也别想阻拦我，我会一直战斗到最后胜利。我们干吗在这儿坐着？"——老爷子缓过神来，"该出发了。"

他想起身但是没起来，他的力气应该都消耗在说话上了，他垂下头，打起了盹。

我出门来到另外一条街上。我没看见一个清醒的人。尽管已经是中午时分、太阳晒得很热，人们都在沉睡。人们睡在木屋里、办公室里和牲口棚里。拖拉机手、养猪女工在沉睡，挤奶女工、养马人、老人和孩子、男人和女人在沉睡，连那只狗也在沉睡，不时在梦中哀号，好像是做了噩梦。

眼前的情景让我担心，我不明白发生了什么事情，赶紧跑过去叫醒人们。

"这到底是怎么回事，好人们？"我对他们喊道，"你们怎么睡着了？现在是白天，阳光灿烂。难道你们太累了？还是你们得了什么病啊？起来吧，醒醒吧，睁开眼睛吧！这样可能会把一辈子睡过去的。"

我在村子里跑来跑去，直到在旁边看见了苏维埃农庄养马的饲养员米特罗方。我跑到他身边。

"你看！"我对米特罗方喊道，"外面是大白天，可全村人都在睡觉。我喊他们，他们也不醒。帮帮我！"

"这哪里是什么村庄！"米特罗方说，"难道你没看出来？这是坟地。"

我仔细地看了一下。的确，我眼前不是村庄，而是坟地。木屋和房子不见了，只有坟墓、十字架、小星星和题词："薇拉·潘克拉托娃，惨死于歹徒手下，安息吧，亲爱的女儿""科尔涅娃·别拉盖娅·米哈伊洛夫娜，愿你安息。""卫国战争英雄奥斯塔普·季莫费耶维奇·祖耶夫，1870－1941。"

另一边是伊万大叔的坟。坟上长满了青草，十字架稍微有点倾斜了。看得出来，没有人来扫过墓。"咱们又见面了，伊万大叔！"我说，"原谅我之前没有来看你。你不用担心，一切都会好的，无论是林子，还是席尔瓦。只是我上哪儿去找它呢？"

9

太阳在下沉，落到树顶上了。天空澄澈，暖风轻拂。在空旷的地方，微风驱赶着蚊虫，这让人心中一片欢喜——你听不着耳边的蚊子嗡嗡声，你不必用手掌拍打脖子，不用疯狂地抓挠后背和露在外面被咬得伤痕累累的脚丫。一天下来，鸟儿唱歌唱累了，打算休息了。树木和小草累了——白天很热，它们这一整天都没睡觉。白天觉得热的，这时都纷纷爬出来、飞出来、走出来，来到自己平时走的大路小路，但是这并不妨碍安静的存在——夜行者都不出声。对他们来讲，安静就是一首好听的音乐，但他们不露声色地听它。不过，是什么样的安静？青蛙在池塘中狂躁地喊叫，夜鹰在草丛中尖叫，螽斯吱吱叫。我身后的鸫鸟怎么也不肯安静，疲惫而生气地争吵着、咕哝着。小燕子飞离了天空，没有了它们的天空变得空荡荡的，但是很快就会星光闪耀的。夜晚是柔和的，夜晚是亲切的，昼与夜的交替没有剧烈的震荡，几乎是不知不觉地，而且这种柔和可以带来非常舒适的体感：它似乎活在白天，而为黑夜做准备。白桦树叶懒洋洋地交谈着，每一个叶片，只要有风，都急着报告新闻，宣告自己的存在。一只迟来的乌鸦斜着飞过，难道它现在必须找个地方过夜？碰到一个松枝就落上去，原地蹦跳一阵，习惯性地向黑暗里看一看附近有没有危险，然后蓬起羽毛打起盹来，就这样一直到天亮。

美好的夜晚。白天暗淡了，白天离去了。如果耳朵灵敏，可以听见狐狸轻快地在小路上跑着追逐猎物，小兔子东张西望、轻手轻脚地跳来跳去，驼鹿咬断树枝吃东西，可以听见猫头鹰飞过的轻悄声音——一切都是轻盈的、安静的，连树枝断裂的声音也是轻轻的，连白天如铁镣一般敲在石板路上的人的脚步声也是轻盈的了：不知是石头突然变得比蜡还软，还是套在靴子上的脚镣脱落了，抑或是在走路的过程中人的自信心降低了。

如果耳朵灵敏，可以听见很多东西。在森林的寂静中可以听见自己的寂静。能在你心里听见什么？你头脑里盘桓着什么样的思绪？使你激动的是什么样的情感？因为邻居的公羊钻进了你的菜园而生的恼恨？还是突然产生的对蒲公英、对故乡、对世界的爱？在这样的夜里应该倾听自己，我们不是每个夜晚都这样做，也不是每个夜晚都允许我们这样做。也许，一个人的生活里充满恼火、不快、委屈，还有，最可怕的，不信任？他认为自己是个不成功的人，一切都不对头，一切都不顺利，他在自己内心听见的不是安静，而是咬牙切齿的声音？那就让他认真听，他会听到的，可又能听到什么呢？他只会看见内心一片明亮的空地和空地上的一朵小花。

不要擦肩而过，而应该好好看看这朵小花，那样，也许一切都会开始，生活会改变——只是要好好看……

是的，可爱的夜晚，美好的夜晚，安静的夜晚，在森林的上空。

雨后的早晨，路边留下了大大小小的水洼。看一眼水洼，你会发现那里有整个世界：有时是一株顶着巨大树冠的古松，有时是一根桦树枝，有时是一丛荨麻，有时是一束苔草，有时是一枝白桦，还有云彩和停在白桦枝上的一只山雀，有时是苔草，还有怒放的柳兰和雾中的太阳，有时是一株松树和穿着靴子走过的一个人，或者两三个背着枪、挎着装满蘑菇的篮子、嘴里叼着香烟的过路人。空中飞过一架飞机，它的影子也会出现在水洼中，地上跑过一只找不到主人的小狗，它也会出现在水洼里，小轿车、手推车、马、牛、孩子、接骨木枝条上的小甲虫、马林果——所有的东西都映照在水洼中，不在这个水洼里，就在那个水洼里。在这个世界上，没有什么东西是在水洼里面照不出来的。我闷闷不乐地走在路上，水洼里一个闷闷不乐的人的闷闷不乐的脸在一本正经地看着我，我露出微笑，于是微笑转移到那里，我站得离水洼远一点，好像一张全身像，站得近一点，里面的我只露出上半身，低下头一看，只能看见我的一张脸，水洼里没有了白桦树，没有了松树，没有了太阳，也没有了云彩——一切都被我的脸挤走了。我再低点头，几乎碰到水面，就只看到自己的一只眼睛。

晚上下班后，我在林间还是走这条路。水洼没有了。一天之内，土地把水都吸收了。云彩走了，进入土里了，天空走了，松树、小草走了。白天带来的一切都被土地收走了。在深处，在土壤里，那里保存着无数的形象，它像孩子在储钱罐里积攒硬币一样积攒这些形象，把这一大堆数不清的东西都收进自己的身体里。你拿起铁锹，深挖一些，它们在哪里？可那里什么也没有……

10

在大叔的坟前，我没有落过一滴泪，因此我总是怪自己没有感情。我从小就这样。人们总是叫我没心肝的木头人，说我不会痛苦，也不会同情。也许他们是对的——我对人们的遭遇无动于衷，无论他们跟我亲近，还是疏远；我不会哭，无论我是否关心别人的痛苦，是否满意自己的处境。我越了解命运对我自己或者别人的折磨，我的眼睛就越干。但是，眼泪是什么？廉价的水分。痛苦是什么？怨天尤人者、无所事事者和爱哭者的臆想。难道眼泪能改变世界？眼泪只会刺激人，使人毫无办法，情绪变坏。不，我不羡慕那些像女人一样流眼泪的人。我会难过好长时间，很痛苦，没有眼泪，也不能放松，我积攒自己那没有哭出来的痛苦，就像商人积攒财物。我为自己骄傲，我觉得世界上没有能够让我感动到落泪的东西。"疾病、死亡、损失，当然，看上去很沉重，但为什么一定要为此痛哭呢？湿漉漉的眼睛里没有真理。真正的男人应该超越眼泪。"我这样想。

但我从心里想为老头流点泪。我为他的死感到难过。我每天夜里都梦到他。他的死像一根刺一样扎在我的心上。时光流逝，因为我不能哭泣，我的心越来越痛。恨不得去死，或者像我的一位熟人建议的——从地里拔出一个蒜头，闻到流眼泪。

一天晚上。一个老太太坐在路边。人们从她身边走过，每个走到她身边的人都开始掉眼泪。这是种菜的波利亚。她平时让我感到惊讶的是她总是高高兴兴的，而且今天她刚举行了婚礼，她应该加倍高兴才对。可这是怎么回事？她眼睛里有眼泪，她在擦眼睛；这是只有一条腿的、走路一瘸一拐的彼得·杰烈维扬科，他是伤残军人，现在当仓库保管员，在战场上杀敌，自己受了伤，他也像人们说的满不在乎。可是，当他看见老太太时，他却忍不住哽咽起来；还有这个，一个蹦蹦跳跳的5岁小女孩。她可是白纸一张，没有尝过生活的苦。但是，她也哭了起来。

眼前的情景令我困惑，于是我走到老太太跟前，跟她打招呼：

"大娘，您好！"

"孩子，别靠近我，"她说，"要不对你不好。"

"对我有什么不好？"我吃了一惊，"难不成你会吃了我？"

"吃我倒是不能吃了你，我没有牙了。不过你会掉眼泪的。"

"可为什么我得掉眼泪呢?"我没有退缩。

"因为我的样子让人难过。谁看我一眼都会哭的。"

她的样子确实令人难过,于是我问她:

"你怎么会是这个样子呢?"

"唉,别问了,"老太太叹了一口气,"我犯了大罪,到死也赎不了了。世界上没有比我更坏的女人了。"

"你到底干了什么?"我问,"你不会是杀了人,或者抢劫了吧?"

"比这还要糟。"老太太回答。

"那到底是怎么回事?"我急不可待地问道。

"是这样的。我们去树林里捡蘑菇,我的朋友卡尔波夫娜跟我说:'咱们去小空地吧。那儿有一棵松树,一半干巴了,一半是绿的,树顶却是金黄的。这棵松树底下总是有很多蘑菇。'我跟她说:'别去那儿。那儿现在根本没有蘑菇。'可我自己却到这棵松树底下去了,捡了整整一篮子蘑菇。从那时候起,多少年过去了,我一直被良心折磨,罪孽不放过我的灵魂。我为什么要欺骗自己的朋友?为什么要对她说假话?我想把那些蘑菇独吞了。我的行为太可怕了!我是个天大的罪人。无论是活着还是死了,我都不能得到宽恕。"

"真奇怪,"我说,"我觉得你的行为没有那么可怕,不至于过分悲伤。别人干的事比你的严重,他们杀人、抢劫,可是那也会免除惩罚,得到宽恕。"

"这是肯定的,"老太太说,"他们不好过,可我的行为更沉重。"

"你得明白,老人家,"我说,"你的行为不是更沉重,而是更轻松。而且这根本不算错误,而是小事一桩。你认为你骗了你的朋友,那你下次就带她去这棵长着金顶的松树下边,一起采蘑菇。这样就都好了。"

"我这样做了。也跟她一起去捡过蘑菇,也做了很多别的事,可罪孽就是不放过我。"

我有点可怜这老太太了。

"那现在怎么办呢?"我问。

"一直到死都痛悔。"她回答。

"这你还来得及,"我说,"要不你去趟城里,去找好的法律工作者,跟他商量商量。"

"我去找过法律工作者。"

"那怎么样呢?"

"没怎么样。他说:'老太太,你别用小事烦我,我正事够多的了。'"

"你看,"我说,"法律工作者跟你说的是真话。他是个聪明人,他懂得所有法律。"

"法律他倒是懂,可我的事好像跟法律没关系。"

"要不,你弄一张疗养院的疗养证?到南方休息休息,治疗治疗?到了海边,你就会觉得您的担心是小事了。"

"疗养院我也去过,大海和药物都帮不了我。不,惩罚我的是上帝。他的惩罚太严厉。我完了。"

要是以前碰到这个老太太,我肯定认为她是失去理智的傻瓜,笑话一番她的恐惧,然后就忘了。因为一个小小的蘑菇就要死要活的,听都没听说过。无可争辩,骗人不好,骗朋友更不好。但也用不着有那么大的负担，一辈子受折磨吧？毕竟不是天塌下来了。欺骗了同伴，就承认呗，谁还会不原谅你？我到现在还想笑呢，想安慰她一下，让她别瞎着急，但是，我越劝她，我心里就越难受。我想，也许我错了？也许，我真的是一个感觉不到别人痛苦的木头人？

还有，我有自己以为的那么纯洁、那么高尚吗？的确，我没杀过人，没骗过人，也没抢劫过，想都没有想过这样的事情，想让我干坏事，还不如让人把我的脑袋砍掉呢！但这样想没啥大的用处。我帮助、支持过很多人于危难吗？既然觉得自己这么美，是不是把一切都奉献给别人了呢？

来，赶紧回忆一下，在心里好好回想一下！说不定你能掏出点什么，说不定你也有啥污点呢？就拿我来说吧，我说过，我没偷过木头，干净得像块玻璃。可真是这样吗？第一年冬天，我这里来了两位老人，一对老夫妻。老人都退休了，打算盖一座房子养老。集体林庄给他们开了木票，我把树拨给了他们。看得出来，给他们批的木头不够盖房子的，于是他们请求我擅自再给他们五棵树，他们不会欠钱的。当时天寒地冻，两位老人站在雪地里无助地跺脚，看着松树，难过地摇着头，小声嘀咕，抱怨说，盖个房子他们得花多少钱——木头要花钱，砍木头要付工钱，运木头要花钱，雇车要花钱，不一而足。这笔钱确实也不是小数目。我表示理解地点着头，但是拒绝了他们的请求。我本人没有权力批准人们砍树。更何况，还得收钱。这就是赤裸裸的盗窃和对工作、森林、老人的背叛。我明白这一点吗？明白。而且，来到护林所的第一天我就发下誓言：无论我将来怎么样了，都不会因为木材收一分钱，要做一个诚实正直的人，否则我就别想活了。可结果呢？那时候我缺少生活资料。而且，有那么一刻，我很同情两位老人——我心里说，你看，花了这么多钱，房子还是盖不成。于是，我同意了他们的请求。并且把他们急急忙忙塞给我的10卢布紧紧攥在手里。

在村子里雇来的两个农民快速而灵巧地把树放倒了，同样快速地把放倒的树拖到路边，同样快速地从老人手里夺过所有的钱，没有把树装到车上就溜了。等他们回来或者去找他们都没有用。夜色降临了，司机很着急。我提出帮老人忙，和司机一起——两个人把木头装好，——老人未必能算得上帮手，他们不但不能帮忙，反而碍事。

我主动帮助老人并不仅是因为他们太无助，所以我开始同情他们了。我主动帮助老人，是为了从某种程度上减轻我的行为的严重性。我想让自己认为，我收老头老太太的钱不是因为给他们木头，而是因为帮他们搬木头。我觉得，如果我免费给了老头老太太五棵树，那我就是犯错——但不管怎么说，错不大，至少不是很严重。一旦有人来检查，发现多了几个木桩，那我就诚实地承认：说是这么一回事，即使是因为自作主张自食其果，那我受的惩罚也不会太重。可问题就在于，那几棵树我不是免费给的，收的钱也不是因为工作，而是因为木头。我偷了木头，并把偷来的木头卖给了老头和老太太。

我没有对任何人说这件事，跟伊万大叔和领导都没坦白，我把这个沉重的秘密保守至今（可你对自己能隐瞒什么？你能逃到哪儿去呢？），我害怕自己说漏嘴，因为我是如此自诩高洁，差点没把自己当成了苦修者。到了春天，我试图把这几个树桩用土埋起来，用苔藓蒙上，可过后过来一看——它们还是露在外面。我数次掩藏我堕落的难以磨灭的证据，后来我开始讨厌这一切，就把树桩都扒出来，是想让所有人都看见我的耻辱？还是我完全失去了理智和荣誉心？如果从表面看，那么那年春天我赎了自己的罪，在森林里我主动做了那么多好事，而领导从不知情，——我就像强迫自己苦修一样，种树苗、烧干树枝、清理幼林、清扫垃圾，——所以我觉得我的工作彻底弥补了我的错误。但实际上我什么也没弥补得了，即使我一辈子劳动而不收一分钱，我的过失还是压在我的良心上。我为它感到羞愧，而且将会一直羞愧到生命的最后时刻。不，要想当个圣人、苦修者，应该拥有比我更纯净的良心。但是，我的良心只是在老头、老太太的事情上不够纯净吗？还有一次，我向领导瞒报了一些私自砍伐的树木，仅仅是因为我觉得私砍的树木实在太少，不过是一些游客在河边过夜，砍了两棵松树点篝火。还有一次，我没有把林中的一块火烧地记录在案，我认为火情不严重，没有必要用这点小事惊动领导。我经常为此责骂自己，惩罚自己了吗？

我准备流一大箩筐的眼泪，以便洗刷这伟大受难者的灵魂。但是，我的眼睛里一滴泪也没有。我从老太太身边走开，马上就发生了我根本没有想到的事情，——我眼里开始流泪。一开始，我还有点不情愿掉眼泪。夏日酷暑中的雨经常是这样的：旁边突然出现一块期待已久的乌云，从天边飘过，把雨滴洒满大地，压住浮尘就走了。但是，后来眼泪流得越来越多。最后，我的眼里涌出一股水流，好像有两条河从我身上流淌下来，流向天边。

我非常清楚自己的斤两。我没有受过那么多的苦，不值得流这么多的泪。尽管我也讲过出现在我生活中的黑暗日子，但这都是为了说说好听。我哪里可能有黑暗的日子？有什么考验？我见识过什么？吃过什么苦？我年轻、健康、充满力量、幸福快乐。世界就在我脚下。善良的人们保护着我。我有森林，有工作，有朋友，有未来。我知道什么是快乐、幸福，可我没有经历过痛苦。

我很快就放弃了这些眼泪是生活熔炉中熬出来的想法。可能，第一滴泪是从我自己身体里挤出来的，为自己的耻辱，但剩下的那些泪水是谁的呢？我转身看了看老太太，她还是那样垂头丧气地坐在离路边不远的地方。我没能为她的痛苦流泪。

11

当我遇到特别热爱大自然的人、特别了解大自然的人、酷爱打猎的人时——不过，酷爱打猎的人不是那么多，更常见的是猎人中的败类，不是内行，而是小混混，毫不怜惜地扫射无助的鸫鸟，徒劳无功地向黑熊射击，——当我遇到这样的"专家"时，我羞于承认我是护林员。

我总是觉得，他们会用审视的目光看着我，然后问："来，亲爱的，你告诉我，我们北方常见哪些种类的野鸭？"或者："喜鹊蛋是什么颜色的？"或者："燕雀的寿命有多长？"我会一阵发慌，什么也答不上来，因为我不知道这些问题的答案。但是不知道喜鹊下什么颜色的蛋也还不算啥大事，只要努力，知道这个不是那么难。令人痛苦的是我不了解更重要的特征和现象。比如，我几乎不知道各种野草、野花的名称。我知道蒲公英、三色堇、三叶草、洋甘菊、柳兰、铃兰、蝴蝶花、金丝桃、千叶蓍、天仙子、毛茛、山芥、荨麻、飞廉、肺草、金鱼草、雪花莲、风铃草（谁不知道它!）、苔草、款冬、湿山萝花——如果不算上另外几种野草，就这些。其余的无数花草都在未知之列。见我倒是每天都能见到它们，就是不知道它们叫什么名字。我以为，伊万大叔能教会我认识花草，但他也不全认识。我试图在城里找到一本书——《野生花草鉴定图册》，但是没有找到，所以我很难过。我不仅认识花草不行，认识鸟类也不行（还说啥鸟蛋啊），落在树枝上的小鸟我能认出的都很少，飞行中的就更少了。我不清楚野生动物的习性。有一次偶然看见一只狐狸吃马林果，我才知道狐狸是个嘴馋的家伙。要是没看见，我就不得而知了。可是，胡獾或者松鼠吃不吃马林果，这我可不知道，没见过。我也不能肯定所有的狐狸都吃马林果。

万一我碰上的甜食爱好者是个孤例，别的狐狸不仅不喜欢马林果，可能还受不了马林果的味道，看都不能看它，只要一想起它就恶心呢。我看见过一只这样的狐狸，它站在马林果丛中，一脸的可怜、忧愁和不高兴，就好像闻腻了马林果的味道，马上就要呕吐的样子。我不认识所有种类的苔藓和毒蘑菇（可以吃的蘑菇我稍稍了解一些）；不知道蚊子、蚂蚁、驼鹿的内部结构——上学的时候知道，后来忘了；不知道天上星座的名字，除了大熊星座；还有其他种种，都不知道。

由于害怕露出缺乏森林基本常识的破绽,如果这些"专家"问我:"来,亲爱的,指给我们看看,哪是桦树,哪是松树?"我肯定会惊慌地把云杉指给他们看。

这一切都不可笑,却令人难过。的确是这样,我在森林里生活了不止一天,也不止一年,可又好像没在那里生活过。

但是,最可怕的还不仅仅在于我不认识各种重要的东西,归根结底,谁也不是一出生就是教授、专家的,大家出生的时候都是混沌未开、什么都不懂的婴儿,后来真理之光才照亮了他们——最可怕的是我对这些一点儿都不想知道。当我说我在城里寻找《野生花草鉴定图册》,没找到很难过时,我更多是为了让自己和别人相信,我确实去找过了。用不着信我的话,在这里我有点夸大其词了。问过那么一两次,然后就忘了。这有什么问题呢?为什么我不知道每一个森林爱好者都必须知道的东西却又不想知道?为什么我不乐意研究鸟的羽毛和花的构造?这很难回答。我找到了一个简单的答案,那就是懒。这是实实在在的真话,尽管很难说我是个懒人,如果不考虑下面这个情况的话。当我看着一朵花,我完全忘记了我应该仔仔细细地观察它:它的雌蕊什么样?雄蕊什么样?我痴痴地看着花,心里想:它怎么能这么美?别的就什么想法也没有了。花儿剥夺了我思考的能力。我为它高兴,因为它长得如此美丽;我喜欢这个时刻的它,我欣赏它,就像欣赏一个婴儿或者一个姑娘。它有几个雌蕊、几个雄蕊跟我有什么关系!我干吗要知道这些?

我看见一只小鸟时,也是这样的情况。我看着它,可根本看不出它的尾巴或喙长成什么样。我根本看不到它的尾巴或者是喙,我看见的是它精神抖擞地蹦蹦跳跳，听见的是它快乐的歌声，我很高兴它在森林里有着广阔的空间、自由自在，我觉得自己也像一只小鸟，随时准备起飞。当我无意之中发现一只趴在窝里的喜鹊，我看不见喜鹊，也看不见鸟窝，我看见的是一位母亲和自己未来的孩子，干吗要去那里惊动它，干涉别人的事情？于是我继续跑步前行，生怕惊扰了喜鹊，要是我还是吓到了它，那我就会很惭愧、很生气，觉得面对那些"专家"的惭愧与之比起来就像小孩子的玩笑。

对待森林的这种态度能帮助我理解鸟兽的语言，但却彻底剥夺了我表现好奇心的机会。我不知道喜鹊蛋是什么样的。到需要知道的时候，我就问一声，任何一只喜鹊都会毫不犹豫地告诉我的，而且它不仅会告诉我喜鹊蛋的颜色，还会非常详细地描述自己，它说的东西任何一个熟知大自然的人、任何一位"专家"这辈子都不会知道。

我曾经两次短暂地遇见过驼鹿。第一次是来护林所的第一个冬天。当时有一些打野兔的猎人开着车来到我这儿。确切地说，是来了一位著名演员（我不想说出他的姓名，但是一看脸我马上就认出他是谁了），而别的带着猎狗的猎人是他雇来的。他们打猎打得很糟，按书本来，而且据我所知，连一只野兔也没打死。

那天早上下雪了，下到齐膝深。我一大早就去村里买食品，路很不好走，我带着一团香肠和一条面包很晚才回到家。

看见院子里的猎人，我吃了一惊。按照我的估计，他们应该已经走了。他们等我很长时间了，冻得够呛，在汽车旁边挤作一团。

在电影里扮演崇高英雄的男演员鼻子上挂着清鼻涕。我把他们让进木屋，他们争先恐后地向我通告令他们焦虑不安的消息。他们三个人一起说，可我又累，又冷，又饿。我请求他们中的一个人说话，然后自己开始生炉子：木屋里比外面还冷。猎人们又吵吵嚷嚷地喊了一会儿，决定由谁来讲，后来那个演员——在这些人里他既是个子最高的，也是最主要的人物——用长长的手臂把自己的同伴推向两边，好像要让他们离我远一点儿似的，宣布道：

"我来说。"

接着，他结结巴巴地讲道，猎狗在森林里发现了一头躺在地上的驼鹿，并轻轻地咬了一下它的角。

我对猎人总是抱有一种父母之爱：这爱是公正的，但是很严厉。对眼前这些猎人我也不例外。我故意做出一副庄重的样子——尽管我非常明白，我的猎人们不能伤害或杀害驼鹿，他们不像是盗猎者——说我要记下他们射杀驼鹿的罪行。猎人们生气了，我吓唬他们一通之后，就放下他们不管，拿起一把斧子去看驼鹿。

天已经晚了，马上就要天黑了。我顺着猎人们那盖上了薄薄一层雪花的脚印找到了那头驼鹿。它侧身躺着，站不起来，但两条后腿还在乱蹬。它的两只角确实被猎狗咬出了一点牙印。看样子，它躺了不止一两个小时了，它脚下的雪都结成了一层冰。

我知道接近驼鹿的腿很危险，它可能会用蹄子把我踢死——这样的情况在森林里时有发生。于是，我靠近它的后背。它没动地方，只是朝我转过头，看着我。我在它眼里看到了疼痛和痛苦。我很可怜这头驼鹿，但是我没有思量很久，就挥动斧头朝它的颞颥砸去，一下、两下。我看着斧头，看着它砸中的地方，可是我只看到驼鹿的一只眼睛，它是亮的，里面还有着生命之光，后来它突然好像蒙上一层雾气，暗淡了。我觉得我必须做的一件事是帮助驼鹿解除痛苦，它已经活不长了：要么是我没看出来的伤口，要么是疾病，判了它的死刑。带着完成任务的感觉，我迈步往回走。我没有想到要剖开它的肚子，掏出它的肝脏，砍下一块肉，为此我感到十分骄傲。没有一丝犹豫，我很轻松，仿佛是赋予它生命一样，我认为自己有权杀死驼鹿，以此来结束它的痛苦。

与第二头驼鹿相遇是在一个炎热的夏日。一对不认识的老夫妻开着车来到护林所，说他们在森林里看见一头断了腿的驼鹿，愿意拉我到现场去。

听他们说完，我拿起伊万大叔的猎枪，带上三发子弹，坐车到森林里去了。我们很快就到了现场，驼鹿躺在离林间大路不远的地方，在一片沼泽地旁边，它可能就是在那里把腿弄折了。看见我们，它站了起来，向水草深处走了几步，又倒下了。它的一条后腿踝骨骨折，露出了白色的骨头。我靠近驼鹿，它没有站起来，但是很怕我；想站，却又站不起来。它很瘦，皮包骨。一群忙乱的苍蝇黑云一般在驼鹿身边盘旋。苍蝇非常多，发出的声音也很大，仿佛大旱突然降临森林，烤干了树上的叶子，而现在这些叶子就在飓风中嗷嗷作响。

显然，驼鹿注定要死了，什么也救不了它了。我把子弹装入枪膛。带我来看驼鹿的两位老人已经走了，白天已经结束，夜晚正在来临，驼鹿又疼、又饿、又难受，对我的行为已经没有了反应，它把头垂到草地上，抬也不抬，可我端着子弹上膛的枪，像一只被猎狗追赶的野兔在驼鹿身边转来转去，就是不能下手杀它。最终我也没能开枪，我的手抬不起来，我不认为自己有权杀死这头野兽。

我没有射杀驼鹿，就回家去了。回到护林所，我把伊万大叔的猎枪挂到墙上。我想着那头驼鹿和它的痛苦，责骂自己软弱和退缩。

我在惴惴不安中睡着了，半夜却被木屋里巨大的枪声惊醒了。伊万大叔的枪挂在墙上，枪筒微微冒着烟。我记得很清楚，我把枪里的子弹卸了，我没有在枪里留子弹的习惯。我以为枪是打我的，这是公平的，但是我还活着。它把子弹射到哪里去了呢？为什么开火呢？

第二天早上，我又去找驼鹿，想看看它怎样了。我走近的时候，苍蝇又疯狂地叫起来。驼鹿一动未动。我靠近它。它已经死了。它头顶上的一个大洞一下子扑入眼帘——那是重型子弹的痕迹。

我全明白了。我没能举枪射死它，又没有别人，是伊万大叔的枪帮了我的忙，替我杀死了它。

12

我坐在小溪边休息。是谁坐在谁脚边？是我坐在小溪的脚边，还是它坐在我的脚边？是我在休息，还是它在休息？我俩都坐下了，每个人都坐在别人的脚边，我俩都在休息。我坐着休息，它跑着休息。我能听到自己均匀的呼吸声，也能听到小溪均匀的呼吸声。我走路走累了，一大早就起来了，现在离家还很远。如果说它不比我劳累的话，那它也不比我轻松。它不是今天，也不是昨天上路的，而且它的路还长着呢，不会明天就走到头。那么，我们两个为什么不利用空闲时间坐一坐、休息休息呢？我看着它，为它高兴，我想，它也在看着我，也为我高兴，的确，它应该也没什么特殊的理由见到我就高兴，不过，为什么就不能高兴呢？不是为我，而是因为它身边坐着一个人。我不能很明白地说它现在能感觉到自己的想法。可是，难道我就能清楚自己的想法吗？我的想法是模糊的和片段式的，更确切地说，我什么想法也没有。而且我的感觉也是无形的，不清楚的，也可以说我是没有感觉的。我听小溪的喧闹，它听我的呼吸。我在它的水中看见自己的脸，它在我的眼里看见自己的细流。我们专注地审视对方。在那最深处，我们能看见什么？

过了几天，不再为老太太难过的我想起了那棵长着金色树冠的奇怪的松树，决定去找找它。这样的树我在我的森林里没见过。

"老太太在哪儿找到这棵树的呢？"我想。"蠢材！马大哈！太不认真了！"我骂自己，"你敢肯定你对自己巡查的地方了如指掌吗？你能闭着眼睛找到每一棵树吗？这是怎么搞的？你连最重要的树都没发现！风烛残年的老太太都比你知道得多，今后你还怎么当护林员？你算什么主人？你不过是这里的偶然过客，偶然来了，偶然走了，除了虚荣和自大，你什么也没有。"

我承认，我有时确实自以为了解我的森林。我觉得，我知道它北起何处、南至哪里，哪里躺着被雷击倒的大树，哪里有一棵老云杉被闪电劈裂了树干，哪里长着马林果、越橘，哪里初夏的时候可以找到新生的羊肚菌，胡獾在哪里给自己挖了一个洞，驼鹿到哪里饮水，老乌鸦在哪里睡觉。我觉得，我知道所有秘密泉眼的所在地，除了我，谁也找不到它们；我知道毛茸茸的松鼠的树穴在哪里，知道在哪里总是能够找到水獭。我以为，在森林里我能看见别人看不到的一切，大自然已经在我面前展露无遗。

我千万次巡查过我的森林，钻进过最茂密的云杉林，查看过最深的树洞，没有一棵树我没看过、没用手摸过、没和它交谈过，没有一个树桩我没在上面坐着休息过，没有一丛灌木没用湿漉漉的枝条刮洗过我的裤子，没有一株小草没跟我悄悄说过它的秘密，而众所周知，每一株花草都有自己的秘密；那又怎么样？实际上我却不知道我的森林里哪儿长着这样一棵不同寻常的松树。

"你这眼睛算什么，"我对自己说，"既然它们没看见这棵松树，就说明它们什么也没看见？你这耳朵算什么，既然它们没有听到这棵松树的沙沙声？你这腿算什么，既然它们没有把你带到这棵松树面前？你这脑袋算什么，既然它没有想到这棵松树？你这心灵算什么，既然你没爱过这棵松树、没有急着去抢救它？"

我跑着在森林里寻找这棵松树。怎么回事？我一下子就看见了它。它就在一个最显眼的地方，耸立在森林上方。它是最高的一棵松树，瞎子也能看见它。老太太没有撒谎——这棵松树一面已经干巴了，另一面还是绿的，树冠是金黄色的。它的顶部像教堂的金顶一样闪闪发光，看上去眼睛疼。

我站在松树面前，惊叹地张大了嘴巴。它比白天、夜晚和太阳加在一起还要美丽。它那强壮的树干高耸入云，它的根深深地扎进土地。这样的松树我是第一次见到。而且，世界上也未必会有第二棵这样的松树。我还不能相信自己的眼睛，我绕着松树走了一圈，想从另一面看看它。然后，我坐在一个小树桩上，幸福地流下了眼泪。不，我幸福不是因为这棵松树在我这里，不是因为别的地方不会再有这样的松树——对此我毫不怀疑；我高兴就是因为有它、它存在，因为如果它不在我的森林里或者别人那里，情况要糟糕得多，还可能压根儿就是不好。我有这样一种感觉，好像没有这棵树，动物、人和鸟都活不了。

慢慢地，我的喜悦之情消失了。疑虑的虫子啃噬着我的心灵。现在我该怎么对待这棵松树？怎样保护这个美女，使她不被盗伐者侵害呢？要知道一旦发现她，他们是不会放过她的。在这壮丽的景致面前，他们的心是不会呼喊的，他们的手也不会颤抖的，他们会为了贪欲、为了利益，或者仅仅是出于好奇而砍倒它。那样这棵金松就会死去，那时世界上会发生什么？

我曾经有过这样一次经历。在通向小溪的路上，在一个拐弯处，长着一株小小的欧洲山杨。冬天，驼鹿折断了它的树尖，春天小杨树活了过来，伤口愈合了，但是它的长势却不像其他的小山杨那样向上发展，而是变得像个8字形小甜面包，像个小圆圈，好像自己扭转起来打上了结。它不好看，但是我很珍惜我的小丑八怪。我在它身边竖起了围栏，写了一个小牌子，免得人们无意中碰到它："实验植株，禁止触碰。科学院。"我想，让它长大吧，让它积蓄力量，给那些因为一点小事就消沉的人树立个榜样，让它给他们讲讲，它自己是怎样战胜死亡、恢复生命的。

可是，过了一段时间，我发现我的小山杨变成了新鲜的树桩。一个游客把它砍掉了。实不相瞒，从那时候起，我作为一个护林员一直不喜欢游客。不管怎样跟我解释，说人们到森林里来休息是为了躲避城市、躲避噪音，说他们想要亲近一下离得越来越远的大自然，而在我看来，这些背包客都是偷偷闯入者，想要消灭世上一切生物。

我不知道该怎样保护松树，使它避免意外死亡。我在它跟前一直坐到天黑。夜里我在树底下躺着，双手抱住它。就这样，我抱着松树睡了一夜，做了一些令人心焦的梦，总是心神不宁地醒来。

13

可能，我为森林唱赞歌、向它表白爱情，都是不合时宜的，赞美的话我说得太多了。我生怕我对森林的爱看上去有点过度，而我本人又不是把自己的偶像奉为神明的狂热少女。不，森林不是养在房间里的宠物狗，可以抱在手里亵玩；有时它会露出獠牙，变得可怕，使你想恨它恨到骨髓里。但我还是爱它，并将不知疲倦地为它歌唱。我喜欢绵延几千公里的四季常绿的茂密的松树林地，喜欢尖锐的直冲云霄的云杉树脊，喜欢白色的白桦树的海洋，喜欢它的味道、花朵、树叶在风中发出的声音、春天里的百鸟齐鸣、栖息在它的树洞中的无数野兽的话语和沉默，喜欢小草、鲜花、纯净的彩霞、黑暗的夜晚，喜欢它的每日每年、春夏秋冬，喜欢它的魅力、高尚、伟大精神和其他许多品质，稍稍有一点生气的心都不可能不喜欢这些。

　　我无法想象离开森林的自己，我把自己全部献给了它。我的工作日可以从一天中的任何时候开始，视具体情况而定。不过，更准确些应该说，我的一天从来也没有开始过，因为它从未结束过。我可以在凌晨四点起床，出发去森林。我也可以根本不睡觉，整夜在森林里走来走去，进行巡查。我可以一连几夜灭火或者整夜巡逻、伏击盗伐者。我干的不是那种熬过七个小时就可以回家休息的工作。我是在服役，而且是全天候在用信仰和真理为森林服役。早晨，刚刚醒来，我就能看见窗外的松枝，松树就长在我的木屋边上。我起床去院子里劈柴，从我在台阶上迈开第一步起，森林就把我团团围住，无论远近。

　　匆匆吃点东西、喝点茶，我就出发去巡查。这时森林又陪伴着我了，无论我离开大路、钻进密林、还是来到空旷的地方。我砍出林间通道，清理被火烧过的地方，森林都寸步不离我的身旁。我躺下睡觉，会在渐渐变暗的天光中看见熟悉的松树。在一天的工作中，我路遇过多少松树、白桦树和云杉树啊，见识过多少生命形态啊！我见过身上长满青苔的垂垂老者，它们经历过战争与和平，记下了存在的秘密。我遇到过正在庆祝自己成熟的风华正茂、身材匀称的男子汉。我遇见过刚刚投入生活的肢干纤细的少年。我碰到过刚刚破壳而出的幼小婴儿。或者成群结队，或者成双配对，或者孤身一人，或者身材匀称、腰杆挺直，或者弯腰驼背，或者胖或瘦，或者健康，或者病弱，或美或丑——它们排成一条没有尽头的长队从我眼皮底下走过,每一个都要求关注。不能说:"这棵树我喜欢,我爱它;这棵我不喜欢,我不爱它。"或者:"我要保护这棵树,不保护这棵。"我必须爱护整个森林,我也的确爱护它了,爱护了所有的树木,爱护了每一片在风中摇曳的树叶。

哦,森林,俄罗斯的森林!你有多少的爱啊!谁不对你一躬到地,谁不对你言说热爱,谁鄙视你、贬低你,谁说过你的坏话?爱你并不容易,但是不爱你更加困难。我惊异于那些轻浮之人的大胆,他们竟然迷恋上异乡,从你身边跑开,诅咒那些培养他们长大的圣林,跟随那些仇恨和污蔑你们、向你们举起屠刀的人。放弃你、背叛你的同时,他们也就放弃了自己,他们已经死了。就算把我关进监狱、把我埋进坑里,就算许诺给我天堂般美好的生活、让我长生不老,我也永远不会背叛你。没有你,我觉得受束缚、不自由、压抑。森林,我把自己的爱都献给了你。请温和地接受它。我要给你深深鞠一躬。

爱是怎样来到人心里的呢?有人说,它是乘着翅膀从天上飞下来的,还有人说它是从蛇洞里爬出来的。有的人压根儿不承认有爱,他们认为关于爱的谈话是闲来无事之人和能言善辩之人的臆想;按照他们的意见,爱是不存在的,有的只是细胞的反射、机械活动和化学反应。有的人说爱需要等待;也有的人宣称爱不会主动到来,你哪怕等上一百万年,也等不到爱,爱需要去寻找。解释爱的专家有无数。有多少人,就有多少理论。有的人连自己的细微琐事也搞不清楚,甚至不知道睡梦之后早晨怎样睁开眼睛,但如果你问他关于爱的问题,他就会展开细致地研究,以自己或伟人的生活为例,口若悬河，口吐莲花，说得你听完之后只想拔腿就走去寻找这个爱，像上战场一样义无反顾。

关于爱的谈话是神奇的，爱着的人和讨论爱的人是美好的。我愿意一辈子听他们说话。对我来讲，这样的谈话是世间最美妙的。而这谈话又能发现多少爱之细节和色彩啊！有母亲的爱，有儿子的爱，有父亲的爱，有兄弟姐妹的爱，有个人和整个人类的爱，有洋甘菊的爱；有对做事业和无所事事的爱，对森林、母牛、白菜馅饼的爱；有人的爱可以支配星星，有人的爱可以赋予虫子灵性；有人因为爱变聪明，有人因为爱获得力量。当然，爱是沉重的，有得不到回应的爱，残酷的爱，也常常发生爱一时伤害人、改变人的情况，但是它还从来没有真正给任何生物、任何微尘带来害处。

我对森林的爱是怎样产生的呢？有一次，我碰到一棵高大的松树，树上有一个小梯子——向上爬的台阶。在树顶绿色的针叶丛中隐约可见一个狙击手的藏身地。这个小窝是战争时期搭成的，从那时起，它就留了下来。小时候我喜欢爬树，这是我最爱做的事情：爬树的时候，你好像个子也长高了。于是，一想起小时候，我就赶紧爬到树上去——如果不是想起小时候，我无论如何也不会爬树的，一个护林员干吗毫无缘由地爬树呢！爬树很危险，脚蹬都烂了，有的都化成粉了，我勉强能碰到它们，但是我的热情十分高涨。我爬到松树顶上，举目四望，眼前展现出一番壮观的景象——我没想到会有这样的景象。森林，接着还是森林，直到遥远的地平线。我发现了一个岔路口，在重重绿树之中它隐约可见。大概，当初射击的人瞄准的就是那个方向吧。如今，路上空无一人，森林寂静无声。

想到这棵松树上曾经埋伏着敌方的射手，可能打倒了不止一个我们的士兵，我悲从中来，就开始往树下爬。谁能想到上树比下树容易得多呢！我勉强把脚放在腐烂的脚蹬上面或者用手紧紧扣住脚蹬，它们还是在脱落。松树的树干很粗，抓不住它。没有枯枝。

我一边责骂自己愚蠢的孩子气，一边艰难地往下爬。在离地面10米左右的时候，我纵身"飞"了下去。我觉得我飞跃的不是10米，而是整个宇宙。我一头撞到了树干上，没看到地面，也没来得及与松树拉开距离，于是我名副其实地顺着粗糙的树皮滑了下来，就像从金刚砂上滑过一样。我落在一株小云杉树上，把它压在了身下。我只害怕一点：千万别让针叶刺伤了我的眼睛。裤子和衬衫已经被扯成了碎片，脸、胸、手、脚、肚子上全是血。我咣的一声趴在地上，摔得我魂魄差点飞出体外、脑袋差点脱离躯干。就在这个时刻，我获得了对森林的爱。

当我从松树上掉下来、差点儿告别生命，然后又满身伤痕、浑身沾满车前草叶子的时候，我不能说我因此体验到了极大的喜悦，也不能说摔下来之后我身上长出了翅膀。我不但没有长出翅膀，我还耳聋了、眼瞎了，现在我的右耳朵还是几乎什么也听不见，当时是两只耳朵都听不见了；眼睛里是一片灰暗，好像角膜上蒙上了一层白翳，我不仅看不见眼前的小路，还有房屋，还有一些小东西，也看不见大的东西——太阳，天空，森林……可是同时，我又获得了眼睛和耳朵！

人们说，爱就像一首动听的歌。可爱的比喻。我非常愿意使用它，如果事实真的是这样的话。但是，奥秘就在于，爱与歌没有任何共同之处。我宁可把它比作疾病、比作痛苦，要不就是死亡本身。爱不是歌，而是自然灾害。一旦它降临到你头上，请多保重！

正是从树上摔下那天开始，我完全变成了另外一个人。我身上的一切都改变了：声音、步态，还有思想。在那天以前，我一直觉得自己是个普通人——有手、有脚、有脑袋，跟所有人一样，抓不住天上的百灵鸟，也不能抖搂耳朵上的尘埃。

我过得无忧无虑。而此时，我好像得了寒热病一样战抖起来。无论是走在森林里，还是在跟盗伐者争吵，无论是在给自己做饭，还是在做什么事，我只想着一件事物——爱。似乎整个宇宙的全部分量都压在我一个人身上了，于是我开始像一片秋叶一样抖个不停。我变得彷徨无助，我心里很是厌烦。我只想着我对森林的爱，而且我想得越多，我想它的愿望就越强烈，我感觉我的力量承受不住了，再过一会儿我就要死了。只有夜晚才能给我某种休息的机会，只有在梦中我才不去想、不去谈论爱。我不知道我该怎样避开它。在其他时候我呼唤过它，可现在我真想抛弃它——爱的十字架太沉重了。

最恼人的是与爱一起找上我的还有恐惧。之前我去找那些盗猎、盗伐者并给他们写犯罪记录时，就像对待自己的朋友，这使他们放松了警惕。但现在，我变得像兔子一样胆小。我觉得，每一个灌木丛后面都有敌人在监视着我，简直是草木皆兵。在此之前，世界待我很和善，现在它变得可怕起来。我开始把护林所的门闩插得死死的，夜里在床头放一把斧子，这已经接近于神经错乱了。

有一次，我听到森林里传来斧头砍击的声音。那是第12林班。不用是聪明人，也能猜出有人在偷砍我的树木。我甚至看到了盗伐者的汽车留下的痕迹。如果是别的时候，我肯定会认为我非常幸运，因为我碰上了坏人，我会像个饥饿的老鹰扑向猎物一样向他们奔去。可现在怎么样呢？我向他们跑去了吗？开始责备他们、让他们感到羞愧了吗？把他们赶跑了吗？完全没有。我悄悄地、无声无息地，像个小偷一样急匆匆地走远了，走了大约一里地，一边走一边说服自己：我和森林没有任何关系，我跟盗伐者也没有任何关系。不知道我现在是什么感觉，反正那时我会逃跑，但即使是那时，我的懦弱也让我觉得讨厌。我对自己说："如果你不到他们跟前去，我就恨你！"然后，我费了九牛二虎之力强迫自己返回去。恐惧牢牢地抓住了我，我怯怯地看着盗伐者，谄媚地跟他们说话，生怕他们会痛打我一顿，然后还是把他们放走了。不过，他们确实没动木头就走了。这是我最后一次发作恐惧症。

14

我在护林所里没有自己的枪，尽管按照规定，护林员可以拥有枪支。我大概是世界上唯一没有枪支的护林员。如果说我携带过什么武器的话，那么就应该是特别热的时候带着的一把铁锹了，那是为了马上拍灭刚刚露头的火苗。我要武器什么用也没有。动物和人的攻击我都不怕，至于说对打猎的狂热，幸运的是，上天没有给我这个热情。看见走兽或者飞禽，我的心不会激情燃烧，手也不会战抖，血液也不会涌上头脑，兴奋之情不会使呼吸困难，我不会像猎人表现出来的那样,产生强烈的要杀死和抓住猎物的愿望(据说,有这种愿望的时候,人身上的兽性会苏醒)。我内心的激情不会被唤醒,我平静地迎接走兽或飞鸟,随时准备让它们安安静静地做自己的事——被我撞上的事——如清洁羽毛、唱歌或者捕食、照顾幼崽,如果小鸟自己不首先表现出与我进一步相识的愿望和意愿。

有一次,我打死了一只喜鹊。这件事发生在我来护林所的第一年。那时,对我这个来自舰队的小伙子来讲,森林是新鲜的、陌生的,我不知道怎样去适应它。它让我高兴,又让我紧张,我想在它那里确立自己的地位,可是这该怎么办?那时,我读了一位自然主义作家的书,他为了更切近地观看野生动物,满足自己的好奇心,就开枪射杀它们,并以此丰富我们的科学,为之补充关于动物世界的新信息。我决定也为这有益而高尚的事业贡献自己的一分力量。那天我巡查了好久(偷猎者就是落不到我的手里),走累了,便躺在一棵白桦树下歇歇脚。那是一个干燥的秋天,白桦树正在变黄,树叶纷纷落下,森林正在摆脱树叶的遮挡,变得透明和空旷起来。任何地方都没有突然的叫声,也没有哪怕是极微小的活物的动静。我觉得动物们像偷猎者一样,躲着我呢!突然,我听见旁边传来喜鹊的叫声。一只喜鹊叽叽喳喳快速地叫着,落到了旁边的一棵白桦树上,在树枝上不安地动着脚,左一眼、右一眼看了看我,抖动了一下尾巴,飞落到我坐的那棵白桦树上,离我很近。我猜是我本人吸引了喜鹊的注意力。但是我什么地方吸引了它呢?难道是它闻到了三明治的味道,想啄食一点它的残渣?又或是它以为我死了,想尝一尝死人的味道?它根本不怕我,它落得离我那么近,只要我站起身，一抬手就能够到它。它那黑黑的眼珠带着好奇，不时看上我一眼：森林里出现了这么个新家伙，他是干什么的？我一动不动地躺着。它的出现对我来讲是出乎意料、不同寻常的，它对我的信任让人感到莫名其妙。对这种见面，我不知道该怎么办。如果它是个人，那我知道怎么跟他打交道，我会跟他打声招呼，请他坐下来，跟他聊聊天气什么的，但我不知道该跟喜鹊说什么。就在这时，我想起了那个自然主义作家，心想：我是不是该数一数喜鹊尾巴上有几根羽毛呢？喜鹊尾巴很长，但是尾巴上的羽毛紧紧地贴在一起，我不能确定它们的数量：五根？六根？七根？于是，我决定打死它。我手里拿着伊万大叔的枪，一杆图拉产的单筒猎枪。我小心地瞄准喜鹊，开了一枪。喜鹊落到了地上，它就躺在我身边。我把它抓起来，它已经死了。霰弹在她身上打出了很多小窟窿，一粒霰弹打在了眼睛上。我打开它的尾巴，它呈现出一个扇形。数清了羽毛的数量后，我就把喜鹊扔到一边。我并没有为科学提供新的信息，因为我那时没记住，现在也不记得喜鹊尾巴上有几根羽毛，但我清楚地记住了我的感受。这样的杀生没有任何作用和意义，我觉得很不好受。"好吧，你数清楚了喜鹊尾巴上的羽毛，接下来怎么办？"我问自己，但我没有找到答案。某种令人厌烦的空虚袭上我的心头。一分钟之前，我身边还是一个活生生的生命，在树枝上飞快地跳来跳去，叽里咕噜转的眼珠，没有防备的好奇心，可现在成了一具尸体。

从那时起，我出门不再带着大叔的枪，也不允许自己打猎了。如果我没有菜园，如果我没有机会去村里买食品，那么我肯定会迷上打枪，也会拥有自己的枪支弹药，也会去射杀野生动物，像那些千百万持枪猎人一样，他们在我之前射杀过野生动物，在我之后还将继续射杀它们。我也会给自己的打猎找到充分的理由。但是，我有食物——面包、糖、油、土豆。为了兴趣，哪怕是学术兴趣，为了放松神经，为了确立自己的个性而杀生，在我看来是无可辩解的残酷。我想，作为一个护林员，如果我提倡正义，如果我想要森林和平，并武装起来保卫这个和平，那么我必须立即决定自己对待偷猎者、对待动物、对待大自然的态度——我与他们是什么关系：朋友，还是敌人？

……为了保护金松，我在它下面度过了几天几夜。在它繁盛的枝叶之下，我的头脑中产生了很多想法。我想过人的命运和森林的遭遇，想过明天等待我们的美好，如果我们一直爱护和关心森林；也想过可能发生的无可挽回的后果，如果我们忽略这种关心和爱护、屈从于恶。虽然我还有别的事情，但是我一抱住松树就像黏在它身上了一样，不能与它分开。

库兹米奇家一个月的小猪崽丢了之后，人们开始说有狼了。老头本来梦想着把小猪崽养大，拿到市场上卖了，用卖猪的钱买一头小牛犊，把小牛犊养成奶牛，再用卖牛奶的钱买些奶牛，然后把所有的奶牛都卖了，找一家工厂买一辆旧的蒸汽机车，把蒸汽机车放在院子里，让它无负荷运转，开着它走遍世界各国（老头年轻时是火车司机，没有蒸汽机车活不了）。可现在完了——小猪仔没了，蒸汽机车也没了！

夜间巡逻的人打着灯笼在树丛中到处找，狼却无影无踪。第二天，卡尔比哈老太太嘴里喊着"啊哟，啊哟，该死的家伙"惊慌失措地跑进了村子，信誓旦旦地对聚拢来的人们说，她在小河边淘洗衣服的时候，碰到一个长得像狼的怪物。同一天，拖拉机手朱可夫丢了一条花纹时髦的领带，那是他向高不可攀的美女索尼娅·维列夫金娜求婚成功的最后希望。不过，后来朱可夫的母亲偶然间在院子里的木头堆里找到了那条领带——脏兮兮，皱巴巴的。她儿子前一天夜里恰巧在那个地方跟朋友们喝酒来着，所以有人怀疑是他自己把领带塞到那里去的，但是，关于狼的事情已经闹得满城风雨，不可能坐视不管。

当地的猎人协会匆忙组织了一个武装队，成员都是些见过世面、知道自己价值的人。这些人在森林里挤挤挨挨，在大沟小坎里寻找了一番，打了10只左右没精打采的乌鸦就解散了。之后从列宁格勒调来了李别尔腾斯基，一个秃头，打狼专家，著名学者，博士毕业论文的题目是《如何与狼斗争》。

李别尔腾斯基打狼的方法很是科学。他带来了带有光电管的捕狼夹子、见效迅速的毒药、小旗和枪支。他毫不吝惜自己的膝盖，在地上爬来爬去，这测量一下、那比量一下，东看看、西闻闻，把狼粪收集到玻璃管子里进行化验，转动着手摇计算机的把手，鼓捣着只有他自己认识的数字，经过很长时间耐心地研究、对比、估算之后，他推断出了狼盘踞的地点。

最重要的时刻到来了，该划定区域、围捕恶狼了。所有能走、会喊的人都被发动起来参与战斗。盘踞点用小旗围起来了，射手们按照编号各就各位（李别尔腾斯基占据了一个最危险的地方），其他人也都尽自己所能全副武装：有拿着破水桶的，有拿着饭锅的，有拿着白铁罐的，有拿着少先队的喇叭和铜锣的。

有生以来，我没见过我的森林变成这个样子。它像庞大的体育场一样人声鼎沸，几天以后它的树叶尖上还保留着余声。惊吓过度的乌鸦飞上了天，野兽们都藏进了洞里。据我估计，仅这一个噪声就可以让狼毙命了。一些心急的人已经预想到了胜利，在讨论谁能因为打狼而获奖的问题。意见分歧很大：一些人认为是李别尔腾斯基，因为他是围捕的发起者，是核心；另一些人倾向于把奖金平分，但是李别尔腾斯基除外：他可是科学家，目的绝对纯粹；还有一些人认为在这场事件中最大的受害者是库兹米奇老头，所以钱应该归他，用这些钱他肯定买不到蒸汽机车，但是可以买一辆自行车。

在人们争吵和讨论的时候，狼不见了。在它的盘踞点，除了一片被压平的草地、一个空瓶子和空罐头盒，什么也没找到。只剩下最后的手段了——叫直升机小组。直升机上布满了机关枪，看上去像刺猬一样，在森林上空盘旋了好几天，来来回回地仔细搜索，但是毫无结果。

所有人齐心协力追捕恶狼的时候，我躲在一边，没有插手，我认为我的参与不但不会帮忙，还会碍事。况且，我又能帮上什么忙呢？我不了解狼的习性。我从未在我的森林里遇见过狼，20年前它们就被消灭了，如果还有残渣余孽，那可不是啥好事。老奶奶们给自己那淘气的孙子们讲狼的故事特别起劲。据她们讲，那时候的狼很可怕，吃牲畜，攻击人，闹得附近地区人心惶惶，所有人都不得安生。没见到狼的时候，我不信这些传言，但是现在看到她们是对的。狼就是狼，如果在留在森林里，它们肯定给人们和动物带来不少灾难。

现在，所有的打狼手段都用尽了，捕猎行动要落空了，于是打狼的责任就落到我头上了。我决定与狼单独交手，这引起了人们的疑虑，他们劝我别拿自己去冒险。李别尔腾斯基更是特别激烈地想要证明我的行为是无意义和不理智的。

"一切迹象表明，这头狼并不简单，"他说，"它注意到了布置在盘踞点的空瓶子和空罐头盒子。可以设想，这是目前科学还不知道的特殊品种。必须细致调查，研究所有的资料，任何单打独斗都可能变成悲剧。"

我理解，我去打狼可不是去跟邻居喝茶，我想到了各种可能出现的后果，但是，即使李别尔腾斯基掷地有声的理由也不能说服我推迟与狼的约会。不用说，手无寸铁对抗恶狼的危险性十分大（可我就打算手无寸铁地去），但我有自己的王牌：我不想杀狼，我是作为军事谈判者去见它的，我想说服它结束自己的胡作非为，改变自己的生活方式，放下武器。我去见它，不是带着刀剑，而是带着和平，我想，它的理智足够让它接受我的建议。

我在二十二林班和二十三林班之间的小路上遇见了狼。他一边嗅着路上的痕迹，一边快步小跑着。它低着头，没有发现我。我拦住了它的去路，它停了下来。

"喂，"我对他说，"你干什么呢？"

"怎么的？"狼问。

"小猪崽是不是你偷的？"

"对,是我偷的。"

"把卡尔波夫娜吓着了?"

"是我干的事。"

"把瓦西里的领带藏到木头缝里了?"

"也是我干的。"

"那你不害臊吗?"

"我有什么可害臊的?"狼说,"我是狼,你明白了吗?我想干什么就干什么。"

"你不懂法律吗?不知道不应该胡作非为吗?"

"什么法律?我才不在乎法律。对我来讲,泰加林就是法律。直接说吧,你想让我怎么样?"

"我要求的不多。"我说,"放弃你原来的作风,开始新的生活。你说,难道你喜欢偷吃小猪崽?"

"不,"狼说,"我非常不喜欢这个。"

"那吓唬老人呢?"

"这我也不喜欢。"

"那藏人家领带呢?"

"当我做坏事的时候,我眼泪直流。"

"你看,"我说,"做好事要好得多。"

"你说得对。"狼肯定地说。

"应该互相爱护,不要做坏事,那么大家就会生活在和平和幸福之中。我说得对吗?"

"绝对是真话。你简直让我非常感动,特别是提到小猪仔的时候。"

"那么,一言为定。"我对狼说,"别当坏蛋了,开始新生活吧。"

"不,"狼回答说,"朋友,这种爱和善使我牙疼。我觉得做好事非常没意思,不做好事我也能行。"

"这样的话,"我说,"那你就别怪我了,在你改邪归正之前,我哪儿也不让你去。"

"你怎么不让?"狼生气了,"你看看,我个头多大。看我的爪子,啥样的!看我的牙,啥样的!看你那个小样,还想挡我的路?快点!赶紧滚开,趁你还活着。"

它用胸撞了我一下,但我站在原地没动。

"我最后说一遍,"狼火了,"走开!要不然你就遭殃了。"

"不,"我说,"够了,你也随心所欲有一阵子了,该知道名声了。我就是死,也不会动地方的。"

"啊,这样啊?动真格的了。"狼说,"你看,我提醒过你。不知道你一会儿能不能给自己收尸。"

狼个头很大,长着一张大嘴和两双锋利的爪子。它把牙齿咬得咯咯响,向我扑过来,把我撂倒了。这一击很重,我一头栽倒在地。我肩膀发疼,我看了一眼肩膀——那里裂开一个大大的伤口。狼撕下了整个拳头那么大的一块肉。我是躺在地上迎接狼的第二次进攻的。当狼跳到我身上时,我想抓住它的脖子,掐死它,但是我失手了。我的双手落进狼嘴里,它的颌骨合上了,我听到了自己手指碎裂的声音。我们扭作一团,我们在地上翻滚,我怎么也起不来,最后终于坐起来了，我跳起来，闪身从狼旁边逃开。我拼命地跑，但是狼也不落后。它追上我，从后面扑到我肩膀上，就像狼群追上一头驼鹿，把牙齿插进它的身体里，把它撕成碎片那样。

"怎么样，朋友？"狼咆哮道，"你的善对你有用吗？你还要挡狼的道吗？我要教会你生活，你会从我这里明白，世界上的真理是什么。还想要善，要友谊，跳个小圆圈舞，唱个小歌儿，亲亲小脸蛋儿！唉，对不起，我踩到你脚了。唉，请原谅，我进你家屋里了。善在哪儿呢？和平在哪儿呢？爱在哪儿呢？没有善，永远也不会有。我要捏死所有人、压死所有人，我让一切都他妈的见鬼去！"

它撕咬着我可怜的身体，而我逃啊，逃。不知道我怎么有那么多的力气逃跑，我身上没有一块好地方了。我被撕咬、折磨、狠打，遍体鳞伤、残缺不全。我已经不是一个人了，而是一块被撕烂的肉。

现在时过境迁，很难说当时是什么促使我逃跑，使我在狼面前认输的。最多的是怯懦，怕死。我明白我对付不了狼，它会把我咬死的。我不想死。这样的怯懦是可以原谅的吗？我想，不可以。当我迎狼而上的时候，我知道与它的对话不容易，它是不会马上放弃罪恶勾当的，必须要说服一下，要花力气。但是，那时我相信，无论狼多么凶恶，真理在我这方面，什么样的狼都不能把我消灭。究竟发生了什么变化？难道是狼比我预想的厉害？难道是真理没有在我这方面、善无能为力？而我关于善的言语只是一堆废话、一张画饼？在森林里还是恶一统天下？那既然这样，一切都颠倒了：没有必要保卫森林，捉拿偷猎者，保护金松。

生活的真理需要在恶中，而不是善中发现，但那时我想不到这一点。下定决心这样做，就意味着与狼同流合污。我知道，这永远也不会发生，恶永远也不会强于善，无论它如何想方设法，虚张声势。但是，从理论上思索和相信善，事不关己地宣扬善是一回事，殒命于狼口之下而无力自救又是另外一回事。这里的问题不在于善，用不着玷污它。从前有善，现在有善，将来也有，而且它永远是不可战胜的。原因在于我。是我，而不是善成了那个最弱者。人们将永远保卫森林，与偷猎者战斗，做好事。但是，这样做并不容易，这样的斗争要求你付出全部的自己，你必须为了森林、为了幸福付出生命、牺牲自己的时刻正在到来。只有通过这样的途径才能战胜狼这个死敌。现在到了我的时刻，我应该牺牲自己，我要把自己的生命献给森林。我在心里向这个世界告别。我说："别了，我伟大的森林先生！别了，松树、白桦、云杉！别了，太阳、小溪、草地！别了，野兽、小鸟！别了，朋友！别了，住在乌兹别克斯坦或者什么哥伦比亚的熟悉和不熟悉的人们！！我活的时间不长，我做的好事不多，我想要更多，但是，看来命运不允许。如果我有什么对不起的地方，请原谅吧！我对你们有一个请求——把我埋在护林所旁的树林边上，让我总能听到它的声音，让我永远和它在一起。而你，讨厌的恶狼，吃吧，尽情地吃吧，一定会被我的骨头卡死的！"

当我这样说完，我突然变得轻松、平静、自如。我停下脚步，转身面对着狼，做好了最后殊死一搏的准备。就在这时，我身上发生了一件事情，好像有某种看不见的力量注入了我的肢体，我长高了，恢复了活力，变得强壮有力，我的伤口消失了，好像从未有过一样。狼在惯性的作用下扑向我。我轻轻地用手把它挡开，它像一袋钉子一样瘫倒在地。我直视狼的眼睛。我们的沉默持续了一分钟。我的眼睛没有离开狼。它在我的眼神中读出了什么——这只能猜想，但是它大概读到了对它自己极其重要的东西，因为它的神态一下发生了改变。它的粗野、蛮横不知跑到哪里去了。我看见自己眼前不是一匹狼，而是一个可怜巴巴扫院子的人，吐口唾沫就能把它击倒。它发出哀鸣，讨好地摇着尾巴，可怜兮兮地哆嗦着。它看着我，等待命令。我竖起指头说：

"走吧，记得我们的会面。"

狼夹起尾巴，消失在灌木丛中。后来，我再也没有见过它。

15

我冷静地看待事物，不夸大自己的能力。我觉得，对自己的能力估计过低好于估计过高。我知道，无论我怎么努力，无论我在巡查时多么忙乱，无论我与偷猎者的斗争多么精彩，无论我多么爱森林，哪怕把所有力量和心意都献给它，我也无力保全森林。用不着像堂吉诃德那样用无法实现的理想安慰自己，到时候，我守卫的、里里外外都走遍了的森林可能会因为某种需要而被砍伐，它所在的地方会建设一座城市或者类似的东西（我不希望这样的事情发生）。生活有自己的要求，如果人们因为觉得拥挤、无处容身而需要新的土地，而旁边就有一片森林却不能让他们占有，那么让人们忍受不便、不惜任何代价捍卫森林的原因，仅仅因为我曾经保护过它，——这公平吗？我觉得不公平，而且我也不想这样。当然，每个人都舍不得与自己尽心尽力呵护的心爱的孩子分开，但我会想办法隐藏和承受我的痛苦和悲伤，只要别人能过得好些。但是，有意思的在下面：即使我的森林被烧掉了、被当作废柴、被连根拔起、片叶不留，世界上没有了白桦林、没有了茂密的马林果树丛，也没有了四季常青的松林，我还是坚信，它们还在，它们在活着，在生长，像从前我看管时一样活着和生长，它们会永生。我保护和保存下来的东西是不可消灭的。

16

我知道，任何插叙都会拉长我的叙事线索，它会被各种合时宜不合时宜的、次要的细节、议论、回忆包围起来。我非常想放弃插叙，但我又不能不多说几句，讲讲我身边的护林员。而且，这不是为了给叙事增加一些可有可无的人物，不是遵照多多益善的原则，我这样做是因为我深信，如果我不讲讲我的老乡们，那么我的全部经历，还有我，我们都将一钱不值。我算什么？原野里的一粒尘埃。我的经历算什么？琐碎到无聊、平淡到恶心的日常生活的一小段而已。

如果我生活在别的什么地方，也许我不会这样贬低自己，把自己跟所有人等量齐观，当然，更不用说因为自我感觉良好而稍稍抬高自己了。但是，我不会一边把自己与旁边的人做比较，一边这样做的，——别这样想，我没有那么蠢。不管是否处于同一水平，都是无法比较的。

而且，我害怕，我事先就感到惭愧，生怕我的邻居们偶然间听到我的自夸，会想我像个公鸡一样开始卖弄了：说我这样那样的，没有谁比我更好。我事先请求他们原谅，可他们不会把我的话当真的。如果我瞎说了什么，那也只是出于本性，为了说点好听的，说过了就完了，追不回来的。我的这些同事，跟我一起吃过那么多的盐，他们难道不该知道我有什么缺点？我实际上是什么样的人？苍天可鉴，我们在一起厮混太久了。如果要谈起谁，如果说有谁具备了人最高程度的完美，那么这就是他们了。

众所周知，护林员是无论走在哪里都很显眼的一类人，他们与其他人有着显著的区别。要么是森林对人的性格产生影响，锻之强之，要么是人们在命运苛刻的意志之下聚集在一起，但是，人们是不可能遇见一个没有特点的、没有某种天赋印记的护林员的。最常令人惊叹的是他们天性的独特、沉稳和精神的清醒。没有任何的慌乱，没有任何的仓促，——而这是当今人们特有的，护林员们总是不慌不忙地生活着，好像打算要永生一样。与他们每一个人的相遇都是隆重的会见。如果护林员没有手握沙皇的权杖，在仆从的簇拥下登上宝座，而是把线穿进针里，把扣子缝在裤子上或者在洗衣盆里淘洗衣物，那么这还不意味着从某一点上来讲他不是沙皇，不值得对其表示适当的关照。相反，这时在他身上可以发现更多的伟大，而缝衣针和洗衣盆，恰恰是这些生活中的琐碎事物突出了我们与他们之间的区别。当然，护林员也是人，而且像俗话说的，不是公牛生的，而是父母所生，他们身上也会有缺点，但这缺点是那么微不足道和无关紧要，在优点的大背景下显得像是一种必要的补充，使我们不至于误以为他们不是来自这个世界的人。护林员中也有一些可笑的人，他们可以装傻，可以装作什么东西都听不清、弄不懂，反着说话或做事，但是，不要被他们迷惑，把这当真，胡乱责怪他们。这只是假象，短时的，为了消遣和放松心情。而消遣过后，他们又像树干一样挺拔站立，卓尔不群。

我北边的邻居是彼得·伊万诺维奇·列沙科夫，他是特别能捕获人心的一个人，是个非常细腻的心理学家。他没有抓过盗伐者，没有像我那样在巡查的时候张嘴伸舌地跑过。如果他去巡查，那也是为了调剂一下，舒展一下久坐的双腿。他没有任何抓捕盗猎者的需求。盗猎者主动过来找他，请求他照看一下森林。有些人跪在地上，撕扯自己的衣服，手里举着钱，就是为了让彼得·伊万诺维奇哪怕抽空抓他们一次、罚他们一次。但是，彼得·伊万诺维奇业务不精。我不记得他罚过谁的款。彼得·伊万诺维奇也没有自己的砍伐地。这是为什么呢？因此彼得·伊万诺维奇业非常了解人的性格。他知道做坏事的人会受到良心的折磨，期望受到惩罚，他就是根据这个做的打算。他对盗猎者说："愿意偷木头，你们就偷吧，但是以后你们怎么承受惩罚呢？"头脑简单的人不明白彼得·伊万诺维奇的言外之意，高高兴兴地去森林里放树去了。这时候他们就落入了彼得·伊万诺维奇的圈套。他们以为彼得·伊万诺维奇会因为砍树而责骂他们，可彼得·伊万诺维奇连眼眉都不抬一下。这使那些盗伐者感到难堪、苦恼。他们到护林所来找彼得·伊万诺维奇，炫耀自己的胜利。意思是说，你看，我跟你坦白了，我在你负责的地段砍了树，现在你拿我怎么办吧？彼得·伊万诺维奇让客人在桌边坐下，请他喝茶。事情的这种逆转使盗伐者慌了手脚，他们尴尬地挠着后脑勺，情绪激动，挥舞着双手，骂骂咧咧，扬言要在护林所放一把火，然后在黑森林里悄悄守着，抓住彼得·伊万诺维奇并杀死他。彼得·伊万诺维奇把火柴和上了膛的枪支拿到护林所外面。盗伐者们承受不了既成事实的重负，纷纷走到彼得·伊万诺维奇身边，哀求他向他们收取罚款，或者，退一万步讲，请求他报警，揭发他们的罪行。彼得·伊万诺维奇拿起一张空白纸，写下盗伐记录，但不是写盗伐者，而是写自己。然后，拿着记录到法庭去交盗伐罚款。彼得·伊万诺维奇的这一行为使盗伐者彻底崩溃。不洁的良心使他们不得安宁，吞噬着他们的心灵。为了解除身上的罪责，他们只剩下一条路——成为狂热的森林保护者，帮助彼得·伊万诺维奇做他那不轻松的事情。于是，他们都成了这样的人。他们像牢记主人好处的忠实的狗一样保卫森林，心中充满对大自然和一切生物最虔诚的爱，总之，眼见着他们从最高的道德意义上重生了。毋庸讳言，彼得·伊万诺维奇对抗盗伐者的方法是残酷的，我肯定下不了决心那样去做。不过，效果真的很好！

斯捷潘·费里莫诺维奇·比莫夫是个大好人。我不知道还有哪个人比他更善良。与人为善，什么可能简单些？看见一个哭泣的孩子——哄哄他，安慰一个小孩，需要很多吗？一句话，一个眼神，他就开心了；碰到一个迷路的人——安慰他一下；一个被生活折磨得苦不堪言的流浪者走进你的家门——给他一块面包，安排他睡下，他缺少的正是这个。善待牲畜，比如牛或羊，也不难。牲畜虽然是畜生，可是善意也不会让它学坏；相反，它会跟人更亲近。可是，该怎样善待我们践踏甚至视而不见的森林、树木、小草呢？它们难道不是每天都在怨恨我们？抱怨我们没有同情心？而我们，听到这怨声，难道不痛苦吗？唉，真是太痛苦了！我们砍伐、践踏、蹂躏、痛苦，但还是蹂躏。这个问题我思考了很长时间，但是最终也没能想清楚如何解决它。

在斯捷潘·费里莫诺维奇那里不存在这样的问题。为什么呢？难道他没砍伐过森林，没践踏过草地？他也砍过，也踏过，而且比别人还要多些。但是，他手里的林子总是长势喜人，小草总是高大茂密，而他的心灵纯净得像个婴儿。他的秘诀在于对待事情的特殊方法。当他开始砍树的时候，他不会向对待仇敌那样狠狠地扑向它，管都不管面前是什么：橡树，还是白杨。他不会把斧头深深砍进树干，像一头恶狼死死咬住注定灭亡的驼鹿腹部一样，也不像对待没有感觉的木头一样狠锯它的躯干。他对待树木的态度不紧不慢。他会仔细查看它，好好欣赏它，绕着它走来走去。甚至一起干活的搭档催他的时候，他也不着急。他对树说："我看到了，你长大了，又高又漂亮。你是一棵了不起的树。我非常喜欢你。我舍不得砍你，但我不得不把你砍倒。你可别因为这个生我的气。"当他在林间小路上奔跑，不小心碰到了一个草穗，他会对小草说："我看得出，你是可爱的小草，你是美丽的小草。我爱你，我为你骄傲，而且我不想把你踩倒，但是我很着急。因此请你原谅我。"

那么，树木和小草原谅斯捷潘·费里莫诺维奇对它们的冷酷态度了吗？我一次也未曾从它们那里听说过责怪，也没听见过微弱的呻吟。相反，它们总是高兴地把自己交给斯捷潘·费里莫诺维奇，它们愿意去死。但是，它们死了吗？第二年，在被砍掉的树木的原址上又长出另外一棵树，跟原来被砍掉的那棵很像，也可能更好些；小草长得挺拔、丰美，毫发未损，好像已经在这里生长了千年，而且还要生长这么久。

可是，如果斯捷潘·费里莫诺维奇哪里也不着急去：不去救火，不去参加婚礼，不去送葬，不去开会，不去迎接朋友（这些事情他确实很少做），而只是像通常所有事情都已完结、没什么赶急的人们那样走着，那么他可以怎样向小草为自己辩解——当没有什么可以辩解，又不可以辩解的时候？他可是什么都没说。不过，那时他脚也没有沾地，那时他被抬高到地面以上大约 20—30 厘米，要么就是半米，他在草地上方飘浮、滑行，如同乘坐着雪橇，不伤害也不触痛任何一株小草。这个斯捷潘·费里莫诺维奇真是一个心地极其善良的人。

当我屁滚尿流地逃离狼口之时，我不知不觉越过了自己的巡查地段，来到了康德拉特·季诺维也夫的领地。我一口气跑出了大约 17 公里。

康德拉特是田野里罕见的孤石，一个人住。他年约 40，但没有结婚。他的单身生涯如此漫长，是由于过分稳重的天性，所有事情他都要通过自己的理智来解决，只有充分咀嚼和把握所想之事后，他才能付诸行动。40 岁之前，他一直坐在护林所里思索妻子是什么,只有到了40岁,他才突然明白妻子就是妻子。

大家都知道,任何事情,无论是死亡,还是出生,无论是爱情,还是婚姻,都会如期来到我们身边,既不可能提前,也不可能拖后。康德拉特是怎样理解"妻子就是妻子"这个概念的,我不知道,但是,他刚刚参透了这一真理,就马上给自己找了一个新娘。克拉瓦·叶列米娜,一个瘦瘦的长腿女孩,是个公路清理工。我总是能从护林所的窗户里看到她。无论冬天还是夏天,无论暴风还是骤雪,她都把铁锹扛在肩上,像个勇敢的战士一样大幅度挥动空着的手臂,在公路上走过一公里又一公里。她清扫桥边和路标附近的积雪,沿道路摆放限制性的路标,割除排水沟里的杂草。偶尔在路上遇见的时候,我们会互相打个招呼,也不停留,继续往前,各走各的路。克拉瓦是个害羞的女孩,不爱说话。

他们的美好时光来势迅猛,就像春天的溪流。康德拉特眼前的所有屏障一下全都坍塌了(什么叫深思熟虑!),他行动非常果断。克拉瓦没有抵抗。他开始长时间赖在克拉瓦那里,直到第一遍鸡叫,他帮助她巡查道路,每天他都像一头熊一样溜出自己的林子,然后再回来。克拉瓦刻意打扮康德拉特,进了一次城,给他买了三件白衬衫、一套新西装。康德拉特开始穿戴讲究起来,大家马上就发现他英俊、礼貌、文雅。

五一节期间,铁路工作人员按惯例聚餐,人称"快点儿、快点儿"、凡事喜欢着急的阿尼克耶夫师傅为一对新人致了祝酒词。但是他的祝词不但没有加快婚姻的缔结,反而破坏了它。一对新人中间出现了一个问题:结婚之后住在哪里?康德拉特想让克拉瓦到护林所来，而克拉瓦却叫康德拉特到护路队去。克拉瓦在一座老房子里有一个小小的房间，这个房间能放进去的唯一的东西就是一张铁床。这张床对克拉瓦来讲，既是桌子，又是椅子，既是灶台，又是闺房，需要的时候又可以是草地，或者台阶。人们打算在旁边建造一座新房子，石头的，答应给克拉瓦分一套独立住宅，与阿尼克耶夫师傅做邻居。这对克拉瓦来讲是莫大的荣誉，这份荣誉本来也预备给康德拉特的，阿克尼耶夫师傅打算接收他当护路工。护路工的一切都跟普通人一样：有电灯、半导体、圣像角里放着电视，离公交车站五公里，从那里可以坐车去商店。在这里可以跟阿尼克耶夫师傅的妻子娜斯佳和另外两个女人拉家常，从自家菜园里驱赶别人家的鸡，对新买的东西评头论足，对发错的工资表达不满。可是康德拉特的护林所里这些东西都没有：没有电灯，没有圣像角，也没有师傅的妻子，更不用说别人家的鸡了。他有森林、水井、小溪、草地，可这对卡拉瓦来讲太少。如果康德拉特的护林所那里通了公路，再建上三四座房子，那么克拉瓦会不假思索地离开待惯的地方，搬到康德拉特身边来。但是，没人打算给康德拉特的护林所通公路，没人提电灯、半导体的事，他的小房子位于森林深处，猞猁、驼鹿，还有野兔是他的邻居，冬日的夜晚他在煤油灯下度过。如果康德拉特自己产生了离开林庄的想法，他可能就离开了，但这个想法不是他想起来的，而是克拉瓦说出来的，一切就变得相当复杂。

康德拉特试图向克拉瓦证明护林所是人间天堂，但是没有任何作用。卡拉瓦坚定地坚持自己的观点：住在护路工那边更划算，她不想钻到密林深处，丢掉工作和房子。她什么事情都听康德拉特的：

什么时候种多少土豆，在哪里买猪崽，储藏多少木柴过冬，愿意终生做康德拉特最忠实的妻子，但是只有一个条件——他搬过来和她一起住。

这使康德拉特感到震惊。遇到卡拉瓦之前的单身汉生活让康德拉特以为自己无所不能。确切地说，他甚者没想过他能干什么，不能干什么，他想做什么就做什么，集体林庄要求他做什么，他就做什么，结果就是他什么都能做。他想吃东西了，他就刷锅、洗土豆，开始熬汤；叫他去采伐木材，他就到采林区去放树；不叫他去，他就不放。如果凌晨5点太阳就出现在地平线上，那它之所以升起，不是因为地球和其他星球一样围绕着太阳公转而导致白天黑夜的交替，也不是因为太阳与其他天体一起在宇宙中按照我们不知道的轨迹运行，而是因为在5点整的时候，康德拉特睁开眼睛，打个哈欠，挠挠头，好奇地想要看看新的一天。如果开始下雨，那么罪魁祸首不是由于水汽蒸发而引起的大气现象，不是乌云和气旋的移动和别的无关紧要的东西，而是与康德拉特对灌溉日渐干枯的森林、使其免于火灾、使土地免于绝收的坚决要求有关。如果下雪了，那就是说，康德拉特已经准备好雪橇，打算套上马去买零用东西。

如果康德拉特想让太阳不要在5点，而是6点或者7点15分升起，想让它停在半空或者跑回去，那么太阳会停下脚步，康德拉特让它停多长时间就停多长时间，但是，不知幸与不幸，他从来没有这样想过。

世界为了康德拉特而存在，正如康德拉特为了世界而存在。他们如此相亲相爱，所以康德拉特没有想过，还会有什么东西与他分离，与他不符。他在这个世界上存在，并觉得自己是这个世界的主宰，他可以在世界上伐木、种菜、盖房子、修桥，他康德拉特作为一个人，与其他人一起可以完成更大的事业——移动山岭、更改河道、建设城市。卡拉瓦就是那座无法移动的大山，那条无法倒流的大河，那座不想被建设的城市。由此可以得出结论，他不是主宰者，他有所不能，他什么也不能。卡拉瓦提出让康德拉特转到护路工那边，拒绝去他的护林所，但她想象不到她给康德拉特心里造成了怎样的混乱。不是说他所创建的体系整个坍塌了，但是这个体系需要进一步完善。现在，为了让自己的天平恢复平衡，康德拉特需要考虑清楚妻子是什么，而且还要做出一个勇敢的决定：弄清楚丈夫是什么。

我发现，一个人只要有一次陷入深思，他就会迷失。他只要被带入无路可通的森林，就没有回头路可走。问题像树木一样多，无处不在；哪里有小路？哪里有大路？哪里有可靠的标志？怎样走出密林？好在头上还有阳光照耀。可要是没有太阳呢？该往哪个方向走？像个无头苍蝇一样乱撞的时候，你觉得森林好像在收缩，广阔无垠的它对你来讲变得越来越小。那时，头脑里什么样的问题不会出现！关于天气，关于生命，还有关于飘浮的白云，——天空是什么？大地是什么？飞鸟是什么？一大堆问题铺天盖地向你袭来，就像一群饿狼，好像再要一小会儿，你就会被吓死。想要逃离，但为时已晚。

在康德拉特抓住一个对象认真思考之前，即他仔细思索妻子是什么之前，我就确信他在认真思考问题了。在如常言所说平地建造自己的高楼时，他误入了一片思想的密林。在那里，善与恶、战争与和平、正义与仁慈等可怜的人类为之挣扎了好久的问题，对他来讲都显得微不足道。他曾经像修整自己菜园中的土地一样仔细研究过这些问题。有时，在垦种自己思想的菜园时，他会请求我帮忙。我是他的一个坏帮手，我的头脑老是围绕着崇高的话题盘旋。不需要人来用复杂的问题困扰我，我自己就会被它们困扰。什么是善？什么是恶？我试图弄清楚这个问题，后来我退却了。任何一个最简单的哲学问题或者学术论文对我来讲都是无法通行的沼泽，我被淹没在"实体""绝对命令""样态"等高深的词汇之中。对于我的才智来讲，它们即使不是空洞的词语（自然界中压根儿不存在空洞的词语），也是不解的词汇，好像某种神奇的符咒语。我更喜欢与普通的、简单的词语打交道，那些词我每天都听见和说出，如："水""天空""房子""厩肥"。我的思维器官构造是这样的：它们能够接受和记住的只有这些词语，其他的词语则会如梦幻般离我而去。

康德拉特解决了如此复杂的问题，得出了"妻子就是妻子"的结论，这是他的巨大胜利。现在的工作更复杂一些。为了思索，需要安静和独处。可是哪里能找到安静和独处的机会，即使是在森林里？森林里全年都有人来往：要么是游客，吵吵嚷嚷地唱着旅游之歌；要么是采蘑菇和野果的人；要么就只是一个迎面走来的人——你跟他一起抽支烟，认识一下，聊聊天气，然后就把他永远忘记。

如今，这么多人来往使康德拉特感到恼火。为了不被与人们的见面打扰思绪，他开始在夜里出去巡查；看见点燃的篝火，他就转头向别处走；对于那些闯进护林所的采蘑菇和野果的人，他隔着门与他们说话，避免长篇大论的交谈。他经常锁上门，放下窗板，躲到阁楼上、板棚里、地窖里。可是，难道一个人能够避开其他人？避开这个世界？一会儿朋友来跟你讲述他的喜怒哀乐，一会儿某个野兽窜到林间小路上，一会儿太阳从云间露出，——看着它你会感到高兴，一会儿苔草在河边发出哗啦哗啦的响声。是的，无论一个人如何努力，无论他藏在多么厚实的门后，他也不能离开这个世界半步。

可这时，克拉瓦又出现在了林班，她因为康德拉特的消失而惴惴不安。得知原因之后，她要求他归还衬衫和西服，这不是因为生气，而是类似于为了让迷途的孩子回到自己身边。除此之外，还有什么办法呢？

……

逃离狼口之时，我喘息了一阵儿，沿着狭窄的林间小路走了出去，小路两边布满了带刺的悬钩子和马林果丛。我走进了稀疏的白桦林，林子里面弥漫着林缘的浓郁气息。过了半个小时，我在树木中间看见了康德拉特的护林所。

只消瞥上一眼，我就发现他的护林所里发生了一些变化。小木屋毫无人气的样子让我感到紧张：烟囱里一点儿烟火气都没有，屋里没有脚步声，也没有说话声。小木屋就像一座墓室，而不是活人住的地方。我不明白发生这种情况的原因是什么，不明白为什么小木屋看上去死气沉沉。我吓坏了。我跑到小屋跟前，开始敲打木板。

"康德拉特，你还活着吗？"我喊道。

没人回答。我敲的声音更大些。

"你到底活着没活着?倒是说话啊!"

"我倒是活着呢。"康德拉特低沉的声音从小屋里传出来,"你呢?活着的吗?"

"我活着呢。"

"既然活着,那就自己好好活着。"

我认为他没有听出是我,把我当成采蘑菇的人了,于是又开始敲木板。

"你活着还是没活着?"

"难道要跟你说一百遍吗?"康德拉特生气地说,"现在你知道我还活着吧?"

"知道了。"

"既然知道了,还一直问什么?"

我对他解释说,我之所以一直问,是因为担心他,但康德拉特安慰我说:

"一开始我自己也担心,可现在习惯了。"

"你为什么把自己关起来了?"我问。

"这样我方便些。"他回答,"要不然,采蘑菇的人来得太多,打扰我思考。得给他们倒水、拿火柴,这帮家伙怎么也躲不开。"

"你准备在那儿待多长时间?"我问。

"再也不出去了。兄弟,我出大事了。"

"你能想象你面临的是什么吗?"我问,"你吃什么?难道啃墙皮吗?"

"我觉得这墙皮比面包还好吃。"他回答。

"那树林呢?谁来保护它?"

"这个不用你操心,我会想办法保护树林的。"

"那克拉瓦怎么办?她在等你呢。"

"我现在不能见她。"

"不要这样说,"我说,"过几天你就回过味来了。你会想念太阳和草地,你就会从你的狗窝里钻出来的。"

"我宁愿把自己的眼睛抠掉,也不想再让它们见光。"

他不说话了。我试图让他开口,但是没用。康德拉特主动让自己忍受彻底的孤独,可是这个玩笑比死亡还可怕。我害怕他出什么事。我清楚地记得发生在古里亚耶夫家那个六岁女孩萨沙身上的事。他们去邻居家赴宴,把女孩一个人留在小木屋里。窗户关上了,门也上了沉甸甸的大锁,生怕有人把他们的破烂偷走。为了让偶尔路过的人能给小姑娘一点吃的,就在门上开了一个小窗,加了护栏。萨沙在家等爸妈,一天过去了,一周过去了。她变得孤僻、消瘦,不再说话,她几乎跟死了一样。有一次,我把她领到我那里。短短几天她就变了,在森林里跑来跑去,捉蝴蝶,躺在草地上,她很幸福、开心,因为她不是孤独的一个人了。

我理解康德拉特:不是每个人都能明白丈夫是怎么回事的。但是为此付出生命是否代价太大?

"康德拉特,你从那里出来吧。"我说。

"我不能。"

"那我把你拽出来。"

"你试试。"

我在板棚旁边找到一把斧头,挥起斧头向小木屋砍去。小木屋变成了一块石头!我把耳朵贴在石头上——里面传来康德拉特得意的笑声。他还是达到了自己的目的。

几天之后,我检查了一下康德拉特是否遵守诺言,巡查是否真的正常进行。我轻松地走过了最令人头痛的地方,没有发现盗伐的现象。

康德拉特的失踪着实让林庄的领导担心。

这该怎么办?认定康德拉特死了?但是他还在继续巡查,好像还活着的样子。承认他还活着吧,可是工资该发给谁?于是,他们只好暂时把康德拉特归入不朽之列,就是说,介于生者与死者之间。这样他们也就满意了。只有克拉瓦一个人不满意。她散布流言,说康德拉特害怕结婚,为了将来不付赡养费,远走高飞了。但是,所有人都清楚,她说得不对,她这样说只是因为女性的自尊心受到了伤害。

17

如果有人想对我实施暴力,那他很容易做到这一点——只要让我离开森林就可以了。我可以在城市里生活,也死不了。我会在大街上转悠,上班,看城里的树木(树木——到处都是树木),我会待在几家合住的套房中属于我的小房间里回忆森林。我可能会永远忘记它。我会忘记那里发生的好事和坏事，不会在春天到来时不由自主地奔向城外。我会害怕与森林见面。当我住在森林里时，我不是个害怕森林的人，在城市里我才害怕森林，就像害怕死亡。而且，无论多么巧舌如簧的人都不能说动我回护林所一趟，看看那里的生活是什么样子？新来的护林员是谁？我那些小树林长到多大了？水井的木头井架是否换了？椋鸟笼子是否还挂在那里？我第一年春天栽的那棵小橡树是否茁壮成长？如果是别人的林子，我可能会去——剥夺自己待在森林里与大自然相处的快乐是愚蠢的。我可以采点蘑菇，摘点野果，随便走一走，踩一踩林间小路，看一看林边的野兔，听一听鸫鸟的叫声。但是，我永远也不会去我自己的森林，哪怕别人用大绳子拖我，我也不会去的。可是如果人们不顾我的反抗，还是把我带到那里，那我也不会怎么样。我会在我亲爱的小路上、密林中、小山谷里走一走，看一眼我曾经经常在那里游泳的小河和它的河岸，在只有我一个人难忘的树桩上坐一坐，拥抱一下白桦树，我想把松林、云杉林、白桦林都走一遍，遇见一只驼鹿，跟随它走进密林最深处，再也不回来。

18

在森林里，消息传播得比城市里快。没过一周，我战胜恶狼的事就已经妇孺皆知了。卡尔比哈老太太满树林子跑，四处宣扬无所不能的上帝，说他的惩罚之手不会放过任何一个贪图他人之物的恶人。彼得·茹科夫和其他"同志"大排筵宴庆祝这次重大胜利。地方狩猎者协会给我写了表扬信，用了很多溢美之词，历数了许多我没有立过的功劳，说起来让我感到尴尬。协会还特意派出了一个由最受人尊敬的成员组成的代表团，来护林所颁发表扬信。

以打狼专家李别尔腾斯基为首的猎人们是开车来的。他们纷纷发言，说了很多祝酒词，把我称为英雄、人类的救星，等等。他们一齐鸣枪致意。我觉得尴尬，很不好意思。

一名记者，红头发，小个子，骑着自行车从区里赶来，想要给我写一篇报道。他向我提了下列问题：我什么时候出生的？我是否战胜过很多狼？我怎么看当地新手作家的散文？我想不想去印度？——不久前那里出现了一只吃人的老虎。我尽自己所能回答了这些问题。

跟随猎人们一起来的有一些电影爱好者，他们不顾我的强烈反对，开始给我拍电影。他们在我身上挂满了枪、子弹带，给我腰里别了一把斧头，让我对着镜头在他们带来的狼标本旁边走来走去，若有所思，同时果断地看向远方，再爬上消防瞭望塔，亲切地抚摸树叶——这应该是证明我对森林的热爱，最后又让我唱了一首歌《我在驿站当车夫的时候》。人多嘈杂，混乱之中我把唯一的一把带柄的斧头弄丢了，那还是我爷爷做的呢。后来才知道，他们把斧头拿走做将要建成的博物馆的展品了。

我成了名人。当我到村子里去时，小男孩们用手指着我喊："护林员！护林员来了！"有一次，不用排队就让我进商店了，售货员费妮亚还给我找了一个装黍米用的小纸袋，可我根本用不着——那时我聪明地想到用旧袜子装米。但这还只是一半的收获。早上，太阳总是谄媚地照进我的窗户。见面时，松树总是隆重地发出簌簌的响声。小草和鲜花看见我也总是低头致意。小鸟的叫声寸步不离地跟随着我。

我对这种没用的事不感兴趣。声名算什么？一场虚空，它配不上尊重自己的人，而且带来的弊可能大于利。它使我恼怒，扰乱了我的生活。那些过于兴奋的猎人掀起的这场闹剧与我没有任何关系。

当然，总体来讲，没什么不好的，当别人敬重你，当你发现自己没有白活一回，而是有点用处时，——世界上没有无用之人，所以我不能理解那些爱出风头，老想把别人挡在自己阴影之下的人。我不反对因为贡献、英勇、忠诚和良好的劳动而区别对待一个人：他是应该得到表扬和赞美的；人家表扬你，承认爱你——那就应该感恩，因为有了这样一个表现自己的机会；但我不认可因为一点微不足道的功绩就小猪哼哼般过分地夸赞。"小点儿声，低调点儿，少吵嚷。"——我真想这样说。荣誉怎么样？掌声又如何？在我看来，一辈子默默无闻、被人忽视好过听那些表扬话。

占据我头脑的是别的东西。与狼遭遇之后，关于善的想法一直使我的心激动不已。现在我确切知道：善可以战胜任何的恶。我不是从书本里知道这一点的，管他书本里能淘出什么呢！我可是亲身体验到的。我想与人们分享这一重要而简单的思想。我试图开口，但是，人们不听我说。我仍然坚持，人们却笑话我。我谈起善，人们回答说，一切都在于双手的力量与灵活。更有甚者，有人开始带着怀疑的表情看我。"他在说什么胡话？唠叨什么善？可怜的家伙，被荣誉冲昏了头脑。"但是，我遇到的阻力越多，要让人们相信我正确的想法越强烈。

我睡不着觉。失眠折磨着我。与狼的交手让我发现了很多，差不多是生活中主要的东西。我忍不住要教人们认清这些最基本的道理。可哪里是忍不了！如果不把心中所想倾吐出来，我就活不下去。

去年我的第13林班失火了，烧毁了四公顷的森林：采买人员在那里留下了树枝，春天树枝干枯自燃，——大部分的森林火灾都是由于这些采买人员的过失引起的。我清理了火灾现场，开春又平整了土地，栽上了小树苗。杉叶藻生根了，可这时出事了——苔草开始疯长，把幼林给淹没了。我开始清理杂草。

森林里所有的工作中，除草是最累人和烦人的。我得白天黑夜地给树木做记号，砍苔草，把原条集中起来，清理林间通道，给幼林间苗，储备木柴，采集种子和药材，绑桦树枝笤帚，收拾椋鸟窝、割草、灭火、与盗伐者争吵——这一切我可能不总是做得很好，但是一直在做；对我来讲，没有比除草更糟的事情了。这好像是魔鬼亲自为护林员想出的活计——你就弯着腰，一棵草一棵草地拔吧。四公顷的面积，得拔掉多少草！到晚上，你已经累得直不起腰来了，只好弯着腰一步一步挪回家。苔草像粗麻布一样又硬又扎人。手上全是血，头晕眼花。

但是，我是对的吗？似乎每一项工作，无论它多么困难，都没有想象的那么困难。的确，有什么事是人干不了的呢？在一望无际的田野里播种？在车间里锻造天穹？从地下拉出喷火蛇？用沙子做成一个永动机？只要给他一个想法，他不会让你等待，马上就会去行动。世界上没有他不能胜任的事情。他一点一点，悄无声息地开始劳动，似乎没有发现意图的伟大和艰巨，确切地说，是不认为这意图是艰巨的，似乎他想干的事情不是锻造天穹，而只是打个马掌。无所事事有多让人难受？似乎，世界上没有比它更让人难受的事了，因为有时它会把人拖垮，把人带到坟墓的边缘。可是你看，可怜的家伙累得筋疲力尽，嘟囔几句，叹几口气，骂骂老天爷，再捎带上全世界，然后抖搂抖搂身上的尘土——啥事也没有，没死，还挺高兴，身上也没有负担，像以前一样。

  天热得要死。天上一块云彩也没有，晒得热烘烘的田野在我看来无边无际，一点儿阴凉也没有，一丝儿风也没有。我把上衣都脱了。于是，成群的盲蟒疯狂地向我扑来。不知为什么，这年夏天牛虻也特别多。有生以来，我从未见过如此疯狂的昆虫大军。它们嗡嗡地叫着，无所顾忌地围着我，不停地飞来飞去，好像在打靶，要一下子打穿靶心，——简直不是牛虻，而是机枪射出的子弹。除了牛虻和我，再加上火一般烤人的太阳，周围什么也没有，一切都躲到阴凉中去了，无论是人，还是野兽。

  为了减轻一点双手的负担，我从家里带了一把刀刃很宽的刀，手指发麻的时候，我就用这把刀割苔草。工作质量肯定是差一些，可恶的苔草又开始长高，好像除草工作对它只有益处，但我能怎么办？我真想用牙去咬它们，只要能挽救幼林。

  我羡慕地想：别的林庄里肯定有机器，可以把人从这项艰苦的劳动中解放出来，那些幸运儿们坐在机器上面，一除草就不是四公顷，而是几百公顷。我的地段对它们来讲，就是饥饿的母牛的一把草料。但我也发现了自己工作的意义，当你弯腰苦干两个星期左右，清理出一两块地方，那时你就能理解森林的真正价值了，你也可以仔仔细细打量土地，它就在那里，在你的眼前，你能闻到青草的味道——它就在你身边，不离不弃。

尽情地劳动够之后，我直接仰面躺在小树林里。休息过后，我心里充满了某种力量，精神抖擞，尽管身边一个人也没有，我开始在地里走来走去，不时挥动手臂，讲起大道理来。我对松树谈论善。用可怕的惩罚威胁它们。耐心地解释，为什么我是对的。我恳求它们相信我，谁要是不信我，就让它亲身尝试一下。我的声音充满激情，时而吼叫，时而江水般咆哮，旁边的人可能会以为，我面对的不是一片生命刚刚开始的小树林，而是一大群人。

小树苗对我的话无动于衷。它们需要的是更多的空间、阳光，至于我说的话，那不是太阳，不发光，也不发热。但我也很高兴，因为它们听我说话，也没有反对我。

很快我就结束了除草工作。有一天，林庄主席到护林所来了，想看看小树林。我们出发去了之前被火烧过的地方。小树苗长得很好。它们很快地长高了，变结实了，枝繁叶茂。主席很挑剔地检查了我的工作，然后表扬了我，他说：

"好样的！你干得很好！"

我没有说话。我知道：促成这一切的功臣不是令我精疲力竭的除草工作。是我的话对松树发生了有益的作用，而这也没有什么令人惊奇的。对于幼林来讲，我不是外人：尽管生它们的是森林，养它们的是土地，关心它们的是雨水，祝愿它们生活精彩、命运非凡的是风,教它们理智的是太阳,我还是认为自己是它们的父亲,总是对它们尽良言。它们可能听不进我的话吗?据说:金玉良言不会燃烧,不会沉没,不会化为灰烬,不会消失。

我对幼林有一种特殊的爱,而且同样重要的是,我觉得我对它们的命运负有责任。当然,土地、太阳、雨水在它们的生活中也有着重要作用,但我认为主要作用在我。以前,我努力不说谎,即使对自己也一样。不知为什么,那时我觉得即使任何人都不知道我说谎,也总还是有人会知道的。既然有谎言,那它就是存在,而最好的不是隐藏它,而是没有它。我这里找不到可以隐瞒、藏匿谎言的地方。而我在生活中也尽量做到能完全为自己的行为负责。这督促我进步,使我得到净化。如今,我的最严厉的法官就是我的幼林,我的孩子们,它们无所不见、无所不知,连头上掉下一根细小的头发都瞒不过它们的眼睛。在它们面前,我愿意做一个纯粹的、公正的人。我的样子有时看上去很严厉,我时常会抬起右边的眉毛,皱起眉头,责怪它们说:"怎么这么不像话?得闹到什么时候?为什么是那样,而不是这样?"但是,我内心里对它们从来没有严厉和不公过,我爱它们,严厉只是表象,只是为了掩盖我自己的善良和无助。

我想,它们非常理解我。我也可能犯错,可能理解不了它们,可能搞错,生活中什么事情都可能发生,但是我总是有足够的勇气承认这一点,自愿接受惩罚。可以遇到各种各样的护林员父亲:有预言家型的,有警察型的,有出差型的,有圣诞老人型的。我尽力成为公正的父亲。而且,在这方面,幼林是别人的,还是我自己的,它们是我亲手栽种的,还是别人在我之前就尽力培育的,没有任何区别。它们是经我手还是经别人手来到这个世界的,有什么区别呢?相反,我甚至有点过分,对自己的"孩子"更严厉些。我认为,别人的幼林是被抛弃的,是孤儿,对它们应该更温和,对它们照顾应该更多些,而对我的"孩子"们来讲,有我,也就是它们的父亲在身边,就足够了。

我不知道,我的父爱会产生什么结果。孩子就是孩子,很难说清它们会走上什么样的路。有些孩子我现在也不喜欢它们身上的某些东西,我严酷而无情地与它们的缺点进行斗争。我不期待它们感激我。也许,等它们长大、独立、成熟了,它们会忘记我,或者不像我想的那样评价我的行为。也许,它们会觉得我更严厉,因而不太公正,所以我不应该擅自承担父亲的职责,就让它们自由生长。也许,对别人的孩子,我将不是父亲,而是叔叔,它们从心里喜欢与给了它们生命的人在一起,然后会永远离开它们。对此我不着急。我为幼林劳作不是为了得到感激,也不是为了等以后我老了的时候,让它们亲吻我的双手。我个人对它们没有任何需求。它们的离开也不会令我难过。让它们走吧,让它们自己也成为父亲吧。我将认为自己完成了任务,而意识到自己一心一意履行了自己的义务,对我来讲就足够了。

19

护林员是非常认真的人,在这方面他们胜过任何一丝不苟的、以自己的精准为荣的教授。如果大家说好 7 点钟集合、一起工作，那么差 5 分钟 7 点的时候他们就已经到达约定地点，而 7 点整就开始工作了。我没有表，而我又不会自己确定时间。因此，最初为了干活不迟到，我总是提前 2－3 个小时出门，有时怕不能按时到达，索性留在森林里过夜或者提前一天到约定地点。我随身带着食物、小锅、茶壶，点上篝火，等着大家。我没发现在护林所待着和在森林里待着有什么区别。这两个地方都有吃的，有火，但是在森林里我可以很安心，不用担心迟到。有一次，我等了护林员们一个星期，带来的食物都吃完了，他们还没来，我就回去了。同伴们的无组织无纪律让我很激动。当我得知这事错误全在我时，我平静了下来。是我弄错了日子，早来了一星期。夏天在森林里过夜真是相当惬意。但是冬天、秋天天很冷，不停地下雨，天地间充满湿气，无处藏身，那时会觉得有点困难。我开始锻炼自己，根据太阳、星星和散在黑暗中的光线来判断时间。

还有一个特殊心理，使我不想迟到。护林员都有这样一个习惯，我也不应该改变它（后来我适应了这个习惯，完全接受了它）。这个习惯就是：工作中最重要的是按时开始。如果谁迟到半分钟，那他就被认为好像是很过分了。如果我或者某个人出现在地平线上，而这时大家已经喊了一声，准备开始工作了，那你就无可饶恕了。接下来你就汗流浃背地干活，拖拉最沉重的东西，拼命地干，歇一会儿、抽支烟也不行，还得留下来加班，人们会把你看作一个还不错但是不可靠的小人（"他这个人可靠不住！"），整个漫长的劳动日也长不过你迟到的这黄金一秒钟。不过，如果你和大家同时开始工作，那你就可以用一半力气干活，可以借口腰疼或推说有不可耽搁的急事（其实压根儿不存在）而在大中午离开，然后不用再来——谁也不会说你什么的。

很快我就取得了一定成果，可以不看表确定时间，准确到分。我根据太阳、星星、露珠、风声和树叶的气息来判定时间。在一天中无论谁任何时间叫醒我问："几点了？"我会回答说："差五分两点"或者"十点四十五分"。用不着检验我的准确性，我说的一定对。但实际上，最精准的计时器装在我的身体里。我闭眼睛躺着，完全不去想时间，但只要我一想："几点了？"我马上就会得到现成的答案。

我这种发达的时间感当然是好事。如今我可以安心地分配我一天的时间，不用担心去什么地方迟到，让同志们为难。我像俗话说的"分秒不差"地来，而且已经不是我根据太阳和星星来判断时间，而是太阳可以毫不怀疑地向我询问时间，然后开始工作。但是，这种时间感也给我带来了麻烦。我无缘无故地开始着急起来。劈柴的时候，我总是急于快点把它们劈完。我吃饭也是急三火四的，东西都嚼不烂。我去巡查时，不是走着，而是好像在越野，一路小跑着经过林间的大路小路，跑得越快，越想跑得更快些。我开始过上这样一种日子，好像我的时间不够用了似的。结果就是：我对时间的判断越准确，时间的运行越无序。

林庄答应在森林里建小浴室快 15 年了，可是护林所里根本没有浴室。伊万大叔通常坐车去别洛奥斯特洛夫①洗澡。他每次都非常仔细地收拾东西，提前告诉我他要走，他很开心有理由在家里待上一阵。回来时面目一新，穿着女主人清洗和熨烫过的干净衬衫，好像在家里过了一个节似的。我怎么洗澡呢？冬天把炉子烧热，把水倒进桶里加热，然后脱光衣服，站在从森林里捡回的一个旧洗衣盆里，用小水罐往自己身上浇水。身体的一面是滚烫的炉子散发出腾腾热气，另一面冷得可以结冰，而头顶上还有淋浴。先把一面身体烘热，再把另一面对着炉子。程序并不复杂，设备也不是很多，但水毕竟是水，洗去身上的尘垢，在冲洗干净之后，你就好像重生了一样。干干净净，清清爽爽，钻进冰凉的被窝，牙齿打战，用自己的身体温暖硬邦邦的床铺。

但是，夏天我就可以战胜冬天的一切不便了。我去谢斯特拉②洗澡。选一个阴凉多一些的浴场，远离人们的目光，有着无人涉足的沙滩，无风也无浪，谈不上浴场，而是一个长度有两三步的小块地方，但是一个人的容身之地需要很大吗？小溪沿着滚烫的河岸流淌，鲍鱼在水底深处游来游去，啄木鸟在白桦树上雕琢着自己的命运，丘鹬在空旷的沙嘴里不安地飞来飞去；清洗好自己，用草叶把身体搓得青一块，红一道的，然后你钻进冰冷的水里，再像被烫着了一样跳出来，让太阳晒干自己。兴奋的身体会像风中的电报杆一

---

① 音译，地名，意为"白岛"。
② 音译，地名，意为"姐妹"。

样嗡嗡作响。

这天，我去除草，尽情地干完活之后，我来到我的浴场洗澡。我从石头底下掏出藏在那里的一小块肥皂，开始脱衣服。突然，我听到树丛中传来一阵声音，接着出现了一个人的脑袋，他手里拿着鱼竿。钓鱼人跟我打了个招呼，问我能不能给他指路，他迷路了，找不到公路。我详细地告诉他应该怎么走。他道过谢，马上就消失了。我脱下裤子和海魂衫。不知道是什么东西，引起了我对海魂衫的注意。通常我都是飞快地脱下衣服，看也不看，好像我厌烦它们、它们妨碍我似的。但是，今天我看了一眼，禁不住哎哟了一声：海魂衫的衣缝里爬着一只虱子。这可真是一份好礼啊！我这是怎么了，我身上怎么会有虱子？难道已经如此邋遢了吗？

我不是一个有洁癖的人。我被迫与泥泞打交道、出没其间、蓬头垢面，我也不觉得这有什么难堪的，并不是所有的工作都喜欢雪白的大褂的。但是虱子，这可不是我愿意为之骄傲的财富。当然，人不是总能够如愿成为环境的主人，经常是我们想这样，而实际上是环境支配我们。不过，养不养虱子，这还是取决于人的。在这件事上，我是不可原谅的。我怒气冲冲地开始消灭虱子。我与它们斗争了好久。河水像时间一样从我身边流走，太阳升起又落下，某个地方响起了鸟叫声，树木衰老地倒下，然后又重新生长。我只是偶尔能发现树林披上了新叶，"是秋天了。"我说。下雪了："是冬天了。"大雁从南方飞归来："是春天了。"肯定有些地方发生了战争，自然灾害降临到人们头上。我很惭愧自己只是忙于如此微不足道的小事。我仔细查看布料的每一行、每一微米，一次又一次重新检查，我想摆脱落到自己身上的耻辱，一劳永逸。我有没有权利把一辈子的时间都花费在这样的事情上？我想我没有。可是，尽管如此，我还是白白耗费着时间。我都奇怪我怎么能有耐心坐那么久。

终于，我解决掉了虱子。我急急忙忙跑进小河，然后穿好衣服，向护林所跑去。就在这时，我在灌木丛中碰上了钓鱼人，就是向我问路的那个。

"对不起，老弟，"他说，"我该走哪条路？右边的，还是左边的？"

我把他送到了公路边。

20

我打算去巡查。天气晴朗，天空纯净，我头顶上方正中的地方飘着一朵白云。我走了一公里，白云在我头上。我又走了一公里，白云在我头上。我来到小河边，白云也来到小河边。我离开小河，白云也离开小河。我沿着最边上的林班曲折前行，云彩也跟着我曲折前行。一开始，我甚至有点高兴云彩这样跟着我，因为我总是不用孤单一人。后来，这种近距离开始让我恼火。"你怎么黏上我了？"我对白云说，"快飘走吧，飘到你需要的地方去吧。"说完，我等着瞧——看它飘走了吗？没走。我加快脚步，它也加快速度。我开始奔跑，它也跟着奔跑。我试图摆脱它。可怎么能够！它一步也不落后，好像被绳子拴在我身上了似的。我躲进茂密的云杉林，等了好久，出来一看，它还在眼前。我说："见你的鬼！你随便吧。"

我来到公路上，迎着车来的方向走在路的左侧，可是路上却没有车。我发现一只小鸟。等到我过去，它一下从路边的草丛中飞出来，向前飞大约两米，等我走到跟前，它又继续往前飞。它也决定跟我交流交流。这小鸟儿，它要伴我多久？100米？200米？它陪我走了整整一公里，直到我对它发起火来。它也想起来陪伴我了，好像没有更重要的事了似的。

我走进第12林班，走着走着，忽然觉得有人在看着我。我没有停步，只是自己心想：这能是谁在观察我呢？谁能对我这么感兴趣？不是我在别人目光的注视下感到不自在——有个人能看见我，而我看不见他——只是有点可笑：他躲在后面，在我背后，以为神不知鬼不觉呢。可是，不发现他是不可能的。在森林里，所有人背后都长眼睛。他并不是一直看着我，而是时看时不看。看一会儿，停一会儿，然后再看一会儿。我开始好奇起来，快速回头一看，发现小路上有一只狐狸：这时它正一边横穿小路，一边看着我。我之前怎么没有猜到是它呢？"啊哈，"我说，"是你陪着我呢？你担心我会出事？又来了个保护者。可我能出什么事呢？难道我会摔跟头，以头抢地？难道狼会把我吃了？还是自己会犯傻，在松树上吊死？不会这样的。我不可能磕破脑袋，狼也不会碰我，而且我心里根本没有愚蠢的想法。愚蠢的想法就是把绳索套在自己脖子上。走吧！"我赶它走，"没必要白白浪费时间在这儿闲逛。你也不用担心我，我丢不了。"

我走到田野里，一只菜粉蝶追上了我。它挥动翅膀在我身边飞来飞去，温柔地抚摩着我，大模大样地落在我的耳朵尖上不走，好像我的耳朵不是耳朵，而是一朵花，或者是一根泛着花香的枝条。我就这样耳朵上带着一只蝴蝶走着。既想把它弄下去，又不舍得——负担不重。

傍晚时分，我穿过林间小路回家。有一只猫头鹰在我头上盘旋，时而飞到前面，时而飞到后面。飞得低的时候，眼看就碰到我的头顶了。"哎，你瞎吗？"我对猫头鹰说。同时，我把头缩进肩膀里，谁知道，说不定真是瞎子呢。只不过森林里没有瞎眼的猫头鹰，它们都视力正常。

回到护林所，我站在台阶上，看着慢慢变暗的天空。那朵白云像早晨一样，现在还在我头顶上飘着。它一整天都陪着我，而我却把它忘记了。我躺到床上，不觉想起那朵白云。它飘走了，还是没飘走呢？我猛地从床上跳起来，向窗外看去——看不见云彩，天黑了，但我能感觉到它还在这里，就在我身边，守护着我，我无比珍贵的朋友。于是，我踏踏实实地躺下睡觉。

21

我已经说过了，大叔走后只剩一个人时，我经常唱歌。我在护林所里唱、走在路上唱、在公路上唱、在田野里唱，因此森林听够了我的歌声。唯一让我感到不好意思的是有人的时候。尽管我听觉不错，上帝也没有亏待我的嗓子——有时我甚至喜欢自己唱的歌，而且还有一点可以证明我的才能,那就是我曾在舰队的文艺活动中成功地演出过,——尽管如此,我还是不好意思当着人们的面演唱,更多的是在没有听众、自己一个人的时候为自己唱歌。

在森林里,唱歌的本领对我特别有用。当然,我在心情好的时候唱歌,当你心花怒放,你很难让自己忍住不出声,你好像也不是特意想唱歌,但是你的心在歌唱,所以你也不由得像夜莺一样唱起来。这样的歌声非常美好。但是,我也不只是因为喜悦和兴奋而欢唱,我也会由于别的原因而歌唱。我确信,在森林里,当你情绪不好时,最可靠的办法不是绝望,不是一次又一次在心里咀嚼恐惧和疑虑,如果走路不能克服这种情绪,你最好唱歌。歌曲有用。我知道,这里有什么神秘的机制在发生作用,使歌曲把不好的想法和沮丧的状态带走。不过,经验表明:只要我连续号上两个小时,所有的疑虑就会消失,我又开始精神抖擞,健康正常,感觉无上幸福。

由此,我也参透了歌手的秘密。他们很聪明,我们以为他们通过演唱美妙的歌曲给我们带来琼浆,让我们开心,实际上,他们展开美妙的歌喉是为了让自己高兴。即使他们不说服我们,使我们相信他们带给人们的是香甜的蜜汁——他们带来的也的确是香甜的蜜汁,否则我们就不会听他们唱了,——但是,他们给的恰好那么多,刚够我们抿一口,其余的他们自己都喝了。但是,有必要因此而责怪他们吗?哪个人,包括我在内,不想有机会把这杯蜜汁一饮而尽呢?

有一段时间,沃洛佳·拉缅斯基在我们这里当护林员。他这个人性情高雅，充满诗意。他写抒情诗，这不奇怪。他的每一首诗都是夜莺的歌唱。听他读诗，护林员们只能摇头感叹，因为他的诗歌非常打动人心。他针对酒鬼和懒汉的讽刺小品、打油诗写得也不错。墙报的编辑安东·安东内奇·杰尔比洛既是基层工会主席，也是互助信贷机构的成员，同时也是个农民，热衷于社会工作而忽略护林员的工作，他总是把沃洛佳的诗歌安排在第二栏，放在"社论"的后面。护林员们通常对批评更敏感，哪怕是公正的批评，他们对沃洛佳没有任何意见，尽管他用自己的诗歌重重地刺痛他们。读完打油诗，看完打油诗配的描绘他们不堪形象的插图（插图也是那个杰尔比洛照着《鳄鱼》杂志画的），护林员们长久地陷入自我折磨的泥潭，他们扪心自问：我们真的如此不堪和恶劣吗？最终，经过一段时间，大约一两个小时吧——时间的长度在这里没有任何意义，重要的是结果——他们从内心深处得到提示，自己确实不堪和恶劣，因此大惊小怪，摇头叹息，好像到此时才发现自身具备从前未知的品质：哎呀，这就是我们的本事！哎呀，情况真糟糕！哎呀，真让人难过，可我们自己竟然不知道！——他们拍着沃洛佳的肩膀说："你可真是好样的！一针见血啊，你训我们训得好！"然后就心情沉重走开，似乎肩上已经有了错误的重担。可是很明显：哪怕经理在大会上接连批评他们三个小时，把他们一个一个叫到办公室里推心置腹地交谈，吓唬他们，劝说他们别看沃洛佳的诗，他们也无论如何都不会承认自己有错；所有针对他们的话语他们都认为是无稽之谈，当作耳旁风，好像跟他们一点关系也没有。这就是沃洛佳诗歌的力量。

我们觉得沃洛佳未来肯定前程似锦，多数人预言他会成为一个诗人。在区里的护林员诗人大赛上，他的诗歌得了一等奖，给他发了一把长得像长柄斧的锤子做奖品。按照奖品设计者的构想，这把锤子象征着对我们的缺点进行严厉惩罚的武器。

沃洛佳很年轻，但受到某种疾病的折磨。他眼前发黑。有一次他被送进了医院，于是，大家马上就把他忘记了。他跟我们一起生活时，用他的诗歌骚扰我们，大家都记得他，说他的好话，可一旦他走了，就好像从来也没存在过似的。如果说有些人也能提起他的话，那么也是不高兴，甚至是很气恼地说："他倒好，病了，可我们还得替他完成林庄的计划！"人有时是多么不公正和健忘啊！

我和区委会主席去城里看过沃洛佳一次。我们给他带了一罐蔓越莓和一公斤橙子。医院里的人收下了我们要转交的东西，但不让我们进病房，尽管我们大喊大叫，强烈抗议。最后我们还是见到了沃洛佳，这是我们和他最后一次见面。他不知怎么得知我们在医院附近游荡，就从五楼窗口探出头来，所以我们就跟他说了十句八句的话。他很高兴，很开心，笑着向我们保证很快就回林庄。但他最后没有回来，一个月后，林庄经理收到一份通知，说沃洛佳死了。他死得意外而荒谬。护林员们纷纷猜测：他怎么了？为什么死了呢？肯定是得了某种恶病。可我觉得，一切都很简单：人们忘记了沃洛佳，除了死，他没有别的出路。

从护林所向南，穿过一片绿草地和一个在炎夏中慢慢干涸的池塘，有一片田地。如果我很有学问，我一定要写一写这片田地的历史：它是在我眼前一点点出现的。我会这样写：之前这里完全没有田地，有过一片树林，林梢哗哗响。秋天，来了一些采伐员。我给他们划定了作业区域，他们就开始砍伐：松树和云杉做专用的木材，而白桦树做木柴。春天，机械师的小蓝火车开到了这里。大功率的挖掘机把树桩连根拔出，把大块的花岗石石头从土里翻出来，最后把石块、树枝、沙土和小木块组成的废料聚拢到一起，堆成大山，后来上面长满了马林果苗。也是在那个春天，拖拉机手普罗霍罗夫第一次翻整了田地，并在上面种上了庄稼。当年这块地收成很不好——土质太差了。后来，也就是第二年，它的收成也不喜人。人们想要给它施肥，但是肥料随意乱丢，被漫不经心的主人们匆匆撒下的小白颗粒随处可见，路上、水井旁、森林里，到处都是。但是，这块地却盛产石头，它们自己从地里钻出来。这是我亲眼所见。

每一年，国有农场的工作人员都在拖拉机后面挂个钢板，在田地里开来开去，收集大石头，小石块太多了，收不过来。士兵们开车来取大石头，把它们装进汽车，拉走自用。这个地方被称为卡穆什基。①

人们在这块地上种过黑麦或燕麦加豌豆。豌豆成熟的时候，我经常特意横穿这块地，尽管有点绕远，因为很难抗拒摘点青豆的诱惑。我做这事的时候，有点不情愿地躲着国营农庄的工作人员（整天抓贼的护林员也不能自己去当小偷啊）。有时候，席尔瓦也会闯到燕麦地里来。它的破坏力比我的可怕和危险得多。于是，国营农庄的队长就找上门来，写下情况记录，这样我就得因为踩踏庄稼而交

---

① 音译，原文意为"小石块"。

罚款。

一天中午，太阳挂在头顶上，风从芬兰湾吹来，是个非常好的天，属于大自然意欲展现其一切完美之处的日子之一：天空纯净，阳光灿烂，轻风温柔，田野广阔，水草丰美，当你看见这突然出现在世界上的无限美景，你不禁心生欢喜，想要欢呼和歌唱。

我走进豌豆地，刚要把一个豆荚塞进嘴里，忽然听见一只百灵鸟在唱歌。我嘴里含着豆荚抬起头来，百灵鸟就在我头上盘旋且歌唱。它唱的是什么？诗人灵感迸发的时候唱的是什么？唱的是蓝天如此高不可测，风儿如此自由地在草地上徜徉，空间如此广阔，"大地被装饰得如此美丽，你被如此多的美景震撼"，唱的是幸福、爱情以及其他足以使诗人用美妙的词句歌颂的一切。

百灵鸟唱得非常好。听着它的歌声，我忽然发现这一天比我听见这歌声之前还要美好，它的美只能用一个词来表达："赞美吧！"但是，百灵鸟唱得更欢了，它全身战抖，它简直情不自禁要唱歌，好像它小小的身体里装不下那么多的歌曲，极限已经到来，它控制不住这珍贵的歌声之杯，所以它唱得越来越高亢：对于唱歌的人来讲，任何限度都是不够的。突然，歌声中断了，百灵鸟缩起翅膀，像一块石头一样落了下来。我冲到它身边，把它捡起来——它已经死了。我料到了这一点。

世界上的一切都有极限，诗人也有，谁也不能跨越那条神秘的界线。躺在我手掌里的不是百灵鸟，而是石头，没有生气的，冰冷的，只有外形隐隐地提示着这是一只小鸟。这种不幸令我心痛，我站在那里，不知所措。这天的魅力一下子全都消失了，太阳暗淡无光了，各种色彩消退了。还没等我清醒过来，好好考虑一下我该怎样让这鸟儿起死回生，怎样救它，天空中突然又有一只百灵鸟唱起歌来。它唱得比刚才那只还响亮，唱完自己的歌，它也同第一只百灵鸟一样石头一般栽下了来。这是命运给我的可怕考验，我眼前发生的一切是某种难以理解、难以解释的不公。百灵鸟轮流飞上天空，唱自己的歌，然后不堪心头重压，坠地而死。

我跑到肢体僵硬、毫无知觉的鸟儿身边，把它们从地上捧起来，对着它们吹气，试图用呼吸温暖它们，并把它们放到怀里。"这究竟是怎么回事？"我想，"怎么会这么不公平？难道我是对的，不应该喝光整杯酒，因为杯底就是它的死亡？"

我很可怜这两位长着翅膀的歌手，我把它们带回护林所，虽然知道是不可能的事，但心里不停地想象怎样让它们起死回生，怎样救它们。我对现代医学评价很高，我亲身体验过它的神奇魔力。其实根本不是什么体验，而是被医生从死神手里夺了回来，但是，无论精于医术的正人君子们怎么谈论医学，描绘什么样的神奇画面，我还是坚持一点：能够创造奇迹的不是药物，不是柳叶刀，不是同位素大炮，而是爱与温暖。但是，我从哪里获得这温暖？我那在严冬的寒冷中拯救我的热气腾腾的炉子在这种情况下没有用处。我把僵硬的百灵鸟放在枕头下面，我自己则小心翼翼，尽量不压到它们，在旁边躺下来。夜里我没有合眼，心里一直想着鸟儿。

在歇着抽烟或者林中日常工作，如清理性砍伐、给树木做记号之后的短暂休息时刻，我们这些护林员就围坐成一圈，从包里掏出自己那清淡寡味的早餐，经常在小鸟叫声的伴奏下谈论诗歌。我们非常重视诗歌，认为诗人可以点燃圣火，对每一个细节都进行评论。但是，我对我们的这些讨论不是特别认同，我认为，歌曲活着是为了人们可以听它，而不是对它评头论足，况且我有什么知识可以对之做出评价？作为智者和鉴赏家，护林员一生中在森林里听到了太多的歌曲，以至于一不小心它们就会从他们的鼓膜里钻出来，以至于他们的心里早就从早到晚地响着夜莺、黄雀、知更鸟的叫声。

我们经常会发生争吵，对于哪个歌手更厉害的意见有分歧。一些人只认可夜莺这不可超越的经典歌手的歌声，努力证明只有夜莺才配得上"诗人"这个崇高的称号。他们说它是诗歌的太阳、生活的真理和灯塔，高歌一曲即可直达最深处。另外一些人不同意这种观点，他们责怪夜莺风格繁杂，甚至好像还有点不独立，声称夜莺的全部才华和贡献都来自对别人的模仿，是个肤浅的诗人，不以情感取胜，而以技巧取胜，可真正的艺术在于发自肺腑的情感，夜莺再热情奔放的啼啭也比不上山雀朴实无华的一段小曲，尽管它毫无装饰，但是发自内心，而发自内心的东西都是天才的。还有一些人既不认可夜莺，也不认可山雀，他们说，诗歌的使命不是对生活之美表达惊喜和对之进行宣扬，也不是孩子式的乐观主义，而是表现痛苦，生活就是一场悲剧，谁能从悲剧层面认识并表现生活，谁就高于所有人。符合这些人心意的是黄鹂哀怨的叫声和天赋鸟绝望的悲鸣。就连乌鸦不祥的鼓噪、神秘的猫头鹰恶魔般的号叫（这叫声在半夜足以让路上行人直冒冷汗）也有自己的崇拜者。争论很热烈，大家表达了自己对于诗歌本质的不同看法，有时这争论会跨越和平交谈的界限，变成吵骂，但最后总是以和平告终。

抽烟结束，早餐也就结束了，护林员们把剩饭放进包里，在同一只鸟儿的叫声中拿起斧子和记号牌。每个人对美都有自己的理解，每个人都有自己的歌手。可是问题不在于唱歌的是谁——无论他是否像麻雀那样天真无邪地因为一点小事而高兴、开心地叽叽喳喳，无论他是否连续发出阵阵急促诱人的声音、使人心生欢喜，也无论他是否闷闷不乐地拖长忧伤的调子、脱口发出猫头鹰似的叫声，向世界散布他那令人恐惧的预言，——他们都是好的，促使他们歌唱的是真实的情感，每一个歌手都有自己的崇拜者，因为如果没有了他们，如果他们死了，如果他们退化或者消亡了，那么世界将会变得冷冷清清。我们真应该爱惜和保护我们的歌手，爱他们，不让他们消亡。但事实正好相反。我们倒是可能爱惜他们，可他们自己不爱惜自己，有时因为人的一声问候就以命报偿。

我不能让百灵鸟死去。我躺在床上，一整夜都在为它们取暖。我努力只往好处想，我坚信好的想法可以推进事情向好的方向发展。第二天早上，我把百灵鸟带到田地里。太阳冉冉升起。一夜之间变凉的田地准备好了迎接温暖，将暖气吸入身体，就像一个刚刚睡醒的人一样。我把百灵鸟放在地上，它们没有显露出生命的迹象，但我相信它们会复活的，我把我所有的温暖注入了它们的身体。早上的寒意使我全身发抖，我的身体覆盖了一层鸡皮疙瘩。我从百灵鸟身边走开，免得打扰它们。我站在旁边等着。太阳越来越暖了，吹起了一阵微风。这时，从豆苗丛里飞出了第一只百灵鸟，后来又飞出了第二只，第三只。新的一天开始了，它们嘹亮的歌声响彻整个田地。

22

我发现，北方林区出身的俄罗斯人说话的语气都带点温和与询问。他不会说"我拿了"或者"我走了"。在他的嘴里，甚至绝对肯定意义的语句都会变成问题："我拿了啊？""我走了啊？"这并不是说，他在说这些话的时候，对于正在进行的行为不确定，他需要的东西他一定会拿，他想去的地方他肯定会去，但是他似乎事先在等待对话者的回答：对方是否同意他的行为？这一行为是否会给对方带来某种不便？

对我来讲，这一点更加奇怪。我这个人就连需要提问的时候，也说得坚决、肯定。可是，在与森林对话的时候，我就不这么绝对，跟自己说话也不这样，我也有那种半肯定、半疑问的语气。迎接早晨到来时，我不说"早晨来了"，尽管它就在那里，在我身边，在我眼前。我会问自己："早晨来了？"看见一棵树，我不会说"这是树"，而是一定要问："这是树吗？"我好像在倾听自己，如同一头驼鹿在小河边倾听树叶沙沙。

有一次，我听森林的声音听得入了迷，我听到的不是野兽的叫声，不是小鸟的歌声，不是树叶的沙沙声和小草的唰唰声，而是小号的声音。这很奇怪，森林里哪儿来的小号？好吧，森林里有游客大声喧哗；好吧，森林里有开到最大音量的半导体和录音机哇啦哇啦响；好吧，森林里有护林员瓦欣在巡查的时候拉起手风琴，发出呕哑啁哳的声音，但这些声音都是我熟悉的，而且与我无关，可小号声却是完全陌生而亲切的。这声音隐隐传来，我勉强能听到，很害怕它会消失，但是只要我一凝神细听，声音就变大，平稳圆润。它很整齐，像一枚鸡蛋，从森林深处出发，在林间滚动，追上我，又继续向前，不过，我觉得它没有起点，也没有终点，绕地球一圈后又会回来。这声音很是神奇——干净，美妙。听见它，我好像充满了力量，感觉十分美好，没来由地高兴起来，好像吹小号的不是森林，而是我自己。

坐在河岸上，我凝视着小河（谁不愿意看着它呢?），但我看见的不是小河，听见的不是水流潺潺——我看见了一位姑娘，她在温柔地对我说话，时而为我的成绩而高兴，时而为我的不如意而难过，跟她在一起保持沉默就好：她说话，我沉默；她不经常陪着我，我也不反对；她不理解我，我和她各有自己的观点，我也不生气。我们的观点完全一致，可是我和小河怎么可能有共同的观点呢？

院子里，一只椋鸟在枝头唱着自己的歌。我仔细听着椋鸟各种不同的叫声，我看见的不是椋鸟——我看见眼前有一位智者，一个哲人，在教导我如何生活。这里有多少建议，而这些建议又是多么睿智啊！多么严密的逻辑！多么渊博的知识！这只椋鸟肯定是哲学家中的哲学家，而我们的智者们做梦也想不到它说出的真理！它朝气蓬勃地对待生活，尽管它的朝气之中有时也透露出一点痛苦，但是这痛苦毫无疑问来自它的智慧。

我听到了风声。风扯掉了树叶，拔出了幼苗，它残酷又凶狠，但是对我来讲，它不是风，而是一个人，带来痛苦和灾难，而这个人就是我。我不想做一个残酷的人，说真心话，我不想，我因此鄙视自己。我给自己设置了什么样的考验——谁会为此作证？雨尽情而惬意地浇在我身上，我就变成了雨。我走在路上，一朵小花扑入眼帘——林间的一朵不起眼的小花，除了太阳和某种丑陋的蝴蝶，谁也不会看它一眼、不会注意到它的——我就会变成一朵花……

当我在森林里碰到一个人，我看见的不是人。他是谁？他是男是女？这不重要。重要的是我又看见了那条小河、那片森林，我又听见了那些鸟儿、那阵风的声音。于是，我为看见这个人而感到高兴，他是我的兄弟，我仿佛又见到了小溪、小鸟、森林、草地，那么高兴，那么亲切。

23

古时候，我们的森林里住着一位隐修僧。他利用上苍的恩赐，建了一个隐修所，远离尘嚣，开始通过斋戒和祈祷折磨自己的肉身。一切都进行得很好，最高真理马上就要出现在他眼前。他勤勤恳恳，不眠不休，但是上帝觉得这还不够。为了检验这位隐修者的韧性，他向他的住处放了很多蚂蚁。隐修者精神痛苦，他不能忍受无数的昆虫在身边，请求上帝帮他解除不幸的袭击。上帝没有急于帮忙，可隐修者的生活变得十分痛苦，蚂蚁使他十分难受。僧人试图驱赶蚂蚁，可它们不走。他万分绝望，哭喊起来："上帝啊，救救我吧！否则我就完了。"之后，僧人做了一个梦，梦见上帝对他说："你完美地承受住了考验，为了这个我要告诉你真理，顺便把蚂蚁赶走。"僧人迷迷糊糊地睡着了，醒来时十分清醒。转头一看——蚂蚁都走了。于是，僧人马上为上帝唱起颂歌。

这个故事是卡尔波夫娜老太太讲给我的，一群蚂蚁袭击我时，我想起了它。那天早上没有任何不好的迹象：像平时一样，黑暗消失，光明到来，太阳升起，用它的第一次照耀将我唤醒。小木屋里一片安静，与以往清晨时刻一样。木板墙外是森林，它也和我一道醒来。我一如既往，从床上爬起来，把床铺整理好，然后点上炉灶。我想要好好思量一下，怎样把木杆挪到干爽的地方。森林里的清晨时光是美好的。你醒了，森林也醒了。你抖搂身上的睡意，森林也同样把睡意抖掉。你为迎接新的考验做准备，森林也如此。我不能说我不喜欢傍晚、黑夜、中午，它们也有自己的魅力，但是清晨可是奇迹中的奇迹，不理解这一点的人完全不理解生活中的一切。早晨是快乐又痛苦的时刻。早晨我的心头涌起无数的情感，多得我不想飞升，而想躺倒在地，沉入大地深处，把自己埋藏起来，好像钻进新鲜的干草垛里一样。

我在桌边坐下吃早饭，忽然发现桌上有蚂蚁。护林所成了不止我一人的栖身之所：从春天开始，房顶上长出了捕蝇草；小燕子在房檐下筑巢；黄蜂占据了顶棚；各种各样的甲虫和蜘蛛在木板墙里安身；一只红毛雄狐去年冬天在台阶上留下了记号，看来它是把护林所当成了自己的私有财产；秋天，山雀们拼命啄食玻璃上的泥子，肆无忌惮地从缝隙里往外拽麻絮；一只松鼠不时光顾门外的过道；蝴蝶和熊蜂经常飞进开着的窗户里面；有一次一只猫头鹰带着风声飞了进来，着实把我吓得够呛；田鼠把菜园里的蓄水池都翻遍了；老鼠们在地窖里安了家。我就不再说松鸦、喜鹊、乌鸦，还有想来就来、在井边觅食的猞猁与驼鹿了。除了老鼠，其他的活物我都不动。我认为，它们有着和我一样的居住权。我也没有动这些蚂蚁，我以为它们是偶然来到我这里做客的呢。这时，我突然感觉到有什么东西咬了我裸露的脚踝一口。我吓了一跳。天啊！整个地面上都是蚂蚁，地板都变成黑色的了。有几只蚂蚁还爬到了我的裤子上。它们咬人很疼。

我站在木屋中央，心里想着该怎么办？把蚂蚁从护林所里赶走，还是留下来？我倒是不心疼房子，就让它们搬进来好好住着吧，既然它们这么喜欢我这里，只要我们能够和平相处就行。我把它们留到傍晚，希望它们待一阵子，晚上就走。也确实，晚上蚂蚁的数量好像见少了。但是，我刚躺到床上准备睡觉，它们就开始对我发动猛攻。我躺在床上，如同躺在热锅上一样难受。第二天早上，蚂蚁更多了。它们爬得满墙都是，还钻进了装着食物的柜子和装糖的罐子。只要我一下地，它们就用牙齿咬我。

有些人认为，我像阉牛一样能忍，连列昂诺夫大叔也发现了我的这一特点。依我看，人们都错了。当有人陷入困境的时候，我反应迅速，马上去帮忙，但是当困难落到我自己头上时，我确实有点消极、懈怠，不会采取任何行动。我好像在等待什么，会一直忍受到最后关头。在这期间，多少嘲笑、讽刺、屈辱我都能忍受，换了自尊心特别强的人早就羞愧得上吊自杀或饮弹而亡了。但是，之所以这样，倒不是因为我能忍。不知为什么，我觉得辱骂不是针对我的，与我无关。我根本注意不到辱骂，对那些骂人的人也没有敌意。许多人在这种时刻都认为我是个草包、娘儿们、懦夫，连自己都保护不了。有时我自己也责骂自己软弱。

我与蚂蚁们共同生活了一个星期，然后我明白了，跟这样的邻居一起生活需要非人的耐力。蚂蚁到处乱钻。我不能坐下，不能起身，不能把汤匙送到嘴边，它们把我团团围住，往我的嘴里、耳朵里、头发里钻。我试着小心地把它们从木屋里扫出去，但怎么可能！它们又爬回来。我往地板上倒煤油，这让它们更加骚乱。我把糖和食物都拿到院子里，说："给你们，吃吧，吃完赶紧走。"一只乌鸦飞过来，煞有介事开始在各种纸袋里翻找，蚂蚁们却没有过去。怎么把蚂蚁从护林所赶走？没人可问。可是，谁又能知道这个办法呢？考虑到隐修僧的遭遇，对抗蚂蚁的唯一手段是上帝本人，但是，纵然我拥有一副铁嗓子，我的声音也传不到上帝那里去啊。我又不是僧人，不是隐修者。

我感到不安和愤怒。平时我非常好客，对客人过分殷勤，可现在我不仅对不请自来的闯入者发火，对工作、对森林也开始发火。我觉得一切都是针对我的。真可怜！真不幸！我为什么降生到这个世界上？难道就是为了忍受痛苦吗？！我尝试跟蚂蚁们好好说话："兄弟们，住着吧！护林所够我们大家用，只是你们别碰我。我对你们做什么坏事了吗？"（事实上，我也的确没对它们做过任何坏事。）它们对我的话根本不在意。我规劝它们："你们怎么不感到羞愧呢？私自闯入别人家，胡作非为。"它们对这话也没有在乎。我怒不可遏，对它们说出了下面的话："好吧，你们赢了，你们想独自住在护林所里就住吧。我在院子里找个地方住。我在树上过夜。我要彻底离开森林。但是，那时候你们就拿起斧子，砍出林间通道，抓捕盗伐者，保护森林吧！"但是，这样它们也不干。

我失去了理智，抓起灭火器（我用它来装灯油），在聚集了大群蚂蚁的木屋角落里倒满汽油，然后一把火点着了。火苗立刻升腾而起，我轻松地舒了一口气。原来，摆脱折磨自己的家伙是如此轻易和简单。

那天很热，腐朽的木板像火药一样着了起来。火光瞬间攫住了房屋一角，并爬上了房顶，熊熊燃烧的木板发出可怕的炸裂声。我开心地看着燃烧的木屋：现在蚂蚁完蛋了！于是我高兴得手舞足蹈。可马上我脑海里就闪过一个念头："天啊，我在干什么？我是不是疯了？就算蚂蚁都烧死了（还不知道它们能不能烧死呢？），可护林所怎么办？我住哪儿？住在灰堆里？"

我抓起一把铁锹当灭火板并且向火里扬土和沙子，但我没有马上成功。房屋一角冒出蓝烟，露出了烧焦的木板。为了安全起见，我提来水浇在屋角。不，不能在生气的时候解决这类事情，愤怒不是个好参谋和好帮手。当你生气的时候，你觉得什么都好，什么都可能，什么都不是事儿，可等到怒气一消，才发现事态严重。当时应该冷静行事，三思而后行。但是怎么冷静？怎么三思？我猛然想到："为什么不弄清楚蚂蚁是从哪儿来的？蚂蚁窝在哪里？肯定不会是恶魔从天上一把一把撒下来的，它们一定是从哪个地方来的。只要找到蚂蚁窝，然后再按自己的方式跟它们算账。"为了保险起见，我仔细检查了地窖，确认地下没有蚂蚁窝。那就是说，它们来自森林。我在离护林所不远的林子里转了一圈，令人恐惧地发现了将近30个蚂蚁窝，而整个森林里的蚂蚁窝更是不计其数。这些蚂蚁是从哪个窝里来的呢？我选择了一只蚂蚁，开始观察它。它把我带到了远处的林班。于是，我想到跟踪从护林所里爬出来的蚂蚁。我盯住一只蚂蚁，趴在地上，跟在它后面爬。刚开始，我接近目标的时间特别长——那地方让人觉得世界没有尽头，成功的希望为零！

无论我眼光多么敏锐，多么有耐心，蚂蚁总是消失在我的视线之外，隐入草丛之中，于是我又从头开始。第一天，我离开护林所大约1.5米。第二天又远了1.5米。一只蚂蚁淹死在水洼里，另一只自己死了，缩成一团，小腿乱动，然后就没了动静。第三只蚂蚁走了一条假路，把我引到了松树顶上。我在树上坐了一段时间。

那些天，我认识了各种各样的蚂蚁，每一种都有自己的个性，每一个都有自己的气质。在越来越暗的暮色中，一个游手好闲的浪荡子匆匆忙忙往家赶，没有看见我。一个热爱劳动的勤快人背着巨大的重物走在路上，这可真是把全世界都驮在身上了。爱闹事的家伙和小流氓们不顾我的一再警告，骚扰路人，招惹他们。早上，一个才高八斗的聪明人一边晒太阳，一边思考世界问题。我没有惊扰他。一个钻到草丛里的小鼻涕孩儿看着世界惊叹：这可真是奇迹！专家学者以老到的眼光打量着一只死去的小虫，想着该将它归于哪类：可食用的还是不可食用的？

每一个路人都力图表现自己的学识渊博，他们之中也确实有很多大行家。旅行者和探路者总能发现新国家，怎知我的护林所不会成为他们的新大陆？

我了解了很多有趣的东西。如果我继续观察下去，我也许会获得某种前所未有的重大发现，我仿佛觉得我曾经离这个发现很近，差一点就抓住了它的尾巴，但是在最激动人心的时刻，林庄经理打断了我。他来了解我们是否做好运出木杆的准备，正好看见我四脚着地在院子里爬，于是他表达了不满。沉迷于探索蚂蚁的我无论如何不能向他解释清楚，为什么木杆没有准备好。他不能理解的还有，为什么屋角被烧毁了？他开着消防车走了，上车时把门摔得很响。

就在那一天，我找到了蚂蚁窝。蚂蚁窝就在离护林所40米左右的地方。一开始，我想报复蚂蚁们无端给我造成的不便，一把火烧了它们的窝，可是我马上就开始可怜起蚂蚁来。我把蚂蚁窝挪到了离护林所远一点的地方，从那以后蚂蚁再也没有来惊动我。一切圆满结束，我应该高兴才对，可是我觉得这样的结局并不公平。我忍受了蚂蚁，可是奖励是什么呢？我期待过，我想要奖励。我不幻想最高真理，但是为什么我不能得到按照情理应该得到的东西呢？因为，如果说有酬报的话，那也是按照功与过来取舍——有奖有罚啊！

如果那时有人问我："你最大的愿望是什么？你想要什么奖励？"我会回答："我想要幸福。"有人想要爱情，有人想要真理、健康、成就、荣誉、权利、金钱、享受。有幻想成为勇士，完成某种英勇行为的人；有渴望和平、宁静，希望生活得安静、不为人知、随大流的人；有幻想找到宝藏，买彩票赢一辆轿车、得到奖金的人；有想要成为赛跑或国际象棋世界冠军的人；有想要自己生活富足的人；有想要找死的人，但我总是想要幸福。首先是自己的幸福。是的，我不隐瞒，我也想要自己的幸福，但我的目的不是想要像坐在钱箱子上面一样享受自己的幸福，而是为了找到自己内心的幸福，把它献给森林。奇怪的是，我觉得自己是个幸福的人，我福星高照，可我还是比任何一个别的人更加渴望自己的幸福。这幸福，它究竟是什么呢？而且，为什么我一个幸福之人还要想着它？也许，我搞错了？也许，我想要的不是幸福，而是某种别的东西，比如说荣誉或者功勋？也许，我根本就是个不幸的人？

有一段时间，我确实幻想过成为世界冠军或者建立某种功勋。我的幸福在于拥有一辆摩托车，在于成功和名誉，但是，随着时间的推移，这些愿望也消失得无影无踪，现在想起来自己曾经想要当世界冠军我都觉得好笑，但不是因为我轻视体育或者不尊重功业，我暂时还没有蠢到那种程度，而是因为我现在认为最高理想是为森林找到幸福。世界上有什么东西能够高于这种愿望？在森林里我体验到了幸福，也体验到了不幸。我遇见了大叔，但我又失去了他。我为自己开创了森林，但是开创了它之后，我又开始担心它的命运，所以，如果说一开始我保卫它是出于职责，那么后来就完全是出于良心了。对森林的担忧成了我的心病，我还不如不开创森林呢！关心是否得冠军比关心森林的命运与幸福要简单得多，平和得多。我给自己加了一副重担，已经被压弯了腰。虽然知道什么是幸福，但我暂时也还是没有找到它。不过我愿意成为一个不幸的人，只要森林能够幸福。

在战争期间，我的表妹每天早晨都拿着汤匙坐到空荡荡的餐桌边。家里没有吃的，也不可能有吃的，她知道，但她还是坐到餐桌边，而且一坐就是一整天，手里紧握着汤匙。她相信食物会有的，而且一直在等着。我每天早晨也拿着自己的汤匙这样坐在桌边，等待赏赐。过了一段时间，我得知，因为焚烧公共财物和耽误运送木杆，林庄经理发文对我进行了批评。看来，这就是因为我的"蚂蚁劫"而得到的奖赏。

24

我坐在护林所里，好像在等待什么人似的。似乎有个人会从公路上拐个弯，走过林间小路，在过道里踩响他的鞋跟，推开门，真切地出现在我眼前。那我等的是谁呢？谁会来看望森林里的我？谁有空搭理我？早晨？它已经来过了。中午？它也来过了。晚上也来过了。我在林间小路上随便走了走，让太阳烤了一阵。风从四面八方吹遍我的全身，然后就飞得无影无踪。天空？用不着等它，它永远在我的头上悬着，只要一抬眼，马上就能看见它、遇见它。小鸟也见得够多的了。我看见了两个卖花的大婶，她们在田野里走来走去，采集洋甘菊，然后到城里去卖。我碰见了一车采野果的人，在小河边，一家人停下来休息，身边停着汽车。我看见了一只苍头燕雀、一只乌鸦、一条死蛇。蛇不小心出来被某人看见了，那个人看见路上有蛇，就把它打死了，然后就觉得自己是个英雄了——怎么不是呢？他挽救了人类，使之免于灭亡。我看见了一头驼鹿，看见沼泽的泥泞中有丘鹬的脚印。我迎来了白云，送走了白云，这可是严肃的事情。我观察了蚂蚁窝。我看见了自己的手和脚，还看见了自己的脸——在小河里。

一切似乎都是旧的、熟悉的、已知的,即使是未知的,也总还是已知的。我坐在树桩上,什么也看不见。这种情况也常常发生在森林里——你坐在那儿,什么也看不见,什么也听不见,可是因此你又能看见更多,听见更多。我跟小草、鲜花打招呼。我特别喜欢一株洋甘菊,三四次走到它身边,而它也不放我走。似乎一切都看完了,所有人都拜访过了。既为森林高兴,也为它激动。我还期待哪些意料之外的见面呢?森林会送给我什么?幸福?我的幸福太多了。人们?我看得够多了。夜晚?它肯定会来的,有什么可等的?你等不等,它都会来。月亮?它也一定会来的。星星也会来的。确实,如果一个人什么都有了,他还有什么可期待的?可能,是死亡?但它不会来的,它干吗要在这个晚上到来?它会在我最不想它到来的时候到来。工作?我工作够多的。不,我什么也不等待,只是疲惫地坐着。我什么都有,我没什么可期待的。面包、盐、土豆、水,我都有。

25

最近我睡得很不好,有点儿小动静就醒,醒了又睡,整夜做梦。我倒是非常愿意讲讲其中的两三个最有意思的梦,但是,我对梦没有那么热衷,我不喜欢听别人的梦,也不爱讲自己的梦。当然,一个人总会有那么两三个梦被称为预见性的,会让他终生铭记,无法抗拒，这些梦里描绘的他的未来对他充满诱惑，而其他的那些梦不过是一堆乱象而已。如果有人当着我的面讲述他的梦（而喜欢这样做的人非常多，特别是女性），我会觉得尴尬、不舒服，好像那个人在我面前脱衣服一样，我可不想看见他赤裸的样子。好吧，如果他梦见的只是他自己，说的也是他自己，那么就像俗话说的，没啥可求的，他怎么了，发生什么事了，都是他自己负责。但也有这样一些人，他们把你也拖进自己的梦里，然后就跟你讲梦见你怎么样了，比如说你骑着一头羊或者你脑袋上长出了驴耳朵，并且深深沉浸在梦境之中，以至于看见你头上长的是人耳朵，或者没看见你骑在羊身上，就觉得很是生气，好像你欺骗他最美好的感情似的。我认识一个这样的人，他每天晚上都梦见好像是邻居到他家来，跟他借钱，醒了之后，他就跑到邻居家去让人家还钱，还跟旁人抱怨自己心太软。

半夜里，一阵小心的敲门声把我叫醒。门是带钩子的，通常我都不关门，于是我喊了一声："请进！"但是，没有人走进木屋。我仔细听了听，没有声音。但是，墙外确实站着一个人，这对我来讲已经不是秘密。我没有穿外裤，光着脚走出门，来到台阶上，大声说："谁在那儿？请进来！"黑暗中有人动了起来。我转身进屋，那个人跟着我走了进来。我在桌子上摸到火柴，点亮煤油灯。而这时，这位深夜来客正把鞋子踩得砰砰响，跨过我的门槛，站在我身后，不敢向前走。灯光蔓延开来，屋子里亮了起来。我看清了来客，这是一个年轻的士兵，个子不高，瘦瘦的，脸色苍白，看上去很不起眼。除了那身军装，身上没有一点兵味儿，没有潇洒的军容，也没有威武的样子——还不是个男子汉，只是个孩子。

深夜来客在我的护林所是罕见的现象。如果说白天还经常有过路人到我这里来的话——要点水或者打听一下回城的路，那么深夜来客呢？据我所记，所有夜间来人都是有非常重要的事情。有一次，一个朋友来了，是为了告诉我，世界上有星星。另外一个朋友半夜把我叫醒，是为了问清楚我是否尊敬他，并且让我相信他对我十分尊重。

我让小战士在桌边坐下，因为我一向的原则是招待客人吃饭，所以我开始往外拿食物。烤箱里的土豆还是热的，壶里的水也是热的。战士彬彬有礼地接受了邀请，但是吃得很急，好像好几天没吃过东西的样子。喝过茶，他开始给我讲自己的事——他带着复员证去城里找哥哥，没见到他——哥哥是个海员，出海去了——所以他想回自己的部队，但走着走着迷路了，闯进了我的森林，半夜里跟魔鬼和巫婆战斗。这时，他看了看我，想要知道他关于魔鬼和巫婆的话使我产生了什么样的感受。我认真地听小战士讲述。按照他的说法，他似乎落入了一个类似地狱的地方，这种地方他只在从前的旧书里读到过，那里对人进行折磨和蹂躏——这小战士看不惯这种不公平，于是愤而起来与黑暗势力做斗争。战斗进行得十分激烈，他简直是翻江倒海一般英勇战斗，杀得恶鬼们片甲不留。

我不能把小战士关于魔鬼和巫婆的故事当真。他复原回城，没见到哥哥——这是真的，但是说他在我的森林里找到了魔鬼和巫婆的栖身之地，而且他们还折磨人，这很难让人相信。第一，如果认真谈论魔鬼，那么这全是人们臆想出来的，不值得注意，是童话，是幻想，与生命的本质没有任何关系。第二，如果只是从纯理论的角度考虑魔鬼的问题，而且仅是为了让跟小战士一样的人高兴，那么关于魔鬼我还有什么"第二点"可说？只能说，我在我的森林里没见过他们，相应地，那里从来没有过鬼神，也不可能有。

当然，我也经常会在自己的林班里遇见可怕的家伙。比如说，有一次我撞上一个猎人正在射杀会唱歌的小鸟：柳莺、知更鸟、鸫鸟、夜莺什么的，而且把它们带着毛直接在叉子上烤。当我抓他个现行时，他非但没有认识到自己的错误，反而用霰弹向我猛射，幸好子弹威力不足。

还有一个人用小雏鸟喂狗，我想，那可能是为了让他的狗叫起来像小鸟一样动听。

由于职业的关系，我遇到过很多在森林里犯错误或者犯了过错逃到森林里的人。关于遇到他们的情况，我可以讲出一二十种，但是我不想讲了。他们在做坏事方面都是一样的，而且其他方面的行为比魔鬼还恶劣。说打击他们的斗争已经结束，还为时过早，正因此我才当的护林员，要防止森林受到各色敌人的侵害。只要森林还在，只要它还在令它自己也令我们欣喜地开花、成长，——而它会永远存在的——与恶的对抗就永远不会停止。我与恶战斗过，而且发誓要与它战斗到死。因此，像那个小战士试图做的那样批评我脱离斗争是不对的。

我跟小战士争论起来，力图使他相信，所有关于鬼的说法都是瞎扯。我想，他是因为迷路而过分着急了；他在林间的断木残枝间毫无结果地东奔西跑，累得精疲力竭，在地上随便找个地方一躺就睡着了，梦见了那些魔鬼和他跟魔鬼的战役，看来，他虽然很讨厌，但是战斗还没有结束。我等到他把话说完，他言辞十分激烈，能够感觉到他体内的热火还没有冷却，对一切恶的仇恨和英勇斗争的精神（尽管他身材矮小）看来已经牢牢地扎根在这颗士兵之心里了。

食物和强烈的感受使小战士昏昏欲睡，他坐在桌边打起盹儿来，头磕在桌子上，我有点担心他不小心把灯碰到地上。我给他铺好了床，他一躺下就马上沉沉睡去了。

当然，我可以反驳他，并且好歹为自己辩解一下。魔鬼就是魔鬼，一刻也不能让它近身。但是，天太晚了，小战士也已经睡着了，所以我也没叫醒他，想第二天再跟他谈。

第二天早上天刚亮，我就从床上跳起来，想要向小战士证明，护林员是这个世界上起得最早的鸟儿。小战士睡得正酣。为了不吵醒他，我悄悄地点起了炉子，等炕炉全都热起来的时候，我拿起水桶去井边提水。早晨阳光灿烂，提着满满两桶水往回走的时候，远远地发现我的炉子烧得通红，向天空吐出一股烟柱。我想，趁小战士在睡觉、说不定还在继续自己与魔鬼的英雄史诗，我给他把饭做好。但是，等我回到护林所，发现小战士已经整理好床铺，找到了桦树笤帚，没在地上洒水，正努力地清扫木屋里的灰尘。他看上去有点尴尬，不过我在他脸上丝毫没有发现夜奔的痕迹，既然没发现，也就不想说了。他自己好像也忘记了自己昨夜的恐惧，匆匆吃过早饭，就急忙回部队去了。我把他领到公路边，给他指了路。

跟小战士告别之后，我就到第12林班去了。在12林班的护林所旁边，在林班的界柱上，我发现有人刚刚写下的题词。题词吸引了我的注意力，我走近一看："伊万诺夫在这里战斗过。如果我牺牲了，那也是为了你们，人们。"

看到这里，傻子也能明白，这题词是我的小战士留下的。

26

那些日子，我只做一件事：就是寻找席尔瓦。钻进森林或者闯进田地的时候，我四处查找——万一在什么地方发现了我心爱的小马呢；我仔细查看路上的脚印——万一这混乱的足迹中有席尔瓦的蹄印呢；发现纠缠在灌木丛中的马毛，我就想办法确认，这是不是它留下的记号。但这并不意味着，我一刻不停地在寻找席尔瓦。森林是需要随时进行管理的，我还有更重要的事情。

在阳光灿烂的好日子，我坐在护林所边上唯一的一棵松树下，看着森林、草地和远处隐约可见的芬兰湾，想事情。我想什么呢？我想的是下面这些。天很好。昨天天上飘着薄薄的一层白云，就好像哪家的主妇做午饭时给鸡褪毛，把鸡毛扔到了天上。太阳在头顶上。我坐着，看着。一只斑鸫从我头上飞过，静悄悄的。一辆汽车在公路上鸣笛。一只熊蜂在嗡嗡叫。我从地上拾起一根树枝，看了看它，把它扔到一边。再看看什么呢？看那棵小草，一个夏天它长高了，有些地方开始发黄。越橘丛闪闪发光，好像涂了一层油。我挠挠后脑勺。再看那棵小草。算了，我们看看别的吧。看海湾。坐得太久，腿都麻了。蝈蝈在叫，我耳朵里也嗡嗡响。光明的一天，我的心里也有光明。风儿轻拂着小草，我心里也有微风轻拂小草。我和白天是平等的。我和它并肩而坐，四目相对。我又看着小草。傍晚时分，太阳会落到森林后边，风儿会停歇，天会变凉、变黑，夜晚会来临。但我怎么又想起夜晚来了？离它还远着呢。太阳像一根树干，紧紧抵着大地……

这事非常有趣和让人安心。在这样思考的时候，你会感觉到某种令人惊异的轻松，好像你身上没有皮肤，没有任何东西束缚你、挤压你，没有外伤让你难受，没有受凉的腿感到酸痛，好像没有你这个人，而只有小草、树木、斑鸫、熊蜂和白天。不过，也有你，只是你处于一种特殊的状态。而且你不觉得世界脱离你而存在，恰恰相反，它存在正是因为有你的存在，你生了这个世界，并拉着它的手领它来到人世。你会说："太阳。"就好像在你之前没有过太阳。但是，你说了"太阳"，它就诞生了。你会说"小草"，在你之前没有小草，有的不知道是什么玩意儿，而你一说，小草就出现了。风也是这样，白天也是这样，熊蜂、海湾，还有其他进入我的视野、被我的耳朵捕捉到的一切都这样。而且情况总是这样——不管你说什么（做什么），一切都很美好：包括小草、包括太阳、包括树木。你没做任何多余的和不好的事情，但你也没有像个懒蛋一样干坐着。你汗流浃背地工作，催生这个世界，从母亲的怀抱里接过它。它对你的工作充满感激，它已经不是独自在生活。真的，这世上还有什么比这项工作更美好的呢！有时我觉得，我可以拒绝其他一切工作，而只干这一项工作，它是如此合我心意，如此美好。

有一天，这样思考一段时间以后，我想起了早晨去杰德沃空地（战争时期那里进行过残酷的战斗）时，在路上看见的脚印：那是新留下的脚印，清清楚楚地印在湿土上。它告诉我，有一个人，也就是这个脚印的主人，在我大约10分钟以前刚刚走过。当时天还很早，太阳刚刚露头，而这么早的时候在我的森林里是很少出现别人的脚印的——这里离城市和村庄都很远。只有八九点钟的时候，第一批客人才会到来，那时路上才会布满了各色男鞋、女鞋、童鞋的印记。那时啥样的脚印都有！想看多少看多少，想研究多少研究多少：有女实验员、有院士、有油漆工、有将军……

关于这个脚印的主人，我可以断定：他已经不年轻了，要是确切一点的话，四十开外。用不着过人的想象力，就可以猜到这个人见过世面。这个年龄的人都是在战争中英勇战斗过、见识过战争的，而这一特点不是那么招人喜欢。我可以说，他性情直爽，不喝酒，不重，不胖——脚印的深度说明了这些，抽烟——路边上有刚抽过的烟头，很细心——没有踩水坑，而是选择比较干爽的地方，没带东西，走得很快、很轻松，上坡和下坡用一样的力——他的心脏很好，边走边想着确定的目标，没有把森林当作美景不时看看，没有竖起耳朵仔细倾听每只小鸟的鸣叫，看见松鼠或者驼鹿时也没有停下脚步。走路的样子一看就好像有明确的目的地。我觉得他有点像我熟悉的采蘑菇的人，那些人知道哪里有蘑菇，不在林子里转来转去地找，像饥饿的山羊一样，而是直奔蘑菇圈，直奔自己的蘑菇而去，好像他们只是为了蘑菇才来到这世上似的。但这个人不是采蘑菇的，他轻易地、没有任何动心地走过了蘑菇最多的地方。他也不是采野果的，两三颗马林果，这就是他能采摘的全部了。他不是钓鱼的，不是游客，不是猎人。那么他是干什么的？

采蘑菇的、采野果的、猎人、盗伐者、一个偶然溜达到森林里或者怀着某种目的特意来到这里的人，我都能不费劲地猜到。这根本不需要什么天分，用心看，仔细观察一切、考虑一切、记住一切，再加上点逻辑推理，就够了。森林是一本打开的书。在这里，每一个足迹都比最开诚布公的话语更能验证一个人的品性。在它那生动的脸上，就像平镜般的湖面一样，可以反映出最细微的特点：你是机灵，还是狡黠，是卑鄙，还是高尚——森林会告诉所有人这一切，它就像一个女巫或者算命的女人，能发现你自己都不知道的关于你自己的一切。最重要的，是要仔细，不要依赖想象。

想象是一只骗人的小鸟，如果听命于它，鬼知道它会把你带到多远的地方，会怎样灵活地从脚底下挤出硬土，如何翻转一切、旋转一切、改变一切，把黑的说成白的，把白的说成黑的，把活的说成死的，为死的注入活力，把一切弄得乱七八糟，使你觉得生活都不美好了。它会把一个一辈子都对熟人和邻居做坏事的坏人变成一个君子，把丑八怪变成美女，把傻瓜变成智者，把一个好青年变成强盗。在这些情况下，想象没啥用，需要的是严格的逻辑、经验、事实，而幻想，如果你产生了幻想，那么你要从根上消灭它。

第二天早上，我又看到了这个脚印，这使我产生了深深的兴趣。"这到底是个什么人？他到森林里干什么来了？如果他不需要野果、蘑菇、野味，也不需要安静和其他的林间美景，那么他需要什么？"我想。通常，人们在森林里游荡都没有确定的目的。他们好像不需要野果，也不需要蘑菇。他们既看不见森林，也不认得路。他们随心所欲，沿着自己知道的一条小路走来，摘野果、采蘑菇、点篝火、折稠李枝、砍树。但是他们在自己的林中空地上采集野果，从长在他们心里的稠李树上折枝，用他们自己的树上的枝条点燃篝火，放倒的树木也是他们自己培育的森林里的。我不是那个对他们发号施令的人，他们也像我一样，是护林员，有权自行其是。他们可以把所有的黑果越橘采光，但即使这样，黑果越橘丛也不会荒芜，相反，果实会增多；他们可以折断稠李的所有枝条，可稠李树会变得更加枝繁叶茂；他们可以砍掉所有的树，但是这样一来，森林却变得更加高大挺拔。他们本身就像野果，像稠李，像树木。这样的客人从森林里索取一个，却回报一百个，甚至更多，他们是好样的！他们到森林里来得不是很少，而是出其不意，没什么规律性。他们像一阵清风，偶然出现在森林里，又同样偶然地消失。你在这里等他，他却出现在那里。你在早晨等他，他却在晚上出现。也常常发生这样的情况：你等他，他却不来。我几乎要认定之前那些脚印的主人是这样的来客了，但是有一个情况让我尴尬：脚印在同一时间（大清早）和同一地点（同一条路上）出现，十分有规律。而这是不合逻辑的。为什么他总是走同一条路？为什么他只在早晨来？为什么他每次都超过我？一个人可能有什么目的？如果这个目的看不出来？也许，他的目的只是表面现象，而他心里隐藏着别的东西？也许，他是偷猎者？

  毫无疑问，信任对每个人来说都是美好的和必需的。如果人们能够彼此信任，一大半烦心事都会自动消失。反之，一个人虽然不了解你，却觉得你不好。怀疑无辜者，强迫他证明他不是大象，不是鳄鱼，不是骆驼，没杀人，没偷窃，没背叛，这是可恶的。但是，如果你肩负保护森林的责任，每天为了它的完整性而斗争；如果跑遍所有林班，你不由自主感到高兴的不是林间有花草，而是没有发现被人新砍的树桩，该怎么办？而且，你生命的全部意义、全部美丽和真理都在于树桩的存在与否。没有树桩，很好。那时你心情平静，感到幸福，你完成了自己的义务，世界对你微笑，你也对世界微笑。有树桩，那就得去寻找盗砍盗伐的人，而这通常不那么简单（要是找到还好）：与他们进行艰苦地战争，责骂、争论、写案卷、找证人，可在森林里上哪儿找他们去？他们又不会在树洞里等你。最后，不管你惩罚没惩罚盗猎者，如果你还没有发现盗伐的现象，森林就消亡了，你是不可能把树枝重新接到树桩上去的。这样你不自觉地就会变得多疑，看见什么人都觉得他不怀好意。这是最最可怕的惩罚。我驱赶心中的怀疑，像躲避一条疯狗一样躲避它。活着，但不信任别人，这是不可能的。我努力既相信人们，也相信小草，但是做不到。

一个月之前，我这里发生了严重的盗伐事件。我被它坑苦了。由于我自己的多疑，我像个傻孩子一样落入了叶梅尔·什加舍夫的圈套。当时大家在割草，正是盗猎者让我疲于奔命、烦恼不堪的时候，在杰德沃空地我遇见了叶梅尔好几次。我从来没想过他有什么坏处，从未怀疑过他会进行盗伐活动。什加舍夫总是给我一种正人君子、心地坦诚的感觉，他从不撒谎，也从不逃避责任，他打过仗，回家时伤痕累累，有过三次被打昏迷和一次失踪的经历。我以为他旧伤发作，正在进行治疗性散步，以多少减轻些疼痛，所以还请求他方便时看护一下这片林子，而我自己则暂时专门看管另一块地方。等过几天再回到杰德沃空地时，我就发现这里的树木被盗伐了。我马上明白，这是什加舍夫干的。林子被盗伐得非常严重，就连我遇到的最恶毒的盗猎者别格列茨也不敢对森林造成这么大的伤害，就连自然灾害也不能给森林带来这么大的损害。森林就像满目疮痍的战场，一切都被拖拉机的履带碾压了、破坏了、损毁了，到处都乱堆着被砍掉的桦树条、大树枝。我想都没想就去找什加舍夫算账。

我没有搞错。在什加舍夫的院子里，白桦木摞得像山一样高。对于我提出的"木头从哪儿来的"问题，他回答说，他自己也纳闷这些木材怎么跑到他的院子来的呢。他态度平和，好像凡事跟他无关，木头也不是他砍的。什加舍夫的老婆却跃跃欲试地要干架。当我说木头是偷的，我要逮捕他，还要把这次擅自盗伐记录在案，她向我扑过来，好像我是她的死敌似的。我听了多少骂人话啊！她威胁说要杀了我，要放火烧掉我的护林所，她还往我的脸上吐唾沫，把一桶脏水泼到了我身上。听到她的骂声，人们围拢过来。我被浇得狼狈不堪，被吐了满身口水，被打得伤痕累累。这个女人把一切可能的罪行都安到了我头上：我既是小偷，又是强盗，又是土匪；我爸是个醉鬼，我妈是个妓女；我犯下弥天大罪，应该被火烧死；我是公羊[①]、癞蛤蟆、耗子；我愚蠢、下流、胆小、放荡、爱撒谎；我是马屁精、营私舞弊者、投机倒把分子、寄生虫；不知道为什么

---

① 意思是：愚蠢的人，笨蛋

还成了美国间谍。我没有为自己辩解，但是，即使是最差劲的人也没有她安在我身上的那么多缺点。要不是匆匆赶来的片警科兹洛夫帮忙，我的境况会更糟。在辱骂、指责声中和能够感觉到的什加舍夫的推搡下（科兹洛夫也没能幸免），我们锯了几根粗木棒。我把那几根木棒带到了森林里，在盗伐的地方把砍来的木棒接到树桩上，可这些木棒和树桩对不上。

可能是我太激动了（一个人不是每天都能受到我那天那么多的侮辱的），因此我不能找到合适的木桩，但我确信，木头肯定是什加舍夫砍的。带着这种自信，我又去找什加舍夫，对他说，木棒与木桩吻合，他参与盗伐的事确证无疑。与他家的女主人不同，他马上就投降了，在案件记录上签了字。我松了一口气。但是，我的良心不得安宁。我觉得自己愧对什加舍夫，也愧对自己。我欺骗了什加舍夫，就算树是他砍的，可我也没有证据啊。

我不想以后类似的事情重演，为了防止发生新的不幸，我决定暗中守候那个留下脚印的无名氏。深夜时分，我来到通向杰德沃空地的路上，蹲在灌木丛中。时间过得很慢。我没有点篝火。我被冻僵了，蚊子无情地叮咬着我。鸟儿们还没有醒来。森林中是一片永恒不变的寂静，不过，森林从来也不会安静无声，除非它死了。一只狐狸从我身边跑过，一只小鸟一边结束最后一场梦，一边在枝头忙碌起来，蚊子嗡嗡叫，树叶似醒非醒地窃窃私语，一只猫头鹰费力地挥动翅膀飞向宿息之地，一只蚯蚓在地面上的一片叶子下蠕动起来，远远地从芬兰湾的方向传来电气火车的鸣笛声。东方发亮，现出了一片朝霞。我耐心地等着那个人。他没有出现。突然，我听到路上传来脚步声。还没等我从灌木丛中跳出来，拦住他，看清他的脸，他就忽地一下从我身边闪过去了。

"哎，朋友，"我追着他喊道，"你有火柴吗？"

那个人没有回答，继续向前走。我又喊了他一声：

"你怎么，聋了吗？有没有火柴？"

他显然不想跟我搭话，一句话不说，继续向前走。我跟在他身后。我走得很快，但是我们之间的距离非但没有减小，反而加大了。我跑起来。那个人像之前一样，走得很平稳，可我气喘吁吁，追不上他。这时，他消失在了拐弯处。我直接跳过去。路上空荡荡的。路上没有人。他的脚印在拐弯之后的一棵松树旁边中断了。我惊慌失措地站在那里，像个倒霉的侦探，追了好长时间，终于要把罪犯抓到手了，却又放跑了。直觉告诉我，这个人就在附近的某个地方，他不可能人间蒸发。我在松树下面坐下来等他。我究竟在松树下面坐了多久，不记得了。我失去了时间概念，后来忽然清醒过来，因为听到了斧头砍树的声音。我一下子跳起来，好像一只受惊的驼鹿，后来恢复了理智：应该小心从事，免得打草惊蛇，让盗伐者跑了。现在我完全能断定，在路上留下脚印的人是个盗木贼。

我悄悄藏了起来。我分开树枝，看见了叶梅尔·什加舍夫。这下落到我手里了，好样的！他用一只胳膊砍白桦树——另一只胳膊被截掉了。白桦树的叶子发出一阵簌簌声，然后倒下。我向应该有木桩的方向看了一眼——没有木桩。在白桦树被砍倒的地方，又长出了一株新树，跟原来的那株一模一样。在我发现之前，什加舍夫已经砍倒了几棵白桦树，它们躺倒在地上，枝条都被砍掉，但是，无论我怎么细看,也没有发现一个树桩。白桦树如之前一样生长着,坚不可摧地站在原地,微风懒懒的吹动它们的绿叶。我不可能搞错,我对这个地方了如指掌,凭记忆就能数清所有树木。我数了一下,它们都完好无损。当我被眼前的景象惊呆、远远地寻找木桩之时,什加舍夫又开始砍另一棵树;在斧子的砍凿之下,它倒下了,而在它生长的地方又长出了一株新树。我想要喊叫,想要跑到什加舍夫身边阻止他砍树,但是我忍住了。我知道,领导不会赞成我的行为的,对他来讲,每个对树木举起斧子的人都是盗伐犯,而砍完之后还有没有树留下来,并不重要。我没有到什加舍夫身边去,我让他自己干自己的事。我慢慢地一步一步后退,悄无声息地走远。我走在路上,又有很长时间能听见斧子的声音,但斧子声音没有惊扰我的心,这是唯一的一次。

27

当我走在森林里的时候,普通的步伐、普通的动作,甚至最快的步伐和动作对我来讲都不够,我身体里有着消耗不完的精力,初生牛犊的热情,所以我一直都在蹦跳,伸直双臂去够挂在我头顶上方的树叶、树枝。旁人看见伸手蹦跳的我可能会想,我是在从树上摘某种看不见的野果。我也的确是在摘野果,否则我为什么蹦跳呢?有时我想,这是什么果子?香蕉?橙子?还是我们北方的安东诺沃苹果?我不能确定是任何一种具体的果实。但是,它们是存在的,这没有疑问。它们是看不见的，这是怎么回事？主要是因为它们香甜、美味，有营养，而且一伸手就能够到。当然，最甜的果子像世界上所有的甜果子一样，挂在比你希望的更高的地方，所以，为了够到它们，我不得不跳得非常高，不得不费点力气。但是，为了摘到神秘的果实，你有什么做不到的呢？我的双腿年轻健壮，可以像弹射装置一样把我弹向高处。

纵身跳跃累了，看不见的果子吃够了，轻易地把自己撑得行动不便之后，我便钻进黑果越橘丛，开始摘看得见的果子。我喜欢在夏天黑果越橘成熟的时候在它们的地界上"捕食"。我的手和嘴都被黑果越橘染黑了，好像我吃的不是野果，而是墨水。但是，在森林里我有什么不好意思的呢？尤其是有什么人可顾忌的呢？我从来不把野果装进罐子里或者筐子里备用，也不把它们带回护林所。在我看来，野果直接从树上摘下来吃才甜。在罐子里放上哪怕半个小时，它们就会丧失自己宝贵的本质。坐在餐桌边，用勺子把野果塞进嘴里吃，对我来讲就像过新年砍枞树一样粗鲁无礼。就在你把野果从枝头摘下来的那一瞬间，你对它的全部支配权就消失了。而且，你越快地把它放进嘴里，你就有越多的机会抓住正在溜走的甜香。还有，怎么能不在意周围的环境呢？木屋里是你自己熟悉的味道，而这里是森林，炎热的白天，浓荫匝地的树木保护你免受骄阳的炙烤，耳边萦绕着蚊子的叫声，有树叶慵懒的低语，有草地的香气，还有眼前一丛茂密的纯黑果越橘树。你可以边走边从上面摘下两三个果子，不管其他果子如何，它们也会有自己的采摘者的，它们不会凭空消失的；你可以蹲一会儿，从根部晃晃树丛——如果它特别招你喜欢，或者你口渴得难受；你也可以躺在树丛下，那样果子马上就出现在你眼前，你只要向它们伸出嘴就行，或者你也可以忘记自己为什么躺倒，漫不经心地往上看，透过叶子的缝隙找到一小块蓝色的天空；甚至，走得累了，闷得头昏脑涨，你还可以睡上一觉。

我也喜欢品尝另外一种野果——草莓。为了达到这一目的，我不惜早早起床，当然不比太阳早，而是让它稍微早一点，为的是让它起床之后能稍稍温暖一下露珠。不知为什么，我觉得这时候吃草莓最好。这时空气和早晨都那么柔美、芬芳，可与草莓果媲美。不需要吃多长时间，半个小时左右吧，不能多，当太阳没有升得更高、没有把空地照暖，当草莓果凉凉的、浸泡在露珠之中，就像浸泡在牛奶中一样时，你摘它吃的感觉就好像你放进嘴里的不是草莓，而是一小块晨光。

我也喜欢吃点马林果，特别是那些没有人动过的枝子上的，还有蔓越莓，还有越橘，而且地方越天然，我越喜欢在那里待着。但是，当今时代，在我们的森林里上哪儿去找这样的地方呢？冬天森林相对空寂一些，但是夏天总有一大群采蘑菇和采野果的人在林子里到处转来转去，见什么拽什么，你毕竟是个护林员，有时因为有事疏忽，就不能及时找到马林果或者越橘并提醒它们小心。特别是越橘。人们采用各种方法（为了抢得更多、更快，人类什么都想得出来），大把地划拉越橘，好像用耙子搂草一样，在它们还十分青涩的时候就把它们连枝带叶地扔进深不见底的桶里，不让它们成熟，不让它们积攒汁液，也不让它们接受太阳的光照而变柔软，生成香甜的味道。每年我都能发现它们顽强地忍受着这些强盗行径，但我觉得它们不再茁壮，而且它们生人们的气，因为人们不让它们成熟。

小枝的稠李十分美味香甜，幸好人们不吃稠李，虽然春天它开花的时候，他们会无情地折它；两三粒在成熟期经过霜冻的花楸果吃起来有点苦，但是很舒服。田鸫特别喜欢吃花楸果。秋天它们会聚集成群。早晨起来你一看——一大片田鸫云彩一般飞向花楸树，落满、挂满枝条，叽叽喳喳地大叫着，啄食果实。晚上你再看——田鸫没有了，果实也没有了，花楸树红红的，好像流血了一样。黄色的草地上散落着匆忙之中被丢下的果子，但即使是这些果子也留不到春天，它们也会被吃光。

28

我的床头对着窗户，窗外一根松枝横斜。松树长得那么近，把光都挡住了。晚上入睡前，早上刚刚醒来、尚未起床时，我经常躺在床上看那根松枝，总能在它的弯曲与轮廓之中、在变化的线条之中看见各种人的脸。有时，我看见的是伊万大叔的脸，有时，我看见的是水手长和舰队战友们的脸，尤其经常看见的是一个姑娘的脸，我常常跟她说话。她是个很好的对话者。上交木杆的日期马上要到了。我没有找到席尔瓦，只好开始自己运木杆。这是一项麻烦活。有时我觉得我背的不是木杆，而是天穹。我把木杆都送到了，但是累坏了，而且一条腿在水塘的冷水中受凉了，结果它变弯了，而且一走路大腿里面就剧痛。一开始腿弯得不厉害，我也没在意，我的瘸腿几乎不能被发现，但是，随着时间的推移，好像有某种力量越来越强烈地牵扯它，我已经不能走路了，只能像蚂蚱一样蹦来蹦去。

有一次，我用锯子锯木柴。我痴迷于一个人使用二人锯，甚至自己得出一个结论：一个人干活更顺手。两个人用一个锯的时候，不知道对手是什么样的，有时简直不是在锯木柴，而是在拼命：就看谁胜利。我只喜欢跟伊万大叔两人合作拉锯。

我抬起木条，想把它放到锯木架上，结果疼得摔倒在地。晚上我才醒过来。天已经黑了。我躺在地上，旁边是那个木条，我一动不能动：腿疼、腰疼、脖子疼、手疼，我发烧了，忽冷忽热。但我也不能在外面躺着啊。我爬到台阶边，爬过穿堂，爬进木屋，费力地攀到床上，然后又失去了知觉。在床上躺了多久，我也不知道。但又有什么必要知道呢？疼痛把我牢牢地禁锢在床上，我不能动弹，也不能指望谁来帮忙。谁会脑袋里突发奇想，想到森林里某个地方的护林所里躺着一个生病无助的人呢？只有这时，我才明白了孤独的真正危险性：你软弱无力，却没有人可以帮你。

我留神细听木板墙外的动静：林庄经理的汽车笛声会不会响起来？会不会有人的脚步声传来？可是，除了松树林里的风声、小鸟的叫声还有老鼠在地底下钻来钻去的声音，我什么也没听到。我试图喊叫：万一公路上有人听到我的声音呢！但是我的叫声十分压抑、微弱，比蚊子的哼哼声还小。门我没关上，白天温和的过堂风毫无遮挡地吹进来，夜里我常常被冻僵。我既不能翻身，也不能脱衣服，更不能盖上被子。老鼠感觉到了我的无能为力，变得十分放肆。它们从地底下爬上来，在空荡荡的锅里爬来爬去，还跳到桌子上去。

我的状态可不能算好。天更热了。我时常昏迷，然后再自己醒来。我已经不指望任何帮助了。

有一次，我模模糊糊地感觉到木屋里除了我，还有一个人：老鼠不在地上跑了，餐具也不哗啦哗啦响了。我一下子醒了。木屋里很温暖，炉膛里烧得正旺的木柴噼里啪啦地响着。空气中有煮好的食物的味道。我睁开了眼睛。奇怪的是，我在被子里躺着，我的衣服也整整齐齐地叠放在凳子上。一个姑娘弯腰站在床头，看着我。我努力对她露出微笑，并且动了动嘴唇，想要说句话打个招呼，但是她阻止了我：

"别说话，我现在就喂你吃东西。"

她坐到床沿上，开始用汤匙喂我吃饭。我觉得她给我喂的是汤，有生以来我就没吃过这么美味的汤菜。我吞了好几口。

"现在你睡一会儿吧。"她说。

我听话地睡着了。等我醒来的时候——我很快就醒了——姑娘又用汤匙喂我吃东西。她弯腰对着我，为了让我吃得更舒服，把枕头调高了一点，她的一缕头发碰到了我的脸。头发很柔软，有点痒，但是很舒服。看来，我非常虚弱，因为我一吃完就又睡着了。我又醒了几次，每次都是被那姑娘喂食一些热东西，然后再次昏睡过去。睡意蒙眬之中，我听见她轻盈的脚步声，她把老鼠肆虐之后的一片狼藉收拾了一下。有时她来到我身边，摸摸我的额头，她的手掌是凉的。

她在我身边守了几天几夜。我对姑娘的存在习以为常，到了每次醒来不等睁开眼睛就本能地张开嘴、探头找汤匙的程度，就像一只像嗷嗷待哺的雏鸟。

可是，这一次不知为何汤匙没有及时送过来。我抬起眼皮：身边既没有汤匙，也没有那位姑娘。我想，姑娘可能出去了，一会儿就能回来，我等了她一阵，嘴都没合上。她没有出现。老鼠又开始在厨房作威作福。一只老鼠蹦到床上来，跑到了我的胸前。我不由得抖了一下身子，把老鼠弄到地下。它嗷地大叫了一声，跳了起来，消失了。对老鼠我不感到吃惊——我不得不常年跟它们做斗争，放老鼠夹子、藏食品、用刺柏挡老鼠的路，对老鼠我已经习惯了——让我吃惊的是，我居然能动了。

我试着动动手——真动了，试着翻身——真翻过来了，试着从床上坐起来——真坐起来了，试着站起来——真站起来了。由于身体虚弱和长时间卧床，我头晕目眩，要不是靠在墙上，我可能就摔倒了。我扶着墙，向前迈了一步，又一步。腿有点拖拉，迈步和打弯都很疼，但是我能走路、能动，这意味着我还活着。

我出门来到院子里，院子也没有姑娘的影子。为了证实我确实起来了，有行为能力，我往木屋里抱了几捆柴，把炉子点着了。然后我又上床躺下了。我又躺了大约一天一夜，但是我已经快好了。

病痛很快就离我而去。我恢复了体力，一天之后就出去巡查了。我在森林里东游西逛，看看我生病这段时间有没有发生什么变化，可心里还在想着那位姑娘。我可以以自己的脑袋担保，我肯定在什么地方见过她，我认识她。我把自己认识的姑娘都过了一遍，但是没有一个跟这位姑娘相像。不管怎么说，我还是认识她。如果是一个偶然遇见的、不认识的姑娘照顾我、使我康复，我不会这么激动，甚至未必会去想她！在我的森林走动的人，包括姑娘，还少吗？上哪儿找她去？如果一个姑娘走进木屋，发现里面有一个人处于危急状态，而不出手相助，这是很荒唐和反常的。我不愿意相信这样的事情，世界上不会有这样的姑娘。但这不是一个偶然路过的姑娘，而是我认识的一个姑娘。她的突然出现和消失让我觉得十分奇怪。以前我在哪儿见过她呢？她是怎么知道我病了的呢？为什么没有说一句告别的话，没有留下一张字条？为什么如此神秘？

我对姑娘们的视觉记忆还不错，如果是漂亮姑娘就更不能忘了。漂亮的脸蛋只要见过一次就不可能忘记：越漂亮，越美好，那种生动崇高之美对你的触动越强烈，它就会越深刻地留在记忆里。在生活中我遇见的漂亮姑娘不多，可能也就一两个，但是这就够了，它足以使我知道这世界上有她们在。

我对姑娘们的态度很奇怪。一些人说我不喜欢她们，其实确切地说，是我对她们怀有一种柏拉图式的爱。大概真是这样。由于对森林的爱太深，我已经无法把自己的心再交给任何别的人。我是对爱专一的人。对我来讲，按分量或长度分配爱是不可思议和亵渎神明的。应该人人平等。这不是说，除了森林，我什么也看不见，相反，我时常觉得，我对森林忠诚的爱反而在我眼前开辟了许多通向别的爱的道路，包括对姑娘们的爱。但是，我爱的不是某一个，而是所有的姑娘。我觉得她们都很好，都很美丽，不仅是能够以自己的美拯救或者毁灭世界的美女，还包括任何人一辈子都不会注意的丑丫头。不过，我不相信世界上有任何人都不会看上一眼的姑娘。总会有人看的。顺便说一句，所有人恋上的都是美女。所以姑娘们中间没有,也不会有丑丫头。当我有机会遇见她们的时候,我不会躲避她们,不装作脉脉含情的样子,不说甜言蜜语,但也不冷落她们。我爱她们,我希望她们好,希望她们幸福,我的爱均匀地流淌在她们身上,就像阳光照在草地上一样。她们自己也能很好地感受到这一点。我也不能说,她们喜欢我这种均等的爱。依我看,这种态度会使她们感到委屈和耻辱,她们觉得我愚蠢,缺点心眼,对世界上最美好的东西视而不见(她们的心是赤诚的,充满了爱,就等着将爱发泄出来、如释重负的时刻)。我明白,在她们面前我是有错的,但不至于需要忏悔。如果我心里没有对森林的爱,如果我心中空洞,我对她们的态度当然是犯罪。但是,我有爱,这爱它活着,它会呼吸,它温暖着我,赋予我力量,它不是日益减退,而是愈演愈烈,我担心它长大后会彻底离我而去。

巡查过程中我没有发现变化,也没有盗伐的现象。森林与我生病离开前一样。我在老云杉树旁边坐下休息。我坐着陷入沉思,茫然地看着眼前,突然,我觉得树叶间出现了我想念的那个姑娘的身形和脸庞。我集中注意力仔细看,根本没看见什么姑娘。一阵微风轻轻摇动了一棵白桦树而已。走过草场时,我感受到她的目光。我瞬间转身,还是没有人。一株黄色的洋甘菊吃惊地看着我。在河边,我听到了姑娘的声音。我以最快的速度迎着声音跑去。小河边空空如也。河水冲击着河岸,冲洗着一棵松树,形成了一个小水池,河水漫过小水池,发出温柔的细语。那天,无论我走到哪里,到处都能感觉到姑娘的存在,我能感受到她的呼吸,好像她就在我身边某个地方。但是,她是谁呢?我把自己认识不认识的姑娘都想了一遍,我甚至想起了我从河里救出来的那个姑娘，可她坐飞机走了，但这个姑娘是另外一个。

我回到护林所，躺到床上。关于姑娘的思绪依旧萦绕在心头。我看了看窗外的松枝，看见了姑娘的脸。窗外，那个救了我的姑娘变成了一个侧影。真的，我是怎么认识她的？我在哪儿见过她呢？我不由自主地从床上跳起来。我更加仔细地看过去——是她：就是那嘴唇、鼻子、下颌的线条，就是那眼睛的开度，就是那微笑，就是那姑娘俯身喂我吃东西时掠过我脸颊的发缕。是的，这就是她。我看着她，不能把目光移开。她是那么美丽，我不敢说话，不知道该怎么办。

要说我最怕的事情，那就是知恩不报。唉，我不得不做过这样的人。依我看，迄今为止，我一直都只是在欠债。父母给了我生命；舰队的朋友们在我生病的时候为我奔走，把我安置到护林所工作；伊万大叔给过我温暖；森林接受了我，向我敞开了自己的秘密；而那些悄悄地为我做好事，却躲在暗处，不想让我知道他们的善行的人：学校的老师，医生，同事，又怎么能忽略不计呢？由于我的粗心大意，我从他们身边擦肩而过，尽管我想，但是由于我不够聪明、行动力不强、技巧不足或其他一些情况而不能报答他们，还有一些人我甚至不认识，他们也不认识我，不想认识我——我债务缠身，没有任何人欠我任何东西，我一个人欠所有人的。

我在这个世界上活的时间越长，我欠债就越多。我欠接受了我的森林的债，我欠每天给我光和热的太阳的债，我欠风铃草的债，因为当我沿着小路走向水井的时候，它礼貌地向我点头致意，我欠给我让道的狐狸的债，欠夜晚在空旷的天空中闪光的星星的债，欠路边的石头的债，欠小溪的债，欠台阶前接骨木的债，欠田野里的风的债……难道一个人愿意只是索取，什么也不回报吗？当你想到自己肩上的债务那么沉重，你应该向自己的债主支付那么多时，你感到害怕。我拿什么报答父亲、母亲、舰队的朋友、伊万大叔、森林、太阳、风铃草、夜晚、星星、风？我该做什么？该做出怎样的自我牺牲才能报答他们？我能不辱使命，加倍创造吗？恐怕不能。

现在，我想报答这个姑娘的美丽和善良，但是该怎样报答她？该怎么办呢？我对着松枝鞠了一个九十度的躬，说："谢谢！"通常我不摘花，为什么要摘它们呢，如果我生活在花海之中，可以随时看看每一朵花？但这时我摘了一大把洋甘菊，把它们插到瓶子里，放到窗台上，想让姑娘看见。

依我看，她心怀感激地接受了我的馈赠，但我并不满意。我想送给她一件特别让她喜爱的礼物。

在护林所旁边，我选了两棵离得很近的松树。我拿来一根又长又粗的电线，把割草机上锈迹斑斑的破座椅搬过来，还拿来卡钉，爬上松树，用卡钉把电线固定在树顶上。这样我就做成了一个非常好的秋千。

哦，秋千，秋千，你可是神奇的装备，你曾带给我多少童年的欢乐啊！你看，你把我送到高处——大地、房屋、人们、树木，甚至太阳都落在了下面，我在可怕的、甜美的、令人头晕目眩的高度上飞行，没有比我再高的东西了，再高点儿我就要掉到天上了。但是，你又突然向下，把我抛向地面、抛向人们、抛向房屋和树木，我从他们身边飞过,大地、人们、房屋又已经高过我了,我继续下落、下落,再也没有地方可落了,我担心自己会出事,吓得心都要死了,我落下来了,但是你没有让我陷落,你又把我带向高处,于是我彻底明白,无论我怎么落,这天空都在,我会被不停地拉向天空。向上飞,再落向地面:还有什么比这项发明更神奇呢?

秋千做好的时候,我试了一下,很喜欢。我希望我认识的姑娘也能喜欢它,果然没错。有一次我回来时,在安秋千的地方听到了轻轻的笑声和老松树郑重其事的吱呀声。我马上猜到,这是我的女救星在荡秋千。周六和周日有很多城里人来,他们围着秋千不放。但是,姑娘一早就上了秋千,直到晚上也没有下来。她不让任何人上秋千。人们开始喊叫、争吵。姑娘说,秋千是她的。城里人说,秋千是大家的。姑娘这么吝啬,我很难过,让别人荡一会儿秋千,她也不会怎么样,但我也理解她的吝啬:这是为她做的礼物,她珍惜它。后来,姑娘开玩笑地把一个罐头盒子钉在松树上,并留了一张字条。在字条中,她要求人们为所得到的快乐支付硬币,放到罐头盒里。风很快就把字条吹走了,而罐头盒底部则积存了一些雨水和落下的松针。

29

要想在森林里走路,需要做一件没有口袋的衣服。我的粗呢短大衣上有两个口袋,裤子上也有两个,一共四个口袋。当我偶然把手伸进口袋，我的手指会触到干枯的松针和小的干树枝。当然，一天之内它们不可能装满整个口袋，但是，一周之内它们会占满口袋底部，到一个月的时候，垃圾就能攒到一水杯那么多。有时，我会把口袋翻过来抖搂这些垃圾。我干吗要带着多余的东西？尽管它们也不沉，但是，舰队培养了我爱整洁的习惯，而且我的口袋也不是女士的手包，里面不知道放些什么东西：从"幸运"的地铁票到预示着不幸的碎裂的小镜子，什么都有。可有时，我也舍不得扔掉这些干枯的针叶。我是这样看的：我觉得这是森林的礼物。如果我这一天过得很紧张，如果我走来走去巡查的时候没有来得及吃草莓、没有往嘴里塞酸模、没有咀嚼绿松针、没有从泉眼里喝水，如果我在森林里跑来跑去却没有看见树木、没有听见鸟鸣、没有欣赏鲜花，如果我没有对任何事物，包括早晨、中午、黄昏，感到高兴，反而生气、发火，跟盗猎者吵架、恶狠狠地灭火，筋疲力尽、腹内空空，像被挤干的柠檬一样内外焦灼地回到护林所，结果就是一整天我什么好事也没找到，那么我从森林那里得到了什么？什么也没有。而森林回报给我的就是送我一些干枯的针叶做纪念。当然，礼物微薄，但是俗话说："赠送的马儿不看牙"①。况且，谁能知道礼物的真正价值呢？

有人会赠送半个王国，这个礼物不能说不好，只是好像不需要。你还不知道，该怎样拒绝它。你试图让自己远点、快点摆脱它。还有的人会送罂粟籽、把被虫子咬过的围巾留下，或者带来一块木头，

---

① 意思是：对人家送的东西不能挑三拣四。

这些东西很容易得到，但对你来讲是珍贵的。

其实，有口袋也没什么。糟糕的是一个人的生活中没有馈赠，自己不送礼物，也不接受别人的礼物。因此他会变得贫乏。他可怜而贫穷。而这种贫穷从来不是一个人的装饰。

第一年冬天，一个来自本加尔多夫卡的茨冈人在我们的护林所里住了几天。这个人手里有伐木的许可，他在伊万大叔负责的区域砍树。

他打算在本加尔多夫卡盖房子。当然，茨冈人自己不砍树、不锯树，他从村子里雇了几个农民干活。他住在我们这里，看着他们。

那年冬天，伊万大叔把我的干木棍都运走了，我们烧得很省：炉子着火的时候挺暖和，早上木屋就冻透了。没地方安置茨冈人，他不想睡地板和过道，他就等着炕炉刚要凉的时候，爬到炕炉上，直接躺到生铁的炉盖上，趁着炉盖还热，在上面烫着，就像地狱里的罪人。等到了半夜，他就从凉透的炕炉上坐起来，冷得牙齿打战，把我们吵醒。

早晨天刚亮，茨冈人就满面尘灰地跑到林子去干扰农民们干活。

那年冬天多暴风雪，茨冈人穿得很单薄，于是，他向我要我母亲给我寄来的那条旧围巾。我穿得也不怎么厚实，围巾是我唯一的一件冬季保暖物品，但是我把它给了茨冈人，后来我再也没见过这条围巾，也没见过茨冈人：当天他就拉着锯好的木头回他的本加尔多夫卡去了。

一开始我很生茨冈人的气，我觉得他就是把我给骗了：他跟我借围巾的时候，心里就知道不会还的。

日子一天天过去，我还在等着茨冈人，等他来还我围巾，感谢我的善心。但是，一个星期过去了，又一个星期过去了，茨冈人没有在护林所出现，我也因为把他想得那么不好而感到惭愧。我明白了，茨冈人把围巾留下不是因为他需要它，你想想，一条旧围巾，有什么价值！他把它留下是为了保留关于我和伊万大叔、护林所，还有在铁炉子上过夜的美好回忆，要知道不是每个人都有机会爬到滚烫的炉盖上去的。

在我想茨冈人不好的时候，我自己也觉得不好，好像拿走我的围巾不还的人不是他，而是我。但是，只要我改变对茨冈人的看法，开始想他的好处，我的心情就好起来，开心起来。我确信我们两人做得都对：我把围巾给他是对的，他把围巾留给自己也是对的。如果不是这样，事情可能要糟糕得多。

30

在寻找席尔瓦的过程中，在各个林班之间奔走的时候，我磨破了舰队发的靴子，所以就穿着便鞋在森林里走。穿便鞋脚很轻松，我也像一只蝴蝶，在地面上方挥起翅膀，但是鞋子里聚集了好多小石子、针叶和其他林中常见的废物，妨碍我走路。当我陷入沼泽地，便鞋就会从脚上脱落，而砍树的时候，斧子总是要往没有保护的脚上落。小溪边的水草里有很多蛇，我不止一次碰上过它们，有一次还不小心踩到了一条蝮蛇，它咬了我的脚踝下面，差点送我去另一个世界。在森林里，我总是万分小心地躲着草丛，一旦踩到一个什么枝条，误以为是蛇，就像兔子一样飞快地跳开。

在森林里生活没有靴子很糟糕。我幻想有一双靴子，我没有钱买。但我没有绝望，我总是认为，人的主要财富不是钱，而是清晰的头脑和勤劳的双手。如果一个人肩膀上有脑袋，双手也不怕起老茧，那就可以认为他是幸运的。就算到了北极或者沙漠，他也死不了。我的头脑里酝酿着一个计划。春天，我在菜园里种了胡萝卜。我决定等它们一成熟，就卖掉一部分，然后用卖得的钱买一双靴子。为什么我种的是胡萝卜，而不是香芹菜、茴香、白菜、洋葱、芹菜、黄瓜、西红柿呢？这是有原因的。从小我就特别喜欢胡萝卜，在饥饿的战争年代它对我们这些孩子来讲就是面包和糖。我们幻想有胡萝卜吃，就好像别人幻想拥有千百万钱币。即使现在，它也比世上任何美食都更甜美。

我干得不错：在旧桶里装上了马粪，把土地弄得像羽绒褥子一样松软；胡萝卜苗刚刚发芽，我就为它拔除了杂草，接下来就靠它自己生长了。我迫不及待地等着长出胡萝卜来，总是用手扒开浮土，想要验证一下它是否在长大；我在内心里描绘这样的画面：我挖出胡萝卜，把它们拿到市场上卖掉，然后买一双靴子，不是橡胶的，穿橡胶的靴子脚容易出汗，而且也不耐穿，而是充革布的，鞋头是小牛皮的，要大一号，这样冬天穿的时候就可以包两层包脚布。如果不让靴子变硬、变粗糙，烤干的时候不用大火，用小火，然后抹上油脂，再配上暖和的包脚布，这样穿上它，脚会干爽、温暖，脚指头不会冻僵，脚后跟不会发麻，走路也快。跟它相比，水兵靴算什么!

有一次,我往小菜畦看了一眼,差点没晕过去。胡萝卜地里没有了胡萝卜,却竖着一只红靴子。我想,这可能是我的幻觉,菜园里里不可能长出靴子来,而且还是红色的,这对我来讲有点太好了吧?可能长出鞋子、拖鞋,甚至是冬天的暖帽子,但就不可能是靴子。我揉了揉眼睛:也许,这根本不是一只靴子?不,这就是一只靴子。我可以用脑袋担保,是靴子。我把它从地里拔出来,抱在胸前,这可真是难得的宝贝!旁边竖着第二只,第三只……靴子。我不怀疑,取得了大丰收。农活我干得很用心,往地里施了超过标准量的粪肥,而席尔瓦的肥料是很特殊的。如果"庄稼一枝花,全靠粪当家"这话说得对,那么它指的就是我的小母马的肥料。这简直不是马粪,而是酵母,可以把生活发酵成任何形状大小的面团。但我还是不能认定它会产生那么大的影响,会给我培育出靴子来。我很高兴,如今我有鞋子穿了。不过,我不太喜欢靴子的颜色,红靴子现今在女人那里是时髦货。但是,在森林里谁会注意时髦不时髦呢?

我一边挖靴子,一边想:"真的,生活是怎么回事呢?一分钟以前你还一个戈比都没有,你团团乱转、焦急不安,你不知道怎么办,你被忧愁苦闷占据,你想到了死,你诅咒命运,可是你看,眼前突然出现了一百卢布。于是你又活过来了,你又开心了。"我不能说我总是这样浪漫的乐观主义者,我也常有一些昏暗的日子,命运把我折磨,但我从不让它完全控制我。重要的是不要绝望,生活比我们想象的要智慧、美好得多。尽管在犹疑的日子我们有时也抱怨,也咒骂生活，但在心里某个地方我们还是相信它没有那么不好，在需要的时候，它不会抛弃我们，不会出卖我们，而是馈赠给我们全部。当然，如果有人梦想人间天堂式的生活，那他可以等到地老天荒。但是，如果是一个要求极低、生活简单、想要的很少，只有最低要求的人，那么他可以确信，他命中的美好也足够多。

如今，我拥有不计其数的靴子。我每天都可以换新靴子，这些靴子够我穿到生命尽头，我可以带上我的靴子，走遍城市、乡村，让光脚的人们穿上靴子。没靴子穿的人现在还不少！当然，如果我能够做主，我肯定不仅限于送靴子这件事：让缺衣少穿的人穿上衣服，让光脚的人穿上靴子，给口渴的人喝水，把死去的人送走，这难道不是我们的任务？

说干就干。我把靴子装进麻袋，就出发去村里了。路很长，在路上的时间足够我考虑，该怎样把靴子分给谁。第一是瓦西里鱼索洛维。按照我们那个时代的习惯，他有个大家庭——12个孩子，都还很小。只有大女儿在列宁格勒的"斯维特兰娜"工厂工作，能帮助父亲。索洛维之后就是斯米尔诺夫家，他有七个孩子。然后是牺牲了的尼库林的遗属——有四个孩子，布罗夫——仨孩子。接下来是克洛文、聂纳绍夫、杜德金家。麻烦的不是确定把靴子送给谁，无论如何，你可以把它们送给任何一个迎面而来的路人，问题在于怎么把靴子送出去，以什么名义做这件事。到了人家里，把靴子往地下一扔，说："你看，这是我的菜园里长出的靴子。拿去吧，说不定干活有用，可我用不着。"这话谁会信呢？当今时代，哪里见过菜园里长出靴子，一个护林员拿着它们挨个村子免费送的？就算有人会信，那他会要吗？现在每个人都能有靴子，不管是什么样的。你把靴子拿去，他们会说："干吗带着破烂上门来了？我们自己的东西还没处放呢。现在我们只有踩泥地、脏地的时候才穿靴子，平时都穿着讲究的时髦鞋。"别的人即使需要，出于骄傲也不会要的。索洛维就会第一个拒绝，他肯定会说："我不是穷人，尽管我们日子过得有点紧巴，但东西都是自己的。大善人，该干啥干啥去吧，别让我犯错。"

我不想让索洛维和其他人犯错。发生在沃洛佳·菲林身上的不幸我还记忆犹新。他就是关心人们，为爱和幸福奋斗的人。我怎么能跟他比呢！他和妻子两个人生活，他们过得很和睦，我不记得他俩什么时候吵过架，但是一到冬天，沃洛佳心里就开始积攒起取之不尽、用之不竭的爱，对妻子一个人来讲，这爱太多了。每年春暖花开的时候，沃洛佳就套上马，一边唱着"哦，别吵醒我，春天的气息"，一边赶着车出发去周边的各个地方，他心中装满了爱，就像好雨中的水桶。他向所有的人表白爱意，不放过任何一个人，哪怕对方是吃奶的孩子或者衰弱的老太太，甚至一棵树、一块石头、一朵小花。他拥抱白桦树、大地，他向风、云彩、鸟儿表白爱意，他认为，人不应该把爱藏在自己心里，否则世界上就会有苦难降临。男人们对沃洛佳态度不友好，以为他有什么阴谋。有人则这样评价："我们知道这种爱是咋回事，这一切都不是无缘无故的。今天他来我们家说什么爱，明天就会毁了我们的姑娘。"沃洛佳坚持这么做，人家把他打了一顿。他一表白爱意，人家就把他从院子里赶出去。过了一段时间，人们发现他在森林里被压在一棵松树下面。是他自己跑到松树下面去的，还是某个小人胆敢对他下了手，最终也不得而知。

我害怕的不是人们的反应，为善事而死任何时候都不可怕。我害怕的是人们不接受我的靴子，就像不接受沃洛佳的爱一样。可我把它们放到哪里去呢？盖个仓库？锁起来？像腌蘑菇似的腌上？我总是只靠最必要的物品活着，有一个菜锅、一把汤匙、一床被子就足够了。一个人拥有他需要的一切就非常合理了。如果我拥有的不是一床，而是两床被子，我该怎么办呢？把多出来的被子挂到墙上，看着欣赏吗？而此时，另外一个不幸的人可能裹着自己的破旧短呢大衣瑟瑟发抖呢！

我要第二床被子、第二只枕头、第二个汤匙、第二把叉子、第二个水桶、第二双靴子干什么，如果有的人连一件都没有？人们为什么要把自己的家里塞满破烂，在其中沉没、窒息？一个人身上的这种吝啬、贪婪、令人讨厌的敛财之心何时才能消失？他总是想把一切都据为己有，想要冰箱、轿车、金钱，想把一切东西都藏在箱子里。可怜的家伙，他把所有东西都拖到自己家里，他面对它们瑟瑟发抖，好像东西能给他带来真正的幸福。他不明白，其实他自己正在变成灰烬。不，这样的生活不适合我，让我躲开它吧！在森林里，我没有得到任何财富。我没有攒钱，没有买轿车，没有造房子。我住在公家的房子里，随时都可能被请出去，我有一张桌子、一张床，都是我自己做的，其他东西都是好心人送的或者我自己在森林里捡的。我很清贫，但是说实话，我对自己的贫穷并不感到羞耻，也不因此感到有何不便，我愿意这样生活到老。

稍加思索后，我决定悄悄地、不为人知地把靴子分送出去。我等待黑夜来临，当夜色笼罩了村庄，我像个小偷一样，躲躲藏藏地走遍所有人家。我把靴子放到台阶上，放到最显眼的地方，为的是让主人刚一醒来就马上能看见它们。我预料得很准确。当我走完所有人家时，我手里剩下两只靴子，正好给我自己用。我带着快乐的心情迈步回家。一切都非常成功。我既给人们送去了靴子，也没让自己受委屈。这样的事情并不常见。我沉浸在自己的思绪之中，走着走着，忽然发现我嘴里好像在嚼着什么东西。"我能嚼什么呢？"我心想。我衣服口袋是空的。而我手里除了那双靴子，什么也没有。

莫非我在吃靴子？我看了一眼靴子——有一只靴子被咬掉了一块。我被呛得咳嗽了一下。只消片刻，我就能确定我是在吃靴子，但我还是不相信自己。我不可能吃靴子啊！这算什么食物？番茄酱里的碎屑、奶油煎过的钉子倒可以尝尝……我记得，战争期间发生过可怕的饥荒，我们煮过皮子、吃过细木工用的胶水，但现在没有战争了啊。的确，我很饿，我一早上到现在都没吃过东西，但还不至于饿到吃不能食用的靴子的程度。我想责骂自己太不节制，放纵自己到如此程度，但是马上就发觉靴子不仅可以吃，还很好吃、美味、香甜。这让我很尴尬。美味的诱惑使我想要再尝一尝靴子的味道。一方面，我觉得有点难堪，吃靴子……无论如何，它们是用来穿着的，而不是用来食用的。但是，另一方面，我很饿，靴子很美味。我战胜了窘迫，小心翼翼地又咬了一口。靴子很香甜。我用很短的时间快速吃掉了它。

第二天早上，村里一片哗然。神奇出现的靴子使村里人心惶惶。

卡尔比哈老太太趁机公开宣称，靴子是上帝的恩赐，因为她总是不停地干活和祈祷。清醒一些的人们则这样说："这是不是远房的堂叔阿尔西普·茹科夫偷偷放那儿的，那个从远远的美国回来呼吸故乡的烟火气的海外富豪？这个大地主是不是想用自己的礼物收买苏维埃人？"出于职责，警察科兹洛夫没有漏过这样的信息：是不是实施了什么犯罪行为？商店是不是被抢劫了？为了调查清楚，他要求所有人都把靴子送到他家。但是，因为科兹洛夫本人也被分配了一双靴子，而他又肯定自己不在假设的犯罪现场，所以，他又很公正地让所有人把靴子都取了回去。

后来，大家把前所未有的靴子事件归因于科学也无能为力无法破解的自然之谜，事情才平息下来。为此，还有人写了一篇报道，发表在报纸上的《我们了解一切吗?》栏目里。

出乎我之所料的是，没有一个人拒绝靴子，没有一个人把它们扔出来。卡尔比哈老太太把靴子挂到圣像角里，之前挂在那里的圣母像被无所不能的俄罗斯古董收藏家们换走了。女人和孩子在节日和平时都穿着靴子，到处招摇。男人们也不讨厌这舒适的靴子，因为经常穿着和干脏活，他们的靴子很快就发黑了，因此男人们这里一切也都很好。还有一个姑娘穿着红靴子出嫁。红靴子衬得她如此醒目和可爱，从前毫不起眼的她一下子成了这个地方的新娘子中的佼佼者。

可我却没有机会穿靴子了，错就错在我那无法满足的贪吃欲望。不过，我品尝到了美味的靴子，而在森林里穿拖鞋走路也是可以的！

有人会问我："那胡萝卜怎么样了呢？"因为我种的是胡萝卜，

而不是靴子。胡萝卜长得好吗？不好，没长好。但我对此甚至感到高兴。第一，这是因为我反正也不会把它们运走去卖。这需要时间和我不具备的商业才华。第二，如果完全坦率地说，它也长不出来。为什么？因为春天我种胡萝卜的时候，更希望长出的是靴子，而不是胡萝卜。我期待的是靴子，它们就出来了。这里没有任何奇迹发生，奇迹也不可能发生，我不相信奇迹。只是大地给了我我想要的东西。

31

我的语言是贫乏的，哦，它是多么贫乏！不是俄语贫乏，它恰恰是伟大的、有力的，用它甚至可以表达无法表达的东西。如同沉默一样，它是富有表现力的。是我的语言贫乏，而我在奋力挤词，破坏一切。可有的时候，真是太想像夜莺一样歌唱、啼啭、打口哨了。但是老天没有给我这个才华，所以我最好还是别耍我的笔杆子，啥也不说。可以认为，没有我一切也都能写好，也将会写好。我的森林里、护林所里，每天都在写着一本书，写它的是白天、是太阳、是黑夜与星辰，写它的是森林。但是，渺小的自尊使我不能沉默。我用手掩住自己的嘴，把自己的双手绑上，我对自己说："闭嘴，可怜的麻雀，让夜莺去说话吧。"但我却不能服从自己的命令。促使我拿起笔，在纸上胡写乱画的不知是虚荣，还是自负。我知道，随着我写下的每个词，我不仅在毁坏森林书写的那本书，而且阻止了它的进程。万一人们因为阅读记录我在森林里的庸碌生活、我那微不足道的恐惧和更加微不足道的胜利的书而耽误了时间,而不能阅读大自然日日夜夜书写的那本书怎么办?我对自己说:"省省吧!放下你不擅长的事情吧,难道你能跟这些大师相比?平息你自己的傲慢之心吧。"当我这样对自己说的时候,我的头脑里对此没有任何反对意见。

在这件事上,我当然是个罪犯。如果我不写这本书,森林、白天、星辰、草地一定会写完自己的书,那将是世界上最美好的一本书,但是,它们看见了我卑微的努力,就延缓了自己的工作。"该拿他怎么办?"它们说,"如果他欲罢不能,如果他渴望在纸上袒露心迹,力图记录下自己的功绩,那就让他写吧!我们不打扰他,我们等一等。"我也明白,最美好的书还没有写完是我的错,由于我,它没有写完,因为我不能沉默。有时,我也会产生相反的想法,我想:写书的是我吗?当然,是我的手在纸上动笔,但写书的却不是我。写书的是在风中鸣响的森林,写书的是春风吹又生的小草,写书的是大地、风和星辰。而我跟这本书没有任何关系。

32

席尔瓦在我眼前生下了两个小马驹:雷热克[①]和爱娃。刚开始

---

① 意为"红毛"。

我给爱娃取的名字叫"阿普列尔①",结果出了丑。它出生在一个阳光灿烂的四月天,命中注定它就应该是"阿普列尔"。当小马驹离开母亲时,我把它送到了林庄。林庄主任瓦西里耶夫给小马驹登记身份时,快速但认真地看了看它,然后令我非常窘迫地说,这是一匹小母马,而不是小公马,而母马没有权力叫"阿普列尔"。于是,阿普列尔就改名为爱娃了。

小公马驹长得很快,它活泼好动而且顽皮。一大早,我还在睡觉的时候,被我培养得喜爱甜食的它就用小蹄子敲打台阶,让我给它拿一个面包头或者一块糖。所以,小马驹在护林所的时候,我不是日出即起,而是在它的蹄子声中起床。这使它显得很出众。总的来讲,席尔瓦的孩子都有些出众之处。维尔托利奥特②有白内障,但是它比视力正常的马驹看东西还清楚。雷热克擅长预报天气;维纳斯的尾巴上每年都会长出一根纯金的毛;当有人向布兰③晃拳头的时候,它会露出微笑;斯聂吉尔④会默算微分方程。

爱娃是席尔瓦的小女儿,大女儿是斯特列尔卡⑤,由护林员科斯佳·马斯洛夫饲养着。我来到马斯洛夫那里,向他解释我的悲惨遭遇——不管怎么努力,我还是没找到席尔瓦,——他正沉思着坐在墙边的土台上。我对他说:"我的席尔瓦丢了。"对此他的回答是:"天气变得不稳定了,马上就会下雨。"我说:"我找不到席尔瓦,它

---

① 音译,意为"四月",因其为阳性名词,可用作雄性动物的名字。
② 意为"直升机"。
③ 意为"暴风雪"。
④ 意为"红腹锦鸡"。
⑤ 意为"箭"。

好像钻到地缝里去了似的。"科斯佳回答说:"看来今年土豆的收成会很好。"我问科斯佳,他能不能把斯特列尔卡给我,我想骑着它去远处的放牧场,看看席尔瓦是不是在那里,看看它是不是在那儿跟国有农场的种马们瞎逛呢。科斯佳回答说,最近好像不会有战争。

我明白了,我和科斯佳谈不拢,他自己的操心事太多了,我也看不见斯特列尔卡了,就像看不见自己的耳朵一样。我说我要回家了。对此,他回答说,他老婆去丈母娘家做客了,他已经被神经根炎折磨两周了,他的木柴和干草都没拉回来呢。我说我帮他。

我帮科斯佳·马斯洛夫干了一整天活。我把干草和木柴拉回来,点起炉子,给他做了午饭,帮他挤了牛奶……然后,我再次跟科斯佳告别,告别之后,我都走到围墙的小门边了,他突然把我叫回去,说他要把斯特列尔卡给我,但它基本不出院墙外,我不见得能骑着它去远处的放牧场。我蛮有把握地对他说,我尽量想办法。

我很晚才出门。当时是晚上,我躺在马车里的新鲜草堆上。与科斯佳的谈话让我感到累了。斯特列尔卡懒洋洋地在路上走着。我系紧缰绳,漫不经心地四面看着,直到不知不觉睡着了。我突然被惊醒,好像有谁推了我的腰一下:我以为斯特列尔卡把我拉到了远处的放牧场,我该下车找席尔瓦和国营农庄的种马了,但是我却根本没有看见什么牧场。

已经是夜里了,星星就挂在我的头顶上方。我向黑暗中看了看,想要根据某些特征——一棵躺倒的松树或者一个树桩——来判定我们在什么地方,但是我没认出那个地方。我心想:"斯特列尔卡不可能迷路啊,也不可能跑到别处啊。它从来也没出过这种事啊。"我看了看车下面的路,很是吃惊。没有路。既没有草,也没有水洼,既没有路边的小石子,也没有落在地上的干枯针叶。地上和天上一样,闪耀着星星,其中一些离我非常近,近得只要我想,一伸手就能够到。我的左右两边都有星星,而我的前面,就在斯特列尔卡脑袋上方,闪着一颗特别亮的星星。

我侧耳细听。不同寻常的安静。与此同时,斯特列尔卡还在继续向前,在一片寂静中我勉强分辨得出它的蹄声。这更让我吃惊。"我在哪里?我到了什么地方?"我想,"莫非斯特列尔卡把我带到了天上?"我不相信自己的眼睛,我想下车查看一下车轮下面是否有路。我的一条腿都要迈下去了,但是停住了。就这样跳向深渊太冒险。

"这一切难道是梦?"我心想。我躺在马车里,在新鲜的草堆上,车轮慢慢地转动着,我看得见斯特列尔卡,感觉得到它在流汗。天空好像变得更加宽广了,更低了。但是,我看不见森林,也看不见土地,也看不见道路。

我想要确认发生的一切是否真实,并最终搞清楚我们身在何处,如果我们没在地上,那么是否真的在天上?我向前仔细看,可是除了马脸之外,什么也分辨不出来。这时,我发现斯特列尔卡这个永远也吃不饱的家伙沿路撕扯着什么草,在嘴里咀嚼着,还有一棵小草径直挂在它的唇边。

于是我认定,我没有在睡觉,我看见的一切都实实在在地发生着,但这并没有让我感到轻松。我想:"如果我们是在天上,那为什么呢?斯特列尔卡怎么想到上天了呢?这可能是什么意思呢?"而且，我还第一时间想到，我根本不想在天上游玩，时刻都有掉下去的危险。杵在车上，一动也不敢动，有什么好？"我想回我的护林所。"我对自己说，"我想看见我的森林和獐耳细辛、林间空地、斜坡。我想看见小溪，还有岸边那每天早晨都有城里来的人出没其间的草地和高高的野生醋栗丛。我想听见鸟儿在春天里的歌声，我想看见老旧腐朽的木屋板条，我想坐在炉灶边煮土豆，哪怕无事可做，没有席尔瓦陪伴，孤单一人。我想待在地上，而不是在这空荡荡的天上游荡。"我觉得护林所如此可爱，如此亲切，为了回到那里，我愿意献出生命。

我承认我彻底慌神了，不知道怎么办才好。我都想让斯特列尔卡来个180°大转弯，或者像海员们说的那样，做个"向后转"，打道回府，但是理智阻止了我。我想："回去往哪里走？哪儿是我们在地面上所认为的'向后'？如果真的向后转了，我会不会误入更奇怪的地方？会不会彻底迷路？会不会一直不停地游荡，直到饥饿而死？"我以前在森林里也迷过路，好几天也转不出去。要是我不认识路，那么痛苦的经验告诉我：从森林里出去的最好方法是镇静——不要惊慌，不要在密林里四处乱撞，不要响彻整个林子地大喊"救命"，好像哪个好心的大婶会听见似的，要找个小树桩坐下来，冷静地想一想究竟该怎么办？"镇静，主要的是镇静，"我对自己说，"生活中有过比这还可怕的时候，你也没怎么地，你还健在。"

这时，我突然产生了一个想法："既然斯特列尔卡这么坚决地向前走，尽管我不知道这向前是向哪儿，那就意味着它知道自己在向哪儿走。"我甚至想到，显然，对这条路它不是那么不熟悉，它对天上的道路不比对森林里的道路了解得差。而既然如此,那就没有必要着急了。它不会错过远处的草场,而谁知道呢?万一幸运女神对我露出微笑,我就这样在夜空中漫游时遇上一位从亲爱的大地被推送上来的同路人呢?

不过,森林是一回事,而斯特列尔卡把我带到哪里又是另外一回事。在森林里,我到处都觉得安心。在任何一个森林里,无论是远处的,还是近处的,无论是熟悉的,还是陌生的,我都会觉得像在家里一样:一样的松树,一样的云杉,一样的刺柏丛,一样的土地。累了,你就躺在云杉树下休息。想喝水了,找一个泉眼就可以解渴。冷了,剥点桦树皮、砍点松香、捡点枯枝,就可以点燃篝火取暖。无论是在高大密集的松林里,还是在随处可见的云杉丛中,哪怕它们绵延长达千万里,我也不会慌张,只要我手里有盐和火柴就行。危险的野兽?可在我们的森林里,它们不袭击人。只要来到松林,振奋就会降临到你头上。看一看奔跑而过的驼鹿,你会斗志昂扬。俯身在大地之上,你心中会充满爱。森林处处一目了然,令人愉快。只需要你像孩子一样,有单纯的思想和信任别人的内心。我不是听了别人的话才这样说的,而是根据自身经验。如果什么时候你觉得森林不友好,那也是因为你对它不了解,不理解。当然,在森林里也不能疏忽大意。一不小心,可能就会遭遇不幸:被冻僵,陷入沼泽,折断一条腿,或者被火烧死。但是,是哪个人什么时候说过:"在森林里需要漫不经心,闭上眼睛,捂上耳朵?"恰恰相反,在森林里需要具备大象的耳朵,鹞鹰的眼睛,驼鹿的双腿。那么,任何东西都不会与你擦肩而过,无论是美,无论是爱,还是幸福。

但是当你来到天上（在地面上谁人不欣赏它！）时，天空会给你不一样的感觉。在这里，树木不一样，土地、驼鹿、小路、泉水不一样——一切都不一样。怎样匍匐在大地上？怎样走上羊肠小路？怎样痛饮山泉？怎样在树下小憩？怎样剥桦树皮？在哪里得到爱？从哪里汲取精神力量？怎样做到不气馁、不慌张、不绝望？你周围是一望无际的深渊，你孤身一人，大地母亲像一颗星星在某个地方闪烁。我上千次向那些敢于踏上星空的勇士致敬。对我来讲，这些人不是普通的人，而是神，是巨人，是勇士，开拓着通向未知之路。

我躺在马车上张皇四顾。突然，黑暗中（当时的能见度相当低）我发现前方有一个正在走路的身影。我仔细一看——是一个人走在看不见的小路上。很快我们就追上了他。这是一个40岁左右的男人。他神色疲惫，背后挂着一个瘦长的背包，靴子上布满灰尘。我们跟他打了个招呼，于是他问道：

"你能带我一下吗？"

"上来吧，"我对他说，"地方足够。"

男人爬上马车，摘下背包，把它放在自己身边，问道：

"你走了很远的路了？"

我不确定地挥了挥手。

"你呢？"我也问他。

他没说话。

按照自己不窥探别人内心——如果他不愿的话——的原则，我没有细问他。但是，在什么地方、什么时候、哪条路上能碰到一个俄罗斯人，跟你同路一个小时或者一天，却不跟你交流思想、敞开心扉的？我没遇见过这样的人。当然，常会碰到沉默寡言的人，走在路上一言不发，好像没什么可说似的。但是，四周无比空旷，远方望不到尽头，脚下的路无限延长、无边无际，而生命短暂易逝，壮美的自然画面在眼前展开，唤醒沉睡在心里的情感回忆，人们善良友爱，无论你说出什么样的真话，他们都会接受，都会带着敬意、尊严和感激倾听，他们会给你建议，同情你，安慰你。按照"自己家里没有预言家"的原则，某一个居家的预言家在自己家里没有说话的机会，于是，他就会被自己的天才预感所拖累，在寂静中难过、哭泣，可这时终于既有了空间，又有了自由，于是他张牙舞爪，高谈阔论，声色俱厉，像孩子扑向母亲一样扑向听众充满同情的怀抱，卸下身上的重担，奔向名字叫作幸福的彼岸。可是另一个听了这个先知先觉者说话的同路人，完全不会因为自己的思路被打断而感到不满，他不会放过机会，会自己把话头拉回来，即使他来不及这样做，也没什么不好——路长着呢，同一条路上走着的人多的是，似乎全俄罗斯人都生活在车轮上，一定会有某个人会与他不期而遇，向他敞开心扉，像一个接受美味饮品的空杯子。谁也不会管你是什么人——不管你是领导，还是工人，你是想入非非，还是激情澎湃，你是吝啬，还是慷慨——每个人都有固定的尺度，每个人的话都会被听取，每个人的用意都会被理解。这里只有一件事让我吃惊：无论开诚布公有时多么令人难堪，都不会让人负担沉重，忏悔越是无情，你就越容易接受它。

我们两个人都保持沉默。最后，男人开口说道：

"我的情况很糟，不知道你能不能理解我？唉，好吧，路很长，没啥事干，就该这样，我给你讲讲吧。"

男人叹了一口气，向下面吐了一口唾沫，讲了起来：

"我来自奥西诺瓦亚·罗希①，是个司机。我认识了一个姑娘，胡闹了一阵子，后来我就向她求婚了。我以为我们的家里一定会和平幸福，可结果却不是这样。我刚跟她结婚，痛苦就开始了。不管我做啥，她都跟着一样做。我早起，她也早起。我对她说：'煎点土豆，我特别喜欢。'她也跟我说：'我也喜欢。'我去澡堂蒸桑拿，让她给我挠挠脚后跟，她也让我给她挠。我坐下来听收音机，她也跟着听。我说'是的'，她也说'是的'。我们的相同性既好，又不好。我不能忍受小猫，原来她也不喜欢它们。我不想去看电影，她也不去。我坐着，她也坐着。我站着，她也站着。我微笑，她也微笑。我打哈欠，她也把嘴张开。我生病，她也不好受。我喝酒，她也喝酒，不离开我，跟我喝一样多的酒，因此，在这方面我也没啥优势。我骂人，她也骂人，一句话也不多说，我说几句，她说几句，不多不少。总之，她所做的一切都在于要和我所做的一样，所以我们家是绝对一致，简直不像话。有时我都觉得，我和她唯一的区别就是我叫斯捷潘，她叫安东尼娜，可是她现在完全按照她自己的方式做事了——管我叫斯杰尼克，管自己叫斯捷潘妮达。"

"有一回，我给她买了一根一卢布的口红，对她说：'你也给我买一个口红吗？'第二天，她就去商店给我买了一件9卢布的男式衬衫。我给她买一件20卢布的女式内衣，她就给我买一双鞋，40卢

---

① 音译，意为"山杨林"。

布。我一看见这个就哭了。我觉得可怕。我心想:这样的生活会有什么结果?以后会怎样?"

"我在桌边坐下。她把肉饼递给我,我又把肉饼给她放回盘子里。'你吃,你得长点儿肉。'我说。可她说:'不,你吃,你更需要。'我们坐在那儿,却不吃东西,而是互相推让,可心里非常想吃,好像连石头都能吃下去。上床躺下之后,我饿得睡不着,睡着后梦见各种吃的,非常难受。一大早起来,赶紧跑到商店,买点香肠和面包,躲到一个离人们远点儿的角落,不好意思,但愿别让哪个熟人看见,像狗似的,偷偷填饱肚子,然后急忙去上班。下班回到家,一看她不在,我赶紧去厨房,做饭,挑水,擦地。她进来了,感觉到什么地方不对劲,奔向碗碟——碗碟是干净的,她又奔向炉灶——炉灶上是做好的饭菜。再看一眼,地板是干净的。结果她脸都变青了。她拎起水桶,倒了一点水,还要重新擦地,擦到一半,把抹布一扔,哭了:'斯杰尼克,亲爱的,可怜可怜我这个傻瓜吧!你休息,所有事都让我一个人做吧。'可我这个时候跑去商店买面包,买其他食品。回到家后,我找出一条旧裤子,给它打补丁。她从我手里抢裤子。裤子嘶啦响,都要被抢坏了,于是我拿起袜子,我从来都不会补袜子,可这下学会了。我不再跟她一起去看电影了。我事先在班上跟同事们打听,演什么电影,好的还是不好的。如果是不好的电影,我就去;如果是好的,我就让她去。有时候你知道电影很垃圾,去看它就是遭罪,从电影院出来心情十分恶劣,电影差得让你光火,你甚至连这样的话都说不出来:'不知道哪个白痴专门拍这样一部电影来搞笑,让你变成一个白痴!'可是一回到家,看一眼妻子，心里就变得轻松起来，因为你知道，不管怎么说，她还以为为你做了一件好事，自己没去看电影，让你去了，你可是比她还清楚，这好事是怎么来的。"

"那时她还有这样古怪的念头：她放下服装店里的缝纫机，来到我们车库学开车。她取得了驾照，得到了汽车，立志要在工作上超过我。我更加抓紧了。结果，领导把我叫去说：'我们欢迎您的进步。'就这样，我和她都成了先进工作者。我们的报纸上刊登我俩的照片，写文章介绍我们，在重大会议上我们被安排在主席团就座，她坐在主席台的这头，我坐在主席台的那头，两个人轮流发言。我讲我自己，她讲她自己。这事似乎也有点好处，可这情况并不让我开心，我的脸色比乌云还阴沉。我发现，领导对她很宽容，却对我处处刁难。"

"我找到领导说：'我不想这样工作了。为什么要骗人呢？她是个假先进。'可他说：'怎么是假的呢！你说话注意用词。'我说：'就是假的，您给她定的指标不一样，您在弄虚作假。'就这样，我跟他啥也没谈拢。他把我赶了出去，而且还说要调查我的行为。"

"这天，我借酒浇愁，喝了很多，回到家时一看：她高兴得乐开了花。我在门口就对她晃拳头，打砸家具：'够了，我受够了！现在你啥都能得到。既然你不想好好的，那就打架吧。'"

"第二天早上，她递给我一件干净衬衫，让我穿着上班，可我给了她一个好看！——我把衬衫在泥地里弄脏了，然后穿在自己身上。她把盘子递给我，我当啷一声，把盘子摔到地上！晚上我跟一帮朋友钻进小酒馆，喝，玩。我看见她来了，她找到了我。她劝我回家：

'斯杰尼克，亲爱的，回家吧。'可我当着所有人的面对她大喊大叫，羞辱她：'我上哪儿去？不要脸的，你家里没有我住的地方，我以后没有老婆了，我没处可去。'她拉住我的袖子，说：'多不好，大家都看着我们呢。'可我说：'我干吗怕人！我整个人都在这儿，随便看！'她把我弄回家。我把各种东西扔得到处都是。她默不作声，一句责怪的话也不说，跟在我后边收拾、劝说，可我还是狂躁不止，心里想着怎样更刻薄地整治她。"

"她给我端汤，我说不咸。她给我熬粥，我说太咸了。她给我煮茶，我说为什么这么烫？为什么是凉的？为什么把茶倒在茶碗里？为什么不倒在茶杯里？给我糖，给我果酱，我不要糖，我不喜欢果酱。不管我怎么折腾她，她也不说一个'不'字，无论什么要求都不拒绝。可这更让我来火，我就再想出一些新的坏主意。"

"往后更甚，我甚至觉得这样都不够。我命令她不仅为我做好事，还得为我做坏事。我开始对她指手画脚：'打我！'她全身战抖得厉害：'我不想打你，可怜可怜我吧！'可我说：'打，浑蛋！'她轻轻儿地碰了我一下。我对她说：'狠点打！'她眼里已经涌出了泪水。她不敢动我，可我顽固地纠缠她，让她打。我纠缠得太过分了，以至于她抓起熨斗照我脑袋狠狠地打了一下。我双手抱头，血冒了出来。'给我拿块布！'我喊道。可她回答：'自己找吧，死不了。''快叫大夫来！''自己叫！'说完，她打开门走了。"

"就这样，我达到了自己的目的。从那时起，我们家里的一切都变了，她也变了，好像重生了一样。从前我对她大喊大叫，摔盘子打碗，而现在她也这样干上了。所以我们家里所有东西都到处乱飞，想起来都害怕。她一发而不可收。我对她说一句,她回我两句,我说两句,她回三句,我说三句,她回四句。我为她感到羞耻,她更为我感到羞耻。我把钱带回家里,她把钱从家里带走。家里脏乱差,出现了虱子,眼看着变得一团糟。总之,打架不是为了活下去,而是为了死。"

"跟她一起的生活也变了样。我夸她,她发火,我责骂她,就好像跟她说情话似的。我打算去同事家做客,她不让。可要是我说某个同事坏话,比如说,说他是浑蛋、傻瓜,我不想去他家,她就强迫我去:'人家请你你不去,怎么好意思。'如果我想让她去商店买食物,我就故意说,让她不要去,什么也不要买。这样她肯定去,肯定买回来。我想让她做汤,我就骂汤不好。我需要什么,我就隐瞒什么,不需要什么,就说什么。后来我脑子里就乱套了,不知道什么好,什么坏了,什么也整不明白了。之前我喜欢蘑菇,可现在呢,只要刚一说它们不好,我马上就感觉它们确实不好,难以入口。我尊重一个同志,珍惜他的友谊,可到他家却发现,他很贪婪,很小气,不值得信赖,轻易就会出卖你。之前我热爱自己的工作,可现在却痛恨工作,白天黑夜弯腰坐在方向盘后面,没有任何意义。之前喜欢跟客人们坐坐、聊聊、唱唱歌、听听笑话、开开玩笑,可现在成了孤家寡人,跟谁也不见面,不想,躲着。谁要是说一句话,我就觉得他好像说了大堆脏话。我心里嘀咕:'坏蛋,混账,畜生,每个人都盯着别人的口袋。难道跟这样的人在一起能干成什么事?跟他们呼吸同样的空气都让人难受。一切都毫无意义,都是骗人。'我发现我自己也变了:之前正直、诚实,现在爱撒谎、胆小、阴郁,什么都怕：怕出事故，怕小偷，怕领导。我跟所有人瞎叨叨：'要发生战争了。要发生饥荒了。我们都得死。'有一次，我去澡堂洗澡，一直在想，我换衣服的时候，澡堂老板像盯着小偷一样盯着我，好像我偷了别人的破衣服似的，这样我就顾不上洗澡了。我在心里说：'我不需要这些破烂，我什么也不会拿的。'"

"我就变成了这样的人。关于妻子我也不想好事。有一次，我认为她想打我。于是我决定：与其让她打我，不如我打她。夜里，我拿起斧子，来到她身边。她睁开了眼睛。我吓坏了。我为什么这样对她？她对我做了什么？我为什么贬损她，干这些坏事？"

"我以旁观者的角度审视了一下自己。我觉得既羞愧，又厌恶。心中烦闷。我想：'不，不能再这样过下去了。这样不会好的。必须改变。应该靠爱生活，而不能靠仇恨生活。'"

"第二天早上起来，我开始收拾房间。费了很大力气把地板上的脏东西刮掉。半个小时之后，妻子又弄了一地脏东西。我煮了两个人吃的土豆，她把土豆倒进了脏水桶，总之，跟我从前干的事一模一样。我请熟人到家里来，想让她高兴一下，可她却从家里跑了出去，夜里跌跌撞撞地回来，醉醺醺、脏分分的，也不知跑到哪里瞎逛去了。我不再撒谎，可她撒谎撒得更厉害了。她也知道我不相信她说的话，但她还是撒谎，好像撒谎比说实话更让她好受。我努力为她做好事，可她总是报以仇恨。而且，我为她好事做得越多，她就变得越凶。而我觉得，我真实地生活更轻松，我不想再在谎言、战争和偷盗中生活了，不想让自己空洞乏味。相反，我想在爱中生活。"

"可怜的人，她日益憔悴，她疲惫不堪，真可怜，她头发白了，脸上出现了皱纹。脚上穿着破得不像样子的鞋，光着身体裹着一件旧大衣。家里没有桌子、椅子，也没有盘子和水桶。曾经是个家，可现在呢——就像战后的废墟。我开了工资，给她买了新裙子和新鞋。我给她，她不要。我劝她：'穿上吧！''我这样就挺好。'我硬要给她穿上。她抓起裙子和鞋，扔进了炉膛。'你干什么？'我说。可她回答：'你的东西我什么也不需要，求求你了，看在上帝的分上，饶了我吧，啥也别买，你要是再强迫我穿，我就把你和我都杀死。'"

"这可怎么办？我想了好久，后来决定：我走，到别的地方去，挣更多的钱，把能买的都买了，给她带回来，跪在她脚下，对她说：'请你原谅我。'然后，爱怎么样怎么样吧。从那时起，我就四处流浪。我去过北方，去过西伯利亚，在南千岛群岛捕过鱼——你可能听说过，有这样一个叫石克坦的岛屿，我们在那里打过鱼，现在就落到这儿来了……"

他不说话了。这还真是个不寻常的故事。我努力想弄懂事情怎么会这样：两个成年人，本来生活得和平友好，可结果却成了不可调和的仇敌，差点没弄出人命来。完全搞不懂，我的脑子不够用了。我明白，他们发生了不幸，可是没有我他自己也知道这个，所以，他给我讲自己的故事肯定不是为了引起我的怜悯和同情。他是想让我知道，人生之路多么艰难、坎坷，生活会对人进行多么严酷的考验，但他精神还没有垮掉。他想告诉我，他的故事不仅是家庭纠纷，他之所以给我讲得那么通俗，是因为我的智力无法领会其复杂性。

他是对的。他是一位严格的老师,他为我提出了无法解决的难题,我还不能领会这样的问题。我从来没有遇到过这样的情况,我没有妻子,我不明白已婚的男人是怎样生活的:他们每天都很恩爱,还是争吵?"如果两个人走到一起,共同生活,那么他们这样做肯定不是为了吵架。"我想。可到底为了什么呢?为了互相帮助?可是,如果他们为了互相帮助而走到一起,那为什么他们还彼此敌对?他们缺少什么?为什么结果是,他们每个人都拥有自己的真理,却不考虑别人的真理?为什么他们不惜任何手段捍卫自己的真理?难道人天生就是不能与别人和睦相处的吗?

那个人不说话,沉浸在回忆之中。我也没说话,不敢去惊动他。我们就这样走了一段时间。终于,他叹了口气,挥了挥手,向四周看了一看,说:

"我该走了。再见吧。"说完,他向我伸出手,拿起背包,从马车上跳了下去。

有那么一瞬间,我被他的痛苦深深吸引,想要跳下去跟他一起走,只要他叫我一声,说一句话暗示一下,我就会不假思索地马上跟他走。我甚至本能地抓起马缰绳,想要让斯特列尔卡跟在他后面。但我停住没做。我能给他什么?自己的心吗?它已经跟他在一起了。自己的微薄之力、贫乏的经验和知识吗?这些优点他比我多。我明白,当他说到工资、金钱的时候,他指的不是钱。如果以为金钱能够换回一个人的爱,那就太可笑和幼稚了。你给他包上一层金,他也还是不幸的。这里理解的是另一种财富。我把这财富想象成一只神奇的鞋子,能够给他的妻子带去幸福。可惜暂时我还没有能力帮助他找到这样的鞋子。

当我在地上的时候,我觉得天上是空旷无人的,真奇怪。我没料到会在这里遇见人。这里的人不比白天涅瓦大街上的人少。男女老少我都遇见过了。他们坐上我的车,跟我分享自己的故事,这样的故事我可以讲上不止10个。我的马车就像一辆公交车,人们坐上来,为了到下一站去。但是,我还是觉得越来越疲惫。我不住地打盹,答非所问,没有完全听清楚,我昏昏欲睡。后来我真的睡着了。

我是在马斯洛夫的护林所里醒来的。

33

在山坡上的草丛里,我差点儿踩到了一只青蛙。它从我身边跳开,把我吓了一跳。这倒不是因为我害怕青蛙,而是因为我会无意之中踩到它。

我看着青蛙,心里想:河离这里很远,湖也很远,附近没有任何水源,它在这山坡上可怎么办?青蛙仔细看着我,并不急于离开。我说:"走吧,别怕。我不会碰你的。"但它还是不走。

我看见赤杨树上有两只麻雀在打架。于是,我开始批评它们:"你们这么胡闹,怎么就不害臊呢!为什么吵闹?"它们听了我的话,瞟了我一眼,飞走了。可是到底有没有和解,我不知道。一只瓢虫落到我肩上。而我今天就是特别话多。每件小事都能触动我,吸引我。

我本来可以不管那只瓢虫,可我却唠叨起来。我在一棵白桦树旁边站了一会儿,给它讲了我今天做的梦。它听我把话说完了。我继续向前走,无论如何不能让自己住嘴。我想跟所有人、所有物说话,想要教导和提醒所有人和物,好像我一个人为世上一切负责似的。

挥斧子砍树砍累了,坐下来休息一会儿,我又开始教训人。跑到一丛黑果越橘跟前:"你怎么这么小?你怎么不长?"可它关我什么事呢?也许它这样就挺好呢。忽然良心发现,为了不再无缘无故插手别人的生活,我又挥起了斧子。到晚上,砍够了,我回到护林所,自己跟自己嘟囔。又开始纠缠晚上——我不喜欢它,来得太早了。它这样不好,那样不好的,不是闷了,就是没有风,蚊子又那么多。

一天之内我说了千万句话:又是应该怎样生活,不应该怎样生活;又是什么好,什么不好。听一听我说的话,感觉来者不是一个护林员,而是一个演说家。似乎,我在一天之内把所有的话都说完了,什么也没剩下。回到护林所,我开始对炉子唠叨。可是,它这个老家伙又犯了什么错?它是不热,还是不做饭了?我用不好的词说了木屋,责骂了被褥,带着完成任务的感觉躺下:所有的事我都做完了,所有的话都说了,所有的人都教导了。可真是好样的!

34

  我们森林里的雷雨十分厉害。它们可怕又强大得不公平，因为当它们电闪雷鸣地发作的时候，它们不像在别的地方那样引起死亡或者火灾，而是把蒲公英、三色堇、勿忘我和别的花（花多得令外国人吃惊！）扔得满树林子都是。它们还使森林里充满生机勃勃的湿气，森林不仅能够保持自身湿气充足，还能够预留一些以用于特殊的节日场合。人们也不害怕雷雨，不惴惴不安地等待死亡来临，而是迎着雷雨走，好像去与心爱的姑娘约会一样，所以雷雨大作时，在我们的森林里看见人并不是什么稀奇事。有些人甚至更喜欢在雷雨中漫步：打雷下雨时蘑菇更大，野果更甜。

  我也试图像所有人那样以平常心看待雷雨，但是怎么也做不到。只要雷声大作、闪电划过，我就会陷入某种不安的忧愁之中。我不惜命，有时恰恰相反，想到我对待死亡的态度是不是太平静了，我还有些恼火，这里面是不是有些亵渎神灵和无可饶恕的冒犯呢？也许这是因为我不相信死亡——住在森林里你是不可能相信死亡的。每走一步，大自然都会让你相信，只有生命是永恒的，而死亡只是暂时的现象。秋天，树木落下叶子，而到了春天，你就看吧：又开始枝叶纷披；小草低下头、脸色发白、闷闷不乐地等待冬天的到来，而等到在雪下度过冬天，你就看吧：春天里，小草的茎和叶一起以无法遏制的愿望和力量向上伸展，好像没有过秋天，没有过冬天，也没有过伤心难过的日子和阴郁暗淡的寒冷。无论如何，雷雨大作时，我的心还是会吓得要死。不是担心我自己，而是担心森林。

那天，早晨有太阳，可中午的时候，东面来了一片云彩，像棺材盖一样遮住了大地，于是开始了雷雨。雷声隆隆，好像从大炮里射出来的一样。闪电像西伯利亚白芷一样劈向大地。木屋微微战抖，并随着雷电打击的节奏轻轻跳动，眼看就要飞起来，窗户上的玻璃不时发出哗啦哗啦的响声。

我和现代化农庄的饲养员米特罗方一起坐在护林所里，喝茶聊天。把我们联系到一起的是共同的遭遇。他找不到他的公马，而我也找不到我的席尔瓦。为了找到他的公马，他找过席尔瓦；为了找到席尔瓦，我也找过他的公马。我对找到我的母马已经不抱希望了，在心里将它埋葬了。如果它还活着，我肯定能发现它。在困难时刻从不恐慌的米特罗方现在对这件事也看得很轻松，劝我说一切都会好起来的。他姿势优雅地坐在桌边，大腿压二腿，左手翘起一根手指轻轻地抵在腰间，好像要翩翩起舞的样子，右手紧紧地抓着滚热的茶杯。

突然，他放下茶杯，侧耳细听起来。

"好像是你的席尔瓦在叫。"他说。

"打雷呢。"我否认。

"好像就是，声音是从波塔尔基诺山那边传来的。"他肯定地说。

我紧张起来。是的，透过阵阵雷声，我听出了微弱的马嘶。我连外衣也没穿，就跳出了木屋。雨下得瓢泼一般，闪电扎进地里，烧到了我的脚跟。我跳到路上，朝波塔尔基诺山奔去。空气中水分过度饱和，十分厚实，感觉我好像不是在地上，而是在地面以上一米的高度奔跑。我从来没有跑得这样快过。我忘记了危险。我想要抓到席尔瓦。我对它的怒火早就爆发了。

我向前跑着，而我的脑袋里不停地蹦出一些谚语俗语，还有故事的开头语——都是关于马的，好像我成了一个革命前的没有马的农民，可是没有马就没法生活。"只要马不糊弄，死神带不走你。""别占着别人的地方不放。""爱开玩笑的死者是星期二死的，星期三就爬起来，把马偷走了。""谁家里要是没有个老太太，连马都不好。""陡山累死瘦马。""老马不会踩坏田埂。""走路的追不上骑马的。""马跺脚——要出门，马叫唤——有好事，马绊蹄——要遭殃，马倒地——要变暖，马翻蹄——要打架，马摆尾——有酒喝，马竖耳朵——离死不远"……

可是哪有啥好事？很快我就跑到了波塔尔基诺山下，但这时席尔瓦的叫声却跑到田地里去了，在对面。我跑到田地边，席尔瓦的声音又在河边响起。我跑到河边，它的声音又从墓地传来。我像被烫着了一样来回穿梭，却没有见到席尔瓦，它好像在跟我捉迷藏，"喵"地叫一声就藏起来不见了。

毫无结果地跑了半天，我气急败坏、疲惫不堪地回到护林所。又听到了席尔瓦的叫声，这次是直接从席尔瓦的草棚里传出来的。我不想走进草棚，以为这又是个骗局。叫声越来越急躁和坚决。我不情愿地走到草棚边，打开门。怎么回事？我看到了席尔瓦。它完好无损地站在那里，用嘴拱着空空如也的食槽，好像从来也没有去过任何地方似的。它连一根毛发都没有损失。但这是一匹什么马啊！

跟我以前认识的那个百无一用的老母马没有任何共同点。我眼前站着一匹令全世界所有骑手羡慕的强壮的骏马。它身上的毛发闪闪发亮，鼻孔张开，四肢抖动。这既是马儿，又是鸟儿，既是梦想，又是所爱。这样的骏马可以在世界上畅行无阻。它什么都做得到，什么样的人它都可以驮在背上，什么样的人都可以带走，只要把它套在马车上、雪橇上就行，只是不要胆怯，抓好、拉紧缰绳，给它指路就好，天高海阔，漫漫长路，上高山、爬长坡、走洼地，对它来讲都不算什么。

什么珀伽索斯①、人头马、驼背小马驹，什么勇士的骏马，什么布塞法洛斯②和罗西南多③，它们根本比不上这匹马！一方面它好像朝霞，另一方面它又像晚霞，它的眼睛像太阳，背脊像天空，鬃毛像森林，它的嘶鸣比雷声还要洪亮。

我满怀喜悦地靠近席尔瓦。我拥抱着它，亲吻它的脸，说：

"养活我的人，我亲爱的。你还活着，完好无损。我终于找到你了。"

我对席尔瓦说了千万句甜言蜜语，可它没有分享我的喜悦。它不情愿地让我拥抱了它，然后就开始用牙扯我。

"好了，别生气，好了，乖点儿。"我对它说，"这就去给你拿点儿糖来，给你吃大穗燕麦。"

看得出来，它非常生我的气，因为它的情绪不太平和。它很不

---

① 希腊神话中的飞马
② 亚历山大大帝的坐骑。
③ 堂吉诃德的坐骑，一译"驽骍难得"。

高兴地听着我的唠叨，轻轻地尥蹶子，用蹄子踢我。我很疼，但我没表现出来。

"哎呀，你这个调皮鬼，"我说，"你是想跟我开个玩笑吧。想我了。这是对的。为什么不开个玩笑、玩玩呢？"我再次拥抱了它，又遭到了它明显的抗拒。

"你可真是个好样的！你可真是个机灵鬼！"我不停地哄劝它，"美女，聪明人。你我谁也不给。而且，要是谁敢说你不好，我就把谁的脑袋揪下来。没有你我算什么？孤儿。真的，我只有你一个人，再没有别人了。你就像太阳，你就像早晨，你就像阳光灿烂的白天，你就像田野里的雨，你就是我的幸福，窗口里的光明，我的天堂鸟，无比珍贵的夜莺，玫瑰花丛。你的美丽使大地呼吸，使星星在空中运行。我的美人，长命百岁吧，永远别死！"

她情绪平复得很慢，但还是慢慢平静了。尽管它又有很长时间试图展现自己的性格，任性、尥蹶子、咬人、摆尾巴，可它全身好像都在说，它愿意不再生气，它要与我和解。

到了固定的期限，席尔瓦给我带来了一个小马驹——它从来也不白出去逛荡。这个小马驹有一个特别出色的地方：刚刚来到世上，它就开始讲故事。但是，关于它的神奇，我们下次再说。

秋与春

第一部　秋

第一章

　　我走在森林里，天上下着雨。我伸出双手接雨，心想，手和天是连着的，不论远近，它们都能感觉到天的存在。抚摩脸庞令人惬意。抚摩过自己的脸庞，你就好像抚摩了这个世界。

　　通常我在树林里走得很快。这种习惯很早就养成了，可这时我走得很慢，因为不着急，我看着松树、青草、越橘丛，心里想：我走得太快了！在森里走时，应该在每棵树前站上一两百年，但是这仍然不足以让你看清每一根枝条、每一片针叶和树皮上的每一个裂缝，亦不足以让你看透一棵树从生到死的一生。但是，即使这样也不够，因为当你看见一棵树死去，你就会想看一看在这个地方怎样长出一株新树，它将如何成长，它将迎接怎样的晨昏。多么慢的脚步也满足不了我的愿望。任何一种最慢的步伐对我来讲都太匆匆。也许，最好还是快步奔走，让一切——大树，生活和灌木丛都因你的匆忙一闪而过，而你却不必因此饱受折磨。

　　我带着这种古怪的想法看着一棵棵大树。每一棵树都希望你在场，都愿意与你交谈。包括这株白桦树，还有这株，这株。而你也乐于一整天都沉迷于在林间徘徊、与它们交谈。但是，你不可能与所有的白桦树都说上话——此其一。其二，没有你，它们也会平安地活着，至少不会死去。科学上没有记载任何关于树木由于与人分开而死去的情形。狗会死去，人也会死去。为什么那时你觉得它们渴望你在身边？但是，你看看天——它也想和你在一起。还有白天、黑夜，还有青草和世间的一切。没有你，它们也可以应付，因为你无处不在，你和它们在一起，或者说它们和你在一起。

　　可以这样想：花儿在大自然中出现是为了向你表白它们对你的爱。但是，这样对吗？这会带来什么？我想：你应该向它们表白爱情——因此它们才会来到世上，像人一样寻找爱的对象。倘若没有它们，你该向谁表白你的爱？我认识一个小伙子，他向树桩表白过爱情。

　　天气温暖潮湿，天上浮云惨淡，空气滞重，天空也是滞重的。似乎没有云彩，可是它们在。我望着云彩，陶醉其中，像喝醉了一样。醉人的不只是美酒，还有其他的一切，虽然这种情况很少、很罕见。来自城市的人们会沉醉于清新的空气，童贞的少男会沉醉于初恋的亲吻，文学爱好者会沉醉于一本小书，人们还会沉醉于话语、手势、行为、相见、别离、食物、森林、清水……陶醉是人的一种能力：你有很多爱，它用翅膀轻轻触碰你，于是你会被它陶醉。

我走在第22林班的一条小路上。战争期间，这里是前线，战火纷飞。挖了一些战壕，还有掩蔽部，它们保留至今，也许还会长期存在。在这里可以找到弹痕累累、锈迹斑斑的钢盔，地雷或炮弹的碎片，陈旧的步枪弹壳，带刺的铁丝。这都是在地面上的，表面的，可是地底下又沉睡着什么呢？什么样的地雷？什么人的尸骨？谁也不知道。当我需要开辟林班线时，为了烧掉枯枝，我点燃了篝火，这时，地雷开始剧烈地爆炸，我好不容易才幸免于难。男孩子们一年几次来到旧日的战壕里，在土里和掉落的松针里翻来翻去，寻找子弹壳。如果我有时间，我就赶他们走，让他们别在土里翻来翻去，吓唬他们说，不走就会遭到死亡的惩罚；如果没有时间，我就从他们身边匆匆走过，这时我心里很不安。我想，他们可千万别出事。有一次，我看见了一位老者，他从哈尔科夫郊外来此探访以前战斗过的地方；用他的话说就是"重温自己的战斗青春"。战争过后，森林发生了很大的变化，我带着他在林中到处走，以前战斗过的地方，他有的能认出来，有的已经认不出来了。

此时，走在路上的我看见一杆步枪倚在松树上。我拿起枪一看，背带已经腐烂，木制部分——枪杆和枪托——由于时间和雨水的冲刷已经变细，枪栓有点生锈，但还是很好用。我把枪拿在手里捧了一会儿，然后把它放回原处，继续前行。走出一百米左右，我忽然想到，枪为什么不要了？它的主人是谁？（他）是不是躺在潮湿的泥土中？现在谁也不需要这把枪了。可是，要是男孩子们碰上它的话，灾难在所难免。于是我返回去，拿起枪，像个士兵一样把它扛到肩上，沿路开步走。

我遇到一伙人：一个小伙子和两位姑娘。我对他们说："你们看，我在林子里捡到了一把枪。"他们回答："哎呀！哎呀！"遇到一位司机站在汽车边，我对他说起枪，他说："嗯——嗯。"遇到树上的一只乌鸦，我对它说起枪，它说："呱——呱。"然后飞得离我更远些。我看见路边的一枝甘菊花，我对它说起枪。它在风中微微弯下腰，用黄色的眼睛默默地看着我。它什么也没有对我说。

我能够非常轻易地预报天气情况，尽管我们地区的天气变幻无常，极不稳定。我观察落日、晨星、变黑的天，这些足以让我知道第二天下雨还是晴天。但是，我发现了一个非常奇怪的、棘手的现象。知道是知道，可总是说不对。看看落日，你知道要下雨，可说的却是"晴天"。这是怎么回事呢？我觉得，可能是因为有的想法不怕大声说出来，有的却怕说出来。你把自己的想法放在心里，它就表现得很真实：会下雨。你一说出来，它就虚假了：会是晴天。有的想法不仅不可以对别人说，免得吓人一跳，即使对自己说也不安全。就像嫩嫩的小蘑菇，它怕人看：看一眼，就扼杀了它。所以事情经常是这样的：看一眼落日，你好像知道要下雨，但是也不知道，因为你自己根本意识不到你知道。意识到了，就失去了准确性；意识不到，你就什么也不会知道。

生活在森林里，我学会了什么呢？我觉得什么对我有好处呢？这些都需要等待，因为我与森林密切相关，我不能在需要的时候就抛弃它，尽管也曾放弃，我不得不耐心而绝望地等待，就像有些寡妇等待已经牺牲了的丈夫。我与这个世界的所有关系都建立在等待之上。我等待心爱的姑娘来到护林所，她曾经驱车向我赶来，但从未到达过。坐在护林所里，我等待客人光临，他们可能来，也可能不来：总会有什么原因或偶然的愿望阻住客人的脚步，尽管你对他们望眼欲穿。我等待林庄经理来访，他应该向我表示敬意，轻描淡写地批评一下我对工作的疏忽和懒散，并给我下达一些紧急的重要指示，在他看来没有它们我就没法生存的那些指示。我等待偶然的过客、采蘑菇的、摘浆果的。我在夜里等待那些盗伐者，他们可能突然间认定必须光顾一下我的林子，否则他们就会染上可怕的疾病，甚至会死去。而除去以上一切，我还等待清晨、晴天、春日、早熟的浆果、鸟儿在春天的光临，等等，如果考虑并注意到这一点，那么我可以算得上是一个伟大的等候者，而且无论如何，我是用心学会等待的。如今，有时候我觉得，即使嘈杂、混乱、死亡、恐惧……即使一切都在大恶之前战抖，我也不会战抖，这不是因为我勇敢、无畏，而是由于我习惯了等待。我会说，我们经历过的比这还严重，能挺过去的。

等待帮了我很大的忙，如果说有什么东西使我充实，那么这就是等待。有时我们是多么没有耐心！借口时光飞逝，我们自己也在奔跑，行色匆匆，可即使在最乐观的情况下也到达不了任何地方。我一度以为我成了女人，因为我做的唯一的事情就是等待，我像个婆娘一样。这一切都很好，但是我惊异于自己为何没有死去。我甚至开始绝食，期待着不用自己寻找食物、不用自己把勺子送进嘴里就能果腹。可是，在这森林里，谁能替我做这些事情呢？树桩吗？我关心所有人，却没有一个人关心我。但真的是一个关心我的人都没有吗？那么为什么我到现在还活着，没有死掉？也许，是崇高的精神养育了我？但愿不是这样。如果我活了下来，那么这是因为森林、那个木桩、草地、树木关心了我，它们哺育了我。当然，我自己对此却浑然不觉，正因此，我有时会以为，它们不关心我，也没有养育我。可如果不是它们的关心和养育，我怎能活在这个世上？

人令我吃惊。他只赞美和感激看得见的东西，对看不见的东西则诋毁和批评。我也曾诋毁和批评过青草，说我关心它们，它们却不关心我。而这一切都是错误的。由于自己的愚昧、无知，我看不见它们对我的关心。当我明白自己错了的时候，我该怎样地赞美它们啊！

这个世界是多么美好！它是多么美好，多么甜蜜！它那里什么都有，它是多么壮丽！这个可爱的世界，它是多么壮丽！在它面前应该匍匐在地，顶礼膜拜，一个人怎么会没有这样的愿望？尽管发现这个世界并非美好而壮丽，而是有着一些不足，但是如果他消除了心中的疑虑，就能找到和平与和谐。一切都有，一切。有走向森林的热望，也有不去那里的愿望。有发现的能力，也有盲目的能力。有耳朵，也有耳聋。有理智与疯狂。有强大与弱小和弱小与强大。有丑陋，也有美丽。一切的确都存在，一切中包含着一切。在小女孩身上有老太婆，老太婆身上也有小女孩。在光鲜的女子身上有邋遢的男人，男人身上也有女人。我走着，路边坐着一个年轻的汉子，而从汉子身上有一个老女人在探头张望。"你怎么跑到这儿来了？""怎么也没怎么。我一直在这儿。"而老女人身上又有一个孩子，孩子身上又有一丛野蔷薇，野蔷薇丛中又钻出一只小山雀，展翅飞去……

　　昨天，我走在公路上，想起夏天来到护林所时，我是多么坚定地急于生活。我无法解释这种感觉，我只知道它是什么样的：夏天才刚要开始，风和日丽的好日子刚刚到来，草绿了，花儿也开始吐露芬芳，我在墙根的土台上坐下来晒太阳，这时我的思想总是很活跃，因为我想到一切都会飞逝而去，所以应该赶紧更多地抓住夏天——既要抓住温暖和夏日的天空，也要抓住绯红的太阳和迷雾。昨天，我明白了，为什么我这样一个总体来讲性子不急的人会产生紧迫感。我想，这种感觉的出现是由于我在冬天常常被冻透，到夏天才暖和过来，实际上却不是这样。不完全是这样。刹那可以永恒，所有的生命却都是短暂的。而最短暂易逝的是花儿的生命，刚刚盛开，就已经开始凋谢了。我无意间瞥见鲜花，瞥见它们短暂的一生。于是，由于长期的观察，我也像它们一样急迫起来。我们总是在模仿某个人或某个事物，变得与它们相像，不管是有意还是无意：我们会模仿父亲、母亲、朋友、天才、青草、小河、绵羊。我模仿过花朵。如果这森林里花朵多如繁星——无论你走到哪里，到处都有它们扑入眼帘，那么我还能模仿什么呢？我看见过它们的快速生长，它们的急不可待也传染给了我。这就是我急迫的全部原因。坐在墙根的土台上，我捕捉到的不是太阳，我也没有像当时想的那样从严冬的寒冷里暖和过来：我是在过着花朵的生活。鲜花衰败了，夏天远去了，我的紧迫感也消失了，我又不慌不忙起来，直到第二年的夏天。

我觉得，尽管也不能断言，我远不能对类似现象做出断言——（我觉得）人本质上拥有他现有的东西，任何东西都不是来自外部的。不能欺骗自然，给它一个卢布，却说成十个。曾经有一个时期，我深信我这里不可能发生任何一起盗伐事件，也不可能有任何一棵树木被破坏，这样的情况也的确不曾发生过。那时候，是什么控制了我的盗伐者们？我不知道，但他们总是避免出现在我的区段，他们躲在离我几十公里之外的地方，在相当长的时间内从未发生过哪怕是错伐一棵树的情况。为什么呢？首先，因为我坚信这样的情况不会发生；其次，即使发生了，这也仍然是不可能的。破坏者只要稍微耍点滑头，即使他欺骗得了整个世界，那他也一事无成。命运之书中就是这样写的，不可能有另外的结局，那样的结局不可能存在。真可惜，那时我守护的只是我自己的这片林子，倘若我眼界更宽一些，承担起更大的责任，那么我的信心可以保护整个世界、整个宇宙。

当我渐渐丧失自己的信心（我也有这样的时候），我诚惶诚恐地想，我不可能避免盗伐，我保护不了森林——可以想见，盗伐者确实到过这里。他们好像远远地读懂了我的心思，是的，可能事实就是这样。那时，我曾经与他们激烈厮杀，至今想起来仍心有余悸。我的梦想、我的善良、我的和平与宁静都到哪里去了？我全身心地投入了战斗、抓捕、追赶，我在林间飞奔，抓捕他们、蹲守、瞌睡，然后又找到他们，又开始瞌睡，我竟然在自家门口漏过了盗伐者，他们偷走了我自己的柴火，导致我在那个冬天挨了冻。我的牢固防线崩溃了，垮塌了。我大喊："整个森林都完了！"在这里，我经历了太多的恐惧。我变得胆小如鼠，夜里把门插得严严实实的，在床头放一把斧子，我觉得他们会杀了我，烧了我的护林所。真是风声鹤唳，草木皆兵。幸好那段时间过去了。如果它持续得再长一点的话，我可能就坚持不住了，我可能会发疯，那时我将是多么痛苦啊！

我看待森林、大地、阳光、青草，不是把它们当作我的对立面——说，这是我，这不是我，而是别的东西，我是把它们当作我自己的延续，就像我的胳膊和大腿。只不过既有内在的我，又有外在的我而已。胳膊、大腿是我内心的延续，那么森林、天空、阳光延续了我的什么呢？手指、眼睛、思想、感情？在我之外的一切，都是我的延续。阳光是我思想的延续，天空是我对姑娘的情感的延续。

应该像青草一样活着。但是，难道青草像我们一样活着？我们不着急，而青草着急，青草如此匆忙，以至于整个森林都回荡着它们发出的声音。春天它急于出来见光，夏天它急于开花，秋天它急于结籽。依我看，世界上最匆忙的造物就是青草。令人惊异的是，在如此匆忙的状态中，它们怎么来得及经历一生？我认识一个人，他如此匆忙地度过自己的童年，以至于他的青春时代缺少童年的回忆。命运赐予青草足够的时日，让它度过它的青年和老年。从春到秋，它来得及生和死。有时我觉得，它之所以如此匆忙，是因为它知道，只要太阳和大地还在，只要世界处于平衡状态，来年它就还会重生，会永远如此循环往复，而且，正因为它如此匆忙，它才得以永恒。可如果换一个角度看，它是为了谁而匆忙前行呢？为了自己？为了我，即人？为了啄木鸟吗？为了世界、为了星星、为了大地，它走着自己的路，一点也不超前，一点也不落后，而是严格按照计划运行。

  此刻，是什么妨碍我成为一个自由、快乐、幸福的人并拥有快乐的心情呢？我吃得饱，穿得暖。我有栖身之所。我不用担心明天会怎样，我知道我的将来会怎样，并对此感到满意，或者确切地说，我不知道我的将来会怎样，但是对将来发生的一切都会满意。我身体健康。我有工作，而且我喜爱这份工作。我总是这样觉得。怎么样？我是否幸福？如果不幸福，那么为什么？如果我幸福，为什么我没有快乐的心情？为什么我需要经常和自己斗争，而且经常被战胜？不过，总的来讲，在这样的斗争中是否有常胜将军？为什么不能像青草一样活着？而青草又是怎样活着的呢？你觉得它是幸福的吗？可能，它也像你一样痛苦着？肯定是痛苦的。但是，它会在大限到来的时候死去，也会如期重生，在它的生命中没有被迫。可难道你不是按时出生、按时死去吗？青草是痛苦，但是人比青草高级，可以没有痛苦地活着。我不总是生活在快乐之中，这当然不好，但我有时快乐，它偶尔光顾我，这就已经算是幸福了。我了解它，我放它进入我的内心，确切地说，我找到它，把它挟持到自己身边来。这时，对我来讲，没有任何东西比这种幸福更加美好。

  当我想到我是什么样的，我心情愉快。因为我是这样的，所以我是出色的（我现在说的不是我是否出色），当我想到我心里装着一切，我无所愧疚。最重要的是说出全部的自己、打开自己，说出自己意味着战胜自己，揭示秘密。不能不爱自己或者羞于爱自己。当然，可以也需要为了净化心灵而不爱自己和羞于爱自己，但首先要爱自己。如果你爱你自己，你就有能力爱别人，这似乎与通行的见解相悖，但事情就是这样的。我想说，如果你爱上自己，你就会爱上别人。我真的不了解自己。我是谁？我的名字是什么？人。但我指的不是这个名字。我指的是动词"拥有"的名词客体。我拥有什么呢？每个人又拥有什么呢？在我们这个时代，弄懂每个人都很出色这一事实越来越难。可是，从另一方面来讲，这又很容易。千百万踌躇满志、自信满满的人在世间徜徉，就像牧场上的牛。但是，当我们把一个人变得自信时，我们同时也把他变得多疑；把他变得似乎更强大的同时，我们也把他变得弱小。如果他爱他自己，只爱他自己，那么我们需要让他也爱别人。我们需要的是信仰，而不是迷信、爱情，也不是迷恋。

我想，青草之所以来得及在一个夏天——如此短暂的期限之内完成一切，是因为它不心急。倘若它急急忙忙，它就什么都来不及。事实正相反，它甚至延缓生长，但仍然来得及。如此说来，我也应该不着急，但是，得知道你有一个期限，而且它会到来。什么时候？什么时候到来？因此可以说：向青草学习紧迫感吧，但别急于求成。在哪里能看见它匆忙跑向某个地方呢？它有什么来不及做的？它在等待谁？追赶谁？太阳？春天？夏天？

人似乎永远也不能满足于目睹最美的景色，如果它没有深深印在他的心底。你看一看最美丽的树木，漫游一下最曼妙的森林，闻一闻最香艳的花朵，欣赏一下最迷人的彩霞，饱览一下最壮丽的风光——河流、山川、林缘，如果它们不在你的心里，它们就不会感动你。可是，如果你漫步在林间，遇见一棵美人松，看得入了迷，以至于你无力离开它，你会在它面前站上一两天，恨不能站上一辈子，就像站在永远可望而不可即的美女面前，那就意味着，你不仅是在林间遇见了它，而是早早就在心中拥有了它。森林、繁星、河流——世间一切美丽的事物——这恰恰是我们的内心、我们的心灵的反映。可以说，整个世界都是我们自身的反映。正因为如此，遇见松树的时候，我们才怡然欣赏，我们看它，怎么也看不够，我们遇见的不是松树，我们与松树没有任何瓜葛，我们遇见的是我们自己。正因为如此，遇见我们的时候，松树才怡然欣喜，它能够在我们心灵的密林之中找到自己。

一些人付出爱，是因为被人爱着；另外一些人，别人恨他们越深，他们爱得越强烈；还有一些人，同时付出爱与恨。我是怎样爱的呢？现在我想，我尽力去爱，而不受别人的爱的影响。别人恨我也好，爱我也罢，我反正都要爱。有没有一个人让我去爱，对我来讲甚至都是无所谓的。我的爱期待的不是来自任何其他人的，而是来自我自己的爱。我就是这样爱着我的森林，至于它爱我还是恨我，与我无关。

可以说，青草来自青草，白天来自黑夜，而人来自人自己。但是，也可以换一种说法。可以想象，今天产生于某种别的东西，它在每一个瞬间都从某种别的东西中发生并向我们走来。可以想象，青草不是产生于青草，而是产生于白天或黑夜，人也同样如此。可以说，每一个刹那都不来自刹那，而来自某种事物，又归于其中，这样可能更准确一些。因此，我可以说，我来自我尊敬的父母，也可以说，我来自青草。所以，我的父亲和母亲不是生育了我的爸妈，而是青草。只是，这样想是否正确？我不得而知。当我看着今天（它是如此美好——有阳光，有和风，既温暖，又寒冷，既有树叶的闪亮，又有松针的幽暗），我高兴地意识到，白天来自某种别的事物，来自蝴蝶或椋鸟，相比于我把它想象成诞生于黑夜，这种想法要令人高兴、开心得多。当我以为它来自上面这些事物时，我会更强烈、更深刻地感受到它的每一次灵动、树叶的低语、清风的微拂。这一天令我激动，于是，这一天它便包含了整个世界：既包括白天、黑夜，也包括世间的一切，甚至还包括那些不存在的东西，而这尤其激动人心。

当我在林间看见提着装满黑越橘的小桶的人，或者提着篮子采蘑菇的人时，我总是感觉到一种隐隐的恼怒和愤恨，久久难以平息。我恼怒，是因为这些人来到林子里随便白拿东西，好像森林应该不求回报地将自己的物产奉献给他们似的。我想对他们说，拿吧，但是得有回报。其实哪有什么回报呢？最好的情况不过是某个采蘑菇或摘浆果的人不把烟头扔在林子里，不引起火灾，找蘑菇的时候不像猪拱地一样把林中空地翻个遍。成千上万的人走进森林，拿走东西，却没有一个人道谢。这种想法本身就是这样的，一旦说出来，就显得亵渎神明了。森林期望人们感激吗？毫无疑问，期望。它只有在人们对它感激的时候，才开始付出。有时候你觉得，你恼火不是因为人们不感激森林，不感激你。人家会说，你守护森林，却因此要求感激。可是，没有人感激。但是，如果谁给我送礼的话，我会愤怒地拒绝。何必感谢我。

或许，森林并不期望感激，但是，人啊，你应该感谢它。它不期望不是因为它对人们是否感激它无动于衷或无所谓，也不是因为它像某个火中勇救婴儿的英雄那样，逃避感激。森林没有年轻到因为骄傲而爱慕虚荣，也没有衰老到对一切都漠不关心。它不期望感激，是因为它期望感激，因为它相信人们，它不理解，何以人们每次提着黑越橘桶、蘑菇篮子或抱着大捧鲜花离开时都不感谢它一下。

我尽力像森林一样生活，因此我的机体有时变得十分可笑。树叶从树上落下来，我就开始脱发。早晨拿起梳子，梳一梳头发，梳子齿上会有一大把掉下来的头发。最初我不知道这一现象的原因，而把它归结为身体里缺少维生素和新陈代谢不正常。我着实吓了一跳，生怕自己年纪轻轻就谢顶，告别自己无比珍贵的卷发，于是我剃光头或者把头发都刮掉（我觉得这样我就能保住我的一头秀发）。现在我不这么做，这不是因为我怕别人嘲笑——在我们那个时候，谁不在背后笑话刮胡子或剃头的小伙子，如果他不是去参军的话——因为我知道，这样剃也没有任何作用。你尽管剃头，尽管刮头发，但是只要叶子还从树上往下落，我的头发就会一直从脑袋上往下掉，任何办法、任何乳液和营养膏都没有用。什么时候不再落叶了，我的头发也就不再掉了。春天，小草开始生长，我的头上也开始长出浓密蓬松的头发，任凭什么样的剪刀也减不掉。这就是说，当春天开始或秋天结束，我都十分平静。我不需要在林间走来走去，寻找春天或夏天的迹象：哪里蒲公英开花了？什么时候小白桦树泛绿了？哪里落下了第一片树叶？尽管，实话实说，这件事并不是那么令人不快：也无须强迫我去看小白桦树如何开枝散叶，因为我是自愿去与它约会的——我只要用梳子梳一梳头发，就完全可以知道秋天是刚刚开始，还是已经结束了。

当我还年轻，我很平静。可是，当我变得衰老，当我的卷发变得稀疏，甚至完全谢顶、脑袋变成不毛之地时，我会怎样呢？那个时候我会怎样解释类似的现象（没有头发我也能判断季节）呢？不会怎样。我会说，我老了。或者，森林和人都不会老也不会死？谢顶就谢顶吧，没有头发我们一样能活下去。肩膀上的脑袋还在，有什么好哭的？

一天内我走很多的路，有时走二十公里，有时走三十公里，而走路对我来讲从来都不是难事。当然，我走路最主要的原因是我的工作，我的责任：不论下雨还是酷热，不论黑夜还是清晨，我都应该在林子里，在路上，从我的事业来看，我的双腿就是我的支柱。我喜欢走路，就像别人喜欢看电影或跳舞。当我走在路上，我就好像在看一本好书。但我是否轻松地对待我的走路？是否总是愉快地开始行程呢？我不想说谎，不总是这样的。有时我也不想走路，去林子里就像赴刑场，但我还是去了。我是怎么做到这一点的呢？这很简单。我从不对自己说："我今天要走一百公里。"我会说："我要走十步、两步、一步。"然后就走完这两米。关于一百公里行程，我不仅不想，而且不愿意去想，同时坚信，我不会走一百公里。我对自己说："我干吗在这么热的时候走这么远的路？在那里我什么没见过？有谁在背后追赶我吗？我又不是去逃生。谁腿快就让谁跑去吧。"情况就是这样。

我走完两步，忽然觉得再走两步比停下来或者转身回去容易得多。走完四步之后，继续往前走，而不是转身回去的愿望变得更加强烈。每前进一步、每前进一米，继续前行的愿望都在加强，除了操纵双腿、迈步向前之外，你什么也做不了。现在最难的是在中途停下来。对我来讲，这样做比向前走要难得多。双腿好像自己在走，只要它们开动起来，不管你发不发话，它们都根本不听。经常有这样的情况：无论我怎么努力，都不能说服它们停下来，我只好向前走，当然，是一直向前、不拐弯，没有饿死、累死就是奇迹。这是必须表现出意志力的危急关头。即使望梅止渴地想象留在护林所里的床和面包块也救不了你。这时该怎么办呢？自作聪明，自欺欺人。不能实话实说——说"我这就回去"。或这样说："看来，什么办法也没有了，你就是给我安上水龙头，也不能把我拧回去了。"而应该说："我稍微往回走走就能回去了。"这样的想法有用，不过不是总有用。有时你转过身去，再回头一看，心脏都不跳了：你这是干了什么啊！应该承认，这个自我控制的方法是我从一个熟人那里借鉴来的。在准备上路、为长途跋涉热身的时候，他像个士兵一样原地踏步一个半小时左右，甚至更长时间，直到动身为止。

人们都说，爱自己比爱别人容易。这完全不对。我可以十分肯定地说，爱自己远比爱别人难，确切地说，爱自己几乎不可能。无论如何，这就像做善人一样难。爱别人，做好事，在别人有苦有难的时候帮忙，照顾病人，给饥饿的人饭吃，给口渴的人水喝，在饥饿的时候与人分享一块又干又硬的面包，这些每个人终归都能学会。无可辩驳，科学不简单，有的人可能到死都稀里糊涂，弄不明白它，就像高等数学教程或相对论之于我，但是，只要有愿望，有强烈的愿望，科学完全是可以弄明白的。爱自己的孩子、妻子、母亲、父亲、亲戚、老乡、朋友，这些都是可能的，也是可以做到的。爱邻居、小猫、笼子中的鹦鹉、云杉、云彩、天空、有轨电车，这也是可能的。这样的爱是美好的，而且充满崇高意义和美丽，不需要特别的努力。假使你不想去爱一只猫，而努力去恨它，那你还是无能为力。如科学家所言，这种爱的能力是我们基因里就有的。可是，爱上自己——这的确是个难题。有的人可以爱鳄鱼，与这个极端可憎的怪物同眠，却不能爱上自己。少数爱自己的幸运儿我见过。但这都是些什么样的人啊？所有的凡人对之都望尘莫及。他们是什么人呢？粗鲁、野蛮、吝啬、贪婪？完全不是，他们如此爱自己，不允许自己有任何过失。他们可曾把腿架到桌子上过？他们可曾在与人共餐的时候大声吧嗒嘴、用手抠嘴、不经允许就插别人的话？可否告过亲近人的密？可否在十字路口大声喊叫"我是天才？"完全没有。他们正派、文雅、善良，他们如此谦和、殷勤，以至于至今我还感到奇怪，事实上究竟有没有过他们这些人，还是这只是我的错觉？如果有过（对此我仍然深信不疑），那么大地是如何把他们留住的呢？

野蔷薇花开了又谢，雨后，美丽的花瓣飘落到地上。而野蔷薇毫不吝惜，它不假思索地丢弃自己的花瓣，但如果人们拥有这样的花瓣，他们永远也不会如此轻易地与之分离。他们会沉醉于其中，为它们写诗、谱浪漫曲，即使一片落花也会成为他们怀疑善良和真理的对象及世界毁灭、希望破灭的标志——他们会说："你看，美好的事物应该快乐地存在着，可它却要消失，生活多么冷酷、无情、不公正！"某个失败者马上就会抱怨时运不济，抱怨他被剥夺美、爱和自由，说他就像活在监狱里，世界就是充满了悲伤和耻辱的灾难之地，而孤坐片刻之后，看看，（他）会创造出自己独特的拯救世界的构想——谁又知道，此时会不会出现一个勇士、斗士，忽然想到去解决这个令人痛苦的、悲剧性的问题，并为之付出自己的天赋才能。而野蔷薇开花之后，它的果实和种子会灌浆、成熟。

走在柏油路上，然后走在潮湿的林间土路上，走在松针上，走在草地上，走在松塔和云杉的球果上，走着走着，忽然透过靴底感受到大地无比的柔情，你甚至会因此而战抖。于是，你想到，人们穿鞋不是为了抵御潮湿和恶劣天气，而是为了抵御大地那令人难以忍受的爱的潮涌。

我喜欢阳光灿烂的日子。经过漫长的冬天、秋天，你会非常渴望阳光，我们这里的太阳不调皮，只要太阳出来，生活就会显得十分美好。你会因这阳光灿烂的白天、因这太阳而战抖，仿佛你是最后一次见到它，因为它落下去就不会再出来了，就像在危重病人床前的感觉。阴天的时候，一切正好相反：没什么可担心、没什么可着急的，什么也不会离开你，即使离开了，也不可惜，因此你轻松、平静、愉快，你的心是喜悦的，你的头脑也紧张地工作着。我喜欢阴郁的日子。那么，我究竟喜欢什么样的日子呢？阳光灿烂的，还是阴郁的？既然没有太阳我活不下去，有了太阳我又过得很焦虑。

一些人在河边住了三天，现在已经走了。每次从他们身边经过的时候，我都能看见他们的帐篷，听见他们的欢声笑语，两个成年人是父亲和母亲，还有两个小男孩。父亲在篝火旁忙碌或者试图从河里钓鱼，母亲读书。孩子们则忙于孩子在森林里能干的所有事：他们跑来跑去，大喊大叫，爬树，在河里洗澡，晒太阳，捉蜻蜓和蝴蝶，或者，稍微安静下来，倾听森林的沙沙声。

他们住在河边的时候，我对他们没有特别的好感，也没有被那田园诗般的画面感动。我心里说，这难道就是大自然怀抱里的模范家庭？当孩子们特别大声地喊叫或爬树时，我甚至有点恼怒，很想过去呵斥他们或者向他们的父母告状。我想向他们说出我的不满，责怪他们火点得太亮或者别的什么，我完全有理由这样做。但是，内心的激动情绪过后，在心里把自己认为该对他们说的也都说过之后，我还是悄悄地回家了。

现在他们不在这里了，我觉得很难过。我来到他们的帐篷所在的地方。我看见短木桩的痕迹、燃烧过的篝火留下的木炭、被压倒的青草、女人坐在上面读书的松木桩、河岸上的小型浴场和孩子们留下的脚印、被扔掉的已经折断的柳条钓竿、孩子们爬过的枝叶繁茂的白桦树——我看见一整块森林，在这里他们度过了白天和黑夜，我很难过他们不在这里了。

我觉得，森林也习惯了他们，也在为离别而忧伤。树桩习惯了女人，白桦树习惯了孩子们，小河习惯了男人，因为树桩、白桦树、小河、草地，还有森林里的一切，对世间的一切都是那么友好。白云时常会飘来，又飘走，在小河上方停留最多不超过半分钟，可是已经深深印在它的心中，已经很难，有时竟不能从记忆中将其抹去，何况是在森林里生活过三天的人们呢！我觉得有点不公平，因为树桩、白桦、小河还在，而曾经和它们在一起的人却离开了。既然如此，树桩为谁而立？白桦为谁而长？小河为谁而流呢？我非常明白，无论是树桩，还是白桦和小河，都不仅是为了人而活着，甚至很可能，它们活着完全不是为了人，而是为了鸟儿、鱼儿和白云。比如，树桩为了啄木鸟而活着，它每年冬天都在树桩上面剥松子壳；白桦为了红胸鸲而活着，它偶尔会停留在白桦的高枝上；小河为了白云而活着，好让它们向远方漂流的时候在河里留下倩影。或许，它们都为了某种我们不知道的、不能理解的东西而活着；或许，它们为了自己而活着，但是，它们会想念人们，这我知道。

可能，当人们回到这里的时候，森林马上会表示不满，但他们一走，它又会难过。森林的性格是苛刻而多变的。

我只是暂时居住在这里，这令我不安。到时候我就要跟这些树、草和鸟儿告别，不知去向哪里。而我想永生。但是，倘若我感觉不到自己的结局，倘若我不明白我即将面临生离死别，我能否了解森林的全部美丽？我觉得不能。当然，永世、永远美好地生活，这也是一种沉重的负担，而活过一生却感觉不到它的短促，也很无趣。我同意不要永生。我非常清楚，我没有可以取代死亡恐惧和死亡本身的力量。据说，只有先理解了死亡，才能理解生命。因此，没有死亡怎能理解生命呢？如果我能长生不老，我未必能够感受到这森林之美。那样，对我来讲，森林可能很快就变得庸常、平凡甚至不便——因为潮湿、寒冷、泥泞及其他，我可能对森林憎恶多于喜爱，也会发现它的缺点多于优点，而最终完全抗拒它；我也将不生活在这一个、真正的森林里，而生活在另外一个假想的、臆造的森林里。

从我这里看不见的小鸟在松枝间飞来飞去，叽叽喳喳的叫声清脆得像玻璃高脚杯的碰撞。它们在松树上有什么事可做？我不知道。但是也可能是这样：在飞往南方之前，它们聚集成群，跳起圆圈舞，在秋天的告别舞会上尽情旋转。在一棵树上跳完之后，跳到另一棵树上，再到下一棵树上，唱遍每一棵树，飞遍每一棵树，因而变成这个样子。现在松树在做什么呢？它活在对这些鸟儿的回忆里。所以，在某一个寒冷的冬日，如果我或者别的什么人感觉到松树悄悄发出清脆的叮当声，那丝毫不足为奇。我很清楚它是从谁那里学会了这歌声。

我最不喜欢和鸟儿说话。这是轻浮的动物！你刚跟它说一句话，再看，它已经不在枝头，飞走了。你会怪它不严肃，因而住口不说，可它又回来了，好像你的话飞出去追上了它，把它拉了回来。可你已经忘了你想要说的话。趁你回忆的当口，它又飞走了，你站在那里犹豫着：回忆，还是不回忆？很简单的想法，却不能说出来。你会生自己的气，生全世界的气：跑什么？忙什么？停一停吧，再没有人要求你；听一听吧，人家恨不能飞向四面八方。不是这样。只要你放弃它，说："没有你我一样能行。"它就会对你纠缠不休，往你的眼前扑，似乎它就等着你张开嘴说出点什么睿智的话。它也会逃开，好像料到你会说蠢话或者不相信你能说出明智的话来。

我走进马林果树丛，里面已经空无一物，经过整个夏天，它已经被采浆果的人们翻得乱七八糟，弄得破烂不堪，几乎一颗果子都不剩了。但是，我还是找到了两颗小小的浆果，看来，这是我今年最早的、而如今已经是最后的果实了。放一颗在嘴里：尽管没吃出什么味道，但是想到我也有了收获，还是很开心。有人采了果子，都采走了，只留下一颗，说："如果有人跟着我来到这里，他也会有收获。"一想到这一点就让人特别高兴。也可能事情不是这样的，但是我不想去细究了，可能，他找遍了所有的树丛，采走了所有的浆果，连青果子也都摘下来放进了自己的桶里，只是没有发现这一颗。它自己保留了下来，为了我藏了起来。但是，我也不亏待别人：找到两颗果子，吃一颗，把另一颗留在树丛中。如果它没有变成种子，那就留给谁尝一尝——一个人，一只狐狸或兔子……

有时候，你夜里在森林里走，不是为了保护树木不被盗伐，而是为了看看天空，看看星星，确认一下它们是否还在原处。我非常清楚，从天空中划过并坠落的不是星星，而是陨石，在小学的时候老师就教育我：我之前千百万年星星如何闪耀，我死之后它们还将如何闪耀，从前它们怎样待在一个地方，以后也会永远那样待在那个地方，什么样的杠杆也撬不动它们。不论什么时候看天空，你总能找到那几颗星，而你的头顶上方，永远闪耀着北极星。尽管这道理是显而易见的，可当你半夜突然在床上醒来，你仍然会揉揉眼睛，摸索着穿上衣服、裤子，套上靴子，来到院子里。走两步你就到了林子里。一开始，四周一片黑暗，你不知道自己身在何处，上下左右的一切都融合在夜的黑暗之中。你迈步向前，却不知自己在走向何方，甚至连自己在迈步也浑然不觉。渐渐地，黑暗散去，你分辨出了灌木丛、树木、道路、石子,看见了天上的星星。然后,还有一件事情——不时向右看看:熟悉的那颗星星是否还在?没落到哪儿去吧?再向左看看:那颗呢?我亲爱的小星星,还完好无损吗?对于劳动者,护林员来讲,这不是为了数星星,而是为了确认它们还在。当你确定它们还在闪耀、还在发光,你内心会悄悄地感觉自己很重要,似乎是你生下了它们,或者发现了它们,或者挽救了它们于危难,因而它们对你充满感激,你骄傲地昂首挺胸,走得格外庄重,分明不像一个默默无闻的小护林员,而像一个英雄,一个功勋卓著的人。

无论如何,对于一个在森林中孤独生活、不能定期收到报纸和杂志、听不到收音机、看不到电视,也很少见到活人的人来说,即使只是知道所有的星星都完好无损地保留在原地,也是很重要的。

经常有这样的情况:你不知怎么喜欢上林中的一块地方,一心想到那里去,宁肯犯错,也不能错过它。这时,整个森林对你来讲都微不足道,你心里什么也没有,只有这块地方。有时,你在平静状态中仔细端详这个地方,自己问自己:"它究竟什么地方这么有意思?它吸引你的是什么?"你找不到答案。这里既没有摆满丰盛美食的餐桌,也没有热情好客的女主人,更没有方便一坐的凳子,有的只是别的地方一样有的那些树木、树干、树枝、草地、鲜花,以及在别的地方到处都一样的道路、小丘、隐藏在头顶的欧洲山杨后面的一角天空,但是一切又都不一样。它们当然与上述事物一样,但是又不一样。既然你对一个地方视而不见,而对另外一个地方情有独钟，那么，它们身上一定有一种特别的、不易觉察的东西。

昨天夜里，我从湖边回来，周围一片漆黑，伸手不见五指，和森林里不一样。于是，我突然哆嗦了一下，全身心都激动起来，就像嗅到了家的味道的马儿，马上领悟到自己正在经过心爱的地方。走过这个地方之后，我重又平静下来。

对我来讲，这样的地方并不多，但也不是绝无仅有的：在拐弯处，在山坡上，在河边，在三角塔旁边，在三叶草地边，在第二个拐弯处的松树旁都有。通常，这些地方即使在天气不好时也显得美好而舒适。毋庸讳言，这些地方我去得最多。出去巡查时，我不会错过它们，哪怕只是出去走走，我也还是会过去看看。如果由着我的性子来，那么我会只去那些地方，我不需要去别的林子。

我不能说我过分稳重，也不能说我太过放肆，但当别人求我什么事或邀请我去什么地方，我不会装模作样、扭扭捏捏，也不会把腿放到桌子上。总之，我没有任何特别的地方，我和所有人一样。确切地说，严格来讲，我的粗暴无礼、厚颜无耻是应该批评的，因为我会突然首先开口与陌生人攀谈，对一个小孩或姑娘挤眉弄眼，或者肆无忌惮地看她的眼睛。但有时我也突然会变得十分害羞，为自己感到难为情。

当我来到一个陌生的城市，我羞于向路人打听我要去的街道或房屋在哪里，这还不算太糟，这样的人不止我一个——我认识一个人，怕别人问他叫什么，因为他连自己的名字都忘了；还有一个人，因为不好意思提起自己而饿死了。但是，我有时会由于想到在林子里可能碰上喜鹊或乌鸦而惊慌失措，请相信这是非常正常的。但这也不是全部。我会羞于在小草和某一种花，譬如说蒲公英面前露面，因此，如果我出于职务的需要必须从一朵花前经过的话，在它面前我会一阵脸红，一阵脸白，浑身僵硬，就像姑娘在心爱的小伙子面前脸红心跳一样。那个时候我就不走，好像有人用钢丝把我拖住一样。我窘迫到内心里的粗鲁和无礼都被唤醒，于是，我会向那只乌鸦扔石子（幸好总是不能如愿击中它），肩膀会碰上某个灌木丛，要不就是揪下一片树叶，用手指揉搓它，把它放到嘴里咀嚼。我可能转身不去看那只从树丛中钻出来、只为向我表达敬意的松鼠，也可能抖掉落在我手上的蜻蜓，无视太阳或月亮。那时，我可能早晨走下台阶，一反常态，不向森林致以问候，而是用最令人难堪的话语责骂它，或者放肆地威胁它："来啊，抓我啊！你抓不住。"这一切初次看来或许并不算是特别严重的事情，不是什么危险的罪行，但它们却使我比杀人或抢劫更痛苦。

有时我不安静、大喊大叫，森林里天气也不好，我边走边听松涛的声音。如果我能有更多的空闲时间，我会做一件事——录下森林的声音并把它们汇集起来。我会录下松树和山杨的声音，我会录下帚石南和黑麦的声音，还会录下路边老云杉树和山谷里小溪的声音，还会录下小虫在叶子上爬过和风从光秃秃的小山杨林间吹过的声音。这些声音多么神奇！每一种都有自己的性格，每一个都有自己的特点！松树的声音自由、奔放，山杨的声音战抖而胆怯，似乎完全没有发出声，只是能够让人感觉到而已，白桦的声音永远不会与赤杨的声音混淆——白桦的声音响亮、悦耳、忧郁，赤杨的声音清脆如铁；如果两棵树——白桦和赤杨一起在山峰鸣响，那就好像两个女友见面，谈起自己的心上人，但是，两人中一个年轻、一个稍长，所以一个听取、一个传授。接骨木发出的声音，就好像一个醉汉回到家里，没有恶意地骂骂咧咧。可以根据梦境来区分树木的声音。梦见高贵奢华的场景，意味着你在睡梦中听到了松树的声音；山杨会带来令人焦虑的梦；白桦带来的是俏皮、柔媚的梦；柳树带来的是浓烈的、充满激情的梦；云杉带来的是阴郁的梦。但这也还不是全部。每一次同一株松树和山杨发出的声音都不同——今天松树发出山杨一样的声音，明天山杨发出松树一样的声音，有春天、冬天、夜间的声音，有早晨和晚上的声音，有年轻和苍老、健康和病态的声音，有善良、凶恶的声音，有甜腻的声音和硬朗的声音，有些声音使人忧伤，有些声音令人开心。

今天我去过森林，收集够了松树的声音，回到了家里，我心里就平静下来。

我走在林间小路上，鞋跟重重地敲打着地面，似乎地下都发出了共鸣。我很高兴我这样敲打地面，也可能不是我自己，而是我的鞋跟这么重地敲打地面，这既让人高兴，又令人不安：万一我打扰了谁，使之不能安睡呢？我试着轻点走路——没有效果。声音似乎是压低了，可还是很响。怎么回事？难道世界上只有我一个人？或者，我对身边人的利益漠不关心？又或者，我粗鲁、冷血，像个畜生，将会给别人带来不便？自己高兴，很好，但记得他人的痛苦也不错。我收敛了自己的喜悦，更加小心地走路，可是声音还是很响。我觉得，由于我鞋跟发出的声音，大地在战抖，人们从梦中醒来，在床上辗转反侧，并开始咒骂我："这是哪个白痴在那里不让人睡觉！"我踮起脚尖走路，像野兽一样悄悄前行，脚下的细小树枝一动不动，可是声音还是很响。结果就是这样：我的喜悦对别人有害。既然它对别人有害，那么它就不是我需要的。我停下脚步，站在原地，仔细倾听，我的脚步声却还是那么响亮。真是怪事！我不走路，就站在那里，却能听见自己的脚步声。只是这次不是我的鞋跟，而是我的心脏在敲打地面。我可以控制我的腿，却控制不了我的心。

有什么好高兴的？也没什么好高兴的。因为黑夜走了，白天来了。这理由似乎不充分，但是，对我来讲足够了。如果一个人秋天时来过森林，如果他深夜里在森林中艰难行走过，如果他在冷冷的黑暗中迎接过曙光，这个人，我想，他会理解我，不会批评我。

我决定去采一次蘑菇。夜里起身，走到长蘑菇的空地，等待黎明的到来，可是它没有来。走路的时候，身上就发热，一停下来，我就觉得冷，很冷。腿站累了，可也不想坐到地上，而且也没人在秋天时在地上坐着。虽然兔子屁股上长着毛，可它也往树墩上爬。想点燃篝火，可是没带火柴，而且也不该用火光把采蘑菇的人都吸引到蘑菇地来。我站在原地，转向东方，等待朝霞，可东方漆黑一片，伸手不见五指。睁大眼睛观看：朝霞马上就要出来了，应该出来了。可朝霞没有来。我不害怕野兽会袭击我或强盗会抢劫我，因为我们森林里的野兽不攻击人，在这样的夜里强盗自己都吓得牙齿打战，哪还敢来袭击我？我因为自己的愚蠢想法而感到害怕：我在等待朝霞，可朝霞不会来。那么会怎样呢？我想象得出自己在黑暗中回到家里的情景。家里没有煤油，没法点灯。行，就算到家了，接下来怎么办？我的痛苦只是一半的痛苦，别人的痛苦才是真正的痛苦。不知是该去安慰人们，告诉他们白天会到来，还是该着手干点什么，行动起来。可又该怎样行动呢：等待局里的指示，还是自己斗胆冒险？没有光明，过一天可以，过两天、三天也行，过一年、十年都可以，但这样过一辈子是我无法想象的。人就是这样的东西，哪怕只有一秒钟、短短的一瞬间，他也需要光明，需要太阳。

这样一想，我就觉得特别委屈，"好吧，朝霞，你走吧，走吧！"我小声说。就在这时，黑夜里似乎有什么东西战抖了一下，变成了碎片，——是夜战抖了一下，变成了碎片。于是，尽管东方还像从前一样黑，我还是感觉到了那里光的存在。我没往北看，没往南看，没往西看，我往东看，面向即将到来的白天，迎接它，因为只有面向白天站着，才能迎接它的到来。

我的恐惧消失了。这时朝霞也真正出现了。刚开始，黑色的天空变成蓝色，然后变成白色，然后变成深红色，接着太阳就出来了。你好，太阳！

我用苔藓和麻絮把小木屋的缝隙堵死，木板之间的缝隙非常大：冬天，当你醒来，脑袋上一夜之间已被吹起了一道雪檩子。工作很努力地完成了，现在我在驱赶小木屋里的山雀。这些可怜的小偷儿们从缝隙里往外拖苔藓和麻絮去筑自己的巢。只是我怎样才能对付得了它们呢？刚把它们从这边墙上赶出去，它们又在那边墙上忙碌起来。而最糟的是，它们不仅薅我今年夏天刚塞上的新麻絮，还薅去年的旧麻絮。

一大早我都在干什么？举着棍子绕着木屋跑，冲着小偷儿们喊叫，责骂它们，让它们感到羞愧。当然，它们根本没有良心，所以它们对我和我的话不予理睬。冬天我是不是会带着一头雪檩子睡觉，它们对此无动于衷。我想，这是因为在它们看来，我本来已经处于一种更加优越的地位：我既有围墙，又有地板，既有屋顶，又有窗户和炉子。你可能想，还有雪檩子呢！可是，首先，它不是整个冬天都有，而是只在暴风雪发作的时候才有；其次，它不是一整天都有，而是只在夜里才有；第三呢，有雪盖着还更温暖一些。"从这个家伙那里拿一两把苔藓和麻屑，他什么也不会损失。"——山雀是这样看问题的。当然，就像我们喜欢说的，严格意义上来讲，它们是对的，但这并不能让我心情放松。我很恼火，努力不让山雀进到木屋里来。首先，其次，再次，我不想顶着雪檩子睡觉，无论是暴风雪大作的时候，还是在夜里。第四，有雪盖着一点也不比平时暖和，甚至比没有它还冷。况且，在暴风雪中让耳朵对着寒气逼人的缝隙，这有什么好让人高兴的？

我跑着，对山雀喊叫着，我的脸无比狰狞，我的样子足以阻挡敌人的部队。我拼命地与山雀战斗，但这一切都无济于事。我知道，胜利不属于我。不管我如何努力，山雀都会占上风，薅掉缝隙里的麻絮，而我，不得不像去年冬天一样，僵卧在木屋里，脑袋上顶着雪檩子。

似乎，什么都不能使我惊异。我见过野兽，见过人的生与死。事件越是不同寻常，我对待它的态度越是平静，好像它们想以自己的不同寻常迷惑我，让我惊异，但我不向它们投降。有时我见证或参与一些事件，结果，过一段时间之后我会惊慌失措地问自己："这有必要吗？""这确实在我身上发生过吗？"同时，在事件进行之时也没有任何特殊的触动和感觉发生。一个人一旦习惯了一切，他就能够承受一切：包括死亡、新生、饥饿、战争以及地狱般的煎熬。哪怕明天别人毁掉、砍光我的森林，我也会平静对待。生活中什么样的事情不会发生？杀人或自杀的事情不也经常发生吗？

但是，直至今日，有些东西还是令我感到惊异，那就是：冬去春来，树叶生发，太阳沿着天空滚下自己的金球，夜莺在赤杨丛中歌唱，雨丝飘洒，树叶飘零，雪莲绽放，闷热的夜里青蛙在沼泽地里呻吟，白天和黑夜总是如期而至、从不忘记，无论有怎样的悲哀、痛苦、创伤，人都在奋斗和前进中活着，不灰心、不气馁，因此这个世界才屹立千年并将一直屹立下去，小河在露珠晶莹的草地上流淌、九曲回肠，可以在早晨醒来、在夜晚睡去，可以吃一捧野草莓果、在松树下面找到白蘑菇，可以在路上行走、在草地上躺卧、在清泉边喝水。天空的湛蓝、溪流的潺潺、红胸鸰的歌唱、草地的碧绿和高山的巍峨永远都会令我惊异，我永远也不能厌倦欣赏和观看雄伟的森林。

我在大麻秆上坐着并惊异于自己的了不起：在大麻秆上坐着也能觉得惊奇。可这难道不令人惊奇吗？

我在一棵松树边站一会儿，摸摸它，又在另一棵松树边站一会儿，摸摸它。然后我想到，我触摸了它们，这样我就给它们注入了活力。但确切地说，正相反：是它们给了我而不是我给了它们力量，是我在从它们那里索取。我索取了，秋天就在这时到来，它们也在这时睡去。当然，我要泄露一个秘密，虽然我没有任何理由扩散它，不过我还是要说——如果有人生病了、受了委屈、心灰意冷，那就让他到森林里来。不是为了呼吸一下新鲜空气，尽管有这一点已经不错了；也不是为了向树枝抛洒自己的忧伤，尽管通常情况总是这样；也不是为了忘记自我、与大自然融为一体、感受它的美丽等，而是为了触摸一下繁茂的松树，从它的身上吸取力量。松树越高、越绿，它能给的就越多。我不止一次尝试过这样做，每次我的悲伤都消失得无影无踪。这里有一点很重要：别过分。凡事都有个度。摸摸一两棵松树就够了，赶紧走开，回家去。你完全没有必要摸遍所有的松树、亲近所有的松树。否则，能量会过度爆发，这力量可能会使你崩溃。

如果在路上、在森林里我突然心情糟糕，是那种无路可退的感觉，它不会随着前进的每一步或每一个新的美景而消散，那么，无论是四季常青的稀有松树的绿树冠，还是云杉林遥远的边际；无论是河边草丛中枯萎的杂草，还是山谷里圆盘一样弥漫的灰蓝色迷雾；无论是早晚及夜间的天光，还是白桦树后面绯红色的太阳球，都不能使我欣喜。尽管在其他时刻和场合，仅仅绯红色的太阳球就能以自己的美让人起死回生，而且我也不能像平时一样，向树枝间挥洒我的哀愁，可是必须这样，因为内心有这个愿望和需求——那么我做什么呢？什么也不做。我来个180°大转弯，然后就往那个方向走，于是，糟糕的心情便消失得无影无踪。比如，向北，往河边走。我觉得不好。转向南，面对的还是那些同样的自然画面，同样的松树，同样的林缘、迷雾、天空、花朵，可感觉已经不一样。向河边走时看见的那些画面没能让我开心，而这些让我开心。于是，你就会想：大自然中的一切都似乎只有一个，又似乎有两个。有一棵松树，它同时又是两棵松树：一棵不让你开心，一棵让你高兴。这时很有用的是弄清楚你走的方向：是走向让你高兴的，还是走向让你痛苦的。在我看来，这里包含着全部的生活经验：知道你走的方向，并且善于转弯。人们常常不仅不知道这一点，而且固执地认为，如果是一棵松树，就不可能有两棵，如果有两棵松树，就不可能是一棵。大错特错！

我钻进越橘丛里，想美美地吃上一顿浆果。越橘树很稀疏，果子也少，这儿、那儿地挂着一两颗红色的果实——硕果累累的时候已经过去了，森林里变得空空荡荡。我在拣剩。把几颗浆果扔进嘴里后，我感觉到越橘丛中不止我自己，我身边还有一个动物。仔细观瞧，为了不惊动它，我没有咀嚼果子，而是把它完整地含在舌头上。我发现，原来是一只黑琴鸡在和我一起品尝越橘果。我想近一点看看它，弯着腰，迎面走了一步、两步——它一拍翅膀飞走了。我的好奇心永远是那么强烈，曾经多少次地抑制它却没有结果！在心里刚刚把它压下去，它却又钻了出来。曾经多少次说："你怎么总是管别人的闲事呢？坐着吃你的果子，心满意足得了。"这样不行，一下子就把鸟儿吓跑了，剥夺了人家的午餐。本想踏踏实实地吃个浆果，可这下胃口全没了。而且很清楚，没人喜欢单独吃东西。要能像獾子那样坐着享受自己颌骨奏出的音乐就好了。其实本来是有快乐相伴大快朵颐的美好机会的。

有时你抬头仰望，会看见绿色的松针间露出一小块蓝天，就像一个小窗口，于是你一动不动地看着它。这样看它时，你的感觉很好，很平静，既想继续看下去，又急于离开。你知道，无论看多久，都看不够。对花儿也是一样，看一眼花朵，它的色彩、它的美丽就会使你激动，不是让你平静，而是让你不安。它的令人百看不厌不是因为美丽，而是因为它让你不安，不允许你看够它，你不可能一直忍它到底。你是深不可测的，它也像你一样，是无边无际的。最初，由于无知，在春天的时候我经常特意到河边去看花。站在矢车菊、三色堇和勿忘我上方看着它们，你心里会产生一种不安的感觉，一开始很弱，后来就变得无法忍受。看的时间越长，你就越强烈地想继续观看和逃离花朵。看五分钟左右，你的内心就会充满不安，就像在等待世界末日的来临或者处于弥留之际。如今，不知是我变得冷静，还是我太爱惜自己，无论如何，因为知道能够引起不安的花儿的力量，春天我不往田野里、草地上跑，不去欣赏鲜花。它们在我心里是存在的，但我努力不去看它们，我蜻蜓点水般、漫不经心地把眼光从它们身上掠过。这听上去很怪。结果是：我，一个护林员，拒绝了鲜花。结果就是这样。我没有拒绝它们，我很清楚地感觉到它们就在身边，我不去看它们，但我看得见每一朵花的开放，我喜欢它们，没有它们，就像没有整个森林，我无法生活。不过，观看它们、欣赏它们不是我力所能及的事情，不是我的事情。

  我能想象人们看见美女的面孔时那种奇异的、令人愉悦的不安，这就像我看见花儿的美丽面孔时的感觉。这种美使人多么振奋，又多么虚弱！让人多么痛苦！死亡，鲜血，卑鄙，高尚的自我牺牲，人身上一切神圣的，以及一切邪恶的东西，在这里都表露在外。

  我看中了第12林班一块阳光灿烂的林中空地，徜徉其间，仿佛在密林中迷了路，我在这里十分惬意、快乐。而这有什么可笑的呢？只要有地方，在三棵松树间迷路也不足为怪。岂止在三棵松树间，我至今仍经常在两棵松树间徘徊，每次都很难找到路。我有两棵这样的松树，在河边。只要一走近它们，我就坚信，我肯定会迷路。这里的地方我似乎都走遍了，路我也很熟悉，每一个树桩、每一丛灌木我都了解，每一棵小草都有记号，我不止一次、两次在这里逡巡。似乎，蒙上眼睛我也能摸索着走出去，其实不是这样，睁着眼睛都不行。在两棵树间走一走、躺一会儿、休息休息，又开始跑来跑去，想找路，却怎么也找不到。你一会儿觉得应该从这棵树出发，一会儿又觉得应该从另外一棵树出发。有人会说："他用意何在？难道是想说这个地方中了魔法？你看吧，到时候还得煞有介事地宣称有妖精呢！说只要有机会，它自己就会钻进来。"可我既不会说这地方中了魔法，更不会说有什么妖精，因为我对此一无所知。森林里有没有妖精？没有吗？那么，为什么走不出这两棵可恶的松树？可为什么你非要走出来，是因为它们中的一棵在引诱你、另一棵在呼唤你，而你却难以取舍？

当你说出"秋天"这个词的时候，你已经在期待它了。秋天是什么样子的呢？太阳会变低，黄叶会从白桦树上滑落，夜晚会变冷、变暗，蜘蛛网会在田野和草地上飘荡，人们会看到秋天的乌云，会开始下雨，而且持续一两周不停。鲜花不再怒放，鸟儿不再高唱，蕨类开始枯萎，最后一批肉汤蘑菇露出地面：有乳姑、桩菇、油口蘑，还有红乳姑；在那里，树丛中，保留着最后一点点黑越橘果；在那里，大路边，仍泛着绿色的树丛中闪烁着红色的马林果；在那里，越橘丛中，还挂着被遗忘了的果实。黎明时分空气清新，太阳只在中午时分才晒得发热，地上的潮气总在上升，菜园里的土已经翻整过，田野里的粮食也收割完毕，白天变短，黑夜变长——一切似乎都在表明秋天的来临，可是，它在哪里呢？秋天没来，一如从前。看看草地，蒲公英还在开花，尽管已不如春天时意气风发，但仍然在阳光下泛黄。毛茛、金丝桃、野蔷薇、三叶草、甘菊绽放着夏天的颜色。走进森林，森林里的树也是绿色的。无论是林间，还是野外，周围是满眼的绿，你看不见黄色，秋天的黄色，它也确实还没有到来。正午时分，走在森林中，你会热得打开衬衫的领子，阳光耀眼，河水闪亮，蝴蝶飞舞——大自然继续着夏日的盛宴，不会急于结束它。

那么，我为什么说起"秋天"呢？昨天，我去查看了蚂蚁窝，走近其中的一个——外面没有蚂蚁，都藏到里面去了。第二个、第三个蚂蚁窝里也都没有了生气，只是在不知是第十个、还是第二十个蚂蚁窝边，太阳曝晒最强，还有一些蚂蚁奄奄一息。我用手摸了摸蚂蚁窝，它就像废弃的木房里的炉子：已经冷却，不冒热气，没有火光，也没有烟。夏日的生机离开了，马上就要进入地里、藏在树木的叶芽里不出来了。

中午。中午城里放炮。我离城市很远，我听不见大炮的轰鸣，但是，我能准确地判断出中午的来临，一点不比城里的大炮差。乌鸦暂时停止林中的不倦飞旋，落到木屋对面的松树上小憩一会儿，山雀飞到窗边来看我——我还活着，没有死，为什么我不到外面去？——微风轻轻摇动松树的树梢，一只苍蝇从打开的窗户飞进来。还有上百种其他的迹象，我可以根据它们判断时间是中午时分。中午，我身上，我的内心里，好似有什么东西在发芽，就像大炮在发射。即使你们蒙上我的眼睛，我也能告诉你们什么时候是中午。森林里的中午是很容易判断的。早晨，黎明时分，森林看上去年轻、健康，它不知道自己有多强壮；晚上，它变得沉重而疲惫；但在中午，在它的巅峰时刻，它知道自己经历了什么和还要经历什么，它似乎身前有两个手掌，就像我的一样，一个是左手，一个是右手，这两只手我都有，两个我都能看见。早晨，森林很美丽，像童年、像青春，像少男、少女一样美丽。晚上，它像一位老人。中午，它风华正茂、精力充沛、容光焕发，它像个大人物，不同凡响。中午时分，似乎不是天上的太阳在发光，而是森林在发光，如果真的是这样，那也没什么好奇怪的：树叶在发光，草地在发光，河流、湖泊里的水也在发光，道路在闪光，土里的玻璃碎片或磨光的石子闪闪发光，空气在发光，黑色的大地母亲在发光。中午到森林里来吧，它不会让你难过的，它会让后生知愁，让老者安心。

当我在森林里迎接中午，我就学会森林的坚定，变得无比自信，我也接受它的光亮，变得容光焕发，我觉得我如此强烈而不合时宜地放射着光芒，以至于害怕对别人造成伤害，因而避免和他们碰面。这时我变得傲慢庄严、举足轻重，我的每一声喷嚏与哈欠都充满了意义。这时我如此重要，以至于我觉得自己并不存在，不想屈尊降至存在的境地。短暂的瞬间似乎也在飞逝，太阳在天空滑行，水在河里流动，自然界中有什么东西在消失，有什么东西在诞生，有人的生命在缩短、在改变，只有我一个人不动、不变。我像个巨人，张开两腿站立，我既无法抬起左腿，也无法抬起右腿。

白昼的正午是美好的，森林的正午也是美好的。但我们谈论的是哪个正午呢？已近黄昏，外面是秋天，下着雨，潮湿，黑暗，枯萎的小草被淋湿，还有喜鹊在雨中叽叽喳喳叫。

阳光灿烂时我坐在幽静之处，阴影之中，在高处坐着很凉爽，我吸入秋天的气息。先是吸入秋天的白桦，之后是山杨和赤杨，然后是坚忍不拔、永不凋谢的三叶草。三叶草之后，我在河边采集了苔草的、孤独坠落的白桦叶的、正在变黄的成对铃兰叶的气息。可枯黄的甘菊、暗淡了的柳兰、沼泽里的酸果、不像夏天一样被太阳炙烤得软弱无力的松树呢？它们的气息怎么办？要不当作没用的东西扔掉？似乎不太好。有什么办法呢？它们会说："你爱惜山杨和赤杨，却嫌弃我们？"勉强收了它们，却又来了新的气息：一株老蒲公英，一棵小椴树，蕨菜，秋天最后的蘑菇。那土地的气息怎么办呢？河流、沙岸、沼泽、天空和森林的气息呢？"停一停，"我说，"这么多我吸收不了。我往哪里放你们，我又不是胶皮的！"可它们怎么会征求你的意见呢？直接钻进你的鼻子，让你不安，让你舒畅，让你激动，让你惬意——气息很厚重，像干土，很轻盈，像蛛网，像羽毛。一种轻飘飘地飞来，仿佛没有它；另一种厚重得像一块肥肉，你一下子吃不掉它。在享受之前，你得尽情地劳动，咀嚼，咀嚼，直到下巴动不了，牙齿断掉。不知道别人怎样，对我来讲吸入大地的气息不是个轻巧活。有时候甚至觉得，在采伐区挥斧干一整天活也比这样坐在幽静处享受气息好。

但也不能总是放纵自己，干轻松的活。你还热血沸腾、年轻力壮，正是接受苦难的洗礼、在生活之火中熔炼的好时候。"少壮不努力，老大徒伤悲。"不，我们不是懒蛋，也不是胆小鬼，我们不害怕沉重的工作，因此也不逃避、不躲避它们，只是放下斧头，离开采伐区，坐在幽静的地方、太阳晒热的地方倾听秋天的呼吸已而。秋天的气息在森林中回荡，像冒失的野兽，在草地上和树叶间东张西望，集体隐藏、停歇、消融在白日的热锅中。用力去嗅——这一锅香气四溢的热汤在火上咕嘟咕嘟地响，芳香扑鼻。世界上再没有比感受秋的气息更令人惬意的事情了。

一个人从来都不孤独。他的生活总是有所陪伴：风、妻子、儿女、奶奶、蒲公英、天空、邻居、整个人类。这取决于在他身旁的是什么人和什么事物，而他又善于接受谁。有的人非常高兴与森林同住，对邻居不是不能接受，而是当作死敌，只要这个邻居来做客或在一定距离内出现，打斗就不可避免；有的人只要有蜘蛛相伴就足够了，即使它在角落里结张网，他看见蜘蛛也会开心。此外，他别无所求；而有的人，你得给他整个世界，全人类，小了他不干。一个人即使独处时，也不是一个人，他总是二人相伴，要不就是三人。从一个人那里剥夺天空、森林、邻居、小鸟、动物，不让他与鲜花和女人打交道，用无形的墙将他与太阳、月亮、星星、风儿隔离开来，把他扔到一个可能只有他一个人受苦的荒远之地，那他也仍然不是一个人，而是二人相伴，不是与荒远相伴，就是与自己相伴。人就是这样的——对于他来讲孤独是不存在的。

既然松树几年一换叶，今年就是为它们而来的。松树的针叶，后面最边上的，已经变黄，风稍稍一吹就会纷纷落下来。走到一棵松树下，一呼一吸，松针就往下掉。森林里，道路上，撒满了落地的松针。而且，不可能有任何一个地方只有一根松针，它们总是两两相伴。

这个世界上的一切都是成对生活的：一棵树与另外一棵树，丈夫与妻子，母亲与孩子，一片森林与另一片森林，天空与大地，孤家寡人与整个宇宙。

走了几公里，应该继续往前走，可双腿却迈向树桩。坐下来，觉得好像还在向前走，而不觉得自己在坐着。我在树桩上坐好，坐正，还是没有那种坐着而不是走着的感觉。抬头看看天，看看树叶，举目四望，东瞧瞧，西看看，在地上拾起一根松针，在手上转来转去，把它揉碎，可我还是觉得我在路上，在走向森林深处。这是一种很奇怪的状态：你坐着，可你觉得你脚下的路在延伸。但是，这又有什么奇怪的呢，如果它总是发生在我身上，像家常便饭一样，你怎能对它浑然不觉？进入这种状态很容易，从中走出来却很难。这时，我已走到拐弯处，又消失在拐弯处，经过了山杨林，经过了帚石楠丛，经过了云杉树，到这里离小溪已经不远了——你看，我今天一步没迈，却已经一路小跑着走完了整个巡查路线。但想想这样走路累不着也不错。我精神紧张，阻止自己，刹车，可马力加得太足，速度很快，还是下坡路，根本停不下来。但是，速度在慢慢下降，有时两边的大树和灌木像在火车车窗外一样闪过，这时运动开始变慢，运行得越来越平稳。最后，终于完全停下来。此时我方才得到满足，因为我坐着，而且是真正地意识到自己坐着，而重要的是，我明白了对于一个疲惫的人来讲，坐着意味着什么。我必须说，在森林中的树桩上坐上那么五至十分钟是多么幸福，你再也想不出比这更好的事情了！

在行走中，森林是另外一种样子。你在走，森林在你的前方，像马儿一样飞奔。你坐下来，世界立即一片寂静，一切都停止了活动，连永远在天空中奔跑的太阳也停下了脚步。那么，最好应该怎样看待一个物体，当它奔跑还是静止不动？当它奔跑时，你会看见什么？胳膊或双腿的晃动，如果你能看见它们的话。我看得见地上爬的一只蚂蚁，看得见脚边的一棵小草，我发现了一朵以前走路时没见过的花、长满苔藓的松树树干，我看见了花上落着的一只蝴蝶，看见一只细长腿的蜘蛛迈着小碎步回家去。我坐在那里，仿佛沉沉睡去，仿佛潜入大海，从坐姿中寻找最大的益处和满足：有时把左腿放在右腿上，保持这种姿势坐一会儿，有时把右腿放在左腿上，有时把胳膊肘放在膝盖上。我在想什么？什么也没想。早上我想到过盗伐者，想到过天气，还想过今天午饭煮什么吃。斜眼看一下太阳，它已经西沉。太阳已经上路，说明我也在路上了。太阳也是时间，我坐得太久了。我站起身来，抖了一下身子，用手驱动血管中瘀滞的血液，吹响行军号，继续前进，留下蚂蚁、蜘蛛、蝴蝶、长满苔藓的松树树干和花朵跟树桩在一起。树木又开始在眼前闪动，就像转动的车轮上的辐条。我走着。

之前有太阳，但现在天穹被撕破，下雨了。最低的云彩在下面涌动，看来，雨就是它们带来的。稍高处还有云，它们飘动得慢些。底层的云彩是黑色的，稍高的那些颜色浅一点。而在这些浅色云彩的上方还有云彩，完全是白色的，明亮的，纯净的，像雪。在这些云彩的上方是蓝色的天。底层的云彩出来时，天就变暗，雨点敲打着房顶，黑云散去，就会出现白云，天空变得很亮，这些云彩也散开之后，天空会变得更亮，最上层的云彩散开之后，会露出一片蓝色的天。但是，云彩太多了，它们成了三层，根本看不见天空。倘若现在云彩各就各位，流下雨的泪水，之后太阳就会出来。不过，这谁知道呢？或许，现在云彩心情悲伤，一个星期也无法平复。不管怎么说，外面都已经是秋天了，秋天的云对眼泪是很敏感的，这无可指摘。它们有时候也需要尽情地哭泣！

它们并不妨碍我。在森林里走路很湿？那我穿上雨衣。我的雨衣它不透水，很肥大，长及脚踝，有帽子，是一个认识的海军送给我的。当我穿上它，系上细腰带，我看上去就像个僧人。脚底下潮？我会穿上皮靴。皮靴透水，但这没什么，现在不是冬天，我冻不坏。雨水会把路冲坏？那样在森林里出没的盗伐者就会减少。房顶会漏水？我会爬上去把它修好。雨对我来讲并不可怕，只要它愿意，就让它下吧。只有一点让我难受。我发现，我只能平静地接受连续下一个月的雨。如果它多下一天，我的心情就开始变糟，眼里流泪，我会哭泣，像个女人。而哪个男人喜欢这个呢？

为了冬季的砍伐，我给树木做过记号，当时走到一棵熟悉的松树前，我特别不喜欢它。树干是弯的，树枝是粗的，树身还不高，我觉得它像个非常难看的丑八怪（可之前没有这样的感觉），于是我想到：我越爱森林，就越觉得它糟糕，就越能发现它的缺点；而它之所以不好，并不是因为它本身不好，而是因为我爱它，而我对它的爱越强烈，发现它的缺点就越多；我的爱不仅使它变得美丽，同时也使它变得丑陋。

我开始回忆我在森林里感觉不好的情形。在那里我迷了路，很久找不到方向，自顾不暇的森林、松树能帮我什么忙吗？什么忙也帮不上。它们反而使我更糊涂，将我引向密林深处。在那里，冬天时我竟然被油锯锯了一下腿，为了不弄脏伤口，我采用老方法，用尿液冲洗它，然后就那样一瘸一拐地向护林所走去。有什么办法呢？在那里我还曾陷入春天的沼泽地，受了凉，在医院里躺了一个半月……有必要历数森林没有展示出自己好的一面的所有事件吗？心情好的时候，我眼里的森林是美好的，我会说，它美丽，它善良，它漂亮。可它也有不好的时候，对你的请求置若罔闻，那时它身上就没有任何的美了。大树美女和勇士，高尚的君子和仁慈的女子啊，你们在哪里？

当我带着不满和批判的态度看待松树、认为它丑陋时，当我测量树干、在其上面打上记号时，当我判它被砍伐时，我用手掌抚摩它粗糙的树皮，用肩膀靠着它，更加仔细地端详它，我发现它的树干也不那么弯了，甚至很挺拔，它的树枝也不粗了，它自己也足够高了，而且还散发出一种高贵的精神。它的样子不仅不让人心里难过，反而令人振奋和欣喜。这时，我想起了森林救我于危难的很多情景，但是关于这个可说的太多太多，我只好不说了。

我问自己：我的林中生活的乐趣何在？在于劳动和工作？在于不满足？在于努力和困苦？奇怪的是，我为什么要给自己提这样的问题？我为什么要了解这些？似乎，只要了解了，我就会获得永久的安宁。我确实会安宁：会沉沉睡去。但我现在不想沉睡，到时候我会睡的。但谁说你马上就会了解，然后睡去？首先还应该尝试着去了解。正因为你不了解，所以才找不到答案。答案总在出现，可都不对而且不同。即使只有一个答案出现，它也还是没有用。不适合。但是，既然找不到，为什么还要去找？可是还能做什么呢，如果外面下雨，就不可能出去？如果炉子上方的铁丝上烤着湿衣服，那我就打开烤箱门取出食物，在炉边取暖？如果昨天、今天都下了雨，而眼前又是用睡眠打发不了的漫漫长夜，你能知道下一个早晨是什么样？

山雀的黄色羽毛从外面飞进木屋，落入地上的一个角落。有几天的时间，我没有发现它，确切地说，是没有注意，可现在我看见了它。我明白，这是山雀送给我的礼物，应该把羽毛捡起来放在桌子上，最好是放到带天鹅绒垫子的小盒子里，小盒子应该放到保险箱里，保险箱应该放到银行里，银行附近应该设置哨兵把守，防止羽毛被盗。此外，我还应该每天早晨不再首先感谢太阳带来光明，而是赞美山雀带来的非凡礼物。我应该因它的慷慨大方而惶恐，觉得自己欠下了无法偿还的债。

我能够感知到鸟儿对我，一个卑微的小人物的无比慷慨，我懂得命运让我对这根羽毛的未来担负什么样的责任，但是，我一动都不会不动的，不会去把那根羽毛从地上捡起来，更不会去感激它，并将终生做一个这样忘恩负义的人。就让它在肮脏的地板上躺着吧，直到白桦树枝做的扫帚把它扫到一个更僻静的地方，或者将它扫得无影无踪。它命该如此。

厌倦了森林，我回到自己的住处。我观察自己：如何吃饭、睡觉、打哈欠，怎样对待太阳、月亮、小河——看它们使我开心，还是痛苦？我厌倦了森林，这时它不能令我振奋。我开始自己激励自己，不是因为我让自己开心，而是因为我看着我自己、并且能看见我自己，可我看不见森林。但是我觉得，我似乎有点不对。我曾经说过，我与森林是一体的。为何现在我把我们分开了呢？不能合二为一了吗？为何谈到森林时，不能同时谈起自己？谈到自己时，不能同时谈起森林？或许，我同时谈起了另一个，但是自我感觉没有谈到？

当我望着森林的时候，世界不是我眼前的森林，不是世界、不是秋天、不是松树、不是天空中的太阳、不是云彩，也不是路边的水洼、不是树上的乌鸦、不是消失的草地、不是繁星满天的夜晚、不是花楸树。它是我自己以及我的烦恼、喜悦、疑虑，我的爱恨、疲惫、欲望、激情，我的痛苦、绝望、自信。我的烦恼在路上跳跃，我的思绪在花楸树枝上栖息，我的疑虑像乌云一样奔涌。当我审视我自己，发现自己思绪万千时，我发现的并不是我自己，而是森林、世界、秋天。我看见的是山冈上的草地、树木、刺柏丛，是帚石楠树、云中的月亮、风中的树叶，是水洼、奔跑的野兔、秋日的蒲公英、松鼠。

夜。木屋里很暗，外面也很暗。我从梦中醒来，从床上坐起来，把一双赤脚垂到地上。我很冷。我望向窗户应该在的地方，希望在那里，窗外，看见光亮，但我什么也没看出来。木屋里静悄悄的，没有任何声息：合页破旧的门没有吱呀作响，老鼠没有吱吱叫，阁楼上锯末里的甲虫也不会发出窸窣声。不想睡，但是也不敢到森林里、到黑暗中去。我不怕黑，可是有什么理由让我在此刻跌跌撞撞地到密林里去游荡呢？现在别人看见我肯定觉得我很蠢：一个大男人坐在床上，没穿外衣，光着脚，眼神空洞。但是，不想坐着的愿望战胜了我。我穿上衣服，来到外面的台阶上。

无论夜多么暗，它永远也不是黑的，夜里总有什么东西会发光，总有什么光亮散播开来：这是否是远方星星的光亮？那颗星星遥远得让我们看不见；这是否是腐烂的树桩边萤火虫发出的光？昨日的太阳那无形的、迷路的光线？自己眼睛的光芒？我真想自己是一头野兽，在夜间觅食，在原野里奔跑，比如猞猁，比如野兔，比如捕鼠能手狐狸。可我既不是野兔，也不是狐狸，在夜间的松林里我无事可做。这样的夜里所有人都在沉睡，足有一半的人在沉睡，我的盗伐者们也在沉睡。我想确定一下，巡查地是否完好无损？但是，这情况我本来就知道。我最后一次巡查它是几个小时前，夜里不会什么鳄鱼和蛇妖把它吞掉、拖走。我想确定一下，夜是否黑得伸手不见五指？但是，要想确定这个，需要在森林里漫步。我想看一看乌鸦白天落过的那棵松树？但是，在这样的黑暗中分辨不出松树来。那我还去干什么？什么目的？我不知道。什么原因？我不知道。因为对我来讲夜是沉重的，我想让它快点结束，于是我向东走，去接近黎明。但是，我距黎明能有多近？一公里，两公里，五公里？距离似乎不太远，而且，一想到通过我双腿的努力、通过走路能加速朝霞的到来，我就心满意足。

中午。光明、响亮的中午，我曾非常期待它，它全身通亮，似乎没有任何一个地方是光亮渗透不到的，除非你去挖地，只有在地底下才能找到那样的地方。早晨有雾，很冷。那时我想，中午会来临，低低的秋阳会变热，这样会很好。中午来临了，太阳变热了，的确变好了，只是这好中没有任何特别的东西，至少我没有发现。甚至相反，还变得有点不好，令人不安。不知是因为外面好而心里变得不好，还是因为别的什么，反正我没有感受到中午带来的满足。

我已经在想："马上就要晚上了，到时候我们再看。"或者："明天早上马上就要到来了，到时候我们再看，再看。"当然，晚上会来，明天早晨也会来，但是，我干吗在中午想晚上或明天早上？倘若我没有期待过今天中午，倘若它灰暗、刮风、阴郁、糟糕，那就是另外一回事了。但是，它很美好，秋天很少碰到这样的中午——为它欢欣鼓舞吧！我想要一个黑暗的、威严的、可怕的黑夜。不，我想要明亮的、开心的白天和中午。但是，它在，就在这里。它在，可我想要的不是这个，而是另外一个更美好的中午。

一个最常见但是我们最难以察觉的白天。这一天没有任何出色和引人注目的地方，没有阳光闪耀，没有天空湛蓝，也没有狂风驱赶着空中的乌云，是一个灰蒙蒙的白天，你不可能期待它带给你什么惊喜，它也不愿意给你提供什么。不过，它表现出一种无聊的、平常的现象，令人不满。可又有谁在什么时候对灰暗的事物、乏味的白天满意过呢？只有一个打算上床睡觉的人才能有这样的感觉。他心安理得地上床，甜蜜地睡去。有些人证实，在灰暗的白天睡觉比夜里还香。但是，我不同意他的意见，还是夜里睡得香。这是我通过亲身经历证实的：有时候我只在白天睡觉，然后只在夜里睡觉，然后白天、夜里都睡。只在白天或只在夜里睡觉的时候，一点区别也没有。也许有，但是不太明显，不能引起注意，就是说，白天睡觉自然好些，因为夜里在任何条件下你都能睡够。可如果白天、夜里连着睡，这时区别就明显了。夜里睡得好，你对夜晚没有任何抱怨，而白天睡觉就开始混乱，你睡眠过多，睡不安稳。有时阳光钻进被子里把你弄醒，有时微风从窗口吹进来，有时一只蚊子飞进来（去它的，让它咬吧），有时来个邻居，只为告诉你现在天气是下雨，好像你自己不知道似的，好像你没长眼睛、没长耳朵，你什么也看不见、什么也听不见似的。你一边睡觉一边担心：说不定马上阳光就会照到你身上，邻居会啪的一声推门进来，场长会开着车到来。你看，在这种焦虑之中怎么可能有以前那样好的、安宁的、夜间的睡眠？夜里谁会进屋？谁会来找你？哪会有太阳出现？即使大炮在耳边轰响，你也听不见。没有邻居，也没有领导。除非你自己起身要看看今天的日期和时间。

醒来，起身，环顾四周，什么也没看清，于是躺下来侧身睡。

我认识一个人。为了证明人可以在森林里生活，他来到森林里生活，在那里间断地住了两年时间。我羡慕如此目标明确的天性，但是我很奇怪，一个因为要证明在森林里可以生活而来到森林的人、一个想要证明一件无须证明的事情的人，能够得出什么结论？最好他能证明，没有森林也能活下去。那么，我就要祝贺他取得胜利，说他真正建立了伟大的功勋。

一个人在森林里住上一两年不是什么大问题。无可争议，在森林里生活不容易，这种生活中有自己的困难之处，但倘若与森林消失、一棵树都不剩比起来，这困难要小得多。顺便说一下，将来人们有可能体验这样的经历。

不过，我还是和这个熟人很亲近。他是个勇敢的人，心态很年轻。而主要的是，他在森林里生活了两年。我觉得，在森林里生活超过一天的人就可以认为自己与众不同，因为他们从森林那里得到了一些东西。这样的人你总是能够一眼就看出来。他们具有勇敢的心、清醒的头脑、坚定而轻盈的步态、明确的思维。他们永远不会死去。

夜里下雨了。我醒来过，不知是由于雨声，还是由于自己的不安思绪，虽然我根本没料到会有这样的思绪，但我放任它们的存在，醒来后我听听雨声，然后又重新睡去。

早晨没有雨，但是水滴从树叶上落下来又落到树叶上，落到下面的树叶上，发出滴答声。面对着阳光和白天，树叶急于抖搂身上雨水的沉重。地上有水洼，举目四望——所有的树，所有的树叶都缀满水珠。水珠排成排，就像秋天枝头的小鸟：不想掉落，也不想飞到任何别的地方去。有什么办法？我看着水珠，心想："可怜的树啊，你们是在流淌苦涩的泪水吗？是不是应该同情你们，不幸的孤儿们？"千万别这样。早晨是矫健的、朝气蓬勃的、清新的。在这样的早晨不可能痛哭和想不好的事情。即使它们在哭泣，那也是由于喜悦、由于早晨的清新而哭泣。不是有这样的说法：闪耀喜悦的泪花吧！现在，这样的泪花就在闪耀。

我说的是，我走出了家门。是离开了哪个家？我的家在哪里？是这间我日夜居住的、冷冰冰的旧木屋？根本不是。当然，木屋是我的家，这里有墙壁，有房顶，还有别的东西。但是，我还有另外一个家，一个不比这个家差的家。它的房顶是蓝天，它的墙壁是天涯，它的地板是大地。当一个人从一个家跑到另外一个家，隐身在木屋中，把它当作自己的家，而不去想真正的家，这很可笑。而事实上，这个真正的家是存在的，它矗立着，而且它终将永远矗立不倒。它为我们遮挡看不见的风雨，阻住严寒。谁敢夸口说知道这个家，知道它的窗户在哪里，它的房梁什么样，它的房顶用什么覆盖，它的台阶在什么地方？是谁在它里面有主人的感觉，能平静地点燃炉火，熬汤，坐在窗边、以手托脸看森林，上床休息？是谁清早跑到院子里，光着脚在湿漉漉的草地上走？是谁堵上墙壁木板间的缝隙、修理房顶并在秋天加固墙根周围的土台？是谁去森林里办事时做做样子地挂上一把破锁、留下一张纸条："我去巡逻了？"这个保卫森林的住户在哪里？我们怎么看不见他？我们看得见他，只是不想看见而已。"没有这个人，没有。"我们说。可是，有他这个人。

我的木屋很冷，如果不一早就把炉子点着，不去菜园翻地、劈木柴、割草、到井边打水，那么不到中午你就完全可能冻得直发抖。当我打算出去巡查，来到外面的台阶上，迈出前两步时，我总是觉得外面特别冷，我穿得太薄，需要回去多穿点。但我对自己说："走一圈就暖和了。"再走几步，冷的感觉没有减弱。于是你就责怪自己："森林里这么冷，你却差不多赤身光脚！"我走一段上坡路，是个小山丘。只要走到它跟前并爬到它顶上，我就开始感觉温暖，开始改变对天气的态度。之前我觉得冷，而现在，在这小山丘上，我觉得温暖。而且，我在森林中跑的时间越长，温热的感觉就越强烈，以至于冬天也似乎变成了夏天，真想脱下一些衣服挂在树枝上，免得它们碍事！

以前，当我在森林里遇见盗伐者时，我像个好斗的小公鸡一样，怒气冲冲地追赶他们。那时，我不明白我为什么要这样做。我曾以为，我是心疼森林，并把自己的愤怒解释为出于对森林的爱。即使现在我也没有放弃对森林的爱，生活在森林里，为它服务却与它敌对，成为它的累赘或对它漠不关心是很愚蠢的，但现在我想，在我爱的狂热之外还应该加上对飞奔的狂热，否则无法解释下面的现象：我没碰见盗伐者，没看见被盗伐的树木，可在路上我还是怒气冲冲，凶狠异常，像快腿的狗一样奔跑，而且大声地呵斥着看不见的，主要是不存在的敌人——盗伐者，威胁他们说要遭到可怕的惩罚和报复。这样的仇恨和愤怒来自何处呢？如果在这样的时刻我心中燃烧的只有爱，那么我就会像羔羊一样安静、温顺。既然没有任何东西打扰我，那么我会爱森林，想都不想盗伐者，我会边走边沉浸在美好的回忆中。谁喜欢发火和想坏事？显然，行走的速度和狂热提升了我的温度，这就是我怒气冲冲向前跑的原因。当然，也可以说是另外的原因，即我在森林里奔跑是为了取暖，而不是出于爱。但是可以说的原因太多了。

第二章

十月初,天却很温暖,似乎夏天又回来了,不仅白天有太阳的时候温暖,晚上、夜里、早晨也一样。每次我都对自己说:"看吧,今天是最后一个好天。"可第二天还是这样暖。因为阳光足、天气暖,树上的叶子不再变黄,一些树是黄色的,甚至是光秃秃的,而另一些树却是绿色的。看着它们,你不会想到秋天已经来临。但是,夏天,夏天还要持续多久?它已经让人厌倦了。应该下雨,应该是连雨天,你知道秋天来了,你习惯了它,于是你和夏天告别,勇敢地走向另一扇门。可现在你又得失望、焦急。这就像有的客人,他和你告别,走出屋外,把所有的话都说完了,可你刚进屋,他又回来了,忘了说一些事情,于是又继续你们的谈话,你和客人怎么也分不开。

我和夏天也是无法分开。我自己早就想和它分开了。尽管像任何一次分离一样,我的心里有着遗憾和惆怅,但我还是坚定地接受秋天。可夏天它不想和我分离,它用暖暖的雾气笼罩我,用白天明亮的阳光愉悦我,用温和的夜晚爱抚我,用微风诱惑我、抚摩我、讨好我,——不知是它不愿意和我分离,还是害怕我会忘了它,或者是不指望以后还能再相见。

早晨。我睁开眼睛，看到太阳正从森林后面升起。我躺在床上迎接它，面对着它。我抱怨它早早把我叫醒。我唉声叹气地翻身转向另一侧。我背对着太阳想："它不会因为我的无礼而生气吧？"我可以抱怨，但是为什么不去折断一根木棍，而要激怒或欺负太阳？万一它生气了，任性起来，因为我的古怪和怠慢而转过身去，致使早晨和白天消失，夜晚出现呢？这样的情景不能让我满意。尽管我不无愉快地度过了夜晚，高兴地压麻了自己的侧身，但是再次重复这个循环不是我所愿。睡吧，睡吧。诗人说得对，黑熊也会厌倦这个的！我决定在太阳面前不表现得太生硬，不把对它叫醒我的不满表现出来。但是，怎样才能做到这一点呢，如果转过身去背对它躺着是不礼貌的话？我趴着。稍稍转头，对着窗户向外看：太阳是不是生气地走开了？是不是落到森林后面去了？不，好像没走开，没落下，窗口和院子里的光没有减弱，没有消失，而是相反，变得强烈、有力。为了安全起见，我还是把整个脸都转过来对着太阳。其实，像刚开始那样躺着——全身对着太阳，身体更舒服些。我以为，转向太阳会对我不好，会破坏心情，因为被太阳弄醒的委屈和愤怒又会找上我，可转过身以后，我却没发现有什么不好。令我吃惊的是，恰恰相反，我竟然感觉非常好，面对太阳比背对太阳舒服得多。转身面对太阳并感受到这种喜悦之后，我想："我为什么要转身背向太阳？迁怒于太阳的原因是什么呢？"无论如何想不起来了。我痛苦地回忆了好久，就在已经绝望，认为再也想不起来的时候，忽然想起来了——因为太阳太早把我弄醒而生的气。举目四望：哪里还早？太阳已经在头顶上了，白天正当时，可我还在床上赖着，不想起来。我开始为自己辩解，说："昨天睡得晚了，巡查到半夜，为什么今天不多睡一会儿？"可我的辩解并不特别令我信服。我自己这样对自己说，可自己也不能接受这个说法。我决定安慰一下自己的良心，检查一下：我是否睡好了？可这该怎么办呢？再次入睡或起床？我从床上跳起来，在空中挥动两下手臂，膝盖稍微打弯，光脚踩着冰凉的地板跑到院子里，来到台阶上。当我从床上跳起来，当我在空中挥动手臂，当我在地板上屈膝而行，我怀疑自己做得是否正确，是不是应该闭上眼睛躺下？可当我跑到院子里、来到台阶上，我就忘记了所有的疑虑，忘记了太阳如何把我唤醒，我如何生气而转身背向它——我把自己早晨在床上的一切烦恼和气愤都忘了。如果我坚持生气，继续背对太阳躺着，那么这一切将如何结束？不得而知。

我去了河边，没听到任何人的声音。我走开，一只野鸭呱呱叫起来，声音响亮，似乎在召唤，好像在要求我回去。我想："让我走过去看看。会怎样？"我走过去，它不出声了。"那刚才为什么叫喊？"我说。我在小树桩上坐了一会儿，也许它会出声？它沉默，而且不露面。听了一会儿河水流动、风儿吹动秋草的声音，我起身沿路向小山丘走去，野鸭又开始叫起来。我跑向它。几次三番走近又离开。当我在河边时，野鸭沉默不语；当我走开时，它拼命喊叫。"这是什么意思呢？"我在想，"想和我聊一聊，排遣一下孤独？莫不是闲来无事跟我捉迷藏？"一个夏天它养得膘肥体壮，在森林里的树丛中、河里的芦苇丛中游荡够了，孵育、养大了小鸭雏，而南飞还为时过早，于是就跟我顽皮。只是我又何必与林中的野鸭玩耍？是无事可做，还是找不到更正经的事做？我生了野鸭的气，抬腿回家去了。

秋，是凋零的季节，小草干枯，花儿凋谢。昨天，路边最后一株秋天的蒲公英凋落了。为什么我很少谈到死亡？为什么我不赞美它或者装作对它视而不见？外面已是秋天，大自然在凋萎——这我每天都能发现。即使盲人也能发现，这是不可能不被发现的。但是，我为什么应该歌颂死亡？莫非我受雇于一些可怕的歹徒和强盗，为他们的黑暗勾当辩护？任何人都不能强迫我做这件事。

但难道秋天不美好，不美丽，诗人不能用自己的诗歌赞颂它？有些诗人除了秋天，什么也不想看见。只要让他们看见森林的红色和金色就好，有此足矣。谁也不反对这些诗人，相反，大家都歌颂他们。好吧，既然死亡不好，就是说不需要它，应该把它赶出森林去？我不是最爱秋天的人，虽然我爱它，爱变黄的白桦林、蜘蛛的飞翔、迷雾，等等。但是，说实话，夏天、春天更合我的心意，甚至冬天也是。我更爱冬天、更能接受它，但是，如果有人明天对我说："我们要永远消灭秋天，就像铲除一个坏分子一样铲除它。"我肯定第一个站出来保卫它。

秋天，就让它存在吧。当然，对有些人来说——不能说对大多数人来说，它的到来有时是可怕和突然的，因为谁也不想告别温暖，告别夏天，但是这个令人忧伤的季节也有自己的魅力。这种魅力很难用理智去感知，你只能用心去感知它。用理智去感知，秋天全是不好的地方：寒冷，泥泞，脏污，初冬最早的雪，木屋的缝隙，没有木柴，千疮百孔的毡靴，某个地方冬天、严寒就要来临；可如果你用心去感知秋天并爱上它，它会比春天还纯净和美好。使人得到净化的秋，拯救人的、极其美好的秋。秋美女。她像生命一样充满活力，尽管有人说她就是死亡。

晚秋时，所有的时间我都在驱赶偷摘花楸果的小男孩们，像一条被链子拴着的狗，朝他们吠叫，叫他们别折树枝、别摘果子玩，把果子留给小鸟。这事我做得非常卖力，似乎是专门被派来保卫花楸果的。我对一个小子说："你摘果子就是为了好玩，可秋天小鸟回来吃什么？"小家伙像小鸟一样垂头丧气，犹豫地说："你说的是麻雀吗？""你笨得像根木头，"我回答他，"它们啾啾地叫起来了。"这时，它们飞来了，碰落了一地花楸果。不管怎么说，我还是等到了它们。确切地说，不是我，而是花楸果等到了它们。它们来不来我无所谓，它们也不是来啄食我的。可对花楸果来讲，它们的到来意义重大。它们用自己的枝条小心翼翼、耐心十足地托着这些小鸟。死得其所是一回事，老守田园，无人问津则是另外一回事。尽管大自然中并不存在不知何故变得无用的东西（这里一切都是需要的，一切都有自己的价值），但不知为什么，看见没被鸟儿吃掉的花楸果落地令人很难过。当你看着鸟儿把花楸树从秋收的沉重负担中解放出来时，你自己也和花楸树一道从白天的不安、烦恼、痛苦中解脱出来，变得轻松愉快。无论如何，如果小鸟的来临以及它们对花楸果的啄食能够使一个人从烦恼和不安中解脱出来，那么这个人天性应该还不错。

有时，当我走累了，坐在林中的原木上休息，或者站在正在变黄的白桦树边，我经常有一种似乎不在人世的感觉。森林在，而我却不在了。为什么有这样的感觉？因为心里轻松，什么也不疼，什么也不打扰我，所以谁跟我说什么都是对的。确实，我没有想找根绳子爬到松树上上吊的心情，也没有任何病痛折磨着我。但它们难道真的没有折磨我吗？我的心情真的高兴到忘却自己、忽略自己的程度了吗？当然，也有心情好又无病痛折磨的时候，只不过不是现在，而是别的时候。而现在，我不仅心情沉重，而且腰酸腿疼，全身都不调、不适，我讨厌看世界、看森林，只想逃到什么地方去。可你又不知道逃往哪里，为什么逃。于是，你在森林里游荡，像一匹无家可归的狼，或者坐在木屋里，好像你无处可去，被拘禁在监狱中，而你的周围是整个世界。你用手指摸索自己，摸摸大腿、耳朵、鼻子——它们是否还在？似乎还在。你一住手，它们似乎就不在了。这种状态究竟是怎么回事？我想，这是由于强烈的愿望。你想逃避疾病、疼痛、心理负担，它们把你折磨得够呛，你特别想逃避，可它们并不走开，它们像草刺黏在裤子上一样黏在了我身上。于是，为了让它们走开，你自己走开了，所以你就不在了。可如果你不在了，还能有什么疼痛、痛苦、疾病？什么也没有。

我在河边安了一个结结实实的长凳，想给人们坐。同时，我彻彻底底地把它毁坏了。我把几根木桩子埋到地里，用钉子把一块原木钉在它们上面，这凳子当然不是什么典范，也不完美，但是坐在上面欣赏大自然的美还是可以的，也可以在走累的时候让自己的身体休息一下，振奋一下精神。第二天，我来欣赏自己的劳动成果——木桩被拔出来了，木板被折断并被扔进了马林果丛，而凳子前面一片狼藉。这不是野兽捣的乱，而是人干的坏事。这凳子我安了几次？十次？二十次？怕说错，我不敢说确切的数字，应该有很多次。我想为人做点好事，但是他们好像并不需要我的好心，而且他们的行为中还明显可见恼怒和嘲弄。他们说："你想给我做好事，但是我不想理会你的好心！"这里必须理解我的执着！我不是为了凳子才如此坚持的（凳子，让它见鬼去吧！），也不是森林里没有可以坐下来休息休息的地方，——是原则使然。要知道，无论我想出来多少高超的应对办法，无论我把桩子埋得多深，无论我用多粗的钉子钉木板，都没有用。我恨不能用钢铁来做凳子，即使这样，凳子也会被毁掉。我保护得了树木，却保护不了这个可恶的凳子。

不能说人们不喜欢我的凳子，他们或成双成对，或独自一人坐在它上面，欣赏森林，振奋自己疲惫的精神，因此，可以说凳子是他们需要的。但也不需要，既然他们弄坏了它。我本人也愿意在某个下雨的、寒冷的白天坐在它上面休息一下，而不想坐到潮湿的地上，冒患上神经根炎的危险。如果人们付给我钱，而且仅仅是为了安上这个凳子、把它固定在地上，而我也没有任何更重要的、更实际的林中事（尽管我觉得，凳子也不是小事）需要做，那么我将摧毁这损坏凳子的罪恶力量，达到自己的目的。但人们是因为我保护森林而付给我钱，而凳子不过是奇思怪想、高尚的心理活动，转瞬即逝。

于是，我不再坚持。被掀翻的木桩子现在仍躺在河边，当我从旁边走过时，我尽量不去看它们。我为自己、为自己的不作为感到难为情，因为我贪图轻而易举的胜利，不再认真安凳子，而是不时偷懒，成了失败者。

我处于兴奋状态，匆匆忙忙："快点，再快点！"可是急着干什么？想让什么再快点？这我不知道。或许，像树叶和小草，我急着奔向死亡？但我可是清楚地知道，我的死期还没到。森林里是秋天，难道我心里也是秋天？按我的年龄，我心里应该是春天或初夏。难道我是老人，行将就木？我年轻力壮，想活着，想做点什么，在动身去那遥远的森林之前，我打算再活一段时间。因此，当我看着秋天的时候，我一点也不担心自己的生命，秋天过去，我会留下来。既然不是奔向死亡，那我急于去哪里？或者，那时我没活着，现在也没活着，而是死去了，是个死人，急于奔向新生？我给自己提这样的问题，好像只有急于奔向死亡才是可以的。也许，我也急于奔向新生，美男子。但是，怎能活着奔向新生？树叶、小草都活着，我一个人奔向死亡；已然死去，我急于奔向新生。初次听来这有点不同寻常，但不是很多东西一开始都给人奇怪的感觉吗？时候一到，一切都变得习以为常了。

小草活着死去，它急于奔向死亡，我没有走向死亡，我，一个死人，急着奔向新生。这有什么不同寻常的？有人应该在冬季活着。我这就成为一个活人，并且在整个冬天都活着，等到春天来临，我就把自己的生命交给小草。如果说这不是抽象的幻想，不是智力游戏——而是现实，这我不怀疑——春与秋到来的原因就变得可以理解了：有人死去，有人出生——要知道不是只有小草和花儿会死去，这就是永不停步的时间车轮，从创世纪那天它就开始旋转，任何人都无法阻止它的脚步。

森林的秋天不是我的秋天，但我是否可以把自己想象成一个老人，一个过完了自己的一生、即将走向坟墓的人？当然可以。这不需要太大的想象力——把自己当成病人，无力、虚弱，脑袋上头发花白，牙齿脱落，步履蹒跚，如今不能像从前一样到处跑，血管里的血液冷却了，欲望、激情、冲动都消失了，不会无缘无故地在森林里唱歌了，而且压根儿就不会唱歌了，不会笑也不会笑到打滚，不会因为没事做或天气好而一跃而起，也不会仅仅为了看看云彩在河中的倒影而跑到河边去——你什么都知道，什么都明白，什么都经历过，有时背痛，有时腿酸，所有事都做完了，该休息了。但从另一方面讲，怎能把自己想象成老人？如果我还不老，还年轻，如果我哪儿都不疼，如果我什么也没有经历，充满欲望，离死还远。也许我根本活不到老年，也许我明天或后天就会死去？看来，明天或后天我死不了，这我确切地知道，虽然不敢保证；为什么我明天或后天就得死？也许一棵松树会偶然倒掉砸到我或者我会落入沼泽？但是这种事未必会成真。而十年、十五年之后，死亡或许会降临，它为什么不会来呢？或许，它不会等到我年老而在我年轻的时候就把我带走？

我想在年轻的时候死去。我不想成为老年人，拖累人，卧床不起，病病歪歪，尿床，看别人的脸色。我不奉承别人、不卑躬屈膝不是因为骄傲，必要时我可以降得比任何人都低。有什么办法？卑躬屈膝是人的本性，人是逃不过它的——不想卑躬屈膝和不奉承别人不是为了自己，而是为了别人——我的卑躬屈膝会伤害到他们。但我们能做自己的主宰，能自己决定自己的命运，决定自己何时生、何时死吗？没有主宰。时辰到时，如果命运对你说"到时候了"，你就得收拾东西上路，至于这是早还是晚，与你无关。

当然，你可能不满，可能气愤、恼怒，请求它说："等等。"或者催促它快点，这样的情况也常见，但是它未必听你的。在整个人类历史上，没有人能够做到这一点。只有森林、田野、大自然拥有这样的奢侈——知道什么时候死期来临，知道它们自己生命的期限。但它们能确切知道自己生命的期限吗？今年是九月，明年可能是十月，每一个秋天都无法与另外一个秋天相似。可是，知道你今天还活着、明天就死去的信息会更好吗？要是我今天就想死或者有这个需求，不可能等到明天呢？还是通常没有这样的需求，人们不会清醒地为某事而死？我自视没有那么高，不会为自己设计一个英雄的命运，我悄无声息地活着，也会悄无声息地死去，我和所有人一样，像一棵小草，满意于自己没有虚度年华，因而死而无憾（这一点值得感谢）。而且，我想不等活到老年就死去，我预言的不是自己充满荣誉和传奇色彩的轰轰烈烈地死，不是按军队礼仪举行的隆重葬礼，不是青铜塑像和拜谒我遗骨的人群，而是普普通通的结局，像千百万人那样的死亡。出于一种矛盾的情感，我甚至不想要那种特别引人注目的死，比如被群狼咬死或在孤独中不为人知地死去。那样我就可以说:"让你们不爱护人,做坏事,受良心的折磨去吧!"

但是,偶尔也有卑怯的希望触动我的心,或者也不是希望,而是它微弱的影子,是希望的阴影:万一幸福眷顾我,不是因为我过于微不足道的劳动,它们不算数,而只是由于荒谬的偶然,命运赐予我英雄式的死亡。我不是由于病痛和衰老而倒下,而是在对敌作战中阵亡,很年轻,充满力量、信心、爱情和幸福。

秋天正当时,是黄色的,华丽的,甚至以自己的方式快乐着,虽然它也使人忧愁,但它快乐是因为它正当时。当你走在森林中,你似乎觉察不到它,森林里的空间不大,特别是在针叶林里,松树和云杉遮住了空间,靠在一棵松树上,你就宛如靠着一座大山,除了它,你什么也看不见。而根据松树和云杉你是分辨不出秋天的,因为它们四季常青。

不过,当你走在公路上时,这里为你的眼睛和你的心灵展现的则是奇异的风景。向右看,整个公路右边的森林都开始变红、发红、黄色、绿色、红色的树叶像美丽的斑纹。向左看,是同样的画面,只不过斑纹的图案不一样,有的大些,有的小些,有的发白。这里一棵花楸树,叶子有些干枯,好像它们被热风烤焦了。那里一簇小山杨树,山杨树的叶子是鲜红色的,像夕阳。而路边的小山丘上有一棵高大的白桦树,变黄了,但却不放叶子下来,一身金黄,站在那里,树叶哗啦啦响,好像地底下冒出一眼黄金的喷泉。

你在路上走,秋天也陪你一起走,向左右两边看,是一幅比一幅更美的画卷,一棵比一棵更漂亮的树木,空旷且辽远。哪里找得到能够传达秋之美的颜料？没有这样的颜料，就像没有能够传达冬、春、夏之美的颜料。任何的表现都只是模仿，但即使是这种模仿也能令你欣喜。我对自己说："你怎能彻底感受秋天，如果你心里没有它，如果你还没有老去？"但难道一定要到老了才能感受秋天吗？只要在你身上发现有一样东西是会死亡的，即使是最微小的也可以，比如一根头发死了，从脑袋上掉下来，这就足够让你感受到秋天了。

尽管森林里是秋天，我也觉得秋天在我心里，但我这里却不是秋天，而是夏天。我已经度过了自己的春天。它不紧不慢地飞逝而去，不作停留地一闪而过，那就祝它一路走好。而我的夏天已经到来。别人会说我："怎么会这样？外面是秋天，他却说是夏天？"可这有什么奇怪的？秋天时不也常有春天吗，当森林、空气和整个大自然都洋溢着春天的气息？——连绵的雨季和晨起的清冷之后突然会变暖，太阳探出头来，放射出光芒，生机勃勃，晒干森林、原野，路边有微风吹起，秋天的鸟儿在南飞之前叽叽喳喳叫起来，心开始跳起来，就这样突然出现春的气息；蒲公英、毛茛、三色堇竞相开放——这难道不是春天，尽管它在秋季来临？也可能是下面这样：寒冷、雨、秋也可能在春天里突然降临，阴雨天、严寒也会在阳光灿烂、温暖如春的白天之后，在太阳现出绯红色、冰雪的小溪亮闪闪的潺潺流动之后不期而至，不仅寒冷你的身，而且寒冷你的心。难道那不是秋天将至吗？尽管三四月即将到来？我的夏天不在于现在森林里是秋天，而在于我的心里是夏天。如果我还年轻，我会歌唱，跳跃，奔跑，活在信心、希望、狂热的、几乎是少年般的梦想里。我会准备赴死。我会躺在炕炉上，什么也不想，把自己的生活、梦想当成空想。整个世界及其美好和魅力、幸福和痛苦对我来讲都将不复存在。如果我即将走向另一个世界，那么这个世界对我还有什么意义？但是，我并没有无动于衷地躺在炕炉上，也没有撒手人寰。我不想说，我紧紧抓住这个世界，无论如何也不想放手，老天叫你放手时，你自会放手。我爱这个世界，暂时还不想另一个世界的事情。可既然我在这个世界上，就是说我还得活下去，继续自己已经开始的事业，因为它刚刚来到我身边，还是火热的，还没有断了与春天的联系。

我惊异于人们如此喜欢各种错综复杂的东西，如此贪恋所有可能的复杂而逃避简单。的确，简单是洪水猛兽，人们怕它远甚于怕七头怪蛇。最好还是简单地说"我的心里是春天"，说"我还年轻、健康，因此像春天般幸福"。哦，不，我画地为牢，说"我的心里是秋天"，然后自我修正，"不是秋天，而是夏天"，最后我终于能够斩钉截铁地说，"我这里是春天。"实际上我这里是什么呢：秋天、春天、还是夏天？要不就是冬天？为什么不应该有它呢？它是母亲啊。还是它有点不走运？其实这一切都源于人们把事情复杂化的愿望。有人早晨不能轻易睁开眼睛，却总是把这件事弄得十分复杂。似乎醒来了就应该起来。他躺在床上，受到尚未解决的问题的折磨：起床？还是不起床？好像如果他不起床，世界就会堕入地狱。而世界当然无暇顾及此事。或许，由于这世界上的一切都是密切相关、彼此联系的，会发生点什么；或许，甚至会发生惊天动地的事情，世界末日、末日审判会降临，但是这难道值得怀疑吗？不管你起床不起床，反正白天起床了。太阳升起来了，云彩也开始飘浮。像孩子一样腿快的微风也迅速地跑遍了整个草地。鸟儿开始歌唱，乌鸦开始鸣叫，人们开始忙自己的事情。所有方面的强大机器都开始运转，唤醒世界，催促它去生活、去工作。为什么它唯独不叫醒你？那是你没有勇气承认白天已经到来。你会说，"以后再回答吧。"于是，你找到各种狡猾手段和抵赖的理由。你说"我"的时候会很痛苦："也许不是我？"你说"白天"的时候会想："也许不是白天？"于是，你会把自己弄得头昏脑涨，迷迷糊糊，以至于你自己都弄不清楚这是你，还是别人，是白天，还是黑夜。你来到外面的台阶上，像马儿晃动鬃毛一样晃晃脑袋，似乎这样的晃动能理清所有纷乱的思绪。

野鸭从头顶上飞过，野生的鸟儿飞往南方，把雪花和寒冷留给我们。但是没有雪，也没有寒冷，尽管它们很快会来临，却下着令人腻烦的、无休无止的雨，日夜不停，但它也很快就应该结束了。至于野鸭，它们来了，又飞走了。现在也没有它们，只有记忆留下了它们来过、在森林上空飞过的痕迹，可是关于它们的记忆也会很快消失：对鸟儿的回忆是脆弱的。可它又为什么要牢固呢？该用什么样的线把野鸭生动的叫声和人类的记忆连在一起？但问题就在于记忆它是永不消逝的。

像魔咒，像幻觉，像美梦，每一天都将重新出现，只要冬天还在继续，你也会思念这些鸟儿，可能忘记它们，但还是会思念。为什么？那是因为野鸭的飞去不是简单地飞走，——因为在飞走的时候，它们从你身上带走了一部分的你，并在那里——南方的国度飞翔，无忧无虑，带着你的一部分，可你却痛苦地坐在这里，没有它们的陪伴。

纯粹的小事能让我心绪烦乱。我来到外面的台阶上，看了看接骨木树丛，看见了枝头上的一颗雨滴，我觉得它挂的不是地方，所以我就不开心。哪怕我是安宁的化身，从这一刻起，我也将不再安宁。我这里的一切都将化为乌有，即使此前和此后我思索的都是最高尚的东西，即使我处于极度的甚至令人厌烦的幸福状态。我的心脏会停止跳动、重新起跳，血液沸腾，最美好、最坚定的关于和谐、和平、心灵宁静的想法都将被遗忘。我整个人都会焦虑、不安，真想从接骨木枝上拿下这颗雨滴，把它移到别的地方去。要是换个地方能有用的话，我肯定会过去把雨滴拿下来。可是这没有用，哪怕你移走成千上万的雨滴，哪怕你一生都在做这件事，焦虑和内心的慌乱也会越来越迅速地蔓延，热情会像雪团一样慢慢消融。在这样的时刻迷失自己根本算不了什么。可你又有什么可失去的？既然你早已迷失。从你看到树枝上挂错雨滴的那一刻起，你就迷失了自己。

今天也是一样，我看了一眼东方，太阳出来晚了，因此它出现在与昨天不同的地方。于是我开始不高兴，严厉，骂人。我用各种方式拼命骂自己，什么事也做不成：不能去森林里，不能点炉子，不能烧茶。

一些女大学生在田野里干活。我不便于到她们身边去，可是很想和她们聊一聊、认识一下。我一次又一次从她们身边走过，她们却没有发现我。我第三次走过，边走边吹口哨。一个姑娘放下了手里的活计，向我这边看了一眼，说："怎么出现了一个吹口哨的家伙?"仅此而已。在河边，我看见了两个打鱼的，试探着和他们说话，我说："鱼打得怎么样?"他们没有赏光答复我。我从他们身边走开，心里很生气，我想我必须马上和什么人聊一聊。我来到一棵白桦树前。"你干吗站着?"我说。但是它也一言不发，不在意我，只是在风中响亮地挥动着树叶。我还去过湖边，也曾在马林果树丛旁闲逛，也曾和风儿玩耍，也阻拦过飞舞的蝴蝶，可今天谁都不理我。我跟马林果树丛通常还是有交情的。我对它们说："唰唰唰。"它们就对我说："沙沙沙。"可现在既没声，也没话。"这究竟是怎么回事?"我自言自语，"难道是我太没用了?"我刚说完这话，就有一只小山雀飞了过来。看了看我，转过头，飞走了。它待的时间不长，一瞬间而已，因此，你可以怀疑它是否来过。可它做了一件好事，它安慰了我。它说："你现在心情糟糕，所以你才觉得一切都很糟糕。"

我把山雀的飞来当成一个好消息。我回到田野里的姑娘们身边。"你们好，美女!"我说，"愿上天帮助你们。让我也来帮你们的忙吧。"她们扑哧笑了，其实不是笑，是不好意思——来了一个外人。我对她们笑了笑，帮她们挖土豆，跟她们谈天气、谈蘑菇，告诉她们我是护林员，我知道哪里有蘑菇。刚才还是外人，可聊了一会儿就成了朋友。我又到河边那两个打鱼的那里去了一趟。"小鱼儿怎么样?"我再次问道。他们回答我说："这里哪有鱼。不过是空气新鲜，静静地坐会儿好受罢了。"我跟他们也聊了一会儿，告别的时候如果说不是朋友，也是同志了。我又到白桦树那里去了。它也回答了我的问题。不能说它很高兴，但也没有不出声，也没有像上次那样扭捏作态。它说："我是站着呢，而且还要继续站下去。"我来到湖边，湖对我以"你"相称。它在岸边哗啦哗啦地响着。我来到马林果树丛旁："唰唰唰。"它们回应我："沙沙沙。"我和风儿玩了一会儿，它也高兴我的到来。蝴蝶在飞舞。我站着想："我是不是应该拦住飞舞的蝴蝶？"似乎想把它拦住，看看它会不会停下来？可是从另外一方面说，也不好因为小事分散它的注意力。也许它现在亟须要去哪里。我犹豫不决地站了很长时间，直到它飞走。

回到自己的木屋，我想："怎么会发生这样的事？在山雀飞来之前谁也不想和我说话，而它一飞来，一切都变了。当别人心情不好，这些小鸟会不会飞到他们身边，给他们带来好消息，改变他们的心情？还是只有我这次幸运，再也不会有这样的事情发生？我愿意这样想：我不是唯一的幸运儿，别人也有自己的小山雀。"

我过得很安宁，没有任何人招惹我，也没有任何人打扰我。如果太阳很少照到我身上，对此我也不特别生气，而是感谢现有的一切；如果雨下个不停、半夜房顶漏水浇湿了床铺，这时我也不发火——漏一会儿就停了。

最让我烦恼的是得操心。房顶漏水，就必须修房顶。你得去找木板，找屋面铁皮，要不你就得把罐头盒砸扁，爬上房顶，把洞补上。如果太阳很少照耀，你就得操心让它多露脸，就是说，你得想这事，可你连想也不愿意想。如果你平静地想，心里怀着温情，那还好，可你经常会心头火起，责怪，骂人。操心——与我无关。我想要活一百年、两百年、一万年，我甚至也愿意长生不老，如果万一有谁以此来惩罚我；但如果我以后还得为一些事操心，那我不仅会拒绝长生不老，而且连一年也不愿意多活。对我来讲最坏不过操心事！我觉得，它们是被想出来减少人的寿命，并最终夺去人的生命的。我不拒绝工作、参与和共同参与某事，我准备着去受苦、行动、忙碌、修房顶、锯木柴、照顾病人、培育森林、照看别人的孩子，准备着去做成千上万件事，大事小事都成，就是别让我操心。今天、明天、后天的操心事，和昨天的操心事一样，它们还没出生就死去了。为什么我得关心房顶，不让它漏水？我不想关心这个。就让它不停地漏吧，我可不想去关心它。

"很好，"人们会对我说，"我们可以知悉你的痛哭和呻吟，免去你操心之苦，可你顶着破房顶怎么生活呢？"对此我将回答："没必要夸大其词。首先，雨不会总下，洒一阵子就过去了。第二，为什么你们断定我会挨浇，而不会修好房顶呢？我会爬上去把漏洞补好，只是请别让我操心。我想省心地修好它，不须操心。"因此，我想在所有方面都省心地生活：护林，思考人类的命运，洗衣服，给菜园翻土，为歉收难过……

在雨中我爬上了阁楼，然后从那儿爬上房顶，我拆掉已经腐烂的旧木板，补上了漏洞。这一切我都做得很牢靠。这下我可以在干爽中生活了。我花了一天的时间无忧无虑地修房顶，现在我心情愉快。当我不得不操心时，我就灰心丧气，什么也做不了。

夜。差十五分钟十二点。我躺着等待半夜的来临。可为什么要等待它呢？难道它会不来，或者提前赶到？它既不会提前到来，也不会耽搁一分钟，而是会按时出现。不过，即使它耽搁了，那跟我又有什么关系呢？我算什么，吃醋的丈夫吗？责问它在哪里闲逛，要求它回答吗？它已经不在它去过的地方了。难道它是我的一个债务人，我把钱借给它，它答应还钱却没还？不是这样，我好像什么也没借给它过，确切地说，是它没有向我借过。好了，应该期待一些有用的东西：同志、死亡、偶然过客的到来，他们即使不会马上到来，但总会到来的。甚至死也会到来，不会拖延的。可为什么要等待半夜的到来？就是因为它已经快来了，而且距它到达只剩下十五分钟。躺一会儿，等一会儿，等它来了，我们就和它亲热亲热，说几句温柔的话。难道我们啥也不会做，是木头人，是愚蠢的村姑，不会温存？我们如此折磨自己，如此迷惑自己，糊弄自己，生怕它不会忘了自己的事情，永远留在我们这里。别的不说，迷惑可怜的少女我们的确会。这对我们来讲就够了。

这时，我听见敲门声，还有它轻盈的脚步声，还有像这脚步一样的、轻盈的呼吸。我面带微笑迎接它，和它说着温存的话语，我说着，不停地说着，轻声细语，像春天的小溪，我急于说出在一整天的沉默中积攒在我心里的话。从旁观者的角度看我，我就是一个让人难以忍受的碎嘴女人。它在我床边坐下，我靠近它。它抚摸我的头发，而我由于太过激动马上就睡着了。我醒来时是清晨，黎明时分。

把自己的生命交给森林之后，我马上就安心了。我以前也是全心全意为它服务，自从来到护林所，成为一名护林员，我就把自己交给了它。可它不接受我。"我要为森林服务"，这话每个傻瓜都能说。可他会不会去服务？他会去服务，可真的会去吗？这事只有愿望是不够的，还需要长期坚持并有所行动。

表面看这一切似乎也不难，其实却不容易。有的人在森林里生活一段时间，可森林不接受他。他想方设法讨好它，连和心爱的妻子谈恋爱时也没这么伺候过，可还是没有用。这样的事也曾经发生在我身上。我走在森林里，好像很爱它，准备为它抛头颅洒热血，可它转向一边，抗拒我，把我推开不管。它不是直接地推开我、驱赶我，而是把我放在一边，让我待在原地，要是你能感觉到你是外人，不讨人喜欢，你还在这森林里待着干什么？

我难过，经历过很多痛苦，吃了不少苦头，但是我相信森林会爱上我，我会属于它。这里信心是最重要的，没有它无论如何不行。属于它之后，我感觉到了森林对我的爱，于是安下心来，仿佛重新找回了自己。而那时过的是什么样的生活？当着护林员，双脚走在地面上，心里想着："你是在当护林员吗？你手里有斧头，还有锯子，还有消防铲，你还有护林所，你可以在那里睡觉。还有栅栏，因为时间长久而有些歪斜了，你有林班和各种林地，优待证，同一品种的树丛，小溪，林间小路，鲜花，道路，有告诉你该怎么办的说明，连盗伐者也没落下——命运给了你一切，什么也没忘记；有荣誉，有自豪，有自尊，似乎你可以高高兴兴地生活和工作，可仔细一瞧，你却一无所有，你自己什么也不是。你就像一只雄火鸡，托挚着羽毛,却渺小无用。"

活着的时候,还可以做些努力。死了之后,黄土就永远把你埋在地下了。它还把灵魂和肉体一起埋葬,好像要把自己失败的造物永久隐藏起来,不让人看见。

树上的叶子悄悄地落下。昨天白桦树还穿着裙装,今天却赤身裸体。看着现在的它,你很难想象昨天的它是什么样子。当然,记忆会保留它的形象——它是这样的,那样的,记忆也愿意留住它,让它开出鲜艳的花朵,即使被囚禁在监狱里,你也会回忆森林。但是,你并没有蹲监狱,森林就在你眼前,还有那棵光秃秃的树,也在你眼前,它不久前还披着树叶,显然,很难根据眼前的景象想象它以前的样子。那么只剩下一个希望:要想看见它从前的样子,必须等到下一个秋天。但那时又想看见它夏天或冬天时的样子,是绿色的?还是光秃秃的?为此又不得不等待冬天、夏天。人的生命真是没有尽头的,你应该为死去而高兴,可你能死得怎样呢?如果你不能想象绿树的样子?

任何的白天都是美好的,甚至像今天这样的雨天,泥泞天。不记得有哪一天给我的感觉是不好的。我有不好的时候,人们也有不好的时候,但是白天,特别是在我们北方地区,会有不好的时候吗?它悄悄地来,又悄悄地走,不在任何地方触动、破坏任何东西,不对任何人动粗,彬彬有礼,和善宽厚,和蔼可亲。当然,它也常有不顺利的时候。有时候,它也会刚醒来就情绪激动,起床时心情不好或者一大早就开始喝酒，大吃大喝，看什么东西不顺眼，最后大发雷霆。但是，我们中谁身上只有好品质？谁身上没发生过坏事？因此，我个人不同意这样的观点。每个白天都是可爱的，符合心意，无论是在秋天，还是在冬天。只有一种白天我不喜欢，就是当它像听腻了的老唱片的时候。你把它放上，它总是转出同样的声音。在这一天，似乎一切都在原位，一切都按样式和尺寸裁制好，它有早晨，有晚上，在响亮的中午它也亮光闪闪。它好像也活着，但是它的身体里没有生命。它固守着同样的东西。你对它既心疼，又气愤，但什么忙也帮不上。这样的白天带给我们虚假、肮脏、凶杀，所以真想逃离它们，但又无处可逃。你既责骂它们，又同情它们，而且越责骂，越同情。真希望根本不知道它们，真希望它们和你擦肩而过，死掉，可你的心灵怎么敢希望谁死去？生命不是你给的，也不应该由你拿走。不，你不会提到死，你祝愿生和善，只是你的祝福不会变成现实。听腻的老唱片总是发出同样的声音。你归罪于自己："这是为什么？是谁的错？"是你的错。

不走路，不工作，忘记自己的责任和义务，放下所有的想法，心里空空地坐着，好像你是一棵老树，你的内部是空洞，这样休息一下挺好。怎么会这样？怎么会是空洞？这好吗？被思考的事情没有感情、没有思想能活着吗？不危险吗？你会不会在这个世界面前变得无助？会不会无辜地死去？从一开始起就有很多事情让你害怕，特别是毫无所知时。（如果你空洞，你虚弱，而世界充实，强壮。）但是，你刚刚勉强同意成为空洞的人，同意接受空洞，你就产生了思想和感情。只是这思想和感情从哪里来？可以说，它们来自虚无，我开始也是这么想的,但是后来明白了:思想和感情,它们总是在你的心里,你被它们充满,就像秋雨充满了湿气,但有时你看不见它们,所以你觉得没有它们。善于找到它们,而主要的是相信它们总在你这里,比这更主要的是精神振奋,耐心等待,在困难时刻不绝望的愿望,这才是想了解和经常保持在内心的东西,只有这样,你才能不怕任何敌人,但你不可能留住它的财富。现在你把它握在手里,过一个小时就会丢失的。你每天怎样迎接和失去太阳,你就怎样失去和迎接它,所以你期待一个时刻的来临,届时你将永远得到它,不再失去。

我想象着这样美好的画面:太阳从森林那边露出来,升至天顶,停下来。一天开始了,它没有早晨,没有黄昏,没有夜晚。难道这样的白天是你想要的?我说:"是的!"同时,我还会这样想这样的白天:"它既可爱,又美好,它既充满光明,又有小鸟的呢喃,还有别的,就是有点平淡。"既然我见识了黑夜和它们温柔多变的黑暗,整晚整晚地忧愁苦闷,每天早晨由于精力过剩而大声歌唱,那么我为什么要拒绝白天?我可以为了一些更高尚的东西而拒绝它们,但我会永远爱它们,谁也不能强迫我把它们从心里抛弃。但是为了什么更高尚的东西我应该拒绝它们?难道有什么东西高于夜晚,歌声,爱?

我欢迎森林的任何一种美,无论夜晚,还是白天,它们都是我的,我不能拒绝它们,也不想拒绝它们,而且我还要说:"让白天停下来,让白天到来!"

晚上我回到家里,上床躺下,脚跟灼痛。我想:"这是怎么回事？脚底发烫，好像我在烧红的煤块上跳过舞。"但是，我根本没在烧红的煤块上走过，只在森林里闲逛过。我的脚为什么这么热？也许，它们是因为羞愧而上火了，因为我无视自己的职责，偷懒，轻易地缩短了每天都走的、习惯了的路程？但我并没有缩短它，需要的路程都走了，甚至还多走了一点。脚跟发热可能是因为我跑的缘故，因为我急于走完我的巡查路线，确定那里没有树木被盗伐，所以把它们累坏了。但是我每天都跑这么多路，速度也是这样的，可只有今天脚跟发热。"难道我病了？"我问自己，可是我一点儿不舒服的感觉也没有。疲累的感觉倒是有，但是跑一整天路之后这是正常的。而这算什么病呢，如果只有脚底发烧？难道有人追赶我，我逃跑了？好像没有任何人追赶我，走路的那段时间，我一直向前，不像逃跑，倒好像在追赶什么人。我急匆匆地走过湿漉漉的草地，跳过水洼，双脚踏进落叶里。这才是脚跟发热的原因！因为我踩过落叶。一个夏天之内它们把太阳的全部热量都吸收到体内，现在尽管变黄了，尽管落到地上了，可还是在燃烧。

倘若没有那种情况，倘若正在死去的不是大自然，不是森林，而是我，我会爱秋天，会接受它本来的样子，而不会因无休止的雨、黄叶、即将到来的寒冷及其他而伤心。走在荒凉的道路上，看见大自然慢慢凋萎，看见它走向死亡，而你却还活着，这是很困难的事情。我明白，对此你没有任何办法，大自然、森林都比我们强大，我没有资格为它们提供条件。如果出于自己内心的想法它们决定这样做，而不是那样做，那就是说，必须这样。而你无论如何焦急，都无法阻止这辆车的前进。

但人毕竟有荣誉感、良心、灵魂,他毕竟不是彻头彻尾的、愚蠢至极的傻蛋,他有自己选择的权利。他不可以同情和难过吗?不知道别人怎样,但我在看到某人死去的时候,总是受到良心的折磨:"为什么死去的是他,而不是我?"至于森林,那就是实实在在的牺牲——森林死去,是为了让你活下来。而这是令人无法承受的。只有一点值得安慰——我们是为痛苦和苦难而生的,到时候,谁知道呢?说不定命运也会眷顾你。我从秋天的森林那里学会了牺牲,因此也能够为了某人的生命、事业牺牲自己。我想,森林正是考虑到这一点,才把秋呈现在我们面前。秋的到来不是为了美,不是为了慷慨激昂的话语和阴郁的思绪,它的到来是为了教人学会自我牺牲。因此,如果在我们的寻常生活中还能找到为了帮助垂死者而赴汤蹈火、牺牲自己生命的勇士,那么,这是因为大地上秋天还充满生机。愿它就这样健康、常在!

思想越简单越完美。可能正因此,人们很少提出完美的思想,以至于他们以为完美的思想不知有多复杂。类似用右手去抓左耳朵。我承认,用右手抓左耳朵,这也需要练习。但是,用左手抓左耳朵要更容易。不过也更难。当这个世界上有你,而你又有森林、工作,你还需要什么呢?我什么也不需要了。而别人需不需要,我不知道。当然,我也需要天空、海洋、小溪、森林外边的邻居、秋天穿的靴子,还有那些被称为生活琐事、离了它没法生活的东西,还有人没有它不行的精神追求。我也不拒绝它们,让它们来吧,如果它们想见到我。让我也到它们那里去吧，免得它们以为我傲慢，像个暴发户，忽视它们的存在。谢天谢地！有它们在，它们还没有消亡。但如果有你在，有工作在，那么其他的一切就不复存在。这就是我歌唱森林、工作的原因，因为这世界上只有你和森林，其他的一切，房屋、炉子、篱笆墙、洗衣盆，对你来讲都是你和森林的附属品。当一个人认为自己与森林是二位一体、不可分离时（当然，每个人都有自己的森林），那么还能有什么别的东西存在？如果有，那它也是不存在的。

我现在是这样的，我这样想问题。这对我的生活有帮助，不打扰我的生活，不折磨我，不令我痛苦，不使我分裂。这里有我，这里有森林，这里有一切。还需要什么呢？

厌倦了去光秃秃的森林，不想再看见它了。我安安稳稳地坐在护林所的木屋里。我的良心没有任何不安。相反，还有这样的感觉：如果我现在去森林，世界上就会发生不好的事情，如果留在家里，一切都会很好。怎么，难道我是森林的敌人？我不由自主但并不太坚决地阻止自己去森林。

我发现，当你经常在森林里走，日夜看它而腾不出空来看看你自己时，你就好像一件衣服在被慢慢穿旧，好像一把刀子在被慢慢磨钝，之前好像有很多个你，可现在什么也没剩下。如果这种状态一直持续下去，那么你将被消磨到完全消失。眼睛看一下树木，会变小。大脑想象一下森林，会变小。皮肤触摸森林，只是触摸森林，就会变薄。在森林里转上一个月，本来你还挺大，是自己正常的身高，可这时会变小。照一照镜子或看一看水洼，你什么也看不见：脑袋在哪里？腿在哪里？耳朵、鼻子、眼睛在哪里？你若只是看不见耳朵或鼻子，这还算是一半的胜利，你若既不见耳朵、鼻子，也看不见脑袋、胳膊、大腿，这也还算正常，哪里没有没头没脑且仍在世上漂流的人呢？没什么，他们不认为自己是孤儿，无依无靠，一无所有，相反，他们很高兴，认为自己很幸福——在这方面你和别人没有区别。你看一眼自己，你却不在了，代替你的是空荡荡的空间。不过，这种情况却不会引起特别的不安。你身上哪儿也不刺痛，哪儿也不疼痛，心口也不酸痛。要是你不照镜子或不看水洼，一点不安的影子都不会有。你像幻影，像微风，这也好。重要的是，你走路，你活着，你吃，你喝，你睡觉，你存在，至于以什么样的方式存在，这不重要。

但是，难道可以连着一两天不看自己？这样过一两天可以，可时间长了不行。森林虽然不是宫廷里的大厅，也不是镶满了镜子的理发店，但路上的水洼很多，特别是在秋天。尽管你不想，但你还是看了这个看那个。看一看，你的样子是否还好？棉背心是否端正？头发是否凌乱？你其实不是在看自己，你不是少女，不会瞪大眼睛看自己的影子，你只是在看水洼的时候，在里面看见了自己。清早，水洼躲开黑夜，横陈在路边，仿佛它们里面不是雨水，而是天上的甘露。当人们、野兽还没有到来，还没有打乱它们的宁静，往水洼里看就是一种享受。它们似乎既不歪曲也不美化你的形象，可同时在它们里面你变得不一样，有点特别，有点漂亮。晚上我从来不会看水洼里的自己。那时一看你就会看见自己变成一个老头，要不就是坏蛋，如果你能看见自己的话。可清晨的你干净、清新，你身上没有坏品质，你被人爱，你爱所有人。还有什么能比这更美好！这是你能看见自己的时候。可如果看不见自己，而且不是一天、两天呢？如果按我的心意来，我愿意永远不去看自己的嘴脸，亲眼看到它并不能让我特别高兴，但有时需要感知自己，知道自己存在，在这里，在此时，我还活着，我不是幽灵，不是影像，也不是幻影，而是有血有肉的人，有我自己的、独有的缺点、派头、习惯、笑容、步态、言谈、姿态、手势。当我死去，当这个世界上不再有我，那时我也没有怨言。我不在了，我消失了，我是什么样的人？什么样的也不是。但是，在我还活着的时候，能够看见自己的脸，对我来讲很重要，尽管它不会令任何人倾倒，我只想看见自己真实的样子，而不是小到像个虫子，像个影子或者不知道像什么。

　　这就是我坐在护林所里，逃避森林的原因。我看自己，仔细端详因为在各个林班奔走而变小的自己，把自己增大到自己的正常尺寸，一旦长大到限度，我就出发去森林。

　　我对自己的命运没什么可抱怨的。我是幸运儿？还是不幸者？当然，我是幸运儿。人们会对我说："你算什么幸运儿，如果你所有最美好的年华、整个的青春时代都是在森林里度过的？你见过什么？你听过什么？你到过哪些别的国家？"别的国家我确实一个也没去过，但我还是听过和见过一些东西的。要知道，问题不在于在哪里见和听，而在于你见和听的内容。我听到过秋日黄昏里树叶在风中发出的声音，听到过夜雨敲打房顶的声音，听到过清晨鸫鸟在朝霞里的歌声和湖上响亮的蛙鸣，听到过田野里鹬斯的唧唧声和孤独松树的吱吱声、暴风雪的呼啸和溪流的絮语。我也见过足够多的白天、黑夜、霞光和各种各样的美。而什么能比这一切更美好？哪些河流能与森林里流淌的那条河相媲美？哪些苍头燕雀比我的苍头燕雀唱得更纯净、更甜美？哪些青蛙比湖上的青蛙鸣叫得更响亮？在哪里能找到我在自己的林班所见的美景？在哪个意大利、西班牙、美国能找到？恐怕世界上不存在这样美的国家。

奇怪的是，我总是觉得我在保卫森林，爱惜它，关心它，为它做好事，可现在我觉得一切都不是这样的。我吗，的确是为森林做了些事，但主要的好事是它带给我的，它守卫我，关心我，保护我的居住地。我们中究竟是谁照料了谁？是我照料它？还是它照料我？我想，是它照料我。我曾经是，现在还是受森林照料的无助的孩子，森林照看我，喂养我，教育我，把我培养成人。要是我有什么好的东西，当然，如果有的话，所有这一切我都归功于森林。所有坏的东西都怪我自己。我的年龄越大，我在世上生活得越久，我对森林的感激之情越强烈，如果这感激之情继续发展下去，那么，我怕它会压死我。

在这里我见到了一切，听到了一切。所以，我没有理由去外国兴高采烈地四处观看死气沉沉的城市和古老的石头，这些我在我的森林里见得够多了。过去没有，将来也不会有任何我在森林里找不到的东西。为什么我要拖着自己的速朽之躯去我多次去过的地方？去我自己的而且是新的地方不更好吗？即使是去那些地方，那也是为了在那里见到自己的鸫鸟、苍头燕雀、柳莺，为了见见自己的松树和云杉,为了享受自己的风的清新,为了在那里见见自己的森林——是你养育了它,保护了它;是它养育了你,保护了你。

太平鸟落满了光秃秃的花楸树,抖抖身子,再次停在雨中。我没有偷懒,数了数它们,一共十六只。后来我在松树上又看见了两只小鸟。鸟儿们没什么可吃,今年花楸果没有收成,于是我想:"它们在那里是吃饱了呢?还是饿着肚子?"如果它们饿着肚子,那它们为什么不去寻找别的吃食?可如果说吃饱了,这有点奇怪和不可信。现在是早晨,而早晨我从来没见过吃饱的太平鸟——它们总是在忙着觅食。但是,看一眼它们就可以得出完全相反的结论,认为它们吃饱了,鸟儿们看上去稳重得体、慢条斯理,它们全身披着羽毛,显得很丰满,甚至肥胖,因此行动迟缓:你朝它们扔一块石头,它们动都不动一下。

一只乌鸦飞过,惊动了太平鸟群。它们立刻离开花楸树,不见了。花楸树轻轻地晃动了一下树枝,然后就静止不动了。树上面什么也没有了,什么也不会有了,除了轻盈的雨滴和春季来临之前沉重的雪。

以前我不明白,为什么秋天森林里变得越来越透明,越来越明亮,从来没注意,也没想过,可这时看了看,明白了,那是因为森林里的天空变大了。树上的叶子全都飘落了,绿色变少了——只有小草和齿菌丛还是绿的,而天空很大。在有的幼林里,你抬头一看,看见的全是光秃秃的树枝和天空。而且,因为森林里透光的地方变多了,光也变得更明亮、更耀眼了。看一看天空,它却不是蓝色的,像冬日常有的那样,而是灰白色的,蒙着一层薄雾,好像厌倦了夏天的炎热,不像一口井那样黑暗而深远,而是充满了光明,耀人眼目。它之所以外面充满了光明,是因为内里的光太多了。我也经常有这样的情形。我开心,因为开心,我会变得更开心,甚至最后我会开心得马上就要大哭起来。为什么痛哭上了?说起来可笑——因为笑。变得忧郁、愁闷、孤独只有一个原因,因为此前过于开心。

如果我笑得不太多,我不会觉得不安,可如果我特别想笑,这时我心里会与笑一起产生痛苦,而且笑得越厉害,痛苦越强烈,便会产生越来越可怕的想法:"会出什么事吗?"想阻止自己,让自己别笑,但谁愿意主动拒绝"笑"这种美味呢?想痛苦地、委屈地哭,像个被侮辱的人、被损害的人,一无所有,无人理解。可是没有这样的人。谁侮辱了我?谁损害了我?谁不理解我?大家都理解我。谁诅咒我?这样的人也找不到。

山雀饿着肚子。也许它们是被我惯坏了,所以一大早就在木屋的窗边飞来飞去,探头探脑,吃惊、失望、气愤、不满,因为我没有给它们拿吃的。我刚起床,刚把额前的头发扒拉到一边,它们就在那里了,我只要挥挥手或者把脸贴在窗玻璃上,它们就突然从森林里飞出来,就像我从房间的黑暗中走出来一样,然后低下头,把头转来转去,东张西望,不停地打量我。它们不怀疑我不会喂它们,但是鸟儿的耐心不足,看一会儿,蹦跳一会儿,用眼睛往黑暗的窗口里盯一阵,什么也没盯到,就飞走了,又消失在某个地方,至于什么地方,谁也不知道。

我认为,我喂它们吃的,是在为它们做好事;而它们认为,它们在为我做好事,因为接受了我的礼物。我们之中到底谁是对的?我不准备去细究。只要有一只山雀"吱吱"地叫一声,告诉我它从我手里拿了吃的而让我倍感幸福,我就同意它的观点。万一它们确实以自己的光临让我幸福,而我固执地、只是由于愚蠢而认为我是它们的恩人呢?当然,常理于我有利,——既然是我倾尽所有在喂它们,它们算什么恩人呢?看着吧,随着年龄的增长,上帝会让我开窍,赐予我智慧,我会豁然开朗,明白自己是错误的,行善者不是我,而是它们。那时,我不会认为自己辩论失败,而会毫不惊异地说:"您看,我是对的。"

秋天就是秋天,但是时光飞逝,秋天马上要过去,冬天的影子在前面某个地方晃动。它会是什么样的?现在我精力充沛,心情愉快,对我来讲没有困难,我什么也不怕。它会不会用自己的寒冷把我折磨垮?会不会用大雪把我的木屋掩埋?等待我的会不会是严寒和暴风雪?可能是的。但是,我不想它们,也没想过。森林里是了不起的秋天,我以它为生。我甚至觉得,秋天会永远这样继续下去。但是,不管是幸运,还是不幸,没有什么东西是原地不动的,秋天会结束,冬天会到来。如果我开始说起冬天,那么,显然已无须等它太久。土地还没有上冻,白天路上的水洼还会融化,有些叶子还孤零零地挂在枝头,赤杨和悬钩子丛还是绿色的,南飞越冬的鸟群还在田野里飞来飞去,今天你还能看见它们,明天它们可能就飞走了。早晨和夜里还经常下雨，中午的时候太阳就把它赶跑，天气变得温暖，温暖到你可以只穿着夹克、不戴帽子到外面的台阶上待着，特别热的时候窗外的苍蝇都会活动起来，无精打采地嗡嗡叫。太阳虽然在加快自己的脚步，但还没有快到让我们想拖延它的程度，我们还能心平气和地接受迟到的朝霞、漫长的黑夜和提前到来的黄昏。土地还在享受夏天和温暖，无论如何不想变得僵冷，但它已经开始变凉了，虽是慢慢地，却不可阻挡，大自然中的一切也都在走向冬天。

暂时还没有任何冬天的痕迹，还看不到它的影子，没有雪，没有寒冷，没有酷寒，但是冬天已经开始了。它开始得无声无息，无影无形，而且它是首先从你心里开始的。如果有人问我："冬天从哪里开始？"我会回答："它从人的心里开始。"人啊，别在心里期待冬天，别为它的到来做准备，别说、别想冬天的风雪，这样大自然也会在人面前瑟缩而不派冬天降临。但庸庸碌碌的人不想冬天是没法生活的。对他来讲，仅有夏天是不够的，仅有温暖、幸福是不够的。他还想体验不幸的感觉。于是，在他火热的心里就会产生寒冷，然后这寒冷会蔓延开去，推动整个宇宙的寒冷。

人们会对我说，一年四季是相互更替、轮流到来的，这是无论如何无法躲避的。当然，各个季节都是存在的，因此，以为由于寒冷在人心里会产生冬天的想法是可笑的。难道人对于大自然中发生的一切都是有责任的？他不是主宰，至少也不是上帝，不会把一切的混乱和不完美都归罪于自己。但为什么人们还要责怪他在哪里杀害了什么人，毒害、消灭、烧毁、毁灭、砍掉了什么东西？那么我们在这里就不要责怪他。我们不要说:"亲爱的,再毁灭点别的东西吧。"幸好,我们没这么说,希望以后也不会说。可是,说由于寒冷在人的心里会产生冬天——我们害怕说这个,我们似乎会因为这个被批评幼稚。让他们批评去吧,但是,要让他们爱护自己的心,把寒冷从心里面排挤出来,别给它留下来的机会。

我同意进行一项实验来证明我的正确。如果人们不想让冬天存在,那就让他们所有人都心脏火热,让生活在地球上的所有人的心在这一刻都热烈地跳动。而如果真的会这样,如果地球上没有一个人的心脏是冰冷的,那么我相信,夏天将永存。

我爱秋天,我欣赏过它的美,可现在我看不见美,于是我开始怀疑自己的爱。我觉得这是因为我感情过于丰富、心情过于激动。我说过"秋美女""聪明的秋天",说过千万句甜言蜜语,就像蛇为表白爱情竭力谄媚:"亲爱的,好人儿,最美丽的,可爱的小秋天,小兔子。"可现在我想说:"傻瓜秋天""坏蛋""废物"和别的更厉害的词,而且不管你说出怎样严重的骂人话来,都觉得不够。你发现,它的美是个骗局,是个恶劣而贫瘠的峡谷,它既不温柔,又不温暖,只有阴险的沉默。当时我为什么夸奖它?为什么不停地对它说爱?由于愚蠢,由于天真,由于自己心地的单纯,也可能出于担心:"说不定我夸夸它,它就会向我展现最好的一面。"可它没有。无论如何,我现在想,事情不在于它,而在于我。但为什么在于我?难道我是最高法官,想处死谁就处死谁,想赦免谁就赦免谁?我是不是太高看自己了?也许不仅我身上有,也许它身上也有某种恶,而我却像鹦鹉一样鼓噪："没有恶？"我不能同意，不能相信秋天身上也有恶。我身上有恶，这我可以相信，而世界、秋天身上有恶——我不能相信。我是正确的吗？如果我有恶，那么它们就也有。世界上有些美好的东西，我身上也有，我身上有恶，世界上也有。

就是说，这个秋天没有恶，如果你骂它坏蛋、傻瓜，说它贫瘠，那么你这样不是在说它，而是在说你自己——你是坏蛋，你是傻瓜，同时你也是贫瘠的。不知为什么，我能很轻易地同意这一点，我还可以把自己说得更坏，但我不能把秋天想象成坏蛋。但是，为什么不能，既然我在责骂它？"我自己就是个傻瓜，笨蛋，蠢驴，木头疙瘩"，我也骂自己。但是，心里不想骂自己，所以你才骂别人。

一只乌鸦飞来了，当着我的面落在松树枝上，开始奋力清理起自己的喙。它用喙在粗糙的树干上划过，就像马刀在磨刀石上划过，一下，两下。我觉得，好像都有火花落下来了——它太用力了。看看我，又哧，哧！哪来这么大的劲啊？我好像没求它，没强迫它，而且松树枝也不是磨刀石。如此努力怎么能不起火呢！而这一切都源于它自己爱吵架的性格。刚在森林里某个地方觅食，飞到我这里来不过是为了告诉我它吃饱了。可我为什么要知道这个？你吃饱了，还是饿着肚子，跟我有什么关系？即使你腹中饥饿，我也不会喂你东西吃的。况且我这里什么也没有。难道要我从大腿上撕下一块肉来？我倒是也想撕。这时，乌鸦呱呱叫了一声，挥动翅膀，飞走了。

似乎，秋天已经令人厌倦，你说："冬天快点来吧！"可奇妙的就在于尽管你想要冬天,尽管秋天已经让你厌烦,它却不管你的事。它就站在那里,一动不动,想站多久就站多久。你尽管去求它,尽管用拳头去打它,它都不为所动,满不在乎,不屈不挠。可如果它稍微随和一点,会怎么样呢?任何一个急性子的人,像我这样的,都会说:"走开!"那它就会走开。而另外一个人可能不喜欢这样,会反着说:"来吧。"它也会回来吗?它会听谁的呢?而且,总的来讲,它一定要听谁的吗?难道它自己做不了自己的主?难道它是个不理智的孩子,不能为自己负责?既自己做得了自己的主,又能为自己负责,它为什么要听从那些自以为是、不知脑子里想什么的人呢?很显然,它不应该听从。它也没有这么做。既然如此,我们为什么还要没事找事?再者说,即使它不这么做,而是坚持自己,也可能在某一个瞬间,一个特别敏感的或随便什么样的瞬间,它会突然意志薄弱起来,对请求者动恻隐之心而按照他的心意去做。它的心是女人心,柔软,富于同情。

如果一个善良的人不是出于恶意说让秋天走开,那我们的损失会很小,它抓住了自己的时间,剩下的日子不多了,可如果一个坏人要求回应,而且是为了做坏事呢?这时,无论如何也不能向他妥协。哪怕它的期限到了,冬天也该来了,那也得让它稍微等一等,拖延一天、一小时、一瞬间。不能让这个世界上因为坏人而发生坏事。我想,它也会这样做的。如果世界上发生坏事的话,那么它的发生不是由于秋天没有按时到来——它总是清楚地记得自己的期限,需要待多久就正好待多久,而是由于别的原因。我知道,有些人怪罪它,说:"如果不是秋天,如果它来得早点的话……"好像如果不是它，如果它来得早一点儿，一切都会变好似的。可在我看来，造成灾祸的过错不在它。它诚实得像个勇士那样承受着自己的苦难，但它一个人承受不来，人们也应该努力。

夜晚多云，看不见星星，而当你看不见星星，你会觉得你好像是待在一个盒子里，或一个什么罐子里，被盖子盖住了。无论空间多么大，待在罐子里的感觉总是不会消失。罐子就是罐子，哪怕它很大很大。只要天上出现一颗哪怕是暗淡的星星，感觉就会改变——你自由了。

有人说得很对，山雀两腮丰满。依我看，它们因为太贪吃而把食物都堵到两腮后面了，不过这似乎和食物也没有任何关系，它们两腮丰满是因为它们腮部的羽毛特别密实蓬松。但为什么它们只有腮部的羽毛密实蓬松，而腹部、后背、后脑勺不是呢？比如像太阳鸟似的，——后脑勺上顶着一撮毛，腮部十分正常，谁也不会想到说太阳鸟腮部丰满。还有喜鹊。我说的可不是乌鸦，它们的腮部压根儿就看不见，可怜巴巴的，陷进去了，就像营养不良者的两腮。人们还说，乌鸦贪吃，永远吃不够，在污水坑里找到什么东西就往肚子里塞。可它们怎么能用这些五花八门的东西填饱肚子，如果它们两腮消瘦、塌陷？其实它们什么都没吃，整天饿着肚子，可怜的家伙们。人们是出于嫉妒和误会才说它们贪吃的，而且还把它们叫作小偷。这哪有公理啊？山雀才是贪吃的家伙，才是小偷。它们整天从我的窗户上抠油灰，再有几天这样猖獗的活动，你看吧，它们就会把所有的玻璃连同油灰一起都抠掉，我冬天就得在冷屋子里蹲着了。趁着还不晚，真该拿根有很多疖疤的木棍收拾它们一顿，免得它们这么不像话。怎么，我的木棍不够吗？没拿着木棍追赶过山雀吗？木棍也够，我也追赶过山雀，只是没有任何成果。如果谁知道怎么对付它们，应该让他传授一下经验，我拿它们没办法，已经出离愤怒了。

我碰见了一只松鼠，它已经做好了过冬的准备，换了皮毛，原来是红褐色的，现在变成灰色的了，浅灰色。可我以前穿夏装，现在还是那样穿着那一套。为什么这么不公平？为什么松鼠冬天要换衣服，而我没衣服可换？我一生气就整个冬天都穿夏装，直到它从夏装变成冬装。难道我没有权利在冷天穿暖和点？现在怎么办？难道我就得冻得牙齿打战，像癞皮狗一样冻死在严寒中？我也想被冻死、冻僵，为了证实一下每一根草芥也都有权利得到同情和温暖，可我怕会把森林变成孤儿。没有我，谁来保护它？松树吗？它们自己的烦心事已经够多的了。

"亲爱的朋友，你不应该枯坐，不应该凝思，而应该行动。我们坐得太久，也想得太久了。"有时我坐得那么久，以至于在地上、在凳子上生根了。有时还有这样的情形：人们从我身边走过时发现不了我，以为他们眼前是一棵树或一根灌木，我就是那样静静地、一动不动地坐着。而且我可以十分肯定地说，在这样的静坐中有自己的乐趣（虽然我现在不需要这种乐趣）。当你像这样无所作为地坐着时，不管你周围的世界是多么沉静，它还是动态的，你在用你的不作为迫使它运动。而还有什么比看见静止的世界在运动更有趣呢？

对所有人来讲，树是原地不动的，可对我来讲它在做环球旅行，而且它只剩很少的路就可以走到头了。相反，那些运动着的物体和物质这时却变成静止的了。乌鸦在飞，但它只是在别人眼里飞，在你眼里它是不动的，而是原地盘旋。你可以尽情地观看它，揣摩它，用手指碰它，数它尾巴上的羽毛，它什么地方也飞不去，什么地方也去不了，除非你自己想让它走。谁对森林感兴趣，谁想了解它的生活，谁就应该学会老老实实坐着不动。只有那样才能看出趴在路上不动的石头在飞翔，才能看清永远向远处奔跑的长脚秧鸡身上所有的细节。那时，可以把挂在你鼻尖上的一颗雨滴分成很多部分，可以为被打死的鼹鼠的身体注入活力。

但是，当你坐得尽兴以后，就该活动起来，也不可能坐一辈子啊！于是，你开始快速动作起来，快到之前运动着的世界都在你面前停下脚步，肃立不动了。

今天我曾在森林里奔跑，急着去第12林班，看看那里是否一切正常。于是，一切都静止不动了。太阳、星星都放慢了自己奔跑的步伐，连时间也停滞了。自然，盗伐者也站着不动了；当我跑到他们身边时，他们站在那里一动也不敢动，不能逃跑，来不及砍树，直到我停下脚步，他们才逃之夭夭。我没有去追赶他们。

如果有人令人遗憾地以为我想为自己歌功颂德，那他就大错特错了。毋庸赘言，我确实经常表扬自己，而且表扬比批评多，可难道我真的是在表扬自己，而且是为了表扬而表扬吗？我从来没有考虑过我自己，而且我羞于自我表扬。我算什么人？有资格夸耀自己的善行吗？我又有什么善行吗？如果我什么时候表扬一下自己，稍微炫耀一下自己——哪个人不这样做呢？——那么，我表扬的是自己，突出的却不是自己，而是森林。我只关心和推崇它一个。从这个意义上可以大胆地说，我是不存在的，存在的只有森林。我既存在，又好像不存在。我之所以存在，是因为森林存在，而我不存在，是因为森林不存在。你就这样判断我是存在还是不存在吧。说实话，我个人如此卑微，我的追求如此渺小，所以我不怕贬低和伤害自己，我可以说我是不存在的，存在的只有森林。但是重大的机关、全部的秘密都在于既然森林存在，那就意味着我也存在。它自己也是这样想的，也是这样吩咐的，而既然它吩咐了，就不应该不服从。我不知道，也许我错了，也许我心高自傲，但我坚信，有我，也有森林，或更有甚者——只有我，而没有任何森林。

森林，森林！你无边无际，无法形容，神秘莫测！以我这低下的智商和微弱的才能，我是否可以对你做出中肯的评价？不伤害你，也不贬损你？我是什么？你是什么？永恒的、光彩照人的、妙不可言的、了不起的森林。我怀着爱意胆怯地匍匐在你面前，注视着你，你就是我的生命，除你之外我一无所求。

细雨飘洒，落在地上，松针吸饱了水分，水滴从白桦树黄色的树叶上流下来，湿漉漉的草地在脚下延伸，湿乎乎的枝条让人感到手和脸凉丝丝的。冷雨袭人，好想念家、茶、炉子，好想在窗边坐坐，让全身都干爽。你对我来讲意味着一切，无论是在雨中，还是在寒冷中。以前我不接受、不了解、不理睬、责骂你，气得发疯，孤独得要发疯。可我骂的是谁呢？是我自己。不接受的是谁呢？是我自己。不理睬的是谁呢？是我自己。你生长吧，开放吧，我的主人，我将不知疲倦地为你服务。我认为这是我在世界上的责任。

在我和低低的秋阳之间竖立着一棵光秃秃的树，它的枝条上挂着水珠，水珠银光闪闪，晶莹剔透，看上去又像粒粒果实。但它们当然不是果实。夜里下过雨，它冲刷、清洗了这棵树，然后落到地上，把一些雨滴留在树上，让它们自己蒸发、落地或飞散。水分都被大地吸收了，如果不是树上的雨滴，谁也不知道刚刚下过了一场雨。乌鸦可能知道，因为它夜里被雨稍稍淋了一下，喜鹊也可能知道，但它们是怎样的知情者呢？它们睡得很沉，听不见夜雨声，早晨才醒来。的确，它们有眼睛，所以醒来后看看四周，可能看见树和树枝上的雨滴，因而想象出夜里下过雨。也可以想象，是雨特意把水珠留在树枝上，为了让人们知道夜里下过雨。我就猜到了！可它们上哪儿猜去！正因为猜不出来，它们才是乌鸦和喜鹊。叽叽喳喳，呱呱呱呱，无止无休，似乎在说："我们全都知道。"可它们能知道什么呢，如果连夜里下过雨都不知道？

不过，我说得比较武断，有推测的成分。我不敢保证乌鸦和喜鹊确实不知道夜里下过雨，说不定它们也知道呢。说实在的，它们为什么应该不知道呢？难道它们是彻头彻尾的傻瓜？要不就是比你更少见到雨，雨对它们来讲是罕见的怪事？你太自负了，朋友，还是给别人留点什么吧。给你们，乌鸦和喜鹊，把这个雨拿去吧，尽管我不愿意和它分开，你们还是把它拿走吧。

天变短了，太阳一天天变低，似乎它马上就要掉到地面、草地上去，而不是挂在空中，是在草地上、在地面上漫游，就像小马驹或淘气的小男孩，同时它还将发热，发光。我发现我在期待一个时刻，在那个时刻太阳不是自上而下俯视我，而是自下而上注视我的眼睛，好像它能从中看出点什么来。太阳在上方可以理解，太阳在下方则不同寻常，于是脑袋里会产生这样的想法，不禁想到："如果真有这样的事情发生会怎样呢？"但毫无疑问，这没有什么特别有意思和特别好的地方。它真的会在下面发光？可它为什么要在下面发光？难道这样它更方便？还是它能提供更多的热量，或者它能够看透你的内心，把它的阴暗角落都照出来？你是不是对太阳要求得太多而对自己没有任何要求呢？如果你渴望照出自己内心的阴暗角落，那你别指望太阳，它只有在自己需要的时候才能照出来，你应该指望自己。

不过，天空中的太阳还是跑得越来越低，好像你马上就能用手够到它似的。整个夏天它离你都很遥远，挂在遥不可及的高处，高得你经常看不见它，可现在你越来越频繁地见到它，它像微尘一样时时扑入你的眼睛。你会习惯它的。夏天它亮得刺眼，而现在你几乎可以泰然自若地看着它，打量它，而奔跑中的它就像飞行中的乌鸦和跳跃着的兔子一样唾手可得。真想拥抱它，把头埋在它胸前，可这事该怎么做？

我边走边想："夏天是一回事，冬天是另外一回事。"夏天我起得早，早晨五点，可还是觉得晚了。你起来揉揉眼睛，可鸟儿们早已经清好了喉咙，唱过了歌，唱一阵子之后，太阳才升起来，微风从林间吹起，花儿绽放，无论在哪里、无论干什么，它们都是第一的；而你，不管做什么，都是第二的。现在，秋天，我七点起床，起得晚，可还是早。太阳也在你之后起来，风儿也来得迟，而小鸟还没做完最后一场梦。夏天天长，怎么也过不去。傍晚时分，你像一棵高草那样向大地弯下腰，想快点上床睡觉，腿已经走得太累了，眼睛被亮光照够了，什么也不想看到了，只有心脏还得继续跳下去。你白天睡觉，白天醒，大自然中似乎没有了黑夜，只有你身上那属于白天的精神抖擞。

如果一切都这么糟糕，你还高兴什么？你应该哭泣，为逝去的夏天而绝望地痛哭。我认为，所有的眼泪都是天空流出来的，甚至都是从我那里借去的。

夜里走在秋日的道路上，四周一片漆黑，你的心情就好像已经结束了自己的生命，正在迈向最后的门槛。两边都是树，在黑暗中依稀可辨，像狭窄的走廊，再走一点点就完了，就结束了，与自己的生命永别了。无关紧要的是你在这世界上生活了一百年还是二十年，你还剩多少时间可活，无论剩多少，都等于什么也不剩，剩下的只是走完最后这一段路——可能是一百米，可能是五十米，也可能迈出最后一步就死了。你一边走一边准备赴死。怎么准备？当然，不是像那些真正接近死亡的人那样。那些人害怕，他们不知道自己在走向何方，也不知道那里将会发生什么，他们想的是忏悔，摆脱自己的罪责，原谅别人，洁净地离开这个世界。而你不怕，你也不打算忏悔，你也不会去原谅敌人对你的伤害。你接受死亡，就好像你并没有死去,而还活着,但你是十分严肃地接受死亡的,就好像你真正地接受了它一样。当然,后来当你发现自己没死,你可能吃惊;当你看见原来那些青草、树木、木屋,听到乌鸦呱呱和松鸦叽喳,你可能高兴你还活着。但这不是主要的,主要的是你经历了死亡,你明白了它是存在的,你接受了它并且了解了它是怎么回事,因此对你来讲它并不可怕。其实它仍然是可怕的,只是没有从前那样可怕了,你从它身上不只看到了死亡,还看到了生命。

在森林最深处的岔路口,我遇见了一位老人。他问我:"走哪条路回家最好?这条,还是那条?"我问他:"你家在哪里?""在和平大街。""和平大街在哪里?""在广场旁边。""广场在哪里?""在纪念碑附近。""纪念碑在哪里?在哪个城市?""在和平大街",等等,等等。所有迹象表明,老人忘记了他的家在哪里。我给他解释说他不应该在森林里转悠,应该想办法到公路上去,那里有人,有车,到了那里他才能快点回到家。可他坚持说:"我知道往哪边走。"并且还往森林里闯。晚上我在黑暗中往回走,看见枞树下有什么东西在动。我走近一看,原来躺着一个人。"是你吗,老爷子?""是我。""你怎么躺下了?""我累了,没劲走路了,后背疼,腿疼。"我拖着他往公路边走。他完全没有精神,冷得直发抖,根本不能走。他往地上坠:"我躺下休息一会儿。"我批评他说:"老鬼,你怎么跑到林子里来了?你活够了?你简直要把我折腾死了!"拖到半道,再也拖不动了——我累了,而且他的腿根本不能动,况且把他拖到哪里去呢?自己家在哪他不知道,去我的护林所又太远。我再次问他:"你家在哪里?""在和平大街。""和平大街在哪儿?""在纪念碑旁边。"

"纪念碑在哪儿？""在和平大街。"他还是这样回答我，好像把我当成一个傻瓜，说："所有人都知道这条街，就你一个人不知道。""在哪个城市？"我发疯了，大声吼叫，"在莫斯科？在斯大林格勒？在巴黎？""在和平大街。"他回答道。我仔细地想："这个和平大街在哪里呢？这个老头住在哪里呢？"想不出来，可还得为他做点什么，也不能把他扔在森林里啊！我把他拖到了公路边，拦住了一辆小轿车。"送送老头。"我对司机说。"送到哪儿？""和平大街。"我说，并等着司机说话。"请上车吧。"他对老人说。他让老人上了车，然后他们就开走了。

一大早就飘着细雨，树上挂满了小小的水珠，因为这些水珠，森林里的光线很特别，有点湿润，潮乎乎的。走到一棵白桦树旁边，碰碰它，你会落满一身水珠——冷水浴，不舒服，可在旁人看来：既舒服，又开心。因为这是很难得的画面：每一棵树，每一根枝条，每一个小枝丫上都挂着水珠，而且闪闪发光。森林里找不到没有水珠的地方。森林还有什么时候是这样的？从来没有。或者极其罕见。下雨的时候雨滴夹在云杉、松树的针叶间是很常见的，雨滴挂在树枝上，弯向地面也是常见的，它们像苍蝇一样落满枝条，风吹日晒之下慢慢变干，就那样不等掉落、不等到达地面，就在空中融化，并把映在它们之中的世界、森林的形象传播到世界各地，这种情况也是常见的，一切都是常见的。但是像这样，整个森林都挂满了水珠，这种情况很少发生。森林里的水珠真多，以至于我觉得自己也变成了水珠！你要飞向哪里？你将落到哪里？你的痕迹会在哪里消失？你要反映怎样的世界？你挂在什么样的枝条上？是什么样的风和太阳将你挥散？

当我的死期来临，我会出乎所有人意料地、无声无息地消失，人们会说："他刚才还在这，可现在没了。"——让那些善良的人，我为数不多的男朋友、同志和女朋友们，不要过分惊异于我的消失，也不要以为我逃离了他们或者我的一些极其忠心的保护者和盗伐者把我拉走了，好埋在一个秘密的、便于祭奠的地方。但愿他们别报警，也别在我们地区四处向人打听有没有看见某某人的尸体。无论他们走多少地方，都不会有收获的。但在这种情况下我能跑到哪去呢？倘若在我短暂的一生中我做了哪怕一件小小的善事，我也可以指望以后还能复活，虽然，说实话，我不相信这个。但是就我现有的光辉业绩来看，我不仅很难指望上帝的慈悲，而且很难指望更平常的、尘世的凡人的慈悲。

不过，如果这样的事情真的发生（而它也完全有可能发生）的话，我会建议那些特别想要找到我的人，别去找我的遗骸、颅骨、尸骨和其他什么骨灰，而要去找森林里的一株小松树，在我消失一两年或者三年之后。一年之后这株小松树未必能找得到，两年之后它也还小，在草丛中不会太显眼，而三年之后它将会已经很好看了。消失的我就是这株在我死后出现在森林里的小松树。简而言之：我，一个人，死后将变成一棵松树。

我预见到很多人会不高兴，他们会说："怎么会这样？人怎么会变成松树？这难道不是致命的错误和对人本质的小觑？为什么他不英勇地冲向高空？为什么他死后不想变成高于自己的东西，比如说，下辈子不当护林员，而当个英雄、智者、教师、学者，为什么偏偏喜欢这种低下的命运？这样贬低自己不羞愧吗？不耻辱吗？"既羞愧，又耻辱。我会不假思索地痛斥胆敢不前进却后退、不追求伟大却追求渺小的每一个人。但是，我会变成松树这不是我的愿望，也不是我的错误。我更愿意在死后成为英雄、智者、诗人，我想不出世界上还有什么高于这个。我变成松树不是由于自己的执拗，不是由于我不想拥有伟大而想拥有渺小、想奔向宁静的港湾，而是，说来可笑，皆由于我过于爱森林了。凡是过分的东西都不好，好的东西都是适度的。我过于爱森林，我给它的心力和爱超出了应有的限度，损害了对别的事物，比如对人们的爱，所以它肯定为此而以这种方式来惩罚我。

因此，当某一天你们突然看不到我而我无声无息地消失了，请你们别找我，别挖地，别搜索沼泽，别深入森林和湖泊去寻找我的尸身——在那里你们找不到我，请你们去森林里找一株小松树。那才是我。

我经常听说、但从来也没有彻底明白什么是战胜自己。我觉得这是豪言壮语，我想象的胜利经常是体育方面的。一个人在往前跑，他很困难，他想停下来躺在绿色的草地上休息休息，但他克服了这种想法，因而战胜了自己。运动员想战胜自己很简单：跑就行了，再没什么别的可说的了。可是别人，比如说护林员，该怎样战胜自己呢？这是可能的吗？多在森林里跑？可如果林业存在的意义仅仅在于一双腿，那么林保部门应该养一些快腿儿。但是如果问题不在于腿，又在于什么呢？在于对森林的爱。但怎样战胜自己的爱？这是全世界所有的智者都在毫无希望地为之绞尽脑汁的问题。我想，这个问题未必能得到解决。战胜自己的爱，这意味着什么？这意味着你爱过，但现在不想再爱了，你要拒绝爱？但这是对神明的亵渎。意味着你厌倦了爱，却还继续爱着吗？但是爱森林不是劳动，而是休息，因此说厌倦对森林的爱纯粹是无知。这意味着你爱森林，还想爱它更强烈一些？但难道爱可以分出多和少吗？爱只有一种——大爱，博爱，即使它是微不足道的。

夜美好、黑暗、潮湿。路上是冰和水。树叶飘落在黄色的雪地上。夜的空气激动人心。为什么？因为白天的空气从来没有像夜的空气这样让我心情激动过。即使白天的空气更强烈、更芳香，即使它唤醒了最温柔的情感，即使它曾经是、现在还是最激动人心、最美好的，夜的空气还是比白天的空气美好一千倍。有时我觉得这是因为黑暗，夜的黑暗。黑暗赋予夜一种特殊的气息。但难道黑暗能够给夜带来特殊的气息？难道黑暗是可以觉察的？我本人也曾经以为不是，但结果是可以觉察的，既然它如此容易被感知。令我激动的不是夜的黑暗，而是黑暗夜光的气息。我可以到外面的台阶上或板棚旁，到柴堆边，短暂地吸入这种空气，这时我的头就会眩晕起来。回到木屋里去度过黑夜，我高兴它的到来，感受着它的感受，我自己也不断变成黑夜，直到变累了、进入梦乡。

第三章

秋天迟到了。暖风从波罗的海袭来,在森林上空鸣响。已经是十一月了,已经该下第一场雪了,然后融化,然后再下,水洼应该蒙上厚厚的一层冰,而别的东西都应该彻底冻透,雪橇蹚出的第一条路和第一场弱风雪、第一个严寒的早晨、冰冻的土地、向天空升腾的烟雾、云杉木柴快乐的噼啪声,都应该出现了——到时候了,是冬天该来的时候了,我们为它的到来做了准备,也已经等得太久。可是,代替冬天的是漫长而暗淡的秋天。树木变黄的时期已经过去,树上已经没有了黄色,变得与你习以为常的不同,扑入眼帘的只有光秃秃的、黑色的树干和树枝,可整个夏天它们在你眼前都披着绿装。光秃秃的、黑色的树枝,天上黑压压的云彩,黑色的、被雨水冲刷的土地,无论何时何地,举目望去,上下左右,一切都是黑的,使森林、秋天看上去灰暗、阴郁。

秋天庆祝完自己的壮美就到南方去了,它不在了,它身后拖着长长的回忆的影子。怎么,我不喜欢这个季节,我抱怨它、咒骂它,呼唤冬天快点到来?完全不是。我不会动一个手指来加速它的到来。每个人感觉不同,对这样的森林,我是既喜欢,又在心里怀着爱意和柔情。是的，森林里似乎没有什么东西是我不能接受的，连这个暗淡的秋天我也能接受。我爱它，我甚至对它说："等一等，别走。"我悄悄地说，不让任何人听见。为什么我躲躲闪闪？难道是我对自己爱它感到不好意思？说实话，是不好意思。我知道，这样的秋天是不能爱的，这样的秋天谁也不爱，它有什么好的：蔓延的脏污、枯萎的草地、黄色的落叶——这里既没有生命，也没有死亡，只有暴风雨来临前的混沌、寂静，一种不良的各行其是的局面——既没有溪流闪光，也没有鸟儿歌唱，只有乌鸦凄凉的呱呱叫声和喜鹊的叽喳声。这能让谁喜欢？能给谁带来喜悦和安慰？但无论如何，既然它在，我就挽留它。我发现我有一种奇怪的感觉：不管世界上有什么东西，只要它是运动的，有时间，有开头，当然也有结尾，我就都挽留。夏天来过，我挽留夏天；现在是秋天，我挽留秋天，它似乎已经令人厌烦了，可我死不悔改，坚持挽留，每天、每时、每刻都在坚持。太阳在天空中滑行，我遗憾它的路程太短促；风吹过，我想把它留住；大雨如注，可它们也不会让我感到难过。我想催催它们，可它们能急着去哪里呢？它们比我更清楚自己的期限，我的催促不会改变什么。我的催促当然会改变什么，它会推动太阳，它会轻轻加快风的脚步，但它真的会推动吗？真的会加快吗？

如果有什么东西能迫使我在这个世界上生活，早晨叫我起床，那它既不是对一块面包的念想，也不是要买新靴子、厚帽子的想法，更不是对荣誉、成绩的虚荣追求——我觉得，这一切都不是我的生活动力，我早就看透了它们的本质，因此，当我把我的生活道路想成通往荣誉之路时，我觉得很没意思。我觉得，我支配着一种截然相反的感情，我不敢承认自己有这种想法，但能模模糊糊地意识到它：一无所有——没有荣誉、没有成绩，贫穷、忍受赤贫和饥饿。我想写出来：我的生活动力是爱，在我看来一朵花的美比成箱的黄金更珍贵，——这一切都很好，很高贵，但不能解决基本问题。为了获得不幸而活着，这难道不是一种廉价的荒诞吗？又或许，这只是最初的感觉？

我不知道这究竟是怎么回事，但我可以说，把生命当成通向死亡之路的这种状态令我激动，我觉得其中有个秘密，这秘密令我高兴。有了这样的想法，死亡也不会让我觉得可憎、凶险和丑陋，我能很轻松地接受它。但这也不是全部，尽管已经不算少了。死去，不是一件太麻烦的事。大限一到，你就会死，不管你带着怎样的想法迎接死亡。你将过上圆满的生活，你会按照上苍的安排过完自己的一生，你不可能有比这更好的方式来度过它，你将在生命和死亡中同时经历双重的幸福，有什么能比这更好？我什么时候开始这样思考问题的呢？是那时候吗，当我饥饿地坐在护林所里，一块面包也没有，而我却希望没有这一块面包的时候？期望你已经拥有的东西，是不是更严重的错误？当我一块面包也没有地坐着时，我向往一块面包，这没什么不正常。只有当我发现自己想面包强过想森林时，我才产生拒绝面包的愿望。而且我能很轻易地拒绝它。

我觉得自己是被当作牺牲的绵羊，我带着这样的感受生活，它令我不快，没有人乐意觉得自己是某人的牺牲品，我努力自我安慰，说:"一点令人不快的东西都没有,这只是刚开始令人不快,继续深入之后,甚至会令人非常开心,因为命运给你安排了这样的境遇,你唯一希望的境遇。"令我不快的只有一点——关于牺牲的想法使我不开心,否则一切都好。

为什么我确定自己是被当作牺牲的绵羊呢?是因为我把自己献给了秋天而看不到我和它友好分手的路口?我觉得自己善良、弱小、无助,我总是这样看待自己,并且害怕自己的无助,每个生物,甚至一棵小草,甚至一只无足轻重的蚂蚁,都比我强大——我就是这么弱小和无助。那么应该怎么说秋天呢?献身于它的同时,我就会死去,但是我会把生命交给森林。总之,我是一只被当作牺牲的绵羊,我不高兴被杀死。但这不会现在就发生吧?就在当前这一时刻?屋外会突然响起脚步声,门会被打开,一个人走进来,震耳欲聋地说:"到时候了!"然后把我拖出去处决。木屋里很安静,谁也不会用鞋跟发出重重的响声,打开门,出现在门孔里,只有雨水敲打着木板墙,还有老鼠在雪堆中发出吱吱的叫声,并且秋天还在继续,冬天也应该到来了。

因为大多数人生在城市,长在城市,并在那里死去,只有在极少的情况下才离开城市来到森林里,勉强能吸收一点清新空气,有的还吸不上,因为他们在远离树木、花儿、溪流、草地的地方,在电车、汽车、楼房、电气火车之间度过自己的一生;因为他们不能经常到大自然中去,或者不想去,而且离它越来越远,因此他们开始把松树当成某种稀奇的怪物,把蝴蝶当成天外来客——真该找些人写书或画画向这些不幸的被抛弃者展现大自然的全部魅力；真应该让大自然经常亲自光顾一下城市，这事无须腼腆和自傲，这件事情十分重要，即使我是树木和小草，也得刻不容缓地思考：应该去还是不应该去。我肯定会不假思索地拔腿就走，而且像最后一个街头女郎那样，诱惑城里人，迷惑他们，用自己的美丽让他们头晕目眩，把他们抱在怀里，一个也不放走。

不幸的是，虽然大自然在奉献，在诱惑，展示并许诺献出自己的美，可人们还是不愿意走向它。他们忙于自己的事情，虽与它擦肩而过，却视而不见。大自然的价值确实已经降低到不被任何人需要的程度，这是人类从来也没有过的对神明的亵渎。他们忙于创造人工的大自然，已经看不见天然的大自然——森林，高山，河流了，并为此付出了惨重的代价。难道他自己不是森林？不是河流？不是高山？还是它想创造一个人工的自己？

当然，责怪树木和小草没有付出应有的努力去诱惑人、去展现自己的美很容易，但是它们这样做也是可以理解的。如果人们贬低它们或鄙视它们，如果人们不爱它们，如果它们的存在本身被当作一种错误，如果它们被驱逐和扼杀，那么它们还能去诱惑和迷惑人吗？我惊异，被人遗忘的它们何以至今还没有丧失精神，还没有灰心丧气，还没有变得面目丑陋，还没有失去对善的信心？它们何以如此仁慈、公正？何以不知疲倦地向还能欣赏它们的少数人释放着自己的美丽和芬芳？它们何以有勇气承受苦难和艰苦、永远年轻、永远美丽？何以花草还在春天开放、河水还在流淌、高山还在矗立、森林还在泛绿？何以绿色密林中夜莺的歌声还未停息？

谢谢你们，青草和树木！谢谢你们坚忍不拔的生命，如果没有你们，世上的一切早都化为乌有了！只是因为有了你们，这激动的、冲动的怪物——人暂时还没有闯出大祸。我想，时候一到，胜利就会到来，人们会记得你们的劳动和自我牺牲，你们会变得更加美好，只是我不知道，你们还能不能变得比现在更加美好。

真想哭，真可怜自己和秋日的森林。但是，说实话，为什么要哭？为什么要心生怜悯？难道有人要毁灭森林，试图谋害你的生命？是在毁坏，是在图谋伤害。不，意图毁灭森林、谋害我生命的具体的人是不存在的，我不认识他们，如果我认识的话，我会和他们开诚布公地谈一谈。但我知道他们在，他们就住在附近，和我们呼吸同样的空气，一起吃饭、睡觉、说话，甚至爱自己、爱自己的妻子、儿女——这我知道。暂时看不到他们，无论我如何努力去寻找他们，我注定失败。暂时我能做的唯一一件事，就是哭喊着告诉大家他们是存在的。但是，在这里，密林深处，谁能听到我的声音？听到又能怎样？

同时，当期限来临，他们就会出现，散播烈火和死亡。我不想惊动任何人，批评任何人。如果我能决定，我就爱所有的人，这世界上没有任何一件东西会被我漏掉。我清楚地知道，我的使命，我的根本就是爱，爱并欣赏大自然、森林，此外我别无所求。我的爱虽然不能改变这个世界的面貌，不能让它回到从前，但这怎能是我的错？显然，我没有那么大的力量；显然，我没有我自我感觉的那么善良、纯粹；而我的爱也只是空话，显然它没有能力创造奇迹，在这个世界上造就幸福。但是我凭什么被赋予这么高的荣誉？难道我比别人聪明，或者高大，还是我的眼睛比邻人的漂亮？我不比别人聪明、高大，我的眼睛也是最常见的，棕色的。我也没有被赋予大爱，而只是被赋予对它的向往、与爱些微相似的情感，而爱本身并不曾在我身上驻留。

我不知道我心里的爱是什么样的，是伟大的，还是渺小的，能够创造奇迹，还是只能无力地哭泣，但它是存在的。就算它很渺小，那又怎样呢？它用不着拥抱整个世界，我不追求它的拥抱，我只需要它像晨露一样纯净，像白天一样美好，像春天一样快乐，像林间路一样没有尽头。要是它将来也和现在一样，我就会很满意。它存在，有，——我坚信。白天，从松树旁走过时我说："我爱。"夜里，在田野边艰难前行时我仍然说："我爱。"在河边停下脚步时我大声呼喊："我爱！我爱！"我羞于说这个，而且嘴里只说一个词也不好，但我不想阻止自己，也无力控制自己。这是什么？狂躁？心火？难道我刚刚出世，看见了世界，爱上了它，可以为爱而死？不过，这也没有什么不好意思的，我不妨碍任何人，而如果我总是对青草和树木表白爱情，那么我想，它们会原谅我的固执。

很难对很多事情都怀有信心，比如对朋友、对妻子、对儿子、对荣誉、对财富，很难指望健康、成功——它算什么？它来了，又走了，你只能看见它而已。朋友算什么？今天他是朋友，明天会变成敌人。老师算什么？今天是老师，明天会变成学生。我只对一个东西有信心——那就是爱。如果一个人爱着，如果他爱过，世界上的任何力量都不会动摇它的认识：他在爱着。爱，是他唯一所能知道的东西。关于其他的一切他都只能去猜测。

昨天我第一次看见了红腹黑雀，今天夜里就出现了霜冻。早晨木屋的房顶上都是霜，小草也冻僵了，当你走在草地上，以前草儿柔软、易变形，你的脚感觉不到它们的存在，可现在它们坚硬、有力，脚上虽然穿着靴子还是觉得冷。黄色的、瘦弱的蒲公英在路旁的林边被冻僵。森林从来不缺少花儿。似乎夏天早已结束，它们，鲜花，已经无处、无来由开放，没有了它们，这里还能看见什么？可它们还在。我看它们在一年的任何季节都活着，寒冷不能妨碍它们。冬天它们也在，只是被埋在雪下看不见。

如果我现在就死去，在光天化日之下，不是被狼撕咬而死，也不是被秋天所杀，而是我自愿结束自己的生命，由于疾病或别的什么痛苦，躺在护林所里，在床上，孤身一人，人们会怎么说我？他们会说："他过得多么贫穷啊！死时也是多么贫穷啊！他甚至没有自己的家。这个人真是可怜和不幸。"

我一边说这些一边想，我愿意死去，能够在贫穷中生活，又在贫穷中死去，孤独地，在护林所里，是我的幸福。当然，死的方式不可以选择，拥有财富、在别人和朋友的陪伴下死去，没什么不好，很多人都苦于积德，他们的人生旅途中有妥协，也有顺从，而我的旅途中只有任性和虚荣。这里当然有虚荣，但即使你放下它，我觉得我的死也是我的快乐。拥有荣誉、成功、财富，在家人的陪伴下，在自己的豪宅中死去——非常好。但是在不属于自己而属于国家的木屋中死去，默默无闻，只有松树和白桦的陪伴，还有山雀或老乌鸦作为朋友和遗嘱见证人，它们肯听完你最后的话并为你合上眼睛——这样的死法只可想象、不可强求，所以，万一它真的降临，赶紧抓住它的手（而且要抓紧些），别放松。

关于死亡说说还可以，谁也不愿意接受它。它到来的时候，我还没有准备好，我会说："我还年轻，我的岁月多么短暂！"我的岁月确实不长，而且也不能拿死亡开玩笑。一个人召唤什么，什么就会来。可难道我在召唤死亡吗？难道没有它我活不了？我疯狂地爱它？热烈地爱它？打死我也不会想它的。任何人想想死亡都没有错，不过，它最好别找上我。但是这里我也不对，我想，一个人，特别是男人，不应该惧怕谈论死亡。不管它有多可怕，它的降临有多恐怖，还是应该有思想准备，它还从来没有放过任何一个人，也会轮到你的，它的到来不让你措手不及是件好事。

因为害怕活得太久而去死是愚蠢的，更蠢的是因为意识到你不被任何人需要而去死。我觉得，而且我确信，一个人不会因为妻子、儿女、情人是不是需要他而死，他只会因为不被自己需要而死。他活着意味着被自己需要，死去就是不被需要。那么就是说，我考虑死亡的问题是因为我不被自己需要？我也许不被自己需要，但是对于草地、森林，我还是有用的。

有时你戴上帽子，穿上短呢大衣，在木屋中站上一个小时、两个小时，你会觉得你好像不是在木屋里，而是在森林里。你在木屋里站着，却觉得自己在森林里，这是因为没人会穿着外衣站在屋里吗？我理解，你下班回来，从森林里回到家，在凳子上坐着，没脱外衣——这是另外一回事。这时你不脱外衣是因为你累了：你走得太久，白天太长，砍伐、做标记，等等，等你回到家，手不能动，腿不能走路，你一整天没吃东西，被雨浇得透湿，所以实在不能动手开炉灶、换衣服、做点什么吃。

经常有这样的情况：不管多饿，你一回到家，立刻就上床睡觉。早晨起来，晚上躺下——似乎没有白天，只有一起一落，而它们之间闪动着树桩、大树、标记、斧头、道路的灰色影子。可早晨起来的时候，你精力充沛，生机勃勃，浑身都是力量，你肚子饱饱的，做好了工作准备。木屋里有什么东西在支撑着你？这我自己也不知道。要是我知道的话，我就不会说了。莫非你身上发生的一切、进行的一切，都需要解释？我理解，人身上的许多东西，包括他是怎么出生的、怎么死的，他的心脏怎么样，他的大脑由哪些细胞组成，都可以解释。如果愿意，大自然、森林的生命中很多东西——松树是什么，星星是什么，世界上有多少海洋，山有多高——也可以破解。似乎，没有一件小事是人类解释不清楚的。人们会说，这是由于这个、那个原因，而这个是出于别的原因。听着这样的解释，我为人类的强大而高兴，惊异于认识的无止境，同时在想，难道大自然中就没有什么不能被破解的东西？难道大自然中的一切都是可以解释的？我并非人类智力的敌人，挡在进步与开化的路上，我举双手赞成进步与开化，只是偶尔我突然会觉得无趣，因为你想到世界上的一切都可以解释明白。于是我想，应该在大自然中找到一个哪怕是最微小的东西，很小、很小的东西，一条没有真正价值的、干巴巴的小虫子，一个看不见的颗粒，让人类想去了解它，却了解不了。为什么呢？为了心理平衡，还有，仍然是为了让大自然中有不可知的事物存在。

我是一个有小才的人，不可能像有些人那样才华横溢，我曾尝试以各种方式解释这一事实，但最终还是退缩了。我穿着外衣在木屋中站着的原因不甚明了。不过，有一种想法还是闯入心里。我觉得，我戴着帽子、穿着短呢大衣站着木屋里不是因为我懒得离开温暖干燥的木屋到外面的泥泞和寒冷中去——这种粗浅的解释我是从来也不允许的，我觉得，我穿外衣站着是因为有一项别的工作在等我，而那不是我今天应该完成的工作。也许，需要在泥地里走，也需要挥动斧头，但这都要在另外一个地方做，用不同的方式，总的来讲要做得像什么也没做一样。这就是我一动不动、站一两个小时的原因，时间不知不觉地过去，一天也不知不觉地过去。双腿没湿，双臂没酸，傍晚时你干够了活，回到自己的护林所，脱去外衣，做饭，疲倦地上床睡觉。

第二场雪。第一场雪是几天前下的。它刚落在冰冻的大地上，就开始了解冻天气，雪就全化了。不管秋天如何拖延，冬天还是近在眼前了，什么也阻挡不了它的到来。不过，如果你问我现在外面是什么季节，是秋天？还是冬天？我回答不上来。回答倒是也能回答，我可以说是冬天，也可以说是秋天，而且怎么说都对，但同时也都不对。因为我没有一个准确的概念。这就是天气反常的时候！你一会儿说是这个，一会儿说是那个，你在两者之间徘徊，但你不能确定说是某一个。如果你说是冬天，可现在还不是冬天的时候。

虽然下过雪，但雪却存不住，也不知道它会存留几天——或许一天，或许两天。没有寒冷，没有酷寒。天气温暖，有雨，雨很冷，而且似乎无始无终。如果你说这是秋天，但这究竟算什么秋天呢？叶子早就从树上飘落了，落到地上了，树木都光秃秃的。白天很短，天刚亮，就要黑了。早晨和夜晚都会从北方刮来寒气，冷到你的心里。

这样的反常天气让我高兴，还是害怕？既不让我高兴，也不让我害怕，因为尽管非常愿意，我却改变不了这一规律。而确定性是必须的，因为没有什么比不确定、不明确的东西更糟了。天气不确定，于是你也不能确定自己。你是什么样的？高？矮？一只眼睛斜视？不管你是高，还是矮，甚或一只眼睛斜视，这些你都能确定，不需要大的学问。要是你不能确定，你就照照镜子，它会告诉你的。可你是善良，还是凶恶？这个没法确定。哪里能找到一面镜子，照出真实的你？

我觉得，人不会失去任何东西，却能获得一切。他既不会失去童年，也不会失去健康、春天、心爱的姑娘、生命，他却能获得老年、疾病、秋天、离别、死亡。一个人的损失，都是爱说漂亮话的人想出来的，因为他们无事可做。这个人，他没有那么可怜，他不会失去和哭泣，却在获得，并像个富人那样，不断地增其所有，而且，失去的越多，得到的越多。现在我失去了秋天，可难道我真的失去了它吗？难道它离我而去，永远不再回来了？难道它不会送给我最后一吻？它也可能不回来。我想，这是我最后一个秋天了，但它不是我失去的，而是我得到的。我找到了它，我为有它而高兴。而它，即使已经走了，却也没有离开我一点点。别了，秋天，你好！

我不说："你好，冬天。"而说："你好，秋天。"同样，我不说："你好，春天！"却说："你好，冬天。"不，在这个世界上人什么也不会失去，连一根细小的头发和一个剪掉的指甲也不会失去。不管怎么说，别了，秋天！

唯一让我感到遗憾的是，死后我就不能保卫森林了，而且关于我的回忆也会很快消失。新的护林员会来到护林所，他对森林不会比我爱的少。也许不会少，但不会像我一样爱它。我觉得，只有我的爱才是真正的爱，其他人的爱尽管不错，却不能算好。但内心里有个声音告诉我，我是错误的。当我自吹自擂、自以为无可替代时，我是错误的——这个道理连小孩子都明白。我这样说与其说是由于自己的高尚、伟大，不如说是由于自己的渺小。当我为自己终将死去而遗憾时，我是错误的。我的心能感觉到，我可以平静地生活，而没有对死亡的遗憾。这不是因为对死亡不感到遗憾，而是应该这样。至于回忆，难道它真的很快会烟消云散，像我的肉体一样化为乌有吗？它可能会化为乌有，如烟云消散，但是能消散到哪里去呢？世界上那个能够收留关于我们的回忆的地方在哪里呢？回忆不可能只藏在书里或人们的心中，无论它在哪里流浪，都不会绕过森林、高山、田野。而森林的记忆力非常好，秋天时落下的一片叶子，也会被铭记不忘。

你与森林彼此交融，很难分清哪里是你，哪里是森林，其实也没有区分的必要。人们说："他融化在大自然中了。"这是一种没有经过深思熟虑的、不够准确的表达。既然已经融化了，那你在哪里？

（其实）你没有融化，你还在，而且由于自己的本性而变得僵硬，这本性全部属于你，它如此明显，它与森林平等存在，不是只有你，也不是只有森林，森林不像你以为的和从前曾经发生过的那样，没有你、避开你而存在，而是与你共同生活，爱得像一个人，就像生活在一起的丈夫与妻子、相爱的男人与女人、天空与大地、溪流与岸、白天与黑夜、太阳与月亮。我在说什么？森林在悄悄地说什么？森林在低语，这也是我在说话。我在说话，这也是森林在低语。这时，能够把我和森林区分开来吗？我觉得，这只会白费力气。我们如此热烈地拥抱在一起，要想把我们分开，只能杀死其中的一个。我们就是年轻的人们、丈夫和妻子们传说并向往的那一对，互为另一半的两个人。我的另一半是森林，是爱把我和森林联结在一起，我很高兴找到了自己的另一半。

这样的选择也许会引起某些人的惊异或反感，还会吓到另外一些人："他和森林，这算什么一对啊？"可在我和森林的关系里我看到的是和平与快乐，因此我不觉得这有什么不好。天空与大地，男人与女人，他与她，谁找到谁做自己的另一半，真的那么重要吗？重要的是找到了她，爱她，无尽欢喜，虽然也有痛苦。

不，不一定要沉醉于大自然，但是应该在森林里、大山上游走、寻找美丽的地方，在树丛中忍受蚊虫的叮咬，等待欣赏朝霞的火焰。这种亲眼观看的方法非常好，而且简单，哪一个热爱大自然的人没有老老实实地采用过这种方式，把背包往肩上一背，去遥远的河边、湖畔住上一两天，享受宁静、黄昏、夜晚的星星、篝火的光和热？

我也曾不止一次这样做过，不过说实话，这对我没有任何用处：一个常年住在森林里而不是偶尔疾驰而入森林的人，没有必要去寻找什么独特的美——它们会自己追到你身边，哪怕你不愿意。那么多人为自己开发森林、海洋、高山，只是因为他们在那里发现了令他们心神激荡的风景，遇到了唯一一个看了之后不可能不爱的地方。这样的发现造就了多少如诗人、艺术家这样热爱、珍惜、崇拜故土的人啊！——而他们曾经什么也不是，他们的内心曾经冷酷而空虚。

我不反对这样的观看方法，对之只有欢迎，但我还知道另外一种观看大自然并点燃对大自然之爱的方法，如果我说起它，那不是为了贬低第一种，而是为了说出第二种，不知什么原因人们总是忘记后者。

它的实质正相反：要不寻找最不美丽和最没意思的地方，要不就把自己关在没有窗户的木屋里或城市里一个黑暗的房间中，后者的窗户靠着隔壁楼房的外墙，然后想象森林。不过，森林很快就会自己出现在你的想象中，无须唤起。只要在这样的房间中坐上一天、两天、三天，听听胶合板隔墙那边邻居的喊声、街上汽车和电车的沙沙声、收音机里爵士乐的吼叫声和电视上交响乐团的演奏，森林、寂静、舒适的河边浴场、松树、田野里的白桦树、林间小路旁的两株甘菊、温暖的夏日黄昏、空中的小燕子、井边的蠡斯就都会出现在你的耳边、眼前，而且它们不像某些虚无缥缈的幻象，它们清晰可见、真真切切，与你童年时或几年前见过的一模一样。但是，童年见到它们时，你却没有注意过它们，如果现在不坐在房间里，你也可能根本不会想起它们来，可能不会爱上它们，谁知道呢？可现在它们如此风情万种地出现在你面前,你确定地知道,没有这个接骨木树丛(尽管之前你曾上千次从它旁边走过)或者黄色的甘菊,你将无法生活。

人们会对我说:"为了发现好的而去寻找不好的,这是不是自虐?这是不是有点傻?"傻的成分或许有,但我会这样想:有那么多人在生活中从来不去森林,不去追寻美丽的地方,那就是说,他们的生活中没有对森林、对大自然的爱。如此一来就产生这样一个问题:我们亲身体验另一种方式有什么不好呢?因为我们将不是为了恶,而是为了善去努力。但从另一方面讲,让人们远离绿色、森林、河流、鲜花、光明、鸟儿的歌唱,把他们驱赶到狭窄、阴暗的小屋里,唯一的目的却是让他们于黑暗中坐累之后想念美丽的大自然、想象它并唤起对它狂热而炽烈的爱,这算什么善呢?谁能向我们保证事情一定会是这样,而不是别的样子?万一被驱赶到那些令人窒息的小屋中的人们习惯了黑暗和狭窄及其他一切的不便,离开森林后彻底忘记了森林,不留下从前关于它的任何记忆,而爱上了自己的禁闭室呢?一切皆有可能,一切都可能发生。

森林马上就要入睡、死去,大地即将被寒冷封锁,可我想活着,而且要快点,再快点。我似乎从来没有这么迫切地想活着,好像生命在此之前一直沉睡,而现在苏醒过来了。夏天时我还生活得逍遥自在,好像我身后不是那么多年的光阴,而是永恒。我不慌不忙,对时间视而不见,睡了一天也不可惜:一天的时间在茫茫历史长河中算得了什么?——而现在,虽然我吝惜每个小时,还是没有空闲时间，什么都来不及做。可从前，不论我干多少活，一切都保留了下来。那么，是那种状态不好？还是这种状态不好？我想，这两种状态都很好，哪一种我都不想指责。以前不慌不忙地活着，也有自己的理由，现在我变得匆匆忙忙，是我改变了吗？我想不是。表面上看好像是变了，开始着急了，可内心里还是原来的样子。原来是什么样子呢？不慌不忙的。可原来表面上不慌不忙，心里却急着呢。也可以这样说：我现在是不慌不忙地匆匆忙忙，原来是匆匆忙忙地不慌不忙。

我现在面临着最严峻的考验，那就是：生活枯燥而无趣。我这个年龄应该见识的一切我好像都见识了，该爱的爱过了，能做的做到了。可能，我耗尽了我的精力、过完了我该过的白天，也可能，这一切都微不足道，我还需要生活和工作？但我怎么会如此烦恼？我像个百岁老人，似乎什么都知道，什么都见识了。我想生活，想工作，但是经常会没有精力；有精力工作，就没有精力生活。生活的愿望越强烈，留给生活的精力就越少。活着并对生活感到欣喜，这个连傻瓜都能做到，可你试试在没有生活愿望的情况下过一阵子。说起来很容易："不对。"是的，不对，但是我有什么办法？又不是我自己想要不爱生活，不是我自己自寻烦恼。我在与烦恼做斗争，想把它从我身边赶跑。可它总是悄悄来到我身边。

我不是在思考生活的目的和意义。我在祈求上帝，在我还活着的时候赐给我对生活的兴趣。

我看着窗外一抹寒冷的天色，没来由地对它感到高兴。我不知道我对这一天的欣赏、喜悦什么时候是尽头，在哪里戛然而止。可我越是欣喜，就越是觉得恐惧。显然，人并不是无穷无尽、无止无休的生物，也不是无底洞，不怕被没完没了地泼水，对吧？洞确实是无底的，问题就在于，你能干什么？你是什么样的"洞"？有的人可能少饮几口就死掉了，还有人可能刚吸收一点就受不了了。也有这样的时候：人们虽然在汲取，可汲取对他们没有好处，他们并没有因这美酒而变好，却变坏了。只有很少的人才能得到应该得到的东西：既汲取了，又心情愉快。我暂时属于第一阶段中的一员。这一阶段的人们既想死，又怕死。他们能汲取到，他们有这个命，也会得到应该得到的，但是这一切没有恐惧是不行的。确切地说，因为恐惧，才开心、才有趣，而且尝一尝这饮品也是一种诱惑。喝下它，接受你的命运吧！

初秋时，我也很痛苦，但是没有绝望，也没有不想活着的欲望。我忍耐着，我觉得，我背着十字架，而且能一直把它背到自己生命的尽头。现在痛苦消失了，生活变轻松了，我却说："我不想活着，我没有活着的力气和精力。"怎样做才能重新点燃生活的欲望呢？再次痛苦，再次想死？可如果我现在想死的话，我就会彻底死去，真正地死去，我的肉体会从这个世界消失。而我暂时还不想这样死。我说的是："我会死的，但暂时还没到我的死期。"真蠢，我哪里知道我的死期呢？说不定，它正好今天就到了呢？不，还没到。我是想工作，想暂时活着吗？是。那就是说，死期还未到。当它真正到来时，我不会逃避，也不会请求它拖延，而是会像接受今天一样接受它，把它当作应该的东西，但现在这个日子还没有到来。

怎样才能想活着？怎样才能让自己爱上生活呢？我自己回答自己：活着，并不提愚蠢的问题。这里没有捷径，道路只有一条——能怎么活着就怎么活着。对一切都应该这样看待：我接受生活，但不会抱住它不放。确切地说，就是我平等对待生与死，而且平静接受降临到我身上的一切。我心中因不想活着而产生的绝望和不想活着的愿望本身来自巨大的能量，来自想要活着的强烈愿望。既然这样，那么还有什么可焦虑的？还有什么可绝望的？一切都好，一切都在路上，让我们继续向前。

森林中宁静无声。正值冬天，树上没有叶子，树枝全都光秃秃的，这给人一种严酷和无助的感觉。北风将起，自北向南、自东向西穿过整个森林——无论在哪里它都没有任何阻挡，像在管道中吹过一样，只在有松树的地方，可能停下来，打旋儿。我喜欢刮风的时候在森林里散步，那感觉就像在风帆下面，你好像不是在陆地上，而是在海洋里。你一会儿偏向左，一会儿偏向右，改变着强风的方向，而风力很大，凉爽得令人陶醉。（有时候）风把你甩到一边，就像揉面团一样，没把你撞死就算幸运。可你还是感到高兴："谢谢，亲爱的！"它轻轻碰一下你的额头，稍稍爱抚一下，你也很高兴。它直接吹向你的胸膛，好像在阻止你进入一扇神秘的门，而你在挣脱——这时你对它也没有怨恨。而如果它抓住你的后背，就像拉起女孩子白净的双手——这时你除了感激，不知道说什么好。你飞过树木，衣襟碰到树丛，你在树干之间灵巧地躲闪。如果你蹬腿蹬累了，就随便找一株白桦树，靠着它休息。而风还在继续磨炼你，刮得越来越猛。它会把你带到森林的最南端，就好像带走一片树叶。但一切都有结局，风也有结束的时候。它飘走了，你扶着白桦树留下来。森林中的任何东西都不能阻止它，可你却在途中碰到了一株幸运的白桦树。

昨天我还在哭诉、痛苦，可今天早晨起来我就开始想活着，忘记了昨天的烦恼，似乎它从来也没有发生过，是毫无根据，凭空臆造的，它只是雷雨的一个影子，像远处的乌云，在提醒你一切都不是那么容易、逃避死亡也并不简单。

但今天为什么要想到死？我不愿意想，对我来讲死亡并不存在。看见灰色的、阴暗的天空，我爱它，今天看见了，明天、后天还能看见；看见光秃秃的、沉睡的森林，我很高兴，而它也不会让我产生任何悲伤的、不愉快的感情和想法；看见路上冰冻的水洼，我也很高兴，看见它们就意味着我高兴，并且准备给它们每个都唱一首热情洋溢的歌。早晨人的感觉很强烈，可能，到中午的时候感觉应该变弱，可我更强烈地爱中午，因此对晚上我已经心有余力不足，想爱而不能爱了。树还是原来的样子，色彩也还是单调的，灰色的，风景也一样——晚上没有任何新的东西：还是那条路，还是那片森林、那个山坡、那座木屋、那棵路边的松树，还是那只乌鸦停在阳光下，等我提着脏水桶从木屋里出来，还是那样的黄昏来临。这一切我都看过太多次了，可它们总是让我激动不已，每次看见它们我都有新的感觉。

这是一种奇怪的感觉，它有时非常强烈，让人无法忍受。当你觉得有这种感觉时，其实你已经在失去它、抛开它、想办法打断它，可能用一句话，可能大踏步向前走，可能换换地方，也可能唱一首歌。可当你体验到这种感觉的时候，它并不让你感到苦闷，它好像在迸发，你完全不会去躲避它，而是说"让它迸发吧……"这种强烈的感受是什么呢？应该把它叫作什么呢？我把它叫作爱。不过我也认为这可能不是爱，而是别的情感。但如果这不是爱，那这又是什么呢？我能感受到这片森林，我和它生活在一起，我时刻准备着为了它而牺牲自己，我爱它，我不厌烦它，我能够一连几个小时地看着它，没有它我会寂寞，和它在一起我会很幸福，而且只有和它在一起我才觉得幸福——这不是爱又是什么？我找不到别的词来形容这种感情。

我们的爱在哪里？它藏在什么地方？它在森林中，藏在树丛里。它胆怯，像野兽；它活泼，像早晨的山雀；它执着，像松树的绿色；它坚定，像日夜的交替——没有它我们真的无法生活。我们多么努力地追求它，多么精心地呵护它、照料它！我们呵护着自己的爱，胜过爱森林，它也在呵护着我们。它藏在森林之中，要想找到它，需要到森林里去。人们会问我："应该在哪些林间小路上寻找它？"我会说："在最美丽的小路上。""应该在哪些草地上寻找它？""在最柔软的草地上。""应该在什么树林中寻找它：松树林，白桦林，还是云杉林？""在最令人愉快的树林中。""应该在什么时候寻找它？""在怦然心动的时刻。""怎么，难道它像苹果或梨子那样挂在树上，需要把它摘下来，或者它开着鲜艳的红花？""它像果实或花朵一样挂在枝头，如果有谁喜欢，它就会像松鼠一样跳过来，否则就会像乌鸦一样叫起来，它会像一条蛇或一个小树桩，出现在喜爱它的人面前——重要的只是需要去寻找它。""怎么，每个在森林里游荡的人都能找到它吗？""每个去寻找的人都能找到。""然后他该拿它怎么办呢？像闻一朵花一样闻它，还是品尝它的味道？""既闻它的气息，也品尝它的味道，还会想到一些别的办法。""那么为什么人们还不到森林里去，不去寻找，而叹息说：'不，没有它，它绕过去了？'""们也去森林里，也在寻找，只是找不到而已。因为这粒果实很难找，不是每个人都能找到它。""怎么，别人没找到，而你却找到了？""我说的不是我找到了，而是我在寻找，并且相信我能够找到它。"

第二部　春

第一章

　　我觉得，我全部的痛苦在于我被说服或我自己确信，我什么也不是，我很渺小，各方面都很糟糕，以至于我害怕自己，觉得自己愚钝、无能，只有别人是出色的。我的森林不好，我的白天不好，我的嘴巴、头发也都不好。只要是属于我的，都一无是处。如果我身边有一个护林员，哪怕他跟我一样，甚至还不如我，我也觉得他是最完美的。

　　弄懂自己很难，斗胆说出你是谁、你是什么样的，更难。现在我说，我贬低自己，这不好，我不喜欢；可一个小时之后我将吹捧自己，我将激动地宣称我是世界上最出色的人，我会觉得这也是不好的。应该找到一种尺度，使人既不抬高自己，也不贬低自己，而是踏踏实实地活着，像一棵树或一个白天。难道白天也有这样的疏漏，导致它有时踮脚，有时屈膝？我渺小，还是伟大？要是我一点都不关心这个问题多好，否则还可能进一步想到，我是渺小还是伟大这个问题与世界毁灭是否会有关联。但是，人显然不能不想他是渺小还是伟大的问题。他可能这样想，也可能那样想，他的观点可能急剧变化，无论如何不能固定下来。为什么会发生这样的情况？这是由于我不信任自己，由于我把森林和自己都一分为二并不断地交替成为两者之一？要不就是我只是一个小护林员，而森林却很伟大？要不就是我很伟大，而森林却是渺小的？我既不想做一个小护林员，也不想成为伟人。我想成为我自己，但是，如果我眼前是森林，而它既伟大又渺小，我怎样才能成为我自己？森林是伟大的，这只是一种感觉，有时它也可以缩小到与几家合住住宅里的一个房间一般大。但那时它也是伟大的。那么我也既伟大又渺小？渺小感是从哪里来的呢？不是森林诞生了它吗？不是我自己的思索催生了它吗？

一开始，我像一张白纸，不好不坏，不大不小，不黑不白。后来，我的一切都偏离了方向，于是我变得既大又小，既黑又白。再后来，我变得只剩下小、坏和黑。不过，事情还会发展到我变得只剩下伟大和美好，像上帝一样。但结果也可能是我变得坏和黑。

冬天带给我智慧，它向我提问题，迫使我思索，它使我变得渺小？还是使我变得高大？我有点害怕，我不好，我不满意自己，我很渺小。只有森林会给我安慰。冬天夺去我的一半，带走伟大，留下渺小，因此我才变得渺小？我什么也不知道，我只知道冬天把这些问题带给我，而我想得到它们的答案。

树枝从雪的重压下解脱出来，晃动了一下，而我还以为它是被我吓得战抖了一下。但是，我看见雪落下去了，就是说，它轻松地晃动了一下。但我走近它的时候，脸上表情十分严肃，更重要的是我的心情也十分沉重，它不可能不被我吓到。确定了它是由于雪的重压和我的惊吓而晃动之后，我才安下心来。

我看不见森林不是因为眼瞎，而是因为森林根本不看我，因为它不喜欢我。或许是它觉得我有什么可疑的地方，或许是我的长相不符合它的心意：鼻子不直，头发稀少，眼睛颜色不对，所以它不理睬我。我知道我不是美男子，但我也不是丑八怪！我腿不瘸，眼不瞎，背不驼。可假如我真的瘸腿、驼背，森林就可以不理睬我了吗？这好像有点不善良。也许，我在它面前犯了什么错，它以此来惩罚我的过错？这样也是可能的，可如此一来我该怎样知道我犯了什么错？我犯的错太多了，我不可能赎完所有的罪，那怎么办？我要这样不见森林地活下去，它也要一直躲着我，像第一美女一样高不可攀、冷淡傲慢？

我不想活着不是由于生活纠纷，也不是由于寒冷和冬天。还在少不更事的时候，我就想活着，可现在忽然产生了不活着的想法。现在凡是来到我身边的都将是双重的：生命产生死亡，美产生丑，善产生恶，柔情产生残酷。我只能肯定一点——与森林在一起的愿望，这是不可改变的。而且，请记住：如果你心情悲痛，这不是因为你不好，不是因为你无用，不是因为你没有精力，相反，你充满力量，你精力充沛，你十分优秀。你总有一种东西是超越好与不好，想与不想的。这究竟是什么？我不知道，可以说，我甚至感觉不到它、不相信它存在，经常会忘记它，但是它的确存在。

为什么会有人自杀呢？是因为不想活了吗？完全不对。这是由于想活着的强烈愿望，由于令人痛苦的、无法消除的、不容拖延的强烈愿望。但是它们不适于生存，就是说，说苦闷、不想活着是错误的，这只是一种感觉，而实际上错误的是对活着的渴望？想活着不对，不想活着也不对？一个人渴望活着，就等于杀人或自杀。

森林、草地渴望活着，因此在春天到来之前它们就杀死了自己。我只实施了最小的也可能是必需的恶，但我没有别的路可走。我说的不是生理上的杀人，而是精神上的重生。但难道我重生了吗？我变得和以前不一样了吗？

我和死亡，哪个更厉害？哪个将是胜利者？如果我被它战胜，我该做什么？抱怨命苦、哭泣、哀叹？在春天到来之前，像行尸走肉一般活着，不去感受大自然、生命和森林？唉，唉，我真痛苦！我对自己不满意，但是又满意。为什么？因为我清楚，我已经死了，不管怎样我接受了自己的死亡并未做反抗，这已经够多的了。现在我和死亡的斗争要容易一些了。主要的困难不在于你不能战胜死亡，能够战胜死亡的那种力量是有的。困难不在于有的力量不受人支配，而在于不知道这是什么力量，你看不见它。可如果你能说出这是什么力量，那你就可以认为你征服了它。

现在我活着，而我曾经死去。我觉得自己没有生气、压抑、拘束、封闭，还有其他一些不好的状态，但我把这归因于生命，而不是死亡。我不敢把这归因于死亡。我想，如果你把它归因于死亡，就是自己杀了自己。我曾追问生命："这是为什么？"当然，它没有给过我任何回答。如果生命给了我回答，那就更加奇怪了。我问的不是它，而是死亡。它不回答我，于是我就开始失望，不仅对自己，也对生命。这时我突然产生这样的想法："我这个傻瓜，在干什么啊？在给谁提问题啊？"因为我问错对象了，应该问死亡，而不是问生命，死亡会告诉你一切的，而且很准确。我刚问完，它马上就给了我答案。

可以认为，冬天现在才来到我身边，而此前我一直处于秋天的统治之下。我差点死了。我想，现在我暂时还是奄奄一息。我究竟什么时候能彻底死去呢？春天？那冬天会是我生命慢慢逝去的时候，是生命的秋天？在这种情况下可以这样说：我似乎过着一种被放慢了速度的生活，在延缓到达一个期限的时日。森林里是秋天时，我过的是夏天，现在是冬天，可我这里却是秋天？在这种情况下需要期待春天的到来吗，如果与它一起到来的还有我的最后死亡该如何是好？这时你会不由自主地陷入沉思。但是，说实话，为什么不期待呢？难道我是胆小鬼，害怕死亡？还是它是洪水猛兽，让人害怕？它当然是凶猛、可怖的，但还没到不能接受的程度。它来了，我们就接受它，不拒绝，就像从前不拒绝生活（你拒绝不拒绝，它都会来的）。

春天它难以接近，这很不好。我想一直睡觉，我忧愁苦闷、牢骚满腹，我冷漠、淡定，任何的美此刻都不能打动我，即使世间最美丽的女子站在我面前，我也高兴不起来，这都不足为奇。这些当然都不好，换一个时候我肯定会因为自己如此堕落而痛骂自己一顿，但是有什么好骂的呢？我犯什么错了吗？俗话说，小胳膊拧不过大腿。冬天、死亡——可以说这就是一切。就是说，应该背负起自己的十字架，不应该抱怨。

奇怪的是，你刚刚同意这一观点，好心情就来光顾你了，似乎死亡它和生命一样美好，似乎你不是接受了苦闷、忧愁、不满、疑虑，而是扛起了天赐的幸福，闻到了玫瑰的花香。确切地说是这样的：死后也可以活着，而且必须活着。这让我感到高兴。结论就是：生命大于死亡，即使你已经死去，这个世界上不再有你，而只有关于你的回忆、一个苍白的影子、看不见的灵魂，那时你也仍然活着。就像夏日的蒲公英，盛开之后，它被孩子们折断、扔在路边很多天以后，但还活着。"接受死亡吧，接受吧！"我的心对我说，劝说我，"反正换一种活法是不可能的。""别接受，"另外一个声音对我说，"要知道这可是死亡来找你，而不是一个偶然的路人来找水喝。接受死亡没什么稀奇的，可怎样重生到这个世上来呢？"

在离护林所不远的山谷边一处旧掩蔽所里住着一只狐狸。我经常能在田野里、草垛旁看见它的脚印，它在那里捉老鼠；小溪边、草地上也有它的脚印，它在那里寻找黑琴鸡。可最近它常到我的护林所来。早晨我起来，往台阶上一看，在那里，台阶的最边缘，已经有狐狸的脚印和痕迹。我不知所措。我该怎样对待这个痕迹？生气还是高兴？一方面，这似乎没什么不好的——它来了，留下了自己的印记，然后就走了。它做了什么坏事？它怎样欺侮你了？但另一方面，台阶上的那个小角落不是它的，而是我的，如果我愿意，我自己可以在这儿留下痕迹,可我没留;其次,狐狸怎样我不知道,但是人通常是不应该留这样的印记的。行,如果它特别想的话,它可以来,可以做做客,可以通告一些消息,可自己的东西最好留在别处,完全没有必要为了在朋友的门槛上撒尿而去他那里做客。

脑袋发沉,好像被冻住了一样,不久前有一场大寒,脑袋受了凉。我全身也冻僵了,像土地一样。这让我很痛苦,一个活人,却死气沉沉的,人好像是完整无损的,却抬不起手、抬不起腿。我害怕自己会死,如果我已死去,那么我没有理由怕它。如果我活着且马上就要死了,那么则是另外一回事,那么我将不舍得与生命告别,我将紧紧抓住它,但一个死人,他能感觉到什么?能感受到什么?他死了,这就说明了一切。不过,虽然他死了,他也不是一块毫无感觉的木头,旧的东西他还记得,对新的东西他充满期待。但是,他记得旧事却没有遗憾,他期待新事却没有焦急不安的疑虑,他知道,新事会来的。他唯有一个困难:作为一个死者,还要度过这个漫长的冬日,虽然不像倒下死去那么难,但也难以忍受。你似乎随时都处于一种准备好应付一切的状态,像个士兵,或者消防员,或者摇篮边的母亲。严寒稍稍减弱,太阳刚刚醒来,溪流就开始潺潺流淌,水面就开始闪光,风儿就开始变暖,土地也开始化冻——这时马上就会有一只绿色的小豆荚冲向光明,一刻也不耽搁。它会不会犹豫,去还是不去?该不该冲向高空?它没有这样的疑虑。

我做事,我砍柴、巡查,我似乎什么也没做。我没有用心工作。我既责备自己,又不责备自己。原因很明了,因为冬天。它来到了森林里，来到了我身边。因此，责怪自己懒散、萎靡是愚蠢的。难道冬天可以到森林里来，却不可以到你身边来？可秋天在的时候，你为什么说："我这里没有秋天，我这里是春天？"那时我不想过秋天，那时我年轻、精力充沛，可现在我无精打采，把冬天当作自己的死亡。也许，那时，秋天时，我只是觉得自己不能接受秋天，觉得自己还年轻，离秋天还远，实际上却深陷其中，而当我歌颂自己的青春，我不过是在苟延残喘。死亡其实就在眼前。我自欺欺人，并且真的骗过了自己。好在我那时不知道这一点，倘若知道，我的眼里得多流多少泪水，我的胸中得发出多少痛苦的呻吟！不舍得与生命告别（怎能舍得！），不舍得离开这个世界，哪怕它让人厌烦，哪怕它不完美，哪怕它糟糕透顶，哪怕你不喜欢邻居，哪怕你鼻子上长出了粉刺，但当你真的告别了生命、迈过了那个门槛，你还有什么舍不得的？你还流什么眼泪？你什么眼泪也流不出，因为你什么也没有失去。难道，死去之后你真的失去了生命？但你还活着。失去了太阳？但它还在照耀，尽管不如夏天时那样灿烂。而且，你还有秋天、夏天时不曾有过的东西。你有生活的希望和信心，你相信春天会到来，你会死而复生。而怀有美好的希望、相信并期待它，这是多么令人开心的事情啊！的确，这是一个人身上能发生的最好的事情。

如果要回忆秋天，那么会想起厚厚的木板、双人锯，以及拿着锯俯身在木板上方的自己，咯吱咯吱地来回拉锯，锯木板。很奇怪，秋天虽然很美，却像死亡一样迫近，不过它不像死亡那么恐怖、可怕，这难道不是因为我们习惯了冬天，却无法习惯死亡？可又哪有时间习惯它呢？——今天它来了，今天你就没了。无论如何，我不仅记得木板、双人锯，俯身在木板上方的自己——这样的场景马上会出现在脑海中，显然它更刻骨铭心。我还会想起雪天在森林里行走，冰冻的河流，冰下多石滩的地方水流的咕嘟声，还有菜园里兔子的脚印，水獭，被雪压得悄悄弯下腰的白桦树干，月夜，还有脚下闪光的雪花，好像你走在星空中，还有红腹黑雀火热的胸膛，它在迎接被冻得脸色苍白的太阳。就是说，冬天也有可爱之处，人会在它身上找到可爱之处。为什么明白这一点很重要？因为这是为了让我们不要完全拒绝冬天。

厌倦了不想活着的愿望和绝望之后，我愿意在一个美好的时刻死去，自己结束自己，一个罪人的生命，或者让自己相信自己的存在是无用的、没有必要的。我想，我不会做任何特别坏的事。坏事，我当然可能做，我的罪孽和不可饶恕的错误是意图谋害自己的灵魂，而这是任何人都不能为你开脱的。但我不想这样做，不是因为你罪无可赦，而是因为自杀之后你仍然会活着，而且你的绝望和恐惧之环会收得越来越紧。这种解脱的假象很有诱惑力。你觉得，你只要自刎或上吊就可以摆脱所有的苦难，飞上天堂去享受仙果。如果这条路是正确的，那么每天将会有多少受苦受难的疯子割断自己的喉咙，去向那里啊！不过类似的情景我们根本看不见，我们看见的是人们虽然饱受痛苦和折磨，承受着各种损失，但是却在慢步、游荡、走路，以另外的方式寻求令人痛苦的解脱之路。这条路离死亡近、离生命远，而无论它多么遥远，我们都奋力抓住它、呼唤它到自己身边来。

冬日森林的宁静祥和是不足信的。感觉好像它在沉睡，寂静无声，它已沉入美好的梦乡，像木墩一样无知无觉，而且会在这梦中沉睡到春天。怎么不是这样呢？冬天正是它最痛苦的时候，它因为自己死气沉沉、不开花、不生长而难过。可难道有谁要求它开花了吗？难道太阳召唤它，难道月亮催促它这样做？没有任何人催促它。可有人催促我。是谁？是生命，是我自己，是人们，是森林。也许，森林不痛苦，只有我一个人痛苦，它独自矗立在那里，不知愁苦。可我睡不着觉——这就是我痛苦的原因。不管我怎么说我接受了死亡，不管我如何哀求死亡降临，我的死期还是很遥远，关于死亡的话还只是空话，别的什么也不是。只有我死了，那时我才真正死气沉沉，那时死亡才能来到我身边。在活着的同时认为自己已经死去或做个活死人很难，而在这时认为自己活着，却是很大、很严重的矛盾。森林里是冬天，我这里也应该是冬天，可我还活着，我没有死去，也没有沉睡。而我又是从哪里知道我是活着，还是已经死去？也许，我早就如同行尸走肉，我的骨头正在土里腐烂。我们认识太多的会走、会看、会做其他事情的死人了，他们早已经死去和腐朽，却还在大地上游荡。这些好人充斥着这个世界。

春天，等待我的是与蒲公英的约会，我在心里面想象着这次约会的场景。在路旁、在井边、在护林所外面、在草地上我都能看见它。可现在它很遥远，遥远得看不见单独的花朵，而是全体一起变成黄色，像一小片黄色的雾笼罩在草地上方。如果蒲公英离得再远一点，那么连黄色的雾也看不见了，只有头脑中对于蒲公英的想念。这时身边就有一朵小花，于是回忆起自己从前如何端详它，如何走近和远离它，那时你不是专门去看它，而是在走路——为什么不能看一看呢？我觉得，我现在想象中的蒲公英比实际生活中的还要清晰，如果它现在出现在我眼前，我会停下来看它，嗅它那浓烈的苦味，它会使我心情激动，就像有位姑娘近在眼前。我回忆起自己折蒲公英花或注视蒲公英时的所有情景，那时我不是无事可做，就是完全不知为何要那样做。

当然，即使有着极其强烈的愿望，你也不能全部记起与蒲公英每一次见面的情景。一共有多少蒲公英？也许不是很多很多，但也不是只有一个或十个、二十个，而是成百上千，而且每一个都让人喜欢，每一个都给我留下了美好回忆，留下了对于温柔、亲切的感激之情，每一个都活生生地站在眼前——当它们事实上已经不存在、至少你身边没有它们的时候。它们即将离去，对此我并不感到痛苦，我很高兴将来还能再见到它们。它们是否高兴和我见面？我愿意这样想：它们高兴。

严寒，它让我很不舒服。无论我如何努力去接受冬天，可心里却容不下它。我觉得冷，很冷，我的棉袄很小，我的后背很疼，我的靴子似乎也很沉。而外面是什么情形？空气沉重，寒冷，暴风雪，无处可坐，无处可站，你只能像个饿狼一样奔跑，还得对自己的奔跑感到高兴。

我似乎没有挨饿，暂时我还有面包，井里也还有水，可是因为冬天，面包好像变得不能果腹，生活也似乎变得无依无靠。显然，我还不能站稳脚跟，所以冬天一出现就把我打垮了。

如果我是一个贵族老爷、富人，有拖地的皮袄、毡靴，有更肥美、浓稠的食物，有马拉的雪橇，有温暖的火炕，还有陪在身边的女人，那样我也许会喜欢冬天。可冬天却在用它的残暴摧残我的精神，冷透我的内心。因为冬天，我身体瑟缩、心情苦恼。

糟糕的心情，确切地说是糟糕的状态，取决于我自己。冬天非常好。好样的！冬天它简直太好了！我不好。但是不好的我也没有不好到需要痛斥自己、把自己踹到一边去，或者对冬天说："走开！"说倒是可以说，但它真的能走开吗？对此我表示深深的怀疑。如果可以这样告诉自己，那么每个人都会说"走开"，把不好的自己赶跑，把好的自己留下。可不好的自己就坐在那里，你赶他，他也不走，甚至还躺下来，好像故意作对似的跷起二郎腿，要茶、要咖啡，让你给他放音乐，拿一本好书。他会说："兄弟，我在这张床上睡觉。我喜欢睡软床。"然后占领你唯一的床铺，把你赶到地板上。这书我第一次读。他会拿起你的书来读，从中得到满足，笑得喘不过气来或泪流不止，而你只能坐在窗边，看着森林，想象你该做点什么。可他看完书，会把书放在一边，对你说："我好像有点饿了。快想想，给我弄点什么吃的。"于是你就开始想。趁他靠着你自制的圈椅坐着，你赶忙去打水，削土豆皮，生炉子，煮饭，给他拿吃的喝的，像照顾吃奶的孩子一样照顾他——你全心全意为他服务，听他指挥（而且你觉得幸福，因为你身边好歹有个人）。感觉好像有点不合逻辑？停下来，从旁观者的角度看看，就可以合乎逻辑地说："快点，老兄！离开这里，爱去哪去哪吧。我不是你的奴役，也不是你的仆人，你也不是老爷，我不需要听你的。"可是你讨好他，对他卑躬屈膝，他却大模大样，放肆傲慢，像鹅一样趾高气扬。而你却还对这种状况感到满意，一旦他开始收拾自己的破烂东西要走，你可能会大喊："别走，留下来，永远和我在一起！"不过，你喊还是不喊，这我可不知道。我希望是这样。

我听到一个微弱的声音，回头看去：声音从哪里来的呢？周围是光秃秃的田野，没有大树，也没有灌木。忽然看见一棵柔弱的小草，是它在看见我的时候动了一下。我往旁边闪开一点，它还在颤抖。我又往前探了探身，它忽然不出声了。我从它旁边绕了过去。我摘下帽子，好听得更清楚。它还在发出簌簌声，尽管声音很小，而且这声音是从雪地上轻轻传来的。真是怪事！莫非我是什么猛兽，小草见了我也战抖？我走得远远的，但是小草的声音还是久久地响在耳边。它跟了我整整一天。我停下来，想让耳朵清静清静，可还是能够听见小草的声音。直至今日它还在我耳中萦绕不绝。可它为什么不该战抖呢？我可能不是猛兽，但也不是天使。

记得，小时候奶奶织了一副手套，现在我还觉得很温暖。如果冬天我不戴手套，在风雪天或大冷天光着手，这不是因为我没钱或没时间到城里去买手套，也根本不是因为这样的手套哪里都没有卖的，商店里手套特别多，而只是因为奶奶织的手套的温暖至今仍留在我的手上。

也许人们会对我说:"为什么你穿裤子?为什么你不光着腿走路?要知道在你童年时也给你买过裤子,还不止一条,而是好几条(究竟买过几条,我不记得了)。为什么它们的温暖没留在你腿上?旧裤子刚穿坏,你马上就去买条新的?"对此我自己也不知道,而且很奇怪。看来,奶奶的手套比那些裤子的温暖更长久。

冬日,它来到你身边,和你亲热,像驯服的野兽或小孩子。有谁没见过它!它温柔亲切,它用真诚的爱意把你包围,没人能给你比它更温柔的爱抚。当然,只有它。你为它付出很多,而它却很吝啬,这种情况很难想象。它为你付出,而你很吝啬,这样说更准确。它没有任何引人注目的地方,它很平常,与每天中午三点钟的冬日一样。还是那样宁静的光,暗淡而短促的,在林中流淌;还是那些云杉和松树在寒冷的薄雾中若隐若现;还是同样的雪留在路上、田野里、树枝上;灰白色的天空;稀薄的云彩,透出点点蓝天;黄昏时分昏暗的太阳和树枝上比阳光还亮的红腹黑雀;风平浪静;用机器运来、匆匆忙忙卸下的木板;雪橇;蒙着一层霜的斧子。单独看上去,这一点都不亲切温柔,天空、木板、斧子都不会对你温存,不会拥抱你,而如果你注意一下霜的话,那么它对你更多的是刺痛,而不是爱抚。一幅常见的画面,似乎它从小就在这里,昨天、明天也还在——它身上不可动摇的、永恒的,以至令人忧愁的东西太多了。而这一切在一起产生一种感受,似乎这个世界给了我一个甜蜜的吻。它响亮地吻了一下你的额头,你就带上了印记。我很高兴,但这不是因为我带上了印记,而是因为我在冬日里看到了柔情。

每走一步我都可以为大自然唱一首赞歌,歌唱白雪中的青松、白桦树枝条上的霜、冰冻的田野、披着绿叶的柳树。世界上似乎没有一样东西是我不愿意对之心怀感激并为之歌唱的。某种废物,比如白桦树的疖疤,我也愿意接受。这并不能让我恼火,而只会让我激动。你看,可以因为早晨而感到高兴,可以欢迎太阳的到来,可以承认对松树或冰冻的田野的爱——可以根据自己的喜好做出选择,而这种选择是多种多样、充满矛盾和莫名其妙的。你欢迎早晨,因为不这样做似乎无法开始这一天。你向太阳表示祝贺,因为不能不对它这个劳动能手说上几句话。你爱上了柳树,这时你的好感和感情也是可以理解的。我不反对颂扬其他一切事物,如暴风雪、严寒、吹雪等。如果持这样的观点,那么这个世界上岂不是不存在那种对之既应该颂扬又需要畏惧和逃离的东西,那种带来死亡、别离和破坏的东西?因此我觉得我的颂扬和爱不是真正的颂扬和爱,而是某种虚假的情感,它说明的恰恰不是爱,而是冷漠,或者是对自己的爱,而不是对树木和白雪的爱。但也可能是这样:我的感情十分严肃和真诚,它们的稳固注定了我将来会极度苦闷并对我现在赞颂的东西充满嫉妒。

灰蒙蒙的冬日,你头顶上方是兔子肚子一样的灰色天空。它好像全都是白的,却发出灰色,它并非只是看上去这样,而是实实在在就是这样。但是,不仅白色的东西看上去是灰色的,连发黑的树木、木屋、远处的森林也都变成灰色的了,虽然后者平时由于浓郁的绿色而显得发黑,像木炭一样,现在它也变得软绵绵的、在自己的一片灰色之中与地平线连成一片。似乎，大自然中的一切都被灰色征服，只有我一个人它战胜不了。可能它没来得及，也可能为了保持平衡它没有理会我，要不就是它觉得我不值得征服。

早晨我精神抖擞地从床上跳起来，精神抖擞地生起炉子，现在我精神抖擞地看着我身边的大自然。"你看，"我心里说，"它投降了，可我是不会投降的！"但是灰色很柔和，它不给你压力，不使你忧愁，但它的柔和同时又给你压力、使你忧愁，它还用它的美好包裹你、诱惑你。于是你会慢慢地深入这灰色之中，这时的你已经消失不见。真想大喊一声："喂，你在哪里！"可是，看不见你。

我执拗地向寒冷发火。而我越发火，就越执拗。可执拗一阵之后，我就会想："犯得着这样执拗吗？"但这样的问题谁能回答得上来？人们说，蒲公英一年能给一次回答。可现在上哪找蒲公英去？它开花的时候是夏天，六月。我坐上雪橇去草地，那里夏天长过蒲公英，——也许，已经死去的它现在会突然开口对我说些什么？不必等到夏天到来。野地里还有很多雪，看不到地面，我只能凭记忆找到以前蒲公英生长的地方。现在，我好像已经站在它面前了。侧耳细听。我听见了凹凸不平的雪地上方风儿轻轻的脚步声，听到了雪下老鼠在洞中同样轻轻地尖叫声，你不能马上分辨出是雪在呼啸还是老鼠在劳作。我听到了森林另一边野兔如大炮轰鸣一样响亮的喷嚏声，听见了我背后松树上乌鸦的呼吸声。而这是什么声音？它模模糊糊、不甚清晰，比风儿最轻盈的呼吸还安静，比老鼠的尖叫和雪地的呼啸还安静。莫不是蒲公英在雪下发出的声音？我竖起耳朵,仔细倾听。不对,这是被太阳晒热的白桦树在憧憬春天时柔嫩的浆液;等到大地开化,浆液会从黑土地中涌向白色的树干,树叶就会变绿。我忘记了蒲公英的声音,想起春天很快就要来了。我要耐心等到夏天,到时候就知道我该不该对冬天发火了。

在林中我看见了一只像土豆一样圆圆的、胖乎乎的小鸟。我走到它身边,它不怕我,没有飞走,似乎我伸手就能抓到它,它居然能让我离它这么近。我的心情开始变得高兴而轻松,因为我看见了一只我不认识的小鸟,还因为鸟儿对我很友好,没有认为我对它有恶意,没有害怕我,没有从我身边飞走,像所有的鸟儿,甚至包括对我了如指掌的乌鸦,通常所做的那样。我甚至高兴得流下了眼泪。鸟儿的信任多么令人开心!之前你不认识它,从来也没见过它,也不知道会不会见到它,可现在你见到了它,你对它没有恶意,相反,你从心里对它充满好感,它也理解并接受这份好感,而且可能同样很高兴你是值得信任的,你没有从它身边跑开,没有躲进灌木丛中。

我站在那里,看着它,努力记住它的样子,便于以后向鸟类专家请教这是什么鸟,我没想到要去抓住它,或者更无聊地打死它。这一和平景象没有维持很久。不知是我动了一下、离它太近了,还是它对我的好奇心感到厌烦了,反正它一拍翅膀飞走了。也可能是我不想把这令人难以置信的会面拖得太久,无意中惊吓到了它。如果所有的鸟儿都像家养的鸡和鹅一样不怕我们,直接从我们手里吃食,往我们眼前飞,在我们脚边聚集成群,这将是多么让人沮丧!多么令人难过!但是,从另一方面讲,我们企图谋害它们的生命,而它们像怕歹徒和强盗一样怕我们,这难道不令人难过吗?令人难过。

仅仅因为要穿太多衣服这一点，我就已经不喜欢冬天了。又是背心，又是衬衫，又是毛衣，又是外裤，又是棉袄，又是帽子，又是手套，还有无数的破东西，有沉重的靴子，有围脖，还有别的。老天爷给你的所有东西：脑袋，胳膊，腿上，都得穿戴点什么。有腿脚，你就得给它穿上皮靴、毡靴。有脑袋，你就得戴帽子。有手，你就得把每个指头都套上手套。你穿着衣服，把自己包裹得严严实实，让别人看不见你，以至于你禁不住问自己："你在哪里？"可你找不到自己。你找得到帽子，找得到毡靴、皮袄，而你的躯体却不见了，看不见它，好像没有它似的。因此，如果人们对"走来的是谁？"这个问题给出这样的回答："是帽子，是毡靴"，我也不会感到惊奇。事实上也确实是帽子或毡靴在走。这里没有人。

我喜欢夏天，那时候我身上没有这些破东西，或者数量很少——一件、两件的，而且都很轻，像羽毛，像绒毛，你穿着它们看上去也不像一头大笨熊、一个厚毡靴、一只绵羊，而像一只小鸟，那时你身上的一切都是开放的，都露在外面，与空气、雨水、土地亲密接触。脚接触土地，脸接触雨水，肩膀接触风。看着你的时候，人们都说："看，脚在走，脑袋在走，胳膊在匆忙前行。"那时你全身都是开放的，你的衣服就是包围你的空气，森林，天空，风，山，还有背心，还有内裤，它们也如此轻盈，似乎它们是由风、天空、大气编织而成。

一个阳光灿烂的白天,明亮、洁净、幸福的白天。无论你往哪里看,所有东西都让你喜欢。你看一眼松树——松树美丽动人。它的绿叶很美,它的树枝、树干也很美,树干像圆柱一样支撑起寒冷的天空。你看一眼云杉——它也不难看。尖顶的大山巍然屹立,占据半边天空。你来到野外,这里也美好、和谐。接骨木不高,但是很漂亮。枝条柔软、结实,枝繁叶茂、生气勃勃,对它怎能不侧目欣赏?秋天过后,一丛蒿草在岩石间保存下来。谁见到它能不高兴?在白天寒冷的热气中,似乎了无生气的它微微战抖,与它交流使你开心。田野看上去很大,可它上面的一切,小草、灌木丛、小树都很小,都紧紧依偎着大地。在森林里你无法随意看一步之外的地方,因为你的眼神总是被云杉或石头、树桩或松林的边际所吸引。而树木、原野,这一切都消失在广阔的天际。

如果要从全年所有的白天中选出一个最明亮的,那么这个白天将是冬日的白天。为什么?因为它同时也是最黑暗的。春天时白天是明亮的,好像没有比这时候更明亮的白天了,——这时太阳高挂,照耀大地,流水和融化的雪闪闪发光,年轻姑娘的眼睛也闪闪发光,你的铁铲也在菜园里闪闪发光。冬天有什么东西闪闪发光呢?只有雪。太阳低低地挂在远处的林梢,无法离开。周围的光线与其说是白色的,不如说是粉色的,天空和松树都变成了红色。

冬天到来之后,今天是太阳第一次照进我的小窗,并在墙上留下了影子。当我看见它时,我对这一重大事件表示感叹,但是我没有感叹很久,也就是那么一小会儿,它就无影无踪了——太阳跑掉了,但是我心里有什么牢固的东西动摇了。我马上想到:冬天结束了。现在没有它，以前没有它，将来也永远不会有它了。可哪有这么回事！由于寒冷窗外的空气看上去烟雾缭绕，而你刚把头探出去看外面的台阶，你就会觉得凉飕飕的，很冷，不想去巡查。想整天坐在木屋里，取暖，可难道你能坐得住？腿脚和身体还好，心灵却觉得寂寞，在木屋里它觉得压抑而苦闷，想到外面散散步。于是你就把自己的身体留在护林所里，而将心灵放飞，让活跃好动的它在雪地上奔跑，它不惧严寒，不怕陷入松软的雪地——跑够了，就回来了，谁还能把它抢走？可万一你放它走了，它因为获得自由而得意忘形，跑到什么地方，比如遥远的山村，不再回来，迷失在密林中，或者被哪个猎人抓住、打伤、装进袋子里呢？不，无论到森林里去的愿望如何强烈，还是必须留下来。胳膊、大腿，你们快去吧！最好让我们在雪地里冻伤、冻死，经受痛苦，但我们不会把心灵交出去的！

　　天上曾经飘着薄薄的冬日的云，那甚至不是云，而是雪尘，从原野上升起，在太阳下闪光。有太阳，稍微有点冷，我第一次见识了被人们称为"光的春天"的春天。光不止在早晚时分增加了，白天光也变多了。中午也一样，如果天空洁净，光就到处闪耀，但冬天仍然是冬天。虽然周围一直到地平线都很明亮，可你还是感觉天空只有一半是亮的，就是南边的那一半，而北边是黑的，好像白天在它自己最明亮、也就是当它照亮世界的一部分并使之熠熠生辉的时候，被分成了两半，分界线从天空中间穿过。站在其中的一半，你好像在白天里，因为光明而欣喜；站在另一半，你好像在黑夜里。这种状态充满了令人愉快和不安的感受：哪一半天空会笼罩你？明亮的，还是黑暗的？由于这种二分性，冬季的天空显得很低、很小、瑟缩，像泄了气的皮球。而天空在夏天是广阔的、高远的，像钟一样鸣响。你抬头看天，寻找它明亮的一半，相反的那部分天空，但你找不到——它远远地走开了，离去了。

我不是根据天冷，而是根据冬天出现、来临的日期来判断它的到来。哪怕冬天比非洲的夏天还热，只要它的期限到了，那就是它的，而不是别的什么期限到了。夏天过后不可能有春天，秋天之后也不可能有夏天。全部的秘密都在于四季严格、守时的交替，在于死亡和新生。如果一棵树出生并长满了叶子，而它的这些叶子又必须落下去，那么它们就会落下去，至于这应该发生在春天还是夏天，与我们没有任何关系。它们可以夏天凋落、冬天生长，如果它们喜欢；但是，一旦出生，它们就一定会死去，而死去之后，一定会重生。因为树木应该出生或死去，所以一年四季，春、夏、秋、冬才会来临。

天空中已经堆满了、塞满了云彩。森林里的色彩已经暗淡了。没有白雪闪光，没有小溪在阳光下嬉戏。眼里没有蔚蓝的颜色和蓝色的远方。你的目光被定格在森林、云彩和路边的树桩上——它没有别的出路。没有山雀叽叽喳喳叫，没有水珠从房檐上滴落，没有太阳在原野里游荡，只有喜鹊喳喳叫，它的叫声沉没在灰色的雾霭中。被白雪衬托得更加浓重的松树的绿色在哪里？它变黑了。春天、夏天的梦想在哪里？在这样的日子里谁的头脑里会产生这样的梦想？难道会是乌鸦，由于天生的矛盾感？它总是和别人不一样。关于冬天的思绪在哪里？没有这个思绪。那么有什么？什么也没有。天空中是灰色的、激动人心的云层，太阳也不能将它穿透，几个小时光亮的白天，零度的温暖，距离春天到来还有些时日。不是冬天，也不是春天。是开春之前。

离春天越近，心跳得就越自由。就是说，我是对的，我的绝望情绪是冬天给我的礼物。这其实不是我的，而是冬天的绝望之情，冬天把它转嫁给我，而我承担了它。如果我没有上钩，没有模仿森林，那么我会无忧无虑地度过冬天，而感觉不到沉重。但是，那样一来，我也就不可能拥有夏天、秋天、春天，不能因它们而欣喜，也不能与它们共同度过快乐的节日和忧伤的日子，不能共同经历我的青涩与成熟，那么我该算什么呢？当然，绝望的时刻是沉重的，不想活着的愿望、对死亡的恐惧都落到你头上，压迫你，把你拖向坟墓——这一切的确如此，但是能够再一次体验出生、体验年轻、幼小、像一片嫩叶一样的感觉，感受光明、夏天和爱，爱自己的秋天——天啊，活着——是多么幸福！为此我愿意上百次地迎接死亡和冬天。

夜里来到外面的台阶上，我听到了灵动的雪的声音。由于雾气、由于温暖、由于变热的太阳光线，积雪恢复了活力，开始了呼吸。它们的呼吸是那么安静、那么微弱，你甚至不能把它们和自己的心跳声区分开来。天空中的星星沿着自己的轨道运行，它们也发出更大的声音。积雪没敢出声，它的声音太短暂、太易逝了。它在生与死之间跳动，有时你看一眼，看到的全是雪，有时你早晨醒来一看——雪呢？它在哪里？大地上没有雪，取而代之的是去年的草。

雪远去了,像一匹马,像童年美丽的梦。你跑过去追赶它,可是嫩绿的草绊住了你的脚。你跑去寻找雪,却迎来了绿色的夏天。但你不讨厌这样的骗局,而且你也不认为这里有欺骗:你跑去是为了它,跑回仍然是为了它。

我有两条主路从公路通向护林所,一条在森林里,是黑暗的;另一条是明亮的,沿着林缘蜿蜒曲折。一条路一面连着高大的松树、茂密的花楸丛,另外一条面对着广阔的田野。这条路很亮堂,通向南面,我喜欢它,总是把它作为首选,尤其是春天的时候。由于无事可做,我在这里建了一个作坊,当然这也是为了驱赶冬日的怠惰和懒散。我在这里堆雪人。我成不了像样的雕塑家,我是一个不好的雕塑者。我不寻求雕塑作品要求的意义,我的塑像也没有任何思想内容。这不是经过构思的塑像,确切地说,这只是攒成的大雪块,我喜欢用手抚摸它们。而在我的抚摸之下,它们当然会改变模样,具有一些稀奇古怪的轮廓。进行这样的创作的时候,对我来讲,重要的不是塑造出形象,而是用手抚摸雪的过程。抚摸雪人的时候,我常常觉得我是在用这种方式表达自己对大自然、冬天、世界的态度——我抚摸它们。什么时候,在其他的什么情况下可以如此具体直观地向冬天或春天表达自己的爱?用语言说出来?这非常好。如果说话可以说一箩筐废话,况且,哪一个恋爱的人会把自己的感情拘泥于一句话呢?一个动作,一个行为——也许不用更多,但是比语言更直接、更坦白。我抚摸着自己亲手制作的作品,心里觉得这些出自于我手下的奇形怪状的曲线蕴含着某种意义:它们表达着我对大自然、对森林、对世间一切生物的爱。我甚至觉得，爱的最纯粹的表达就是温柔的抚摩。假如我是艺术家，会塑造人形，那么我手中的雪人受到爱抚之后肯定会变得栩栩如生，但是我不会、而且好像也不想塑造人形，因此它是不会活起来的。而这世界上又有谁需要我的丑八怪们！它们，我柔情爱意的果实，还将长期站立在路上，只要春天的太阳不强烈地照耀它们，它们就不会倒下，不会融化。但既成的事实无法改变——我爱它们，我爱抚它们，我娇惯它们，把这一切当成一支神秘的舞蹈，而我爱谁、爱抚谁、娇惯谁——这有意义吗？

春天美丽而美好，但它有些东西让你感到不满意。你知道，这也许是你的最后一个春天，将来的已经是另外一个而不会是这个春天了，但你还是会说："将来的春天还是这样的。"虽然新事物的到来令人愉快，但与旧事物的告别却令人痛苦。何况旧事物一去就不再回来。是不是需要抛开它去追求新事物？还是稍微等一等，两者都接受，或者，即使想要抛弃某一个，也尽量慢慢来呢？这我不知道。针对这两者我都有许多定规。我可以说应该这样做，然后又改变主意，我甚至可以既这样做，又那样做，但对我来讲重要的是知道正确的路在哪里。确切地说，就是我知道我和旧事物的关系已经完结，但我却无力接受新事物，而且也许永远也无法接受它，于是我给自己延长期限，既然我自己不行，希望随着时间的推移，它能助我一臂之力。这样也许可以让自己不绝望，但又该怎样说服自己去接受？你心情不好，你勉强自己，你绝望？了解自己很重要——你是什么样的人，你有什么能力，了解之后你才能在森林中找到自己。而在此之前你自己是迷失的。不应该为自己寻找森林,而应该在森林中寻找自己。或者,不应该在森林中寻找自己,而应该在自己心里寻找森林?这里哪个更正确?找到自己后,你就知道该如何自我定位了。

冬寒刚刚减弱一点,我就开始吐口水、像孩子一样哎哟哎哟喊,像鸟儿一样叽叽喳喳叫,嘴里因为喜爱而流出涎水,极度兴奋。我能感觉到体内的兴奋,可经验告诉我:主要的是尺度,应该让你的心平静下来,沉稳下来,这么兴奋未必是好事。爱吧!没人不喜欢,没人反对,但是请你平静地爱,理智地爱,别让不切实际的过分激动毁了你,让大脑和心脏都保持冷静。至于爱高于恨,这不重要。我这样对自己说,这样劝阻自己、说服自己。如果可能,我真想说服自己,可是心意、情感是能被说服的吗?你想的是这个,可你的心想让你做的却是别的:关于仇恨,这都是胡扯。想爱,就爱吧,如果你有能力爱,有能力活着,那就活在你的爱里,直到你生命中最后的日子,而且如果你死去的话,也不是因为爱,而是因为爱离开了你,因为没有爱你就活不下去了。你自己永远也不会抛弃它。

我高兴什么呢?我高兴,因为我有双腿,而且它们会走,有双手、眼睛、耳朵、心脏;我高兴,因为有白天、黑夜;我高兴和朋友见面;我高兴,因为我能够高兴。我这像小马驹一样的麻利劲从哪里来的?哪里来的这种勇士的强悍让我热血沸腾?可这不是由于强悍,也不是由于热血沸腾,而是由于艰难、痛苦,由于冬日太久,由于寒冷、黑暗和恐惧。在这漫长的秋天和冬天,我经历了多少磨难，多少痛苦，多少次奄奄一息，接近死亡——这有谁知道？有谁见证？难道是目睹过我阴郁样子的太阳？或者是在路上陪伴过我的那只喜鹊？还是我在森林中每次都要经过的那棵松树？但是它们能知道、能看见什么呢？有谁、在什么时候不担心犯错，有谁审视过别人的内心？不，这不是小马驹式的麻利，不是疯狂的喜悦（我高兴了，就说这里什么都有），而是春天的喜悦，自由的喜悦，是出自压抑、出自痛苦的喜悦。它的衡量标准是什么呢？是你的不愉快经历？你微笑的力量？还是黑暗之后的光明？这样看来，可能喜悦就变成了另外的样子。虽然，坦率地讲，喜悦无论何时何地都是一样的，无论它是来自幸福，还是来自痛苦。

早春比冬天更让人难以承受。冬天你坐在木屋里挨冻，忍受着种种不便，但同时你知道，不管你愿不愿意忍受，寒冷总还是要来的。你还是把冬天的寒冷认为是理所应当的，尽管不愿意。可是春天你的焦急、期待、怨恨日益增长，你已经开始思念温暖、阳光，但严寒还在每天折磨你。你心里想："明天就该滴水了，明天就该阳光灿烂了。"可明天、后天都没有阳光灿烂。只有中午太阳晒得最热的时候房顶上才会掉下几颗细小的水滴；在山谷的南坡，太阳和风把积雪晒化、吹走，好像在用刨子清理它们；窗外，一只小山雀叽叽喳喳地唱几首听不清的歌——春天就此结束了。这时的一切都是骗人的，包括太阳、远方、风的味道和血液中莫名的激动。中午，你沉入幻想之中："噢，春天来了！"于是你在想象之中描摹开花的草地、青草、小溪，可到了晚上你一看，雪和严寒都已全副武装，它们还得待好多天。当然，好在是春天亲自诱惑了你，不是它，还能有谁能够诱惑你呢？但这也是个令人沉重的玩笑，因为必须从春天返回冬天。有时，你听够了山雀的歌声，突然奔跑起来。跑上十分钟、二十分钟，就已经跑不动了，心里闷得难受，你也不知道自己在往哪里跑，可你就是觉得应该奔跑，好像必须去拯救某人于危难或者在拐角处迎接他。后来，你突然明白自己为什么奔跑，——原来这是因为春天诱惑了你，又抛弃了你。当它诱惑你的时候，你追赶它，当它抛弃了你，你才停住脚步。你莫名其妙地站着，责怪它："它会不会长期玩这种骗人的把戏？你这个笨蛋会不会长期天真地相信它？"它发慈悲赏你几颗水滴，你就对此心满意足。

只有当时间过去、你也经历了一些事情之后，你才会明白你身上都发生了什么，而且你经历的事件越严重、越可怕，你回想时就会觉得它们更可怕。在我来森林的第一个半年，我都经历了什么？真让人非常惊讶和恐惧，但是所有的惊惧也代表不了我的小部分经历。即使现在，当这一切已经过去，也仍然如此。对秋天我还是爱的，它对我也很亲近。但冬天却让我遭了不少的罪。我是怎样活下来的？怎样保全自己的？这我自己都不明白。理智上明白，理智什么都能理解，可心却拒绝理解。我这样说不是为了抱怨命运不公、刻画丑恶的生活画面、引起别人同情和树立自己的英雄形象。无论我刻画的是什么样的生活画面，我都不认为自己是英雄。我没当过英雄，而且现在讲的也不是英雄，而是一个人经历了哪些考验以及他的路途如何艰辛。我那时有多么热爱生活，后来我就有多么痛恨它。我曾经怎样对森林呼喊"我爱你"，就曾经怎样对它大喊"我恨你"，迄今为止，我还没有比这更热烈、更执着地做过任何一件事。

　　这个冬天让我遭了不少罪，非常痛苦，以至于我似乎已经不想再经历一次这样的冬天了，我希望它不再回来。以后我将怎样生活，没有冬天我的人生之路将如何继续——很难说。我说："我再也不想要它。"这样它就会离开吗？不再回来吗？雪就不会覆盖大地、冷风就不会从北方吹来、严寒也不会降临到森林头上吗？很难想象没有冬天的森林，更难想象我怎样才能离开寒冷。

　　困难的时候，我怎么没有喊叫？没有呼救？怎么听不到我的哀号、呻吟？怎么看不见我的眼泪和困苦的可怕情景？为什么我没有用笔画下那些情景？它们没有发生过，从今以后也不会发生。我没有大喊大叫，因为我生来自尊自爱，没有呼救，因为没人可喊——冬天，在森林里你能喊出什么来呢？猞猁？还是狼？可你从它们那里是得不到什么帮助的，而且我也想亲身体验一下这些困难。我没有让人看见眼泪——我从小就不会哭，虽然如果仔细看，还是能看到一些流出来的眼泪。我没有描绘恐怖画面，这也是有原因的，因为我不喜欢恐怖的东西，我不相信它们，我喜欢美好的事物。为了真实，为了真理，为了实事，某些地方当然需要浓墨重彩，但它们显得有些苍白，需要再多加一些黑色，但是，为了不让人们产生错觉，现在我不想这样做。

　　傍晚。太阳落山了，天空在变黑，融雪变暗了，在渐渐变暗的天空的背景下，树木的枝干消失了，看不见了。向黑夜过渡的傍晚很美丽，我看着森林，我的头上是天空，很想看一看天空。看森林的时间越长,想看看天空的愿望就越强烈。但是我想:"森林更漂亮,我要看森林。"同时我也明白现在天空中有多么美丽,而如果我不看它,它就会消失。我忍了又忍,终于没有忍住,看了一眼。的确,非常美丽:天空是黑暗的,而星星是明亮的,当你看着这一切,你心中会对这幅美景产生一种特殊的喜爱,这当然是可以理解的,哪一种美能够高于永恒的天空之美呢?可我眼睛看着天空,心里却开始想念森林:"没有它我该怎么办?怎么能不看它?"真想把自己的眼睛摘下来,一只抛向天空,一只抛向森林:"给你们,吃吧。"我想对它们说:"尽情地吃吧,吃到不能再吃为止。"只是以后再不能忍受这种折磨。

太阳像树一样,向四面八方伸展。在这个时刻,森林似乎受昏暗的折磨已久,可现在它充满了阳光,太阳栖息在它的枝头、树干,并在草地的边缘找个地方落脚。走进松林,看见太阳你一点也不奇怪——哪一片松林没有阳光能生存?太阳温暖着它,同时也炙烤着它。你走进云杉林,那里也一片光明。太阳还不习惯这里,云杉在有太阳的时候也感觉不舒服,似乎是有点窘迫,可它能怎么办呢,既然现在是春天、阳光像河水一样在森林里流淌?你走出森林,来到田野里,田野里没有阳光,太阳好像完全留在了森林里。其实田野本身也不存在。那么存在什么呢?某种庞大的虚空,既看不见大地,也看不见天空,你眼前是个无边的空洞。这个空洞就被称为田野。你站在那里,不敢向前迈腿。万一真的有无底洞呢?你一脚跨进去,掉下去怎么办?可你还能往哪里掉?你已经掉下去了,你已经跨进去了。

我看着窗外的接骨木树丛，心里既不想看它，又觉得不看它可惜。不看它，还有什么可看的？看森林？森林当然很美丽，但它现在怎能和树丛相比？看积雪？积雪很漂亮，但是比树丛还差得远。看凄惨的饥饿的乌鸦？最不想看的就是它，够了，看够了。看离森林很远的小松树、小白桦？看它们倒是让人很开心，可我看过了。它们无法与接骨木树丛相比。树丛，它就在这里，在我的眼前，有金色，有银色，光彩照人，我看着它，这与众不同的接骨木树丛，觉得世界上什么东西都没有它美丽，也的确没有什么东西比它更美丽。

与大自然单独相处的生活使我变得眼光挑剔，因此，无论是白天还是晚上，我不是每个时刻都能接受的。接受我当然也接受，不接受还能怎样？如果它来了，你也不能把它推到外面，推到台阶上，也不能把它关在门外——你做不到，况且我的门总是敞开的——而只能说出自己的不满，如果有哪一天不是我喜欢的。我仔细检视每一天，就像试穿新衣服一样：我要看它的样式，看它的做工，看它是否平整。换一个人，即将到来的一天是什么样他是无所谓的，他会像跳进六月的小溪里一样投入这一天——不管它是好还是坏，总会过去的。我不这样。我希望新来的一天像崭新的衣服，没有毛病。如果它一部分好、另一部分有毛病，不好看，那么这一天白送我也不要。我怎么总与自己作对，总要带着没用的东西，让大家笑话？我肯定要给自己选择日子，它的色与香、日出与日落、树木的阴影、土地的气息与风的灵动都应该符合我的心意。我要看看它在河边、在田野里的样子，看看它在沼泽旁边是否美丽。我公正地认为，既然要接受它，就不能接受丑陋的、不像样子的它，免得和它在一起没意思，但也别被它搞得晕头转向。它应该令人振奋，待人温柔，用阳光给你温暖，用微风带来清凉。我不吹毛求疵，但也不希望它阴沉、晦暗，冷风飕飕，寒气逼人，可当今有谁会为自己选择日子？

我躺在木屋中，没有忙于回忆童年、分析自己在工作中所受的委屈、算计自己还剩多少钱、多少面包、多少糖并考虑我是否还能活到下一次发工资，没有写信给亲戚进行老生常谈的家庭辩论，没有琢磨女孩子，没有描绘未来的美好画面，也没有思考人类的难题，而是在感受森林。它不在你身边，你看不见它，白天你已经把它看了个够，现在结实的木板墙保护着你，黑暗为你阻挡着它，可你没救了，你没有防护，它透过厚厚的木板往你身边钻。木板算什么？皮肤，我最后的防护，宝贵血管的卫士，连它都好像不见了，所以我不光赤身裸体，而且被剥去了皮肤，躺着用裸露的神经直接接触森林、草地、灌木、大树。我在感受这种拥抱是否甜美得可怕，而且难以忍受。

乌云遮月。绝美的画面，似乎可以让你永志不忘。但我们可曾记得这样的夜晚？也许，我们记得某一个夜晚，但两个或三个——未必记得住。白天还能留在记忆中一段时间，或许一个月，可一年之后不知哪里会飞来一阵无形的风，把它吹得一干二净。会记得曾经有过一个夜晚，但这个夜晚是什么样的？——记忆不会保留下来。我对此感到遗憾吗？一点也不。高兴吗？我也不感到高兴。它是什么样的对我来讲并不重要，重要的是它曾经来过。在整个一生中你会看见特别多的月夜，但即使很愿意，你也想不起它们的样子。不会保留下来意味着什么？当然，不会保留下来的是云彩飘飞、月光闪闪的风景、云影轮廓的形象：像一只狗、一个姑娘，或者一条鳄鱼。但它们也许会保留下来，深深地印在记忆里。我觉得，当我长眠于大地时，这些云彩也会栖息在我空洞的眼窝里。

阳光已经足够多了，它已经超过了黑暗，它已经足够把所有的积雪晒化。早晨、中午、晚上，森林里都洒满阳光，白天本身也变得像个明亮的金球。你一边走，一边用线拉着它，可它冲向高处，你放开它，于是它越飞越高，消失在高空。

现在，又一天挣脱了我的束缚，但我不觉得可惜，因为它飞向了天空的高处、天空的深处，但也飞进了我的心里。

一天过去了，什么也没有留下来——没有喜悦，也没有哀愁，没有不安，也没有遗憾。它来自生命的深处，又很快消失得无影无踪。早晨很美好，中午很美好，晚上也很美好，太阳曾在天空中玩耍，云彩曾在地平线上聚集，风儿曾从森林的上空掠过，积雪曾经闪闪发光并融化成水……一切都曾有过，山雀的叽喳，乌鸦的呱呱，还有房檐上坠落的水珠的嘀嗒声，一切都来充实你的感受。现在是结局——虚空。但这是谁的虚空？你的。是你想到的要不悲不喜地度过一天。可早晨，难道它没有高兴过吗，当它初上林梢之时？太阳，难道它没有痛苦过吗，当它落向西边云杉林的边际之时？云彩，它们没有悲伤过吗，当它们渐渐消失在地平线尽头之时？风儿，它没有伤心过吗，当它在无尽的空间里飘荡之时？早晨高兴过，太阳痛苦过，风儿也伤心过，森林中的一切都有过丰富多彩的生活，它们的生活不可能不丰富多彩，因为什么都不可能无声无息地来到这里，也不可能无声无息地离去。

春天来了，积雪还没有完全融化，森林也没有来得及披上绿装，而我勇敢地展望未来，不过我并不憧憬我将来的两大重要事件——死去和继续活着。现在我对它们不感兴趣。我不感兴趣不是因为我无视它们或者它们对我来讲没有区别，而是因为它们当中的任何一个在我看来都是美好的。确切地说，我清楚地知道我将活着，无论生机勃勃，还是死气沉沉。只有一个渺小的目标——说服自己，生机勃勃地活着好于死气沉沉地活着。我想，这是确定无疑的。

白天温暖，夜里却很冷。白天，房檐滴水，山雀喳喳叫，白雪消融，路上到处都是水洼或流水。夜里，脚下是寒冰，白天的太阳把白雪晒得只剩下硬壳，现在它坚硬、易碎、踩上去咯吱咯吱响，这时心情也很好。现在，无论白天还是黑夜，我都一样，大自然却有所不同。但这种不同不会导致某种不和谐、不协调，相反，它带来和平、宁静，它以某种神奇的方式将两种相反的特质：温暖与寒冷，白天与黑夜，结合在一起。是谁把它们结合起来的？是我？还是春天？我想说："是我，因为我心情愉快。"但这会显得傲慢，不谦虚。我想说："是春天。"但我确信，它也不会接受这种说法。"是我和春天。"我想，这种说法会让我两个都满意。

接骨木的树枝上孤零零地挂着一颗水珠。我凑近它，看见了我自己和映照在它里面的整个世界：森林，树木，一棵白桦树。水洼里、小溪中、湖泊里，无论在哪儿你都看不到这么多东西。只有变得像水滴那么小，你才能装得下这整个世界。我想象它悬挂夜里映照天空的情景：群星都聚集到它这个小东西身边来，即使到来的不是星星本身，而是它们的影子，但是这个小小勇士能够容纳这么大的东西，这是多么美妙的才能！我经受不住诱惑，用舌头舔掉了这颗水珠，吞下了整个世界。我很幸福，因为它在那里，在我的身体里。我用手摸自己的肚子。我忽然感到害怕，可千万别怀孕啊！

白天，无论有没有太阳，都很温暖，只有夜里才是冷的。化雪后裸露出来的大地，时而上冻，时而解冻。与之相适应，我有时被抛进热浪，有时被抛进寒流；我有时高兴，有时忧伤；有时生机勃勃，有时死气沉沉，怎么也无法稳定下来。不过，也许暂时还不需要寻求稳定，而应该像大地一样，忍受变化。忍一忍，东跑西颠跑累了，我就能安静下来，并在自己的安静中找到稳定，我会变得沉静、恒定，像夏天一样。只有这样的想法才能给我安慰，使我能够忍受痛苦。幸福会来到我身边，不会与我擦肩而过。要不我就变成院子中间的一根柱子，站上一天两天，直到给自己找到支柱。让人们批评我吧，让他们把我赶出林庄吧！我要放下关于森林的所有烦恼，拒绝饮食。我将站立——不是作为一个人，而是作为林班线上的一根柱子。雨雪会落到我身上，旁边居住的狐狸会来报到，乌鸦会落在我身上沉思片刻，用喙啄一两下，尝一尝我脑袋瓜的坚硬滋味，然后展翅飞走。游客们会来拉我、拽我，我会一动不动，即使林庄经理来了也不在意——柱子就是因为站着不动才是柱子。我的身躯会挺立在那里，我会死去，变得像木头一样僵硬。到那时，我将彻底摆脱变化。

我穿上厚一点的衣服,来到院子里,停下脚步,站住,站了几分钟,望着天空,我的右半身有点发痒。这时怎能不去搔痒,既然有这个愿望?搔了右边,还想搔左边。于是又搔了左半身,怎能让它不开心呢?我又站了一会儿,很想多站一会儿,但是突然想起炉子上还煮着土豆。无论如何不能不管土豆,煮的时间稍久的话,那个味道真是不好!它会又稀又黏,像肥皂一样。可我喜欢又干又面的土豆。我不得不跑回木屋里,抢救土豆,我那伟大的站立只好留待下次了。

我顺着田野向下走,来到一片低地,一头撞进雾里。刚才还和田野在一起,现在却只剩一个人。是不想与雾为伴吗?但为什么不呢?它围绕着我,关心着我,诱惑着我,我亲爱的雾,我的诱惑者。我该做的是接受或者拒绝它的爱。接受,就意味着我和它关系友好,可以让它和我捉迷藏;不接受,我就会发火,那时它最好赶快从我身边走开。我接受了它。刚才和田野在一起,而现在和雾在一起。我爱过田野,而现在我爱的是雾。我爱的对象不是特别可靠,今天在这里,明天就飞走了,而且它也不是实实在在存在的,你用手摸不到它,你也无法与它亲热。我走进雾中,沉浸在这爱里。我走出来,雾留在我的身后。而我还要沿路向上返回。

人性真是可恶。似乎我什么都有,衣食无忧,自由自在,现在森林里道路泥泞,难以通行,砍树的和盗伐的都不能进入,我心情轻松愉快,睡眠质量好,美梦不断……总之,一切都令我十分满意,似乎可以无忧无虑地活着了。可是,过不了多久,一种忧愁会忽然袭上心头，使我不安。哪种忧愁呢？你开始研究它，却发现根本没有什么哀愁，只不过你忘记了自己是幸福的，这种感受从你的记忆中消失，因此你才眉头紧皱。如果你能马上明白，那很好，你可以抛开你的烦恼和忧愁。可如果你不能马上明白，那么你就得整天闷闷不乐，忧心忡忡，一天、两天，甚至一周。烦恼和恐惧折磨你，好像你面临末日审判，面临全人类的灾难，似乎你承担了所有的苦难，正深受折磨。可这时你没有受到任何折磨。你轻如鸿毛，你抛开了自己的烦恼。为免忘记，你会在手上或一张小纸片上写下："我是幸福的"，——看吧，阴沉的白天里你看看它，就会豁然开朗，像孩子一样手舞足蹈、开心快乐。这样的状态最多一天，第二天你会再次忘记自己的幸福：手上的字迹已经洗掉了，那张小纸片也弄丢了。

我曾经说过"冬天""死亡""无力生活"，那时我觉得那将是我最艰难的时刻。可现在我已经度过了冬天。怎么样，我高兴吗？幸福得在森林里手舞足蹈吗？的确手舞足蹈，为春天的小溪和自己的幸福心情而欣喜，但有时我也会突然感到害怕。远处是蓝色，田野在泛绿，森林披上柔软光滑的新叶，我风华正茂、精力充沛，可我却无所事事。我不想活着，这已经不是因为寒冷和严寒，不是因为冬天，而是因为春天，因为好天气。那些东西，属于冬天的，绝望，你很容易忍受，你不想活着，你没有力气，可你抓住生活不放。它对你的打击越沉重，越险恶，你就越加坚决地保卫自己。春天时不想活着的愿望是更加致命的。你想活着，却在努力争取死去；你喜欢生活，但你却不想要它，主动逃离它。这时你该怎样保全自己？怎样使自己不被这冷酷无情、神秘莫测的致命力量所伤？而且是不是需要这样的自我保护呢？保护自己不受恶的伤害是需要的，可是善呢？如果它无情地把你拖向深渊，对此你既幸福，又恐惧，你既想向人们呼救，又想沉默不语，躲到角落里，自己一个人待一会儿，不去破坏宁静。你既想活着，又努力争取死去，又在等待，究竟你的哪种想法会占上风？

你正在陷入它，这无底的深渊，你奄奄一息。你奄奄一息不是因为寒冷，不是因为疾病和困苦，而是因为温暖，因为阳光，因为饱满的生命，因为春天，因为健康。

我会因为词语、人们、谈话、谩骂和夸奖而激动万分——无论哪个都一样。如果有个人跟我说了一个词，那么我就彻夜不眠，苦苦思索这个词的含义。他只说了"你好""是的"，我就会想："这能是什么意思呢？"于是我会翻来覆去地看这个词，对着灯光看它，还要尝尝它的味道。我心里回响着这个词，就像螽斯在田野里鸣叫。我不愿去想它，可还是在想。一只乌鸦挡住我的路，我呆若木鸡，怎么也回不过神来：我既快乐，又忧伤，既想哭，又想笑，一心想跑到什么地方去。可说实在的，往哪里跑？为了什么目的、什么原因跑呢？因为在森里碰到一只乌鸦。好久没有见过布谷鸟了，如果我猜到它除了自己的身体，还要献出自己的声音，"布谷布谷"的叫声，那么我马上就会像患了中风一样，失去知觉，进入昏迷状态，失去理智，我坠入奇怪的梦境，先是体验到一种可怕的、无法言说的幸福，然后是极度的痛苦。

如果人们以为一个人会因为消极，因为不想活着，因为虚弱和疾病而死去，那么他们是错误的。由于不想活着的愿望和疾病，他当然会死去，但是很难想象死亡是某种消磨时间的方式：你像木头一样躺着，手脚一动不能动，你身上没有一块肌肉能动，这时死亡正在发生，你正在死去。为了让死亡到来，需要与活着一样的力量，一点也不能少。无力活着，这只是一个人的感觉。如果他没有赴死的力量，那么他永远也死不了，他可能会活上千年、百万年，我们也会在路上遇见年迈的老者，他们早在天空和高山出现之前就已出生，他们比宇宙还要长寿。但奥妙就在于，人生来就被同时赋予了生的力量和死的力量，因此，当死亡来临的时候，他就会因这力量而死。当然，具体情况各不相同，横死的情况也是常见的，不过我们说的是普通的死亡。

昨天，当我在路旁一条弯弯的小溪边停下脚步时，我冰冷的心中有什么东西动了一下，一阵发紧。只是微微动了一下，稍稍有点发紧，以至于站在小溪边时，我甚至没明白自己怎么了。可我刚走开，夜色就降临在我的左侧，我想了想，马上明白了——这是生命来到了我身边。怯生生，柔柔弱弱，瘦瘦的，像新生的柳枝，像细细的竹竿，像这春天的小溪。当白天还没有过去，太阳还挂在高处，小溪慢慢流淌。晚上来临，太阳落山，风寒刺骨，这时小溪会结冰，凝滞不动。但这已经是最后的严寒了。

现在，重生的我将如何看待鲜花、草地、树木和森林？我将对天空感到怎样的惊喜？我是否会有惊喜？我将怎样走路、吃饭、说话、生病和哭泣？我极度珍惜和渴望的一些东西是否会离我而去？我会不会很勇敢，不惧怕盗伐者？命运会不会夺走我的理智？我能否区分白天与黑夜，黑夜与白天？我是否会快乐、健康、光鲜、能干？我是否会愚蠢、粗鲁、无耻、固执？在草地上奔跑，付出爱，我希望这个能保留下来。怜悯、同情，这个我也不想放弃。可这样一来，你会失去什么，得到什么？你什么也没有失去，你什么也没有得到。你还是你自己。你失去了生命，你也得到了生命。

也许，看着鲜花的时候，我不会高兴，而会哭泣？或者，我不会保护森林，而会烧毁和砍伐它？会不爱姑娘们，而恨她们？也许，一切事情我都反着做，在应该做好事的时候做坏事？现在我什么也不知道。知道我重生了、我活着、森林就在我前方，这对我来讲足够了。不，我是在自欺欺人：我什么都知道，知道我会做什么、不会做什么，我清清楚楚地知道我自己和我所走的路将是什么样的，但是我不打算说出这些。

一天、两天、三天，天空中没有任何遮拦，星光无比灿烂，当你从外面回到木屋，上床睡觉时，你还能看见眼前满天的星星。一种奇怪的感觉挥之不去，你觉得，你好像缺点什么东西——乌云、云彩不够多，遮不住天空，使你觉得自己没有保护、没有遮盖。但你这是什么奇思怪想啊！人们什么时候认为过乌云或云彩可以当被子盖？我的被子又是干什么用的？尽管它不好，也不太保暖——我用它盖腿，把它往上拽，拽到胸前，直到它碰到下巴。无论我多冷，我从来都不会把头缩到被子里——我不喜欢呼吸封闭的空气，因此，露在外面的只有我的脑袋。我静静地躺着,慢慢入睡。我讨厌天空没有遮拦,讨厌我赤身裸体躺在天空下面,身体渐渐变凉、变硬,完全暴露在别人的眼前。

第二章

四月的雨，四月的潮湿，春天的云布满天空，夜里下过雨，春天在窗外哭泣，我没有睡觉，一直在仔细倾听它的哭声。可它为什么哭泣呢？什么让它焦虑，让它不安？难道是谁欺负了它？谁也没有欺负它。而且，要想让一个人哭泣，一定要欺负他吗？难道只有委屈的泪水？难道人们有时不会只是因为想哭泣而哭泣？心中愉快，要知道这同时也是忧愁。况且，春天没有在人前哭泣，没有让大家看到它哭泣，它趁着所有人睡觉的时候哭泣，它的哭声没有打扰到任何人，它只是独自轻轻地哭了一阵，那是黑暗的夜里飘过的一阵明亮的雨，而早晨它又擦干眼泪，恢复了平静。看得出来，原因很简单。因为春天是太令人高兴的季节了：一切生机勃勃，一切都在开放，包括草地，包括树木，美好的生活就在眼前，有很多事做，有很多幻想。就好像站着的一个人，站着站着，忽然一下子动了起来。去哪里呢？不得而知。他动身不是因为无聊，也不是因为他厌倦了站立，而是因为道路在召唤他，幸福在等待他。为什么这时不可以流泪？不可以摆脱古老的沉重？哭过，就等于洗刷了自己——一切都过去了。可它未来的命运并不轻松。离秋天、冬天还很遥远——多少日子过去，它不会永远年轻，它只是在某一个瞬间出现，把大地变得美丽，然后永远离开。谁也不会想起它，谁也不会请求它留下，即使有人请求，又有什么用呢？生活是残酷的：既然来了，那你就赶紧走，别磨蹭，给别人让条路。可它如此美丽、年轻、纯净，冬天怎能与它相比？但这还是让它们自己决定吧。少女为自己的眼泪害羞，为自己的美丽、纯洁害羞，为即将失去的一切和失去了感到可惜的一切害羞。她为自己害羞。她真是个傻瓜。让她哭吧。我不会去安慰她，不会对她说鼓励的话语，把所有的事物都一分为二，说这个这样，这个那样，这个由于这个，这个由于那个，什么会过去，什么不会结束。反正她不会明白的。况且这眼泪是活生生的，出自于爱，出自于心灵的成熟，出自于生命的盛典。让她哭一哭吧，她会更坚强。她在窗外抽泣一会儿，絮叨一会儿，我就无法再平静地看她流泪，而想去安慰她，但是我努力克制自己。"小伙子，别管闲事了。不是所有的事情都能靠哭泣解决的。别打扰她，她会从哭泣中得到满足，因为有时候眼泪也是一种幸福。"

接近黎明时分的夜。我会睁开眼睛，看一看黑洞洞的窗户外面，如果外面不是特别黑，集中注意力仔细看，可以看见窗口有一根黑色的松枝。其实，与其说是看见它在那里，不如说是感受出来的。长久以来，躺在床上睡觉的所有夜晚和所有时刻，你已经习惯了它，你已经把它从头到脚看个仔仔细细，并把它装进了心里，你和它已经无法分开。即使猛烈的西风把它吹断，即使为了不遮光，你自己用斧头砍倒松树，即使夜黑得分辨不出松枝，无论如何努力，你总是能够在自己固定的地方看见它,一点也不会觉得奇怪,说:"它丢了,又出来了。"怪事就是怪事,当然,如果被折断或砍掉的树枝忽然重新出现在原来的地方,可以把它当作某种难以置信的东西,说是命运把它抛到大地上,可它执拗,发脾气,违抗上天的旨意,既然这样,就让它明白它是什么样的、应该待在什么地方,别吵别闹,别固执己见。但是,哪怕风一百次折断它、斧头一百次砍断它,它也会第一百零一次回到它原来待过的地方。松枝对命运如此桀骜不驯令我困惑不解,我认为这是一种亵渎神明的放肆。我时刻准备着劝说它不要违抗命运,要服从,我时刻准备做一切事情来阻止它在窗外晃来晃去,可我的所有努力都将是徒劳的。我觉得我似乎可以说服它做什么事,可我的这种自信是从哪里来的呢?

如果有那么一个时候,不是现在,而是遥远的未来,在一个非常美好的时刻发生不幸,世界头朝下飞下来,陷入某种毁灭性的灾难,那个在这场灾难中幸存下来的人将会去探索大毁灭的原因,他完全有把握找到它:它就在于那根奇异松枝的桀骜不驯,它不想把我一个人留下,甚至敢于违抗天命。其实,巨大的灾难总是由这些微不足道的原因引起的。

我可以不夸口地说,生活教我养成了讲究礼貌的习惯。我尽量不打扰任何人地活着,但是我似乎有点努力得过了头。如果我在森林里走路的时候打哈欠,那么我努力使自己的哈欠不打扰任何人,不惊动任何人。如果我跨越小溪,这时我也不发出声音,不跺脚,而是轻轻地做所有的动作,好像我怕的不是惊动野兽或人,而是惊动我自己。如果我在护林所里吃饭，哪怕只在桌边坐一次，我也不吧嗒嘴，不吸溜，嘴和鼻子不出声，不发出粗野的、似乎是帮助吞咽的声音，而是无声地、干干净净地吃，像老鼠一样，很多人一起时我也这样吃东西和坐着。睡觉时，我选择一种不让自己在睡梦中像被捆住的野马一样打鼾的姿势。总之，我是一个有修养、有教养的人：笑时不哈哈大笑，让整个森林都听见；哭时用手绢捂住嘴，不声不响。我如此安静，以至于一个听力不灵敏的人如果和我比邻而居，他不会以为我还活着，而会认为我早就死了。我努力克制自己的激情，野兽都不愿意这样做。一只狐狸打个喷嚏，我在整个森林里都能听到，真想跑过去对它说："祝你健康，小姐。"夜里，一群驼鹿从护林所外面走过，冰冻的大地也会战抖，它们就是这样用力地用蹄子敲打着地面。一只野兔在田野里跳起来，它的动作多轻盈啊！可它也像牛奶饼干一样砰的一声落到地上。而它一旦吃起东西、啃起山杨树皮来，那么夜里那种音乐，那种无所顾忌的吧嗒嘴的声音、喘气的声音、咂嘴的声音，会让你听个够，这只不停吧嗒嘴的兔子会让你产生强烈的食欲，你一忍再忍，最终还是忍不住大半夜从床上爬起来，赶快去空锅里摸索。可我还没说到响鼻呢！哪个野兽或小鸟不打响鼻呢？看它们的眼神就知道——一只乌鸦，它也会在某个夜晚发出这样的响鼻声，震得树枝都弯了。也许，它们也想压低自己的响鼻声——谁愿意把自己的烦恼表现出来呢，但它们的声音还是很响，比我的声音大。于是我责怪自己说："那么讲究干什么？既然只有你一个人，那么就没什么不好意思的：想怎么待着就怎么待着，谁看得见？谁听得见？"

早晨醒来，我打了一个哈欠，张大嘴巴，忽然呆住了。我觉得，太阳对我的行为很不满意。那是个晴朗的早晨，可忽然阴沉起来，乌云飘过来遮住了太阳，使我看不见它。也是，它为什么要看一个打哈欠的粗人呢？从那时起一直到晚上，我都垂头丧气，责怪自己。

春天就要来了，可我像那个不信人言的使徒多马一样，拒绝接受它，我说："还不是时候，还要冷的。到时候我们再高兴吧。"结果怎样？春天来的时候，我没高兴，现在也不高兴。我不高兴不是因为对它不满，而是因为之前，在它刚刚到来的时候，我没有高兴。而那时我才应该舒展自己的脸庞，对它微笑，说甜言蜜语。可我却转过身去，装作没看见它。我怎能原谅自己的这种无礼！我知道，春天没有生我的气，我的忧郁也不会伤害它，可我心里还是有点不舒服，感觉不好。哪怕点头打个招呼也行，那样也算好了。可是我没有，还装作它不存在的样子。尽管我是对的，过后也确实冷过，离春天还很遥远，但我现在还是觉得自己是个叛徒，在艰难的时刻没有支持它。我心情郁闷，饱受良心的折磨："我是个卑鄙小人。"

树木死了一般，没有树叶挂在枝头，但是，春天很快就会恢复它们的生机。而暂时只有小鸟落满枝头，唱歌、跳舞、在树枝上飞来飞去，似乎在以自己的存在召唤它们醒来。音乐，在大地回春的时节，是光明之后出现的第一个事物。我今天也是，睡梦中突然在黎明前听到美妙的歌声，迷迷糊糊地觉得自己死而复生，听到的正是天堂极乐鸟的歌唱。赶快驱走身上的睡意，揉揉眼睛，向窗外看去。我看到了什么？一只乌鸦。而且听到了它的叫声。这可能不是好兆头。

据说，冬天雪落到地上盖住大地的时候，那是它在保护大地免于羞辱。当然可以认为这是对的。那么春天，冰雪消融、大地重新变得好像毫无遮拦的时候，算什么呢？一方面，大地被盖住、免于羞辱，另一方面，大地被迫裸露自己、没羞没臊地出现在人们面前？这很难让人相信。而且我从来没见过有谁愿意在春天到来、冰雪消融之后，看着赤裸的大地，羞赧地垂下眼帘或者愤怒地用手指点着它说："你看它，多不要脸！"同时，我多次见过出离愤怒的贞洁维护者。但他们也没有戳过手指，没有垂下眼睛。当然，也有人戳过手指、垂下过眼睛，但谁敢批评他们呢？要知道他们戳手指不是由于刁钻任性和无事可做，而是出于正义，因为他们认为应该那样做。而且，如果它就那样躺在你面前，充满着罪恶和圣洁，不加遮拦地诱惑着意志薄弱的心灵，你怎能不戳手指？怎能不移开目光？如果遇到这种情况，我不仅会戳手指、转眼不看，我还要刺瞎自己的双眼，好让自己不去看这个无耻的家伙，可失明之后，我在森林里该怎么办呢？要知道即使眼睛好使我也不能很好地应付一切。尽管戳手指吧，可还是不得不看。

春天的云彩在地平线上堆积起来。云彩是那么多，它们看上去是那么沉重，让人觉得它们不会落到地上，而这仅仅是因为如果其中的一片云彩落下来，它的重量就能把大地砸得粉碎——云彩高于并重于世界上最高的山峰。与它们相比，大地显得柔软、脆弱，它在它们的威胁之下胆怯、瑟缩，它的恐惧永远挥之不去。为什么？因为可怕的云彩永远也不会落到地上，更不会把它砸碎。如果落下，那也不是沉重的,而是轻盈的、胆怯的、善良的,唤醒地上的每一棵小草,浇灌田野和森林。怎么会这样?因为它们外表可怖,而实际美好、善良?它们并不美好,也不善良,它们恶毒而阴郁。它们在天空中流浪,但它们不能永远流浪。于是,它们就落下来,并且由重变轻,要是它们把大地砸碎、踩烂,它们自己往哪里落呢?

我期待夜莺在小河边放声歌唱的时刻。怎么,我来到小溪边,伫立在那里,侧耳细听它是否放开喉咙?不,我不这样做,而且森林里有的地方还有雪,自然界还没到夜莺歌唱的时候。我不过是不浪费时间而已。在森林寂静无声、没有响彻候鸟的叫声时,我为相逢做着准备。听到鸫鸟或百灵的啁啾令人开心、幸福,而夜莺的歌声,像一把利刃刺伤你的心,这并不是每个人都能承受的。对我来讲,夜莺的歌声既是最高的奖赏,又是最重的惩罚。当它落在赤杨树上放声高歌的时候,它的歌声响彻周围的大地,这时我觉得,世界上没有什么比这歌声更美好、更可怕。我怕我会承受不了它的歌声,会像服了甜蜜的毒药一样死去。

我怎样保护自己避免这样的死亡?在夜莺开始歌唱、发出第一个音之前一两个月,我只做一件事,那就是听乌鸦叫。我不能说它们的唱腔使我开心,其实不然——我对它们无法忍受。它们的声音对我的作用与红布对公牛的作用无异。哪怕我心情极其舒畅,沐浴在无上和谐的波浪中,只要听到乌鸦一个轻轻的叫声,不是呱呱叫,而是它的一个微小的暗示,瞬间就可以使我暴怒、发抖。我会跑出木屋,对乌鸦挥舞拳头,诅咒它受到严厉的惩罚。说实话,我的威胁对它不太起作用，这让我更加怒火中烧。于是，无力阻止它细碎叫声的我开始追赶乌鸦，从一棵树到另一棵树，乌鸦看着我，可能觉得我气得精神失常了，或者是因为闲得没事出来活动活动。现在，在对夜莺的期待中我正在变成忍耐的典范。哪怕乌鸦扯着嗓子喊，拼命喊，喊破它自己的铁嗓子，我都一动不动，纹丝不动。我也不会对它有不好的想法，我不仅不会对它大吵大嚷，而且不会把它的声音当作地狱之声和死亡征兆，我会把它当作美妙的歌声，尽管它无法与夜莺的歌声媲美。坦白地说，这种想法我很难接受，但是我忍耐着，期待着我的时刻到来。

我这样做能得到什么？当乌鸦飞来的时候，我对它的歌声做好了准备。我如此习惯乌鸦的呱呱叫声，甚至告诉自己，这是绝妙的音乐，如今无论什么样的乌鸦我都不怕了。我不好，可为什么现在我不能接受好的事物？听一听夜莺的歌声，一切马上就会回到正轨：我欣赏美好的、拒绝不好的事物。痛苦的只有乌鸦一个，它困惑不解，为何我突然把怒火换成了善心？但是这已经不归我管了。

星光映照在河水中，我站在河岸上，背对着黑黢黢的森林，看着冷冷的河水，我需要走夜路回家去。这里有河，奔流的河水，星星的倒影，还有我，站在水边，不想离去。前面是漆黑的路、头上方光秃秃的树枝、坑坑包包、水洼、沼泽边潮湿的气息、我的狂奔和急于回到护林所躺下睡觉的迫切心情。夜间的路罕见的美好。在森林里奔波了一天，你已经累了，现在你只是最后一搏，要扑向炉灶、扑向床铺、扑向你的家门。因此你觉得这条路既漫长，又短暂，因为你奔跑的时候会忘记它，它也不会留在你的记忆里，而同时你却怎么也跑不到终点。河边的站立既短促，又长久，只是方式不同。在这里你只是短暂停留，可你觉得你站立得太久。河水的奔流和止息使时间变得漫长而又短暂。而且我站在这里时是面向光明的，可一旦动身，就是走向黑暗。我为什么在河边停留、耽搁，整晚站立？我看出什么了？得到什么了？阴沉的夜色，遥远的路途，与河水的分离（我不愿意离开它），但我又不能像测量河流奔跑和空中星辰流动的标杆一样站到天亮。没我有人家也一样能把这测量出来。

春天或夏天的必然来临令我惊异。可这似乎又没什么好惊异的。更惊人的应该是，春天宣布自己有权决定自己的去留，说走就走，再也不回来；或者是夏天用它的温暖稍稍给了我们一点热量、稍稍爱抚了我们之后，突然意外失踪，好像掉到什么地方去了似的。我经历了很多的冬天、春天和夏天，可这种事情还从来没有发生过。同时，每一次当某个季节来临的时候，你都犹疑、期待：它还会不会再来呢？而当它还是再次到来的时候，你仍然欣喜。这是怎么回事？我想，大自然和人一样，受制于彷徨的情绪，它总是有疑虑。因此，当某个季节来临的时候，它，大自然，总是犹豫，这个季节该不该有呢？表面看，这个问题可能不那么重要，可它有它自己的复杂性和困难性。要知道大自然在裁决某个季节"该不该有"的时候，它似乎有责任赋予它全部的美。丝毫不能耽搁，也不能讲究繁文缛节，而这并不是总能做到的。万一什么地方出点差错，什么东西忽然发生变化，或者完全脱离正常轨道呢？那么该怎样应对？大自然、森林有种一丝不苟的准确性，我们把它称为公正，不过它们的眼界有点狭窄，而不开阔。只要它，大自然，说了"好的"，它就会一直想着那件事，不想耽搁，更不用说停止。假如春天在赶来的时候突然耽搁了。这和我们有什么关系呢？它彻底不来也没什么，我们不会特别悲伤。春天不来，至少冬天、夏天、秋天还会来。不管怎么说，总会有什么到来的。它干吗如此努力、争取一定要来，即使超出自己能力所限也在所不惜？没有春天我们也能活下去。就是说，它不是在为我们努力，而是为自己？它在使自己获得满足，而结果是同时也使我们获得安慰。

很难集中精力、重新开始此生。你以为你躺在幸福的襁褓中，从你那里什么也捞不到，所以你很轻松。但似乎不是这样的，主要的东西才刚刚开始。幸福的童年，人们把它当作失去的乐园来回忆，我们会把它留在身后，开始庸常的白天，辛苦的劳动，以及其他的一切，在这种情况下能做到什么呢？我很难理解，为什么这被称为重生或新生活，其中旧的东西太多太多。可能，我希望上天赐予我幸福，我将抓住幸福的尾巴，不再松手——它各方面都符合我的心意。而问题就在于，幸福似乎来到了你身边，你似乎也抓住了它，没有放手，可有时你定睛一看——手里什么也没有，你两手空空。这就是说，你每次都得去抓住它不放手，但还是两手空空。确实，幸福它究竟在哪里？难道你能抓住这一天、这个春天，都不放手？你也许可以留住一天，如果你有什么可抓的话，如果它有头发、手臂、双腿。否则你能做什么？站在田野中间，大大地张开双臂，你想留住一天，可它从你旁边溜走，就像指缝间漏下的水。你一大早就站在那里，信心满满，你说："我一定能留住它。"中午时你的这种信心还在增长，之后你却无法理解这中间发生了点什么，尽管你抓着这个白天，你抓住了它，但它还是从你这里飘走，落到西边，消失在黑暗中。

大地总是令人激动，而当它赤裸裸地躺在那里，没有绿草，没有白雪，有些地方被犁翻过，有些地方没有动过犁时，尤其如此。白雪刚刚离开它，绿草还没来得及生发。冬天时没有砍掉的黄草垂头丧气地倒伏在地，在这里你可以看见所有种类的、还没有腐烂的野生花草：蒿草、金丝桃、甘菊、千叶蓍。草是干的，因为干燥而布满灰尘，你拿一根点燃的火柴靠近它，它马上就会着火，像火药一样燃起熊熊火焰。你认为白雪和绿草是大地的衣衫，可现在大地它一丝不挂。它不是一个姑娘，也不是一个女人，可这不重要，当你看到这样的大地时，你的激动之情总是与看见美丽的姑娘时毫无二致：她（它）害羞，胆怯，站在你面前，激起你内心强烈的情感，她（它）唾手可得，美丽清新。

来到田野里，躺在地上，我忽然想与它结为夫妻。我辗转反侧，可大地无论如何不接受我：它冰冷、潮湿，而且散发着坟墓的气息。我浑身沾满了土，可是没有得到任何享受，相反，还觉得很难堪，因为我像风雨来临之前的马儿一样趴在了地上。

如果某一天使我苦恼，我心情沉重、焦急不安，那么我不接受这一天也不是因为它寒冷、潮湿或刮风，不是因为路上泥泞脏污、因为下雨或其他类似的现象，而是因为我不能完全接受它。比如，雨、乌云、风我都接受了，而那一小块还没有成形就飘走了的云彩，我就不接受。我责骂它，诅咒它。它可能也会在我的情感中存在，过不了一两分钟，它就会飞走，隐没在森林的边缘，消失得无影无踪，我也不会想起它。似乎我和它没有任何关系，它在与不在，我都不会勉强自己接受或不接受它，可我却在心里努力去接受它，而我越努力，结果就越糟糕。现在它已经在森林的边缘消失一半了，接着另一半也开始快速消失，只剩下一个小尾巴了，可实际上根本没有什么尾巴，只不过另一片更大、更阴沉的云彩占据了它的位置；而我应该忘掉原来的那片云彩，想着这一片，可我还是固执地想起原来那个。我想起它，不是因为我不能忘记它——它让我特别喜欢，或特别不喜欢，而是因为至今我仍无法接受它。一个小时、两个小时过去后，雨会停，太阳会探出头，森林会露出微笑，在光明和太阳的照耀下闪闪发光，看着这一切，你应该变得愉快起来，可你依然心情郁闷，而且还是因为那一小块云彩。为什么不接受它？接受它太难了！难以接受不是因为它给你留下了一些特别的东西，它的样子使你特别难受，而是因为你心里对它没什么好感，因为这块云彩不舒展、不自由、不会打开自己，像你对其他的一切打开自己一样。毫无疑问，黑云比明亮的白天更难让人接近，但如果你善于向它开放自己，它也完全可以进入你的内心。重要的是，应该放那块小云彩进来，让它进入你的内心，而不是让它像个孤儿一样在天上流浪。我把它放进来，接受了它。于是，幸福和它一起来到了你的身边。

这个世界上的一切都乱套了——外面是春天，可我这里是夏天。

我什么都有，什么也不需要了。我需要早晨吗？它早早醒来，来到窗外。中午呢？它就在门口。晚上呢？它还在，只是已经很疲惫。我还缺什么？我有什么不满意的？无论是阳光灿烂，还是阴霾满天，无论是白天，还是黑夜，我心中总是有一个太阳，而这就是我称之为"夏天"的东西。于是我催促还在耽搁的春天："快跑吧。"我悄悄地说："快点跑，错过你我不可惜，我自己就是夏天，我想和夏天融为一体。"而因为我已和夏天融为一体，因为森林里是春天而我这里是夏天，我很难过、烦躁、焦急。于是我想："等到夏天来临，我就终于可以安心地生活，从从容容地和每一个白天、每一个夏夜同作同息。"只是到时候，我是否安在？是否已与大自然完全融为一体？我的外表是否还保留某些人体的迹象：鼻子，眼睛，嘴巴，大腿，双唇？我是否会化为微尘？是否会消失？是否会结束自己在人世的生存？是否会悄悄变作看不见的鬼魂？那时我是否会飘荡在我的林中土地的上方？我怎样吃喝、怎样与邻居交谈？当然，这些问题对我来讲，既有点让人高兴，又让人高兴不起来，因为有些事情如果发生了，那它就是必定要发生的，而这一变化为何不该引起我的兴趣？不过，也可能，我没有消失，而是发生了奇迹；或者不是奇迹，而是某种普通的、平常的，但你现在和将来无论如何都想不到的事情，你再想一千年也想不到且别人也没有想到的事情，它就在你眼前，近得你永远也抓不到它。也根本不会有什么鬼魂，一切都会保留在原地，我也不会告别自己的鼻子、眼睛（说实话，既然它们还没有让我感到厌倦，我为什么要和它们告别？）。你还会和现在一个样，但同时又和你知道的现在的你不一样。无论你是否会长出翅膀，像蝴蝶一样在田野里飞来飞去，或者变成一只虫子，在地上爬来爬去……这一切都不会让你感到沉重，而只会让你感到喜悦、幸福、感动，一种很好的平衡、清醒、迷糊。你什么时候才能融入这个世界，让它接受完整的你，一点也不缩小，也不伤害别人？这将是什么样的生活？我会是什么样子？我是否会继续保卫我的森林或者转而去保护别的森林？是否会把爱、痛苦和怜悯保留在心中？是否会保留思索、感觉、感受和因鸟儿欣喜的能力？我不知道。

我到邻居伊万家去做客，现在就坐在他这里，话已说到尽兴。我望着我的森林所在的方向，尽管它现在离我很遥远，我还是觉得它很近。这是因为我在望向它的方向。如果我在它身边，而不看它，就会觉得我与它的距离如此遥远，远得像逝者与我们这些活人的距离。他们似乎就在身边，可以触摸他们的额头、双手、耳朵，确定他们就在这里，哪儿也没去，可谁能说出此时把他们和我们分开的距离有多远？一百公里？一千公里？一百万公里？我想，这么大胆的人是找不到的。一个人（当然还有野兽）的眼神可以拉近任何一个物体，只要你带着祝愿看它，哪怕它流落到天边、流落到一个十分荒远的地方、落入地狱，你也可以把它拉近。把你们分开的距离有多远并不重要，只要你怀着爱意看它——它就会向你靠近。你不想要它，你不看它，这时它就会离你远去，直到完全看不到为止。因此，我很不理解那些旅行者和流放犯，不理解他们为什么会害思乡病，奔回家乡，只为看看一小片故土。我能理解他们远离家乡的苦楚，却不能理解他们的痛苦呻吟。只要看一看亲爱的家乡所在的方向，许愿要好好看看它，你就会看见它。不过这时一定要注意别太用力，太用力会把你的愿望变成一场梦。它们会出现在你的梦里，那是故乡美丽的自然风光，河流上方的小山冈，菜园里的土豆秧，散发腐烂气味的阶梯，这时你就给自己订个棺材吧，因为你已经死了。这时再怎么看也不能使你起死回生了。可一个沉睡的人怎么能知道他该看向何方？哪里是南、哪里是北？

春天让我变得无精打采的，我变得懒散，并为自己的懒散辩解。我说："都冷了那么长时间了，又是下雪，又是暴风雪，又是寒冷的，这下好天可算到来了。我是不是有权利像小草一样生活几天，无所事事地待一阵子？"我的声音在这样的提问中变得坚定，略有提高，带上了要求的语气，我本人也变得越来越严肃，给自己的问题注入一种激情，似乎我终于受到上帝的接见，并要求他回答："可怜的人类是否还将长期受苦、不见光明？"我越是无权如此无所事事，我要求的声音就越响亮。因为谁有权无所事事啊？我说："应该像小草那样生活一阵子。"但是小草也在劳动，也在埋头苦干，可怜的，它在自己的工作日之内所干的活比一个劳动能手还多。没有像无所事事的懒虫一般的、游手好闲的、轻浮的小草，只有工作的小草、劳动的小草。而它们应该受到我们的表扬。如果小草不挥汗如雨地劳动，人也不劳动，那么世界还会是我们现在看到的样子吗？

春天让我彻底爱上了它，我狂野、不羁，把自己费了九牛二虎之力获得的平静完全抛到了一边，尽管我曾经夸口说自己意志坚强，而且将坚强到底。可现在，你的坚强，它在哪里？它早已随着第一缕微风飘散了。人真是奇怪！除了傲慢和虚荣，他还有什么？只有软弱和对恶的随波逐流。但是，如果你必须拒绝这个春天，同时又要接受它，那该怎么办？怎么生活？一手把它推开，一手拥它入怀？这需要拥有不属于我的城堡，还有特殊的生活方式。把自己封闭在木屋中、修道院里，当个修士、杂役，而不是护林员，禁绝自己的肉欲，持斋，誓保贞节。闭上眼睛，捂住耳朵，什么也不看、什么也不听，只是这样一来要它们，眼睛，有什么用？我为什么这样说？春天扰乱了我的心，使我激动、不安，在我心里制造了矛盾的思想，可是我不想这样。我需要安宁。请给我一个这样的春天，一个让我看着它的时候感到幸福的春天。可我既不幸福，也不安宁，却在激情澎湃中爆炸。我曾以为，等到春天到来，我将像旁观者那样用严厉的目光看它，甚至似乎完全不是看它，而是目光轻轻地一瞥，说："这是谁在那里爬过我的草地？"接受客人，还是拒绝他？如果是个不那么让人愉快的客人，那就拒绝见他，趁他还没看到我，就跑到森林里去。我还想过："当它到来的时候，我已经上马准备出发。它所有的热情和奋斗，这都是它的命运，和我无关，我纯洁、坚强、安静，我已死去并投入新的生活，善与恶似乎已不是为我而存在。春天喧闹一阵，低声说说话，激动一阵，而我们将从高处俯视它。"

没有结果。它把我弄得晕头转向，尽管我绝望地进行抵抗，责骂自己、诅咒自己，尽管我不接受它的诱惑，但是我能感觉到它在吸引我，把我拉向它。而且，如果它完全把我拉过去，我也不会惊奇。我会忘记我从前的功业，变得像春天，变成春天。我将与它如此相像，以至于我们完全融为一体，同时又似乎是分开的。当人们问起："春天在哪里？"我会指着它，同时也指着自己："它在这里。"

不过也可能，为了不让人们对这样的回答感到困惑，为了不让他们对我们的各自为政感到迷惑，我单独指向春天，而对自己只字不提，或者只提自己，完全不提春天。或者，如果碰上特别爱较真的提问者，要求准确地回答，让你告诉他，而且一定要解释清楚，为什么这个这样，这个那样，这个在哪里，那个在哪里，那我是不会告诉他的，我只会从他眼前消失，需要多久就多久，一天、一小时或五分钟，要不就永远消失，那样他就只能看见春天，就会安下心来。

如果一个人出生于冬天，而冬天又绵延不绝，多年不断，那么，看着光秃秃的树，这个人无论如何想不到它的僵死状态只会持续到春天，春天一来它就会恢复生机。大自然安排得如此巧妙，因此当你看着冬天的树时，你怎么也不会想到它还会活过来。相反，更快到来的想法是："它已经过完了自己的日子，现在像僵尸一样矗立在森林里，只是因为严寒它才没有腐烂。"

今天，我来到一株小橡树旁边，它的枝条上还没有绿叶，叶芽也还没有长大，我用手碰了碰小橡树，把它稍稍压弯，它马上挺直了身子，动了一下，晃了一下后变得更加挺拔，好像我碰到的是一个充满了生机和活力的人体。然后，我从它身边走开了好久，去触摸了别的树木，却意外地发现了它的柔软，似乎我在触碰它的时候，确实是想确认一下它已经死了，但是我感受到了它的生命。我很惊讶，以为这是奇迹，就好像我去触摸一个人，想确认一下他是否还活着，而他对我的疑问报以惊讶。

春天和秋天，你呼吸着生命和死亡的空气，你吸入的除了氧气和森林里的各种颗粒，同时还有生命和死亡的成分。秋天，你吸入更多死亡的成分，而春天，你吸入更多生命的成分。这就是春天和秋天空气如此甜蜜和奇异的原因。你满怀喜悦地同时吸入两者，如果其中一个使你焦急、恐惧，那么另外一个就会让你激动、幸福。夏天你只汲取生命的空气，冬天你只汲取死亡的空气，这就是你发现不了它们的原因。尽管它们也十分清新、香气四溢，却仍然给人一种很平常的感觉，不会让人热血沸腾，不会让人激动不安。确切地说，是它们使你感到开心和安慰，而你习惯了它们。当然，这也有好处：时而，你突然闻到一股肺草的味道，于是涌上一阵甜蜜慵懒的倦怠；时而，一股被太阳晒热的嫩蕨菜的味道刺激你的嗅觉；时而，马林果树像最温柔的姑娘一样爱抚你。但是，严格来讲，这并不是夏天的味道，而是肺草、蕨菜、马林果的味道，这是它们在以自己的存在提醒我们注意它们，注意它们的生与死，而不是夏天。

春天，树枝上最早出现的叶子、饱满的叶芽和山坡上融化的土地也都散发着芳香，还有慢慢消融的白雪，山谷里的小溪和雪莲，一切都在表明自己的存在，无论是冬天，还是夏天。我们似乎应该有权利说："春天没有自己的味道，它只是由水、土地、青草的味道构成。"但这将是个错误。

在春天的所有迹象中能明显感受到春天本身的气息。它不是由个别的香气，而是由青草或树木的味道构成的，并且自由自在，谁捕捉到了这种味道，谁就捕捉到了真正的春意。

就我个人而言，当我吸入这种味道时，我会失去理智。我会想："有没有什么比它更美妙、更强烈？你吸入它，就等于吸入自己的死亡、生命，你同时汲取生命与死亡，就等于啜饮永生之水，而这是神仙的特权。"

一根花楸树枝拦挡了我的路，我把它拨到一边，它却打疼了我的脸。我生气了。首先，我是轻轻地、谦恭地把它拨开的，不是粗鲁地，而是彬彬有礼地推开它的；其次，谁能打自己人呢？我对它进行了小小的说服教育。回家的路上，它又挡住了我的路，我又把它拨到一边。这一次它没有打我，但是能感觉到它的刚劲、粗鲁，似乎它内心燃烧着激情，激烈地对抗着我的手。如果我不是死死地抓住它，那么它会再次打到我，毫不犹豫，根本不考虑我的说服教育和我讲的道理。我又对它说了些话。又第三次从它身边经过，它的力量和粗鲁劲没有减少。它坚定、执着，像一块石头，尽管看上去柔弱、温顺。我还想站一会儿，对它说几句睿智的话，可头脑中突然产生了这样的想法："我是不是白白浪费时间？我能说服倔强的它吗？"即使我把全世界所有睿智的思想都用在它身上，我也不能说服它，因为它是对的，而我是错的。我放开它，撤退了。

似乎，承认有春天一点也不难。可事实不是这样的，你不接受它，你觉得只有春天还不够，因此你很痛苦。我的生活带有痛苦的色彩，不过，说实话，这是为什么？我需要什么？我为什么而痛苦？需要金山银山，牛奶成河？我对现有的一切非常满足。确切地说，我实际上不满足，却欺骗自己，说自己很满足。就是说，我还需要一些东西。也许，我真的需要金山银山？也许，没有它们我活不了，只是因为怕愧对自己而拒绝它们？也许，这是我秘密的、唯一的理想——得到金山银山，管它那里长不长青草？可如果仔细想一想，我需要山，而且还是金山，有什么用呢？难道森林里的地方不够我活动双腿，或者高山有一种吸引力，使你想攀爬上去、高高在上，为了到达冰雪覆盖、人迹罕至、光芒耀眼的山峰，进而接近上天并从高山之巅俯视这个罪恶的世界？好吧，山还勉强可以接受。但我为什么需要金山？我该怎么处理这些金子？像个吝啬鬼一样守着箱子，受制于金钱？但我不相信金钱能控制人，也不承认这一点。金钱非我所爱。无须争议，财富是好东西，但需自己努力去获取。追逐金钱是一种俗世的虚空，一个尊重自己的人是不屑为之的。让那些总是缺少点什么的人去做这件事吧。

我不喜欢我的痛苦。我想做一个温和、宁静的人。但也可能，我的金山银山是我能给自己提供的最好的东西？这似乎是最令人信服的说法。痛苦不是使所有的人都变好、变高尚吗？可我为它，我的黄金，感到惭愧，我逃离它，而自己需要什么样的山，我不知道。

虽然不知道为什么，但我总是高兴看见草叶间的太阳。大概，你高兴是因为这时你透过洒满阳光的草叶看见的是你自己，你能感受到太阳的温暖和光明。大概，在这个时刻，当你看着被太阳照得通体发亮的树叶时，你也的确光明而洁净。

多少次，我都发现：只要我看一看披着阳光的草叶，不管曾经多么阴郁，我都会变得无忧无虑，豁然开朗，充满柔情，生活的烦恼都会离我而去，我似乎落入某个国度，堕入另外一个美好家园——大海，童年。我不思索，不痛苦，不焦急，我像田野里的一棵小草在这片蓝天下茁壮成长。作为一个成年男人，在这样的时候，我大概真的变成了一棵小草或一片叶子，只是这变化我和别人都看不见。

春天有点无耻。天气温暖的时候，我就打算去森林里，避开偶然过客的目光，给自己选个比较偏僻的林中空地，脱下衣服，站在阳光下。每当这时，我尤其感觉到春天的无耻。站着的时候我特别害怕出现别的声音，万一有个偶然路过的人闯进来看见我，被吓到呢？我觉得森林也和我一样，在仔细倾听过冬的树叶和小草的声音："是不是有人来了？是不是有人看见了他赤裸的身体？"但我觉得它的担心是多余的。森林的赤裸、春天的赤裸没有人能发现。穿上衣装的人们同时也把春天穿在了身上，因此，现在看着它的时候，人们没有觉得任何不便。这也是可以理解的。无论冬天、秋天，还是夏天，我都不脱光衣服、赤身裸体地站在森林里。暂时还没有任何人撞见我做这桩怪事，但是我自己也意识到，我在做一件不体面的无耻的事情，却不悔改、不害臊，依然故我。我觉得春天无耻是有原因的。如果有一个人走过，或者一只鸟或蝴蝶飞过，我会觉得不好意思，飞快地套上衣物，免得自己臭名远扬。可它既害羞，又不害羞，既害怕，又不害怕。如果看见人，它也不会穿上衣服，就那样风情万种地站着，一览无余地展示自己的裸体，让人们爱上它，迷恋上它。这时，被它迷住的游客可要小心了！

橡树的黄叶在枝头挂了整整一个冬天，现在才开始掉落。春天和秋天的落叶是有区别的。秋天叶落是因为它即将死去。它的生命即将结束，它飘向大地。它主动死去，依照自己的意愿死去，没有任何人强迫它。春天叶落是因为有别的叶子推它。年轻的生命尽情绽放，它要求有自己的通道。哪一种死亡更好？这种还是那种？我想，两种都好，既然有新旧交替。当然，也可以批评橡树叶，因为它没有按自己的意愿在秋天落下，而是拖延到春天，似乎意识到自己注定要死去，但又不想屈服于命运的安排，而奋起抗争，决定把自己的生命延长到被别人取代为止。不过，这样看来，是否有必要因此而批评它呢？为什么应该只看到这件事不好的一面？万一它们留到现在不是为了靠别人延续生命，而是因为没有确信新的会来，所以才一直挂到春天。春天来了，叶芽里钻出了新叶，老叶意识到它们没有什么可担心的了，它们的世界没有结束，生命在延续，也就是说，它们可以安心地飘走了。于是它们开始飘舞。于是橡树上一片黄叶也不剩，好像它不愿留下。其实它也不是不愿意留下。在枝头悬挂，还是在泥土里腐烂——对它来讲，看来已经无所谓了。

五月的金龟子爬上松树的树干，它很漂亮，体形硕大，应该抓住它，把它晒干，有机会向熟人炫耀一下。我真的受不了这种诱惑。我用两根手指捏住它的背部，它快速地蹬腿，试图挣脱。后来我把它放了。金龟子爬出不远，停下来，喘口气，环顾四周，平复情绪。猛然间，我闻到一种令人愉快的、特殊的、来自森林的气息，这久违了的气息——我把它丢了，我苦苦寻找过它。在这气息中，我分辨出了金龟子爬过的松树皮的味道、这棵松树下稀有花草的味道、风儿拂过的树梢和树叶的味道、卡在树干上的干树枝的味道。我深吸了一口气，我已经好久没有这样呼吸过了，我看见眼前展开一幅森林的画卷，我好像从一个人变成了一只金龟子或别的什么，只是我在用新的眼睛、以新的视角看着这画卷，就好像在黑暗中挣扎了一百年之后才获得自由。我对自己说："抓住这个瞬间，它很快就会再次跑掉，而且永远不再回来。世界如此美好，再过不久，它就变得无影无形，无法感知。"这就是一只重获自由的五月的甲虫和我一起干的事。

毫无疑问，来到森林里折一朵小花或一枝芬芳的稠李，这令人愉快。那么，如果什么也不用拿，到林地里去干什么呢？但是，如果你什么也不折，怎么来的怎么走，什么也没折断，什么也没破坏，什么也没惊动，那样是否更加令人愉快，看见一株芳香四溢的铃兰，如果它让你特别喜欢，你闻闻它，看看它，然后就大胆地往前走，那么，因为你没有把它折损，没有用脚踩坏它，没有动它，它就不会生你的气。在蕨菜丛中看见一雌一雄两个刺猬，你可以和它们打个招呼——如果你是个有教养、讲礼数的人，认为在森林里与陌生人相遇时你应该首先打招呼，就像与同住的邻居相遇时一样；你可以给他让路，也可以不给他让路，自己走自己的，好在你和它们所走的路从不交叉，你不必努力伸出胳膊肘，保护你自己的路。黎明时分，听见鸫鸟的啁啾，你可以把这当作对你这个人物的善意问候；你也可以十分公正地以为，你本人与鸫鸟及其歌声没有任何关系，无论你近在咫尺，还是远在千里之外，鸫鸟都会歌唱，自由自在地为自己或自己的另一半努力歌唱，它的另一半和它并肩坐在枝头；而你完全不必责怪鸟儿的这种自私并愤怒地射杀它。

当然，可以空着手到森林里来，抱着一大把甘菊花离开；可以折一些三叶草和蒲公英花，用它们做一个花环，给自己或自己的男女朋友们加冕，像皇帝一样；可以抓刺猬或用木棍打蛇。但这些事最好都不做。可那该做什么呢？总得做点什么呀。应该从森林里带走什么呢？如果你不把鸫鸟打死，而带走它的歌声，不折下大把铃兰，而带走它的气息，不运走稠李，而运走它的气息，你就会领悟一种永恒的难以捉摸的美——你不能用手把它拿走，只可以把它放在心里，留在你的记忆里。我想，这时你获得的比你折下世间所有蒲公英、打死所有鸫鸟所得的要多得多。问题只在于，怎样把这无法携带的东西放到心里带走。

我在黎明时分醒来，天还很黑，可森林里到处都能听到鸟儿的歌声。我突然觉得，我已经死了，鸟儿们在为我做安魂弥撒。碰碰自己，摸摸自己——似乎还活着。这时我才想起来，春天来了，鸟儿们歌唱是为了宣告它的到来，赞颂生命。于是我觉得惭愧，因为我把生活的颂歌当成了它的安魂曲，把鸟儿的歌唱算到自己头上。然后，思想来了一个一百八十度大转弯："如果你或你的某位朋友的确在今天早上死去了，鸟儿的确为此歌唱，那又怎样呢？它们为什么歌唱？是为生命的到来欢歌，还是为它的离去悲泣？"我想，世界上没有任何一个人能回答我的问题。

叶芽已经完全打开，但树叶还没有长出来，黑色的森林就这样披上了没有叶子的绿装。森林的这种绿色闪烁不定，一天天变化，正因为它是不固定的，所以它才闪闪烁烁。这还不算是真正的绿色，而是绿色的影子，是它在胆怯地提示自己的存在，这不是真正的声音，而是一种动静，是模糊不清的喃喃自语。

可怜的雪在融化，变成雪水四处流淌。如今很少能见到雪，只有在茂密的云杉林里或某个深坑里偶尔能碰到它。森林洁净、干燥，因为干燥，当你走路的时候，它会发出咔嚓咔嚓的声音。沿路的水沟里盛满了清澈透明的水，而水底是去年的黑色树叶。入冬以来，大地吸收了太多的水分，坑洼里的水还将保留很长时间。

似乎，世界上没有任何东西比水洼里的春水更洁净，更有益健康，我觉得。如果世界上真的有活水和死水，如果它不是个骗局，也不是人们的异想天开，如果它不是某种自发的变态反应，使当代的怀疑主义者们感到窘迫，那么，它就只存在于春天的这些水洼里。而且，我将非常愿意打上满满一桶这样的水，根据自己的判断去帮助别人复生。不过，如果我不信任自己和自己的知识，也不考虑我的做法是否正确、是否出错，而复活了一个不该复活的人，那么我将放弃自己的想法。

这个时候的光幻非常奇异。看近处的一棵树，你看不到它的绿色；到远处再看它，你就会看见绿色。大概，自然界中这样的反常现象是正常的，当你听到某种奇谈怪论，有人对你把黑的说成白的，或者把小的说成大的，把远的说成近的，你也不觉得这一切都是荒谬的无稽之谈、胡说八道、智力游戏，而觉得有真实、可信的地方。

乌鸦是我冬、春、夏、秋的忠实伴侣，这才是我想要为之唱赞歌的人。所有其他的鸟儿都很好，值得歌颂，我只发现它们有一个缺点——变化无常。它们会与我交好半年，半年过后你一看，它们都飞走了，你甚至不知道它们飞到哪里去了。至于乌鸦，冬天时它怎样待在松树枝上,现在还怎样待着,而且还将这样待着,只要我还活着,只要森林还在生长,什么样的心理动荡、什么样的大地风暴都不能把它赶走。有时感觉它因为总也不动而僵住了——在炎热和暴风雪肆虐的时候,它都耐心地、久久地待在那里。有这样忠实的生活伴侣,我不应该抱怨。我的确不抱怨,可有时也会诉诉苦,可大家不都这样吗?活着的人就不应该哭泣,不应该谈起绝望、死亡,不该怕死,不该敬畏和喜欢生命吗?

乌鸦,尽管我不是特别爱它(这有很多我能理解的和我不能理解的原因),但是我想,随着时间的推移,乌鸦会获得我的爱的。我们应该鼓励忠诚,鼓励忍耐和忠诚。

那么森林怎么办?我们该怎么支配对它的爱?难道等到年老的时候再看上乌鸦?也许正因如此,它才待在松树枝上,急切地等待,等待属于它自己的时刻。等到它自己的期限来临,它是否会向我俯下身来,为我送上温热的、醉人的一吻?

昨天夜里,我来到一棵松树下,把面颊贴在它上面,胸中忽然产生一种激动之情。我站在那里,拥抱了松树,心脏剧烈地跳动,因为我拥抱着松树。即使拥抱一个姑娘也不可能有这样的感觉,而拥抱一棵树却使我格外激动。在所有方面都是这样。和人们说话,与最聪明的人谈一谈,听听他的有益建议,解开谜团,对此我不会为之所动。可只要与小河边的野鸭、蒲公英、蝴蝶、黑琴鸡交谈起来,它们的谈话对我来讲就是一件甜蜜的事情。如果我与一位姑娘同床共枕,那么和她在一起的睡眠不过是普普通通的消磨时间。如果我与白天、黑夜、大树、明月、白云同床共枕,我会觉得心头发热、震颤，无法平息。在森林里遇见一个人，我会为见面感到高兴。可如果碰到一只猞猁、野兔、狐狸，我的高兴会加倍。我高兴得想心软落泪。我为这样的冲动而自责："怎么会这样？"我说："你抬高野兽、植物，贬低人类，你不是人，不够做人的资格。"虽然自责，我却拿自己一点办法也没有。而我不想隐瞒我的感情，不想虚伪。错就错吧，让人们批评我另类和轻浮吧，我同意这一点。但是只要不砍我的头，我仍然会坚持自己。大概，不该对我过于严厉。也许，我因为在森林中孤独生活而发了疯，对人不习惯了，因此觉得森林更亲近。这不意味着我反对人们、离经叛道、要把森林置于人类之上。我也可以与人交往，可以在小餐会上娱乐，但是在花草之间的宴饮更让我开心。

第三章

树上的叶芽开始萌动了,树枝也微微泛绿。然而离绿叶满枝还远,还要再过大约两个星期,树木才会披上叶子。不过,也许正相反,到那时它们将脱去衣衫,裸露自己?有一个习惯性的比喻"树木穿上绿色的衣衫"。可绿叶怎么能成为衣衫呢,如果它比大树身体上任何一个部分都更敏感?当树木披上绿叶,我觉得,它是在从自己身上剥下皮肤,为了能更敏锐地感知这个世界,怀着爱和恨在其中生活,而不是像木偶一样站着。我触摸一片嫩叶,碰它一下,感觉到了它的疼痛。大概,没有这种灵敏的感觉它不可能保持与日月星辰的联系。

一只山雀从早晨起就叽叽喳喳地叫,但是它,这小鸟,是从什么地方冒出来的呢?森林中,田野里,百灵鸟早就在叫个不停,鸫鸟在树林里歌唱,而护林所上面的椋鸟巢里早就定居着一对椋鸟。这山雀迟到的歌声是什么意思呢?既然你春天已经到来并且离去了,而且眼看夏天就要到了。难道是它每天忙忙碌碌,忙得晕头转向,竟然错过了春天?难道是它在树枝上睡过了头?也许,是它看着春天,却不相信春天已经到来?相信肯定是相信,春天一定会来。但它又这样想:"春天什么时候来还不知道,现在可不是春天。"就这样等到了春天结束。而现在,为了证实春天的到来,它就勉强地唱出这迟来的歌声,似乎如果它不出声,就不会有春天了。

我一觉醒来,发现自己头上有一根松枝,吓了一跳。我的天啊,终于开始了!莫非我真的变成了一棵松树,所以我的头上长出了松枝?我看自己:大腿、胳膊都还在原处,完好无损,但是带着松针的树枝也在。我还是个人,而没有变成一棵树,这让我感到很高兴。可是有一个问题:"为何脑袋上有个树枝?"当然,树枝不是角,不会那么引人注目,但我好像并不需要它。我倒是可以平静对待它,哪怕长出一棵树都行,可人们看见我头上顶着个树枝会说什么呢?他们会怎么想我?他们肯定会笑话我,要不就会把我抓起来放进笼子里去展览,就像对待某种天外来的怪物,仔细观看和研究我……总之,我将以我的存在丰富科学知识。但如果他们不把我抓起来,不来打扰我的安宁,那么我该如何顶着头上的松枝生活呢?它如果一直这么小还好,万一它开始生长,变高变大(它完全有理由生长)——它会像密林、风折林一样把我包围、隐没,而我却无法自救,那该怎么办?当然,一方面,我不反对它生长:如果它愿意,就让它生长吧,我甚至会很高兴它长大,因为这样我总能给人们带来点好处,制造点清新空气;可从另一方面看,脑袋上顶着一棵树对我来讲既麻烦,又不划算。我思想斗争了很久,最后终于妥协了——既然松枝存在,就让它存在下去吧。妥协了之后,我忽然想起来这树枝是我昨天从森林里捡回来的——有人把它折下来又扔掉了。上床睡觉的时候，我把它放在床头了。可我还以为它是从我脑袋上长出来的呢。真可气。

我为什么喜欢这个早晨？当然，它本身就让我喜欢，但我还这样想："既然有这个早晨，就意味着还会有其他的早晨。"而如果我的早晨不太让我喜欢、在某个方面存在着不足：或者是露水太凉，或者是太阳来得太迟，或者是风太大，吹来了过多的乌云，使森林里阴沉沉的令人不舒服，那么，一想到在某个地方有其他的早晨，明媚的、灿烂的，有怡人的露珠和准时升起的太阳，我就特别高兴，以至于觉得我那灰暗的、倒霉的早晨变得好多了。直率地说——简直是非常美好了，所以无论是冰凉的露水，还是太阳；无论是呼啸的风，还是乌云，我现在都不把它们当作是降临到我头上的惩罚，而是把它们当作珍贵的礼物。

可以在道德方面堕落，比如撒谎、爱慕虚荣、发火，也可以只是看看窗外，看到太阳、大树，对它微笑——这时你就完了。或者看到田野里的甘菊、风中的白桦、水井、飞动的乌鸦、啄木鸟，然后把目光转向自己，前进一步。任何一个动作，包括挥一挥手，每一次回眸——这已经是堕落。因此，可以说我每天都在堕落，总在一天之内坠入无底的深坑。那么我什么时候爬上来？而且我可能爬上来吗，如果整天都在坠落？当我坠落的时候，我就已经爬上来了，难道注视太阳不是一种攀升？森林、田野的风光，这难道不是一种美好和幸福？但是，既然我看着太阳就能爬起来，那么我怎么会在看着它时跌倒？早晨，看着太阳，我和它一起升起；晚上，看着太阳，我和它一起坠落。

一朵小花、一棵树、一块石头的生命存在不止一天两天、不止百年千年，不是从它诞生的那一刻起到最后完全消失，而是永远。比如，我记住并爱上了长在马林果树丛旁边的一棵蒲公英。我是不是可以说，它只活过了一个春天？它将与我同生共死，可谁知道呢？说不定我死后它还会继续活在我儿子、孙子、朋友、熟人的记忆里和心里！春天过去了，蒲公英死去了，可我把它保留在记忆中——它曾让我觉得如此亲切——后来就忘了。

　　有一次，我从树丛旁边走过，看了一眼，发现它又生机勃勃，绽放着花朵。蒲公英早已经从我的记忆中消失了，可它又开始在林边绽放。

　　绿叶和蓝天。我曾经多少次见过这样的画面，可我从来都不能对它视而不见，这树叶和白日蓝天的组合总是令我异常激动。我认为我激动的原因如下：每次我看树叶和天空的时候，我看见的既不是单独的树叶和单独的天空，也不是它们在一起的组合——我看见的是蔚蓝的树叶和碧绿的天空。确切地说，是我把树叶看成天空，把天空看成树叶。那时我觉得，在每一片叶子里都装着一个蓝天，而天空就是一片巨大的叶子，挂在树上。而且，我眼里的叶子越蓝，天空越绿，我心里就越高兴。为了更确切一点，甚至可以这样说：对我来讲，树叶曾经多么绿，现在仍然多么绿，天空曾经多么蓝，现在也多么蓝，但同时，我会把树叶看成蓝天，把天空看成绿叶。此情此景怎能不令人高兴！这样的画面、这样的美景简直可以让人心醉神迷、欣喜若狂，一直到死都觉得特别幸福。如果我没有变成这样，那只能是因为我要保持清醒的状态，以便向人们描述这美丽的景色。

  无论你在这个世界上生活多久，前方有所期待的感觉总是让你高兴。如果你觉得未来没有任何期待，这很不好。但是，现在春天来了，我的心脏又开始怯怯地跳动起来，于是我像一个少年，像一个婴儿，在等待着，开始了等待。我在等待什么？对于这个问题我不能给出一个确切的答案。我只能十分确定地说，我等待的不是幸福，不是爱情，不是财富，不是荣誉，甚至也不是沙场征战、英雄业绩，尽管对于后者，英雄业绩，我一直都想要，以前希望、现在仍然希望自己能够成就这样的伟业。我只等待一点——希望生活继续下去，因为我相信，我想要的一切也会随着它一起到来。为什么现在我不想要幸福、荣誉、英雄业绩？因为对新生活中新事物的等待高于其他一切等待。这时你没有任何欲望。欲望消失了，你的欲望得到了充分的满足。尽管没有刻意，你却满足了你所有的欲望。在我看来，现在最难的是度过一生。

  当我手头做着一件事，心里却把它想象成类似的另外一件事时，我才会对我的工作感兴趣并对它充满热情（诚然，尽管我热爱森林，我还是不能总是乐于工作）。今天我在树林里的火烧地上种松树子。阳光，温暖，晴好的天气。我手里拿着装树籽的袋子。我跪在一小块已经翻松的正方形土地前面，从袋子里抓出一小把树籽，撒到土里，用手掌小心地拍实，接下来种下一块地。干这个活我是否开心？总的来讲，我不觉得这件事特别没意思，也不想说它比别的事，比如砍倒树木开辟林间通道或清理林中火烧地更好或更不好。毫无疑问，偶尔和别人一起唱歌，或者讲笑话，或者躺在炕炉上无所事事都比这更舒服。我不会说我一边往地里撒种子，一边流泪，也不会说我因此而高兴得手舞足蹈。把一些种子撒到一块地上，有时候这甚至很好笑，这一时刻的庄严让你觉得好笑，使你振奋，用手掌拍完二三十块地，这还可以忍受。但是如果你的袋子里装着上百万颗种子，而翻过的地块又多得令人眼花缭乱，还有太阳在你头顶上拼命地呼着热气，没有被晒热的土地在你脚下释放着冷气，如果你的手掌拍得麻木、失去知觉，你的膝盖磨出了血，你的后背怎么努力也伸不直，一天却很漫长（从早到晚它得包含多少个工时），那么大家还是不要过分严厉地批评我，这个工作不是特别让我开心，除非让你狠狠地咒骂它。事情可能会是这样，可能会让人难过和觉得不公平，如果没有下面这棵救命稻草——那就是我把自己做的一件事想象成另外一件事的能力。

那么，当我在春天撒下松树种子的时候；当我吃完午饭、躺在自己的床铺上，或者干活干得手脚疲乏、停下来休息，或者遇见老朋友与之倾心交谈的时刻，我想象的是什么呢？我想象，在我播下松树种子的时候，我同时在这个世界上播种善与爱，我刚一想象出这样的画面，原本无聊乏味、令人厌倦的工作马上变得似乎不那么乏味，我的身体里产生出新的力量，我的精神变得坚定。那时，我可以爬着用手掌拍遍整个世界。更有甚者，不知道为什么会发生这样的事情，但我那时确实完全不觉得自己是个播撒树种的护林员，尽管我非常想把自己当成一个护林员。而且我也看不见火烧地、看不见没种的空白地块和周围的森林。那时我把自己想象成一个非常伟大的、撒播善良的人。即使想到我是个护林员，想到我在火烧地上面对着空白地块、手里拿着树籽袋子，我也不觉得惭愧、不安。似乎这一切都不是这样的，这一切都不存在：没有森林，没有地块，没有松树子。只有人类，世界，善与爱的种子，上天赋予了你撒播理性、善良、永恒的能力。这时，你还会抱怨无聊和腰痛吗？

当树枝上叶芽绽放，我发现（或是觉得？）我想亲吻每一片新叶。如果我有权这样做，我肯定就做了。但是谁给我这个权力了？而且，为什么必须是我用自己的嘴唇去玷污这些柔嫩的造物？当然，我对它们没有坏心，而且我的亲吻，如果我用它去爱抚树叶，也不会有任何坏处。但我算是什么主宰吗？我赢得亲吻每一片叶子的权利了吗？难道森林是我主宰的后宫，我可以为所欲为？再说一遍，如果我说了算，我将在春天亲吻每一片树叶，它们是多么美丽、鲜嫩、充满魅力！但是我知道，除了我，还有喜欢亲吻树叶的，比如太阳、风、朝霞和晚霞、黑夜、白天、雾、路人的眼神、星星……

我为什么还要说我想在春天亲吻覆盖着一层黏液的小树叶？我觉得是它们想亲吻我，并且真的在亲吻我，使我费很大力气才能走遍整个森林。如果假定是我想亲吻全部的树叶，当我意识到还存在其他亲吻者会妨碍我，因此我的亲吻会被拒绝，在我看来，这时就有点不公平。可如果它们想亲吻我，它们会得到允许："亲吧，想亲几下亲几下！"于是它们会亲吻我，会亲得我开始生它们的气，心怀不满。当然，如果每一片叶子都突发奇想要把亲吻印在我身上，那么我身上还能剩下什么？只有空洞。幸好我还没有好到让它们想要扑过来拥抱我的程度。一片叶子亲一亲，另一片叶子亲一亲，这就已经很好了。可我已经大声喊叫起来了："大家都想亲吻我！"

晚上，我四处看了看，发现有一棵、两棵、三棵树已经泛绿了，我很高兴树丛里的花都开了，我已经把它们忘记了，我压根儿没有参与它们的生活，是它们自己照顾了自己。我明白，我的想法荒诞不经，我可能帮不上树丛任何忙，但是它们在没有我参与的情况下纷纷吐绿，这让我觉得开心和幸福。可万一突然一切都发生改变，变得取决于我：它们应该在今天泛绿，可我在忙乱之中忽略了它们或者想到的是别的树丛（天哪，在森林里我的树丛不计其数），因此它们变得孤苦无依，不知如何是好，那么它们会怎么办呢？它们会耐心等待自己的时刻到来，等待我把目光转向它们吗？即使我拥有这神奇的权利，即使我的眼神最温柔善良，即使我对生活的呼唤预示着无尽的幸福，即使这样，树丛对自己最微小的关心也比我的眼神更有益、更重要。当然，我的眼神也会起点作用、帮上点忙，或者会促进它们快速生长，或者会延缓它们生根发芽，但是它的所作所为都是纯粹象征性的。假如我由于春困在睡梦中漏掉了哪怕一棵树的春天，让它无法泛绿，而在无望的等待中死去，我该如何逃脱大自然的严厉惩罚？

为什么我说我在春天重生？因为我看到了自己身上的变化，我变成了另外一个人。我不催促自己，也不催促别人。以前我是怎么做的呢？春天刚刚到来，太阳刚刚变暖，森林里刚刚变得清爽舒适，我就坐在墙根的土台上，不享受这清爽的感觉，不与太阳、树叶、风儿同在，而是催促它们"快点，快点"。我为什么催促它们呢？我想让它们停留得更久，留下来。我不好意思公开阻拦它们，于是就想出了这样一个妙法，我对它们说"快点"，好像在粗暴地赶它们走，故意驱赶它们、激怒它们，让它们气愤难平，故意留下来气我。可事实正好相反，我催促春天快走，催促花儿快开，它们就真的着急起来。我本想用恶意影响它们，可心地朴实的它们把我的驱赶当成真的，因而匆匆离去。结果，你还没来得及环顾四周，没来得及把目光在蒲公英身上停留，春天、夏天就已经没了踪影。它们喧闹、奔腾着急速而去，就像一群不羁的野马，留下的只有尘土中一丝苦涩的味道。

现在我坐着，不催促春天，也不阻拦它。我给它充分的自由，让它按照自己的心愿去支配自己：可以拼命地向我跑来，也可以靠在我的肩头，留下永恒的瞬间。这样的状态对我来说是奇怪的、莫名其妙的、异常的，我琢磨不出它从何而来，为何而来，但我又喜欢它。就是说，用不着欺骗春天、夏天，它们像孩子一样，对一切事物的理解都是直接的。你说"快点儿"，它们就快点儿；你说"留下吧，多待一会儿"，它们就多待一会儿；你说"永远留下吧"，它们就永远留下。

我只在大自然百花竞放的春天里感到忧郁，一切都急急忙忙，行色匆匆，而你却待在原地；或者是待在树叶飘零、本该忧郁的秋天。我不是只有在遇见不平事的时候才忧郁，比如看见一棵被砍倒的松树或一头受伤的驼鹿，这时无论你怎样保护自己的心脏也没用，心灵自己就会要求忧郁。我不只为了分离、未能实现的理想、逝去的青春、消失的日子、已经来临的夏天或者即将到来的冬天而忧郁，这一切的忧郁都是可以理解的，如果它们不袭上我的心头，那才不可理解。可是，当我经过一片草地，看见一片绿色的草叶，这时我为什么会因为看见它而变得忧郁？这个绿色的、充满生机的草叶在我心里引起的不是快乐的感觉，不是掺杂着泪水的幸福，不是极度的狂喜，而是忧伤，我像一匹年老的、在这个世界上生活已久的驽马，看着这片草叶，心中忧郁。为什么我会忧郁，是因为当我遇见昔日老友，当我的梦想和希望得以实现，当我刚刚开始新的一天，离黄昏还很遥远？那个时候我十分忧郁，仿佛在我的身体里除了忧伤，什么也没剩下，什么也不会再有。好在这总能过去。看一看小草，忧郁一阵子，我就走开，忘掉忧伤。而忘掉之后，我就快乐起来。落在枝头的喜鹊的样子、一根折断的白桦树枝、渐渐远去的日子里的黄昏，都会让我开心。

我邀请太阳到我这里来做客。我是怎么做到这个的？早晨醒来，起身，外面暂时还很黑，我来到外面的台阶上，迎接东方的太阳。我邀请月亮或月牙来做客：那时候正相反，我不会早早上床睡觉，而是耐心等待月亮从森林后边探出头来。我邀请蒲公英到我这里来：我出门来到草地上，走到它绽放花朵的地方，它就会出现在我的面前。我邀请小河、白云、风儿、小路、接骨木或马林果树丛来做客。我想见人家，而人家不想见我的情形一次也没有发生过。我邀请星星：夜里我不睡觉，抬起头，仰望黑暗的天空。我邀请狐狸或驼鹿：当然，对它们要多花一些时间，劝一劝，求一求。但它们的性格也是喜欢交际的、随和的。执拗一下，也就同意了。在森林里找上一两天,你再看:迎头遇上了狐狸、驼鹿。我邀请苍头燕雀、乌鸦、松树、秋天、小溪、鸫鸟、晚霞、雪、雾、秋天的花楸树到我这里来。哪个没来?哪个拒绝过我?

今天我邀请了夜,可是它没有来。黄昏时的光亮长得令人无法忍受,太阳迟迟不肯落下山去,树梢上的鸫鸟不住地叫,我等夜等得疲惫不堪,我躺在床上,听到一个微小的动静就止不住哆嗦一下:"会不会是夜来了?"我就这样睡着了,终究没有等到它。

像老人一样,我在夜里腿疼,这时我就知道要变天了。疼痛不是很严重,但是让人不舒服,我忍了一会儿,对自己的腿说:"行了,疼一会儿就得了。"但是,它们不把我折磨够是不会罢休的。可要是我不相信它们,不相信接下来是坏天气,并力图证实一切将恰恰相反,那就是另外一回事了,即使它们把我折磨死,我也不会对它们说话。但是,我相信它们,它们却不顾我随和的性格而拼命折磨我,这让我生气、厌烦。要么我就突然故意坚持说明天将会是晴天,虽然明知要变天,那么它们该怎么应付?它们会怎么办?要么我真正怀疑不会变天,而相信天会变晴,对此它们会说什么?它们不可能折磨我一辈子,总会有累的时候,骨头的难受我能挺得住。可万一我真的突然特别想要晴天,因而故意与我的腿脚作对,召唤晴天,晴天可能真的会来,如我所愿,却非它们所愿。晴天来倒是能来,只不过大自然中没有什么事是故意作对能成的。可若是我出于好心希望它来,那就另当别论了。

我划破了裤子,本想穿着破裤子到森林里去,但是却拿起了针,把破洞结结实实地补上了。尽管我是去巡查森林,而不是到人们中间去，可是我在森林面前的羞怯不亚于在人前。有的人刚一进入森林，刚被密林挡住了别人的视线，马上就觉得自己摆脱了一切规矩的束缚：用力向地上擤鼻涕，不体面地搔痒，把衣服脱光，似乎谁也看不见他。"森林不算在内，而在自己面前有什么不好意思的呢？这就是我，本真的我。"可我在人面前的举止却比在森林里随意得多。在人前我可能会擤鼻涕，会挠挠不适合当众挠的地方，会张嘴打个哈欠，如果有机会高兴，也会因此而哼哼唧唧，还会随便骂一句难听话。可在森林里，我像小绵羊一样安静温顺。我每走一步都要鞠躬致歉："请原谅，对不起，我没有冒犯您吧？没有踩到您吧？"我跟每一棵小草打招呼，跟人我从来不首先打招呼，即使后打招呼也很不情愿，也不是总能做到。在森林里，我像一个痴心爱慕者一样殷勤，谦恭，彬彬有礼，恭恭敬敬。我就是关爱的化身。这时候怎能穿着破裤子！这对于我就相当于别人穿着衬裤去见意中人。打算去森林的时候，我都要把自己打扮得漂漂亮亮、体体面面的，就像去参加舞会或婚礼之前的女孩子：我把脸洗得干干净净，用梳子把头发梳理得整整齐齐。而如果——谁都有过这种事——情急之下，我鬼迷心窍地没带手帕在森林里擤鼻涕，或者大声说了一句粗话，我就会像小学生一样面红耳赤，为自己感到耻辱，那时我会觉得我罪孽深重，无可申辩。

　　白桦树伸展开叶子，开始在清晨絮絮低语。它光着树干站了一个冬天，那时它是死的。舌头、语言、声音，是它们赋予了白桦树生命。现在它，长着千百条舌头的白桦，站在那里说个不停，却仍然无法弥补漫长一冬的沉默。早晨它轻轻喧闹，中午它拨弄着树叶，夜里它也不停止说话。我也同样如此：坐在自己的护林所里长时间地不吭一声，一走出去到人们中间，就不给任何人说话的机会，抓住一条谈话线索，就滔滔不绝地说下去，像喜鹊一样又唱又闹，不亚于白桦树。在这种时候我会觉得，我的嘴里不只有一个，而是有上百条舌头。我的对话者已经开始打断我，已经在不时睥睨我了，大家都已经在说话，尽力不听我的唠叨了，可是只要还没有说够，我就决不住口，他们听也好，不听也好，我都要说下去。我觉得自己这样做不好，别人也需要发发言，可就是无法自制：舌头自己在拼命地动，好像有一股持续的强风在吹着它。

　　无论你离大树、马林果树丛、草地多么近，只要你居住在木屋的四面板壁之内，你就离它们很远，好像你在千里之外，或是你根本不存在。坐在窗边看见森林，或者看不见森林而只是在脑海中想象它，这等于什么也没有看见，虽然这样的视角有时比任何别的视角都更犀利，更敏锐。在近处看见森林，坐在树木触手可及的地方，倾听小草的窃窃私语，感觉小草在耳边拂动，用手指轻轻触摸盛开的风铃花，这才是切近，近得使我激动，使我不安，只有在与人亲近时我才能感受到同样的激动。走在路上，看一看森林，你会突然全身发抖——森林的样子会使你产生这样的印象，仿佛在这之前它是森林，可是现在它既是森林又是人，获得了活的灵魂。你看见一头野兽，一只小鸟，它们也发生同样的变化：你在它们身上看到的不仅是野兽或者是小鸟，而且还有人。你看一看天空，它也会向你展示自己的新特征，在这个天空中没有人，你在那里既看不到手，也看不到脚，它过去是天空，将来也还是天空，但同时它身上也有着属于人的东西，属于人的一切：眼睛、耳朵、鼻子、眉毛，但它们或者样子与人不同，或者完全看不见。

从这个方面来说，亲近树木、小草、大地既是非常令人愉快的，又是危险的。极好的是，这使你发现过去没有的许多新朋友，而危险在于一个问题：怎样对待它们？从你把它们当成人的那一刻起，从那时起，你对它们的态度在发生变化。现在你再也不能对它们视而不见，对它们漠不关心或者粗鲁无礼，例如对天空说："我不在乎你！"辱骂它，对它不恭，你必须像对待自己或者朋友那样对待它。而这乍一看显得古怪荒唐、违背常理。"怎么，"人们会对我说，"难道应该亲吻这天空，请求它原谅，向它问好、表白爱情，像与心爱的妻子一样与它一起相拥而眠？"

早晨我醒来。你的呱呱叫声在哪里呢，乌鸦？周围一片寂静，宁静的早晨即将来临。今天你将告诉我一些什么新闻？也许，你在别处有事耽搁了？我躺着等了一会儿——听不见乌鸦的叫声。我躺得两肋都已酸痛了——乌鸦还是不叫，而我的倔劲上来了，它不叫，我就不起床。可是后来我想："这算怎么回事？因为它我要躺上一整天，不出去工作？"这可不行。躺腻了。起床。穿好衣服。同时我在侧耳细听。喜鹊的声音我听见了，鸫鸟的啁啾声也听见了，可是没有乌鸦。难道世界上没有任何新鲜事发生？或者，它不是发生了什么不幸吧？如今，没有乌鸦报信我怎么过日子？我走出屋去。向四周一看，森林中的一切都是新的：花朵是新的，天上的云也是新的。而那边还有一只乌鸦好好地坐在枝丫上，默不作声。"你怎么不叫呢？"我责问它。它只是轻蔑地看了看我。

我爱春天，我如此爱它，以至于我害怕向自己和别人承认或大声说出"爱"这个词。如果你突然说出来，难道爱会走向它的反面，变成恨？我爱春天，而且由于对它的爱我变得像木头人一样沉默寡言。它正在慢慢把我烧成灰烬，只剩下点点火星。

一年四季都很美，但其中春天是最美的。秋天、冬天、夏天很好，没有什么比它们更好，可是春天就比它们还要好。不过，这样的情况似乎不常见。我不爱春天，而是痛恨它并大声说出我对它的仇恨，尽管没有人强迫我说："让它走向自己的反面，变成爱吧。"但是什么时候有过仇恨变成爱的情况？我不爱春天，我就像炭火块一样，仇恨把我慢慢烧成灰烬，我对春天没有任何感情，我的内心已被烧得伤痕累累，体无完肤，奄奄一息。我可以补充说，春天是最令人讨厌的季节，我以生命担保，它就是这样丑陋、肮脏、虚伪、卑鄙，但无论我怎么说，春天依然是美丽的。

坐在花草树木丛中，看着一片浓绿，亲眼看到河上雾气蒸腾，天空中流云飞驶——人啊，对于你来说，还有什么东西可能比这更美好吗？世上还有比这更美好的东西吗？我愿意用链条把自己锁住，以便每天看着这景色，而这链条、这禁锢，对我来说将是最甜蜜的享受。

事情看来并不复杂：你去看吧，谁妨碍你了？谁不让你看了？禁止你了？谢天谢地，目前看看森林还不像进电影院或戏院那样要收钱，也不会因此把你抓进监狱，你尽情地看吧。而事实却远非如此。钱确实是不收，也不会抓你去坐牢，但是人却在逐渐地脱离自己喜爱的事情，很快就会忘记森林的存在，在自己的记忆中彻底失去它。这是谁干的？谁在让他脱离？这些强盗恶棍住在哪里？藏在哪里？他们不住在任何地方，也没有藏在任何地方。他们就住在人自身之中，就躲在他里面。人追求自然，但又自己使自己脱离自然。如果说现在人追求自然不太费力的话，那么他脱离自然则太过用力，因此，如果一百年后有孩子不知道什么是蒲公英，或者什么是山，什么是天空，我一点也不觉得奇怪。根据我无知而又过分主观的看法，不知道二二得四，这还不算灾难，不知道什么是山或者蒲公英，却要可怕得多。但是我不想做预报凶信的乌鸦。我宁可相信，未来人们会知道什么是蒲公英和什么是山。是啊，如果一个孩子不知道什么是蒲公英或山，或者两者都不知道，那么他最终能知道些什么呢？

我喜欢在绿叶掩映、枝干扶疏之间，在繁茂如盖的灌木丛后面，隐约看见什么东西露出或深或浅的蓝色：天空、海洋、一块不大的空地或者遥远的地平线。那里是什么东西，你并不知道，而且知道是什么对你来讲并不重要。重要的是要有东西在显露，在显出蓝色。这样你就知道，在任何时刻你都可以向那边走去，并且一直走到尽头。不过，我这说的是什么话？走到林中空地，走到海边，这都是可能的，但是难道可能走到地平线的边缘吗？更有甚者，难道可能走到你在森林中最常看到的天空的边缘吗？但是又为什么不可能呢？当你走到森林边上，你的眼前出现了地平线，难道你不是走到了地平线的边缘？还有，当你走到田野边上，天空就在你的眼前，难道你不是走到了天边？你到达的不是森林的边缘，你到达的是天的边际——我是这样理解并接受绿树丛中的一小块蓝天的。而且我想，我没有错。原来，天空比我们想象的要近得多。它就在我们身边，它紧挨着大地，我们的脑袋经常能碰到它，尤其是当我们跳起来要折一根树枝，或者走进林中空地的时候。

在森林里脱去衣服有什么危险？好像是这样：当你脱下衣服时，原本披着衣装的树木和青草也会看着你，和你一起卸下武装，然后带着饥渴的欲望扑向你、毁灭你。这时，为了避免注定难逃的一劫，很重要的一点是——到它们身边来时要思想单纯，排除杂念。如果你怀着单纯的心思来到森林里，如果你像阳光一样高尚，像林间小溪一样纯净，那么你就可以安心地脱掉最后一件衣服，而不必担心灾难的发生。谁也不会动你，你也不会去袭击任何人，也不会像被疯狗咬了一样狂奔。即使把你放到热锅上去煎烤，即使严刑拷打你，即使给你一百万，你也依然纯洁、镇定。来到密林中的你纯洁、温顺，心念崇高，谁能玷污得了你？谁能往你身上泼脏水？可如果你带着龌龊的思想、带着堕落者才有的欲望来到森林里，那么你就别抱怨森林，别责怪它，你会得到你想要的，但是你会和来的时候一样龌龊。你也别责骂森林，说它诱惑了你，而你却不知道这是怎么回事。更不要去责怪它行为低俗、放荡、背叛，或者轻浮，也别太过分要求它，你自己没有的，就别要求它有。拿走你想要的，就闭上嘴巴。离开的时候，要为你得到的一切而感谢它。

我发现，树木、花朵都有特别顺利或特别倒霉的日子。一株蒲公英开花了，整个夏天它都没有什么引人注目的地方，无论你怎么看，它都是一样的：挺拔，金黄，蓬松柔软。它只有一天比别的日子更好看，更蓬松柔软，更加金黄，更加挺拔。偶尔从草地上经过，你看着它，仿佛眼前不是一株蒲公英，而是一个火球——它里面蕴藏了太多的能量和美丽，所以看上去不像一朵娇嫩的花，而像一个巨大的星球，给世间一切生物带来生机。这一天，确切地说是这一瞬间，是无法预知的，它什么时候出现？今天还是明天？没有任何已知的周期性规律可循。这个周期对人来讲是未知的，但它是存在的，我敢用脑袋担保，这样的怒放、爆发、闪光不是偶然发生的，而是有自己的原因和期限的。因此，有那样的一天或一个瞬间，彼时花儿看上去十分不堪，以至于我觉得再过一会儿它就会死去。如果人们能相信我的话，我甚至想说，那个时候的花朵在我看来比死了还难看，它的样子十分悲伤、十分不好看，事实上它们也确实很不好看。这时最奇怪的是，日子对花儿没有任何影响。这一天可能阴郁、寒冷、刮风、下雨，使我们难过、悲伤，但蒲公英却与之相反，开心快乐、朝气蓬勃。或者相反，这一天可能阳光灿烂、温暖异常，而蒲公英却萎靡不振、憔悴不堪。我喜欢可以看见蒲公英瞬间幸福、美丽、光彩照人的日子。我不喜欢看见蒲公英不幸的日子。那时我想帮助它们，但是怎样帮助呢？（的确，这个瞬间很短暂，你看一眼花朵——它苍白无力，没等你看完——它已然盛开）。于是，走在田野里时，我不时朝它们挤眼睛、微笑，鼓励它们，我觉得我的眼神和鼓励能够让它们变得更加轻松、愉快。

你走到巡查地的边缘，透过你森林的窗口向外看，那边已经是别人的森林了。你可以在它里面走来走去、摘酸果、唱歌，谁也不会批评你，把你轰出来，可你自己却不好意思。你站着想："不经允许是进去还是不进去呢？"但是，这里哪有你应该敲的门？而且谁会在森林里跑来跑去追问一个护林员，他该不该走进森林？既然有森林，就应该有进入其中的权力。如果剥夺了这一权力，对人来讲森林将永远消失。确实是这样，只是你怎么像个孩子？被禁锢在巡查地的小笼子里，别人被安排做了你的邻居，你坐在那里，不敢探出头去。可是，真正的森林哪有边界？哪有你的我的之分？这就是说，你没有生活在真正的森林里。

我摸了摸一棵松树的树干：它是不是真的？好像是真的：凉凉的，粗糙不平，我抠下一小块，用牙咬了咬，立刻就感觉到了松脂和新鲜雨水的味道，还有停留在树干上的林中青草的气息。我甚至觉得，这里面还有狐狸和沉睡的帚石楠的淡淡的气味。你也曾不止一次从这棵松树旁边走过，它把你的一部分也留在自己身上了，你呼出一口气，树上就有了你的气息，虽然是轻飘飘的，没有分量，可是很有黏性，你剥也剥不掉。这棵松树上一切都是那么真实。我走到另一棵松树旁边，也摸了摸它，闻了闻它，为了确信是不是真的有它，还像头山羊一样用额头碰了碰它。但是轻轻地几下碰撞就足以使我相信，森林是现实存在的，这里没有任何虚假的东西。

我看见了一棵小松树，我忽然想在它面前炫耀一下自己，展示一下我是多么优秀。我装作很聪明的样子，以头触地，开始仔细观察一株雪莲。研究一朵花有几个花瓣，是什么结构，好像从来也没见过它一样；看过雪莲之后，我觉得有点尴尬，因为我看它不是出于兴趣，也没有什么好心，而是为了取悦于松树。我关注每一株雪莲,就能算得上是优秀的、聪明的、细心的、关心事业的护林员吗?这样的努力让人觉得难过又好笑。你看,你知道该如何在姑娘面前、父亲、母亲、领导、孩子面前表现自己,至少也能在乌鸦面前装装样子。乌鸦无所谓,它更了解你。可是在松树面前装腔作势,这是毫无意义的行为。如果它真的相信了我虚假的美好,难道我会问心无愧吗?

当我感到难受、情绪不好、衰弱无力、心烦意乱的时候,为了摆脱这一切,向白天和早晨借一些纯净和明朗很有用。我有时也正是这样做的。但是有一点使我为难:我有没有这个权利?我是否在剥夺别人的东西?这种纯净有没有极限?因为,如果假设要借这纯净的不只我一个(不是只有我一个人这样聪明!),而是有很多人,那么大家会不会把早晨像一块美味的蛋糕一样全部瓜分掉?那还能给别人剩下什么呢?

一方面,可以认为这纯净十分充足,永不消竭。另一方面我更倾向于认为,如果说它是无限的,那么其实质不仅在于它取之不尽、用之不竭,而在于人们借了纯净之后马上双倍或三倍返还。我就是这样做的。如果我向白天或早晨借到了好心情,我是怎样处理它的呢?把它藏到箱子里,像守财奴一样把它囤积起来,然后愁眉苦脸,装作不满意的样子?不,我会对太阳、青草、甲虫微笑,如果它们就在我身旁,我会对那个早晨微笑,很难认为,它们会对我的微笑心怀戒备,或者报以蔑视,说:"我们给了他,可我们不要回报。"它们也像我一样,向我索取,尽管它们忙于自己的事情,尽管它们能够自给自足。在我毫无根据的想象中,我有时觉得,我的快乐情绪对它们也有帮助，它们也像我一样，可能忧郁，情绪不好，对自己不满，它们无处可以得到振奋，除了从我这里。但是我明白，事实并非如此，这只是我信马由缰的胡思乱想。

一只蝴蝶落在蒲公英上，然后展翅欲飞。我向它伸出一只手："快点儿，飞到我这儿来！"它飞向旁边，飞到矮树丛后、小树后面，瞬间消失了。当然，我没有去追赶它，我也没有因为它不理我而感到难过，而是这样想：既然如此，就说明它有更有意思的事，有一个家伙值得它匆忙赶去相见。于是，它匆忙赶向那里。它这样做我不批评它。但是，它也可以飞到我身边来啊。我不是总能注意到蝴蝶，也不是总想邀请它来我这里，所以它没有必要摆架子，我又不是要它的命，而只是想让我陪我待一会儿，并不会损害到等待它的、它急于赶去相见的那个人。

当你住在森林里，树叶每年春天都在你面前发芽，每年秋天都在你面前飘落，而你又能极其准确地注意到这种交替，那么，如果你认为生与死不取决于大自然，不取决于树木，不取决于森林，不取决于季节的变化，而取决于你自己，把这归功于你，这一点也不奇怪。如果有哪一年春天新叶没长出来，或者有哪一个秋天树叶没落下来，那时才可以认为，这不是你的过错，而是大自然的过错。但是何时何地有过这种白桦不生新叶的春天或者旧叶不落的秋天？我好像记不起来有这种情况。相反，这两者每年都按时发生，毫不拖延。当然，是季节促使青草和树叶生长或者枯死，在做着伟大的工作，但你的在场也不是毫无用处的。从来也没有人看见过，而且将来也未必会看到有人秋天在森林里从树枝上摘下树叶，或是在春天拉住嫩叶的耳朵，把它们从叶芽里往外拽。但是我想，完全没有必要去拉长或撕扯树叶。这是粗活儿，可以交给大自然去做。更高级的劳动是爱这些无辜的生物、这些树叶，祝愿它们生生不息，或者蔑视它们，同时让死亡降临到它们身上。你可以说这里没有你的参与，但你是在的，你在小路上走来走去，目光触及秃秃的树枝，心里想着森林，晚上你离开它回到木屋里，早晨你又回来，你爱它，你希望它生存，你不放它离开自己，你与它紧密相连。由此我得出结论，你是春与秋在森林中存在的原因。

花楸树正在凋谢，它那昨天还是一片银白的花朵已经暗淡了，失去了光华，枯萎了，米粒般大小的花瓣铺满了树下的土地。花楸花里的生命在熄灭，在死去。似乎应该为之痛哭，但我从来没有看见过有一个人为花楸的落花而哭泣。人们为它们的开放而欣喜，对其死亡则无动于衷，或者当作这是花儿在说谎，在骗人，要求同情，而实际上又并不需要，因而使人们上当。看着它们，人们似乎在对它们说："你们是没有死亡的，你们不会死，我们也不会为你们哭泣。"这是误解，因为死亡，它是存在的。花楸树的花活满自己的寿命，也会离去。我们不为它们的离去哭泣，是由于我们的冷漠，由于我们心肠的冷酷。怎么，难道就没有人哭泣它们的离去？它们就这样离开我们，没有人送别，没有人纪念？世界上没有这样的事，没有人会不留痕迹地离开。那么，有谁为它们哭泣呢？有雨、雾、露珠。

夜里下过雨，我躺在木屋里听着雨声。雨在木板墙外淅淅沥沥，像一个哭灵的女人在为花楸树的花儿哀哀哭泣。它以自己哭泣的艺术引起了我的伤感，把我彻底感化了，于是我突然对花楸树即将死去的花朵爆发了怜悯之情，把头埋在枕上号啕大哭，彻夜未眠。直到天快亮时我才平静下来。

夜晚来临时，我不觉得自己身处黑夜，尽管森林、黑暗都将我包围，苍白的月亮也爬上了天空，但我却不能像沉入水中一样沉入夜色，我似乎和它并存：如果这是夜，那旁边就是我——或坐，或立，或躺在它对面。这时我会产生一种非常奇怪的感觉，好像它，夜，只是我眼前的事物，而身后的，我看不见，我也不知道那里是黑夜，还是白天，或者别的什么。于是我觉得，夜像人一样来去自由，像人一样有手有脚，我可以在和它打招呼的时候，向它伸出一只，也可以是两只手，友好地拍拍它的肩，也可以摸摸它的头发，可以拥抱它、爱抚它，也可以犯倔不理它。我非常清楚地知道，夜不是人，更不是姑娘，而我把夜当成一位姑娘，也不是自欺欺人，我那不过是没有看出夜与姑娘之间的区别。对我来讲，它们是一样的，如果它们——夜和姑娘——并肩站立，我分不出它们谁是谁。我把夜当成姑娘，把姑娘当成夜，这一点也不奇怪，如果有哪位姑娘到我的护林所来做客，我会仔细端详它，就像端详一团漆黑的夜，力图分辨出哪里是月亮，哪里是星星。

看着森林，我觉得我好像既没有手、脚，也没有脑袋、耳朵、鼻子、嘴巴，却有眼睛，确切地说，只有一只眼睛。它凝视着绿色的墙壁，无法移开自己的目光。而我要手脚也没什么用，因为只要我看一眼森林，看一眼绿色的东西，大树或者灌木，我这人就算完了：我完全可以忘我地看它们一天、一年。那时我就没有力气吃饭、走路、站立、思索和感动，我的力气只够用于看。我看得越多，就越想看得更多。如果我不是由于职责而迫使自己在各个林班跑来跑去，如果我的手里不是拿着斧头和铁锹，如果我的胃没有为了支持战斗精神而消化着食物，如果我的心脏没有为了与盗伐者战斗而振奋，那么，谁知道呢？我身上的所有器官都可能由于无用而脱落，嘴巴可能消失，耳朵和鼻子可能像秋天的树叶一样掉下来，心脏和肺可能跑掉，手和脚可能走开，我可能变成一只巨大的眼睛，看着这个世界。是的，可能是这样，而其实已经这样了。

我期待着与早晨的约会。我坐在床上，赤裸的双脚垂向地面，双手抱住头，等待着。时间似乎该是早晨了，但我清楚地知道，还是有点早。确切地说，它也可能现在就来，也可能迟到——这两者都有它的理由。我凝神静坐，一动不动，听不见森林里和木屋里的动静，只有床被我压得沉重地叹着气，还有床垫中被压实了的干草发出窸窸窣窣的声音。要是早晨来得早一些，要是夜色更深一些，我就会说："我什么也没等，就是这样坐着，为失眠而苦恼。"要是稍微再晚一点，要是早晨已经来临，我也不会说我在等待早晨，即使它已经来了。我会说："它出现了。"但是，在这样的过渡时刻，当黑夜已经结束而早晨尚未到来，你就只能等待它，不管你怎样说服自己，让自己相信你只是由于无事可做而这样坐着。你确切地知道，早晨会到来，曙光将闪烁，太阳将升起，你也将驱走自己的睡意和倦怠，活跃起来，动作起来，忙碌起来，到井边去取水，开始劈柴，想要到外面台阶上去看看正在醒来的森林、听听小鸟的歌唱，享受一下初升的阳光的温暖，用脚踩踩土地、踩踩被露水打湿了的小草，用夜间休息好了的双脚在草地上走一走、跑一跑。而现在你坐着不动，连眼珠也不转一下，你甚至连舌头都懒得动一动。窗外是夏夜，透过厚厚的玻璃窗可以看到一颗明亮耀眼的星星。我全身紧张，仍然睡意蒙眬，但我身体内部的某个地方已经开始活动。我像一只蝴蝶，张开双翅，准备起飞。在我的左半身，睡意像一条水量充盈的大河，肆意流淌；在我的右半身，已经开始了运动。早晨来了。

在多石滩的地方，在浅水处，小河流得急速，欢畅。这可能是因为它高兴自己有个流向大海、流向海湾的出口。可是如果它没有出海口，难道它在浅水石滩上就跑不快了？如果我们假设它的出口处是湖泊，是沼泽，它会流到地下去吗？那样它大概会飞快地奔跑的。甚至，即使它没有任何出口，它也会匆匆忙忙。去哪里呢？上天去，把自己冰冷的水洒向天空也好，流进我的喉咙也好。

现在，对我来讲，死亡和新生都不存在。确切地说，它们存在，我不时死去并重生，没有这些变化无论如何不能生活，不能生存；同时，我又不死去，不重生，而是永远不变。这是怎么回事？是这样：我出生只有一次，死亡也只有一次。如果死后我还继续活着，如果我还吃饭、睡觉、保卫森林、写字、说话，那么现在我在哪里？在生命这边，还是在死亡那边？我想，是生命这边。但不是死亡紧随其后的生命，这生命什么也不能留下，只能留下腐尸和遗骸。死去它当然也会死去，不死怎么办？但是，它的死不是当真的，好像在开玩笑，就像在舞台上表现死亡的演员的死。他在观众面前十分真实、自然地死去，引起流泪和叹息，可是演出一结束，大幕一拉下，他就站起来，抖搂身上的尘土，像什么也没发生过一样活蹦乱跳，回家找老婆喝茶去了。这里有死亡吗？当然有。它甚至比生活中的死亡还可怕。可能正因为这种死亡比生活中的死亡更可怕，所以它不存在。也可能它更容易，所以也不可怕，并且不存在于世上。我甚至想说，这个死亡已经不算是死亡，而是生命。如果有人能相信我的话，我会很高兴。

森林伫立不动。森林静悄悄的，它在喧嚣，但是它的喧嚣无声无息，只有内心的声音。为什么这样？因为森林从来都不是静悄悄的，它只能去追求寂静与安静。如果让森林安静下来，那它立刻就会消失，死去，不复存在。尽管它站在原地，但它却一直在走，每时每刻都在运动，它的每一棵小草、每一片树叶都在摇动。它沉思，它严厉，它发怒、忧愁、阴郁，它高兴得欢呼雀跃……它总是在喧闹：听得见，稍稍听得见，同时又听不见。怎么会这样？是这样：它喧哗，它同时又静默；它自己讲话，同时又在听对方说话。你进入它的荫蔽之中，向它倾诉自己的忧愁、痛苦，难道它会不听你，不鼓励你，不抚慰你，不使你高兴起来，不让你重新振作精神？难道你去过之后它的树叶再也不会发出响声？难道它会被你的苦难所压倒，永远沉默，从此一辈子默不作声？不，它还会像你去过之前一样喧闹，也还会倾听你的话语。有时候它倒也乐于用一道石墙与你隔开，免得听见你无休无止的哀号，可是它怎么才能做到这一点呢？它命中注定不能与人隔开，这正如人不能与森林隔开一样，我想。有的人它是宁愿不听，那种人的愚蠢让它厌烦，可是它忍耐着，听着，注意到每一声叹息并对此表示出同情。有时它会听得厌烦——这只是我的猜测，没有观察到的材料作为证明。更可能的是，它总是超乎寻常的耐心。是我们耐心不足，而它的耐心多得没处放吗？难道你有什么可怕的东西能使它震惊？难道你的狂想能使它惊讶？它什么都看到过，什么都听到过，什么都留意过，无论是人的话语、候鸟的鸣叫，还是黎明时小草的窸窣声。正因为现在没有什么东西能让它惊讶，因为它什么都听过、见过了，因此它的耐心才无穷无尽，它对每一个生物才温柔亲切。

现在，我边走边留神细听森林无声的絮语。我越是聚精会神地想听见这无声的响声，我的耳边就越是清晰地传来有声的响声。我走向林边的一棵白桦树。西风从海湾吹来，在远处我就听出了白桦树的响声。我走得越近，响声就越大。我看见树叶在风中战抖，柔软的枝条在风中摇摆，这片巨大的、有无数条舌头、无数片叶子的丛林整个被狂风折磨着，时常败下阵来。这时你不仅能够听见响声，这时你还能够看见它：你看，它出生了，它长大了，健壮了，成熟了，飞起来了，它衰弱了，年老了，死去了——你仿佛能看到这响声的一生，就像你能观察到一个人或一个虫子的一生一样。你可以抓起这响声尝尝它的味道，同它打招呼，一起默默地坐一坐，拥抱它，和它谈谈，用手摸摸它，用手指掏掏，如果你非常想这样做的话（不过，这最后一件事我并不赞成：你可以去掏自己的东西，干吗掏别人的呢？)，而这一切都必须十分十分认真地去做，要胆大心细——若不小心从事，就很有可能被刺伤、碰疼、弄出一块乌青甚至受到更严重的伤害。而且这些创伤将清晰可见，好像这响声是由能刺、能砍、能钻、能刨、能劈的材料做成的。

白天，我醒来。起身时还有点迷糊。该干什么？不知道。可我的手却马上伸向了饭锅。锅里有荞麦粥。手边没有吃饭的羹匙，拿起喝茶用的羹匙，就在锅里直接吃起粥来。张大了嘴巴，动起了下巴。我以为我吃一两匙就够了，可事实不是这样，每次伸手进锅里取粥时，食欲都在增加。半锅粥都吃完了，现在已经在刮锅底了——把整锅粥都吞下之后，我才安下心来。正不知做什么好，忽然找到了一件事——现在得去洗洗锅。睡前半天我都在痛苦地想，锅里的粥可别在暑热中酸掉，折磨了半天，我没舍得把它倒掉。而现在我把它装进自己肚子里，把干净锅放到架子上，我又重新变得像个战士，立即上战场都可以。我没有任何犹豫、悲悯，没有任何东西折磨我，让我不安。这时我想起来应该去巡查，急忙收拾东西，装模作样地像老人那样唉声叹气："唉，我的命可真苦啊！"可这是跟谁唉声叹气？跟谁抱怨？跟饭锅吗？跟自己，总得对自己突然爆发的贪欲给予支持和肯定啊。我神情严肃地来到外面的台阶上，向森林进发。这下我要在森林里游荡几乎一昼夜。离开家门时肚子饱饱的，精神饱满，回来时饥肠辘辘，疲惫不堪。在这段时间内，木屋里的任何东西都不会变，我离开时是右脚先下的台阶，而回来以后，也会右脚先离开小路、踏上台阶。

松树把我团团围住，小白桦开始动起来。我站着的时候，树也站着，可只要我一动，整个世界就像车轮一样转动起来，我跑得越快，世界转得越快。向左看：左半部分还在，没有丢失，一直看到尽头、看到天边——它在那里；向右看：右半部分在不在呢？右半部分也在。飞快地看一眼天空，我睡觉的时候，它没有消失吧？没落到哪里去了吧？没蒸发了吧？天空也在。白云也在。风儿也还在摇动着松树的树梢。最后看了一眼自己脚下，大地怎么样？尽管我自己走在大地上，但还是应该亲眼看看、亲手摸摸，证实一下。万一我走的地方什么也没有呢？最终我发现所有东西都在原地，所有东西的存在都有其合理性，世界的左半部分就是为了站在左边而存在，右半部分与其相反，是为了站在右边而存在，天空是为了遮挡我们——从上面，大地是为了支撑我们——从下面。

那么，人们可能会问我："如果你往左边看，却没发现左半部分，那你会怎么办？"或者，"你往右边看，却什么也没看见，怎么办？"这没什么。如果有人以为，我会因为这事惶惶不安，跑去通告所有人发生了什么，开始瞎猜这究竟怎么回事、为什么发生、会不会导致世界末日的来临，那么，他就大错特错了。如果发生这种事情，我连手指都不会动一下。为什么呢？因为我的工作是保护森林，而不是保卫世界的各个部分，如果其中的某一部分丢了，那就让它丢好了，我犯不上为无足轻重的问题伤脑筋，更不用说跑断腿去寻找世界的一部分了。难道我就没有刻不容缓的事情吗？难道我的腿就没有感觉吗？既然丢了，肯定会回来的。也许，它厌倦了站在这一边，而投奔另外一边去了吧？如果真的我在左边看见了右半部分，在右边看见了左半部分，那么我可能会注意到这个，但那也是为了不在森林里迷路和顺利回到护林所。我应该学会弄清楚自己，弄清楚自己的森林。而世界的各部分，让它们自己决定自己的命运吧。

我就这样走在森林里，时而左顾右盼，时而发现一棵枝干虬曲的松树，时而在松树树干之间发现一棵花楸树，时而在行走中折一枝野花，时而用手指揉搓一片白桦树叶。每走一步前面的森林都在我眼前分开，再迈一步它就在我身后合上。我好像在剧院里一样：我前面的大幕永远是拉开的，我能看见无穷无尽的动作，而身后，永远什么也没有。夜莺的啁啾，暴风雪的号叫，驼鹿群的嘶鸣，秋日的黄昏，雨中的田野，雪中的针叶林，野兔的脚印，冬日的天空，冰雹，雷电劈过的云杉树，林班窗口的阳光，马林果，一切都在我眼前，一切都看得见，一切都在我眼前活跃、生长，一切也都在这里消失。

天空中飘浮着朵朵白云，风儿驱赶着它们。它们有时遮住太阳，有时又把它露出来。森林有时难过，有时快乐。这种光明与黑暗的交替出人意料，因此让人心里难过。两种状态之间的这种转换机制清晰而有规律，你觉得好像不定什么时候你会停止微笑、马上哭起来。暂时我还活着，我可以为现有的一切负责，但是我死后会怎样？是不是会变成一个谜？即使我对此感兴趣，我也不得而知。

……不，这样的结局不是我向往的。但是作为一个人，吃饭、喝水、谈话、工作、保卫森林、写字、读书，然后，不等死去，变成一棵松树，生长在某个幽暗的森林里，远离人们，既不可能看到他们，也不可能与他们交流只言片语。黑夜里站在雪中、雨中，没有任何遮拦、没有手、没有脚、没有眼睛、没有鼻子、卷发、皮肤——日日夜夜，然后又重新变成人——这稍微有点可怕。可万一，站了一阵之后从松树变成人的时候，万一我失去了身体的某一部分呢？比如眼睛，或者鼻子，甚至可能是脑袋，那怎么办呢？我会不会变成一个丑八怪，出现在世人面前？那时我会怎样？或者在从人到松树的转变过程中，看见长着人头的、同样会说话甚至会做出清晰判断的松树，我身上的舌头或脑袋保留下来，那么人们会怎么想、怎么说、怎么对待这棵松树？如果人们把我当作一个怪物，哑口无言地看着，那还好。但也有可能他们会用栅栏把我围起来，设立保安，开始进行实验，对我刀砍、斧劈、火烧、刨子刨。有些小男孩会由于顽皮，仅仅是出于顽皮，开始往我身上扔石子，某只无所不在的乌鸦在漫长一天的饥饿之后会落到我头上，开始用它那厚厚的喙敲打我的头颅。由于不知道我能听会看，女人们会当着我的面换衣服，赤身裸体地躺着搬弄是非、谈论男人、非常细致真实地讲述自己的故事。某个猎人会把我的脑袋当成夜莺巢，试着朝我开一枪，仅仅是为了试试，或者在林中过夜时，在松树下点燃篝火，整夜对我烟熏火燎，像在烤狗鱼或河鲈。真的，在这样的情形之下，无论我看向哪里，看到的都是不好的一面。这一切之后实在应该说，我无论如何也不想要这样的变化。

如果命里注定你要从一个人变成一棵松树，那么我主张这变化应该是纯粹的：你从一种状态确定转换成另外一种状态，不会变成某种怪物，不会变成长着狗头的人或有着公牛身体、狮子爪或鱼尾巴的女人，而是变成彻头彻尾的松树、蝴蝶、狼。不过，说实话，我不觉得长着人腿的女人和长着鱼尾巴的女人有什么区别。让我吃惊的不是不能组合之物的组合,不是某种神奇诡秘的混合物,而是它与人们、世界的联系。我一点也不想因为自己变成一棵长着人头的松树而成为那些瘦弱的硕士、博士们的实验对象。我喜欢孤独、离群索居、安宁、自由。我准备着为科学服务,为之受苦、牺牲、承受损失,只要这一切对人们、社会有益,但是不要付出上面的代价。

对变成肯陶洛斯式怪物或人头松树的恐惧肯定是有的,但是我有时有点过分害怕,过分夸张了。夸张的意思不是指我说这想象太大胆了——没有任何新的东西、独特的东西,在这里我想不出、也发现不了大胆的东西——夸张的意思是:我在制造一种虚假的担心,说生怕我会变成人头松树或肯陶洛斯式的怪物,而我其实早就已经是这个样子了。

的确是这样。我走在森林里,漫不经心地四处张望,然后突然站住,陷入沉思,像个木头人,或者在一个地方站上一两个小时倾听松树的声音,一动不动,沐浴着阳光或享受着微风,忘记了森林,忘记了人们,忘记了自己和自己的存在。那时,我难道不是变成了松树?那时,我会更好地感受阳光,风儿也成为我的亲兄弟,我像石头一样伫立在那里,任何一只小鸟都可以在我头上筑巢,我不会惊动它。那时,我会闻到我没闻过的味道,看见以前没见过的花草的颜色,我好像是人,又不是人,而是松树或野兽。那时,我与森林很亲近,似乎是树木、大地、小草生下了我,我能感觉到自己与它们的血缘关系,身旁的一棵树就好像是我的兄弟,而小溪就是我真正的姐妹。我觉得我是一棵松树，来自松树，我可能不记得自己有别的生身者——父亲、母亲，我也不会记得我有兄弟，一个有血有肉的人，不会记得我是一个人。正是这一点使我以为我不是一个人，因为把生我养我的父亲母亲和在我小时候压根儿没有碰过我的松树同时当作我的生身者似乎是不可能的。责任，工作，不想让自己的怪模样吓到人们的愿望使我在大庭广众之下是一个人，而私底下是一棵松树。

当我说我喜欢白天、黑夜、晚上，当我欣赏它们的美丽，发现它们的某些优点：夜空的暗蓝、春日的金黄、夏日黄昏轻柔的气息、田野、河流、浸了水的草地、被雨冲倒的小草和山坡上的小白桦等宜人景色时，我发现的不是白天或夜晚的美丽，让我喜欢的不是蓝天本身或者在其上隐隐发光的星星，不是因为暖雨而冒着热气的小河，不是雾中的清晨，虽然我不想说我不喜欢它们。我喜欢它们不是由于它们美丽，不是由于夜晚黑暗而白天光明，不是由于河流或者湖泊在月光下银色闪闪，而道路一直延伸地平线后面，诱惑我踏上它坚实的路床；让我感到亲切的不是小溪的金光和白桦树上叶子的颤动，而是它们——白天、黑夜、白桦、森林、小溪、田野的存在。我是先想到它们无可置疑的存在，然后才想到它们都是非常美的。你可以怀疑自己的语言、自己的思想、自己或他人的行为是否正确，在这样的怀疑之中反反复复思索是不是这样，是真的还是假的，可以导致自己永远丧失头脑。可以说出最坚决和最动听的话语而又加以否认，把它当作噩梦一样忘掉。可是现在，早晨到来了，白天来临了，黄昏在拖延，黑夜降临大地，你来到小河边，田野、森林、刺柏树丛在你的脚边，蝴蝶早起翩翩飞舞，你怎么能怀疑这一切，说它们不存在呢？你反复说上一百遍，说它们不存在，它们也还是存在着，而且将永远存在。而由于它们存在着，也大概由于它们将永远存在（我想正是由于这一点），你心里会产生出一种甜蜜的、幸福的、美妙的感觉，激荡着喜悦。于是你就像饿狼扑向猎物一样，扑向这白天、晚上、黑夜，扑向着它们存在的这个事实，并对自己说："既然它们存在，那就意味着我也存在。"而在这个时刻之前，在你没有说出这句话、没有看见早晨或白天之前，你是不存在的，你好像整个儿从烟囱里飞出去了，像茶壶里沸腾的水一样蒸发掉了。你像无形的幽灵，回荡在森林的上空，为自己的不存在而痛苦着。大树、森林、灌木都在，可是没有你。

正因为如此，有时我觉得，对人来讲，美是第二性的东西，而第一性的东西无时无刻不在——你或者世界都存在着。你存在着的快乐远远强于看见某种美的事物的快乐，哪怕那是世界上最美妙的奇迹。从这个意义上可以说，最好的美就是存在着的事物：你、白天、小溪、太阳、大海、小草、蚂蚁、人们。

第四章

在我这里和在森林里一样,白天和黑夜时常光顾。但我与白天、黑夜不是同时,而是轮流生活在一起的。有时我的一边绯红、金黄,这就是说,早晨来了。有时我的另一边发黑、昏暗,这时星星就开始空中闪亮。有时我在中午焕然一新。有时我在夜里黯然失色。在有些阴沉的夜晚,你甚至看不清天上的星星。我就分成这样两个部分,交替成为其中的一个。那时,对我来讲没有春天、秋天,也没有夏天,而只有白天和黑夜。确切点说,一年四季,它们是有的,可它们的存在对我来讲不那么重要而且不易觉察,它们存在不存在没有任何意义,有意义的只有一点:白天或者黑夜是否来临?承认白天,在心里承认黑夜,我们才能继续奔向前方。

我走在一条小河边。我看见人们用倒在地上的树根、树干、树枝挡住了河里的水,妨碍水流和鱼游。我一次、两次、三次清理这些障碍物,把小河解放出来。第一次、第二次、第三次,小河都向我表示感谢。但是,感谢多少次算够呢?此其一。其次,该怎样第四次向人表示感谢?你看,第一次,当我沉浸在河里的时候,它在冷水里爱抚了我。第二次,它在浅滩处欢快地潺潺低语。第三次,它在阳光下闪闪放光。可第四次它该做什么呢，如果它把所有的感谢方式都用完了，它像少女一样搂住我的脖子，亲我的脸颊？从沙子里挖出一块金子或一箱古钱币给我，即使我不想要这个，也是白搭？热天可以拥抱，也可以亲吻，我不反对这个。可是秋天呢？冬天呢？这里已经被雨和雪弄得湿乎乎的了，还要接受冰冷的河水吗？高兴倒是可以高兴，可你不能同意。这样小河、湖泊、道路就对你欠下越来越多的债。有时你看看小河，从前欢快的它，因为雨水变得汹涌澎湃，颜色发黑，怒气冲冲……你继续往前走，它还是絮絮叨叨的，往你的脚边冲，不满意，发脾气。它为什么发脾气？为什么对你不满意？只因为它那里积攒了太多对你的温情，而你没来得及接受这温情，没来得及拿走它。而它心里的柔情蜜意越多，它就越暴躁、越危险。春天或秋天，特别是阴雨连绵的时候，会发生这样的情况：你千万不能走到它旁边去，否则它会漫上整个河滩，淹没河边所有的草场，冲垮河岸，掀翻河上的桥梁和小木桥。曾经是那么弱小——水浅得不能没过麻雀的腿，可现在它怒吼着东冲西撞，像一头暴怒的野兽，无论温柔、粗暴，都不能使它平息下来。只有造成很大的损失，冲倒树木、冲垮河岸之后，它才对自己干的坏事良心发现，安静下来。

　　白天的上午结束了，而下午还没有开始。怎么，难道白天分成了两半，两半之间隔着一道光线？看不见任何光线。甚至也没有白天被分成两半的迹象。不过，还是能看到点什么。早晨，白天的一面，左面，发光，现在是它的右面发光。早晨白天获得了力量，现在正在失去它。问题是，为什么需要这么多的力量？难道只是为了让什么东西来了又去？这一切似乎不太合理，不是吗？大自然中没有任何东西是不合理的，即使发生最最愚蠢的事情，也是必需的，充满意义的。把白天看作是不合理的？但有谁是这样看的？人们说："美好的白天，可爱的，奇异的，你来了，你带来了幸福。"而不说："你既然要走，当初为什么还要来？"不是这样吗？人们既赞美它的到来，也赞美它的离去，因为在这两种状态中它都是美好的。尽管从表面看，除了忙乱，它一无所有。但那是怎样的忙乱？根本没有忙乱，而只有伟大的肃立。

当山杨树上的叶子微微战抖，你的心似乎也在战抖，只是不知为什么，不知是因为恐惧，还是因为爱。但能够确定，它的战抖或者是因为恐惧，或者是因为爱，而不会因为任何别的东西。首先，人的心不可能因为爱和恐惧之外的任何东西而战抖；其次，除此之外，它也不需要任何可以让它战抖的东西。当然，有时为了弄清楚它战抖的原因，必须明确它是因为恐惧，还是因为爱而战抖。可从另一个方面看，因为什么都无所谓，无论它是因爱而恐惧，还是因恐惧而爱。但是，这可不是那种创造与毁灭都被允许的爱，也不是那种产生仇恨和痛苦的恐惧。不，树上叶子的战抖、心灵的战抖说明，有时恐惧可以产生爱，而爱也可以产生恐惧。但那时，这已经不是爱，也不是恐惧，而是别的什么东西，无可言传，要是确切点说，那就是爱。

即使在不可能找到满足的东西里，也可以找到满足。比如，你希望下雨，可是没有雨，你却不因为雨违反你的意志而生气，反而得到满足。当然，你可以生气而得不到任何满足，大多数时候是这样的，你生气、你得到的是不快，你责骂森林、天气，还有整个世界。你觉得自己是个不幸的人，所有人都讨厌你，不让你好好活着。有时候由于过于生气，你会非常难过、痛苦和绝望，只能毫不迟疑地去上吊自杀，每一次拖延、每超过一秒钟都只能说明你的懦弱，再没有别的。但你也可以不生气，不绝望，没人强迫你。如果要把雨当作与你敌对的东西，以为它只想给你造成不快，那么不把它看成敌人，还能看成什么？可如果你把它当作好心的朋友，那么，即使它整天、整月、整年不停地下，比最大的洪水还严重地淹没森林和高山、冲毁你的护林所，它也是你真正的朋友。

雨下了一天，两天，三天。我待在森林里，全身都湿透了，在炉子上把衣服烤干，又钻到森林里去了，心里挂念着我的森林。到周末时，我已经如此习惯并依恋上了雨和它溪流一般的雨水，以至于一时之间会感到困惑，我究竟是人，还是在水中游泳的鱼？我更倾向于认为自己是条鱼。路上积满了水，树木漂流在水中，河水一望无际，好像河流在岸上自己把自己丢了，如今再也找不到它了。你张开嘴，想吸一口气，可你吸入的是水珠，你的双手像鱼鳍一样划着水，给自己开路。神圣的大地！幸福的雨！你下吧，一直下到世纪末，我还会为你高兴。如果我有点气恼，那不会是因为你太多了，而是因为你太少了。

我不想提这样的问题："雨对我来讲是敌人还是朋友？"而想这样问："我对它来讲是朋友还是敌人？"如果它喜欢不停地下，而我却希望它停下来，那么我做得好还是不好？让它敲打、倾泻吧！亲爱的雨，我只想为它送上美好的祝福。我不会去责怪、痛骂你的潮湿、泥泞、寒冷、阴郁、勇敢、快乐、滴答滴答敲打树叶的水滴，我将赞美你的纯净和顽强，甚至赞美你的泥泞和潮湿，即便再没有什么好赞美的了，我把你身上的一切——你所散播的痛苦和烦恼——都赞美完了，那我永远也不会抛弃你。

早晨，太阳露出头来，敲响了大钟——梆！敲在窗玻璃上，敲在木屋的墙壁上，敲在松树的树干上，敲在绿色的云杉树墙上，就这样敲一整天——梆！梆！梆！我觉得这和我的心跳一模一样。我忘我地专注于白天的忙碌之中，突然耳边好似炸弹轰响，我受到意外的惊吓，差点没有摔倒："这是什么声音让人不安？难道是世界末日来临了？"又响了一次，这次我高兴地彻底改变了自己的观点："是不是什么节日到来了？"这钟声一整天都在我头顶轰鸣，没有停息。但是，也不能无休无止地听着它啊。所以有些钟声被我错过了，有些钟声被我当成了昼夜不停地钟表的声音，可它们的嘀嗒声你有时能听到，有时却听不到。这时你不由自主地陷入沉思："这洪亮的钟声是怎么回事？也许真的是世界末日了？也许真的是什么节日？"也许，这两者之一早已降临，要么需要去自救并救人，要么需要去欢庆、跳圆圈舞，而我住在森林里、远离人群，所以对此并不知情。如果这是世界末日，需要自救，那么应该往哪里跑呢？无论如何，你拯救不了自己，你会和大家一起飞向地狱。可如果我错过了大地上某个伟大的节日、舞蹈、宴会，这会让我非常遗憾。

在白桦树枝的震颤中，我感觉到某种坚定。是哪一种坚定？坚定在于不动。参天大树伫立在那里。它的高度目不可及。早晨我看看它，晚上再看一眼，夜里巡查完疲惫地回家时，也从它身旁走过——我只能看见同样的一些枝条，一根也不多，一根也不少。当然，树一年年长大，在它还只有一人高的时候我就认识它，可现在我需要仰头才能看见它的树梢，但是这种变化也不太容易让我联想起树的运动。即使这树长到十层楼那么高，它对我来讲还是小的。可是现在刮起了风，树枝摇动起来，树干强劲有力但不情愿地摇晃着。因为我把这棵树归于不动的物体之列，所以它看上去动得特别剧烈。虽然没到跑和跳的程度，但是足以让我的头脑中产生它在运动的想法。这时，我觉得树像小河，从一个地方流向另外一个地方……如果看着一条普通的河流，我不能同时看到它的头和尾，而只能看见一个短暂的瞬间，转瞬即逝的瞬间——刚刚它还在这里，可马上就飞流而去，它的每一个瞬间都是新的，都是变动不安的——那么注视着一棵树，白桦、松树或赤杨，我看到的也都是这条所谓的小河。从头到尾，从河口到源头，我可以一连几个小时站在那里，认真地看着它，不怕它从我身边溜走；我可以回顾从前和展望未来；我上上下下、左左右右打量它，用手抚摩它，可以说，我把它整个抱在怀里。如果一只山雀或乌鸦飞到树上，后者还站到一根粗树枝上，对我说："这是树，不是小河，乌鸦不能像坐在树枝上那样坐在小河上。"我也不会觉得不好意思，我甚至可以比它说得还多。我非常清晰地在这棵树上看到一条小河，看见它清洁欢快的水流、静静的河湾、危险的漩涡，听见它在浅滩上的絮语。如果现在不是那么冷，而我能再强壮一些，像那些任何天气情况下都可以在城里的彼得罗巴甫洛夫卡河里游泳的冬泳者一样，那么我将跃入这条小河，自然，那不是为了证明小河是一条小河，而是为了告诉人们，它有多么温柔、亲切和善良。

我从睡梦中醒来，但是不知道外面是白天，还是夜晚？看一个窗口，外面似乎很亮。再看另外一个窗口，外面是黑的。来到门外的台阶上，想确定一下究竟是什么，可在这里我也是一头雾水。南边是阳光灿烂，北面是皓月当空。我听见鸫鸟在歌唱，于是我说："应该是白天。"可这时一只猫头鹰尖叫了一声。我想："那就是夜晚。"我跑到下面的草地上，一株蒲公英在怒放。"是白天。"我说。看另外一株，它没有开放，还在沉睡。"是夜晚。"我该怎么办？回木屋继续睡觉，还是准备去森林里工作？我在考虑。可头脑里很乱。一会儿想现在是白天，一会儿想现在是夜晚。的确，这时该做出怎样的判断呢？我站在草地上，一条腿迈向木屋，另一条腿迈向森林。真想把自己分成两半，一半派去森林，另一半留在木屋里睡个够。我也想这样分配一下，可又舍不得让一个出去劳动，另一个在家里偷懒。最好让两个都劳动（据说，劳动还从来没有给人带来过害处）。我埋头在林班线上挥斧工作，直起腰来——头顶上是夜晚，再一次直起腰来——眼里看到的是白天。每次都是这样。"可别累坏了。"我想。可就在这时，肌肉感到疲累，一阵倦意袭来。我最后看了一次——黑夜正在慢慢地把我笼罩，把我包围起来了，于是我往家里走去。这时我看到的确定是黑夜。我能听到水塘里青蛙远远的呱呱叫声，小草安静下来了，变得服服帖帖，叶子静寂不动。微风没有吹动它们。田野没有躁动不安。鸫鸟睡着了。看不见太阳（不过,也没有月亮)。你完好如初,你的双腿也没有分歧,而是和谐一致地、艰难地往家里走去。左腿、右腿都不想往林班线那边走。那株怒放的蒲公英,现在还没有合上花瓣。"亲爱的,你怎么还没睡?"我对它说。我难以相信也不能理解,为什么我很困,可蒲公英却不能入睡,精神抖擞。

当黑夜十分漫长的时候,我非常需要知道它将会被白天取代,否则我心里不好受。夜里,我在木屋里,或坐,或卧,或立,等待着早晨,可它不来,而这是十分正常的,因为离早晨还远着呢。当时我的想法是:"白天压根儿不会来了。"或者:"它肯定会在某个时刻到来,但是它在那时候到来和我有什么关系呢?可我现在就需要它!"不知道为什么,在这样的漫漫长夜里你的确特别痛苦。而且你心里痛苦不是因为你有什么不愉快的事情——工作上的事,或者邻居欺负你了,欺骗你了,你似乎一切顺利。你痛苦是因为夜太长了,黑暗让你痛苦。于是,为了稍稍减轻一点心头的痛苦,我对自己说:"这个夜晚里面也有白天,只不过你没有发现它。"无论这是哪一个白天——昨天的、前天的,还是明天的——它都把自己看不见的痕迹留在了所有的地方,树干上,草叶上,放在院子中央的木板上,大地上,夜晚忧郁的空气中。如果想要证实它的存在,你只须拿起它,像牛一样,用舌头舔一舔就可以。弯下腰,抚摩木板,在它上面坐一坐,你就感受到了白天的光明和温暖。光脚站到地上,在沾满露水的草地上跑一圈,你就感受到了即将到来的白天的存在。你折一株小草,闻一闻,它也散发出白天的气息。用手指指一指天空、树枝，你就能触到白天。像这样的白天现在是没有的，眼前是黑暗的夜，白天的分子无时不在，它们总是能留下来。像抚摸脸蛋一样用手摸一摸空气，你就能感受到白天的存在。它好像故意留在了木板里、树叶里、天空中，好让你能够抚摸它，爱抚它。但有时这样的抚摸不起作用，你抚摸空气，用手掌在木板上摩擦，可你感觉不到白天。你明白，白天肯定是存在的，但不是为了你而存在。于是，在树叶中，在木板里，在身体里，在每一个物品里，你都能发现白天和黑夜，不只是白天，还有黑夜。那时，白天正在向你走来。

乌鸦在树枝上坐的时间越长，我对它的观察就越多，我看它交替轮换双脚站着，寻找更舒适的地方，清洁自己的喙和翅膀，偷偷地看后面、瞄我一眼——我就同时越强烈地感觉到，我爱它。我心里对乌鸦忽然涌起一种莫名的柔情。似乎只要它允许，柔情四溢的我就会过去吻它。这时，它身上的一切都招人喜欢，它的忧郁也不是忧郁了，你原谅了它的狡诈，它让你感到熟悉、易懂、亲切。而且，它的沉默不语、忧愁苦闷使它显得更加亲切。似乎你能爱上它，爱这样一个五八怪，胜过爱你的父亲和母亲、朋友、春天、森林。可为什么你不爱它呢？因为它不会在树枝上、在我眼皮底下待很久，它总是会飞走。当你听到它拍动翅膀的声音，当你看见它在空中飞翔，你心中对它的爱也和它一起飞走了。这也很好。我凭什么要爱上乌鸦？难道找不到别的，更适合的对象？

白天、晚上的太阳对我来讲如此美好，以至于我舍不得与它分开。可早晨的太阳对我来讲并不是光彩照人的，而是放出黑色的光

(如果大自然中有这样的光的话)。因此,情况总是这样:每天早晨我醒来后,都萎靡不振、心情烦闷、怒气冲冲、疑虑重重,想起自己的挫折与失败,想起与邻居的争吵,这争吵有的发生过,有的还没有发生,但将来,即便是在极其遥远的将来,可能会发生,有的永远也不会发生。我身上一切糟糕的东西,现在有的,或者将来会有的,以及将来不会有的,都使我焦虑不安。我想到死亡、不幸、痛苦,最愁苦的思绪在我的脑海里汹涌澎湃。而这就发生在白天最干净、最美好的时候,在绯红色的、洒满露珠的早晨!早晨离去,太阳冉冉升起,我的思绪渐渐清晰,黑暗消失,我开始忘记不久前还折磨着我的东西,强烈的振奋和幸福感涌上我的心头,我不时会担心自己,生怕我领略了这一切之后会把这当成世间幸福的顶峰,而不愿死去。甚至以后,当太阳升到高空,停在天顶,犹豫一段时间,不知接下来往哪里去,向左还是向右,然后突然向下,落山,晃动一下,奔跑起来,开始还是不慌不忙地,后来不停加快脚步向西跑去,最后终于消失在地平线之下——甚至这个时候,当森林和草地陷入黑暗,夜幕降临,我的心情也不会变得忧郁,我还是那样快乐、朝气蓬勃。这时,我心中没有疑虑、不安,尽管我可能会觉得我现在能做的只有悲伤哭泣。这时,我的心脏和我头脑的运转都不能与大自然同步,而是似乎与之不协调一致。正因为我快乐幸福,所以我不觉得夜是黑的,也没有绝望感令我窒息。我怀着爱意看着田野、森林,我欣赏着美丽的夜色。对我来讲,夜晚是从早晨开始的,而当黑夜降临到森林里,我觉得那是白天的延续。"怎样会发生这样的事情?"我问自己,"为什么早晨我心情忧郁,晚上却充满幸福？为什么早晨照耀我的太阳是黑色的，晚上它却金光灿灿？"整个森林都觉得早晨是快乐的，只有我一个人没有这样的感觉。我把这解释为我的不完美。我虽然是在模仿森林，但我模仿得不完全、不充分、不恒久。所以我还存在，世界上还有我。如果我完全模仿树叶、松树、早晨，那么我会在哪里？我将变成什么？我会不会变成树叶、松树、早晨？可能。事情正在朝这个方向发展，但是有什么好急的？

我直起腰来，离开桌面、推开纸张，看了看窗外，心想："我能看见早晨吗？"结果我没看见它。那么我看见了什么？什么也没看见。我看见了正在从森林后方升起的太阳。我看见了红色的霞光。我看见了草地上慢慢醒来的小草，当我去井边打水。我看见了闪亮的远方。我看见了赤杨树叶的躁动，山芥秆上的一只蝴蝶，白云在天空中飘浮，乌鸦稳稳地落在松树顶上。这一切还有别的许多东西我都看见了。清早，在路上，我看见了一个水洼，一只死去的鼹鼠，一棵被昨天的闪电劈坏的云杉，河边低地上的露珠，偶然经过的路人。我还在山上待了一会儿，又到山谷里去了。可是你在哪里，早晨？它过去了，它从我身边飞过去了，静悄悄地，无声无息地，虽然我努力要看清它，睁大双眼盯着，我还是没能发现它。需要拥有什么样的视力才能不错过它？它的脚步多么轻盈、多么安静！真是不可思议！

森林把我引向远方，越来越远。不，它没有把我引向自己的绿荫和小树林。如果它把我引向这些地方，我不会这么害怕。它也没有把我引向人迹罕至的密林深处。哪里算是我的人迹罕至的森林深处，如果我对它的每一条小路都了如指掌？它把我引向树叶的碧绿和低语、松林的幽静、朝霞的火红。这时，你怎能不迷路？怎能保持平静的心情、振奋的精神？怎能找到方向？怎能不对这不断变化的未知数充满恐惧？有时我会抗拒，不向前走，我说："这些可能造成灾难、死亡，我该去向何方？该怎样走？而且我为什么要走开，既然我早已离开，而且一切都在我身边？"但是，还没等这样说完，没等听到树叶的低语和风儿的絮语，你就已经无法站在原地，你随风飘去，越来越远，越来越难以返回。

我迎来送往的白天，我经历、度过和抛向过往的白天，我把它比作一棵树。因此，我觉得我不是生活在有很多棵树的森林里——那里既有小片的山杨林，也有大片的松林，——我觉得我生活在阴暗的云杉林里。我想象自己生活在只有一棵树的林子里。这棵树清早生长，傍晚死去。而且，无论你多么苛刻，你也不可能说出这样的话："我起床了，它却不在。"或者相反："树太多了，把我的光都挡住了。"每次你看到的都是同一棵树，它死了，另外一棵会来代替它，但另一棵也和它一样。清早、正午、有着火红落日的黄昏，这些都是我能接受的，我把它们当作树的生长、发展。这事发生在冬天还是夏天，完全不重要。对我来讲，树全年都在生长。

在树木之间被阳光照亮的空间里，可以看见有些小虫在飞。因为它们像这片空间一样，被太阳照亮，所以它们能被发现。否则你再怎么注意也看不见它们。有多少这些小生命在空中飞舞啊！而且全都被太阳照得变成金黄色，像金色的树叶或被太阳照亮的小花楸树枝。我也一样，如果我这时到外面去，站在阳光下，肯定有人会觉得我是金黄色的。我从旁观者的角度把自己想象成金色的，于是我高兴起来。这些飞舞的小生命让我快乐和幸福，尽管我没有刻意为此做过什么，也许，我也能让它们像我一样开心。它们或者别的什么人，看着我，会以为自己在阳光下也是金色的。它们通过我把自己当成金色的，因此它们感到高兴。

刮胡子的时候，我在镜片中看见了自己，看见了路边的白桦，小河，天空，栅栏旁的蒿子丛，似乎再也不能看见什么了。可我却又在自己身上发现了一些东西，不是旧的，而是新的、重要的：不是头发变白了，就是发现眼睛下面浮肿了，不是手指甲长长了，就是头发有点乱，于是又开始忙着整理自己的仪表。忙完了自己，就去忙白桦。它又不是泥塑木雕，它身上总是有些东西在运动、变化。有时你看一看它，它似乎一点儿也没变，但是你知道，它身上还是发生了一些变化，只是你的眼睛看不到而已。河流每天也都是新的。有这样的感觉：每次当你走近它的时候，你走近的都不是它，而是另外一条你不知道的河。在森林里，你走的不是旧的、你熟悉的小路，不是你曾经多少次走过的路，而是新路，从护林所一直延伸到无尽的远方。如果它，护林所，不是在你身后的某一个地方，而是每次都在你身侧，那么这种情况不是因为你没有从它身边走开，而是因为它在跟着你跑，像一条忠实的狗。你一天跑二十公里，它也离开原地、跟在你身后飞奔，带着栅栏、水井、菜园、小树林及其他的东西。每次出门上路的时候，你不可避免地想象自己在不停地向前走，走向未知的地方，新的地方在等待着你，你不是在原地踏步。当然，你的一切都和从前一样，你周围的环境也没有变化，你还和从前一样，住在森林的边上，它没有离开你，它哪儿也没去。从绿叶满枝到白雪纷纷，栅栏边上的蒿子丛一直竖立在那里。同时，你每次也都是从木屋、蒿子丛、白桦树那里离开。你不是从它们身边离开，你是和它们一起离开，去向某一个地方。你就像一个牧人，带着你放牧的森林群走在没有尽头的路上。这时，木屋在动，白桦树在动，松树在动，巨石也在动，这就是我们一起走在路上并且永远不离不弃的原因。离弃的情况也有，没有是不可能的。你走着走着，看不见蒿子丛了，它应该就在身边的某处，可是就是没有它。有时你忽然会把一棵白桦树丢了，一两天都看不见它，可是第三天你一看，亲爱的小树，它就在那里。它只是暂时离开，又回来了。有时你也会从木屋、水井边溜走，一两天不在它们眼前露面，但这不意味着你永远离开它们，你只是离开一段时间。我走，它们就跟我一起动；我停下来，它们也停下来。夜里我躺下睡觉，它们也安顿下来。实际上它们也没安顿下来，它们有点任性，想不跟着我，自己继续走，是我安慰它们、哄它们，使它们安静下来。你不用说太多，但是态度要温和，它们就会听你的话，躺下来睡觉。早晨，天刚蒙蒙亮，你准备出发，它们已经起来了，正耐心地等着你。我和森林一起进行的迁移新奇、愉快、活跃。我们这样一大群要去向哪里呢？谁也不知道。太阳在我身边奔跑，星星也在旁边流动。有这样一种感觉：好像连你的手和脚也在不停地移动，不能保持在同一个地方。有时在脑袋上，有时在肚子上，有时在肋下。耳朵、鼻子、眼睛，你身上所有的器官都在不停地移动。一转眼，你的耳朵已经长到脚踝上去了。它们在那里倾听、欣赏着大地的声音和蚕斯的唧唧声。

有时我的感觉正相反：我觉得我哪儿也没去，森林也没有走，我们都在原地站着不动。我们在踏步。而且我也不觉得这有什么不好。是啊，该去哪里呢？难道我们是云游各地、倾慕浪漫远方的旅行者？难道我们应该震耳欲聋地号叫、歌唱篝火和背包吗？天哪，我们已经看过太多的远方之地，燃过太多的篝火，看过太多的森林，几辈子都够了。但是我们也不傻，我们也明白，不是所有运动着的都是好的。热锅上的蚂蚁也在乱动，可这有什么用呢？笑话而已。如果说每次我们走向自己的小河，发现的都是另外一条河，那么这也并不意味着我们在行走中看见的都是新的河流，我们看见的还是原来那条小河，只不过它在我们眼里是变化的。它有时装成开心的样子，有时忧伤，有时顽皮。为什么？因为它不是死的，而是活的，正在过着自己的生活。可既然它就生活在我身旁，为什么它不该有取悦于我的愿望呢？一丛蒿子，哪怕冬天它被冻僵了，但趁它还存在于这个世界之上、还没有完全消失之时，它为什么不该生活、不该体验上天赋予它的那些情感？为什么木屋和水井应该泥塑木雕般站在那里，而不是去放任自己的天性？

我不想去证实，也不能断言它们肯定是为了取悦于我而改变。它们独立地生活着。但是，当你从小河边经过，看见你它为什么不该高兴高兴、轻轻说句问候的话、轻松地叹口气、搞搞恶作剧、卖弄一下风情？如果不为你那它又该为谁而容？我自己也想要显示一下自己，摆个迷魂阵，让自己爱上自己，让别人喜欢我，因为我知道这没有任何不好。我们都不是孩子，我们都知道卖弄和玩笑的代价。但是，春天时很温暖，四月使你血管里的血液沸腾，森林充满爱的潮流，小草随时随地破土而出，树上的嫩芽随时都在长大，河岸开始泛绿，而在阴凉处、在低洼的地方是白色的雪莲——在这样的日子你看见小河卖弄风情，你自己也和它一起卖弄，你就会时常担心：万一忽然之间这一切都不再是玩笑，变成了真的，你爱上小河或者小河爱上了你怎么办？如果是彼此相爱还好，可如果不是呢？如果你爱它，它却不爱你，或者它爱上了你，你却拒绝它呢？那时该怎样生活？怎么办？我们无论如何都要承受自己那没有回报的爱。要是受不了，应付不来，那就各自为自己负责。可要是我使它爱上了我自己呢？那么世界上将会发生最哀怨的爱情悲剧，小河对人的爱情悲剧。当它还童贞、纯洁之时，它需要做的只是在田野里快乐地奔跑，在自己的河水中映照春天的云朵，用自己弯曲的溪流托起野鸭子。但是，当它心中点燃了爱情，它会变成什么样子？它还能像现在这样流淌吗？它会不会停下脚步？会不会倒流？而且，会不会拒绝野鸭、树影和云彩？它会不会变得忧郁，心情苦闷？会不会变得冷酷无情？它会变得烦躁易怒、郁郁寡欢、冷漠无情；夏天你将不在它里面游泳，不在它的河滩旁小坐；它会忧愁、憔悴、永远消失。这样的想法让我感到极大的不安。因此，当我从小河边经过、看见它的万种风情时，我才不为所动，而是装作不高兴的样子，不去回应它的挑逗。那时我觉得，世界上最危险的力量不是恶，不是恨，而是爱。只要它一个，就足以造成危害。一般我是在春天的时候产生这样的想法，而春天里我的想法总是正确的。

我轻装前进，冉冉升起的太阳照在我的身侧，于是我用眼角的余光看它：那时我在看前面，顺便看见了旁边的太阳。我觉得，太阳侧面对着我，就像牛有时候侧身对着草地。听上去有点荒谬，其实是我像牛一样侧身对着太阳，可在我的想象中却好像是太阳在侧身对着我。

我觉得，当我夜里醒来，不由自主地倾听寂静却什么也听不到，无论是在木屋里，还是在墙外的森林里，只能听到响亮的寂静——既不是风声，也不是树叶的沙沙声——那时我觉得树上的绿叶好像一下子飞走了，就像大雁、候鸟，飞向南国或北国的某一个地方去了；它们在狭小的天空中飞行，远离自己的故乡，远离我，而第二天早上又会回来。这样的事情我当然是不相信的。树叶不是小鸟，它们怎么能飞起来？但是，黑夜里笼罩着我的寂静，却是如此深沉、如此坚固、如此牢不可破，使你不由自主地想起这样或类似的事情。森林里有无数片叶子，这无数叶子不可能一整夜一片都不颤动一下、不晃动一下；漫漫长夜中，它们中的任何一个都不觉得不舒服、不咳嗽一声、不打个喷嚏、不疼得骂一次人、喊叫一声，不因为衰老而叹息一声——这是不可能的。但是，如果这是不可能的，如果半夜里树叶像鸟儿一样的迁徙只是幻想，那么只剩下一点——你是个聋子，因此你听不到叹息声、哎哟声、抱怨声、窃窃私语声、哀求声、呻吟声，而这已经是无法挽回的损失。

如果每次经过路边的马林果丛，你都怀着爱意、柔情、温情脉脉地看它，此外，再加上树丛对之绝不会无动于衷的善意想法和美好、幸福的祝愿，如果用自己的爱拉近它与你的距离、赢得它的好感、惴惴不安地思念它，要不就是边走边对它说亲切的词语，如"你好，亲爱的朋友"或者"别了，亲爱的！"——那么，很想知道，树丛是会看着你的样子相信你心怀坦白、动机单纯而怀着同样的爱向你鞠躬致意，还是会装聋作哑？

我想，它不会爱我。有几次我打算试探一下，但是都退缩了。有时是我不好意思，有时是我没有勇气。我思忖，如果树丛被你的温情诱惑，相信了你的甜言蜜语，以同样言行回报你，那还好。可如果它在你的追求中看到的只有贪欲，如果它以为你想从它那里强求什么，那么，它会生你的气、对你大发雷霆从而深感屈辱吗？

说实在的，为什么它应该只爱你一个人？也许，它的心已被另外某个人所吸引，因此它沉浸在对别人，比如对朝霞或黄昏时的天空的爱中，它不想了解你！好，可如果它的心没被别人吸引呢？那么，为什么一定是你正好符合它的心意？难道你是美得无法形容的美男子，所有的树丛都会爱上你？说不定，它不喜欢你的鼻子，看不上你眼睛的颜色呢！（我不说性格，我的性格远不是天使般美好。）而且，想一想，我就那么需要它的爱吗？只要它不恨我，不鄙视我，不诅咒我伤残或死亡，而是平静、平和、耐心对待我，像对小孩子一样，这就谢天谢地了。

太阳还没有升起。一片黑暗。东边的朝霞还没有变成红色。微风没有吹动树叶。听不到鸟儿的歌唱。我失眠了。我在深夜里醒来，躺得不耐烦，穿上衣服，在窗边坐下。我等待日出。看，朝霞开始出现了。天空开始时发亮，后来变红，出现缕缕霞光，先是手指粗细，然后变成手掌大小，最后照亮整个苍穹。一轮红日从森林下面慢慢升上来，先是圆盘的一小块，然后是半个圆盘，最后是整个圆盘。天空、森林、大地沐浴在一片光明之中，我也沐浴在光明之中。为什么小树林中没有鸫鸟在歌唱？为什么草地上没有露珠闪闪发光？为什么周围一片黑暗，天空中不是太阳，却是星星在发光？因为现在是深夜，离日出还远着呢！太阳不是从森林后面升起来，照亮了世界，而是它在到来之前，在我的心里升起来了，因为我想到它出现的时候不远了：再过一个半小时左右，这白日的星球就会出现在天空中。而现在我坐在木屋里，用滚烫的额头温暖着窗玻璃，在心里想象着日出，高兴着，预想着太阳在森林上空升起的情形。

云彩从我头顶上飘过，没有一朵想停下来。它从旁边飞过，触动林边松树的树梢，向我投来一瞥告别的目光，然后就不见了，飞走了。但是，有一朵云停住了脚步，落下来，躺在我的脚下。我该怎么理解这个信号？"怎么，"我心里说，"飞走的那些云彩不想认识我，而它却无限热爱我？"如果真是这样，对此不可能有别的理解，那么，我现在该怎么对待这朵白云呢？带它去木屋里一起喝茶，用舒心的谈话彼此诱惑，甜蜜地拥抱、温存？我倒是很高兴，可是迄今为止我从来没和云彩打过任何交道。另外，为什么要这样低三下四的对它？既然它停下了，选择了我，为什么就必须躺在我的脚下，好像它不配与我平起平坐，只能低三下四？毫无疑问，低三下四不是最好的品质，如果有人偶尔低三下四，也没什么不好的。但这也不是什么让人特别骄傲的事情。今天将自己贬低到不如草芥，明天起身就能顶天立地吗？怎么可能是这样！有人在我面前低三下四的时候，我总是很不舒服。我不理解这一心理活动的实质。不能接受。

我不想在友好的、朋友式的关系中忍受头上的压力，并把它强加给另外一个人。因此，尽管我舍不得与这朵云分别，不想让它难过，我还是朝它挥挥手，说："走吧，亲爱的！"而它，似乎是生了我的气，从地上站起来，升上天空，飞回自己家去了。

我在路上碰见了风，为了躲避它，我藏到了灌木丛中。它在那里追上了我，热烈地拥抱我。它突如其来的压力让我大吃一惊，我开始反抗，虽然力量很小，但是庄重严肃，意欲展示自己的实力。于是，无论是我的眼睛里，还是我的记忆里，都留下了白桦树饱满的叶芽、春日大地狂野的气息、陈年枯草上的灰尘。

我与风战斗了好久，都差点认输了，但它突然对我心生怜悯，飞走了，留下我一个人坐在灌木丛中。它飞起来之后，我及时抓住了它的衣角，只是由于淘气，没有别的，而它不知道是谁拽着它，生气了，用力挣脱。它的衣角撕开了，它挣脱了，我手中留下了它身上的一块布——作为我与风儿争斗过的物证。

我用这块布给自己做了一条三角巾，以后每次出门去森林的时候，都把它围在脖子上，就像西班牙人或意大利人一样——真不知道具体是哪国人，反正在电影里看见过，就开始迷上了时尚。那以后我一直像个法兰西英雄一样戴着这条三角巾，直到风把它从我这里夺走：打的结开了，风就把它从我肩上吹走了。但这也让我很高兴，不管怎么说，我还是在脖子上系了几天小围巾的。

由于虚幻的不便感觉和羞耻感，你有时害怕触碰灌木，踩到石头。这样的小心谨慎有什么意义呢？要知道它们有时也不是特别爱惜你，当你从它们旁边经过的时候，它们会用力刮碰你，甚至会刮下你身上的一块肉；而石头会从行驶的车轮下滚到公路上，砸到你。打没打到你，它们对此似乎无所谓。你是否值得它们的尊敬也无所谓。

但是你是人，所以你与石头、灌木有区别：它们对你做坏事，你却不对它们做坏事。哪怕它们揪着你的脑袋、强迫你对它们做点坏事，你也不会去伤害它们。它们为它们自己负责，而你为你自己负责。就是说，虽然它们做坏事，它们可以不为此受到惩罚，而你却做不到这一点，你也不会这样去做。如果你走在路上，还是踩到了一块石头、碰到了一株灌木，那你也不是出于恶意碰的，不是因为你想让它不好，甚至也不是不得不碰的，而是出于你的好心，你对灌木、石头的触碰就像你送给它们的一个微笑，它们因这个微笑而幸福。

我出门来到开阔的田野里，停下脚步，对早晨说："你好！"我说的声音不大，然后侧耳细听。我在等待。没有得到任何回答。我看草地，看天空，举目四望。应该有点反应啊！天空万里无云，没有风，小草一动不动。我想再说一次，但是有点不好意思。我干吗这样纠缠不休？既然它不想回应我的问候，那就是说应该这样。我告诉自己这样是应该的，但我还是不高兴，心里隐隐升起一股怒火："这是怎么回事？我对它开诚布公，它却躲着我！"我不敢说它可能是被别人吸引，而没有发现我，要知道我不是一个小老太太，而且我还站在显眼的地方。看见它便能看见我，但它不承认我！这是它的高傲？我站了一会儿就困惑不解地走开了，一路上、一直到晚上我都在想着早晨，想它不承认我的事情。我既难过，又有点恼羞成怒，真想和它打一架或羞辱它一番。我怒火中烧，想象着各种复仇的场景。我心里说："小心点，早晨，看我找到你不收拾你！"只有到了夜里，当我看见天边的晚霞暗淡下去，我忽然觉得有人在碰我、鼓动我、轻轻弄乱我的头发。我想说："这是风——它的确力度不太大，但是很紧密。"可是突然明白过来：这是早晨在向我致以问候。于是我才安下心来。

坐到地上，把腿曲到胸前，用双手抱住膝盖以下的地方，低下头，像运动员说的那样团身，翻两个跟头；翻两个跟头之后，从草地上滚下去，不断加速，快到一定的程度之后，你就会离开大地，不是在地上，而是在天上滚动，而你还是那样屈膝抱腿、低头，不觉得有剧烈地冲撞，也不觉得有坑坑洼洼；后来，长时间处于一个不舒服的姿势使你觉得累了，你开始放松，抬起头、伸直腿、立起来，继续在天空中飞行——这时你是在飞，而不是像个皮球一样在滚动了——周围什么也看不见，好像你在旷野中前行，左右上下转头，环顾飞速闪动的四周。出于顽皮和取乐你趴着，四肢着地爬行，躺一会儿，把看得出神的白云放在脑袋下面，你和昨天晚上坠落的夜星互相追逐、奔跑嬉戏，然后，在地上和天上都跑够了、躺够了、翻够了跟头，累得迷迷糊糊，身体里只剩下嗡嗡的空响，这时你才悄悄地落下来，回到亲爱的护林所，心里想的是你这一天过得非常好，全然忘记了森林、盗伐、领导的批评、今天在班上所做的事、生活中其他痛苦的、挥之不去的琐事，在床上酣然入睡。一个人在一生中是否可以让自己这样放纵一次呢？我认为可以。

我对动物、野兽、小鸟有一种令人非常不快的优越感。优越的意思不是我把自己至于它们之上，说："我高于你们、优于你们，你们比我差得远。"我不允许自己有这样粗浅的优越感。如果我心里这种感觉过于强烈，我瞬间就会将它遏制住。优越的意思也不是说，在森林里碰见一只乌鸦或狐狸的时候，我会首先开口对它们说："你近况如何？这是往哪跑啊？"而不告诉它们我自己去哪里，隐瞒自己的情况。我不抱怨命运，尽管这天我心情不好；也不征求意见，在有些不太难的事情中最好这样做；也不唠叨一些琐事，像和平等的对话者交谈一样，谈论天气和庄稼的收成；也不搬弄是非，说熟人性格中不好的方面，这种事情我平时与其他偶遇的人做得都挺好；也不渴望与一只野鸭或猫头鹰一起去寻找真理，我不好为人师，也不主动学习——我只是严厉地提问，态度坚决，不容反对和搪塞，以至于我自己都觉得不好意思、难为情，为自己，也为自己的问题。

　　实际上，我是否有权力这样向它提问？你看，可以向一只野鸭、一棵蒲公英、一只狐狸问事，这无可指责。有时候你只能提问，因为除了问题，心里没有别的可问。但不是每次都应该把自己置于讯问者的地位吧？我难道是严厉的父亲，是法官？问题不在于当你在森林里遇见一只猫头鹰或野鸭，你不该打听它的身体状况。如果你只是从旁边走过，表现出无所谓的样子，根本不在意野鸭，好像它不在这个世界上活着似的，这似乎更糟。我说的不是这个。我说的是我经常性的提问、不可动摇的提问权，就好像它们，野兽，天生有义务回答我的问题，为我负责。当然不是这样的。我们的对话总是进行得不顺利这并非偶然。我倒是总在提问，可是哪里有回答呢？最好的情形不过是某只乌鸦赏脸对我呱呱叫几声，或者一只狐狸赐给我一个锐利的眼神。这就是它们全部的回答。哪里算得上娓娓动听！如果能够改变自己的行为方式，你看吧，我会得到更多，但是我的倔强战胜了我。

我说"白天"时，就好像心里有什么东西把我松开了。我心里变得轻松起来，烦恼和痛苦奇迹般地消失。之前你牙疼、背酸，眼皮由于不久前的病痛还有些沉重，你还记得你的债务问题（这个你永远也不会忘记），你被欺骗了，你被损害了——这些恼人的问题纠缠着你和森林，你在这些烦恼中生活。但同时，只要我开口说"白天"，它们又不断地从我身边走开。如果不说"白天"，我的烦恼和痛苦将伴我一生。去它的吧！让这些麻烦事见鬼去吧！我说出了"白天"。我免除了痛苦，我几乎是幸福。我不说我是幸福的，免得物极必反，再次陷入不幸的泥潭。我说我几乎是幸福的。这就是说，我既幸福，又不幸福，我的幸福还有发展空间。最美好的状态就是你几乎是幸福的时候。

如果看不到小河，我就整天闷闷不乐。我总是对这条小河念念不忘！难道我从来没有见过河流？难道我不认识这条河，没有走遍它那长满稠李的岸，没有走过它那大大小小的、摇摇晃晃的桥，没有蹚遍它的浅滩上的水流？别的河流我也曾得以一见，这条河也不陌生。为什么它对我心情的影响如此之大？如果没有它，我该怎样生活？有小河很好，你来到它身边，在岸上坐一会儿，看看河水，看得清水底的石子和欧鲅鱼，也可能什么也看不出来，但是你的沉重感没有了，你感到从未有过的轻松。我想，一来到小河边我的郁闷心情就消失，是因为小河把郁闷的心情转移到自己身上，并随河水一起带走了。

我不会说，只有小河才拥有这种有益健康的特质。云彩在奔腾，你看它们一眼，它们也会把你的烦恼和忧愁拿去，随身带走。它们把烦恼拿去，这不是坏事。但是带到哪里去了？这是我关心的。如果它们带着它走过无边无际的海洋，不向任何人展示，不向任何人赠送我的心灵疾患，这还好。要不就拿起我的烦恼，把它和雨水一起洒向某个可怜虫。于是，这个本来自己烦恼已多的家伙，现在又加上了我的烦恼。这公平还是不公平？我想，这一点也不公平。或者，河流带走我的苦楚，把它们冲到别的河岸，可别的河岸的苦楚也多得不得了。在突发的自私、残酷之中令我感到安慰（稍感安慰）的是这样一种想法：除了我的烦恼和痛苦，我还在释放快乐和幸福，把它们送向远方，它们从我身边飘走、飞走，给那些需要幸福的人们带去幸福。

正因为如此，当忧愁、烦恼涌上心头时，我不是特别着急。我想，这不是我的忧愁，不是我应该得到的忧愁，我不应该忍受它的折磨；这是某个别人——甘菊或蝴蝶——的忧愁，不知是谁沿着河流或通过空气把送到了我这里。而且，当幸福来到我身边（它也常出现，没有它怎么行），我不是总把它的出现归功于自己。我明白，是有人把幸福当作礼物带给了我。

经常有这样的情况：你遇见了白天，它为了你不断长大，长大。

早晨你走出木屋，在台阶上找到了它，小小的，刚刚出生，刚刚来到这个世界。可这真的很重要吗？不管它是小的，还是大的，对你来讲都是一样的，你怎么也躲不开它。它不停地长大，长大，长到超过它能够达到的所有尺寸。中午早已过去，黄昏降临，夜晚到来了，可你怎么也不能和你的白天分开，你一直在哄它，爱抚它。一周、一月都喧嚣而过，像春天一样，可你的眼里还只是那同一个白天在继续。它已经让人厌烦了，你想和它分开了：抛下别的不管，总是照顾一个白天也不好，如此种种，可你还是无法丢下它不管。丢下了。可刚过一小会儿，双手又伸向它，又重新接纳了它。可是从一个白天那里能吸收些什么呢？一个白天就是一个白天而已。你已经对它了如指掌，从头到脚都量过了，看过了，摸过了。可你还在观看，还在查找，万一落下什么东西了呢？当然，在急促、忙乱之中落下什么东西总是可能的。可能在那里没发现蒲公英枯死，在那里没看见晚上的星星出现，在那里几乎是很偶然地听到了风的叹息，而那是个不一定能有所发现的角落，你为这突然的、意外的收获感到高兴。但这算很多吗？这一切有什么重大的价值吗？我觉得没有。既然白天已经过去了，为什么还要惊动它，延长它？就让它滑向虚无吧。可这也不取决于你的意志。你也可能很高兴拒绝它，可它却无力拒绝你。你有这样的感觉，好像你一直在吸入空气，你的肺胀得鼓鼓的，已经没有地方容纳空气了，可你还在不停地吞咽空气。它怎能不胀破，不爆炸呢！但是那时你怎么办？你似乎在用嘴捕捉什么，可是你不让新的空气到你身体里面去，因为里面充满了旧的空气。你靠旧的空气活着，像冻僵了一样，放慢了生命的速度，这只是因为你没有力气把浑浊的空气呼出去。的确，不知道别人怎样，可对我来讲，呼吸是一项巨大的劳动，无论呼气还是吸气，都不总是我能主宰得了的。因此我常常会觉得，在一个美好的白天里，我会应付不了这项艰难的、力不能及的任务而死去，因为不能及时把吸气转为呼气。

一轮圆圆的太阳升起来了。我战抖了一下，它的出现出乎我意料之外。我必须和它见面，但不是今天，而是明天，这我是知道的，但我想把我们的约会推迟得更晚一些，以便能够来得及从上一次见面中脱身。我不想说那次约会不成功，不好，但它还是在我心里留下了一种隐隐的不安、羞愧和尴尬。无法明白，为什么羞愧和尴尬？为自己吗？但我没做过任何对它不好的事。我只是在它的光芒之下生活过，存在过。但是，人们不可能也不应该因此而觉得羞愧。为它吗？它更是没有任何过错。难道，它的错误在于它向大地输送了光明和温暖，唤醒了我和同我一样的人的活力？那么不安和羞愧到底是为了什么？因为它出现并闪耀在天际，我钻进木屋，在那里一直坐到黄昏，足不出户，避免与它见面，既不想看见它，也不想被它的光芒炙烤。我认为自己在阳光灿烂的时候坐在木屋里是不正常的，因此我才觉得不安。现在我就在逃避太阳，低头向下看山谷，装作没有太阳或没看见它的样子，可我越是努力逃避它，它就越是频繁地扑入我的眼帘。但这有什么意思？它的行为也好像是没看见我的样子。可我希望的是太阳能看我一眼，我们彼此微笑一下，原谅对方的尴尬。无论我多么痛苦，受多大的折磨，我都知道，我的羞愧和不安是暂时的，我并不把这种烦恼太放在心上。既然我想在木屋坐着，那我就坐了。谁也不能强迫我出去见太阳。但是，我需要时间来承认自己。

森林里有些我停下来确认行进方向的地方，在这些地方我就像处于岔路口的马儿，考虑接下来向左还是向右。事实上在这些地方根本没有什么岔路口，有的时候甚至没有路：这里要么是田野和森林的交界地，要么是沼泽地的边缘，要么就是长着松林的山冈。走到这些地方时，我都要停留很长时间，恍如梦中，犹豫不决，迷迷糊糊。如果我走的是正常的路，不认识的地方，遇到了岔路口，那么我的迷离恍惚是可以理解的——谁也不愿意在虚幻的路上纠结，因为它不可能把你引向任何确定的地方。但是这里的路我很熟，我不需要选择。那么该如何解释我的傻站，我的呆立？

我觉得这有一个原因。每一棵树、每一个树桩、每一座松林、每一条河、每一片草地都有自己吸引人们的特质，只是我们未能发现。你为什么来到松树旁边？因为无事可做？难道你突然想靠一靠它的树干？难道你想欣赏一下它的美？似乎不是这样。是它吸引你来到它身边的。但是，它把你拉过来，就放走了。你来到一株甘菊旁边，是它吸引你来的。你在河边，因为小河像磁石一样吸引着你。你也会从一种植物身边到另一种植物身边去，不是这个，就是那个——一株铃兰，一丛马林果，湖泊，云杉林，它们在吸引着你，引诱着你。

那么，要是你不知不觉在半路徘徊呢？还没等从马林果树丛边离开，却又开始欣赏起了小河的风光，那时是什么在吸引你？那时吸引你的既有马林果丛,同时又有小河,而且它们的吸引力同样大,于是沉醉在河景之中的你站在那里,看着它,不敢把马林果放到嘴里。你等待着,看它们当中谁更有力,能够征服你,把你拉到自己身边。如果小河征服你,你会离开马林果丛,去看小河。如果马林果取胜,你会转身离开小河,专注于马林果丛。那个瞬间,你被别人选择、别人为你战斗的瞬间,是如此痛苦和甜蜜——你站在那里,好像失去了知觉,你想让这一瞬间延长。你会做出怎样的抉择?你将确定怎样的方向?你是走向小河,还是马林果丛?

当然,也经常有这样的情况:你既看小河,同时又采走所有的马林果,没有丝毫的犹豫和迷惑;你也可能挖鼻子,挠耳朵,做很多不同的事情,但这已经不对头了。

一大早,刚刚醒来,从我不睡觉的那一刻起,我就觉得郁闷,不舒服,难以忍受,好像有什么大的痛苦。我已经非常努力地尝试过让自己开心起来:唱歌,睡觉,做饭,在森林里跑上一遭,可是没有效果。我在心里,在记忆中把所有事情都回顾了一遍:我是不是伤害了谁,因此在遭受惩罚?巡查的事我做得勤勤恳恳,没有人盗伐树木,林班线我也清理得干干净净,这个月的计划完成了,房顶修好了,饭碗洗干净了,欠邻居的钱还上了。我还有什么事情没做好呢?灯里的煤油加满了。防火板也按照林庄经理的指示钉好、挂到板棚墙上了。春天不热,不干燥,百花开放,小河奔流,太阳每天早晨升起、每天晚上落下,鸟儿歌唱,风从河湾吹来。看来,我这里一切都平和正常,为什么我的心情不平和呢?突然想起来,昨天我在河边走的时候，无心之中折了一支睡莲，于是为自己折了它感到羞愧，因为我要它没什么用。想看看它？不把它摘下来我也一样可以欣赏它啊。想把它带回家？我把它放在家里没有任何用途。在手里揉搓一阵子，就把它扔了。难道我心情不好是因为我折了睡莲花？我以前也折过千百朵睡莲花，没事啊！我很开心，无忧无虑。我又把所有的事情回顾了一遍。好吧，太阳下山时，我打过哈欠；拿着棍子轰过乌鸦；夜莺歌唱时没有热情洋溢地赞美它；美丽的云彩在天空中穿行，而我忙于在林班线上砍树，没看它们；无礼地甩掉了手上的瓢虫；在草地上踩踏过小草和花朵。我砍倒了多少树？十棵，二十棵，一百棵？也没什么啊！良心没有受到任何折磨，好像这样是应该的。可现在，我折了一朵睡莲，所以我不好受。这才是我惹的事！

当我因为工作的要求需要在田野里或森林中过夜，早晨被冻醒以后，我会躺在被露水打湿的草地上，看着渐渐变亮的天空，有时我会想："什么离我近一些，什么离我远一些：是消失在黎明之中的星星？还是一只停在柔软的叶片上等待太阳的温暖光线、准备展翅飞走的黄色菜蝶？"答案似乎是清楚的，蝴蝶离我更近，伸手可得。但是星星会一次又一次地回到你身边，明天、后天都会回来，于是你用爱把它们拉近自己。蝴蝶飞走了，却不知什么时候才能再回到你身边？我想，它永远不会再回来了。那么就得出这样的结论：星星离你更近，你和它们生活在一起，你爱任何一颗特别亮的星星。可你不应该爱上蝴蝶。你想爱上它了，你就捉住它，抓住它的翅膀。倒霉的家伙，你要折磨它多久？让它受多久的痛苦？也许，只是一小会儿、一瞬间，即使是这样，你的心也是冷酷的。确切地说，你永远也不能把它抓在手里。你将只能在远处欣赏它，而且只欣赏短短的一瞬，它就会在你眼前展开翅膀飞走了，每个瞬间你走的路和它飞的路都在拉开距离，越来越远，无论什么样的幸运都不能把你们聚到一起了。

我在梦想与现实之间活着，分不清哪里是梦想，哪里是现实。而这也不让我觉得吃惊、沉重、不安。我从现实进入梦想，就像进入一条小河，我走出梦想进入现实，也像进入一条小河。我踏进两条河，它们彼此十分相像，以至于我把它们当成同一条河。如果我在森林里看见一只松鼠，那么睡觉时也会梦见它。在森林里它在树枝上跳来跳去，生气地朝我吱吱叫，在梦里它也跳跃、叫喊。而且我没发现我在森林里看见的松鼠和梦中的松鼠有任何区别。我梦见森林，它也没有任何不同，哪怕一点小小的变化也没有。如果我发现一个砍掉的木桩，那么我梦见的木桩也与它一模一样。梦境不允许有任何的放纵和幻想。如果我在森林里与一只松鼠快乐地分手，那么我在梦中也与它好好地分手。可能稍稍有点不同，可能我更悲伤或深沉，但这种情绪上的差别小到不能妨碍我充沛的精力。当然，也有这样的情况：在梦中事件发生变化，增添了现实中没有的新细节，但这些事件和细节也还是不能让我感到不安，而是与我和睦相处，不与我发生矛盾。如果现实中我轻松、平静、自信，那梦中的我也是这样的。如果在现实中我追赶盗伐者，那么在梦中我也同样追赶他们。在梦中我从不感到害怕，从不逃离任何人，也没有可怕的猪脸在角落里盯着我，不会发生任何怪异的现象，像人们说的那样，梦见各种乱七八糟的东西：恶鬼、巫婆、长尾巴怪和别的鬼怪。我梦中的世界与我现实中所见完全一样。因此，可以说我总是处在不眠状态。当我睡觉的时候，我只是把眼睛闭上，并没有离开这个现实的世界，没把它从我身边放走，它也没有离开我。今天我梦到了路边那株白色的甘菊花，我昨天看见过它。那时刮着风，花草在风中窸窣作响，甘菊花在路边弯下腰，我经过的时候，专门看过它。

你起床了，你以为你就是你现在的样子——你怎样想自己、看自己、说自己，你怎样拿着茶水杯子、怎样去井边打水，你为什么高兴、为什么痛苦。可你实际上完全不是这样的。你认为你很开心，因为你起床的时候很开心，可你其实很难过，甚至有点心灰意冷。是什么让你如此难过？就是那些曾让你开心的东西。太阳曾让你开心。就是说，你忧郁是因为有太阳在？值得怀疑，但是可以假定是这样。我曾经以为自己精力充沛，但这也是假象。我很累。既然整夜都躺在床上，还有什么可累的呢？人们整夜拖着看不见的重担，难道他们不累吗？只要背上一小会儿天空，你就知道什么叫累了。也许，这个天空我背负了不是一个小时，而是整整七个小时，直到太阳升起来，直到空气被它烤热，变得憋闷。难道不能做这样的假设？我提着水桶，边走边抱怨水井离得太远了。可事实上我还为水井的存在而高兴过。的确，仔细想想，我的水井离木屋三十米，而不是两三米远，使我得到了多少好处啊！因为这个距离，我看到了多少的黎明、多少的日落；有一次，夜里我还看见了大雁，看见它们落到水井附近长着豌豆的田地上，看见它们吃豌豆、吞咽豌豆。

而我提着空桶站在那里，侧耳细听，一动也不敢动。可能仅仅是因为我有机会每天提着水桶在井边来来去去，我就爱上了这片土地、森林、田野、天空，可我却在解释我对森林的爱。我曾对我的邻居伊万不满意，埋怨他哄弄人，答应了昨天来安林班的界标却没来。而实际上我很高兴，因为我自己把它们安上了。

醒来之后，看见一个好天，阳光灿烂，万里无云，于是我高兴地起床了。第二天起床后，又是一个晴朗的日子，于是我又很高兴。第三天还是这样。到了第四天，这已经有点让我气恼了。高兴能高兴多久呢，现在该发发愁了！可忧愁像故意似的，不来光顾我。天上该出现乌云了，哪怕一小片也行。但是，乌云也没有来。

我考虑过森林的未来，预见到一些可怕的事情，让我自己感到恐惧。我说："一切都将灭亡，大地上将一无所有。"我不能说我因为想到这个幸福得跳起来，但我也没有陷入深重的忧愁之中。我意识到了我的预言、我的担心没有用处，它们建筑在沙滩之上，没有任何价值。

审视自己的生活时，我总是担心自己的命运，我在心里说："暂时一切都还进行得很顺利，可万一什么东西出现问题呢？曾经幸运，可不会再幸运了。"不过这种想法没有让我感到沉重和厌烦，我对它也平静对待。它拒绝给我成功和幸福？首先，这还不得而知；其次，不成功我们也能活下去，不值得为此难过——难道世上所有的人都在成功和幸福的陪伴下生活？他们没这样生活，他们过得很糟，我们不一定什么时候也会过得很糟。我发现我既不为自己的命运担心，也不为人类的命运担心，于是我开始考虑长在路边的那棵松树。我心里说:"如果我不看好它,盗伐者们会把它砍掉的。可它美丽、漂亮,它的日子还长着呢。"这想法好像也能令人忧愁,让人感到沮丧,可是它也没能使我焦虑,没能触动我。严格来看的话,这时一切也都不简单,难道我已经变得心理不健全,不能很好地驾驭自己的思想了?

在我想这些的时候,乌云来到了天上,把天空遮得严严实实,太阳躲起来了,开始下雨了。大自然暗淡了,愁闷了。步其后尘,我也开始难过起来。但是,我只在大自然认输的时候才让自己难过。如果天空中不出现雨云,太阳每天都闪闪发光,那么我愿意一辈子高高兴兴地活着。

你可以让自己激动到如此程度:看着一朵黄色的毛茛花或甘菊花,激动万分、思绪万千、心慌意乱、恍恍惚惚地忘记了你看见的是什么,你在看的是什么,不知是在看一个姑娘,还是在看一朵毛茛花——姑娘和毛茛花,两者在你看来都十分美好,彼此有点相像。如果你癫狂一会儿,幻想一会儿,激动一会儿,能一下子平静下来,那还好。看着花儿,你想,这是一个姑娘,想一想就忘了。你又开始把它看作一朵花,你重新得到生活中必不可少的安宁,还有安详的目光。可如果激动的心情难以平复,你还是把毛茛花当作一个姑娘,那么情况会怎样?将会发生什么?世界性的灾难、火灾、战争?当然都不可能发生,但是令人愉快的事情也不会很多。在这朵花旁边走来走去,把它当作一个姑娘,和她打招呼,试图与她攀谈?沉思默想,她(毛茛花)为什么总是待在一个地方,为什么每次我经过的时候，它都扑入我的眼帘？这难道不是一种特别的信号或暗示？你开始深入思考这个问题，于是重新陷入迷惘，该怎样理解它的回应？花儿是同意与你相识，还是在拒绝你？与它相见算不算相识（看看就算认识了）？你是不是无须再为相识做任何努力？或者，还需要做点什么？世界上任何一本书都没有给出这个问题的答案。对它们在风中弯下腰该怎样理解？是赞同的表示，还是拒绝？它们在夜间发出的无法听见的细语是什么意思？这是不是对你的爱的表白？或者，只是梦中的叹息？真的总是不太明白——它们，这些天真无邪的生物，是承认你，还是拒绝你。你俯身面对它时，它会看着你，这还不能说明任何问题。它可能带着爱意看你，也可能只是出于好奇而打量你，像观看一只小虫子。难以回答的还有这样的问题：怎样做才能让它喜欢上你？和姑娘们打交道的话，这事还容易些，这方面我们还是有点经验的，这方面我们就像人们说的，"还是有一套的"，这方面我们虽然不是最高明的大师，但也不是庸碌无能之辈。可是该怎样取悦于一朵花？这我们可不太清楚。只对它说些甜言蜜语？只用普希金的诗句向它表达感情？还是开门见山，贸然说出"我爱你"就万事大吉？一切似乎都很简单，可我们对毛茛有很多了解吗？它有几株雄蕊，几株雌蕊？说实话，所知不多。

　　这个时刻，各种想法和疑问千头万绪一齐涌上我的心头。比如，你看，我知道，你不可能与它手挽手在草地上走，也不会与它一起跳华尔兹。但是你可以去迎接朝霞，送走白天，站在雨中、风中、阳光下。这是多还是少？

　　好在这些想法和疑问只在极少数的、我激动的时候才有，我不是每天都充满这样的思绪，别的事够多的了。可是，如果这些思想充斥我整个的身心，不想毛茛花我就无法活下去，我就这样深深地爱上了它，那么我该怎么办？该做什么？

这就是在草地上散步时，我不特别用心看毛茛花或其他花的原因。看一会儿就够了，我不死死盯着它们看，不勉强它们，只是静静地、平和地走着，谦卑地将眼神垂向山谷，生怕不小心卷入某个可怕的故事。爱上一朵花并不难——它如此温柔、美丽。怎样才能承受这种爱而不会死去，这才是问题。

在森林里我会遇见野兽，如果是不期而遇，我对野兽的态度会特别和善、热情。这时我不把自己当作什么人物，而只是全心关注着野兽，如果它对我说需要上天摘星星或者下火海受苦难，我会毫不犹豫地去做。我完全不想自己。我对待自己的态度就好像没有我，只有野兽，即使有我，那也只是为了给野兽服务。

有时我为它们服务到事后只剩下摇头的程度："我都干了什么啊？怎么做出了这样的决定呢？"的确是这样，凭什么我得去满足某只狐狸或狼的任性要求？去钻火圈或摘星星？首先，这无论对狐狸还是狼，都没有任何好处（它们要星星有什么用？）；其次，我干吗要逗这个熊？钻火圈我倒是能，可是摘星星呢？我能吗？

因为我总是过于随和，即使它们求我做微乎其微的小事，我也会毫不犹豫地去做，所以过后我总是发生急剧的变化，我气得骂人，大骂特骂。"唉！"我说，"既然你们这样，那我以后连小事也不为你们做了。"于是，在森林里我不给它们让路，像大象一样招摇，好像这里只有我一个人生活，除我之外，没有任何人。我趾高气扬，鞋跟山响,张牙舞爪,唯我独尊,傲慢不羁。

昨天雷雨滂沱,今天森林里清爽舒适:没有闪电划过,把自己的利刃刺向大地的肋下,没有雷声轰鸣,没有大雨倾盆。大自然克制住自己,安静下来。平静和安宁降临。彩蝶在园中飞舞。鸫鸟和椋鸟在护林所附近疯狂地歌唱。凤头麦鸡飞上天空,在田野上方盘旋。被雨水打倒、冲倒的草湿漉漉的,有的变干了,立起来了,地上全是水洼,当你在草地上走的时候,水洼里水花四溅。太阳在天上温暖着这个舒适的小天地,它无声地喧闹着,骚动着。昨天雷声隆隆,不停轰鸣时,一切正相反,好像一片寂静,森林也是坚不可摧的。而在今天的华丽之中,森林好像更容易被破坏。但是,昨天的雷雨在森林里留下了几棵折断和烧坏的云杉树。今天什么会折断?谁将面临死亡?太阳会死去,消失在视线之外,但那也得等到明天早晨。田野上会长出很多新的花朵——它们已经出现了,黄的,深蓝的,浅蓝的。成片的毛茛、风铃草、三色堇,像空中的乌云一样拥挤在草地上。

在松林间的小路上,我撞上了一头驼鹿,被它吓得像山杨树叶一样瑟瑟发抖。我惊恐之中一下子跳开,抓住一根粗重的木棍,心狂跳不止。从它身边逃开,还是绕着走过去?我好像知道驼鹿不袭击人,而且也从来没发生过驼鹿伤害我的事情,比如用蹄子踢我,或用角顶我,我也研究透了林中野兽的所有习性,无数次亲身试验过,主动跟狼打过招呼,试图温情脉脉地拥抱过猞猁,但我还是感到害怕:万一发生什么意外呢?那些野兽因为宽容、因为善良没动你，可这个会动的。驼鹿的样子看上去也不信任我，眼含怒火。它那长着一双角的脑袋里到底在想什么？不得而知。

我发现了一个可怕的现象：我越坚定自己为森林献身的决心，我对森林和爱森林的理解就越高，我自己有时就被降得越低。而且我经常结结实实地摔倒在地，很难爬起来，浑身酸痛，骨头、心脏和其他器官都在内。似乎你已经坚定了自己的信心，就像人们说的，果断地迈出了第一步。可一转眼，你已经被掀翻在地。很遗憾发生这样的情况，这令人难过、遗憾。你十分努力，勤勤恳恳，只想让森林变得更好，可它不但不给你信心，还让你缺乏信心，充满恐惧。去它的吧！我厌倦了这恐惧。我知道，我相信，森林只有善和爱。片刻的疑虑过后，我就会鼓足干劲，产生气吞山河的信心。否则，一只蚂蚁用它的触须挠挠你的脚后跟，你都会吓跑。该如何理解这一切并使之和谐一致？

被这种瞬间的恐惧折磨够之后，因为曾经心生恐惧，我重又获得了信心和勇气，扔掉了木棍，在驼鹿身边站住，拍了拍它的耆甲，对它说："你怎么样，亲爱的？"而它用热乎乎的嘴唇亲了一下我的额头，好像是在表示友好。后来，当我离开它的时候，它轻轻地抬了一下蹄子向我告别。

我们就这样分开了。

早晨我很长时间都不能集中精力，不能很快充满活力，没精打采、嘟嘟囔囔、情绪不满，不是看这个不顺眼，就是看那个不对劲。邻居去年因为没睡醒而没跟我打招呼，于是我为这个无心之失谴责他。一个陌生人突然出现吓了我一跳,我把他也想起来了。小时候我淘气,在桌子下面走来走去,母亲打了我一顿,我对这事也开始吹毛求疵,在心里讨伐不公平。

我觉得早晨一切都不好。因为不管森林如何努力,不管风儿如何安静(醒来的树叶都压低声音,窃窃私语,像讲究礼貌的邻人,乌鸦适时地闭上了嘴,野兔没有再次跳到森林边上,怕自己的跑跳惊扰了我,太阳蒙上了一层雾气,它羞于自己的美丽,躲到了云层之后,不敢出来破坏我的心情,蜘蛛蹲在角落里,没有编织自己的网,雨没有下个不停,露珠没有从叶子上滑落,虫子没有在土里蠕动——世界上的一切在我面前展现出一幅静默、殷勤的画面),我还是不满意。乌鸦是没出声,但是我能听到椋鸟的叫声,可我这么早听它干什么?兔子是没跳,但是獾子在洞里乱动。太阳模糊,风儿安静,露珠没有在叶片间滑落,可是蝴蝶在花间飞舞,它的飞动让我生气。如果椋鸟噤声、蝴蝶停在花上不动,会怎么样?我会高兴吗?会对这个早晨露出微笑吗?怕是不会这样。我会说:"小河潺潺流淌,小草在田野里轻轻摇动是为了什么?在这个时刻我既不会赋予草地生命,也不会赋予野兽、小鸟生命。最好它们都不在,最好让我安静一下。"我在心里准备着愤怒的话语,罗织着激烈的批评言辞。这时我会说到人权,还有公理,这个永恒的、无法解决的问题,我会引用伟大先辈的名言,我会严厉地责问它们:"你们打算闹到什么时候?为什么闹?不害臊吗?不愧疚吗?"只有不停地责骂好久,与假想的敌人尽情战斗之后,我才能安静下来。

不过,事实上它们算是我的敌人吗?如果它们的声音打扰了我,它们会怎么办呢？但我现在已经结束了战斗，所以无论是对草地，还是对乌鸦和乍起的风都挺满意的。我甚至开始欣赏它们的声音和喧闹，没有这些喧闹，我会很不好受。听见叶子的低语我深受感动，看见呱呱叫的青蛙我挤出两滴眼泪，驼鹿在小树林中吼叫、蚯蚓在土壤里蠕动使我欣喜若狂。我慷慨地对世间一切生物说："活着吧！歌唱吧！高兴吧！赞美自己和这个世界吧！幸福地成长和繁衍吧！"好像我是赋予它们生命的上帝。这时候我进入这样一种状态：如果谁因为害羞或者不想伤害别人而沉默不语，那么我会对它的这一行为非常不满。的确，我对自己说："否则我们为何而生？为何来到这个美妙的世界？如果我们畏缩、羞怯，以为我们不应该大声打喷嚏、说话？是为了缄默不语？为了可怜巴巴地苟且度日？如果我们如此羞怯，那么我该怎样表达自己，怎样说出自己的话？砍头不要紧，可我们不想沉默，我们要歌唱，我们的歌声会妨碍谁呢？"

但是，时候一到，我也会忘记它们，好像没有它们，好像它们不存在似的。早晨还大骂叶子不小心发出声音，现在，傍晚，哪怕它拼命轰响，我也觉得它的轰鸣声不够大。我曾经诬赖一只乌鸦不出声，现在它大声号叫，几乎喊破嗓子，我却看都不看它一眼。曾经对害羞地躲到云彩后面的太阳心怀不满，现在，即使它发出最耀眼的光芒，我也觉得不够。即使狮子张开血盆大口，在我耳边怒吼，我也听而不闻。

这样，过完自己的一天上床睡觉的时候，我会不由自主地想："人，你究竟是什么？你到底需要什么？"可确切地说，我现在甚至没有在思考这个问题，我以前已经思考过了，但是没有结果。我想：

"人啊，你太怪异了！你想要的太多了！有时向你吹口气都不行，你如此任性和娇嫩，一片叶子动一动，你就已经不好受了，有时暴风雨袭击你，你却觉得它不够猛烈。你想要的是多么少，既然叶子的声音、露珠撞击大地对你来讲都是重大事件。"

类似这样的想法不是那么容易理解并理清头绪的，我还要长久地，也许是永远被它们折磨，它们如此强烈、如此难以解决，我真的不愿意躺在硬板床上苦熬漫漫长夜。但是黑夜会来临，它把我拉到自己身边，安慰我，让我安静下来，它送我进入它那轻盈的、美妙的梦境，使我第二天能够再次振奋精神。

昨天深夜，我从森林回家，路上遇见了一只狐狸。月光照得很亮，我和它几乎碰了个脸对脸，它的脸部、尾巴和叽里咕噜转的眼睛我都看得清清楚楚。它也看见了我。由于意外，我哆嗦了一下，于是它有点害怕了，马上就转身离开林间小路，钻进了树丛，好像我没给它让路似的。但是，首先，小路上的地方足够两个人用；其次，如果事情按常理发展，我会给它让路的——我们不是总能在林间小路上碰见狐狸的，所以能给它让路；还有第三，如果我不让路，会怎样呢？

当然，也有这样的情况：你走的时候根本不看眼前，即所谓的勇往直前。但是坦率地说，这样走路只适合初来乍到者。如此的鲁莽很多问题都解决不了。因为经常在森林中走路，你产生了一种绕开一切迎面而来之物、不和它们正面接触的能力，对此你自己都感到吃惊。有时你可以极轻巧地绕过一片树丛，不会让它的叶片动一动,也不会让它的露珠落下。你像野兔一样在森林中奔跑,但能避开所有迎面而来的人或动物。在茂密的松林里,你可以从两棵松树之间极小的缝隙穿过去,走了几步之后,你会停下脚步,返回来,惊异于自己何以能从这个地方钻过去:那个缝隙太小了,连蚂蚁都过不去。

自然,类似的躲避会引起一定的困难,你会想:"为什么该是我费力?让它们费力躲避去吧,我可不想这样。"但你总不能倔到用小胳膊去拧大腿吧?况且,不是只有你在躲避,它们也在躲避你。当你特别急着去办事或者偶尔疏忽,没来得及避开你必经之路上的一棵松树,那你会怎样?因为惯性撞上它,让松果擦破额头、松枝扎伤眼睛?完全不对。虽然你没来得及躲开它,可它却及时给你让了路,因为恰恰和你对它一样,它不是你的敌人,不想让你受伤。

我遇见过我喜欢的白天,也遇见过喜欢我的白天。很少,但是也有过我们彼此喜欢的白天。也常有这样的情况,即遇到我不喜欢的白天。当然,最美好的相遇是彼此喜欢,双方都啜饮爱的泉水,但是我也不认为单方面的爱有任何不好。相互的爱和单方面的爱,哪个更好?这还需要再看看。假设不爱的人遇见了,那他们也挺好的,虽然没有好到极致,但是也不会坏到没有去路。单方面的爱给我留下了最强烈的印象。虽然我至今不能确认,那是否是单方面的爱。我觉得,它还是相互的。如果一个人该爱的时候比别人的来得早,依我看,这时不应该抱怨爱是单方面的,也不应该过分赞美这种单方面的爱,使它大大高于相互的爱。没有必要担心这样的称赞之后所有人都会推崇单方面的爱,而忽略相互的爱。我想,我也相信,这样的事情是不会发生的。更有甚者,我知道,不论我怎样称赞单方面的爱,即使我自己也未必能相信它是好的,更不用说别人了!不过我还是想要赞美它。它是如此苦涩和难耐,不是所有人都能承受它的重压而不受伤害。你想流泪,想回到从前,尽管从那时起已不知过去了多少岁月。你的心会充满忧伤,像一个装满了水的容器。如果它有释放忧伤的地方和对象,那就是幸福。

是否有什么东西能比阳光更让人舒畅?当然有。比如说,夜晚和它的满天繁星,小河,草地。难道它们不值得我们注意?难道你不高兴见到它们,无论是初次相遇,还是最后一次分离?当然,它们值得我们注意,也使我们高兴。无论如何,比阳光更让人舒畅的只有阳光。

人可以变成乌鸦、喜鹊、松树、甘菊花和许多其他的东西。这不神秘,也不是特别的秘密。不一定要绝顶聪明,中等才能足够了。你们想变成一只乌鸦。你们怎样实现这个愿望?你们一下子就能变成乌鸦。一切都很简单,无须狡诈和欺骗。"但是怎样才能变成乌鸦?我想变,可是成不了。"人们会这样对我说。我会这样回答:"我就不验证你们的愿望是不是特别强烈了,你们因为那个才成不了乌鸦。"可能他们的愿望也很强烈,那么我会告诉他们:"你们不懂。要想变成一只乌鸦,或变得像一只乌鸦(而这几乎是一样的事情),重要的不仅是你本人变成乌鸦,重要的是让你身处的这个世界整个变成乌鸦所需要的那个世界——即乌鸦的世界。要让你,一个人,所需要的森林、田野、高山变成不像此前那样属于人类,而是属于乌鸦。看着一棵松树，乌鸦看到的是什么？松树吗？不是这样的。我们，人，在松树身上看到的是松树，而乌鸦在它身上看到的是别的东西。它在太阳、月牙、小河、云彩身上看到的是什么？太阳、月牙、云彩？这个问题的答案也是别的。也许，它把太阳看成一棵松树，把小河看成一个姑娘？也许，它根本看不到太阳，也看不到小河？它对它们视而不见。乌鸦在你，一个人身上看到的是什么？乌鸦眼中的你是什么？一个人？还是某种狂野的动物？马上回答这个问题似乎没那么容易。乌鸦眼中的星星、地球、海洋、一望无际的天空是什么？它怎样理解爱和善？答出这些问题，你们就是一只乌鸦了。你们的胳膊变成了翅膀，你们的脚变成了爪子，你们身上长满了羽毛，喙（鼻子）长出来了，变硬了，你们的眼睛变成了乌鸦的眼睛，你们的眼神和跳跃的动作也变成了乌鸦式的，从你们嗓子里传出的不再是习以为常的人的话语，而是乌鸦的呱呱叫声。从乌鸦变成大象、鳄鱼、狼、乌龟也不难。我再说一遍，这只需要把世界看成它们眼中的样子。这个世界上没有什么东西是你变不成的。还应该再加上一小点。作为一个人，在知道、明了这样那样的东西对于乌鸦或别的动物意味着什么的同时，也知道这个世界对于你本身——一个人，或对于你——人类来讲意味着什么，这才好。"

一天到来的时候，如果我早晨就高兴它的来临，那么晚上我一定对它很满意。我的心就是这样的，它必定需要运动，需要从一种状态到另一种状态的转变，否则它觉得没意思。如果你的一天是唱着欢快的歌、快乐地开始的，而结束得却很糟糕，那也没什么。意识不能破坏你的心情，你自娱自乐一番，就达到了目的，你也可以暗自神伤一阵子。糟糕的是，我心情难过地开始一天，傍晚时才开心起来，有的时候甚至根本开心不起来。那时愁闷折磨我，我也责怪自己："为什么错过了早晨？为什么整个大自然都高兴的时候，你却心情糟糕？"某些我无法左右的力量使我苦恼。从理智上来讲你似乎很平静，你说："没什么可怕的，什么事情都可能发生，第二天早晨来的时候，你就会开心起来的。"可你从心里却无法接受这些观点。你情愿伸出一只手，把过去的那个早晨拉回来，这样你就可以按照应该的方式度过它。当然，过去的那个早晨不会出现，不会回来，于是你狠狠地责怪自己，说自己将要遭受所有的痛苦，说自己犯了罪，好像你的生活已经不复存在，你的这些想法使你周围和内心的一切都变黑暗了。但是，新的一天早晨来临了，你醒来了。天哪，你心中是多么喜悦！昨天你真的不高兴过吗？难道你还记得有这事？昨天的事和你有什么关系！晚上你还会不高兴吗？明天的事和你有什么关系！重要的是今天是个好日子，而你欣喜若狂，尽情享受着它！

为了开辟林间通道，我放倒了一些树木，麻利地处理了它们，快到我自己都喜欢。我好久没有这么狂热、这么满足、高兴、心甘情愿地工作过了。我挥起斧子，我的动作是漂亮的：没有一点失误和拖泥带水，没有慌慌张张、哆哆嗦嗦。我把斧刃砍到树干上，动作也很完美：落点准确、力道很大、无数碎木片像金子一样飞溅。一棵树倒下了，这也一切顺利：我需要它向左面倒，它就倒向左面；我希望它向右面倒，它就向右倾斜。它正好倒在我为它选中的地方，砰的一声砸在地上，弹起来一下，动弹一会儿，就一动不动地躺着了，好像要在这里长眠不起。经我手开辟出来的林间通道干净、平整，像射出去的箭，飞速拓展。真想一辈子带着这样的心情工作。

可是，就在我刚刚兴奋起来、直起腰想再次挥斧的时候，一只山雀出现在我的眼前。我把斧子挥向树干，砍得非常不好，偏到一边去了，我吓得呼吸都停止了。我嗨哟嗨哟地用斧子砍了一阵。山雀没有飞走。我坐下来休息。它在我身边转了一小会儿，飞走了。我却失去了全部的工作热情，我不想再砍树了，我离开了林间通道，真的非常遗憾丢了好心情。可有什么办法呢！如果有人在我身边，我就没法工作。一个人干活时，什么都干得很好。只要有一个人到我这来做客，我就会整个人向客人开放，给工作造成损失。

山雀算什么！有时一朵云飘过，我都会看它看得入迷而忘了工作。

我继续前行。前面有什么？还是那些东西：森林，森林。那里有一条小路通向静水池，若隐若现；那里有长满齐肩的高大柳兰的林缘，踏进柳兰丛，你就好像落入了水中——看不到底（有时候你好像真的在飞向肉眼看不见的坑底）；那里有稀疏的桦树林，长着干净的、绸缎一样光滑的草地；那里有向高处自由伸展的松林；那里有茂密的云杉幼林。这里的土地广袤无垠、山丘众多、凹凸不平，每个山丘都有一个非常舒适、平整的凹地，让人想在里面躺一会儿；这里有泥泞的沼泽地、走不过去的泥塘，你在齐膝深的水中艰难行走，在苔藓上面如履薄冰，这时你只想快点走出去到干地上，因为这里可怕、危险、令人不快；这里有小河、小溪和看不见的岸——那不是岸，那是幽静的去处，你一个人的王国。哪怕你坐上一百年，无论思考与不思考，无论看与不看，无论回忆与不回忆，你都觉得一切亲切、美好：挺直身体坐着也很舒服，轻轻欠身，以手臂支撑身体，观看渐行渐远的太阳落山也很美好。把脸埋在草丛中，感受着浓郁的土地的气息，打一个盹，也很幸福。

走着走着，你有时会有点迷糊：你在路上已经走了多少天、多少年？可你其实刚刚从护林所里出来。看看左右两边，一切都在吸引你的眼球，森林好像在不知疲倦地迷惑你、吸引你、诱惑你——它悄悄地，悄悄地把它的魅力展现给你，这样的美怎么也欣赏不够。不，我累了。傍晚、中午时分，你都会觉得特别累，想要躲开所有这些多姿多彩的艳丽，回到自己护林所的木屋；如果你没有机会回去，哪怕是夜里一点，你也需要走一走，不是回护林所，而是离开护林所。这时不管你是否愿意，你都能看见森林，于是你会因为你无法再接纳这财富而眯起眼睛，吃力地、艰难地行走，负担沉重，心里感到厌烦。

走进森林时你饥肠辘辘，可现在腹部饱胀，步履维艰。你昏昏欲睡，曾经活跃的思想偃旗息鼓，双腿踉踉跄跄。"它们在往哪里走？"你问自己。但是你找不到答案。你知道，它们在走向遥远的第22林班，去查看那里是否有树木被盗伐。同时你也不知道这个，你以为，它们鼓足勇气想要走到天边，世界的尽头，然后才往回走。

看到自己下定决心走到世界的尽头，不仅是下定了决心，而且已经走在路上了，看到这一切令人感到不可思议。你根本不是什么巨人，也不是勇士，你是一个凡夫俗子，却在完成一项伟大的工作。遗憾的是附近没有摄影师，不能够记录下具有历史意义的瞬间：穿着靴子和破旧长裤的你，半是忧虑和半是严肃的脸，坚定的步伐，弯曲的脊梁。

天边，它在哪里？它就在这儿。你走到了林班的尽头，走到那根神圣的柱子跟前，看看是否一切正常，确认什么不好的情况都没有发生，然后不事休息，马上返回。路上你又碰到长着柳兰的林缘，有着干净草地的白桦树林、云杉林。但是，如果说以前你吸收了它们，现在你则把它们吐了出来。那时，你以为你匆忙走向天边，现在，随着与护林所距离的逐渐拉近，你明白过来你是去了第22林班。在路上有一段时间斗争还在继续，疑问总是占上风："真的是这样吗？你真的是去了第22林班吗？"踏上台阶之后，你终于确定自己去的是第22林班，而不是天边。

不过谁能成为这件事的目击者呢？一只乌鸦看见了，当我走出木屋，准备出发时，它就坐在树上。可你去哪儿了？一整天都在哪里待着了？这个我自己也不知道，因为我早就失去了对现实的感觉，除了柳兰丛，还有草地，还有树木，我头脑里、心里什么也没有，而且好像整个内在的我都是由连绵不绝的林中灌木组成的，同时又好像没有它们。我迈出去的步伐越多，我走路的时间越长，运动停止的感觉就越强烈。在某一个瞬间，它甚至好像完全停了下来。那时我在哪儿？我是不是在那个天边或第22林班？我似乎不再存在，只有脚踏自己木屋的台阶时，我才觉得自己是个活人。

我在门边脱下脚上的靴子，褪下裤子、衬衫，上床躺下。我甚至没给自己做吃的，我不想吃东西。我觉得，回来的路上我把一切都退还给了森林，那我是不是顺便把自己也一股脑地献出去了呢？是不是过分慷慨了呢？——我太累了，完全感觉不到双脚、双手、脑袋、心脏的存在。

为了能够感觉到你还活着，还生活在这个世界上，不一定要每天都看见森林、小河、绿草，住在松林里，在湖上打鱼。只要醒来，睁开眼睛，活动活动手臂，起身，在床边坐下，在木屋里、房间里走一圈就足够了。你马上就能感觉到森林、草地、河流的在场。你感受到的不是它们，而是早晨、白天的在场，它们取代了你的森林、小河。

正因如此，早晨醒来时，我经常垂着光腿坐在床边，不跑也不走，而是一动不动，发呆一两个小时。我极其强烈地感受到早晨、森林、小河的在场，它们在我眼里如此真实，以至于如果我起床太猛、不小心，在木屋里快步走，走动起来、跳起来，我的肩膀就会碰到这个早晨，碰伤自己或它。自然，我不想这样做。

我走在路上，无精打采、昏昏欲睡、对自己很不满意，可突然发现是早晨了，于是我就学着它的样子，变得开心起来。忽然想像一匹骏马一样在田野上奔跑，于是我跑起来，但是该往哪儿跑呢？问题就在于没地方可去。难道就这样不体面地跑一圈，哪儿也不去？如果没有任何人找你帮忙，如果没有任何人需要你去做客，森林里的工作都已做完，你不能再为森林做任何事了，难道不可以高兴地、精神饱满地跑上一圈吗？我想可以。早晨过去了。我早晨的激动之情冷却了。跑得太累，腿都抬不起来了。中午来了，我又开始昏昏欲睡？完全不对。我还记得清早我和早晨一起生活过，这让我心情舒畅。可要是这个记忆不能让我心情舒畅呢？那我就和中午、晚上、黑夜一起生活。我在田野里发现了一株蒲公英，还有路边的松树，田野里的小草。但是对于晚上、黑夜，我厌倦了与其共同的生活和存在，我很痛苦，不想又让自己和别人在一起。于是，我铺好被褥，沉沉地、幸福地睡去，就像度过了一个成功的工作日之后一样，那样的白天里如果不是所有的事情，那也是许多事情都很顺利。而且我会做梦，都是美梦，不是令人不安的梦；或者完全不做梦，是明快的、轻松的、幸福的睡眠。我会梦见草地，而且我也没看出来草地有什么特别的地方，甚至好像没看见鲜花，只是好像远远地看到了它们的影子——只有青草，而它，草地，以自己梦幻般的风景让你高兴，你能感觉到它对你的爱，你也爱它。我梦见了一条小河，小河也爱我并被我爱着。而且，无论是我的爱，还是小河的爱，都不是强求的。令人高兴的甚至不是你的爱与被爱——难道我们没有爱的权利？难道我们付出的爱还少吗？令人高兴的是你在梦中看见小河，而它令你高兴。我梦见了一个普通的马林果丛，可我很高兴，好像遇到了某种自然奇观，很高兴，因为我为它高兴。

我有一种迷迷糊糊的、令人不安（带着恐惧之情）的感觉，好像有人在批评我。以前没有过这样的感觉，或者确切点说，很长时间没有这样的感觉了。因此我想，这就是说，所有这些天我过得安安静静，像老鼠一样，没有打扰任何人（如果说人们对我只有夸奖，这也很难相信），可我刚刚打扰了某个人，他正在狠狠地报复我。

我开始回忆我可能得罪了谁、伤害了谁。可这也没什么可回忆的啊——当时的情景都在我脑袋里装着呢。我从一个刺柏丛旁边走过，我看了它，欣赏了它。我非常喜欢它，它不仅郁郁葱葱，而且亭亭玉立，当你走过这个地方，你肯定要看它，因为看别的东西都没有意思。别的有什么好看的？看那棵被雷劈过的弯曲的云杉？看那棵刚刚钻出地面的小松树？看两棵松树之间透过的一线蓝天？在别的地方也可以看它，刚拐过弯的地方就有，而且还更好看些，我总是兴致勃勃地在那里看蓝天。我觉得，除了刺柏丛，这里的一切都不怎么样。只有刺柏丛风光无限。

可在回家的路上，我忽然产生了这样的想法："我想得对吗？真的只有这个刺柏丛值得注意，别的东西都不行，我必须看它吗？"于是我看了看云杉树。我觉得它很漂亮，自有动人之处——它弯弯曲曲，疖疖疤疤，被雷电击伤，但它还是绿色的，还活着！就这样，我看着云杉树越过了刺柏丛。我明白，这是我第一次看也不看就从它身边走过，我这事做得不好，但我又拿自己没有办法。为什么我必须看刺柏丛，而无视云杉？我明白，我不对，我应该至少看它一次，至少极快地看刺柏丛一眼，可我的行动却恰恰相反。我既害羞，又惭愧，既有点害怕，又很开心，但是现在开心的感觉过去了，剩下的只有焦虑和恐惧。

我坐着想："我该怎么办？走到刺柏丛身边，看它，抚平昨日的伤痛？"但我内心在抗议："我什么要这样做？为什么我应该为了一个刺柏丛担惊受怕，惴惴不安？"其实应该因为森林、人类而惴惴不安，那才是可以理解的。我这样想，而且因为这样想，我感觉更不好，也更害怕了。我觉得我背叛了自己。既然从前欣赏过刺柏丛，那么现在为何抛弃它？

我这样惴惴不安地度过了半天时间，后来就忘了这种感觉。焦急不安的感觉在忙碌中消失了，恐惧感也消失了。这时我想，恐惧感消失不是因为我在白天的忙碌中忘记了刺柏丛，而是因为它生了我的气，发泄完自己的怒气之后，它原谅了我对它的伤害。而且，不管多么痛苦，它也接受了这样的想法，即世界上不是只有它一个是美丽的，别人也值得注意。它不再想我的不好，这样就解除了我的痛苦，否则我还得在恐惧中生活好几天！

早晨起了床，我已经完全不记得之前我身上发生了什么，我睡得特别香、特别沉，以至于起床之后我忘记了自己在哪里，昨天和前天我身上都发生了什么，谁是我的父亲、母亲，我是否有朋友、同志，我曾在哪里过着怎样的生活。

我到底记得什么呢？我记得的，我知道的只是现在所有的东西，眼前所见的东西，我感受着当前时刻的自己，昨天的一切已离我而去，好像已经死去，飞走了。据说，在这样的恍惚状态中，心灵似乎能够摆脱从前的烦恼并且不为明天的烦恼所累，因此开心、幸福。似乎过去的一切对你来讲都已一去不返，所以用不着为之哭泣和痛苦，更不用提挽留它们了。似乎，如果现在你能够避开昨天的烦恼和忧虑，就是真正的生活，其他的一切不过是对它的模仿。如果你似乎在与过去告别，那你身上就会发生奇怪的事情：昨天和前天的一切，你觉得已经离你而去的一切——童年，还有你的父亲母亲，其实根本没有离开你。相反，正是现在他们才真正地在场，而此前他们一直在某个地方游荡，只是没有你。

可能一切确实都是这样的，我也应该为此高兴，但我很难过，因为每天早晨当我从这样的沉睡中醒来时，我都似乎不得不从头开始自己的生活。你从前的功劳、错误、经验都没有了，你是一张白纸，今天你刚刚在上面写几个字，明天就会有人把它们擦去。带着经验活着、死去，什么都知道、什么痛苦都尝过，这是一回事。这时，一切都慢慢变得十分明白易懂、合情合理、不容置疑：你已经受够了生活的打击，听够了别人的指责，积攒了一些好的东西，还有坏的东西，你要么平静地继续活下去，要么去见自己的祖先。可是，如果既没有经验，也没有知识，如果以前过得平平淡淡，没有过任何批评和奖励，过去与未来之间的必然联系中断了，那该怎样生活呢？这样的生活是不是很可怕，很艰难？对于没有经验的人来讲，生活是不是很可怕，很艰难？它既可怕，又艰难。可即使是这样，谁又能说它只有可怕和艰难？它同时也是轻松和美好的。

我现在就是，尽管也害怕做这样让人恍惚的梦，但我还是期待它们，并召唤它们。这些梦醒时分的清晨，当它们到来的时候，我不仅为它们高兴，而且在心里把它们当成好的，觉得正是该来的来了。尽管旧的东西在召唤着我，我却在抗拒它们。在保持现在和从前的自己的同时，每一个早晨我都获得新生，然后我开始不从我出生的那一年计算自己的年龄，不仅不从那一年，而且还要从每一个新的早晨开始算起。比如，如果一年是三百六十五天，而我活了二十岁或一百岁，那就是说，我活过的年数不是二十年或一百年，而是三百六十五乘以这些数字的和，我过了不止一种生活，而是成千上万种生活。当然，这些生活都很短暂，从时间上讲不足二十四个小时，但难道年岁的数目能够改变人的生活吗？

你在自己的一生中过无数种生活，这并不奇怪。你可以过蝴蝶的生活和蚂蚁的生活，可以过圣人的生活和恶棍的生活，美人的生活和丑八怪的生活，男人的生活和女人的生活。你可以过石头、乌鸦、青草、小溪、松树、生病的孩子、士兵、医生、马、爱与被爱的人、承受痛苦和造成痛苦的人、进步和堕落的人、滚滚黄沙和金子的生活。你可以根据自己的判断或你不断变成的那些人的吩咐去选择这些生活。困难的只是第一步，其他的都很容易。所以，我觉得，母亲生孩子的时候，不只是母亲生产困难，孩子自己出生也很困难。他们两人都体验着艰辛。但之后就是轻松和喜悦。

今天是谁生下了我？在这个早晨，我过着谁的生活？是松树、青草、审视大地的太阳的生活？还是思考如何在每一个新的日子里出生的那个人的生活？

只有这个森林，它无依无靠，是如此孤苦、可怜，让人总想给它选个什么东西做伴。但是选什么呢，如果什么都配不上它？但我不相信没有能配得上它的东西。肯定有，只是我看不见，所以我才说没有。但是它看得见，它感觉得到，它知道，却不说。它少言寡语，绝口不提自己的伴侣，生怕你出于恶意或者发飙打伤了它的伴侣。你不见得需要它的伴侣，可是你发傻充愣，热血沸腾——在这方面我们是高手。这时，不用别人给我们提供一个空间，我们自己就能找到它。正因如此，它才害怕我们的暴行，一方面把自己的伴侣藏起来，另一方面闭口不谈它。它做得对。只有年少轻狂的时候才会拼命地大喊大叫，说他们的爱情有多么美好，他们如何爱与被爱。因为愚蠢才喊叫，好像在他们之前谁也没有爱过，也没有过爱情，他们来了，才发现了爱情。无知，虽然挺美好的，但这对森林有什么用呢？森林可是知道，从来没有谁刻意寻找过，也没有谁找到过爱情，爱情是永恒的。于是它沉默不语，并且默默地欢喜，默默地爱，它的沉默也传染给了我们，特别是夜里，当它陷入一片黑暗，夜空中繁星闪烁的时候。那时，寂静降临到森林，这寂静如此响亮，这沉默的力量简直可以让人终生失聪。只要花上一夜时间听一听这寂静，尝一尝甜蜜的滋味，之后你就不会再去听任何别的声音了，无论是音乐会上乐队的演奏，还是公路上汽车的鸣叫；无论是心爱姑娘的低语，还是蚊子微弱的哼哼声，都不能到达你的耳畔。大海，雷雨，风，野兽的咆哮，人群的喧哗，孩子的呼喊，母亲的呻吟，小溪的潺潺，这一切你这个可恶的家伙都将听不见，而且那时你不会堕入幸福，却会陷入可怕的痛苦，没有任何出路。这寂静充满诱惑，甜蜜而令人神往，体会到个中滋味的人，都会把它珍藏起来——既不会失去爱它的能力，也不会丧失帮助充满渴望的人们的热情（他们在失聪之后又听见了春天里啄木鸟唧唧的叫声，老鼠吱吱的叫声和近处某人微弱的呼吸声），那么可以说，这个人是真正地有所见识，所以他有话可说。如果他同时还恢复了已经丧失的言语功能、不管别人是否注意而自说自话，如果他的某些话传到了哪个人的耳朵里并在那里生根发芽，而这棵庄稼成熟时又会给别人带来幸福——那还有什么可追求的？什么也不用了。

我发现了一个乌鸦巢，而且我还在鸟巢下方、松树下面跺了跺脚。当乌鸦发现了我，探头张望的时候，我伸出食指，对准乌鸦，假装用手枪射它的样子：啪啪。天啊，它们掀起了怎样的喧嚣，喊叫得多么热烈啊！我早已经离松树很远，走到路上去了，开始仔细回忆小河，忘记了考虑乌鸦，但是它们还是没有忘记我。它们抓住了我就没有放开过，也没有放我回过家。有一只乌鸦，老的，更是把我折磨得够呛。当它在我头上飞过的时候，我看见它的羽毛稀疏、透光，它恶狠狠地号叫着。可我在它面前为自己辩解说："我不是故意的，以后再不这样了。"我安慰它说："我不会碰你的小乌鸦的，我只是开个玩笑。"我吓唬它说："你要再不住口，我现在就收拾你。"可它没有住口，却叫得更响了，好像全世界都能听到。我自己也开始不满意自己的玩笑了。因为顽皮我偷偷走到它跟前，瞄准它射击，可是搞出了这么大的动静。尽情地喊过并清理了自己的喉咙之后，它们才不再鼓噪，尽管还是没有平静下来。在林中树木茂密的地方，很长时间我还能听见它们愤怒的声音。

我明白，是我太轻率了。但它们也够可以的，犯得上因为莽撞的脚步而如此严厉地惩罚一个人吗？难道在我的森林里我不是主人，不能走到一棵松树旁，在它跟前站一会儿，用手指瞄准某个小鸟或树丛？这又不会给它们带来坏处！难道树丛会从此枯萎，永远消失？可问题是，如果它不会枯萎，不会消失，那么干吗还要用手指瞄准它？甚至同时装出射击的样子？可要是你走在森林里的时候，有人用手指瞄准你并做出射击的样子，你会喜欢吗？我确定我不会喜欢，现在，我不能忍受别人跟我开这样的玩笑，用手指瞄准我。我会把开这样玩笑的人当作傻瓜、白痴，如果我不大发雷霆、痛打他们一顿的话。

我看着草地、森林，它们绿意盎然。黄蜂嗡嗡叫，让人厌烦。风声在耳。从这土地、这森林、天空、田野、开花的蒲公英、河流、秋天、太阳、冬天那里可以获得多少东西呢？可以少拿一点——不见朝霞、不望星空、错过春天、不去迎接冬天，这每个人都知道。可以获取很多——这个、那个都要看见，把一切都埋藏起来，铭记在心。可是，能够获取更多吗？看见一株衰败的三叶草，你觉得它比天空和大地还要美丽和亲切；捕捉到春天的一个瞬间，它比所有的春天和冬天都更温柔和美丽。

我不喜欢暗示，我被它们折磨得痛苦不堪。一片叶子发出声响，我就会想："这能是什么意思呢？"风儿敲打窗棂，我想："是不是来找我的？"小鸟飞进木屋，我想："是不是来抓我的？"这些模棱两可的话让我非常难过，永远也搞不明白是什么意思。要是知道意思的话，让我去哪我就去哪，该干什么我就干什么，可现在我只能坐着饱受折磨。它们可能是来请我去做客、参加宴会，也可能是来抓我的。可我还没有准备好。也许应该把炉灶点着，烧好茶水，可我在窗边坐着不动，仔细观看无数次看过的风景。难道我过分孤僻，不能欢迎任何人的到来？我不喜欢自己身上有这种冷漠生硬，也不赞成这种态度。为什么要暗示呢？为什么不直接说出来？说应该这样或那样，我想要这个或那个。我责骂，但是我也理解，在这个微妙的、委婉的感觉中有某种真理存在。把自己直接暴露在山杨树叶或夏日的晨风面前不合适，应该稍微暗示一下，轻轻发出一点声音，稍稍展示一下自己，勉强招呼一声，然后你就可以按照你听说过的方式、按照你的心意去行动了。

我愁闷地看着白天，它的一切我都不喜欢，一切都压抑、紧迫、拘束，妨碍我生活，一切都和我对着干：太阳炙烤，天空空旷，上面一片真正的云彩也没有，风止住了，小草枯死了，虻虫狂舞，小河在山坡下没精打采地流淌。无论看哪里，都是不好的景象：松树没有阴凉，土地干燥，虻虫叮咬，毛虫在树枝上爬，不打扰任何人，它也不招人喜欢，一只乌鸦从旁边飞过，它也不让我开心。在这个燥热的白天里，什么东西能让我开心？让我快乐？太阳，空旷的天空，无风，寂静，小河轻盈的步履，甚至树枝上的毛虫，乌鸦的飞动……一切都让我开心，召唤我走向生活；一切都让我快乐，我被这一天迷住了心窍，根本不想要别的白天。

漫长炎热的白天过去之后，当我疲惫地坐在木屋中望着窗外时，为什么我不觉得晚上、渐渐变黑的天空、天空里的星星是疲惫的呢？为什么我觉得它们是年轻的呢？——星星不是已经有了百万年的历史，而是刚刚诞生；晚上就像一个婴儿，洁净、崇高、明朗；小河充满活力。是我给它们增添了青春活力？还是它们原本就很年轻？为什么它们的青春活力、清新使我变得年轻，使我的疲劳一扫而光，使我的后背挺直，使我的双腿不再酸痛？这种清新是否会沁入我的心脾？或者，看见天上年轻的星星，我也会找到自己的青春？而且，我身上的青春活力、清新是否不是有限量的，有尽头的——用完了，就没了，而是无穷无尽的，你可以不停地汲取它（如果你会的话），直到生命中最后的日子？

我在河岸上走来走去，看着河水，把它的美貌吞进肚子里。它让我痛苦：眼里是小河，耳边是小河，脑袋里、心里是小河。我时而看见水流闪光，时而听见河水低语，我思念着它，爱着它。我觉得我马上就要变成一条小河，而在此之前我全身心都被它占据。我不喜欢这样的状态。除了小河，我还想看见和听见别的，比如太阳、田野、草地、百灵鸟。我想要欣赏森林的样子，小鸟的歌声，只要一听见喜鹊的喳喳叫声我马上就会变得轻松。趁现在还没有变得更轻松，我等待着，等待着我眼中的小河离我而去。它会离开我的，只要我慢慢变成太阳、小草和世界上其他的一切，并悄悄地被它们充满。

黑夜已经来临了，雾气已经在低处的草地上蔓延开来，潮湿，寒冷，路变黑了，无论是远处，还是近处，它的各个部分都被黑暗笼罩，看不清小白桦林，栅栏边接骨木树丛的轮廓也消失了，点点新星在空中怯怯地闪烁，看不见远处的地方，听不见赤杨叶间的风声，太阳落山了，黑暗淹没了你，也淹没了整个世界，现在你已经完全看不见脚下的路了，——不是踩到一块石头，就是踏进一个水坑，要不就是有一棵灌木、一头野兽、一个人突然挡在你面前⋯⋯可你虽然已经度过了白天，饱览了它的风采、饱吸了它的气息，仍然全身心沉浸在它的里面，你觉得草地还没有被雾笼罩，而是一片光明、一览无余，空气既干燥，又温暖，路也直到它最远的边缘都看得清清楚楚，小白桦林也像近在眼前一样真切，接骨木树丛也可以分得清轮廓，清晰到你能看到一只瓢虫从叶子上爬过，还有白天灿烂的阳光照亮你和整个世界，为你指路，你能清楚地看到和判断出：这是树丛，这是石头，这是千叶蓍的花，这是乌鸦。也许，还要过好久，也许需要整整一夜时间，才能让我的眼睛不再看见白天看见过的那神奇的光芒，也可能一夜的时间不够，许多个夜晚过去之后，这光芒才能暗淡下去，你眼中看见的一切才会消失。

我躺在草地上，无精打采、昏昏欲睡，手也不想动一动，脚也不想挪一挪。怠惰控制了我。正因为懒散地躺着，所以我特别清晰地感觉到周围的生活：小草在生长，积蓄着力量，山谷里的小溪在脑袋边潺潺流淌，小燕子在空中秩序井然地飞来飞去——我越懒散，运动的感觉就越明显，我能感受到这个世界的勃勃生机，与之恰恰相反的是，我对这勃勃生机感觉得越明显，我就越加困倦和怠惰。真想振作起来，可是怎么可能呢？难道你能战胜这个世界？幸好它在运动的时候没有努力加速，否则我现在可能死气沉沉地躺在地上，完全失去了生活、思考、感觉的力气——它就会这样以自己充满生机的运动把我钉在地上。我躺着，看着空旷的（如果不算太阳的话）天空，嘴里咀嚼着折下的一棵小草，等待着这个世界放慢脚步的时刻，那时我将精力充沛地从地上起身。

世界是广阔的，生命是长久的，而你的某种微不足道却限制了你，使你时常只爱某一种事物，尽管不时也会放弃。这很好，但这公平吗？爱天空、大地、宇宙，这才是一个人应该有的爱，只有这一种爱值得向往和追求。但是，爱自己菜园中的一丛荨麻，松树，三叶草的花（从旁边经过的时候，你不是总能看见它）；对春天的小溪（它的寿命也许只有一周），对路边的石头、折断或落地的树枝、早晨一来马上就走了的雾、田野里的风、夏天（它也不是永恒的！）怀着温柔的爱——这种爱纵然不像是致命的罪过，难道不也像是一场骗局、一个错误吗？也许，像是。可同时，我们所做的只是爱这雾、这风、这三叶草花，却不愿去想宇宙、天空。因为当我们想着雾和三叶草的花，可能我们就只想着它们。当我们想着天空、世界、星星的时候，那么我们可以爱整个宇宙、全世界。当我们爱一朵花的时候，我们觉得需要爱世界。但是，爱宇宙的时候，我们还是觉得三叶草花更好。不过，在那样的时候，三叶草花也好，世界也好，对我们来讲都是一样的。

当我望着天空，望着空中快速飘过的云彩，望着西去的晚上，当我察觉白天消失、黄昏迫近的时候，我觉得好像不是云彩从我身边飘过，不是生活中的白天从我身边飞走，不是白天或晚上离我而去，不是黄昏正在降临，而是我的生命在渐渐远去。于是我变得十分忧郁，不是因为想到我的生命即将结束，而是因为观望云彩使我在心里想起了自己的生命。但这时我心里也会产生喜悦之情，而且也是因为这个，我觉得这是一种美妙的奇迹。望着远去的云彩，我觉得这不是云彩，而是我的白天。

白天与黑夜，早晨和晚上，当它们互相转换，谁能分清它们的界限？当我迎接早晨，仰望渐渐明朗的天空，难道我看到的只是早晨？我看到的还有昨天晚上的片段，还有尚未到来的明天的碎片。我看到别的晚上和黑夜紧紧相随，它们的期限是以年或千年计算的。

因为紧紧依偎在一起，它们几乎是无法区别的，它们，你特别想要的那些，会马上出现。而且，它们的出现会挤走今天的早晨。你会天真地说："今天的早晨来了。"而对你来讲，这将是第三天或第三年的早晨。太阳是升起了，还是落下了，你本人正在准备睡觉，还是马上要起床，这都没用意义。难道人们会按照表面的特征来判断早晨？难道早晨到来的时候没有晚上？有的。但是，这样的时候，我们会因这不相称而痛苦。不过，如果迎接到了早晨，你能够全身心投入其中，而不去寻找前一个或下一个晚上；如果等到了晚上，你接受并祝福这个晚上，而不去呼唤早晨到自己身边来，那么你就可以认为你是幸福的，你再也不需要什么了。

什么能使我获得满足？那是每次到来的新的白天。可如果有一个白天还是老样子，像永恒的事物，那我还能从它那里得到满足吗？我想不能。清早我还能想勉强向它表示欢迎，到中午我就完全没了精神。白天来了又去，白天在不停替换，小脚迈着细碎的步子，匆匆地向我迎面走来，又匆忙离去。你像追赶兔子的猎狗一样，追赶着某一个白天。另外一个白天在后面追赶你。第三个白天不急不缓，走得从从容容。有的白天坐下来休息一会儿；有的白天在草垛顶上躺下过夜；有的白天脱光衣服，在小溪中嬉戏；有的白天忧心忡忡，急忙赶往某个地方，不知是去与姑娘约会，还是去与朋友见面；它飞速地一闪而过，你甚至来不及看清它的样子，只有它的气味留了下来，久久不散；有的白天很勤劳，埋头苦干，好像要谋求高位；有的白天是无忧无虑的浪荡子，无所事事。这个白天陷入绝望的爱情，苦苦思念自己的意中人。可另外一个白天痛恨女人，唾弃世上所有的美女。

它来了,小坐片刻,谈了谈各种事情,笑了一阵,难过了一阵,喝了一杯茶,然后走了。身后没有留下叹息,也没有留下遗憾。也许,它留下了一声叹息,也许,它遗忘了一丝疑虑。但它们现在在哪里?应该到哪里去寻找它们?它们曾经来过,现在不见了,消散了,就像夏日天空里的云。只是,在一声叹息落下的地方,草地上长出了一株蒲公英,而在遗憾落下的地方,长出了三色堇。

我害怕自己对它们的离去如此漠不关心。为什么我不呼唤它们、阻止它们?我既呼唤,也阻止,可它们是能够留住的吗?就让它们走自己的路去吧!

悲伤的白天,冰冷的白天,被蛾子一般的痛苦和忧郁磨垮的白天,白天是灌木丛的魅力、光辉和低语,春天般的白天,充满了痛苦和幸福的白天,秋与春的白天。

唉,这个夜晚!它在动,它离开了白天,像皮球一样跳开了,变得自由自在。刚开始根本没有夜。那时是白天,阳光闪耀,微风轻拂,鸟儿歌唱。但是,白天安静下来,鸟儿也不再歌唱。白天低下头,睡着了。黑夜出来顶替它。夜又暗,又黑,又可怕。白天有多么美好,夜晚就有多么丑陋。真想离开它,从它身边逃走,可是你能去哪儿呢?它又有什么地方令人不快呢?某种不确定性,黑暗,冷漠,憋闷。因为不能接受黑夜,你总是抓住白天不放,回忆并珍惜它的美。你在恐惧和疑虑中煎熬。后来你突然抬头看天,看到了星星。或者你仔细端详黑暗,你不再觉得它是黑暗,它也不再令人不快。而你必定无疑会爱上天上的星星。夜算是什么怪物,如果我们觉得它的黑暗很美好,如果我们热爱它的星星?它不是怪物,而是一位美女,离开它我们无法生活。我们爱这个夜晚,我们珍惜它,它向我们的心注入无比的柔情,它对我们低声倾诉深深的思念之情,它开发了我们极其细腻的情感、我们的柔顺、驯顺、温顺,因此我们抓住它,大声呼喊:"我们永远也不放你走!我们不需要白天!"这也很愚蠢。为什么呢?因为等到白天到来,驱走黑暗、带来光明,太阳取代月亮、升上天空,我们又会躁动不安、急不可待、固执己见。我们会感谢白天。

早晨醒来,我听见了脚步声——好像有一个人或一头驼鹿从木屋旁跑过去了。会是谁在跑呢?我来到外面的台阶上,什么也没有。我走进木屋,却又听到了脚步声。我更加注意地倾听,心里想道:"为什么我一定要觉得是一个人或者一头驼鹿跑过去了呢?也许,这是夏天在匆匆赶路,在奔跑,而我却把它当成了一个人或者一头驼鹿?"于是我再次来到外面的台阶上,我看见了一头奔跑的驼鹿,这时我就断定,这不是驼鹿,而是夏天在奔跑。它是作为对我的救赎、对我的挽救而来的。我在秋天受过苦,奄奄一息,我在春天也受过苦,因为重生,我受尽了苦痛,以至于无力幸福,也无力痛苦。我本来马上就要彻底完蛋了,可是夏天来了。它在我面前打开自己的大门——绿色的草地,河上清风徐来,树叶低声絮语。生命在这时不是濒临死亡,也不是即将诞生,它存在着,仿佛处于生与死的界线之外,或者也可以说,它把生与死都包容在内了。

多么美妙的时光！清晨，霞光柔和。我走在河岸上，生和死都与我无关，我没有欲望和愿望的负累，同时又充满力量和情感。美好的夏天在前面等待着我，我相信这一点，我盼望着。夏天就要来了，它的脚步近了。